Marion Waßner

PEN

Verraten und Verfolgt

Für meine Mum

Inhalt

Illusionen	7
Hoffnung	20
Allein	51
Der Stahlkrieger	84
Die Einsamkeit	88
Die Jagd	99
Die Erkenntnis	101
Der Hass	112
Der Wille	115
Einfach Aufgeben	124
Die Vogelmenschen	139
Der Hinterhalt	149
Ein Traum	162
Fremd	173
Heimat	178
Heimtückisch	200
Skrupellos	223
Spekulationen	267
Vin	274
Der irre König	303
Die Opfer	350
Jared	361
Hingabe	371
Dämonen	383
Höllenqualen	392
Der Abschied	405
Vee	411
Erfüllung	417
Versäumnisse	419
Vlo	421
Dankbarkeit	424
Danksagung	

Illusionen

Es waren ganz genau zwei Tage vor meinem sechzehnten Geburtstag, als meine Mutter in meine Kammer stürzte. Ihr sonst so langes gepflegtes Haar war zerzaust und ihr Kleid wirkte an einer Seite wie von schweißnassen Fingern zerknittert.

„Mutter", rief ich besorgt, „ist etwas geschehen?"

„Pen", flüsterte sie atemlos und blickte sich dabei hastig in dem prunkvollen Raum um, in dem das in Gold gefasste Portrait meines Vaters dominierte und die weinroten Gardinen aus schwerem Samt selbst an sonnigen Tagen kaum Licht in den Raum fallen ließen, „ist deine Amme, Koi, hier?"

Ich schüttelte wortlos den Kopf und ließ langsam die Bürste sinken, mit der ich mir gerade mein langes Haar glattstrich.

Eilig trat meine Mutter an meinen pompösen Frisiertisch, nahm meine Hände und legte sie in ihre. „Wie lange wird sie weg sein?"

Ich zuckte mit den Schultern. „Eine Stunde denke ich. Sie macht einen kurzen Rundgang durch die Burg und geht anschließend auf den Wochenmarkt, um für mein Badewasser Rosenblätter zu besorgen. Warum?"

„Das ist gut", erwiderte meine Mutter, ohne auf meine Frage einzugehen.

Wieder blickte sie sich unruhig im Raum um.

„Mutter, es ist wirklich niemand hier", sagte ich deshalb mit Nachdruck, „willst du mir nicht endlich sagen was los ist?"

Meine Mutter nahm neben mir auf der Bank Platz, die mit rotem Samt gepolstert war. Meine Hände hielt sie dabei noch immer fest.

„Ich habe soeben erfahren, dass seine Gottheit dich an

deinem achtzehnten Geburtstag verheiraten will", erklärte sie ernst.

„Verheiraten?", fragte ich überrascht, während ich gleichzeitig im Geiste die in Frage kommenden Kandidaten durchging. Die Liste war sehr kurz, denn viele junge Männer waren im Krieg gefallen und auch sonst fielen mir keine standesgemäßen Söhne der wenigen Königreiche ein.

„Mit Fürst Flag", beendete meine Mutter abrupt mein Rätselraten.

„Mit Fürst Flag?", wiederholte ich laut lachend, „das würde Vater, ich meine, seine Gottheit", korrigierte ich mich schnell, „niemals tun."

„Er wird es tun", erklärte meine Mutter ernst, während ich sie kritisch betrachtete.

„Kann es sein, dass du ein wenig von dem Honigwein genascht hast", fragte ich schelmisch, doch meine Mutter reagierte daraufhin sehr zornig.

„Wie kannst du es wagen, so respektlos mit mir zu reden?", fragte sie erbost und riss ihre Hände aus meinen, „ich weiß genau, dass dein Vater dieses Gerücht verbreitet, aber du solltest doch ganz genau wissen, dass ich für berauschende Mittel noch nie etwas übrighatte."

Beschämt und erschrocken zugleich senkte ich den Blick. So hatte meine Mutter noch nie mit mir gesprochen - ganz im Gegenteil. Sie war die Güte in Person und konnte gar nicht mit mir schimpfen. Irgendetwas musste sie tatsächlich schrecklich beunruhigt haben.

„Entschuldige bitte", meinte ich deshalb kleinlaut.

Sie nickte kurz.

Ihr Gesicht war dabei aschfahl.

„Aber Mutter", versuchte ich es noch einmal vorsichtig, „du musst dich trotzdem verhört haben, Fürst Flag könnte mein Großvater sein. Außerdem ist er klein und dick", fügte ich hinzu, als ob diese Tatsache an der Situation etwas ändern würde. Und aufgrund seiner tiefroten Gesichtsfarbe, war ich mir dieses Mal ziemlich sicher, die Leidenschaft für einen guten Wein, keinem Unschuldigen zu unterstellen.

„Glaube mir", meinte sie mit eiskaltem Blick, „es ist die Wahrheit."

Jetzt wurde es mir doch etwas mulmig zumute. Vor allem, weil meine Mutter überhaupt nicht zu dramatischen Auftritten neigte - im Gegenteil. - Sie strahlte sonst Ruhe und Besonnenheit aus.

„Aber wieso sollte mein Vater so etwas tun", hörte ich mich sagen, während sich kleine Schweißperlen auf meiner Stirn bildeten, „ich bin sein einziges Kind und er liebt mich doch. Ich bin seine Prinzessin und sein Sonnenschein. Das hat er mir immer wieder gesagt!"

Ich versuchte mir selber Mut einzureden. Es musste sich alles um ein schreckliches Missverständnis handeln.

Meine Mutter lachte freudlos auf, während sie mit verschränkten Händen ins Nichts starrte. Bei diesem Ton bekam ich eine Gänsehaut.

„Natürlich liebt er dich", meinte sie sarkastisch, „doch es gibt etwas, das er noch viel mehr liebt und das ist Macht."

Ich zuckte zusammen.

„Er war nicht immer so, Pen", meinte sie, „der Krieg aber hat aus ihm einen anderen Menschen gemacht. Ich habe es in seinen Augen gesehen, als er zurückkam. Das war nicht mehr der Mensch, den ich geliebt und geheiratet habe."

Ich saß da wie erstarrt. Auch darüber hatte meine Mutter noch nie mit mir gesprochen. Ich wusste, dass sie zu meinem imposanten Vater ein eher unterkühltes Verhältnis hatte, doch das hatte ich auf das Arrangement ihrer Ehe, was in reichen Häusern üblich ist, zurückgeführt. Umso überraschter war ich jetzt, zu erfahren, dass alles einmal anders gewesen war.

„Seine Gottheit ist grausam und gierig", fuhr meine Mutter schonungslos fort, „und für seine eigenen Interessen würde er auch dich opfern." Sie blickte mich traurig an. „Ich hatte noch einen kleinen Funken Hoffnung, aber der ist nun endgültig erloschen. Dein Vater ist kein Mensch mehr. Es lebt keine Seele mehr in ihm, Pen."

Das Schlucken fiel mir bei diesen Worten schwer. Es tat unendlich weh, solche Dinge über meinen doch so geliebten Vater zu hören.

„Mutter", meinte ich stockend, „ich kann gar nicht glauben was du da sagst. Zu mir ist er stets sanftmütig und großzügig gewesen. Er ist doch mein Vater", meinte ich hilflos.

Dicke Tränen der Verzweiflung rannen mir über die Wangen und tropften auf mein Kleid.

Rasch setzte sich meine Mutter wieder zu mir und nahm mich in den Arm. „Schsch..., mein Liebes", meinte sie zärtlich, während sie mir dabei über den Kopf strich, „ich weiß, dass das alles sehr schwer zu verstehen ist, aber du musst mir jetzt glauben und vertrauen, sonst wird dein Schicksal ein sehr grausames sein."

Ich schniefte.

„Vielleicht ist dir der Gedanke ein Trost, dass du ein Kind der Liebe warst".

Ich blickte zu ihr auf. „Ist das so?"

Sie nickte. „Wie gesagt, dein Vater war einmal ganz anders. Der Krieg kann in uns die schrecklichsten Kreaturen hervorholen. Seine Seele ist nicht mehr zu retten, dessen bin ich mir jetzt ganz sicher."

„Ich glaube immer noch, dass du dich irrst", meinte ich ängstlich, „warum sollte mich seine Gottheit ausgerechnet mit Fürst Flag, diesem alten Zausel verheiraten wollen?"

Die Erinnerung an die widerlich feuchten Handküsse, die triefende Nase und die hervorquellenden Augen des Fürsten, verursachten bei mir erneut einen abartigen Ekel.

„Dein Vater hat seine Stahlkrieger aufmarschieren lassen", erklärte meine Mutter. Ihr Körper verspannte bis in jede Faser, dennoch fuhr sie fort: „er kämpft jetzt gegen die Bergmenschen und die Wüstenleute."

„Was ist mit dem Wasservolk?", fragte ich und schämte mich

gleichzeitig, weil ich angesichts der ernsten Situation eine so törichte Frage stellte.

„Es ist der einzige Bereich, der verschont bleiben wird. Kannst du dir denken wieso?", fragte meine Mutter.

„Weil Fürst Flag ihr Herrscher ist?"

Meine Mutter nickte. „Seine Gottheit hat mit der Eroberung des Waldes zwei Drittel des Landes unterjocht. Wenn nun die Wüste und die Berge dazu kommen, wird er der alleinige Herrscher des ganzen Landes sein. Der Preis für das Wasser ist allerdings ein ganz anderer."

Mein Herz setzte für einen Augenblick aus und ich fragte erschrocken: „Ich?"

Wieder nickte meine Mutter. „Ich war ganz zufällig Zeugin eines Gespräches zwischen deinem Vater und dem Fürsten. Bis auf eine kleine Insel wird der Fürst seinen kompletten Besitz deinem Vater übereignen, wenn er dich dafür zur Gemahlin bekommt. Und selbst dieser bescheidene Landstrich wird nach seinem Tod in die Hände deines Vaters fallen. Damit wäre dein Vater der Herrscher über die gesamte Welt."

Ich konnte kaum mehr atmen, bei dieser Vorstellung.

„Aber so leicht wird es doch nicht sein", protestierte ich, „die Wüstenleute und die Bergmenschen werden sich sicher dagegen zu wehren wissen."

„Das glaube ich nicht", erwiderte meine Mutter skeptisch, „die Völker sind noch vom letzten Krieg geschwächt und es fehlt ihnen an tapferen Kämpfern. Außerdem sind die Stahlkrieger wegen ihrer gnadenlosen und brutalen Vorgehensweise überall gefürchtet. Sie kennen kein Erbarmen und hinterlassen überall Tod und Zerstörung. Allein ihr Anblick hat die größten Kämpfer in Angst und Schrecken versetzt."

Dieses Mal wusste ich wovon sie sprach.

Es war erst ein halbes Jahr her, dass der Anführer der Stahlkrieger meinem Vater im Thronsaal einen Bericht über einen Feldzug erstattet hatte. Zufällig war ich in einem Nebenraum und hatte der Versuchung, durch den Vorhang zu spähen, nicht widerstehen können. Diese Neugierde sollte ich bitter bereuen, denn noch heute verfolgt mich die Gestalt des Anführers in meinen Alpträumen. Obwohl er vor meinem Vater kniete, überragte er ihn noch um einen halben Kopf. Unter dem Stahlhelm, der ihm bis über die Nase ging, konnte ich ein gelbes Gebiss erkennen, aus dem der Geifer lief. Am schlimmsten waren jedoch die Augen, die rot unter dem Visier hervorstachen und die dem Koloss zusätzlich eine grauenvolle Erscheinung gaben. Was mich jedoch bis ins Mark erschütterte, war der Moment, als sich dessen Kopf plötzlich ruckartig in meine Richtung drehte. Er konnte mich unmöglich gesehen haben, doch schien er meine Anwesenheit gespürt zu haben. Erschrocken wich ich zurück und wagte es nicht noch einmal einen Blick zu riskieren, da mich seiner förmlich zu durchbohren schien.

„Also sind es geborene Killer?", hakte ich nach.

Meine Mutter seufzte. „Die besten!", meinte sie, „schneller als der Wind, geschmeidig wie ein Puma, härter als Stahl und dazu noch überaus intelligent. Ich halte mich selbst für ziemlich kampferprobt, aber ich möchte es nicht mit einem einzigen von ihnen aufnehmen." Sie krallte sich in meinen Arm und sagte ohne jedes Gefühl in der Stimme, „es wird nicht leicht werden, mein Kind."

„Was können wir tun?", fragte ich hilflos, obwohl ich mich bereits im Stillen mit meinem Schicksal abgefunden hatte. Die Lage war einfach zu aussichtslos und ich war keine Amazone, wie meine Mutter sie einst gewesen war. Ich konnte nicht wie sie mit Pfeil und Bogen umgehen, sondern mit Nadel und Garn. Wenn man den Geschichten glauben mochte, war meine Mutter in der Lage, ein Ziel in 2000 Meter Entfernung zu treffen. Ich dagegen konnte lediglich ein Wappen sticken. Außerdem war sie schwindelfrei, während ich Probleme hatte, auf den Balkon meiner Kammer zu treten. Zusätzlich konnte sie besser reiten als jeder Mann, der in dieser Burg lebte. Meine Abneigung gegen Pferde war sogar so groß, dass ich einen Reitunterricht nie in Erwägung gezogen hatte. Ich seufzte. Jetzt rächte es sich, dass ich immer die verwöhnte Prinzessin gewesen war.

„Vielleicht sollte ich mit Vater reden und ihn bitten, seinen Entschluss zu überdenken", meinte ich schließlich.

Die Augen meiner Mutter weiteten sich vor Schrecken. „Das darfst du niemals tun, Pen", meinte sie aufgeregt, „er darf nicht wissen, dass ich mit dir gesprochen habe, sonst sind wir verloren."

Sie starrte mich eindringlich an und ich blickte schwach zurück.

„Die einzige Person, der du vertrauen darfst, bin ich. Sonst niemanden! Hast du mich verstanden?" Um ihren Worten Nachdruck zu verleihen, packte sie mich bei den Schultern und schüttelte mich. „Nur ich!", wiederholte sie noch einmal, „und kein Wort zu Koi. Sie steckt mit deinem Vater unter einer Decke."

„Aber sie ist doch schon halb taub", erwiderte ich.

Meine Amme begleitete mich seit meiner Geburt und war mir stets eine treue Dienerin gewesen. So langsam machte ich mir Gedanken, ob mit meiner Mutter vielleicht nicht doch nur die Phantasie durchging.

„Sie spielt dir ihr Gebrechen nur vor", erklärte meine Mutter, die meinen Blick bemerkt zu haben schien. „Pen, bitte vertraue mir!"

„Das tue ich, Mutter", sagte ich und senkte meinen Blick.

„Das ist gut", meinte sie und tätschelte meine Hand.

„Könnten wir nicht eine andere Frau für Fürst Flag finden?", meinte ich leise, obwohl ich die Antwort schon kannte. Allein bei dem Gedanken an die Hochzeitsnacht lief mir ein eiskalter Schauer über den Rücken.

Wieder lachte meine Mutter ohne Vorwarnung freudlos auf.

„Deine Schönheit ist weit über das Waldland bekannt und Fürst Flag konnte sich schon selbst davon überzeugen. Der Krieg ist auch an den Frauen nicht spurlos vorübergegangen. Viele sind verstümmelt und entstellt worden. Manche wurden getötet und viele von ihnen sind zu alt. Fürst Flags Söhne sind im Krieg gegen das Bergvolk gefallen und er möchte noch einmal gesunde Nachkommen zeugen."

Mir wurde schwindelig.

Eigentlich war ich bis jetzt immer sehr stolz auf mein gepflegtes und reizvolles Äußeres gewesen, besonders auf die grünen Augen und die schlanke Statur, die ich von meiner Mutter geerbt hatte. Dazu die kleine spitze Nase, die vollen Lippen und die langen blonden Haare, die mir beinahe bis zur Taille reichten. Meine Gedanken drehten sich viel zu schnell im Kreis.

Meine Mutter blickte mich besorgt an.

„Er ist kein böser Mensch, Pen, aber auch nicht dumm und ein alter Bock mit verdorbenen Gedanken. Er wird im ganzen Land keine schönere als dich finden und das weiß er auch."

Jetzt begann sich für mich der Raum zu drehen.

Meine Mutter packte mich daraufhin erneut an den Schultern. Diesmal schüttelte sie mich aber fester.

„Reiß dich zusammen, Pen!", sagte sie energisch, „glaubst du, dass ich mein einziges Kind diesem Schicksal einfach so überlasse?"

„Aber was können wir tun?", jammerte ich verzweifelt.

Meine Mutter betrachtete mich eine Weile beinahe genauso unglücklich wie ich es war.

„Manchmal glaube ich, dass er dich nur so wohlbehütet in diesem Turm hat aufwachsen lassen, weil er schon früh dein Potential erkannt hat, um dich dann bei passender Gelegenheit zu verhökern."

„Hältst du ihn tatsächlich für so abgebrüht?", meinte ich entsetzt.

„Ich denke, dass er noch viel, viel schlimmer ist", erwiderte meine Mutter mir Abscheu in der Stimme.

„Aber Mutter, wie kann denn das sein...?"

„Finde dich damit ab!", unterbrach sie mich streng, „je eher desto besser! Ich habe bereits einen Plan für uns beide."

„Welchen Plan?", fragte ich interessiert.

„Wir werden von der Burg fliehen", erklärte sie kurz und bündig.

Jetzt starrte ich sie mit großen Augen an.

„Aber wie stellst du dir das vor?", stammelte ich, „überall gibt es Wachen und jetzt sind auch noch die Stahlkrieger auf der Burg. Selbst wenn wir sie überlisten könnten, was ich nicht glaube, würden uns von jeder Seite der Landschaft unüberwindbare Hindernisse erwarten. Im Norden die hohen Berge, im Süden die unsägliche Hitze der Wüste, im Westen das tiefe Meer und im Osten der undurchdringliche Wald. Das können wir niemals schaffen oder besser, ICH kann das niemals schaffen", rief ich hysterisch.

„Leiser!", meinte meine Mutter scharf und blickte dabei argwöhnisch zur Tür, „natürlich kannst du das schaffen", meinte sie beschwichtigend und mit gedämpften Ton, „ich werde es dich lehren, auch wenn die Zeit dafür viel zu kurz ist und ich nicht einmal ein Viertel meines Wissens mit dir teilen kann." Sie blickte mich betrübt an. „Doch das ist mein Versäumnis gewesen. Ich hätte die Zeichen längst erkennen und handeln müssen. Doch ich wollte es einfach nicht wahrhaben." Jetzt glänzten ihre Augen verdächtig und ich war dieses Mal an der Reihe, ihre Hand zu nehmen und sie zu trösten.

„Ach, Mutter", meinte ich geknickt, „vielleicht sollte ich mich einfach meinem Schicksal beugen und…"

„Niemals", unterbrach mich meine Mutter kämpferisch, „an so etwas wie Schicksal glaube ich nicht. Das ist nur eine Erfindung der Feiglinge, die sich nicht trauen, ihr Leben zu ändern und ihre Zukunft selber in die Hand zu nehmen."

„Wenn du meinst!", sagte ich wenig überzeugt, „ich möchte nur nicht, dass du dich in Gefahr begibst oder, dass dir irgendetwas zustößt. Vielleicht ist das Leben an Fürst Flags Seite gar nicht so furchtbar?!"

„Auf alle Fälle wird sein Leben nach der Hochzeit ein sehr kurzes sein und wenn die Insel erst einmal in deinem Besitz ist, ist es auch um deine Gesundheit schlecht bestellt."

Ich schlug entsetzt die Hand vor den Mund.

„Du glaubst doch nicht etwa, dass seine Gottheit zu so etwas fähig wäre?"

„Noch zu viel Schlimmeren, Pen!", sagte meine Mutter betrübt, „immerhin verkauft er sein einziges Kind an den Meistbietenden!"

Ich war fassungslos.

Dieser Tag war der schwärzeste in meinem Leben. Ich konnte es immer noch nicht glauben, dass mein Vater so ein Monster sein sollte. Doch zum Nachdenken blieb mir keine Zeit. Meine Mutter verlangte wieder meine volle Aufmerksamkeit.

„Über unsere Flucht brauchst du dir vorerst keine Gedanken zu machen, dafür sorge ich", erklärte sie mir eindringlich, „viel wichtiger ist mir, dass du in der Wildnis überleben kannst, falls ich mich verletze oder mir irgendetwas passiert."

Sie bemerkte dabei nicht, dass ich bei ihren Worten scharf die Luft einzog.

„Wir werden über die Wälder gehen", fuhr sie mit ihrem Bericht fort, „und wenn ich über die Wälder sage, dann meine ich es so. Der Boden ist so dicht bewachsen und voller fleischfressendem Getier, dass wir uns dort nicht fortbewegen können."

„Aber wie…?"

Mit einer barschen Geste unterbrach sie mich.

„Du hast die Burg noch nie verlassen, dass weiß ich", sagte sie, „deshalb ist dir auch nicht klar, dass die Bäume so hoch und ihre Blätter so stark sind, dass man auf ihnen gehen kann. Dort kommt nichts hinauf, dass uns gefährlich werden könnte, doch auf dem Boden wären wir innerhalb weniger Sekunden verloren. Es ist nicht leicht, auf den Bäumen zu gehen", fuhr sie fort und ich lauschte ihr gebannt, „die Blätter sind uneben, stärker oder schwächer und ständig in Bewegung, aber mit etwas Übung müsste es dir gelingen."

„Warum wählen wir nicht die Berge, das Meer oder die

Wüste?", wollte ich wissen.

„Weil ich mich im Wald am besten auskenne", erwiderte sie stolz, „ich stamme aus dieser Region und kenne dort jeden Winkel."

Ich war verblüfft und gleichzeitig enttäuscht wie wenig ich von meinen Eltern eigentlich wusste.

Meine Mutter fuhr fort: „Ich habe nur wenig Ahnung vom Bergsteigen, mit dem Segeln kenne ich mich etwas besser aus, aber in der Wüste würden wir innerhalb kürzester Zeit verdursten."

„Ist das so?", fragte ich völlig vom Mut verlassen, denn all diese Dinge konnte ich so gar nicht.

„Dein Vater wird uns in alle vier Himmelsrichtungen verfolgen lassen, doch im Wald haben wir die größte Chance."

„Aber wird er nicht vermuten, dass wir dorthin geflüchtet sind?"

„Nicht, wenn ich einige falsche Fährten lege. Ich denke da an zwei entlaufene Pferde, ein kleines verschwundenes Boot und mehrere entwendete Seile."

Bewundernd blickte ich zu meiner Mutter auf. Was war sie doch für eine kluge und entschlossene Person. Ich hielt sie schon jetzt für die mutigste Frau auf der ganzen Welt.

„Ich werde dir doch nur ein Klotz am Bein sein", sagte ich, während ich nervös meine Finger knetete.

„Es wird schwer werden", gab meine Mutter zu und ihre Ehrlichkeit entmutigte mich noch mehr, „aber ich glaube fest daran, dass wir es schaffen können." Hoffnung glitzerte bereits wieder in ihren Augen. „Allerdings müssen wir beide das Schauspiel beherrschen und dürfen uns nichts anmerken lassen."

Ich nickte betreten.

„Morgen wird seine Gottheit in deine Kammer kommen, um dich nach deinen Geburtstagswünschen zu fragen. Du wirst ihm mitteilen, dass du dir viel mehr Zeit mit deiner Mutter wünschst. Am liebsten wäre es dir, wenn du mich jeden Tag zwei Stunden sehen könntest, weil es Fragen und Frauensachen gäbe, die du mit deiner Amme nicht besprechen möchtest."

Wieder nickte ich, diesmal aber aufgeregt.

„Dagegen wird er nichts sagen können und auch hoffentlich keinen Verdacht schöpfen."

„Falls er es doch tut", sagte ich voller Eifer, „werde ich einfach in Tränen ausbrechen."

„Gutes Kind", sagte meine Mutter und tätschelte mir die Hand, „du lernst sehr schnell."

„Wie werden wir die viele Zeit verbringen?"

„Ich werde dich lehren, in der Wildnis zu überleben. Du musst wissen, wie du dich ernähren, tarnen und im Notfall auch kämpfen kannst. Einen Schlafplatz zu bauen ist keine einfache Sache und ein Feuer zu entfachen auch nicht." Mutter stöhnte. „Es gibt so viel zu tun und wir haben nur zwei Jahre bis zu deinem achtzehnten Geburtstag."

„Genügt das denn nicht?"

Meine Mutter schüttelte betreten den Kopf und sagte: „Aber ich werde mein Bestes geben."

Ein verhaltenes Lächeln huschte über ihr Gesicht. „Ich bin sehr stolz auf dich, Pen und ich liebe dich sehr. Das sollst du wissen."

Dankbar kuschelte ich mich in ihren Arm, genau so, als ob ich noch ihr kleines Mädchen wäre. Sie drückte mich fest an ihre mütterliche Brust und strich mir mit ihrer Hand zärtlich über den Kopf.

„Versprich mir, dass du es schaffen wirst", flüsterte sie mir ins Ohr.

„Wir werden es schaffen. Ich verspreche es!", antwortete ich.

„Es gibt da noch etwas sehr Wichtiges, das ich dir dringend zeigen muss", sanft löste sie sich von mir und griff sich in den Ausschnitt, um ein Stück vergilbtes Papier hervorzuholen. „Das ist unsere Lebensversicherung", sagte sie.

„Was ist das?", fragte ich verblüfft, denn Papier durfte, außer seiner Gottheit, eigentlich niemand besitzen.

„Dies, mein liebes Kind, ist eine Karte von meinem Heimatdorf. Es ist so weit entfernt, dass selbst ich große Probleme haben werde, es zu finden. Wir werden beinahe rastlos jeden Tag und die halbe Nacht laufen. Dann kommt noch hinzu, dass zwischenzeitlich fast zwanzig Jahre vergangen sind und die Vegetation sicher undurchdringbar geworden ist. Dennoch existiert noch meine große Abenteuerlust", meinte sie triumphierend, als ob es sich hierbei um einen Ausflug zum nächsten Markt handeln würde. „Das ist unser beider Ziel", erklärte sie und strahlte mich dabei an.

Ich bemühte mich, ihre Begeisterung auch nur ansatzweise zu teilen, doch es gelang mir kaum.

„Verstreck die Karte gut", flüsterte meine Mutter, während sie mir das Papier in die Hand drückte, „und nimm dich vor Koi in Acht!"

Als ob dies das Stichwort für die Dienerin gewesen wäre, raschelte es an der Türe und die Amme betrat den Raum.

„In diesem Stoff wirst du hervorragend aussehen", flötete meine Mutter sofort los, „es wird ein herrliches Geburtstagskleid abgeben. Es freut mich, dass du mich um Rat gefragt hast", lächelte sie, während sie der Amme zunickte.

Mürrisch blickte die gebückt alte Frau unter ihrem Kapuzenmantel hervor, schien aber keinen Verdacht zu schöpfen, während ich unauffällig das kostbare Papier in meinem Ausschnitt verschwinden ließ.

„Oder soll ich doch den gelben Stoff nehmen?", quengelte ich mit der Stimme einer sehr verwöhnten Sechzehnjährigen, die immer nur Kleider und Haare im Sinn hat.

„Du wirst in jedem Kleid hübsch aussehen", erwiderte meine Mutter unbekümmert und fröhlich.

Von der Spannung in ihrer Stimme war nichts mehr zu hören. Eines war sicher: wir beide würden unsere Rolle glänzend spielen und das mussten wir auch, wenn wir überleben wollten.

Hoffnung

Das Haar hing mir in nassen Strähnen im Gesicht, als ich wie eine Verrückte auf den gefüllten Weizensack eindrosch. Die Fingerknochen taten langsam höllisch weh, doch ich ignorierte es, weil ich immer ein Bild vor Augen hatte, das mich auf grausame Art und Weise antrieb. Mein Schlag hatte sich verbessert, doch ich war immer noch nicht gut genug und würde es auch niemals sein. Meine Mutter sagte nichts dazu, doch ich bemerkte es an ihrem Blick, dass ich wegen meiner behüteten Erziehung niemals ihr Format erreichen würde.

„Die Tiere im Wald sind sehr schnell, Pen", hörte ich sie gerade sagen, „wenn ein ausgewachsener Affe zum Schlag ausholt, darfst du nicht lange überlegen und musst flinker sein."

Hastig strich ich mir das Haar aus der Stirn. „Wie viel Zeit haben wir noch?", fragte ich, ohne dabei mein schweißtreibendes Training zu unterbrechen.

„Wir müssen gleich zurück", erwiderte meine Mutter, während sie den Sack fest umschlungen hielt.

„Verdammt", dachte ich.

Die Sonnenstrahlen, die durch die Löcher der alten Scheune aus Holz fielen, erinnerten mich daran, dass es bereits Mittag wurde. Die Stunden mit meiner Mutter vergingen jedes Mal viel zu schnell und immer öfter fiel der Unterricht mit ihr sogar ganz aus, weil sie zu anderen Verpflichtungen gerufen wurde, was mich jedes Mal in tiefe Verzweiflung stürzte. Seit zwei Stunden trainierten wir jetzt und von mir aus hätte es den ganzen Tag so weitergehen können. Der Bauer, der uns diese Scheune zur Verfügung gestellt hatte, glaubte, dass wir hier das Musizieren übten, weil ich meinen betagten Bräutigam und meinen Vater mit einem selbstkomponierten Lied auf meiner Hochzeit überraschen wollte. Er durfte deshalb zu niemanden ein Wort sagen. Mutter und ich waren sehr erfinderisch, wenn es um die absolute Geheimhaltung unserer Pläne ging. Wäre die Lage nicht so schrecklich ernst gewesen, hätten wir über unseren Einfallsreichtum vielleicht sogar lachen können. So aber streifte ich missmutig die zerschlissenen Handschuhe ab und kontrollierte hastig, ob meine Finger auch keine verdächtigen Flecken oder Verletzungen aufwiesen - Notfalls hätte ich sie wieder überpudern müssen. In allem was wir taten, waren wir sehr vorsichtig. Wochen und Monate verflogen nur so. Wir trainierten hart an unserer gefährlichen Flucht vor der Heirat. Mittlerweile waren die zwei Jahre bis zu meinem achtzehnten Geburtstag fast vergangen und trotzdem kam es mir so vor, als hätte das Gespräch mit meiner Mutter erst gestern stattgefunden. Seitdem war viel geschehen...

Aber der Reihe nach: Nachdem meine Mutter meine Kammer verlassen hatte, war ich lange auf dem Bett gesessen und hatte überlegt, auf was für ein leichtsinniges Abenteuer ich mich da einlassen würde und ob wir überhaupt die geringste Überlebenschance hätten. Gleichzeitig war ich wegen meines Vaters völlig verunsichert. Wie konnte ich ihn in Zukunft überhaupt noch einschätzen?

Als er am nächsten Tag die Tür meines Schlafgemachs öffnete, flog ich ihm jedoch wie immer freudig in die Arme. Vergessen waren die ganzen Schauergeschichten meiner Mutter.

„Langsam, langsam!", beschwerte sich seine Gottheit mit lauter Stimme, während er mich von sich wegschob und sich seine Uniform wieder glattstrich, „für so eine Begrüßung bist du doch schon viel zu alt!"

„Ich freue mich einfach dich zu sehen!", sagte ich euphorisch und zog ihn in mein Zimmer, vorbei an der Amme, die sich so tief verbeugte, dass sie durch ihren ohnehin schon krummen Rücken laut ächzte.

„Lass dich ansehen", sagte er und nahm dabei meine Hände

und hob sie zur Seite, um mich genau zu mustern.

„Nein, lass du dich mal ansehen", lachte ich und betrachtete seine grauen Haare, die buschigen Augenbrauen und die schwarzen Augen. Mein Blick fiel auch auf die rote Narbe, die sich von seiner Stirn quer über das Gesicht bis zur rechten Wange zog.

„Du wirst immer schöner", stellte seine Gottheit zufrieden fest und zog eine meiner langen blonden Haarsträhnen durch seine Finger.

„Aber niemals so schön wie Mutter", meinte ich überzeugt.

„War sie in letzter Zeit hier?", erkundigte er sich, während er mit dem Briefbeschwerer auf meinem Schreibtisch spielte.

Ich wurde sofort hellhörig.

„Nur ganz kurz", meinte ich so gelassen wie möglich, „sie hat mich ganz wunderbar mit meinen Stoffmustern beraten und dabei ist mir eine sehr schöne Idee gekommen."

Ich klatschte begeistert und übermütig in die Hände und teilte ihm mit, was mir meine Mutter aufgetragen hatte, zu sagen. Dabei deutete ich immer wieder auf die gebrechliche Amme. Ich hatte schließlich Sorge, dass ihr alles zu viel werden könnte. Kois Gesicht wurde dabei immer griesgrämiger und sie wechselte einen bedeutungsvollen Blick mit meinem Vater.

„Bist du dir sicher, dass diese Idee von dir stammt?", fragte seine Gottheit, als er scheinbar belanglos aus dem Fenster blickte.

„Aber natürlich!", tat ich sehr erstaunt, „du hast doch nichts dagegen, oder?" Ich bemühte mich, ein dummes Gesicht zu machen. "Ich finde, dass mir eine Unterhaltung unter Frauen sehr gut tun würde. Und wer wäre dazu besser geeignet als meine eigene Mutter? Niemand anderem möchte ich mich anvertrauen." Übertrieben verschwörerisch blinzelte ich ihm zu. "Ich kann so Vieles von ihr lernen. Zum Beispiel, wie ein guter Haushalt zu führen ist oder wie sich eine Frau ansprechend kleidet. Auch ich kann ihr Einiges beibringen, denn ehrlich gesagt habe ich einen ganz bösen Verdacht."

Sofort blickte mein Vater auf.

Die Amme im Hintergrund scharrte aufgeregt mit den Füßen.

„Ja?", fragte mein Vater erwartungsvoll. Seine Augen blitzten dabei gierig auf. In diesem Moment kam er sogar mir bedrohlich vor, obwohl er sofort wieder sein freundliches Lächeln aufsetzte.

„Ich denke, dass es ziemlich lange dauern wird, bis sie unser Wappen häkeln kann", kicherte ich naiv, „aber ich werde keine Ruhe geben, bis sie es fehlerfrei beherrscht."

Ich glaubte, in dem Blick meines Vaters einen Hauch von Mitleid erkennen zu können, was für mich ein Beweis war, dass ich meine Rolle perfekt spielte. Ich hatte es meiner Mutter versprochen und deshalb gab ich mein Bestes. Tief im Innern hoffte ich dennoch, dass sich alles noch zum Guten wenden würde. Mein Vater war eine Gottheit und obwohl er sich selbst dazu ernannt hatte, lastete ein ungeheurer Druck auf seinen Schultern. Außerdem war er eine imposante Erscheinung. Da konnte sein sehr dominantes Verhalten schon einmal falsch gedeutet werden, gerade von einer Ehefrau, die nicht gut auf ihn zu sprechen war. Vielleicht hatte sie einfach einige Dinge missverstanden. Seine Gottheit wirkte heute aber auch auf mich sehr verspannt. Bei näherer Betrachtung erkannte ich sogar einen harten Zug um seinen Mund, aber das stempelte ihn nicht unbedingt gleich zum Despoten ab.

Plötzlich lachte er gehässig.

„Ja genau", spottete er, „das wird deiner Mutter sicherlich Spaß machen."

Ich nickte eifrig.

„Aber nun setze dich zu mir, mein Kind. Ich habe etwas mit dir zu bereden."

„Ja, Vater", sagte ich und folgte artig seinem Befehl.

„Gottheit", korrigierte er mich sofort.

„Entschuldigung, eure Gottheit." Ich rang mir ein kleines, vorsichtiges Lächeln ab, das er aber nicht erwiderte.

Dann erzählte er mir seine Pläne für meine ach so glanzvolle

Zukunft und seinen sehnlichen Wunsch, mich mit Fürst Flag zu verheiraten.

Also hatte Mutter doch recht gehabt!

Eine düstere Vorahnung beschlich mich. Was, wenn sie sich auch in ihren anderen Einschätzungen über ihn nicht täuschte? Ich reagierte genauso wie ein sechzehnjähriges Mädchen reagieren würde, das gerade erfährt, dass es mit einem widerlichen Tattergreis vermählt werden sollte. Ich schmollte, aber nur ganz kurz, um meinen Vater nicht zu verärgern, denn er erzählte lange welchen großen Dienst ich damit meinem Land erweisen würde, wie schön Fürst Flags Insel sei und wie stolz ich ihn damit machen würde. Natürlich zeigte ich mich nach geraumer Zeit zwar nicht begeistert, aber einsichtig.

„Braves Kind", meinte mein Vater und tätschelte kurz meinen Kopf, „ich werde morgen ein rauschendes Geburtstagsfest für dich organisieren und dabei deine Verlobung bekannt geben. Natürlich werde ich auch deinen Geburtstagswunsch erfüllen."

So kam es, dass ich am nächsten Tag in einem Traum aus weißem und gelbem Stoff gekleidet, an einem sehr langen, wunderschön gedeckten Tisch saß und mit vielen Gästen, die ich größtenteils noch nie in meinem Leben gesehen hatte, auf mein eigenes Wohl trank. Mein zukünftiger Bräutigam, Fürst Flag, war ebenfalls anwesend und warf mir während der ganzen Zeremonie lüsterne Blicke zu. Er wirkte auf mich noch betagter, als bei meiner letzten Begegnung und spätestens jetzt wusste ich, dass meine Mutter Recht hatte und diese Verbindung niemals zustande kommen durfte. Ich wurde von einem freundlichen Bediensteten, der etwa in meinem Alter war, aus meinen trübseligen Gedanken gerissen.

„Noch etwas Wein, Prinzessin?"

„Nein, danke!", erwiderte ich und lächelte zurück.

Ich wollte mich früh zurückziehen, weil ich dieses makabere Schauspiel keinen Moment länger ertragen konnte. Es kam mir vor, als wäre mir mein Lächeln in das Gesicht gemeißelt worden und jeder im Raum würde erkennen, wie falsch es war.

In meiner Kammer war ich froh, das schwere Kleid endlich ablegen zu können und schlüpfte erleichtert in ein leichtes Nachthemd. Ich bemühte mich, keinen Lärm zu machen, weil meine Amme krank und mit sehr hohem Fieber im Nebenraum lag. Aufgrund der starken Medizin, die sie vom Heiler bekommen hatte, war sie in einen tiefen Schlaf gesunken, doch ich nahm trotzdem Rücksicht auf ihren Zustand. Im Nachhinein denke ich heute, dass es wohl das Beste gewesen wäre, wenn das Fieber sie noch an diesem Abend schnell dahingerafft hätte.

Ich lag bereits im Bett und stickte gerade ein kunstvolles Bild, als plötzlich meine Mutter ins Zimmer huschte.

Ihr Gesicht war kreidebleich.

„Pen", flüsterte sie und eilte zu meinem Bett, „was hast du getan?"

„Ach, Mutter", erwiderte ich seufzend, „ich habe es auf meiner Verlobungsfeier einfach nicht mehr ausgehalten und bin deshalb auf mein Zimmer gegangen. Zuviel Begeisterung wäre doch auffällig gewesen, oder?"

Mutter schüttelte den Kopf. „Nein, das meine ich nicht."

Ich überlegte kurz und angestrengt was ich verbrochen haben könnte.

„Mit dem Jungen", erklärte sie aufgeregt.

Ich starrte sie verblüfft an.

„Welcher Junge?"

Meine Mutter warf einen kurzen Blick auf die angelehnte Türe, die zur Kammer meiner Amme führte.

„Das Fest ist längst vorbei", erklärte sie leise, „schläft die Alte?"

„Tief und fest", flüsterte ich zurück.

„Dann komm", meinte sie und griff meine Hand, während ich mit der anderen hastig nach meinem Morgenmantel griff.

„Was ist denn los?", fragte ich angelte gleichzeitig mit den Füßen nach meinen Pantoffeln vor meinem Bett.

Ungeduldig zog mich meine Mutter weiter.

„Das wird dir nicht gefallen", wiederholte sie immer wieder.

Ich hatte noch immer nicht die geringste Ahnung, wovon sie sprach.

Wir huschten durch die kalten von mehreren Fackeln beleuchteten Gänge und landeten schließlich an einer Abzweigung, die zu einer Nische führte. Von dort aus konnten wir in der Hocke den ganzen Thronsaal überblicken, wurden aber nicht entdeckt. Meine Mutter legte die Finger an die Lippen und deutete nach unten. Vorsichtig und ziemlich verwirrt, robbte ich mich zu dem kleinen Ausguck.

Mehrere Menschen waren im Thronsaal versammelt und im ersten Moment konnte ich gar nicht erkennen, warum sie dort alle standen. Vielleicht handelte es sich um Nachzügler des Festes, bis ich bemerkte, dass viele Soldaten und Wachleute darunter waren. Mein Vater saß auf seinem prächtigen mit Gold überzogenen Thron, der sich durch mehrere glänzende Stufen von allen abhob.

Jetzt sah ich, dass am Ende der Treppe, bewacht von zwei Soldaten, eine schmächtige männliche Person stand. Selbst aus dieser Entfernung konnte ich an der Haltung meines Vaters erkennen wie zornig er war und der Jüngling schien wohl schuld daran zu sein. Seine laute Stimme, die ich schon von weitem gehört hatte, war jetzt gut verständlich.

„Wie lange stellst du schon meiner Tochter nach?", brüllte er durch den ganzen Saal.

Ich zuckte zusammen, als ich bemerkte, dass dieses Verhör etwas mit mir zu tun hatte.

Die Antwort des Angeklagten konnte ich nicht hören.

Aufgeregt wandte ich mich zu meiner Mutter: „Wer ist das?", wisperte ich.

Sie wollte gerade antworten, als ich meinen Vater erneut schreien hörte: „ich will, dass du gestehst!", dabei schlug er mit der Faust auf die Armlehne. Seine Stimme hatte einen schrillen, unnatürlichen Ton erreicht.

„Es gibt nichts zu gestehen, eure Gottheit!", hörte ich dieses

Mal die Antwort.

„Wer ist das?", wiederholte ich.

Die Stimme kam mir bekannt vor, ich wusste aber nicht woher.

Meine Mutter blickte mich mitfühlend an: „der Diener, der dir vorhin den Wein nachgeschenkt hat. Dein Vater denkt, er hätte ein Auge auf dich geworfen. Er wird ihn dafür bestrafen."

Ein fürchterliches Entsetzen ergriff mich.

„Aber Mutter, das ist nicht wahr. Ich habe diesen Jungen vorher noch nie gesehen!"

Meine Mutter nickte. „Das weiß ich", antwortete sie betrübt.

„Dann lass uns hinuntergehen und dieses furchtbare Missverständnis aufklären", meinte ich ärgerlich.

Ich wollte schon aufstehen, aber da riss mich meine Mutter am Arm zurück.

„Deinem Vater ist das völlig egal", zischte sie. Wenn du jetzt hinuntergehst, besiegelst du damit sein Todesurteil."

„Aber er ist völlig unschuldig", meinte ich panisch.

„Dein Vater braucht nur irgendeinen Vorwand für seine unmenschlichen Quälereien", raunte sie mir zu und griff dabei fest nach meiner Hand, „und sei dir gewiss, er findet immer einen."

„Du hast sie angelächelt", rief mein Vater außer sich.

Der hysterische Klang hallte laut von den Wänden zurück und durch die ganze Burg.

„Nur aus Höflichkeit – ich bin ein Diener!"

Meine Finger krallten sich in mein Nachthemd, als ich beobachtete, wie mein Vater aufstand und sich dem armen Tropf näherte.

„Du wirst sie nie wieder anlächeln", zischte er.

Er ging dabei an einem Soldaten vorbei und zog einen Dolch aus der Scheide. Ich glaubte, nicht mehr Atmen zu können und dass mein Herz einen ganzen Schlag überspringt. Meine Mutter hielt ihre Hand fest vor meinen Mund gepresst, um zu verhindern, dass ich losschreien würde. Seine Gottheit gab einem der Wachleute ein Zeichen. Dieser riss sogleich dem

Jungen gewaltsam den Mund auf. Er stöhnte und röchelte, seine Augen weiteten sich vor Entsetzen.

„Nein!", dachte ich schockiert, „dass ist nicht wahr."

Der Schweiß strömte mir in Bächen aus meinem Körper und durchtränkte mein Nachthemd.

Schließlich steckte mein Vater das Messer in den Mund des Jungen und schnitt ihm blitzschnell die Mundwinkel auf. Er sackte voller Schmerzen auf die Knie. Aus den klaffenden Hautlappen floss Blut über seine Kleidung auf den Boden.

Ich wusste, dass ich die verzweifelten Schreie des Gequälten mein Leben lang nicht vergessen würde. Mir wurde schlagartig schwarz vor Augen und ich merkte, wie etwas Wertvolles in mir zerbrach.

Etwas, was für immer verloren war...

War es meine unbekümmerte Kindheit, meine Sorglosigkeit, mein Vertrauen und meine Liebe zu meinem Vater? Ich konnte es nicht in Worte fassen, aber es war sicher von allem etwas. Meine Mutter stützte mich, weil ich beim Zurückgehen in meine Kammer durch heftige Heulkrämpfe kaum noch in der Lage war, mich auf den Beinen zu halten.

„Er hat doch gar nichts getan", wimmerte ich leise vor mich hin, „und nun ist er für immer grauenvoll entstellt."

„Es tut mir so leid, Pen", sagte meine Mutter immer wieder und drückte mich fest an sich, „ich hätte dir das gerne erspart, aber du hättest mir nie wirklich geglaubt."

Damit hatte sie leider Recht. Lieber hätte ich an die überdrehte Phantasie meiner Mutter geglaubt, als an die völlige Schuld meines Vaters.

Tränen strömten mir über die Wangen.

Das Herz der Prinzessin war gebrochen und ich wusste, dass es nie mehr ganz heilen würde.

Als wir meine Zimmertür erreicht hatten, bäumte ich mich mit letzter Kraft auf, um meiner Mutter fest in die Augen zu blicken: „ich werde dir folgen, egal wohin du gehst", versprach ich ihr mit zittriger Stimme und war am Boden zerstört.

„Danke, mein Kind", sagte sie und küsste mich auf die Stirn, „ich würde gerne noch bei dir bleiben, aber seine Gottheit kommt nach solchen Folterungen oft in meine Kammer. Natürlich ahnt er nicht, dass ich weiß, was ihn so in Erregung versetzt. Wenn ich mich nicht schnell genug einschließe, gelangt er in mein Gemach und das würde für einen von uns beiden tödlich enden."

Am liebsten hätte ich mir schreiend die Ohren zugehalten, doch stattdessen nickte ich und forderte meine Mutter auf, sich zu beeilen.

Am nächsten Tag war ich nicht in der Lage aufzustehen. Ich hatte die ganze Nacht schrecklich geweint und meine Augen waren rot und verquollen. Die Schrecken der vergangenen Nacht hatten ihre Spuren hinterlassen. Heftige Fieberschübe und ein fieser Ausschlag auf meiner Brust plagten mich eine ganze Woche. Dazu kamen angsteinjagende Alpträume und Panikattacken, die mich immer wieder schreiend aufwachen ließen. Ich glaubte, nie wieder lachen zu können, doch dann erinnerte ich mich immer an die Tapferkeit und Anmut meiner Mutter. Ihr starker Charakter und Kampfgeist würden mir ein Vorbild sein. Und so kam es, dass ich eine Woche später ein vorsichtiges Gespräch mit ihr suchte, um ihr mitzuteilen, dass ich bereit war, mit meiner Ausbildung zu beginnen. Jedes Mal, wenn ich glaubte, dass mein Körper die Strapazen nicht mehr ertragen konnte, mein geplagtes Gehirn die vielen Informationen nicht mehr aufnehmen wollte oder meine Schauspielerei von Tag zu Tag erbärmlicher wurde, dachte ich an den gefolterten Jungen, dessen Namen ich nie erfahren hatte. Der Hass auf meinen Vater wurde übermenschlich groß, sodass ich immer wieder neue Kraft schöpfte. Im Augenblick der größten Schwäche war es sein Bild vor Augen, das mich dazu zwang, bis ans Äußerste zu gehen.

Auch jetzt, fast zwei Jahre danach, hatten sich weder meine Wut, noch mein Ehrgeiz gelegt.

Ich stand in der alten Scheune und warf den mit Weizen gefüllten Sack, auf den ich immer zur Kampfübung eindrosch, einen kriegerischen Blick zu, während ich versuchte, meine noch steifen Finger zu bewegen.

„Halte deine Hände auf dem Nachhauseweg in den kühlen Bach," meinte meine Mutter und schnitt dabei den Boxsack ab. Ich half ihr, die Scheune wieder in ihren ursprünglichen Zustand zu versetzen.

„Wie viele Folterungen gab es diese Woche?", erkundigte ich mich und verteilte dabei das Stroh auf dem abgetretenen Platz.

Meine Mutter hielt in ihrer Arbeit inne.

„Pen", meinte sie eindringlich, „du fragst mich das fast jeden Tag. Es ist schon zu einer richtigen Besessenheit geworden."

„Ich möchte es einfach wissen", erwiderte ich.

Mutter seufzte und gab mir schließlich doch eine Antwort: „zwei oder drei."

„Und Hinrichtungen?"

„Fünf."

Ich starrte auf die morsche Bretterwand der Scheune. Mein Vater schlachtete die unschuldigen Menschen ab, so wie es ihm gerade passte. „Können wir ihn nicht einfach töten."

„Pen, wir haben das schon tausendmal durchgesprochen. Was ist, wenn wir scheitern? Dein Vater wird sehr gut bewacht und hat für alle seine Speisen und Getränke Vorkoster. Er weiß genau, wie sehr ihn das Volk hasst."

Sie rollte das lange Seil zusammen und verbarg es unter einem losen Brett am Boden.

„Warum tötest du ihn nicht im Zweikampf?"

Mit dem Fuß verwischte meine Mutter unsere Spuren auf dem staubigen Boden.

„Ich bin keine Mörderin", meinte sie, ohne mich anzusehen, „ich weiß auch nicht, ob ich gegen ihn tatsächlich siegen würde. Er ist ein hinterlistiger und sehr kampferprobter Mann."

„Ich glaube, dass du es schaffen kannst!", mit dieser Äußerung reckte ich stolz das Kinn in die Höhe.

Sie winkte ab.

„Ich bin lange aus der Übung und was würde aus dir werden, wenn ich versage?"

Trotzig schob ich die Unterlippe nach vorne.

„Mir ist das Risiko viel zu groß und ich halte eine Flucht für sicherer", erklärte sie bestimmt.

„Aber er wird nie aufhören, uns zu jagen."

„Er weiß nicht, auf was er sich einlässt und er kennt die Landschaft nicht so gut wie ich. Sie ist voller Tücken und Gefahren", sagte meine Mutter.

Ich nickte.

In den vergangenen Monaten hatte ich sehr viel über diese mir völlig neue Welt gelernt. Teilweise war ich über die Geschichten und Informationen sehr erstaunt, andererseits ängstigten sie mich auch. Ich hätte niemals gedacht, dass man so viele Dinge beachten musste, um in der Natur zu überleben. Die Wildnis würde uns ebenso viel Schönheit, wie Verhängnisvolles bieten. Trotzdem war mir jede bissige Spinne oder giftige Schlange lieber, als noch länger in der Obhut eines Verrückten zu sein, für den ich jeden Tag die liebende Tochter spielen musste. Zum Glück hatte mein Vater kurz nach dem Vorfall im Thronsaal die Burg für längere Zeit verlassen, um in einen weiteren, unsinnigen Krieg zu ziehen. Mir war es unbegreiflich, warum so viele Menschen einem Mann treu folgten, der nur für sein eigenes Ego raubte, mordete und vergewaltigte. Andererseits war ich auch blind gewesen, weil es sich dabei um meinen Vater gehandelt hatte, doch mittlerweile hasste ich ihn fast genauso, wie ich ihn früher geliebt hatte. Und nur der Gedanke an unsere Flucht machte es mir möglich, seine Berührung zu ertragen und mit ihm zu kichern.

Traurig und tief in Gedanken versunken starrte ich ins Leere. Meine Mutter beobachtete mich besorgt.

„Morgen brechen wir auf!", sagte sie so plötzlich, dass mir vor lauter Schreck, das Liederbuch, welches wir zur Tarnung mit auf den Weg zu unserer Trainingsstätte genommen hatten, aus der Hand fiel.

„Ist das dein Ernst?", fragte ich überrascht.

Sie nickte energisch.

„Wann hast du das entschieden?", fragte ich sie skeptisch.

„Schon vor einiger Zeit", erklärte sie und ging langsam zur Scheunentür.

„Warum hast du nichts gesagt?" Ich merkte, wie mein Herz zu rasen begann.

„Ich wollte nicht, dass du aus Aufregung einen unbedachten Fehler machst."

Ich schluckte schwer. „Aber es gibt noch so Vieles vorzubereiten."

Meine Mutter winkte ab. „Seit Wochen habe ich fast täglich unsere Ausrüstung zusammengestellt und am Waldrand gut versteckt. Es vergeht kaum ein Tag, an dem ich sie nicht überprüfe."

„Bist du wirklich sicher?", hakte ich nach. Denn jetzt, da der Zeitpunkt unserer Flucht gekommen war, fühlte ich mich plötzlich nicht mehr so sicher und bekam Panik, „ich weiß überhaupt nicht, was ich machen soll, wenn wir gefährlichen Tieren wie zum Beispiel einem wilden Säbelzahntiger begegnen."

Wieder winkte meine Mutter ab: „wir werden in dieser Höhe keinem solcher Tiere begegnen."

„Was ist mit den Kräutertinkturen für Blattfieber, Sumpfwahn und Nesselsucht?"

Müde strich sich meine Mutter durchs Haar. „Ich habe die nötigsten Medikamente eingepackt."

Nachdenklich betrachtete ich ihr Gesicht. „Ich kann erst halb so weit springen wie du."

Sie nickte. „Ich weiß."

„Meine Kondition ist erbärmlich."

Sie seufzte.

„In den Sternen lese ich überhaupt nichts und ohne Kompass wäre ich verloren."

Sie vermied es, bei all den Antworten, mir in die Augen zu schauen.

„Ich werde dir ein Klotz am Bein sein."

Jetzt blickte sie auf und ihre Schultern strafften sich. „Wir müssen hier weg, Pen! Du wirst von Tag zu Tag wankelmütiger."

Damit hatte sie tatsächlich Recht. Allein die Tatsache, dass ich das schwache Glied bei unserem Plan war, ließ mich zögern. Ich wollte meine Mutter mit meiner Unwissenheit und Ungeschicklichkeit nicht in Gefahr bringen.

„Vater ist gerade erst vom Krieg zurückgekehrt", meinte ich.

„Und deshalb noch müde vom Abschlachten ganzer Völker", ergänzte meine Mutter, „er ist damit beschäftigt, seinen grausamen Triumph zu feiern und seine Sinne mit viel Wein zu betäuben. Der Zeitpunkt ist gut gewählt, mein Kind."

Ich war mir da nicht so sicher.

„Früher oder später wird er eine Veränderung an dir bemerken, Pen. Du hast nach den ganzen Geschehnissen etwas Rebellisches in deinen Augen."

Ich blickte erstaunt auf und musste gegen meinen eigenen Willen lachen. „Tatsächlich? Ich komme mir gar nicht so aufständisch vor."

Mutter strich mir liebevoll über das Haar und gab mir einen Kuss auf die Stirn. „Du bist ein sehr tapferes Mädchen. In dir steckt viel mehr als du vermutest."

Um sie nicht zu enttäuschen, verkniff ich mir meinen Widerspruch.

Sie legte mir beschwörend die Hand auf die Schulter.

„Morgen Abend findet eine rauschende Siegesfeier statt. Ich habe bereits mehrere junge Dirnen aus dem Dorf engagiert, die deinen Vater ablenken werden und dafür sorgen, dass sein Becher niemals leer wird. Zu diesem Zeitpunkt wird er denken, dass ich mit einer schweren Erkältung im Bett liege."

„Was ist mit Koi?", unterbrach ich sie, „in letzter Zeit habe ich das Gefühl, dass sie mir auf Schritt und Tritt folgt."

Mutter kramte in ihrer Rocktasche und zog einen kleinen verschnürten Lederbeutel heraus.

„Gut, dass du mich daran erinnerst." Sie drückte mir das Bündel in die Hand. „Streue eine Prise von diesem Pulver in ihren Tee. Davon wird sie tief und fest schlafen. Aber Vorsicht", warnte sie mich, „wenn du zu viel nimmst, wird es tödlich für sie sein und ich möchte dein Gewissen ungern belasten."

Sie lächelte milde und ich wusste, dass wir in diesem Augenblick das Gleiche dachten.

Seit meiner Kindheit hatte ich in einer Seifenblase gelebt. Bei genauem Hinsehen entpuppte sich meine Amme zu einem bissigen Wachposten. Dabei sollte sie ein liebevolles Kindermädchen sein - da wäre ihr Verlust nicht allzu tragisch. Ich war für meinen Vater nur eine willenlose Schachfigur in einem egozentrischen Spiel und sie half ihm dabei, seinen wichtigsten Zug unter Kontrolle zu halten. Die Erkenntnis, von den Menschen, denen ich vertraut hatte, weil ich sie liebte, nur benutzt zu werden, machte mir schwer zu schaffen.

„Da ist er wieder", rief meine Mutter und ich zuckte zusammen, „dieser zerrissene Gesichtsausdruck, der uns verraten würde."

Ich versuchte spontan eine teilnahmslose Mimik aufzusetzen, was meine Mutter noch mehr erheiterte. Es tat gut mit ihr zu lachen, doch leider wurde sie schnell wieder ernst.

„Halte dich bereit. Morgen Abend hole ich dich ab." Sie strich mir kurz über den Arm und wir verließen gemeinsam die Scheune.

Obwohl die Sonne hell vom Himmel strahlte, konnte sie meine schwarzen Gedanken, die mich so sehr quälten, einfach nicht verdrängen.

Die sonst so düstere Burg wurde von zahlreichen hellen Lampions und vielen brennenden Fackeln beleuchtet. Der Mond hüllte das Gemäuer zusätzlich in ein weiches Licht und gab dem alten Gebäude dadurch etwas Freundliches und Friedliches - zumindest von außen...

Die Nacht war klar und lau wehte ein warmer Wind. Der ideale Abend, um ein schönes Fest zu feiern, wäre der Anlass kein so schrecklicher gewesen. Seine Gottheit hatte für jeden von ihm getöteten Soldaten symbolisch je ein Schwein aufspießen lassen. Dies hatte zur Folge, dass in den Gassen überall Pfützen aus Blut waren und sich ein beißender Todesgeruch breitmachte. Für die Schmeißfliegen war diese stinkende Angelegenheit ein Festmahl. Das Volk aber litt unter der sinnlosen Verschwendung, gerade im harten Winter bedeutete das den grausamen Tod durch Hunger.

Früher hätte ich alle diese Dinge nicht bemerkt, doch jetzt, da ich meinen Elfenbeinturm verlassen hatte und mit offenen Augen und Ohren durch die reale Welt ging, konnte ich das fürchterliche Elend sehen.

Bei meinem Spaziergang durchs Dorf unterhalb der Burg, fiel mir nun auf, wie ausgezehrt und arm die Bauern waren. Ich schämte mich nun für meine edle Kleidung, die ich trug, als sie mich mit ihren hoffnungslosen Blicken ansahen.

Das Dorf hatte keinen Namen. Niemand wusste ihn, außer meinem Vater. Alle Dokumente und Aufzeichnungen waren verschollen, angeblich gingen sie im Krieg verloren. Aber natürlich gab es für dieses Geheimnis einen perfiden Grund: mein Vater wollte alles kontrollieren und die Vergangeheit auslöschen. Die Gegenwart und die Zukunft sollte sich nur um ihn drehen. Diese verwirrenden Hirngespinste eines Wahnsinnigen machten mich einfach fassungslos.

Von unten drang der Lärm der Feiernden in meine Turmkammer hinauf. Ich war nicht eingeladen worden, weil es sich dabei angeblich auch um die Junggesellenabschiedsfeier meines Bräutigams handelt. Bei dieser Nachricht hatte ich Mühe, nicht laut zu lachen. Nicht nur, dass mein Bräutigam weit davon entfernt war ein Junggeselle zu sein, so war der Hauptgrund für meine unerwünschte Person, dass ich nicht Zeuge des Blutrausches meines Vaters werden sollte. Ganz zu schweigen von der ausgelassenen Orgie, die er anschließend mit meinem Verlobte, Fürst Flag, veranstaltete. Bunte Raketen flogen wie zum Hohn zischend an meinem Fenster vorbei. Ich hatte keinen Blick dafür, weil ich mit meiner Mutter rasch noch ein paar der wertvollsten Dinge überprüfte, die wir mitnehmen wollten.

Den Kompass, mehrere Trinkflaschen, die unersetzliche Karte und das Seil. Die Amme, die von ihrem Pulver im Tee wohl nichts bemerkt hatte, schlief im Nebenraum. Grundsätzlich hatte sie einen gesegneten Schlaf und deshalb mussten wir nicht besonders leise sein.

„Bist du soweit?", fragte Mutter schließlich.

Ich prüfte noch einmal ob das Bündel gut an meinem Körper befestigt war. Dann schnallte ich mir die Tasche um und nickte.

Meine Mutter trat zu einer versteckten Tür an der Wand. Jahrelang hatte ich sie nur für einen Teil der Steinmauer gehalten, bis mich meine Mutter eines Tages eines Besseren belehrte. Meine Augen waren damals sehr groß geworden, als sie mir dieses Geheimnis offenbarte.

Der schmale Gang dahinter führte über eine steile Treppe direkt in den Hof und war wohl früher als Fluchtweg genutzt worden. Nachdem mein Vater der einzige Kriegstreiber weit und breit war und es niemand wagen würde, seine Gottheit anzugreifen, war er wohl in Vergessenheit geraten.

Dem scharfen Blick meiner Mutter jedoch konnte so leicht nichts entgehen - wie ich nicht ohne Stolz feststellen musste. Wir stemmten uns gemeinsam gegen die Steintür und nach kurzem Zögern gab sie mit einem schleifenden Geräusch schließlich nach. Jetzt war der große und zugleich furchtbare Moment also gekommen, auf den wir so lange hingearbeitet hatte. Der Ausgang in ein fragwürdiges Abenteuer lag jetzt frei. Ohne Nostalgie schnallte meine Mutter ihren Köcher um und griff sich ihren Bogen.

Ich bedauerte sehr, dass nie die Zeit da war, um mich in diese Kunst einzuweihen. Etwas mutlos tastete ich nach dem kleinen Dolch, der an meinem Gürtel befestigt war. Ob ich damit viel ausrichten konnte? Egal, ich wollte mir keine trübseligen Gedanken machen, sondern endlich fort von hier.

„Wenn ihr durch diese Tür schreitet, seid ihr des Todes! Am Ende des Weges warten die grausamen Soldaten seiner Gottheit."

Diese Stimme, die mit wenigen Worten die harte Arbeit der letzten Monate so rücksichtslos vernichtete, ließ mir das Blut in den Adern gefrieren. Wir erstarrten und waren kaum in der Lage, uns überhaupt umzudrehen.

Da stand sie.

Mitten im Türrahmen.

Die verfluchte Amme.

Frisch und munter, als ob sie nie ein Schlafmittel bekommen hätte.

„Natürlich", dachte ich, „sie hat es nie getrunken!"

„Koi", hörte ich meine Mutter überraschend ruhig sagen, während sie ruhig und gelassen auf sie zuging, „dein Übereifer hat mich schon immer gestört."

„Das tut mir leid, meine Königin", erwiderte sie und deutete eine Verbeugung an, doch ihre Augen sprachen eine boshafte, ja, eine sogar sehr gefährliche Sprache.

„Seine Gottheit wird jeden Augenblick hier sein. Vielleicht möchtet ihr euch bei ihm über mich beschweren?"

„Du bist so ein armseliges altes Weib. Ich bemitleide dich." Noch ehe die Amme wütend protestieren konnte, holte meine Mutter blitzschnell zu einem Schlag aus, der sie seitlich am Nacken traf und sie zu Boden brachte.

„Was hat uns bloß verraten?", fragte ich mit tränenerstickter Stimme.

„Ich weiß es nicht, Pen", war die Antwort meiner Mutter, „und wir haben jetzt auch keine Zeit, darüber nachzudenken", erklärte sie und zog dabei hastig am Umhang der Bewusstlosen, „schnell, hilf mir!"

„Was hast du vor?"

„Zieh dein Kleid aus", befahl sie mir, während sie den schlaffen Körper der Alten unter mein großes Bett zog, um ihn dort zu verstecken. „Rasch!", zischte sie, wobei sie mir den Rucksack von den Schultern riss, „hier, wirf dir den Umhang über und mach dabei eine gebückte Haltung, als ob du eine alte Frau wärst. Bleib immer unter der Kapuze und blicke niemals zurück."

Ihre Worte machten mir furchtbare Angst. „Mutter", flüsterte ich und sah sie mit großen Augen an. Ihr Blick hatte etwas Endgültiges und das zerriss mir das Herz.

Trotz aller Eile, drückte sie mich fest an sich und sagte: „ich liebe dich, Pen, ich liebe dich", und stieß mich kurz darauf energisch von sich weg.

Ich stand unter Schock und war nicht in der Lage, mich einen Zentimeter zu rühren.

Alles lief falsch.

Meine Mutter hatte einmal gesagt, dass man bei Plänen immer damit rechnen müsse, dass etwas schieflaufe, doch ich hatte mir diesen Gedanken niemals erlaubt.

„Ich bin die gleiche, naive Gans wie vor zwei Jahren!", dachte ich mir, als ich meine Mutter beobachtete, wie sie den Rucksack ebenfalls unter dem Bett versteckte.

„Schnell, stell dich hier hin", meinte meine Mutter und schubste mich in eine Ecke des Raumes, „pass auf, dass du nicht in seine Nähe kommst und bück dich endlich!"

Aus den Augenwinkeln sah ich ungläubig, wie sie sich völlig schwindelfrei mit dem gespannten Bogen zwischen den hohen Zinnen platzierte. Keine Sekunde zu früh, denn plötzlich öffnete sich die Tür und eine Wache stürzte in den Raum. Er fiel sofort tot zu Boden, noch ehe er einen weiteren Schritt in das pompöse Zimmer setzen konnte. Es folgten fünf weitere Männer. Die Pfeile schossen so schnell durch die Luft, dass sie mit bloßem Auge nicht zu erkennen waren.

Ich wagte es kaum, unter der Kapuze hoch zu schielen.

„Aber, aber, Fabien!", hörte ich plötzlich die Stimme meines Vaters, „wer wird sich denn so schlecht benehmen?"

Meine Mutter beeindruckte das offenbar wenig, denn ich hörte, wie sie den Bogen noch strammer zog.

„Ich bin unbewaffnet, mein Liebes und ich weiß, dass du niemals auf einen wehrlosen Mann schießen könntest."

„Dann wollen wir es darauf ankommen lassen!", antwortete meine Mutter gelassen.

Daraufhin schälte sich die Silhouette meines Vaters aus der Tür. Er hatte die Hände weit vom Körper gestreckt, um seine gute Absicht zu demonstrieren.

„Keinen Schritt weiter!", drohte meine Mutter und zielte direkt auf seine linke Brust.

Ein Soldat, der versucht hatte, seine Gottheit zu decken, sackte dabei ächzend zu Boden. Mein Vater zuckte nicht einmal mit der Wimper, als der tapfere Mann vor seinen Füßen zusammenbrach. Er stieg einfach achtlos über den Leichnam und ging auf meine Mutter zu. Pausenlos taxierte er sie dabei.

„Hör doch mit dem Unsinn auf!", säuselte er, „und komm von dieser Mauer herunter. Deine Flucht ist gescheitert und Penelope wird jeden Augenblick wieder bei uns sein." Er deutete auf den Fluchtweg. „Am Ende des Ganges wartet eine ganze Truppe meiner besten Männer auf sie."

Hämisch lachte nun meine Mutter: „sie warten vergebens, mein Lieber. Sie wird nicht kommen, denn auch ich habe vorgesorgt. Pen ist schon längst über alle Berge."

Ein kurzer Schatten der Verwunderung huschte über sein Gesicht, doch er hatte sich schnell wieder gefasst.

„Sei es darum!", winkte er lässig ab, jedoch vorsichtig darauf bedacht, seine Hände weiter vom Körper zu halten, „wir werden sie noch heute Abend schnappen und wenn es die Soldaten nicht schaffen, so finden sie die Stahlkrieger."

Ein eiskalter Schauer rann mir über den Rücken.

Die Stahlkrieger!

Wir hatten sie erst in einem Monat zurückerwartet. Hatte sich denn alles gegen uns verschworen? Das war nicht fair. Ich wollte am liebsten diese Ungerechtigkeit in die Welt hinausschreien, aber mein Mund blieb stumm.

„Das weiß ich doch, mein Herzblatt", bluffte meine Mutter, während sie meinen Vater nicht eine Sekunde aus den Augen ließ.

„Gar nichts weißt du!", zischte seine Gottheit, um Fassung bemüht und seine Hände ballten sich dabei zu Fäusten.

Meine Mutter hob spöttisch die Augenbraue.

„Tatsächlich?"

Sie straffte selbstbewusst die Schultern und reckte das Kinn hoch. „Ich weiß zum Beispiel, wie sehr du dich darum bemühst, einen männlichen Nachkommen zu zeugen, doch deine Dirnen hatten damit eben so wenig Erfolg wie ich."

„Vielleicht haben sie mich einfach besser unterhalten als du!"

Meine Mutter lachte. Der helle Klang hallte durch den Raum und wollte so gar nicht zu der verheerenden Stimmung passen. „Ich wünschte, es wäre so gewesen, dann hättest du nicht immer wieder den Weg in mein Bett gefunden."

Rote Flecken breiteten sich vor lauter Zorn auf dem Hals meines Vaters aus.

„Wann siehst du endlich ein, dass deine Kriegsverletzung so schwer war, dass du nie mehr Kinder zeugen kannst", redete meine Mutter unerschrocken weiter.

Ich fing an, unter der Kapuze zu schwitzen.

Die Spannung war fast unerträglich. Noch nie hatte ich gehört, dass irgendjemand so mit meinem Vater geredet hatte.

„Sei endlich still, Weib!", brüllte mein Vater und wollte einen Schritt auf meine Mutter zugehen. Doch sie setzte ihm sofort einen Warnschuss vor die Füße. Zwischen dem Pfeil und seinem Schuh hätte nicht einmal mehr ein Floh Platz gefunden.

„Deinen nächsten Schritt deute ich als Angriff und du weißt, was das heißt", meinte sie ungerührt.

„Deine Überheblichkeit wird dir noch vergehen, wenn ich deine kostbare Tochter vor deinen Augen zermalme", rief mein Vater und seine Augen traten dabei hervor.

Es versetzte mir einen Stich, ihn so über mich reden zu hören.

Mutter schüttelte vorsichtig den Kopf. „Dazu wird es nicht kommen."

„Wir werden sehen", erwiderte seine Gottheit zynisch, „wahrscheinlich ist dir deine Einsamkeit auf das Gemüt geschlagen, Amazone! Dir fehlt ein kleines Abenteuer und deshalb führst du dich so lächerlich auf."

Dieses Mal lachte Mutter sogar noch lauter und ich fragte mich, woher sie die Kraft nahm, meinem Vater so lange zu trotzen.

„Du glaubst also, ich war einsam?" Ihre Lippen kräuselten sich. „Es wird dich freuen zu hören, dass ich einen wundervollen Geliebten hatte."

Mir schlotterten vor Angst die Knie, als mein Vater wie ein Tier zu brüllen begann. Ich kannte Mutters Temperament und wusste, dass sie in dieser Beziehung nicht log. Sie war nicht der Typ, der zuhause saß, während ihr Ehemann sich anderweitig vergnügte, trotzdem überraschte mich dieses Geständnis.

Seine Gottheit schäumte vor Wut und ging in sicherer Entfernung wie eine hungrige Raubkatze vor ihr auf und ab. Plötzlich blieb er stehen, bog seinen Rücken durch und ballte seine Hände wieder zu Fäusten.

Dann schrie er wie ein Besessener: „holt sie da runter", was zur Folge hatte, dass zehn hereinstürmende Soldaten einen schnellen Tod fanden. Mit bloßem Auge war die Pfeilgeschwindigkeit gar nicht zu erkennen. Die Männer stapelten sich zu einem traurigen Berg aus Leichen, bis mein Vater den Soldaten mit einem Handzeichen Einhalt gebot. Dann brüllte er wieder: „ich werde alle Diener noch in dieser Stunde töten lassen."

„Verschone die Diener", erwiderte meine Mutter barsch, „mein Geliebter ist ein Vogelmensch."

Ich zog scharf die Luft ein.

Meine Mutter spielte ein zu gefährliches Spiel. Sie wollte meinen Vater provozieren. Er sollte sie angreifen und dann hatte sie einen Grund, ihn zu töten. Spätestens jetzt müsste er sich auf sie stürzen. Sein Gesicht war dunkelrot und die Halsschlagader pulsierte.

Ein Vogelmensch?

Dagegen konnte nicht einmal er mit seinen grausamen Waffen und brutalen Kriegern etwas ausrichten.

Die Vogelmenschen waren ein sehr starkes, aber friedliches Volk, das in den höchsten Berggipfeln lebte. Sie bevorzugten die dünne Luft der Berge und drehten dort mit den Adlern ihre Kreise. Sie waren die unsichtbaren Könige der Lüfte. Die Vogelmenschen waren vor allem für ihre Schönheit bekannt und kein einziger der Wanderer, die sich trotz aller Warnungen auf den Weg gemacht hatten, um sie zu erforschen, war jemals zurückgekehrt. Sie kamen nicht einmal ansatzweise in die Nähe ihrer Wolkenstadt.

Ich hatte keine Ahnung, wie diese Verbindung mit meiner Mutter zustande gekommen war. Wahrscheinlich landete eines dieser muskulösen Wesen auf ihrem Balkon und liebte sich anschließend leidenschaftlich mit ihr.

Auch meinen Vater schien dieser Gedanke völlig rasend zu machen. Man konnte förmlich sehen, wie es in ihm arbeitete. In seinen Augen stand der pure Hass, doch schließlich änderte er notgedrungen seine Taktik.

„Liebes", meinte er und an seinem Gesichtsausdruck war zu erkennen, wie schwer ihm dieser Kosename über die Lippen ging, „ich sehe ein, dass auch ich Fehler begangen habe", er streckte ihr die Hand entgegen, „komm herunter und lass uns in aller Ruhe über unsere Probleme reden. Natürlich würde ich unserer geliebten Tochter niemals etwas antun. Entschuldige bitte, dass ich mich im Zorn zu so einer Aussage hinreißen ließ. Penelope wird bald eine wunderbare Ehefrau sein und uns stolz machen."

Meine Mutter schüttelte den Kopf. „Du würdest mich sofort

deinen Folterknechten übergeben und ich weiß, wie gut sie ihre grausame Arbeit machen. Keines meiner wunderbaren Geheimnisse wäre mehr sicher."

Die Augen meines Vaters wurden schmal, aber trotzdem bezirzte er sie weiter: „ich würde deinen prachtvollen Körper doch niemals verletzen lassen."

Jetzt nickte meine Mutter. „Dessen bin ich mir sicher, aber ich weiß, dass du andere Methoden hast, um mich zum Sprechen zu bringen."

Wind wehte durch das Haar der Amazone. Nie hatte meine Mutter schöner ausgesehen, als in diesem Moment.

„Und Pen wird nach ihrer Hochzeit wertlos für dich sein. Sobald sie stirbt, würden alle Ländereien an dich fallen, oder?"

„Deine Pfeile werden dir bald ausgehen", meinte seine Gottheit, ohne auf ihre direkte Frage einzugehen - noch immer um Fassung bemüht.

Arglos zuckte meine Mutter mit den Schultern. „Lass das meine Sorge sein. Es sind immer noch genug, um uns einen langen und gemütlichen Abend zu bescheren." Sie richtete einen hasserfüllten Blick auf meine gekrümmte Gestalt, „vor allem für diese verräterische Amme werde ich einen Pfeil aufbewahren. Vielleicht ist sie in ihrer übertriebenen Verehrung so dumm und wirft sich ebenfalls als Schutzschild vor dich. Komm liebe Amme und tue mir diesen Gefallen", höhnte sie in meine Richtung, „Pen hat dir immer vertraut und nie etwas von deinem intriganten Spiel bemerkt. Du warst wie eine Mutter für sie."

Im Kopf meines Vaters schien es regelrecht zu rattern, als er erkannte, von welchem Nutzen ihm die Amme noch sein konnte.

„Macht Platz für die Amme!", brüllte er den Soldaten im Gang zu.

Sofort bildeten sie ein Spalier und ich wusste, dass dies die stille Aufforderung meiner Mutter war, mich in Bewegung zu setzen.

„Natürlich", spottete meine Mutter, während ich hinter seiner Gottheit zur Tür schlürfte, „du versuchst sie zu beschützen."

„Das mache ich nur für unsere Tochter", erwiderte er hämisch und ironischerweise ahnte er gar nicht wie Recht er damit hatte.

Wie gerne hätte ich meiner Mutter noch einen letzten Blick zugeworfen, bevor ich langsam und in gebückter Haltung, den Raum verließ. Das Bild von ihr mit dem gespannten Bogen und dem wehenden Haar hatte sich jedoch für immer in mein Gedächtnis eingebrannt. Die Stimmen waren jetzt nur noch dumpf unter dem dicken Stoff zu hören. Meine Mutter hatte mir irgendeinen Fluch hinterhergerufen, den ich nicht verstanden hatte. Ich konnte unter der Kapuze die ersten silbernen Spitzen von Stiefeln erkennen, als ich mir den Weg durch die Soldaten bahnte. Noch ein Schritt und noch ein Schritt - ständig darauf bedacht, nicht zu schnell zu gehen oder vor Aufregung zu stolpern.

„Wir haben den Befehl erhalten, die Kammer der Prinzessin zu stürmen", hörte ich einen Soldaten tuscheln.

Ich bekam dabei eine Gänsehaut, schritt aber Stufe um Stufe weiter die Treppe hinab.

„Die Amazonenhure ist eine hervorragende Schützin. Sie wird noch mehr von uns töten", raunte ein anderer.

„Halt's Maul, du Feigling!", kam die prompte Antwort eines Soldaten.

Kurze Zeit überlegte ich, mir die Kapuze vom Kopf zu reisen und mich meinem Schicksal zu stellen, doch damit hätte ich meine Mutter verraten und alles, wofür wir so lange gekämpft hatten.

Deshalb humpelte ich beständig weiter und weiter - für sie...

Ich hatte das Ende des Turms erreicht und war nun in einer der vielen Hallen der Burg angekommen. Auch hier standen die Soldaten dicht gedrängt.

„Lasst die Amme durch", brüllte eine energische Stimme plötzlich neben mir und ließ mich zusammenzucken.

Ich deutete dennoch ein unterwürfiges Nicken an.

„Wir stürmen den Turm!", rief der gleiche Unbekannte laut und ich nutzte die einzigartige Gelegenheit, um ganz unauffällig zwischen den Grölenden zu verschwinden.

„Mutter", dachte ich nur verzweifelt, „Mutter."

Die Soldaten preschten los und ich konnte einen Aufschrei des Entsetzens nicht unterdrücken. Er ging zum Glück im lauten Gebrüll der Männer unter. Obwohl ich mich vor Sorge kaum auf den Beinen halten konnte, setzte ich meinen Weg fort und kam schließlich zum Burgtor. Ich überquerte die Zugbrücke und ging jetzt schneller zum Dorf hinunter. Dort kamen mir bereits die ersten Bewohner mit ängstlichen Gesichtern und brennenden Fackeln entgegen. Anscheinend hatte es sich in Windeseile herumgesprochen, dass seine Gottheit auf der Burg einen Kampf auszutragen hatte und dass es Probleme gab.

„Familienprobleme", dachte ich grimmig.

Auf dem Marktplatz blieb ich vor einem verlassenen Obststand stehen. Ein einsamer blauer Lampion leuchtete unter seinem Dach. Meinen Proviant hatte ich zurücklassen müssen und deshalb konnte es nicht schaden, etwas Verpflegung einzupacken. Ich griff zitternd nach einer Leinentasche, die achtlos neben den Obstkörben lag und füllte sie mit Äpfeln und Birnen.

Keiner beachtete mich oder hielt mich auf.

Alle Dorfbewohner strömten voller Neugierde zur Burg.

„Wenn Mutter kommt, wird sie von meinem neuen Vorrat begeistert sein", dachte ich hoffnungsvoll.

Sie würde doch kommen?

„Natürlich", dachte ich, „sie wird einen Ausweg finden."

Unschlüssig blickte ich mich um. Alle rannten an mir vorbei.

Ich fiel niemanden auf. Warum auch? Jeder hielt mich für eine gegrämte alte Frau und davon gab es im Dorf viele. Das Gewicht des Obstes zog an meinem Arm. Ich war ratlos und schaute den hektischen Dörflern nach, die voller Schaulust in die Burg strömten. Was sollte ich jetzt tun? Während ich noch krampfhaft überlegte, rempelte mich plötzlich eine junge Frau an. Die Wucht war so stark, dass ich fast zu Boden gestürzt wäre.

„Hey!", krächzte ich wie ein altes Weib, „wo rennt ihr denn alle hin?"

Es war das Beste, mich ahnungslos zu stellen.

Die Magd war überrascht.

„Du weißt es nicht? Es heißt, der König wäre tot", erklärte sie aufgeregt mit hoffnungsvollen Augen.

Ungläubig lugte ich vorsichtig unter der Kapuze hervor.

„Wir wollen uns diese Nachricht bestätigen lassen!", sagte sie und hastete weiter.

Der König?

Tot?

Das würde alles ändern!

Ich sah zur Burg zurück, die immer noch festlich bunt leuchtete. Erleichtert lehnte ich mich gegen den Holzstand. Das würde bedeuten, dass wir nicht fliehen müssten. Mutter und ich konnten das Reich alleine regieren. Es würde wieder Frieden, Gerechtigkeit und Güte herrschen. Ich malte mir alles bereits in den schönsten Farben aus, als ein kleiner Junge angerannt kam. Sogleich zerstörte er meine unbändige Freude in der nächsten Sekunde auf das Brutalste.

„Die Königin!", rief er aufgelöst, „es ist die Königin!"

Ich packte ihn am Handgelenk.

„Was sagst du da? Was ist mit der Königin?"

Unter Protest wegen meines groben Griffs sagte er: „Sie ist tot! Sie ist von der Burgmauer gesprungen."

Vor meinen Augen drehte sich alles und der Junge nutzte die Gelegenheit, um sich von mir loszureißen und die schreckliche Nachricht weiterzuverbreiten.

„Die Königin ist tot", rief er durch die Straßen, „hört her, es ist die Königin! Nicht der König!"

Alles drehte sich plötzlich und stützte mich am Marktstand ab. Die Tasche fiel mir dabei aus den Händen.

„Nein", dachte ich, „das darf nicht wahr sein", und trotzdem sagte mir mein Gefühl, dass es so war.

Meine Mutter hatte sich für mich geopfert.

Das erste Klagegeschrei machte sich unter den Dorfbewohnern breit, die langsam wieder zurückkamen. Die Frauen schluchzten hemmungslos und in den Gesichtern der Männer stand das blanke Entsetzen. Jeder wusste, wie besessen seine Gottheit von der Königin gewesen war. Er würde in seiner blinden Trauer noch mehr toben, morden und zerstören, als er es ohnehin schon getan hatte. Es gab niemanden mehr, der ihm Einhalt gebieten konnte, denn die Königin war tot.

Ich sank ebenfalls zu Boden, schlug die Hände um meine Knie und weint bitterlich. Beinahe hoffte ich, dass mich der Schmerz auf der Stelle töten würde, aber diese Gnade wurde mir nicht gewährt. Ich wusste, dass ich wertvolle Zeit verschwendete, doch ich war nicht in der Lage, mich zu bewegen.

Mein Vater hatte gewonnen.

„Die Soldaten kommen", hörte ich wie durch einen Nebel.

„Sollen sie doch", dachte ich, ohne den Kopf zu heben.

Es war vorbei!

Plötzlich spürte ich eine schwache Berührung auf meiner Schulter. Erschrocken blickte ich hoch und sah in das zerfurchte Gesicht einer alten Frau. Eben solches, welches unter meiner Kapuze vermutet worden wäre.

„Ihr müsst weiter Prinzessin", flüsterte sie, „die Soldaten werden bald hier sein."

Entsetzt starrte ich sie an.

„Woher wisst ihr …?"

Doch sie unterbrach mich mit einer Handbewegung.

„Das spielt jetzt keine Rolle. Vielleicht habe ich einfach gelernt, genauer hinzusehen und hinzuhören?!"

Sie lächelte freundlich und so konnte ich keine Arglist in ihr erkennen. Sie schien vertrauensvoll zu sein. Schneller als ich es der Alten zugetraut hätte, sammelte sie mein verstreutes Obst ein und drückte es mir in die Hand.

„Ich habe eure Mutter verehrt und geliebt und deshalb beschwöre ich euch jetzt, stark zu sein und rasch zu verschwinden." Sie griff mir unter die Achsel und zog mich mit erstaunlicher Kraft hoch. „Es wird der Tag kommen, an dem ihr euch fragen werdet, ob ihr einen außergewöhnlichen Versuch wagen sollt. Hört auf meinen Rat und wagt ihn. Es ist nicht wichtig, dass wir unser Ziel erreichen, sondern, dass wir es versucht haben. Im Licht lauert Dunkelheit und in der tiefsten Dunkelheit ist aber auch Licht zu finden. Es liegt nur an Euch. Ich habe es in den Sternen gesehen."

Mit diesen rätselhaften Worten gab sie mir einen leichten Stoß und ich setzte mich automatisch in Bewegung. Kurze Zeit später drehte ich mich noch einmal um. Die alte Frau stand noch an derselben Stelle und hob die Hand zu einem letzten Gruß.

Ich erwiderte ihn und sah zu, wie sie kurz darauf in der Menge verschwand. Es versetzte mir einen Stich wie wenig ich von meiner eigenen Mutter wusste. Was hatte sie mit dem Dorf verbunden und welche Geheimnisse hatte sie mit in den Tod genommen? Meine Füße bewegten sich wie von allein. Mein Herz blutete aber und wollte den Schmerz in die Welt hinausschreien. Wie sollte ich nur ohne sie in dieser mir so unbekannten Welt existieren? Nachdem ich das Dorf hinter mir gelassen hatte, begann ich zu laufen und schließlich rannte ich, während mir die Tränen in die Augen schossen. Jetzt, nachdem niemand mehr in der Nähe war, brüllte ich aus Leibeskräften meinen tiefen Schmerz hinaus. Ich tat es aus vollem Halse und dabei rannte und rannte ich.

Mein einziger Freund schien der Mond zu sein. Er leuchtete mir den Weg und sorgte dafür, dass ich in der Dunkelheit nicht stürzte. Schließlich kam ich völlig erschöpft am Waldrand an. Unter bitterlichen Tränen befreite ich unser lange vorbereitetes Versteck von Zweigen, Laub und Gras. Ich erinnerte mich: vor kurzem hatte meine Mutter hier gestanden. Voller Mut, Hoffnung und Liebe. Immer wieder musste ich meine Arbeit unterbrechen, um mir die Tränen aus den Augen zu wischen. Schließlich ballte ich die Hand zur Faust und schrie voller Stolz: „für dich, Mutter!"

Ein paar Vögel erschreckten sich deshalb und flogen verstört aus dem Geäst. Ich arbeitete wie eine Besessene und befolgte mechanisch die Arbeitsanweisungen, die wir zusammen so oft schon geübt hatten. Die alte Kleidung ausziehen, einpacken und durch einen engen Anzug ersetzen. Vorher musste ich mich mit einem besonderen Öl einreiben. Es würde die Suchhunde nicht auf unsere Fährte bringen. Das flache Schuhwerk durch Stiefel ersetzen, die an der Sohle mit langen, spitzen Nägeln besetzt waren. Meine Mutter hatte sie extra für mich anfertigt. Sie würden mir auf den Bäumen und Blättern Halt bieten. Es hatte ewig gedauert, bis ich auf ihnen gehen konnte. Und wieder weinte ich, als ich mich erinnerte.

„Die Haare zusammenbinden und das Nachtsichtgerät auf meiner Stirn befestigen", befahl ich mir im Stillen selber.

Das Nachtsichtgerät gehörte, mit dem Kompass und der Karte, zu unserem wertvollsten Besitz. Meine Mutter hatte lange gebraucht, bis sie den Nutzen dieses Gerätes erkannt hatte und ich war ebenso begeistert, als sie es mir eines Tages demonstrierte. Es hätte mich sehr interessiert, welche geheimen Schätze aus grauer Vorzeit sie noch versteckt hielt. Doch wir waren nie dazu gekommen, sie uns anzusehen, weil wir uns voll und ganz auf meine Ausbildung konzentrieren mussten. Jetzt war ich die alleinige Besitzerin dieses seltenen Artefakts.

Ich verstaute das Obst, ebenso den Medizinbeutel, kontrollierte die Wasserflasche und schulterte anschließend die Tasche. Zum Schluss schnallte ich mir noch den Messergürtel um. Der dunkle Wald baute sich vor mir auf wie eine dichte, undurchdringbare Wand. Hindurch zu gehen, wäre unmöglich gewesen.

Ich blickte hoch.

Die Baumkrone befand sich ca. hundert Meter über dem

Boden. Allein der steile Aufstieg würde eine Ewigkeit dauern. Für einen kurzen Moment bekam ich ohnmächtige Angst und der Mut drohte mich zu verlassen. Dann zog ich meine Handschuhe stramm.

Ich schloss die Augen, um mich zu sammeln.

„Für dich, Mutter", flüsterte ich in die schwarze Nacht.

Dann begann ich zu klettern.

Allein

In einem Märchen wäre die abgekämpfte, aber dennoch wunderschöne Prinzessin, in den Baumkronen von ihrem ebenso schönen Prinzen empfangen worden. Er hätte sie in den Arm genommen, ihr die Tränen von den Wangen geküsst und dabei versprochen, dass sie nie wieder Kummer haben würde.
Aber das Leben war kein Märchen.
In den Baumkronen wartete niemand auf mich und für die atemberaubende Aussicht hatte ich keinen Blick übrig. Nur einmal sah ich kurz zu Burg zurück. Soviel ich aus der Ferne erkennen konnte, waren die bunten Lichter erloschen.
Seine Gottheit trauerte.
Ich lachte freudlos.
Wie er wohl mein Verschwinden erklären würde? Immerhin war meine Flucht eine riesengroße Demütigung für ihn. Wahrscheinlich kursierten bereits haarsträubende Geschichten über meine Abwesenheit. Vielleicht sogar über meinen Geisteszustand oder meinen Tod?
Demonstrativ wandte ich der Burg den Rücken zu.
Es war mir egal.
Ich wollte nur eine Sache: so schnell wie möglich fort von hier!
Ich gönnte mir eine kurze Verschnaufpause und wurde mir zum ersten Mal richtig bewusst, wie weit ich mich über dem Erdboden befand. Eigentlich war der komplette Aufstieg ganz anders geplant, denn eigentlich sollte ich gesichert sein und eigentlich war ich nicht schwindelfrei.
Eigentlich, eigentlich, eigentlich...
Ich strich mir die klatschnassen Haare aus der Stirn.
Keine einzige Sekunde lang hatte ich daran gedacht, meine

gewagte Kletterpartie zu sichern. Eine flammende Wut hatte mich vorangetrieben und jede Sicherheit vergessen lassen. Vielleicht wollte ich sogar abstürzen, um damit meiner Mutter in den Tod zu folgen. Es wäre sicher der leichtere Weg gewesen. Doch jetzt stand ich hier oben, ohne recht zu wissen, wie ich hierhergekommen war. Meine Mutter hätte wahnsinnig mit mir geschimpft.

Ich schluckte schwer.

Fast konnte ich sehen, wie sie den Kopf schüttelte.

Also gut!

Meine Tränen mussten warten.

Der Morgen dämmerte bereits und es wäre besser, wenn ich mich auf mein Vorhaben konzentrieren würde. Es war noch nicht zu spät, sich den Hals zu brechen. Auf der Baumkrone konnte ich nicht ewig bleiben und deshalb trat ich vorsichtig auf eines der Blätter. Es bog sich sofort unter meinem Gewicht. Erschrocken setzte ich meinen Schritt wieder zurück und hielt mich panisch an dem Stamm fest.

Na wunderbar!

Was war ich doch für eine phantastische Heldin!

„Los, nochmal!", feuerte ich mich selber an.

Der zweite Versuch verlief genauso kläglich wie der erste.

„Nun springe schon, du dumme Kuh!", heulte ich schon vor Wut auf mich selber und ballte dabei trotzig meine Hände zu Fäusten.

Ich verließ meinen Platz.

Das Blatt gab wieder nach und ich bekam abermals Panik. Dieses Mal hatte ich mich aber dummerweise zu weit vorgewagt. Ich stürzte und rutschte auf dem Hinterteil über die glatte Oberfläche des Blattes in den Abgrund. Ich prallte auf einen Widerstand und kam erst noch zum Stoppen, doch dann fiel ich wie ein Stein weiter. Schreiend griff ich blindlings um mich und bekam schließlich einen der dicken Stiele zu packen. Es war ein kleineres Blatt und hing, aufgrund meines Gewichtes, sofort senkrecht nach unten. Es konnte sich nur noch um Sekunden handeln, bis es abreißen würde.

Völlig verschreckt und ganz anders, als ich es gelernt hatte, drehte ich mich ruckartig zum Baumstamm und griff dabei nach einem Ast. Das Blatt löste sich lautlos und fiel dankbar in den dunklen Abgrund. Ächzend versuchte ich mich hochzuziehen. Meine Lage hatte sich um keinen Deut verbessert, denn auch dieser Ast knackte bereits bedrohlich. Schließlich konnte ich nach einem dickeren Stamm greifen. Mithilfe meiner stabilen Schuhe schaffte ich es, mich am Baumstamm abzustützen. Keine Sekunde zu früh, denn auch dieser Ast verabschiedete sich, allerdings wesentlich geräuschvoller. Was musste ich für einen erbärmlichen Anblick bieten, als ich mich langsam wieder zur nächsten Baumkrone hocharbeitete. Mein Anzug hatte bereits einen Riss am Oberarm, die Brille hing schief und an den Fingerknöcheln hatte ich bereits die ersten Abschürfungen, die auch noch brannten wie Feuer.

Mühsam hielt ich die Tränen zurück.

Okay, es war nicht so gut gelaufen, aber trotzdem, hatte ich bereits den ersten Baum überwunden. Beim nächsten Sprung, würde alles besser werden. Ich nahm mir die Zeit, um der aufgehenden Sonne einen Blick zu widmen. Wenigstens sie ließ mich nicht im Stich und war immer noch die Alte – hell, warm und freundlich.

Ich musste weitermachen!

Wie zur Bestätigung wehte ein heftiger warmer Wind in mein Gesicht. Er ließ die Blätter tanzen und zauberte dadurch die schrillsten Schattengestalten in das Zwielicht.

„Komm schon!", trieb ich mich an.

Ich hangelte mich zu einem Stamm und wäre dabei fast wieder abgerutscht.

Egal, zum nächsten!

Wacklig und unbeholfen bot ich eine fürchterliche akrobatische Vorstellung. Die Äste, Zweige und Stämme protestierten lautstark unter der rücksichtslosen Behandlung, die ich ihnen zukommen ließ. Mehrmals krachte und knackte es so laut, dass ich sicher war, dass dies mein Ende bedeuten würde, weil ich in den tiefschwarzen Schlund fallen würde.

Ich glaubte, die aufgebrachte Stimme meiner Mutter zu hören: „Pen, was soll denn das? Du benimmst dich wie ein Trampeltier. Hast du denn nichts von mir gelernt? Du sollst über die Bäume gehen und dich nicht dazwischen durchhangeln wie ein völlig verblödeter Affe!"

Ich lachte unter Tränen.

„Du hast ja Recht", flüsterte ich in die Nacht.

Natürlich musste ich meine Strategie ändern. Mehrere rote Striemen zierten bereits mein Gesicht und meine Füße schmerzten schon. Meine Mutter hatte es mir tatsächlich ganz anders beigebracht. Zu Übungszwecken hatten wir in der Scheune ein Seil stramm über den Boden gespannt. Dort konnte ich mein Gleichgewicht trainieren. Dabei hatte ich mich gar nicht so dumm angestellt. Das erste und auch einzige Mal, dass meine Mutter mir applaudiert hatte, war der Tag, an dem ich ohne Wackler von einem Ende des Seils bis zum anderen balancierte war.

„Konzentrier dich!", mahnte ich mich selbst, „du kannst das!"

Kämpferisch blickte ich nach oben und kletterte wieder in die Höhe. Dann stellte ich mich demonstrativ und breitbeinig auf eines der großen Blätter.

Augen zu und durch.

Ich rannte los.

Das Blatt gab nach und während es sich nach unten bog, sprang ich zum nächsten. Meine Schuhe fanden durch ihre Spitzen an der Sohle sofort Halt, machten es mir aber kurzzeitig unmöglich, mich zu bewegen. Hilflos und unbeweglich wurde ich auf der wackligen Pflanze nach unten gezogen. Doch dann geschah das Unglaubliche: das Blatt erholte sich augenblicklich von meinem Gewicht und schnellte wieder in die Höhe. Ich nutzte den Schwung und landete auf dem nächsten Gewächs, dessen Laub viel kräftiger war und deshalb mein Gewicht kaum beeinflusste. Sollte ich die richtige

Technik tatsächlich schon herausgefunden haben? Ich traute meinem Glück nicht und versuchte es noch einmal.

Ein weiterer Sprung.

Es klappte!

Ich rückte meine Brille zurecht.

Vor Aufregung hatte ich ganz feuchte Hände.

Jetzt würde ich es einmal ohne Pause versuchen.

Und los!

So hüpfte ich wie ein Gummiball von Blatt zu Blatt und schließlich von Baum zu Baum. Ich fühlte mich so, als ob ich über Watte gehen würde, die mich ab und zu tief einsinken ließ und gleich danach mit Schwung wieder ausspuckte.

Ich ertappte mich dabei, dass ich laut lachte.

Ganz langsam fand ich heraus, worauf ich bei den Blättern achten musste. Die großen dunkelgrünen Blätter mit ihren hellgrünen Fasern glichen einem Trampolin, während das schmale Laub kaum nachgab und eher als Steg diente. Es gab auch fleckige, braune Blätter, die sich als sehr stabil entpuppten, aber unangenehm rochen. Andere sonderten ein schleimiges Sekret ab, weswegen ich immer daran festklebte. Diese Blätter versuchte ich möglichst auszulassen, weil ich keine Ahnung hatte, ob sie nicht vielleicht giftig waren.

Gerade als es anfing, richtig Spaß zu machen und die Freude mich zu überwältigen drohte, wurde der Wind stärker und es begann zu tröpfeln.

Ich versuchte es zu ignorieren.

Nichts sollte meinen Erfolg jetzt trüben. Unbeirrt setzte ich meinen Weg fort. Ich gestattete mir keine Rast mehr. Ich wollte so viel Abstand wie nur möglich zwischen mich und meinem Vater bringen. Mein Schweiß vermischte sich mit dem Regen und mein Schnaufen mit dem Stöhnen des Windes. Schließlich goss es in Strömen und ob ich wollte oder nicht, musste ich mein Tempo zügeln. Innerhalb von Sekunden war ich tropfnass. Ärgerlich schob ich die Brille auf die Stirn und damit meine Haare aus dem Gesicht. Wieder einmal verfluchte ich jedes Märchen, welches ich in meiner Kindheit gehört hatte. Ich konnte mich nicht an eine Prinzessin erinnern, die auf ihrer Flucht völlig durchnässt worden wäre. Im Gegenteil, dort ritt sie meistens mit ihrem Prinzen in den prächtigen Sonnenuntergang.

Verdammt.

Ich war aber allein und einsam.

Mir wurde plötzlich bitterkalt.

Mein Glücksgefühl war genauso schnell verschwunden, wie es gekommen war. Ich stemmte die Hände in die Hüften und erlaubte mir, mich kurz umzusehen. Wasser lief mir über das Gesicht und tropfte in meinen Kragen. Der Regen wurde jetzt sogar noch schlimmer. Schnell suchte ich einen Unterschlupf, indem ich wieder ein Stück nach unten kletterte und mich unter einem der dickeren Blätter verbarg. Doch obwohl die Pflanzen so riesig waren, konnten sie die Nässe nicht komplett fernhalten. Der Regen bahnte sich seinen Weg über die Blattadern und schließlich prasselte das Wasser neben mir auf andere Blätter und spritzten mich nass. Um mich herum entstanden sogar kleine Wasserfälle.

Zitternd schlug ich die Arme um die Beine, während die nasse Kälte immer weiter in meinen bibbernden Körper drang.

Ein Blitz erhellte den Himmel und der darauffolgende Donner ließ mich zusammenzucken. Jetzt, da ich unfreiwillig zur Ruhe kam und das Wetter nicht mehr mitspielte, wurde mir plötzlich wieder das ganze Ausmaß meiner Tragödie bewusst.

Meine Mutter war tot.

Niemand würde für mich sorgen, wenn ich kraftlos, ratlos oder verletzt war. Keinen würde es kümmern, wenn ich in diesem Wald, der mir von Minute zu Minute unheimlicher wurde, elend zugrunde gehen würde. Eine heftige Panikattacke überkam mich, dass ich kurzzeitig nicht mehr Atmen konnte. Mein Herz raste. Ich griff nach meinem Hals, japste nach Luft und strampelte dabei mit den Füßen.

Allein, allein, allein...

Die Grausamkeit dieses ernüchternden Wortes „allein" übertraf alle Vorstellungen.

Ich verbannte es aus meinem Kopf.

Danach stellte ich mir die Frage: „warum?"

Doch ich konnte keinen klaren Gedanken mehr fassen.

Ich raufte mir das Haar und versuchte dabei verzweifelt, nicht verrückt zu werden.

Ich hatte nicht die geringste Chance zu überleben.

Ich war eine Idiotin, ein verzogenes Gör, eine Versagerin.

Ohne meine geliebte Mutter konnte ich in dieser Wildnis nicht existieren.

Warum war ich allein losgegangen?

Warum kehrte ich nicht um?

Warum war meine Mutter tot?

Warum, warum, warum!

Ich ballte die Hände zu Fäusten und hielt weiter dieses abstruse Zwiegespräch mit mir selber aufrecht.

Darum, darum, darum!

Es nützte nichts!

Ich hatte zwei Möglichkeiten: weiter oder zurück.

Natürlich musste ich weiter.

Fürst Flag war Grund genug!

Ich schielte vorsichtig über das feuchte Blatt in den Abgrund. Niemals würde ich mich freiwillig in den Tod stürzen. Was, wenn ich schwer verletzt überlebte? Noch mehr Angst, als vor dem unbekannten und aussichtslosen Weg der vor mir lag, hatte ich davor, hilflos am Boden zu liegen und dabei leichte Beute für eines der vielen Raubtiere zu sein, die mich bei lebendigem Leib auffressen würden.

Ich schüttelte mich.

Dann hörte es plötzlich auf zu regnen - genauso schnell wie es begonnen hatte. Ich beobachtete einen Wassertropfen wie er abperlte, über das Blatt lief, an dessen langer Spitze hängen blieb, immer bauchiger wurde und schließlich aufs nächste Blatt tropfte. Dort ging das Gleiche Spiel wieder von vorne los.

Sollte dies mein zukünftiges Leben sein? Die Natur zu betrachten?

Ich schüttelte mich erneut bei dem Gedanken, dann wischte ich mir über die Nase. Sicher bekam ich eine Erkältung. Kein Wunder, nachdem ich völlig durchgefroren und nass bis auf meine Unterwäsche war. Der Wald dampfte jetzt überall und eine unangenehme Schwüle machte sich breit. Vielleicht würde ich dadurch schneller trocknen?

Frustriert kramte ich im Rucksack nach der Wasserflasche und nahm ein paar kräftige Schlucke. Mit dem Wasser musste ich zum Glück nicht sparsam sein. Meine Mutter hatte mir gezeigt, wie ich es sogar in Zeiten der größten Dürre aus einigen bestimmten Blättern pressen konnte. Diese Pflanze wuchs im Überfluss und ich hatte sie mir besonders gut gemerkt. Der Gedanke ans Verdursten hatte mich sehr geängstigt. Allerdings hatte ich damals gedacht, dass wir zu zweit sein würden.

- Mutter -

Tränen schossen mir wieder in die Augen und ich schluchzte laut. Ich vermisste sie so sehr und hier allein ich hatte solche Angst. Noch nie in meinem Leben war ich alleine gewesen und niemals hätte ich geglaubt, diese Erfahrung auf so brutale Art und Weise machen zu müssen.

Ich legte die Arme wieder um meine Füße, legte meine Stirn auf meine Knie und weinte, bis ich keine einzige Träne mehr in mir hatte. Dann verstaute ich meine Wasserflasche, stand auf und schnallte meinen Rucksack um.

Es nützte nichts, ich musste weiter.

Ein Schatten huschte an mir vorbei und ich schrie entsetzt auf. Es war aber glücklicherweise nur ein kleines Äffchen, das mich frech von einem Ast betrachtete und dann blitzschnell im dunklen Dickicht verschwand. Dabei machte es komische Geräusche und ich hätte schwören können, dass es mich für meine Schwäche verhöhnte.

„Na bitte", sagte ich laut und blickte dem kleinen Primaten

böse hinterher, „dann mache ich mich eben zum Affen."

Ich kletterte wieder nach oben und war mir mit jeder Bewegung des nasskalten Anzugs bewusst.

Mit dem „Baumspringen", wie ich es getauft hatte, lief es auch nicht mehr so gut wie am Anfang. Die Pause hatte mir keine Erholung verschafft, sondern mich eher demotiviert. Mehrmals musste ich jetzt stehen bleiben und mir meinen Weg suchen, weil der Wald plötzlich nicht mehr so dicht bewachsen war. Dadurch bildeten sich größere Lücken, die ich geschickt umgehen musste. Einmal konnte ich kurz auf den tiefen Waldboden sehen. Als dort die schwarze Silhouette eines wohl großen Tieres vorbeizog, dauerte es einige Zeit, bis ich vor lauter Herzklopfen wieder in der Lage war, weiter zu springen.

„Nur nicht die Nerven verlieren!", sagte ich mir.

Immer wieder holte ich den wertvollen Kompass hervor, um zu kontrollieren, ob meine Richtung stimmte. Die Nadel zeigte nach Osten - genauso konsequent wie vor einer Stunde. Erleichtert steckte ich ihn in die Tasche zurück.

Na bitte.

Es wurde Mittag.

Gestern hatte ich um diese Zeit noch fürstlich im Thronsaal gespeist. Auf glänzenden goldenen Tellern war mir Suppe, Hühnchen, Kartoffeln und Gemüse serviert worden. Als Nachtisch gab es Apfelkuchen. Es kam mir jetzt schon wie eine halbe Ewigkeit vor, dass ich nicht mehr zuhause war. Jetzt war ich heimatlos.

Ich rieb mir die kalten Arme. Obwohl die Sonne hoch am Himmel stand, fror ich immer noch erbärmlich. Der Stoff meines Anzuges war zwar sehr robust, trocknete aber aus unerklärlichen Gründen nur sehr langsam.

Ich setzte meinen Weg fort. Sprung um Sprung, bis es zur Routine wurde.

- Nachmittag -

Zeit für meinen Kräutertee. Aus einer hauchzarten Porzellantasse - nach einem Tag in dieser Wildnis, bereits unvorstellbar.

Statt ganz gepflegt Tee zu trinken, machte ich jetzt Rast auf einem uralten, knorrigen Ahornbaum und zwang mich, eines der Brote zu essen, die meine Mutter für uns eingepackt hatte. Ich war unendlich traurig. Als ich das Brot endlich gegessen hatte, kaute ich anschließend lustlos auf einem Apfel herum. Gleichzeitig blickte ich mich aufmerksam nach den berühmten Beerenbäumen um, von denen meine Mutter immer geschwärmt hatte.

„Sie schmecken köstlich, Pen, und sorgen dafür, dass wir nicht verhungern, auch wenn sie uns nach einiger Zeit zum Hals heraushängen werden", hatte sie lachend hinzugefügt.

Jetzt hielt ich bereits Ausschau nach den goldenen Früchten, die angeblich auf der Zunge zergehen. Ein kleiner Vorrat konnte nicht schaden, schließlich musste ich bei Kräften bleiben. Ich versuchte mir Mut zuzusprechen und mich zu motivieren, doch ich scheiterte kläglich. Immer wieder bekam ich unkontrollierte und schlimme Angstschübe, weil mir die schrecklichsten Gedanken durch den Kopf gingen. Was, wenn sich meine Mutter geirrt hatte? Die Vegetation konnte sich doch in zwanzig Jahren völlig ändern. Vielleicht gab es die Wasser und Nahrungsvorräte gar nicht mehr. Meine Mutter hätte dann sicherlich eine Lösung gefunden, aber ich konnte es nicht.

Funktionierte der Kompass auch richtig? Ich wollte ihn nicht schon wieder herauskramen und kontrollieren. Was, wenn er kaputtgehen würde?

Und die Karte? Was, wenn das Dorf nur in unserer Einbildung existierte?

Fragen über Fragen...

Wütend klatschte ich mit der Handfläche auf meinen Nacken, um ein lästiges Insekt loszuwerden. Wenn es mit meiner ausschweifenden Phantasie nur ähnlich einfach gewesen wäre...

Nicht mehr nachdenken!

Weiter!

- Abend -

Der erste Tag meiner Flucht neigte sich dem Ende zu und ich war jetzt schon ein seelisches Wrack.

„Hast du denn etwas Anderes erwartet?", knurrte ich vor mich hin, während ich den Rucksack von meinen schmerzenden Schultern nahm.

Eine Nacht und einen Tag war ich jetzt pausenlos unterwegs. Langsam spürte ich jeden schmerzenden Knochen im Leib und eine lähmende Müdigkeit machte sich breit. Kein heißes Bad und vorgewärmtes Himmelbett warteten heute auf mich. Für meinen Schlafplatz hatte ich stattdessen eines der braunen, stabilen Blätter hoch oben in den Wipfeln ausgewählt. Es dämmerte bereits und ich beeilte mich, die dicke Decke darauf auszubreiten.

Auf die Unterlage aus Moos würde ich heute verzichten. Ich war viel zu müde, um es mühsam noch einzusammeln. Ungeduldig wühlte ich im Rucksack nach einer weichen Unterlage für meinen Kopf, ohne Kissen konnte ich einfach nicht schlafen. Beim Herumkramen fiel mir das Gewand meiner Amme in die Hände. Ich widerstand einem ersten Impuls, das Kleid angewidert in den Abgrund zu werfen. Doch da dachte ich an die Warnung meiner Mutter, dass im Falle einer Verfolgung, wir niemals irgendetwas zurücklassen durften und jede Spur verwischen mussten, sei sie auch noch so klein. Außerdem konnte mir die Kutte noch nützlich sein. Ich würde sie als Nachtgewand tragen, während ich meinen Anzug zum Trocknen aufhängen würde.

Ich rollte mich in die dünne Decke ein und benutzte schließlich meinen Rucksack als Kopfkissen. Ein paar Minuten später schob ich ihn jedoch frustriert auf die Seite, weil mir der sperrige Inhalt keine bequeme Position für meinen Kopf bieten konnte. Obwohl ich hundemüde war, dauerte es wohl eine Ewigkeit, bis ich einschlief.

Ängstlich lauschte ich immer wieder in die Nacht hinein.

Alle Waldgeräusche waren mir so fremd und nie wusste ich, woher ein Laut kam und was es für mich bedeuten konnte.

Mehrmals zuckte ich nervös zusammen, wenn ein Nachtvogel mit rauschenden Flügeln knapp an meinem Nachtlager vorbeiflog. Es war alles so furchtbar unbequem, es war sehr kalt und die Insekten brachten mich fast um den Verstand mit ihrem Gesurre. Schließlich zog ich die Decke einfach über den Kopf, bis ich in einen tiefen, unruhigen Schlaf fiel.

Spinnen!
Ich träumte von widerlichen Spinnen.
Sie waren auf meinem ganzen Körper verteilt. Kleine schwarze Biester mit langen, feinen Beinchen.
Ich hasste Spinnen!
Wahrscheinlich taten das alle Mädchen in meinem Alter, nur dass sie keine Magd hatten, nach der sie läuten konnten und die sich dann mit den Viechern abmühen musste, damit das Prinzesschen in Ruhe schlafen konnte. Ich hatte mir natürlich niemals Gedanken darübergemacht, ob sie sich genauso davor ekelte wie ich. Als Kind hatte ich wegen Spinnen sogar mehrmals hysterische Anfälle gehabt, bei denen ich heulend und trotzig auf meinem Bett rumgesprungen war. Ich hatte die ganze Burg zusammen geschrien und war erst dann zufrieden, wenn mehrere Dienstboten auf Händen und Füßen damit beschäftigt waren, mein prächtiges Zimmer nach diesen grässlichen Tierchen abzusuchen. Mit verschränkten Händen saß ich dann auf meinem Himmelbett und beobachtete hoheitsvoll die Szenerie. Was mussten die armen geplagten Dienstboten wohl über den verwöhnten Schreihals gedacht haben? Sicher waren sie danach noch selbst in Panik, denn hätten sie eine Spinne übersehen, wäre die Strafe dafür kaum auszudenken gewesen.
Etwas kitzelte meine Stirn.
Schlaftrunken fuhr ich mit der Hand darüber.
Dann spürte ich ein Kribbeln am Mund.
Wieder wischte ich genervt darüber und öffnete schließlich schwerfällig die Augen.

Was ich dann zu sehen bekam, brachte mich fast um den Verstand.

Diesmal war es kein Traum!

Überall auf meinem Körper, meiner Decke und dem Blatt krabbelten kleine schwarze Spinnen.

Ich fuhr blitzartig hoch und schrie wie eine Verrückte.

Ich versuchte mit hektischen Handbewegungen, die Tiere von mir abzustreifen. Zahlreiche Vögel flatterten erschrocken hoch, doch ich übertönte ihr empörtes Gekrächze bei weitem.

Ein Schwall aus fürchterlichen Insekten ergoss sich auf den Boden, bildeten eine Traube und dann platzte das Gebilde blitzschnell auseinander. Hunderte Spinnen suchten Schutz unter dem Blatt, das vor kurzem noch mein Schlafplatz gewesen war. Ich konnte mich gar nicht mehr beruhigen und schrie bis meine Stimme nur noch ein heiseres Krächzen war. Mein Ausflippen brachte den ganzen Wald in Aufruhr. Immer wieder flogen bunte Vögel vorbei und die Affenhorde fauchte und schrie ebenfalls aus allen Winkeln des Waldes. Zu allem Überfluss kreiste nun auch ein Schwarm Stechmücken um meinen Kopf. Ich schüttelte mich wie wild, meine Haare, mein Kleid und meinen Anzug, den ich mit voller Wucht vom Ast herunterriss. Durch das ganze Gewackel kam meine Trinkflasche in Bewegung, rollte über das Blatt, blieb erst noch kurz hängen und stürzte dann doch in die Tiefe. Soviel zu den Spuren, die ich nicht hinterlassen durfte...

„Ich hasse dich, du verfluchter Wald!", rief ich wutentbrannt und damit verabschiedeten sich dann meine Stimmbänder endgültig. Ich hustete.

„Was soll`s!", dachte ich zornig, „hier hört mich sowieso keiner schreien."

Zittrig schlüpfte ich in den warmen Anzug zurück. Wenigstens war er jetzt trocken. Eilig packte ich den Rest meiner Sachen zusammen. Hier würde ich keine Minute länger bleiben. Zum Glück hatte ich eine zweite Wasserflasche dabei, warf der verlorenen dennoch einen sehr wehmütigen Blick hinterher. Ich verfluche meine Ungeschicklichkeit, meine Feigheit und mein Gezicke. Hastig band ich meine Haare zusammen, zog die Schuhe fest und sprang augenblicklich zum nächsten Blatt. Ich spürte dabei die gestrigen Strapazen. Meine Muskeln rebellierten. Trotzdem zwang ich mich unter den für mich ziemlich unerträglichen Schmerzen, noch eine Zeitlang weiter zu gehen. Ich hatte das Gefühl, dass ich mich wie eine Schnecke fortbewegte. Viel zu früh musste ich nun auch noch eine Pause einlegen, weil ich meinen knurrenden Magen nicht mehr ignorieren konnte. Rasch vertilgte ich ein weiteres meiner vier belegten Brote. Die Stulle kam mir jetzt schon ziemlich eintönig vor, denn mein königlicher Gaumen forderte die gewohnte Abwechslung. Wie gerne hätte ich jetzt meinen schaumigen Kakao zum Frühstück gehabt.

„Schaumigen Kakao?", dachte ich aufgebracht.

Sicher gab es in meinem Heimatdorf Kinder, die noch nie ein Stück Schokolade gegessen hatten und ich beklagte mich jetzt schon über solche belanglosen Entbehrungen.

Zielstrebig griff ich nach einer Birne und rubbelte sie an meinem Oberschenkel ab, bis sie halbwegs sauber war.

Ich würde das Verzichten schon noch lernen - irgendwann...

Mit diesem Versprechen im Gepäck setzte ich meinen Weg fort.

Tatsächlich fing es bereits nach kurzer Zeit wieder zu tröpfeln an. Ich war wegen des Regens frustriert. Was hatte ich geglaubt? Dass ich nur einmal nass werden und dann für den Rest der Reise meine Ruhe haben würde? Hatte ich mir eigentlich jemals Gedanken über das Wetter gemacht? Schlimmer noch, hatte ich überhaupt über irgendwas nachgedacht? Ein Leben, welches sich ausschließlich um ausgefallene Stickereien, bunte Haarbänder und albernes Hofgeschwätz drehte, dazwischen ein paar harmlose Lehrstunden, die mir nur das Nötigste an Bildung vermitteln durften, nach dem Motto: nur eine dumme Prinzessin ist eine gute Prinzessin.

Rebellion kam in meinem Wortschatz nicht vor und für Freidenker war im Reich seiner Gottheit sowieso kein Platz, auch nicht, wenn es um die eigene Tochter ging. Ich wäre eine wunderbare Marionette gewesen. Eine Prinzessin, die das Leid ihres eigenen Volkes gar nicht gesehen und alle Probleme hübsch weg gelächelt hätte. Meine Mutter hatte mir die Augen geöffnet und ich hatte ihr am Anfang nicht geglaubt. Vielleicht wäre es besser gewesen, wenn ich am Grund der Burg liegen würde und meine Mutter hier stünde. Ihr Tod war ungerecht und unnötig.

Wieder glaubte ich, ihre Stimme zu hören: „Pen, du sollst mir Ehre machen und nicht schon wieder in Depressionen verfallen. Die Einzige, die versagt hat, bin ich."

Über diese Ansicht hatten wir oft gestritten. Meine Mutter nahm alle Schuld auf sich und glaubte, in meiner Erziehung viel zu nachlässig gewesen zu sein.

„Ich hätte mit dir fliehen sollen, als du noch ein Säugling warst. Dann hätte ich dich wie eine Amazone großziehen können", schimpfte sie mit sich. Ich dagegen war jetzt, da ich geläutert war, der Meinung, dass jeder Heranwachsende irgendwann einmal selber Verantwortung für sein eigenes Leben und das seiner Mitmenschen übernehmen sollte. Bis vor kurzem hatte ich die Bequemlichkeit meines Standes ausgenutzt. Es war natürlich von großem Vorteil, dass ich mich weder anstrengen, noch selbständig denken musste. Doch diese Scheuklappen hatte ich mir selber angelegt.

„Du bist viel zu streng mit dir", hatte meine Mutter dann immer gesagt, als ich ihr meine Meinung über mich kundgetan hatte, doch ich spürte ihren anerkennenden Blick und es tat mir gut, gelobt zu werden.

Nachdenklich betrachtete ich eines der niedlichen Äffchen, das ganz ohne Scheu in meiner Nähe saß und gierig an einer Frucht knabberte. Eigentlich mochte ich diese Tiere sehr gerne. Außerdem hielt es Obst in den kleinen Händen und das war ein gutes Zeichen.

Plötzlich hörte ich vom Waldboden ein lautes Grollen nach oben dringen. Meine Nackenhaare standen mir zu Berge. Ich bildete mir ein, dass der Baum bereits wackelte und das mögliche Untier, oder was auch immer das war, versuchte, nach oben zu kommen. Jetzt fiel mir plötzlich wieder ein, dass die Leute im Dorf von Zeit zu Zeit die sonderbarsten Kuriositäten gefangen hatten. Es gab immer ein großes Fest, wenn ein Jäger so eine seltene Beute machte, die natürlich sofort von den Soldaten seiner Gottheit beschlagnahmt wurde. Trotzdem gelang es mir, immer wieder einen verstohlenen Blick auf diese außergewöhnlichen Geschöpfe zu werfen. Auch ich war viel zu neugierig und viel zu gelangweilt gewesen, um dieses phantastische Spektakel einfach zu ignorieren. Warum auch? Einmal hatte ich eine riesige giftgrüne Echse mit kurzen Beinchen, einem langen Schwanz und gezackten Rücken erspäht. Vier Soldaten schleppten sie an einem Seil, das sie dem toten Tier um den Hals gebunden hatten, auf die Burg. Als nächstes ging ihnen ein Säbelzahntiger ins Netz, der hatte Hauer so lang wie ein ausgewachsener Männerarm. Dann eine unglaubliche Baumpython, deren langer Körper über drei Häuser reichte und die gefangen wurde, als sie gerade eine ganze Kuh verschlang. Als Beweis wurde das Reptil auf dem Marktplatz ausgestellt. Hin und wieder verschwanden auch Bauern, Mägde und Kinder. Nicht alle konnten der Mordlust meines Vaters angerechnet werden, aber ihre Existenz machte sie dennoch zum Sündenbock vieler seiner zahlreichen Verbrechen.

Unglaublich.

Und das alles hatte sich direkt vor meinen Augen abgespielt. Zum Glück war ich früh genug aufgewacht, um zu merken, dass das alles einfach nur Wahnsinn ist, was innerhalb der Burgmauern passiert ist.

Ich sprang also weiter.

Mein Blick wurde schärfer. Er gewöhnte sich allmählich an die Umgebung und die eindrucksvollen Farben. Meine Erinnerung an die zahlreichen, gefährlichen Kreaturen im Wald trug ebenfalls dazu bei.

„Bleib im Licht", hatte meine Mutter gesagt, „die fleischfressenden Tiere sind gerne im Schatten."

Ob das auch auf die Riesenschlangen zutraf? Ich hatte sie nie danach gefragt und bereute es jetzt natürlich.

„Das zeige ich dir, wenn wir unterwegs sind", hatte sie oft gesagt.

Ich schluckte und strich mir ärgerlich über die Augen. Dafür war es leider zu spät.

Nun musste ich meine eigenen Erfahrungen sammeln, die hoffentlich nicht allzu schnell tödlich für mich enden würden. So bemühte ich mich, alles was ich bei ihr gelernt hatte, vor meinem geistigen Auge Revue passieren zu lassen. Brav hielt ich mich an der Oberfläche. Kurze Zeit später lief mir der Schweiß in Strömen über das Gesicht. Das Wetter, das hier so launisch wie ein altes Waschweib war, strapazierte zunehmend meine Nerven. Jetzt schien wieder die strahlende Sonne und an der Oberfläche war ich ihr erbarmungslos ausgesetzt. Aus einem Tuch, in dem eines unserer Brote eingewickelt gewesen war, bastelte ich mir deshalb eine Kopfbedeckung. Ich kam mir dabei sehr einfallsreich vor, denn der Papierhut hielt tatsächlich die heißen Strahlen von meiner blassen Haut fern. Immer wieder blieb ich stehen, um zu trinken. Mein Wasservorrat ging rasant zu neige. Es wurde Zeit, sich nach einer sicheren Wasserquelle umzusehen. Angeblich war es hier im Wald das kleinste Problem. Ich griff nach meinem Messer und näherte mich einem der langen, schmalen Blätter, die mich ständig begleiteten und hoffte dabei inständig, keine Enttäuschung zu erleben.

Ich brauchte Wasser.

Vorsichtig setzte ich die Schneide an und begann zu säbeln. Bereits nach kurzer Zeit wurde meine Hand feucht.

Ich jauchzte.

Tatsächlich!

Wie aus einem Schlauch floss das Wasser einige Minuten heraus, bevor es wieder versiegte. Ich versuchte es gleich noch einmal an der gleichen Pflanze daneben, mit ebenfalls ziemlich positiven Ergebnis. Vorsichtig kostete ich dabei das Wasser. Es schmeckte etwas bitter, war aber durchaus genießbar. Höchst erfreut füllte ich meine Flasche mit frischem Wasser und sonnte mich einen kurzen Augenblick in meinem krönenden Erfolg.

Hoffnung.

Dieses Gefühl bewegte mich motiviert die nächsten Stunden vorwärts.

Vielleicht war doch nicht alles verloren.

Vielleicht hatte ich ja doch eine Chance.

Am Ende des Tages machte ich etwas früher Schluss und suchte einen geeigneten Schlafplatz. Meine dicken Beine schmerzten so sehr, dass selbst wenn ich es gewollt hätte, ich nicht mehr weitergehen konnte. Ich nahm mir dennoch die Zeit, meinen Schlafplatz dieses Mal sorgfältiger auszuwählen und auch weiches Moos sammelte ich emsig. Vielleicht diente es unter anderem dazu, Insekten abzuhalten. Ich hatte keine Ahnung, wollte es aber auf einen Versuch ankommen lassen. Anschließen verspürte ich einen so großen Hunger, dass ich die letzten beiden Brote, ohne zu überlegen, hinunterschlang. Wo Wasser war, da waren auch Früchte, dachte ich mir und morgen würde ich welche finden. Doch während ich auf der Decke wieder in die Geräusche der anbrechenden Nacht lauschte, überkamen mich plötzlich Zweifel, ob es auch tatsächlich so sein würde. In meiner grenzenlosen Gier hatte ich nicht daran gedacht, etwas für das Frühstück aufzubewahren und jetzt bestand mein Proviant nur noch aus zwei Äpfeln und drei Birnen.

„Keine Panik!", versuchte ich mir nun einzureden, doch es nutzte nichts.

Mein Atem wurde kurz und kalter Schweiß bildete sich augenblicklich auf meiner Stirn - jetzt war ich doch beunruhigt.

Ich würde jagen müssen.

„Nein, auf keinen Fall!", dachte ich.
Darüber hatte mir meine Mutter überhaupt nichts erzählt.
Wieso auch? Es wäre ihr Job gewesen.
Ich wusste, dass ich niemals in der Lage sein würde, ein Tier zu töten, um ihm danach die Haut abzuziehen und es dann auszuweiden.
Davon hatte ich nicht die geringste Ahnung.
Dafür fehlte mir die Kaltblütigkeit.
Davon wollte ich schon gleich gar nichts wissen.
Aber konnte ich mich nur von Früchten ernähren?
Ich ersparte mir die Antwort.
Im nächsten Augenblick, fiel ich in einen unruhigen Schlaf.
Ich träumte von einer überdimensionalen Schlange, die mich in ihrem Würgegriff hielt und die sonderbare Weise sprechen konnte.
„Ich habe es nicht ertragen, dir beim Verhungern zuzusehen", sagte sie betrübt, „deshalb fresse ich dich jetzt."
Ironischerweise wünschte ich ihr noch einen „Guten Appetit". Das Letzte, an das ich mich erinnern konnte, war ein riesengroßes geöffnetes Maul mit langen Fangzähnen, das sich über mir öffnete.

Natürlich hatte ich Hunger, natürlich war ich hysterisch und natürlich zitterte ich am ganzen Körper.
Seit mehreren Stunden versuchte ich, die kleinen Äffchen zu verfolgen - Natürlich vergeblich.
Ständig hielten sie diese orangefarbenen Früchte in den Händen und tanzten wie zum Hohn damit vor meiner Nase damit herum.
„Du bist zu dumm, du bist zu dumm!", schienen sie mir damit demonstrieren zu wollen.
„Damit habt ihr recht!", knurrte ich zurück, „und wenn ich es nicht wäre, würde ich euch grillen."
Wie Affenfleisch wohl schmeckte?

Ich würde es sicher nie erfahren, aber trotzdem lief mir bei dem Gedanken an gebratenes Fleisch sofort das Wasser im Mund zusammen. Natürlich aß ich es gerne, nur zubereiten wollte ich es nicht.

Typisch und natürlich.
Natürlich?
Völlig unnatürlich!
Ich schüttelte den Kopf.

Wie viele seltsame Gedankengänge ich in dieser endlosen Wildnis hatte. Es war gerade so, als ob ich mich selber erst jetzt so richtig kennen lernen würde. Konnte ich mich dann überhaupt leiden?

Natürlich.

Vielleicht verlor ich aufgrund der extremen Umstände auch einfach nur den Verstand. Wie es wohl war, verrückt zu sein? Wurde dann alles leichter? Oder sogar schwerer, weil das Gehirn Karussell fährt? Ich musste dringend etwas zu Essen finden.

Es war bereits Mittag.

Die Sonne knallte wieder auf meinen Schädel und bereits zum wiederholten Male hing ich an einer Liane, um meinen Durst zu stillen. Ich trank das frische Wasser bereits aus der Pflanze und hatte es mir abgewöhnt meine Flasche damit zu füllen. Reine Zeitverschwendung. Jetzt stand ich auf dem höchsten Blatt, das ich finden konnte und hielt Ausschau nach essbaren Pflanzen. Trotz meiner fortwährenden Panik, nahm ich zum ersten Mal die Aussicht richtig war.

Überwältigend! Wunderschön! Atemberaubend!

Ein satt grünes Feld tat sich zu allen Seiten auf. Mein Auge konnte grenzenlos über die unendlich scheinende Fläche blicken. Bunte Vögel stiegen majestätisch zwischen den Bäumen auf und ihr Gezwitscher übertönte alle anderen Geräusche.

„Der Wald hat seine ganz eigene Sprache", erklärte mir meine Mutter damals, „du musst nur richtig hinhören."

Das tat ich.

Allerdings hatten der scheinbar schöne Wald und ich gerade ein gravierendes Verständigungsproblem. Er brachte mich an die Grenzen meiner Belastbarkeit.

„Ich habe Hunger", dachte ich verzweifelt und wischte mir den Schweiß von der Stirn.

Dann verspeiste ich meinen letzten Apfel. Es kam mir vor wie eine quälende Henkersmahlzeit und vor lauter Aufregung und schlechtem Gewissen fiel mir das Schlucken schwer. Wie selbstverständlich vor ein paar Tagen noch alles gewesen war. Jetzt erschien mir eine vernünftige Mahlzeit wertvoller als jeder Goldschatz. Obwohl diese Erkenntnis sehr geistreich war, half sie mir nicht weiter, genauso wenig wie mein ständiges Gejammer.

Ich verspeiste den Apfel bis auf den Stiel und während ich das Kernhaus mit den Zähnen zermahlte, dachte ich über Beeren nach. Sie wuchsen auf Sträuchern und Sträucher befanden sich auf dem Boden. Das würde heißen, dass ich vielleicht ein Stück hinunter klettern musste. Natürlich nicht zu weit.

„Oh, nein", dachte ich gequält, aber was blieb mir denn anderes übrig?

Ich war jetzt seit fünf Tagen unterwegs. Seit gestern hatte ich fast nichts mehr gegessen und mit dem Apfel war mein letzter Proviant aufgebraucht.

Also dann!

Es würde nur ein kleiner Abstieg sein. Nichts wirklich Gefährliches. Vielleicht hatte es meine Mutter mit ihren Warnungen übertrieben. Ich zurrte den Rucksack an einem dicken Ast fest. Für den Fall, dass ich schnell sein musste, würde er mich nur behindern. Kurz strich ich mir über das Gesicht und kletterte dann langsam hinunter. Sofort wurde es dunkler und damit merklich kühler. Konzentriert arbeitete ich mich nach unten. Außer, dass es immer stiller und schattiger wurde, konnte ich keine Veränderung feststellen. Die Vegetation war immer noch die Gleiche. Keine Spur von einem Busch oder Strauch.

Ich überlegte.

Ein Viertel der Strecke bis zum Boden hatte ich schätzungsweise zurückgelegt. Sollte ich mich noch weiter wagen oder mein Glück nicht länger strapazieren?

Ich hörte meinen Magen grummeln.

Okay, noch ein kleines Stück.

Keuchend machte ich weiter, doch nach einiger Zeit erkannte ich, dass mein Einfall völlig dumm gewesen war.

„Was für ein Unsinn!", schimpfte ich mit mir selber, „hier unten findest du gar nichts!"

Tatsächlich fühlte ich mich in diesem gedämmten, unheimlichen Licht, alles andere als wohl. Am liebsten wäre ich sofort wieder der wärmenden und lichtdurchfluteten Oberfläche entgegen geklettert.

Trotzdem musste ich kurz verschnaufen.

Diesen sinnlosen Kraftakt hätte ich mir sparen können...

Traurig und erschöpft hing ich am Baumstamm.

Gerade wollte ich mich wieder an den Aufstieg machen, als ich merkte, dass etwas nach meinem Fuß schnappte. Wegen meiner ruckartigen Bewegung wurde ich nur gestreift, konnte aber trotzdem den Stoff an meinem Bein reißen hören und spürte einen leichten Schmerz.

Erschrocken blickte ich nach der Ursache.

Ein hässlicher Vogel hing genau unter mir. Um genau zu sein: ein ziemlich großer und hässlicher Vogel. Trotzdem ließ ich mich nicht sonderlich beeindrucken, denn immerhin zählten Vögel nicht unbedingt zu meinen größten Angstgegnern.

„Hey", rief ich deshalb empört und wollte unerschrocken mit dem Fuß nach ihm treten.

Allein die Tatsache, dass er augenblicklich danach hackte und nicht verschreckt davonflog, beunruhigte mich etwas. Bei genauerer Betrachtung konnte ich jetzt auch die langen Krallen sehen, mit denen er sich am Baum festhielt. Sein Schnabel öffnete sich und legte den Blick auf zahlreiche kleine scharfe Zähne frei. Mir wurde mulmig.

„Verschwinde!", rief ich, doch meine Stimme klang nicht mehr ganz so mutig wie vorher.

Stattdessen schlug der Vogel wild mit seinen Flügeln und kreischte ohrenbetäubend. Er hackte seine langen Krallen tiefer in den Baumstamm und zog sich nach oben.

„Fleischfresser", dachte ich plötzlich schockiert und starrte wie hypnotisiert auf den grauen riesigen Schnabel.

Ich wagte nicht zu fliehen - vor lauter Angst, dass er mir in den Rücken springen und mich totbeißen würde.

Erneut versuchte ich nach ihm zu treten und entging wieder nur knapp seiner Hack-Attacke.

„Verschwinde", brüllte ich panisch, doch er reagierte überhaupt nicht.

Stattdessen fixierten mich seine eiskalten Knopfaugen ununterbrochen. Im Gegensatz zu mir, hatte zumindest der Vogel sein Mittagessen bereits gefunden.

„Nein", flüsterte ich wie betäubt, „nicht so und nicht du!"

Mit dem nächsten Schritt würde das hässliche Vieh mich erreicht haben.

Überlegen.

Nachdenken.

Handeln.

Schnell!

Hektisch riss ich an meiner Kopfbedeckung und warf das verschwitzte Tuch meinem Verfolger über die Augen.

Für wenige Sekunden war der Vogel blind. Kreischend warf er deshalb seinen kahlen Kopf hin und her.

Ich nutzte die Gelegenheit und trat ihm, so fest ich nur konnte, mit den Spitzen meiner Schuhe gegen die Seite, auf die Krallen und schließlich auf den Kopf. Das Tier kreischte vor Schmerz und rutschte blutend ein Stück ab. Leider geschah dasselbe mit dem Tuch. Jetzt wurde der scheußliche Fleischfresser erst richtig aggressiv. Er plusterte seine Federn auf und schaute mich zornig an. Dann stieß er mehrere markerschütternde Schreie hintereinander aus. Obwohl ich mich nie mit dieser Spezies beschäftigt hatte, ahnte ich, dass dieses schreckliche Tier gerade nach Verstärkung rief. Ich musste so schnell wie möglich von hier weg und die sichere Oberfläche erreichen. Viel zu langsam kletterte ich nach oben.

Hinter mir raschelte und krachte es.

Ängstlich blickte ich zurück.

Die furchtbare Kreatur folgte mir noch immer, allerdings nicht mehr so schnell wie am Anfang. Ich musste das Untier tatsächlich verwundet haben.

Schneller.

Noch schneller.

Zweige knickten.

Äste brachen.

Krallen kratzten.

Ich keuchte und glaubte den heißen Atem des Tieres bereits in meinem Nacken zu spüren.

Ich blickte über meine Schulter. Der Vogel war wieder ganz nah an mich herangekommen. Mit zitternder Hand griff ich nach meinem Messer, während ich mit der anderen Hand verzweifelt Halt suchte. Eine denkbar schlechte Ausgangsposition für einen Kampf. Ich hatte keine Zeit mich richtig vorzubereiten, denn da griff mich das rasende Tier schon an. Mit schlagenden Flügeln stürzte es auf mich zu. Reflexartig stieß ich mit dem Messer zu. Der Vogel schnappte zu und verfehlte meinen Arm nur um Haaresbreite. Dennoch setzte ich noch einmal nach und traf ihn tatsächlich am Hals. Die scharfe Schneide versank in weichem Fleisch. Ich hörte einen Schrei und musste überrascht erkennen, dass ich ihn ausgestoßen hatte. Blut spritzte aus der Wunde des Tieres, als ich meinen Arm zurückzog. Der Vogel gab jetzt qualvolle Laute von sich und versuchte sich am Baum festzukrallen.

Er torkelte.

Rasch wandte ich mich ab und setzte meine Flucht fort.

Hinter mir tobte ein Todeskampf und die Geräusche waren entsetzlich. Ich hoffte inständig, dass ich es in wenigen Minuten nicht mit einem Ganzen, rachsüchtigen Vogelschwarm zu tun bekommen würde.

Konzentriert kletterte ich Schritt für Schritt in die Höhe.

Vielleicht machte sich der Rest des mörderischen Vogeltrupps über ihren verletzten und sterbenden Artgenossen her.

Ich hoffte es.

Das würde die Tiere von mir ablenken. Der erste Sonnenstrahl schimmerte durch das Blätterdach.

Ich war gerettet.

Meine Dankbarkeit kannte keine Grenzen.

Noch ein letztes Mal blickte ich ängstlich zurück.

Nichts.

Nur Dunkelheit.

War da ein Geräusch gewesen?

„Nicht die Nerven verlieren", dachte ich panisch, „da ist überhaupt nichts."

Bedächtig, aber kraftvoll zog ich mich Stück für Stück weiter nach oben. Ich konnte meinen Rucksack sehen. Wenige Augenblicke später schnallte ich ihn mir panisch um und kletterte eilig das restliche Stück hinauf.

Oben angekommen, sprang ich wie von Sinnen gleich über mehrere Blätter.

Weg, nur weg von hier.

Ich wusste nicht, wie lange ich eigentlich rannte.

Ich wusste nur, dass ich nicht mehr aufhören konnte.

Irgendwann blieb ich stehen.

Wie ein hilfloser Fisch auf dem Trockenen, japste ich nach Luft. Dann verließ mich meine Kraft. Ich sackte zusammen und übergab mich weinend auf einem Blatt.

Wieder und wieder...

Das war nur logisch, nach all den Strapazen.

Hunger!

Eines der schlimmsten Gefühle, die ein Mensch durchleben kann. Selbstverständlich hatte ich Geschichten darüber gehört. Mit halben Ohr, ganz nebenbei und wohlwissend, dass ich mit dieser Situation niemals konfrontiert werden würde. An den richtig grausamen Stellen, hatte ich vorbildlich die Hände vor den Mund geschlagen, um hysterisch zu kreischen. Meine schöne Mutter hatte es nie leiden können, wenn mein Vater mir Schauergeschichten aus dem Krieg erzählte. Soldaten, die vor lauter Hunger ihre eigenen Finger anknabberten und später sogar ihre gefallenen Kameraden verspeisten, hielt sie für keine passende Gutenachtgeschichte. Damals hatte ich diese Geschichten natürlich nicht geglaubt und darüber gekichert. Den kritischen Blick meiner Mutter ignorierten mein Vater und ich einfach. Wir nannten meine Mutter sogar langweilig.

Meine Hand zitterte.

Im Moment lachte niemand.

Es gab keinen Grund dafür.

Nicht den geringsten.

„Essen", das war der einzige Gedanke, der mich jetzt bereits einen weiteren Tag quälte.

Mein Schritt war schleppend, meine Augen traten schon aus den Höhlen hervor und mein Körper zuckte unkontrolliert. Oder kam es mir nur so vor?

Mein Blick schweifte gehetzt umher.

Wo?

Zum wiederholten Male packte ich eines der kleineren Blätter, an denen ich vorbeikam und drehte es aufgeregt hin und her.

Nichts.

Verärgert ließ ich davon ab.

Diese verdammten Früchte!

Wo steckten sie bloß?

Kritisch beäugte ich auch den Stamm und die Zweige des Baumes, bevor ich weiter sprang.

Schwerfällig, langsam und kraftlos.

Immer wieder musste ich Pausen machen. Mein Tagespensum erreichte ich schon lange nicht mehr. Ich ertappte mich dabei, dass ich meinen Schlafplatz immer früher suchte.

Und wenn schon!

Der Hunger würde mich ohnehin dahinraffen.

Ein grausamer Tod!

Fahrig strich ich mit der Zunge über meine spröden Lippen. Ich bog ein Blatt zur Seite in der Hoffnung, dass sich dahinter etwas Essbares für mich verbarg.

Irgendwas wenigstens...

Aber da war nichts.

Ich gab einen seltsam klingenden Ton von mir - irgendwie unmenschlich.

Wahnvorstellungen plagten mich. Ich sah eine sehr dicke, knusprige Gans in ihrem eigenem Saft schmoren, dampfende Pellkartoffeln auf deren Spitze ein gewaltiges goldgelbes Butterstück zerfloss und dazu eine mehrstöckige Sahnetorte, die sich unter ihrer Füllung bog.

Ein unnatürlicher Laut ertönte.

Er kam wieder von mir.

Ich musste zugeben, dass ich bereits an der Baumrinde genagt hatte. Angeekelt erkannte ich jedoch, dass sie ungenießbar war. Ähnlich erging es mir mit einem Blatt, einer Liane und einer Handvoll Moos. Alles schmeckte so bitter, dass ich es sofort wieder ausspucken musste. In meiner Not hatte ich alles versucht, was mir essbar erschien und war damit kläglich gescheitert.

Gierig betrachte ich die Äffchen in den Bäumen.

Sie waren schnell, gerissen und schlau. Ich hatte keine Chance, eines zu erwischen. Verkrampft umfasste meine Hand den Griff meines Messers. Die Fingerknöchel traten dabei weiß heraus.

Ja, ich hätte einen Affen getötet.

Ich glaube, ich hätte es getan.

Immerhin ging bereits ein Monstervogel auf mein Konto und mit heftig knurrendem Magen änderte man seine hochmütige Einstellung schnell. Bis jetzt hatte ich noch kein Feuer gemacht, aber ich wusste, wie ich ein anständiges entfachen konnte und im Geiste sah ich bereits darin die Silhouette eines Affen rösten. Die Tiere schienen allerdings mit meinem Plan nicht ganz einverstanden zu sein.

Wütend griff ich nach einem Ast und schleuderte ihn gegen die Affenhorde. Sofort stoben sie kreischend auseinander, um sich wenig später wieder an der gleichen Stelle zu sammeln.

Es war aussichtslos.

Geschwächt von meiner überflüssigen Aktion, sank ich auf einem Blatt nieder und raufte mir die dreckigen, zerzausten Haare. Ich musste schrecklich aussehen. War ich tatsächlich einmal eine Schönheit gewesen? Mit großen blauen Augen, langen blonden Haaren und einer zarten Figur? Ich persönlich hatte meine Nase immer zu spitz empfunden und meine Oberweite zu flach.

Pah!

Meine Sorgen in der Vergangenheit wirkten geradezu lächerlich. Was für dämliche und unnötige Gedanken ich mir gemacht hatte. Ich wedelte mit den Händen durch die Luft, als könnte ich sie dadurch vertreiben.

Dumme, eitle Gans!

Den Wald interessierte es nicht, wie ich aussah. Dem Wald war es egal. Er würde alles verschlucken, was nicht in der Lage war, zu überleben und dann unter sich begraben. In ein paar Jahren würde niemand merken, dass ich hier überhaupt existiert hatte. Meine Augenlider flatterten und ich musste mich einen Moment zurücklehnen, weil mir schwindlig wurde. Die Affen hatten mich bereits vergessen und straften mich mit Ignoranz. Unbekümmert kreischten und zankten sie sich lautstark in den Bäumen. Oft kam es nach einer Verfolgungsjagd zu einer hitzigen Balgerei.

Ich beobachtete sie dabei mit halb geschlossenen Augen.

Plötzlich klatschte etwas direkt auf meinen Bauch.

Etwas Feuchtes.

Überrascht blickte ich hoch.

Obst!

Ich traute meinen Augen kaum!

Im Streit musste ein Äffchen die Frucht verloren haben und sie war genau auf mir gelandet.

Blitzschnell griff ich danach und schob sie, obwohl sie von dem Tier bereits mehrmals angeknabbert worden war, hastig in den Mund. Eine Geschmacksexplosion, die einem Feuerwerk gleichkam, machte sich auf meinem Gaumen und in meinem Mund breit.

Nahrung - endlich!

Ich lutschte, kaute und knabberte noch Ewigkeiten an dem Kern des mir unbekannten Obstes, obwohl sich schon längst jede Faser des Fruchtfleisches davon gelöst hatte.

Ich wollte mehr!

Viel mehr.

. Ächzend zog ich mich hoch.

Meine Mutter hatte von Obstbäumen gesprochen. Zahlreich über den ganzen Wald verteilt.

Keuchend lehnte ich mich an den Baumstamm und atmete ein paar Mal kräftig durch. Also mussten sie auch da sein und ich würde sie finden. Die Bäume würden mein Leben retten.

„Nein, du wirst jämmerlich verrecken!", höhnte eine andere grausame Stimme in meinem Kopf.

Meine Ausdrucksweise hatte in letzter Zeit wohl gelitten, genauso wie meine Psyche, die immer labiler wurde. Trotzdem, ich war noch nicht am Ende.

Los!

Ich sprang zum nächsten Blatt und von dort zum übernächsten. Gefolgt von einer Herde brüllender Äffchen. Es war sinnlos, sie zu verscheuchen. Sie kamen immer wieder und eigentlich konnte ich mich über ihre Gesellschaft freuen, denn nachdem sie sich erfolgreich meinem Speiseplan verweigerten, würden sie vielleicht als Wachposten ganz nützlich sein. Ihr Geschrei würde mich sofort auf jedes große Raubtier aufmerksam machen. Dennoch hoffte ich inständig, dass es niemals dazu kommen würde.

Nach einem weiteren beherzten Sprung musste ich stehen bleiben. Mein Fuß schmerzte. Der tiefe Kratzer, den mir der Raubvogel zugefügt hatte, entzündete sich. Ich hätte die Wunde wohl nicht mit dem Wasser der Liane auswaschen sollen. Als ich meinen Fehler erkannte, war es bereits zu spät. Eine nässende, eitrige Kruste bildete sich da bereits über dem tiefen Kratzer. Es sah widerlich aus und brannte höllisch. Das Einzige, was mir Abhilfe verschaffen konnte, war eine Kräutersalbe, die ich aus meinem Rucksack kramte und allein diesem Heilmittel war es wohl zu verdanken, dass ich noch nicht vollständig humpeln musste. Mit den Salben, Tinkturen und Pülverchen, die sich in meinem Gepäck befanden, kannte ich mich gut aus. Meine Mutter hatte mir die Heilkunde besonders ausführlich erklärt und immer wieder betont, wie wichtige es sei, dass ich mich schnell verarzten konnte. Ob sie damals schon geahnt hatte, dass ich unsere Reise alleine antreten würde?

Blödsinn!

Gerade, als ich mich zu meinem schmerzenden Knöchel hinunterbeugen wollte, sah ich sie.

Sie war matschig, faul und wurmig, aber sie war da!

Noch eine Frucht!

Ohne lange zu überlegen, verspeiste ich das bereits halb vergorene und angeschimmelte Obst. Dieses Mal schmeckte die Mahlzeit scheußlich, aber sie war nahrhaft und rettete mir das Leben. Ich rollte den Kern mehrmals dankbar auf der Zunge, bevor ich ihn ausspuckte.

Mein Herz klopfte wie wild. Vielleicht würde meine Suche heute beendet sein.

Oh, bitte.

Schnell versorgte ich meine Wunde, um rasch weitergehen

zu können. Trotz meiner körperlichen Schwäche hatte ich neuen Mut gefasst. Meine Füße flogen wie von selbst über die üppige Pflanzenwelt.

Laufen, Sprung, Landung.

Laufen, Sprung, Landung.

Diese Bewegung führte ich bereits so automatisch aus, dass ich gar nicht mehr darüber nachdachte. Meine Aufregung wurde immer größer und ich hatte nicht die geringste Ahnung warum. Wie eine Besessene arbeitete ich mich weiter. Dabei verlor ich jedes Gefühl für Zeit und Raum. Das Herz raste vor Freude.

Freude?

Worauf?

Einige Zeit später war ich mir sicher, dass ich im nächsten Augenblick zusammenbrechen würde. Mein ramponierter Körper konnte dieses Tempo nicht mehr lange durchhalten und auch meine Nerven spielten schon wieder verrückt. Ich brauchte dringend eine Pause und dieses Mal war ich mir nicht sicher, ob ich wieder aufstehen würde.

Da geschah es!

Ich glaubte natürlich an eine Halluzination, als ich die Veränderung in der Luft bemerkte. Ungläubig blieb ich stehen und schnupperte. Blumig, lieblich, süß, verführerisch? Ich konnte es nicht beschreiben. Die Affenhorde bemerkte den Duft ebenfalls und überholte mich jetzt unter lautstarkem Gebrüll. Ich beeilte mich, ihnen zu folgen. Mit zitternden Händen, auf wackligen Beinen und voller Hoffnung hastete ich ihnen blindlings hinterher. Zweige streiften mein Gesicht, Dickicht blockierte mir den Weg und Lianen mussten auf die Seite geschoben werden, doch ich ließ mich nicht mehr abschütteln. Beim nächsten Sprung musste ich mich abbremsen, weil ich sonst mit einem Gewächs kollidiert wäre, dass ich bis dahin nicht kannte. Obwohl ich schmerzhaft auf dem Hosenboden landete, wendete ich kein einziges Mal den Blick von der unbekannten Pflanze ab. An ihren Zweigen hingen dicke rote Früchte.

Die Affen taten sich bereits gütlich daran und warfen mir vorwurfsvolle Blicke zu - nach dem Motto: „Wo bleibst du solange?"

Sprachlos blieb ich einen Moment sitzen. Dann griff ich wie in Zeitlupe nach dem Obst, das direkt neben mir auf einem Ast baumelte.

Ich lachte, als es ein gewieftes Äffchen direkt vor meiner Nase wegschnappte.

Es waren so viele. So viele Früchte.

„Genug für uns alle", dachte ich, während ich mich völlig überwältigt und erschöpft umsah.

Ein ganz neues Bild tat sich vor mir auf. Unbekannte Pflanzen und völlig neue Eindrücke. In einiger Entfernung standen Bäume, die violettes eiförmiges Obst trugen und ein paar Schritte daneben eine Pflanze mit langen gelben Früchten. Ich schlug meine Zähne augenblicklich in eine der dicken roten Pflaumen, während ich gleichzeitig nach der appetitlichen gelben Frucht griff. Mein Schmatzen und Schlürfen war über den ganzen Wald zu hören, doch mein Benehmen interessierte mich jetzt nicht. Ich lachte und weinte zugleich vor Glück, denn ich war im Schlaraffenland angekommen. Kein einziges Mal hörte ich auf zu essen. Süßer Saft lief mir nach kurzer Zeit über das Kinn und ich wischte ihn lachend mit dem Handrücken fort.

In meinem Rausch kontrollierte ich nicht einmal welche Früchte ich schälen musste und welche nicht. Ich verspeiste sie gierig, ohne groß darüber nachzudenken. Spätestens heute Abend würde ich es bereuen, weil ich davon sicher wahnsinnige Bauchschmerzen bekommen würde.

„Langsam", ermahnte ich mich daher, obwohl ich weiterhin wahllos alles in mich hineinstopfte, was ich in die Finger bekam.

Besonders eine gelbe Frucht hatte es mir angetan. Ihr Innenleben erwies sich als mehlig und zuckersüß. Davon wanderte eine bedenkliche Stückzahl in meinen Magen. Spätestens jetzt hätte ich aufhören müssen, doch ich aß immer weiter. Es war herrlich, nach so langer Zeit wieder etwas in den Magen zu bekommen.

Nichts sollte mein Glück trüben. Gar nichts.

Entspannt lehnte ich mich zurück und rülpste ganz ungeniert. Zufrieden rieb ich mir den Bauch und starrte in den Himmel. Vielleicht wachte meine Mutter von dort oben über mich. Sie hatte dafür gesorgt, dass ich die Obstbäume fand und würde mich auch weiter beschützen.

Als dunkle Wolken am Horizont erschienen, runzelte ich nur kurz die Stirn und bemühte mich, dies nicht als böses Zeichen zu deuten. An so einem guten Tag wollte ich mir keine Sorgen machen und das musste ich auch nicht, dachte ich, während ich friedlich die Augen schloss und sogar lächelte.

Heute konnte mir nichts mehr passieren.

Der Stahlkrieger

Eine eiserne Hand griff nach dem Gegenstand.

Nein, es war eigentlich keine Hand.

Eine Klaue aus Stahl mit fünf flexiblen messerscharfen Krallen, die den Gegenstand nicht aufhoben, sondern gleich aufspießten. Es gab einen zischenden Laut, als die Luft aus der Flasche entwich.

Unmenschliche rote Augen musterten sie mehrere Sekunden lang, um sie dann achtlos ins Gebüsch zu schmeißen. Er mochte das Geräusch, wenn etwas zerstört wurde und er liebte den Stahl, der ihn von Kopf bis Fuß einhüllte. Darunter war nur unbrauchbares und schwaches Fleisch. Seine Rüstung machte ihn unbesiegbar, unzerstörbar und vor allem machte sie ihn unmenschlich. Ein wohlwollendes Knurren drang unter dem stählernen Helm hervor. Der Klang ließ die Tierwelt für einen Moment völlig verstummen.

Er hatte es gewusst!

Die Fährte war richtig!

Triumphierend bäumte er sich auf.

Sie hatte den Wald gewählt, genau wie er es vermutet hatte.

Er würde sie finden.

Er fand sie alle!

Sein Kopf drehte sich hin und her.

Er schnupperte.

Noch konnte er sie nicht riechen, aber bald, schon sehr bald würde er sie aufspüren.

Es war seine Mission, seine Erfüllung, der Grund für sein Leben.

Schwere Schritte ließen den Erdboden beben und die dicken Äste knickten wie Zweige. Nichts würde ihn aufhalten.

Es würde kein Erbarmen, keine Gnade und kein Mitleid geben.

Nicht für ihn. Nicht für sie. Für niemanden.

Trotzdem hatte ihn der Auftrag überrascht und gleichzeitig stolz gemacht. Es zeigte, dass sein Herrscher, sein Gebieter und seine Gottheit sich nicht scheute sein eigenes Fleisch und Blut zu jagen und zu vernichten.

Verrat war Verrat, egal von wem er begangen worden war.

Ihm, seinem besten Stahlkrieger, gebührte jetzt die Ehre, diesen Auftrag auszuführen.

Er würde seinen Meister nicht enttäuschen.

Das hatte er noch nie getan.

Die Aufgabe musste schnell erledigt werden, denn so sehr er die Jagd auch genoss und obwohl sein Blut vor Erregung wie wild in den Adern pochte, so sehr dürstete es ihn nach einem weiteren, viel interessanteren Auftrag, der ihn noch mehr überrascht hatte als dieser. Unter anderen Umständen hätte er sich die Zeit genommen, sein Opfer ganz langsam einzukreisen, um sich später an der Überraschung und der Angst zu weiden. Doch jetzt drängte er sich selber zur Eile. Warum die Zeit mit einem Mädchen vertrödeln, wo es anderen Ortes bald so viele Opfer niederzumetzeln gab? Was war schöner als eine Schlacht, in der das dunkle Blut der Feinde spritzte und seine Rüstung tränkte?

Es würde Krieg geben!

Erfreulicherweise gegen einen ebenbürtigen Gegner!

Dort wollte er sein.

Seine Gottheit hatte ihm klargemacht, dass er ihn bald zurückerwartete. Er war zu Höherem berufen. Deshalb hatte die Jagd im Wald zwar durchaus etwas Verlockendes, aber im Augenblick hielt ihn diese heuchlerische und verlogene Prinzessin nur auf. Das würde sich schnell ändern, denn der Befehl erledigte sich fast von selbst. Dieses ängstliche Mädchen würde er wie ein lästiges Insekt mit einer Hand zerquetschen.

Es raschelte im Unterholz, aber das störte ihn nicht. Er hatte die Monsterechse entdeckt, schon lange bevor sie sich dazu entschlossen hatte, sich an ihn heranzuschleichen. Das Reptil setzte zum Sprung an. Noch in der Luft schlitzte er die Echse vom Hals abwärts bis zum Unterleib auf. Die blutigen Eingeweide ergossen sich warm über seine Rüstung, doch er nahm sich nicht einmal die Zeit, sie abzuwischen. Das gleiche Schicksal erlitten zahlreiche andere Geschöpfe des Waldes, die ihn anzugreifen versuchten. Ein Riesenaffe rammte ihn in die Seite und nur für einen ganz kurzen Augenblick kam er dadurch leicht ins Schwanken. Sekunden später verblutete der große Primat qualvoll im Gebüsch. Vögel versuchten auf ihn einzuhaken, doch er brach den meisten von ihnen noch im Flug das Genick.

Danach herrschte eine unheimliche Stille, fast so als hätten die Tiere einen Riegel vor dem Maul oder eine geheime Absprache, dass etwas Unmenschliches durch ihre Wälder zog, dem sie besser aus dem Weg gingen.

Er bemühte sich nicht leise zu sein.

Im Gegenteil.

Rücksichtslos durchbrach der Stahlkrieger das Dickicht und hinterließ dabei eine breite Schneise der Zerstörung.

Kämpfen und Töten.

Diese Vorsätze trieben ihn unermüdlich an.

Er brauchte nichts.

Er war Entbehrungen gewöhnt.

Im Wald gab es genug Wasser und die meisten Tiere, die er fing, aß er gleich roh. Zum Schlafen klappte er nur sein Visier herunter und legte sich gleich an Ort und Stelle nieder. Dort fiel er in einen kurzen tiefen Schlaf. Schlangen versuchten ihn zu beißen und Insekten bemühten sich, ihn zu stechen, doch sie prallten an seiner Rüstung ab.

Er bemerkte sie nicht einmal.

Nach der kurzen, aber intensiven Erholungspause, stand er auf und ging zu einem kleinen Bachlauf. Er suchte kurz, aber akribisch seine Umgebung ab. Erst dann legte er den Helm für wenige Sekunden ab. Ein Stahlkrieger überließ nichts dem Zufall. Er war immer und auf alles vorbereitet.

Unter einem Felsbrocken, den er ohne große Anstrengung zur Seite rollte, fand er ein paar Würmer und Larven. Er schob eine Handvoll in den Mund und zermahlte sie mit seinen gelben Zähnen. Obwohl es noch dunkel war, setzte er seinen Weg wieder fort.

Es trieb ihn voran.

Sie war weit, aber nicht so weit entfernt.

Seine Schritte wurden schneller.

Es gab nichts zu verlieren.

Eine Seele?

Die besaß er nicht mehr.

Sie war ihm vor langer Zeit geraubt worden.

Er spürte wie sich der Abstand verkürzte.

Seine Beine begannen wie von selbst zu laufen.

„Bald, sehr bald bist du mein", dachte er erregt.

Schließlich rannte er.

Körper, Geist und Verstand kreisten nur um ein einziges Wort:

Töten!

Und irgendwo rieb sich ein böser König die rachsüchtigen Hände.

Einsamkeit

Einsamkeit!

Komisch, in den spannenden Geschichten, die mir als kleines Kind erzählt wurden und die sich um tapfere Helden und tollkühne Abenteuer drehten, hatte dieses Wort etwas Verführerisches, etwas Geheimnisvolles und sogar etwas Erstrebenswertes. Es hatte immer Spaß gemacht, den Helden oder die Heldin auf ihrer einsamen, aber ehrenwerten Mission zu begleiten.

In der Realität war man einfach nur: einsam!

Von allen Problemen, die ich mir ausgemalt und vor denen ich mich geängstigt hatte, traf mich dieses Gefühl völlig unvorbereitet. Niemals hätte ich geglaubt, dass ich so darunter leiden würde, alleine zu sein.

Meine Wunde am Fuß war langsam verheilt, der Schmerz in den Muskeln hatte irgendwann nachgelassen und mein Proviantbeutel war wieder prall gefüllt.

Vieles änderte sich, aber nicht die Tatsache, ganz allein zu sein.

Ich hatte es mir angewöhnt, zu singen! Erst leise, dann immer lauter, um eine Stimme zu hören, auch wenn es nur meine eigene war. Irgendwie beruhigte mich das.

Hin und wieder sprach ich auch mit den Äffchen, die mir immer noch hartnäckig folgten oder ich versuchte eines von ihnen anzulocken, um mir damit die Zeit zu vertreiben. Es war schön, etwas Lebendiges zu beobachten. Mir fehlte es an Gesellschaft. Ich sehnte mich nach den Menschen, nach dem Wochenmarkt mit seinem bunten Treiben, den Verkäufern mit ihrem Lachen und den Gauklern, die immer so schön und heiter tanzten. Sehnsüchtig dachte ich an die kurzen, aber wohlwollenden Gesprächen mit den Marktleuten, die mir durch Blicke und Gesten immer unermüdlich ihre Sympathie bekundet hatten. Im Gegensatz zu meinem Vater, hatte ich ihnen nie einen einzigen Grund gegeben, mich zu hassen.

Seufzend blickte ich mich um.

Der Wald war mir längst zur Gewohnheit geworden. Jeder Tag begann genauso wie der vorherige. Nach dem Aufstehen wusch ich mich an einer Liane und stillte anschließend auch gleich meinen Durst. Dann packte ich meine Sachen zusammen und knabberte dabei an einem Stück Obst. Nachdem der Geruch von Kot und Urin die unterschiedlichsten Tiere anlocken konnte, verrichtete ich meine Notdurft kurz bevor ich den Rastplatz verließ.

Meistens konnte ich wenige Minuten später einen wunderbaren Sonnenaufgang genießen und jedes Mal blieb ich stehen, um dieses unglaubliche Naturschauspiel auf mich wirken zu lassen. In diesem kurzen Moment, wenn der Wald zum Leben erwachte, der Himmel in faszinierenden Farben leuchtete und der Tau im Sonnenlicht geheimnisvoll auf den Blättern glitzerte, fühlte ich mich frei, stolz und beinahe glücklich.

Doch der Augenblick verstrich genauso schnell, wie er gekommen war und machte den Weg frei für alle Sorgen und Ängste. Auch die Traurigkeit über meine Mutter kam damit zurück, doch ich begrüßte sie bereits wie einen alten Freund. Das zweite Frühstück nahm ich etwa eine Stunde später ein. Mein flauer Magen kam erst im Laufe des Tages so richtig in Fahrt. Ich pflückte das Obst dann wahllos vom Baum. Ganz frisch schmeckte es am besten. Spätestens dann holte ich den Kompass hervor, um sicher zu gehen, dass ich auf dem richtigen Weg war.

Zielstrebig marschierte ich anschließend weiter.

Irgendwann kam die Zeit, um Mittag zu essen.

Wieder pflückte ich eifrig mein Mahl zusammen. Obwohl mein Speiseplan nur aus Obst bestand, hatte ich noch immer eine Schwäche für diese Köstlichkeiten und war dankbar, dass sie so reichlich vorhanden waren. Allerdings konnte ich nicht leugnen, dass meine Gedanken nach wie vor um ein gebratenes, saftiges Stück Fleisch kreisten. Mein mangelhaftes Geschick fürs Jagen hatte mich diesem Ziel aber keinen Schritt näher gebracht. Getrieben von diesen unstillbaren Gelüsten, setzte ich meine Wanderung fort. Mal langsamer, mal schneller, tief in Gedanken versunken oder hoch konzentriert, bis es schon wieder dämmerte und an der Zeit war, sich nach einem geeigneten Schlafplatz umzusehen. Hier gab es die einzige Veränderung seit Anbeginn meiner Reise.

Der Schlafplatz.

Obwohl ich darauf vorbereitet worden war, hatten mich die Umstände am Anfang irritiert und eine Menge meines Schweißes und meiner Phantasie gekostet. Mutter hatte mir vorausgesagt, dass der Wald im Laufe der Zeit immer dichter werden würde.

„Das bringt genauso viele Vor- wie Nachteile mit sich!", hatte sie mir erklärt.

Durch die immer üppiger werdende Vegetation bereicherte sich zwar meine Speisekarte und die neuen exotischen Früchte boten mir damit eine wunderbare Abwechslung, gleichzeitig steigerte sich aber auch die Vielfalt der Tiere.

Besonders die Insekten entwickelten sich dabei leider zu einer regelrechten Plage. Nicht nur ihre überdimensionale Größe war erschreckend, sondern auch ihre Geschwindigkeit. Erst gestern kreuzte eine riesige Kakerlake, die ich mit zwei Händen hätte tragen können, eilig meinen Weg. Nachdem ich den Wunsch eines Körperkontaktes nicht im Geringsten verspürte, machte ich einfach einen großen Bogen um dieses unappetitliche Tier. Auch vor den gigantischen Gottesanbeterinnen, Spinnen und Fliegen musste ich mich schützen. Als Beutetier war ich zwar definitiv zu groß, aber in der Nacht musste ich Vorsorge treffen, weil es mir sonst durchaus passieren konnte, dass mich die Insekten stechen oder beißen konnten. Meine Mutter hatte mir damals mit leuchtenden Augen und voller Begeisterung mitgeteilt, dass uns die Natur bei diesem Problem eine wunderbare Lösung bereithält.

Ich musste lächeln, als ich an ihre leidenschaftliche Bewunderung und ihre grenzenlose Liebe für den Wald dachte. Eine Liebe die ich zwar verstand, aber niemals ganz würde teilen können. Natürlich fiel mir deshalb das gigantische Gewächs von dem sie gesprochen hatte sofort ins Auge und obwohl ich bereits von dessen Existenz wusste, betrachtete ich es mit ungläubigem Staunen, als ich es zum ersten Mal sah.

Jetzt verstand ich meine Mutter besser.

Die Pflanze hatte einen dicken braunen Stamm mit starken Ästen, an denen großflächige gelbe Blättern hingen. Dazwischen wuchs eine lange, unglaublich große Hülsenfrucht. Die Schale, die mit feinen Dornen übersäht war, wahrscheinlich um Feinde abzuwehren, hatte die Größe, um einem ausgewachsenen Menschen einen Schlafplatz zu bieten.

„Eigentlich gleicht das Bett eher einem ovalen Sarg", dachte ich, doch diesen Einfall verdrängte ich schnell wieder.

Meine Mutter hatte mir bestätigt, dass wir in der Pflanze Luft bekommen würden und deshalb machte ich mir keine Sorgen, vielleicht nicht doch lebendig begraben zu werden.

Ein Hindernis galt es aber noch zu überwinden. Um in der Pflanze schlafen zu können, musste ich die Hülse vorher öffnen und genau darin lag mein Problem.

Übereifrig und aufgeregt trat ich deshalb an die Schale.

Ich zog und drückte daran.

Es rührte sich nichts.

Ich versuchte es weiter.

Erst vorsichtig, doch dann immer energischer.

Ohne Erfolg.

Mit schweißüberströmtem Gesicht hantierte ich schließlich mit dem Messer an der Kerbe herum.

Umsonst.

Ärgerlich stemmte ich die Hände in die Hüften.

„Denk nach!", ermahnte ich mich selber.

Was hatte meine Mutter über diese Pflanze gesagt?

Klopfen, schütteln, ziehen?

Irgendetwas musste doch klappen.

„Öffne dich!", rief ich mit übertrieben tiefer Stimme und hob dabei theatralisch die Hände.

Dann kicherte ich über mein albernes Benehmen.

Das Problem war immer noch vorhanden.

Ich legte den Kopf schief.

Es gab eine Lösung, ich hatte sie nur noch nicht gefunden.

Eindringlich fixierte ich die Schale, als ob die pure Willenskraft etwas bewirken konnte.

Ich grübelte und grübelte.

Schließlich hatte ich eine Idee.

Kraftvoll packte ich die gewaltige Hülsenfrucht am Ende des Stiels und drückte mit zwei Händen so kräftig zu wie ich nur konnte. Nach wenigen Sekunden öffnete sich doch tatsächlich die Schale ohne irgendein Geräusch.

Na bitte!

Triumphierend blickte ich mich um.

Leider waren nicht einmal die Äffchen in der Nähe, die an meinem Erfolg teilhaben könnten und auch mein stolzes Grinsen wurde von niemandem gewürdigt.

Egal.

Ich wartete einige Minuten und genau wie ich es vermutet hatte, schloss sich die Hülsenfrucht kurz darauf wieder.

Aha, so funktionierte die Sache also.

Ich versuchte es erneut.

Mit Erfolg.

Vor lauter Freude bekam ich rote Backen.

„Vielleicht wird aus mir doch noch eine Amazone", dachte ich überheblich.

Kurz darauf rümpfte ich jedoch schon wieder die Nase, denn eine unangenehme Aufgabe musste noch erledigt werden, um meinen neuen Schlafplatz nutzen zu können.

Wieder quetschte ich dafür den Stiel zusammen und wartete, bis die Hülse sich öffnete.

Dann griff ich ins Innere der Pflanze und beförderte mehrere ziemlich große grüne Erbsen ans Tageslicht, gefolgt von einer durchsichtigen, zähflüssigen, extrem langen Schleimspur. Bis zum Ellenbogen steckte ich in dieser glibberigen Masse und ich konnte meinen Würgereiz bei dem Anblick wirklich nur schwer unterdrücken. Der Schleim roch etwas nach verdorbenem Gemüse und fühlte sich auf der Haut warm an.

„Ein Dach und eine Decke", hatte es meine Mutter, völlig überwältigt von dieser Gattung, genannt.

Dass es sich dabei um einen geschlossenen Hohlkörper und ein stinkendes Schleimbad handeln würde, hatte sie aber nicht erwähnt. Vielleicht war ich aber auch zu anspruchsvoll und zu kleinkariert für diese Freiluftaktion.

„Trotzdem", dachte ich, während ich möglichst würdevoll, den Schleim von meinen Armen strich, „bin ich jetzt in der Nacht sicher!"

Zum ersten Mal, seit Beginn der Reise und zur Feier des Tages, machte ich ein Feuer und ließ eine der gigantischen Erbsen, nachdem ich sie sehr penibel gereinigt hatte, darüber grillen. Als eine leichte hellbraune Kruste auf der Oberfläche entstand, steckte ich, wie bei einem Maiskolben, einen schmalen Ast rechts und links in das dampfende Gemüse und verschlang es regelrecht. Danach kletterte ich in mein neues Schlafgemach und noch während sich die Hülse schloss, schlief ich tief und fest ein. Es war der beste Schlaf, den ich bis dahin im Wald gehabt hatte, denn ich fühlte mich beschützt und geborgen.

Allerdings wurden auch diese Tätigkeit und die Mahlzeit nach kürzester Zeit zur Routine.

Der tägliche Trott holte mich bald wieder ein.

Die Angst vor den großen Tieren hatte ich beinahe verloren. Wenn ich sie schreien oder brüllen hörte, bekam ich immer noch eine Gänsehaut, aber ich hatte gelernt, dass ich oben im

Licht bleiben musste, um mich vor den Schattenwesen zu schützen. So kam sich niemand in die Quere. An das Ungeziefer würde ich mich allerdings nie gewöhnen. Meine Nase juckte und als ich sie anfasste, konnte ich angewidert zwei Fliegen aus den Nasenlöchern herausziehen. Ich zerquetschte sie sofort mit Daumen und Zeigefinger. Als ich zum ersten Mal ein Blutegel an meinem Körper entdeckt hatte, war ich so hysterisch geworden, wie damals bei den Spinnen. Meine Mutter sagte, dass diese Tiere nur in besonders sauberen Gewässern vorkämen und sogar als Heilmittel eingesetzt wurden. Meinen skeptischen Blick hatte sie einfach ignoriert. Sogar in der Vorderzeit wäre diese Methode noch angewendet worden, meinte sie dann fast trotzig.

Die Vorderzeit?

Was gab es darüber zu sagen?

Nicht besonders viel, weil kaum jemand etwas darüber wusste, außer dass es sich dabei um eine moderne, fortschrittliche Kultur handelte, die es geschafft hatte, sich trotz ihrer hoch entwickelten Technik und ihres grenzenlosen Wissens, selbst zu zerstören.

Unsere Vorfahren.

Menschen, so wie wir.

Warum ihre perfekte Welt untergegangen war, das konnte keiner sagen. Aber es existierten wilde Spekulationen. Es wurde über einen tödlichen Virus, einen alles zerstörenden Krieg und eine außer Kontrolle geratene Technologie gemunkelt. Alles Thesen, die durchaus eingetroffen sein konnten. Am glaubwürdigsten erschien allerdings die Ansicht, dass sich die Erde ihr Territorium zurückerobert hatte, in Form von Naturgewalten wie Erdbeben, Überschwemmungen, Vulkanausbrüchen und Wirbelstürmen. Meine Mutter glaubte, dass diese Katastrophen alle gleichzeitig stattgefunden hatten und mehrere Tage gedauert haben mussten. Der Planet hatte getobt und war erst zur Ruhe gekommen, als alles Leben ausgelöscht war, geradeso als ob er eine Plage abgeschüttelt hätte. Natürlich gab es noch Relikte aus der Vergangenheit, aber die waren sehr selten und unglaublich wertvoll. Im Laufe der Zeit hatte sich mein Vater viele Überbleibsel dieser Epoche zusammen gehortet. Jedes vergilbte Buch oder zerrissene Papier, von dem er hörte, musste ihm gehören. Jede gefundene Apparatur, jedes noch so kleine Gerät, ob verkohlt, beschädigt oder defekt musste er sein Eigen nennen können. Alle Überreste der Vorderzeit zu besitzen, war eine weitere Besessenheit von ihm geworden und nicht selten klebte das Blut seiner Vorbesitzer noch an den Gegenständen.

Meinen Vater kümmerte diese Tatsache selbstverständlich wenig. Im Gegenteil. Er entlohnte seine Schatzsucher übertrieben großzügig und hütete seine kostbaren Gegenstände akribisch in den tiefsten Gewölben der Burg - streng bewacht von seinen Stahlkriegern. Früher durfte meine Mutter ihn sogar begleiteten, um seine Neuerwerbungen zu bewundern, doch als sie erfuhr, wie er sich die meisten Gegenstände angeeignet hatte, weigerte sie sich, diese Räume jemals wieder zu betreten. Bei dieser Gelegenheit hatte sie auch, im Affekt und voller Zorn, das Nachtsichtgerät, das ihr sofort ins Auge gestochen war, entwendet. Wie durch ein Wunder entging ihm dieser Diebstahl. Wahrscheinlich hatte sie damals den Entschluss gefasst, die Burg eines Tages zu verlassen. Und so kam es, dass mein Vater einen Konkurrenten bekam, von dem er nichts wusste. Heimlich und unter allergrößter Vorsicht, eignete sich meine Mutter sehr wenige, aber sehr nützliche Gegenstände aus der Vorderzeit an. Dazu gehörten unter anderem mein viel zu enger Anzug und der betagte, aber überaus funktionsfähige Kompass. Wieder einmal musste ich ihre Tapferkeit und ihre Intelligenz bewundern, die sie dazu veranlasst hatte, einem so mächtigen Gegner die Stirn zu bieten. Es gab noch einen weiteren, streng geheimen Raum meines Vaters, der noch tiefer in den Katakomben war und den niemand, außer ihm, betreten durfte. Einmal war ihm meine Mutter heimlich in das tiefe Gewölbe gefolgt, doch die Mauern waren so dick, dass es unmöglich war, die schwere Eisentür, die den Raum abschirmte, zu öffnen oder irgendetwas zu hören.

Frustriert war sie in die Burg zurückgekehrt und sämtliche Versuche, hinter das Geheimnis des verbotenen Raumes zu kommen, scheiterten kläglich. Jahre später waren dann die Stahlkrieger in Erscheinung getreten und allein in die Nähe der Katakomben zu kommen, barg ein viel zu großes Risiko für sie.

Genauso sonderbar verhielt es sich mit einem abgeschirmten Gelände am Waldrand. Hier patrouillierten die Stahlkrieger Tag und Nacht und ließen niemanden auch nur einen kurzen Blick über die meterhohen Hecken werfen. Allein der Versuch hatte die Todesstrafe zur Folge und deshalb mieden alle Dorfbewohner diese Gegend.

Ich wollte schon gar nicht mehr über diese merkwürdigen Vorkommnisse nachdenken, weil sie mir wieder meine Naivität vor Augen hielten. Nur weil eine Situation zur Gewohnheit geworden war, hieß es noch lange nicht, dass sie normal war. Keine Antworten, also keine Fragen.

Ich ballte vor Wut die Hände zu Fäusten.

„Niemals wieder", schwor ich mir.

In Zukunft wollte ich den Dingen auf den Grund gehen und sie hinterfragen, statt alle Ungereimtheiten hinzunehmen, um doch tief im Inneren zu wissen, dass etwas nicht stimmte. Ich hoffte inständig, dass ich jemals wieder Gelegenheit bekam, mich beweisen zu können und nicht mein ganzes Leben in diesem Wald verbringen musste.

Frustriert blickte ich mich um.

Hatte ich erst in dieser Einöde landen müssen, um erwachsen zu werden?

Dann überlegte ich, ob ich bereits nach einem Schlafplatz suchen sollte oder ob ich mich noch zum Weitergehen motivieren konnte, obwohl ich todmüde war.

Ich sprang weiter über die Blätter, mit dem Ergebnis, dass ich fast in einem riesigen Vogelnest voller kreischender Jungvögel gelandet wäre. Zum Glück war von der Mutter nichts zu sehen, denn diese Begegnung hätte böse für mich enden können. Kurz darauf hätte ich beinahe die Bekanntschaft mit einer der gigantischen Schlangen gemacht, die sich gut getarnt um einen der dicken Äste geschlungen hatte. Sie wollte wohl in dem Baumwipfel die letzten Strahlen der Abendsonne genießen. Das Tier war offenbar viel zu träge und faul, um auf mich zu reagieren. Vor lauter Schreck keuchte ich dagegen schwer. Ich durfte nicht so leichtsinnig werden, dachte ich ärgerlich. Ich musste wieder besser aufpassen und durfte nicht in Lethargie verfallen. Noch benommen von dem Schock, nahm ich mir diesen Vorsatz.

Anschließend schnallte ich den Rucksack ab und beschloss, dass ich für heute genug geleistet hatte und nicht mehr weiter wandern wollte. Nachdem ich noch keinen Hunger verspürte und dass Essen deshalb Zeit hatte, suchte ich nach einer Beschäftigung. Aus purer Langeweile sortierte ich deshalb die braunen Arzneifläschchen, versuchte mir ihre Anwendung und Wirkung ins Gedächtnis zu rufen und kontrollierte dabei die Verschlüsse. Ich reinigte meinen Anzug mit einem Schwamm von kleinen Parasiten und befreite meine Haare von Nestern und Gestrüpp, indem ich es lange und ausgiebig bürstete. Dann steckte ich es zu einem praktischen Dutt zusammen. Mit der ganzen Prozedur hatte ich mir solange Zeit gelassen, bis das vertraute Magenknurren einsetzte. Dann sammelte ich Holz für ein Feuer und grillte mir wieder eine dieser großen Erbsen. Ein leichter Wind kam auf und im Geäst pfiff ein Vogel seine Gute-Nacht-Musik.

Na bitte.

Mit ein bisschen Phantasie konnte es ein durchaus gemütlicher und schöner Abend sein. Trotzdem löschte ich wenige Minuten später seufzend die Glut, drückte kräftig den Stiel der Hülse und legte mich erschöpft in mein provisorisches Bett. Lange starrte ich in die Dunkelheit und lauschte den gedämpften, wohl bekannten Geräuschen des Waldes. Ich musste mir gar nichts vormachen, ich musste mich auch nicht belügen.

Ich war einsam!

Sekunden später schlief ich tief betrübt ein.

Die Jagd

Die Messer strichen beinahe sanft über die Asche und hinterließen dabei ein gestreiftes Muster.
Ein freudloses Lachen erklang dumpf unter dem Helm.
Nah, ganz nah.
Er hatte es gewusst.
Sein Kopf bog sich zurück.
Er mochte ihren Geruch.
Blumig und süß.
An irgendetwas erinnerte er ihn.
Eine Erinnerung die er wohl längst vergessen hatte und deshalb spielte sie keine große Rolle mehr.
Wie wohl ihr Blut schmeckte?
War es genauso süß?
Bald würde er es wissen.
Es war beinahe schade, dass die Jagd heute zu Ende ging.
Und wenn schon.
Wehmut war ein weiteres, überflüssiges Gefühl.
Er würde sie nicht quälen.
Sie würde einen schnellen Tod finden und das war mehr, als die meisten seiner Feinde von ihm erwarten konnten.
Trotzdem ging er etwas langsamer.
Sie konnte ihm nicht mehr entkommen, deshalb spielte er noch ein wenig mit ihr, obwohl er sich vorgenommen hatte, es nicht zu tun. Armes, dummes, totes Ding.
Mitleid?
Verächtlich leckte er sich die braunen Zähne.
Überflüssig.
Eigentlich hatte er nicht geglaubt, dass sie es so weit schaffen würde.

Eine große Portion Glück musste hier nachgeholfen haben. In seiner Vorstellung wäre sie bereits nach wenigen Tagen unter der extremen Belastung zusammengebrochen und hätte ihn am Boden liegend, ausgemergelt, winselnd um den erlösenden Gnadenstoß gebeten.

Aber so war es besser.

Viel besser.

Sie hatte eine faire Chance verdient.

Ein Gewissen?

Er spreizte die Finger und die Klingen rasteten automatisch wieder ein.

Überflüssig.

Dann setzte er seinen katzenhaften, dennoch äußerst uneleganten Gang fort.

Seine Freude war so überschwänglich groß, sie endlich töten zu können.

Nur noch wenige Schritte trennten ihn von seinem Opfer.

Gnade?

Seine Augen blitzen rot in der Nacht auf.

Niemals.

Die Erkenntnis

Ich war krank.
Nicht nur ein bisschen, sondern richtig.
Muskelschmerzen, hohes Fieber und ein grässlicher Schnupfen plagten mich. Seit zwei Tagen hatte ich mein Lager in der Hülse nicht verlassen. Dort litt ich still vor mich hin.
Zu allem Überfluss tobte draußen ein verheerender Sturm, der mich dazu zwang, alle meine wenigen Habseligkeiten, die ich unter hartnäckigem Schüttelfrost zusammengesucht hatte, mit in die Hülse zu stopfen. Die Schalenfrucht schwankte vom Wind gebeutelt beängstigend hin und her. Der Regen peitschte durch die Nacht und ließ mich nicht zur Ruhe kommen.
Dazwischen bekam ich immer wieder heftige Niesattacken. Ich hatte nur einige Stofffetzen, die ich als Taschentuch verwenden konnte. Die ganze Situation war deprimierend und obwohl am zweiten Tag das Fieber langsam gesunken war, machte ich den Wald für meinen schlechten Zustand verantwortlich. Es war kein Wunder, dass ich mich erkältet hatte. Heiß, kalt, feucht, windig – dieser blöde Wald konnte sich einfach für kein vernünftiges Wetter entscheiden.
Ich war wütend und suhlte mich regelrecht in Selbstmitleid. Wie zur Bestätigung musste ich wieder niesen.
Ich griff nach dem völlig durchnässten Taschentuch und schnäuzte hinein.
Wie ekelhaft.
Ich konnte es nicht einmal zum Trocknen aufhängen, weil es ja draußen in Strömen regnete. Trotzdem öffnete ich hin und wieder die Schale, um ein wenig frische Luft hereinzulassen. Dann ließ ich meinen Blick böse und mit rot unterlaufenen Augen durch die Gegend schweifen.

„Ich hasse dich, du blöder Wald!", krächzte ich und musste husten.

Meine Laune war miserabel und das zarte, freundschaftliche Band, das ich mit dieser Wildnis geschlossen hatte, war zerstört.

Ich kramte nach der Wasserflasche.

Natürlich war sie leer.

Wütend schlug ich gegen die Innenwand der Hülse.

Mein Hals war wie ausgedörrt. Ich hatte aber keine Lust in das kalte Nass hinauszugehen, weil der Regen immer noch leicht an die Decke der Schale schlug. So würde ich niemals gesundwerden. Jedes Mal kam ich nach so einer Aktion völlig durchnässt zurück und hatte dann das Gefühl, dass sich mein Zustand wieder verschlechterte.

Noch ein Niesen.

Ein eindeutiges Zeichen dafür, drinnen zu bleiben. Zu allem Überfluss musste ich jetzt auch noch auf die Toilette.

„Verdammt nochmal!", schimpfte ich, während ich nach meinen Stiefeln suchte.

Dann setzte ich die Nachtsichtbrille auf, die mir gerade in dieser ungemütlichen Situation die besten Dienste leistete. Es wäre nicht auszudenken, wenn ich in der Dunkelheit einen Abgrund übersehen würde. Der Mond schien zwar freundlich und silbern in die Nacht, wie ich beim weiteren Öffnen der Schale feststellte, aber sein Licht reichte bei weitem nicht, um mich in Sicherheit zu wiegen.

Genervt setzte ich einen Fuß nach draußen. Sofort fröstelte es mich und ich bereute, dass ich mir keine Decke umgeworfen hatte.

Egal.

Ich wollte mich jetzt nicht mit dem Suchen aufhalten, sondern schnell meine Notdurft erledigen.

Zitternd huschte ich deshalb nur mit Unterwäsche bekleidet hinter eines der riesigen Blätter. Zum Glück war der Platz durch das große grüne Dach etwas geschützt.

Schlaftrunken verschaffte ich mir Erleichterung.

Jetzt musste ich nur noch die Wasserflasche füllen und dann konnte ich in meine warme Hülle zurückschlüpfen. Vielleicht war ich bis morgen sogar so fit, dass ich wieder weiter wandern konnte, überlegte ich müde.

Gespenstisch, wie ruhig es heute Nacht im Wald war. Bis auf das leichte, sanfte Tröpfeln des Regens auf die Blätter, war kein Laut zu hören. Weder eine Maus, noch eine Eule machten sich bemerkbar. Nicht einmal die zahlreichen Fledermäuse, die mich schon oft zu Tode erschreckt hatten, schwirrten durch den Himmel.

„Vielleicht liegt das am Vollmond?", fragte ich mich gähnend. Aber eigentlich war ich nicht wirklich an den wirklichen Gründen interessiert...

Ich zog gerade meine Hose nach oben und war im Begriff, die nächste Liane aufzusuchen, als ich ihn sah. Im ersten Moment glaubte ich an eine Halluzination, dann an einen großen Affen. Schließlich erkannte mein gequältes Hirn, um wen es sich handelte: Ein Stahlkrieger.

Sofort presste ich mich gegen den Baum. Die harte Rinde bohrte sich augenblicklich schmerzhaft in meinen Rücken. Dabei rutschte mir fast die Flasche aus den nassen Händen.

Ich hatte vergessen, wie man atmete.

Verzweifelt schloss ich die Augen.

„Bitte, nein", flehte ich verzweifelt.

Dann blinzelte ich wieder.

Die Silhouette war jetzt noch besser zu sehen und kam immer näher. Es gab keinen Zweifel. Die Umrisse seines Helmes und seiner Rüstung, waren deutlich durch die Brille zu erkennen.

Lautlos schlich der Stahlkrieger durch die Nacht.

Aufmerksam blickte er sich nach allen Seiten um.

Seine Haltung war geduckt.

Er schnupperte angestrengt und ging dann direkt auf mich zu. Selbst wenn er mich nicht sehen konnte, so musste er das laute wilde Schlagen meines Herzens hören. Nur noch das hauchdünne Blatt trennte uns voneinander. Einen halben Meter vor mir blieb er stehen und lauschte aufmerksam in die Nacht. Ich hätte nur meinen Arm ausstrecken müssen, um ihn zu berühren.

Sein Atmen ging lang und schwer.

Ich konnte ihn knurren hören.

Mein Körper hing wie erstarrt am Baum.

Mir gehorchte keines meiner Gliedmaßen mehr.

Fliehen wäre sowieso sinnlos gewesen.

Der Stahlkrieger stand ebenfalls regungslos da.

Dann schnupperte und lauschte er wieder.

Ich wünschte, er würde das nicht tun.

Es machte mir solche Angst.

Es konnte sich nur noch um wenige Augenblicke handeln, bis er mich hinter dem Blatt entdecken würde.

Er schien unschlüssig zu sein.

Ein Schweißtropfen bildete sich auf meiner Stirn und lief über meine Schläfe. Ein weiterer folgte und noch einer, bis der Schweiß schließlich in schmalen Bächen herunterfloss. Meine Panik wuchs ins Unermessliche. Plötzlich fing meine Nase zu jucken an. Sie kitzelte so sehr, dass ich ein Niesen sicher nicht mehr lange unterdrücken konnte. In diesem Moment schloss sich meine Hülse völlig geräuschlos.

Der Stahlkrieger drehte sich blitzschnell nach ihr um. Die Bewegung war ihm nicht entgangen.

Ich nutzte die Gelegenheit, um meine Hand vor die tropfende Nase zu halten.

Der Krieger ging vorsichtig und langsam zur Schale. Er untersuchte sie gründlich und strich dann fast zärtlich über ihren dicken Panzer. Anscheinend wusste er nicht, wie man sie öffnete. Mein Herz drohte zu zerspringen. Ich glaubte keinen Augenblick länger in dieser Haltung ausharren zu können.

„Bitte geh", flehte ich in Gedanken, „bitte geh."

Als ob er mich gehört hätte, wandte er sich noch einmal um

und blickte dabei genau in meine Richtung. Die roten Augen schienen mich gründlich zu durchleuchten, genauso wie sie es beim ersten Mal unserer Begegnung getan hatten. Sie hatten nichts Menschliches.

Eine Hand krampfte sich immer noch um die Flasche und die andere hielt ich angestrengt vor mein Gesicht. Mein Rücken fühlte sich bereits wund an, doch ich wagte nicht, auch nur ein kleines Stück, vom Baum abzurücken. Ich wusste, dass nur die kleinste Bewegung mein Todesurteil bedeuten würde. Dieser Krieger war nicht gekommen, um mich gefangen zu nehmen, sondern um mich zu töten.

Die eisernen Krallen seiner Handschuhe waren ausgefahren und den anderen Arm hatte er auf sein stählernes Schwert gestützt.

Meine Angst war grenzenlos.

Ich war niemals auf die Idee gekommen, dass ich verfolgt werden könnte. Jetzt traf mich die Erkenntnis wie ein Schlag. Mein Vater hatte seinen besten Schlächter nach mir geschickt. Wie sehr musste er mich hassen und wie sehr musste er meinen Tod wünschen.

Der Stahlkrieger zögerte immer noch. Er schien meine Anwesenheit zu spüren und das irritierte ihn. Mir war es selbst unbegreiflich, warum er mich noch nicht entdeckt hatte.

Wieder schnüffelte er.

Ich glaubte, es nicht länger ertragen zu können und presste die Hand noch fester an meine Nase. Schließlich drehte er ab und verschwand genauso schnell, wie er erschienen war. Nichts deutete darauf hin, dass er dort noch vor wenigen Augenblicken gestanden hatte.

Ich verhielt mich weiter still.

Vielleicht wollte er nur ein grausames Katz-und-Maus-Spiel mit mir treiben. Sobald ich mein sicheres Versteck verließ, würde er sich auf mich stürzen, um mich mit seinen eisernen Klauen zu zerfleischen.

Die Minuten verstrichen, fühlten sich aber nach Stunden an.

Ich lauschte so angestrengt in die dunkle Nacht, dass mein Kopf schmerzte.

War er wirklich fort?

Ich wagte es immer noch nicht, mich zu bewegen.

Eine Kreatur der Nacht huschte vorbei. Ich hatte keine Ahnung, um welches Tier es sich dabei handelte, aber am wichtigsten war, dass es Krach machte. Wenn der Stahlkrieger irgendwo auf der Lauer lag, hätte er auch denken können, dass ich diesen Radau verursacht hatte und wäre dann aus dem Gebüsch gepreschst.

Meine Nerven waren bis zum Zerreisen gespannt.

Ich trat trotzdem einen vorsichtigen Schritt nach vorne. Der Schweiß lief mir dabei weiter in Strömen über den ganzen Körper.

Wie viel Flüssigkeit konnte ein Mensch überhaupt verlieren?

Ich wartete und glaubte schon, den kalten Stahl im Nacken zu spüren.

Zitternd kam ich hinter dem Blatt hervor und wartete einen kurzen Moment.

Nichts geschah!

Dann hielt mich nichts mehr zurück.

Wie eine Verrückte rannte ich auf meinen Schlafplatz zu und drückte die Hülse kurz, aber kräftig am Stiel. Ängstlich blickte ich mich um, während ich nervös und hektisch meine Sachen zusammensuchte. Blindlings und mit zitterten Händen stopfte ich wahllos alles was ich Greifen konnte in meinen Rucksack, um ihn kurz darauf eilig über meine Schulter zu werfen. Ich hatte nicht die Zeit, seine Schnallen zu schließen oder meinen Anzug, den ich einfach unter den Arm klemmte, anzuziehen. Stattdessen fixierte ich voller Panik die dichtbewachsene Stelle, an der der Stahlkrieger verschwunden war. Jeden Augenblick konnte er wieder dort auftauchen. Ich wagte es auch kaum, dem Platz den Rücken zuzuwenden.

Ich musste schnell weit weg.

Wie von Sinnen sprang ich in dem Glauben, dass mich im

nächsten Augenblicke eine grausame Waffe durchbohren würde, von Blatt zu Blatt.

Weiter und weiter.

In meinen Augen, die vor Schrecken geweitet waren, stand der blanke Horror. Das Haar hing mir wirr ins Gesicht. Ich merkte es nicht einmal.

Rennen, einfach nur rennen.

Die Blätter waren feucht und rutschig. Ich strauchelte und stürzte mehrmals auf den festen Untergrund. Sofort rappelte ich mich wieder auf.

In meinem Kopf existierte nur der einzige Gedanke: Flucht!

Nur einmal nahm ich mir kurz die Zeit, um meine offenen Schuhe richtig zu binden. Ich konnte es mir nicht leisten, sie zu verlieren. Dabei zitterten meine Hände so sehr, dass ich es mehrmals versuchen musste, weil mir die schmalen Schnürsenkel ständig durch die Finger glitten.

Immer wieder blickte ich panisch zurück.

Hatte ich meinen Verfolger abgeschüttelt oder war er mir bereits dicht auf den Fersen? Voller Angst und ohne groß darüber nachzudenken, hatte ich meinen Kurs geändert. Ich hoffte inständig, dass der Stahlkrieger es nicht merkte und weiter Richtung Osten ging. Hektisch suchte ich nach meinem wertvollen Kompass, der tief in die Tasche gerutscht war.

Ein kurzer Blick genügte.

Süden.

Das war schlecht, sehr schlecht sogar.

Die unangenehmsten Pflanzen wuchsen im Süden. Stinkpalmen, Feuerblumen und sehr gefährliche fleischfressenden Gewächse. Meine Mutter hatte gesagt, dass wir um dieses Gebiet einen großen Bogen machen mussten. Ein einziger Fehltritt konnte dafür sorgen, dass sich die mächtigen, gut getarnten Blätter über uns verschlossen und dann gäbe es kein Entkommen mehr. In ihrem gewaltigen Schlund wären wir verloren. Dennoch musste ich es wagen. Ich stand so unter Schock, dass der Gedanke an meine geplante Route, mich am ganzen Körper beben ließ. Lieber einer fleischfressenden Pflanze zum Opfer fallen, als noch einmal in das Visier des Stahlkriegers zu geraten. Das war mein einziger Gedanke.

Eilig zwängte ich mich in meinen Anzug. Ich fror erbärmlich, weil ein Schweißfilm meine ganze Haut überzog. Ich konnte nicht aufhören, mich umzusehen. Wie ein gejagtes Tier blickte ich in jede Richtung. Das kleinste Geräusch ließ mich zusammenfahren. Einen Hustenreiz konnte ich unterdrücken und ein weiteres Niesen gerade noch verhindern. Ich suchte nach den kleinen Stofffetzen, die ich mir einfach in beide Nasenlöcher stecken konnte. Sekunden später trieb mich eine neue Panik an. Ich suchte erst schnell und dann immer sorgfältiger. Mein Herz raste und ich musste mich an einem Ast festhalten.

Alles drehte sich.

Mein Mund öffnete sich, ich wollte schreien, doch kein Geräusch drang nach draußen.

Sie waren nicht da.

Die kleinen Stofffetzen, in die ich mich schnäuzte, waren nicht mehr da.

Ich schlug die Arme vor mein Gesicht und sank weinend auf die Knie.

Ich hatte sie verloren!

„Nein", dachte ich, während ich mich apathisch vor und zurück wiegte.

Warum war das Leben so ungerecht? Gerade jetzt, als ich einen kleinen Funken Hoffnung gespürt hatte und dabei war, meinen inneren Frieden mit der Wildnis zu machen, schlug das Schicksal so grausam zu. Als ob es mich nicht genug Anstrengung gekostet hätte, an jedem einzelnen verdammten Tag, ums Überleben zu kämpfen.

Ich wippte weiter hin und her. Dabei rieb ich mir die Oberarme. Mir war so kalt.

Ich hatte mich getäuscht.

An diesem Ort gab es nichts Schönes, sondern nur Grausamens. Dieser verfluchte Wald war eine grüne Hölle und beherbergte darin die grässlichsten Pflanzen, die scheußlichsten Tiere und die furchtbarsten Monster. Sogar ein Höllenhund fand dort Unterschlupf und genau der wollte mich ebenfalls töten. Mein Vater war der perfekte Herrscher für diesen grausamen Ort mit seinen furchtbaren Kreaturen. Hatte ich tatsächlich geglaubt, hier in dieser Einöde, Gerechtigkeit zu erfahren? Seine Gottheit war überall, sogar in den Untiefen des undurchdringbaren Waldes. Und jetzt hatte ich mit meinen Stofffetzen eine Fährte gelegt, die einem regelrechten Leuchtfeuer glichen.

Wie eine alte Greisin erhob ich mich schwerfällig.

Das war nicht fair.

Aber ich konnte es leider nicht mehr ändern. Mutlos schleppte ich mich weiter. Das Herz schlug mir immer noch bis zum Hals und wollte sich gar nicht mehr beruhigen. Warum blieb es nicht einfach stehen und ersparte mir die ganze Qual? Ich hatte gegen meinen übermächtigen Verfolger nicht die geringste Chance. Sogar meine Mutter hatte Angst vor ihm gehabt.

Ich legte meine heiße Stirn an einen der dickeren Zweige und versuchte, wieder normal zu Atmen.

Nicht weinen, sondern nachdenken.

Ich schluckte schwer.

Die Enttäuschung saß tief.

Ich kniff die Augen fest zusammen. Weinen nützte mir gar nichts.

Stattdessen umklammerte ich mit beiden Händen den dicken Zweig und konzentrierte mich. Es war nicht einfach, meine Gedanken zu sortieren. Ich zwang mich dennoch dazu. Warum hatte mich der Stahlkrieger nicht riechen können? Diese Frage kreiste ständig in meinem Kopf. Dafür musste es einen Grund geben. Ich wusste, dass er über den feinsten Geruchssinn verfügte.

Also, warum?

Kalter Regen tropfte in meinen offenen Nacken. Ich wischte

ihn mit der Hand fort. Meine Haut fühlte sich an der Stelle schmierig an.

Plötzlich schoss eine unglaubliche Idee durch meinen Kopf. Ich spürte einen stechenden Schmerz in der Brust. Mein Herz protestierte. Ich glaubte, die Lösung gefunden zu haben. Hektisch kramte ich in meinem Rucksack. Konnte es so einfach sein? Endlich hatte ich die braune Flasche gefunden. Ich zog sie fast andächtig aus der Tasche. Kräuteröl.

Nachdem ich die letzten drei Tage und Nächte in der Hülsenfrucht verbracht hatte, fühlte sich meine Haut trocken an. Ich hatte deshalb meinen Körper mit diesem heilenden Öl eingerieben. Eben dieses, das ich benutzt hatte, um die Suchhunde, die eventuell auf mich angesetzt worden waren, nicht auf meine Fährte zu bringen. Dass sie auch bei den Stahlkriegern wirkte, war eine unglaubliche Erkenntnis, von der offenbar nicht einmal meine Mutter etwas gewusst hatte. Ich streckte meinen Rücken durch. Und obwohl meine Beine noch sehr wacklig waren, strömte neues Leben durch meinen Körper.

„Langsam!", ermahnte ich mich selber.

Ich öffnete vorsichtig den Verschluss der kostbaren Flasche und salbte sofort meinen ganzen Körper damit ein. Zum Glück war die Flasche groß und das Öl sehr ergiebig. Sogar meinen Rucksack und den Anzug benetzte ich deshalb damit. Dann packte ich meinen ganzen Besitz eilig, aber sorgfältiger zusammen. Zum Schluss strich ich mir entschlossen das ölige Haar aus der Stirn und setzte meine Brille auf.

Ich war bereit.

Das versuchte ich mir zumindest einzureden und meine Angst zu unterdrücken. Ab heute war alles anders. Die Probleme von gestern zählten nicht mehr und wirkten geradezu banal. Jetzt gab es einen grausamen Verfolger, dem ich entkommen musste.

Ich atmete noch einmal tief durch.

Niemals hätte ich geglaubt, dass mir der Wald noch mehr als

bisher abverlangen würde. Jetzt musste ich einen unmenschlichen Gegner abschütteln, der meinen Tod unbedingt wollte. Allen Widerständen zum Trotz, würde ich versuchen, am Leben zu bleiben.

Mein Blick wurde entschlossen.

Ich war so weit gekommen.

Ich würde nicht aufgeben.

Jetzt nicht mehr.

Hochkonzentriert und mit äußerster Vorsicht hangelte ich mich von Ast zu Ast.

„Er kann mich also nicht wittern", dachte ich.

„Dafür kann er dich aber sehen", flüsterte die böse Stimme in mein Ohr.

Sie erreichte damit, dass ich augenblicklich wieder Angst bekam. Ich warf einen Blick über die Schulter.

Nichts.

Ruhe bewahren.

„Du hast einen großen Vorsprung", redete ich mir ein, „der Stahlkrieger kennt sich im Wald nicht aus."

„Du dich auch nicht", zischte die böse Stimme in meinem geplagten Kopf erneut.

Ich beschloss sie zu ignorieren.

Ich würde meine Pausen extrem kürzen und dafür länger laufen. Zum Essen brauchte ich nicht mehr zu rasten. Auf ein Feuer musste ich ganz verzichten, um keine Spuren zu hinterlassen. Dieser Plan würde den Abstand zwischen mir und dem Stahlkrieger vergrößern.

Ich musste ihm einfach entkommen.

Ich durfte nicht mehr an ihn denken.

Ich musste an meine Chance glauben.

Ich musste weiter, immer weiter.

Der Hass

Ein Schrei drang durch den Wald.

So laut, so zornig und so gewaltig, dass er lange nachhallte. Das hasserfüllte Brüllen, das tief aus dem Rachen kam, wollte nicht mehr enden.

Der Stahlkrieger tobte.

Er riss wahllos Pflanzen aus der Erde und trat solange wutentbrannt gegen einen Baum, bis dieser sich ergab und knirschend brach. Seine Zerstörungswut kannte keine Grenzen. Er nahm einen kantigen, schweren Felsen vom Boden, stemmte ihn mühelos über die Schulter und warf ihn schreiend in das krachende Gebüsch. Wieder brüllte er aus Leibeskräften. Einer der größeren Äste flog dabei durch die Luft. Mit feuerroten Augen blickte er sich um. Er hatte ein Schlachtfeld hinterlassen, aber er konnte sich immer noch nicht beruhigen.

Dieses Dreckstück!

Sie hatte ihn tatsächlich ausgetrickst.

Ihn, den besten Stahlkrieger seiner Gottheit.

Die Stahlfaust krachte in einen Baum.

Der Krieger war außer sich.

Dieses kleine Mädchen hatte ihn an der Nase herumgeführt.

Das war ihm noch nie passiert.

Und das würde ihm auch nie wieder passieren.

Er ließ jeden einzelnen seiner Knochen krachen.

Der Stahlkrieger schloss seine Augen und konzentrierte sich. Angestrengt dachte er nach. Immerhin handelte es sich hier um die Tochter seiner Gottheit und er hätte eigentlich damit rechnen müssen, dass sie genauso gerissen war wie ihr Vater. Da war es doch fast schon eine Ehre, von ihr hinters Licht geführt zu werden, versuchte er sich einzureden. Vor lauter Zorn knirschte er immer noch mit den Zähnen. Hatte er sich nicht einen ebenbürtigen Gegner gewünscht?

Die Faust krachte erneut gegen den Stamm.

Ja, aber einen kräftigen, ausgewachsenen Mann und kein hinterhältiges Weib, das noch ein halbes Kind war.

Er kratzte mit den fünf Messern an seiner Hand über den Baum. Harz drang aus den tiefen Einschnitten. Es schien, als ob der Baum weinte.

War er hereingelegt worden?

Verfolgte er tatsächlich die Prinzessin oder eine schlaue Kriegerin?

Vor Jahren hatte er das Mädchen doch im Thronsaal gesehen. Er kannte ihre schwache Gestalt, ihr naives Wesen und ihr verwöhntes Verhalten.

Dennoch war er überrascht.

Die Königin war wohl eine bessere Lehrerin gewesen, als sie alle geglaubt hatten.

Verfluchtes Miststück!

Räudige Hündin!

Missratene Amazone!

Im Krieg hatte er Hunderte von ihnen getötet. Sie hielten sich für etwas Besseres und glaubten, die Natur würde zu ihnen sprechen. Die einzige Sprache, die er kannte, war die des Stahls. Spätestens, wenn der sich in das weiche Fleisch seiner Opfer bohrte, wusste er, dass es die einzige richtige Art zu kommunizieren war.

Er schüttelte sich.

Er hatte eine Entscheidung getroffen.

Er würde noch schneller werden, noch weniger essen und noch weniger schlafen.

Dann leckte er seine verkrusteten Lippen.

Er hatte sich eine anspruchsvolle Jagd gewünscht und jetzt bekam er sie.

Die kleine Verzögerung konnte er verschmerzen.

Die Jagd erregte ihn wieder.

Er klappte sein Visier herunter und richtete seinen Blick in die Ferne.
Welche Richtung sollte er einschlagen?
Nach Norden oder Süden?
Schließlich rannte er los.
Nach Süden.

Der Wille

Ich keuchte und keuchte.

Mein Körper schrie nach einer Pause, doch ich gönnte sie ihm nicht. Hätte ich mein Gesicht gesehen, so wäre ich erschrocken gewesen. Eingefallene Wangenknochen und tiefe, schwarze Augenringe hatten sich dort gebildet. Jede Stunde Schlaf verursachte Panik in mir. Die Strapazen machten sich überall an meinem Körper bemerkbar. Ich bestand nur noch aus Haut und Knochen.

Ich fühlte mich wie ein gejagtes Tier und instinktiv wusste ich, dass ich es auch war. Der Stahlkrieger war mir dicht auf den Fersen. Obwohl ich mir kaum eine Erholung gönnte, wurde meine Unruhe immer größer. Mit jedem Tag steigerte ich mein unmenschlich hohes Pensum noch um ein Weiteres.

Immer wieder zweifelte ich an meinem Verstand, weil ich oft wirr vor mich hinredete, ständig unkontrolliert zusammenzuckte oder trübselig ins Leere starrte. Dabei hatte ich jedes Gefühl für Zeit und Raum verloren. Um ehrlich zu sein, war es mir egal, ob ich verrückt geworden war. Ich wollte nur eines: Überleben.

Und ich wollte meine Großmutter endlich kennenlernen. Mit jeder Woche, die verstrich, wurde die Sehnsucht nach ihr größer. Vielleicht hatte die schreckliche Todesangst das unsägliche Verlangen in mir geweckt, sie endlich in die Arme zu schließen. Ich wollte die Wärme eines geliebten Menschen spüren und wieder Frieden und Ruhe in mein Leben bringen. Das war der einzige Wunsch, den ich noch hatte.

Jedes Mal, wenn die Angst mich zu überwältigen drohte, versuchte ich mir vorzustellen, wie meine Großmutter wohl aussah und ob sie meiner Mutter sehr ähnlich war.

Wollte sie mich überhaupt bei sich haben? Immerhin waren

meine Mutter und meine Großmutter im Streit auseinandergegangen. Der Grund war "natürlich" mein Vater gewesen. Meine Großmutter hatte anscheinend noch vor meiner Mutter erkannt, was für ein Scheusal aus ihm geworden war. Immer wieder drängte sie deshalb meine Mutter dazu, ihn zu verlassen. Schließlich hatte mein Vater davon erfahren und meine Großmutter mit Schimpf und Schande aus der Burg vertreiben lassen. Nur unter der Bedingung, dass sie ihm nie wieder unter die Augen treten würde und auf das Flehen meiner Mutter, durfte sie am Leben bleiben. Ich war damals noch viel zu klein gewesen, um mich an die ganzen tragischen Vorfälle zu erinnern.

Doch seit dem Tage, als meine Großmutter im Wald verschwunden war, kursierten die unglaublichsten Gerüchte über ihren Verbleib. Sie sei einem der Fleischfresser zum Opfer gefallen, hieß es einmal. Als Beweis wurde seiner Gottheit die angeknabberte und halb verweste Leiche einer völlig unkenntlichen Person präsentiert.

Dann erzählten die Dorfbewohner von einer weißen Hexe, die in nebligen Nächten durch den Ort huschte und alles Leben aus dem saugte, der sie erblickte. Es handele sich dabei um meine Großmutter, die sich für ihr unfreiwilliges Exil, in dem sie umgekommen sei, rächen wollte.

Eine andere Geschichte berichtete davon, dass meine Großmutter einen Pakt mit dem Wind geschlossen hatte und nun einmal im Jahr, in Form eines gewaltigen Sturms, durch das Dorf fegte, um alle zu vernichten, die ihr Unrecht getan hatten.

Weit vertrauenswürdigere Quellen aber sagten, dass meine Großmutter eine lange Zeit friedlich durch den Wald gewandert wäre. Auf der Suche nach ihrem Volk hätte sie viele sagenhafte Abenteuer erlebt und wäre sowohl mit der Natur als auch mit den Tieren eins geworden. Der Wald habe sie mit offenen Armen empfangen.

Tatsächlich erzählten sich die Dorfbewohner, unter vorgehaltener Hand weiter, dass meine Großmutter, nachdem sie eine sehr lange Zeit im Wald gelebt hatte, auf einer Riesenechse geritten sei und zu ihrem Volk gestoßen wäre. Einem Volk, das sie voller Ergebung und Bewunderung empfangen hatte.

Diese Geschichte mochte ich am liebsten. Sie schien mir, trotz aller Übertreibungen, die glaubwürdigste zu sein. Wenn man davon ausging, dass meine Großmutter eine sehr weise und naturverbundene Amazone war, konnte es gut sein, dass es sich so zugetragen hatte.

Alleine die Tatsache, dass meine Mutter Jahre später wieder Kontakt zu ihr aufgenommen hatte, bestätigte mich in der Annahme, dass diese Geschichte der Wahrheit am nächsten kam. Wie meine Mutter eine Verbindung zu meiner Großmutter über diese unglaubliche Entfernung hergestellt hatte, wusste ich nicht. Eigentlich hatte es uns für eine Unterhaltung ständig an Zeit gefehlt, weil wir nur mit dem Training oder den Fluchtvorbereitungen beschäftigt waren. Meine Mutter war von den überragenden Fähigkeiten meiner Oma überzeugt gewesen und das alleine genügte mir.

· Also konzentrierte ich mich wieder.

Ich hatte nur ein Ziel: meine Großmutter, die mich sicher bedingungslos liebte.

Wie zur Bestätigung krallten sich meine Finger in die zerknitterte Karte, die mich zu ihr führen sollte. Das vergilbte Papier, als Beweis in meiner Hand, fühlte sich gut an und beruhigte mich. Eigentlich kannte ich die Beschreibung bereits auswendig und überlegte mir, das kostbare Blatt zu vernichten, denn die Karte durfte unter keinen Umständen in die Hände des Stahlkriegers fallen. Diese Entscheidung schob ich allerdings immer wieder hinaus.

Gedankenverloren griff ich nach einem Ast, um mich abzustützen. Er brach ab und bohrte sich dabei schmerzhaft in mein Handgelenk.

„Verdammt noch mal!", fluchte ich unbeherrscht.

Am Morgen war ich knapp dem Tode entkommen, als eine fleischfressende Pflanze ganz knapp neben mir zuschnappte. Dabei war ich sogar vorsichtig gewesen und jetzt passierte mir schon wieder so ein Missgeschick.

Verärgert rieb ich die brennende Stelle. Der Schmerz war allerdings genauso schnell wieder vergessen wie er gekommen war. So ein Kratzer hielt mich nicht mehr auf. Der Wald hatte mich zwischenzeitlich gut abgehärtet. Nur meine Nerven spielten nicht mehr richtig mit. Falls ich es tatsächlich bis zu meiner Großmutter schaffte, was wäre wohl ihr erster Eindruck von mir? Würde sie mich als ein neurotisches, zynisches und völlig labiles Weib wahrnehmen? Ich war bereits jetzt von den Ereignissen der Vergangenheit gezeichnet.

Nein, ich durfte nicht weiterdenken.

Meine Hand tastete nach einem neuen Halt. Ich umklammerte dieses Mal einen stabileren Ast und zog mich an dem Baum vorbei. Über die Blätter zu springen, wagte ich nicht. Das würde einem Himmelfahrtskommando gleichkommen, weil die fleischfressenden Pflanzen von oben noch schlechter zu erkennen waren als von unten.

Erschöpft strich ich mir über die Augen. Heute war es besonders schwül und der Anzug klebte wie eine zweite Haut an mir. Ich konnte mich schon gar nicht mehr daran erinnern wie es war, richtig trocken zu sein.

Plötzlich knackte es im Gebüsch.

Ich hielt mitten in der Bewegung inne und wartete mit angehaltenem Atem auf die Ursache des Geräusches. Einige Minuten später hopste ein kleines Äffchen vorbei. Es glotze mich verwundert an und verschwand augenblicklich wieder im Unterholz. So ging das mehrmals am Tag und nach jedem Erlebnis war ich dankbar, noch am Leben zu sein, auch wenn mir dabei schmerzhaft bewusst wurde, dass es jederzeit damit vorbei sein konnte. Die kleine Affenhorde, die mir solange treu gefolgt war, begleitete mich inzwischen nicht mehr. Obwohl hier immer noch die herrlichsten Obstbäume wuchsen, hatten sie ihr Interesse an mir verloren und waren irgendwann ganz verschwunden.

Vielleicht war es besser so.

Ich hatte keinen Blick mehr für die Schönheit des Waldes. Die prächtige bunte Vogelwelt ignorierte ich, jeder zarte Schmetterlingsschwarm erschreckte mich und von dem romantischen Zirpen der Grillen fühlte ich mich bedroht. Selbst das saftige Obst betrachtete ich jetzt mit Abscheu. Den Regen verfluchte ich und die Sonne wurde von mir verteufelt. Der Wald hatte mir den Krieg erklärt - nein schlimmer noch, er hatte mich verraten und sollte deshalb meinen Zorn so richtig zu spüren bekommen. Ich würde nicht mehr auf den vermeintlichen Schutz der dichten Bäume hereinfallen, denn alles was mir Unterschlupf und Sicherheit bot, bot es auch dem Unbekannten, dem Gefährlichen, dem Tödlichen. Es war einfach zu tückisch.

Das war auch der Grund, warum ich die Veränderung der Landschaft nicht sofort wahrnahm. Der weite Ausblick und die Umrisse der Bäume waren mir bereits so vertraut, dass ich glaubte, niemals etwas Anderes gesehen zu haben. Doch auf einmal gab es in dem Bild eine Unregelmäßigkeit. Sie konnte nicht natürlichen Ursprungs sein. Irgendetwas ragte ziemlich grotesk in die Luft. Im ersten Moment wusste ich nicht, wie ich mit der Situation umgehen sollte. Verbarg sich dahinter eine neue Teufelei, die ich großzügig umwandern sollte oder eröffnete sich hier eine Chance, in einem unentdeckten Terrain, eine mir vielleicht nützliche Entdeckung zu machen?

Ich entschloss mich dazu das Objekt zu untersuchen. Der Stahlkrieger würde das Gleiche tun und ich musste ihm einfach immer einen Schritt voraus sein, wenn ich überleben wollte.

Zielstrebig, aber vorsichtig, hangelte ich mich zu der seltsamen Stelle. Je näher ich dem eingewachsenen Etwas kam, umso erstaunter war ich über seine Größe. Es handelte sich um ein quadratisches Gebäude, das völlig zerstört war. Das Material, aus dem es gebaut war, kannte ich nicht.

Anfangs glaubte ich, dass es sich dabei um ein Haus aus Stein handeln würde, aber beim Näherkommen schimmerte es matt.

Ungeduldig versuchte ich es von den Schlingpflanzen, die es zugewuchert hatten, zu befreien. Ich zog und riss daran, doch ein Durchkommen war unmöglich. Die Sprossen waren im Laufe der Zeit so dick geworden, dass ich nicht einmal mit meinem Messer etwas ausrichten konnte. Dazu wäre eine große Axt nötig gewesen. Vorsichtig schlich ich deshalb um das Gebäude herum. Wollte ich sein Inneres überhaupt erforschen? Eigentlich müsste ich schleunigst weitergehen. Schließlich konnte ich es mir nicht leisten, kostbare Zeit zu vertrödeln. Dennoch übten die Relikte aus der Vorderzeit eine solche Faszination auf mich aus, dass ich mich noch etwas umsehen wollte. So eine Gelegenheit würde ich nie wieder bekommen. Also kletterte ich um das ganze Gebäude herum. Auf der Rückseite hatten die Zerstörung und der Zerfall ein noch viel größeres Ausmaß angenommen. Ein riesiges Loch klaffte an einer Seite. Ohne lange zu überlegen, setzte ich mein Nachtsichtgerät auf und zwängte mich durch die schmale Öffnung. Zwischen dem ganzen Geröll konnte ich zu meiner Enttäuschung nicht viel erkennen. Die Zerstörung war einfach viel zu groß. Langsam machte ich einen Schritt nach dem anderen. Plötzlich stieß mein rechter Fuß gegen einen Gegenstand und ich bückte mich danach. Es war nur eine völlig zerbeulte Tasse, aber mein Herz klopfte, vor allem deshalb weil ich überhaupt etwas gefunden hatte, heftig.

Die Vorderzeit.

Menschen so wie ich.

Ausradiert von einem wütenden Planeten - falls die Gerüchte überhaupt stimmten. Wir nannten sie einfach: die Ahnungslosen.

Die Geschichte erzählte zusätzlich, dass die Menschen der Vorderzeit nicht im Einklang mit der Natur gelebt und diese sogar mutwillig zerstört hatten. Somit trugen die Ahnungslosen die Hauptschuld an ihrem Untergang. Und dennoch, ich hielt hier eine Spur ihres Daseins in den Händen. Einige von ihnen hatten offenbar hier gelebt. Und aus dieser Tasse hatte wohl ein Mensch aus der Vorderzeit getrunken. Ein paar Steine lockerten sich unter mit und rollten nach unten.

Ich blickte mich um. Der weitere Weg war nun versperrt.

Vor einer runden Tür, die mächtig groß war und aus einem merkwürdig glänzenden Material bestand, lagen so viele riesige Steinbrocken, dass ein Vorankommen unmöglich war. Sie wirkte so massiv, dass ich sie ohne Hilfe eines Werkzeuges oder einer anderen Person niemals hätte öffnen können. Das Geheimnis dahinter würde also für immer verborgen bleiben. Egal, ich musste sowieso weiter. Viel zu lange hatte ich mich hier bereits aufgehalten.

Etwas wehmütig ließ ich meinen Blick noch einmal durch den Raum schweifen, bis ich etwas in einer dunklen Ecke entdeckte, eine Gestalt. Ich konnte einen lauten Schrei gerade noch unterdrücken, bis ich merkte, dass sich der Körper nicht rührte. Die Steine knirschten unter meinen Füßen, als ich aufgeregt darauf zuging. Schließlich stand ich vor dem Skelett eines Soldaten. Es musste sich um einen Soldaten handeln, weil er noch einen Helm auf dem Kopf trug und eine mächtige Waffe in den knochigen Händen hielt. Mit zitternden Fingern und so würdevoll es nur ging, befreite ich den Toten von seiner Last. Akribisch untersuchte ich die Waffe, bis ich feststellen musste, dass ihre Funktion leider nicht mehr wirkungsvoll war. Frustriert warf ich den nutzlosen Gegenstand auf den Boden zurück.

Typisch!

Wäre die Waffe intakt gewesen, hätte ich vielleicht eine faire Chance gegen den Stahlkrieger gehabt, aber so konnte ich nichts damit anfangen.

Weit taktloser durchsuchte ich deshalb die Taschen des Soldaten, die zum Teil in meinen Händen zu Staub zerfielen. Meine Finger ertasteten einen kleinen harten Gegenstand und ein glattes, überraschenderweise höchst strapazierfähiges, Stück Papier. Als ich einen Blick darauf warf, traten mir sofort Tränen in die Augen. Eine blonde, lachende Frau mit einem Säugling waren darauf abgebildet. Sofort schämte ich mich, wegen meines schäbigen Verhaltens. Fast augenblicklich und geradezu liebevoll steckte ich das Bild zurück in die knochigen Finger des Soldaten. Ich hätte die farbige Abbildung gerne behalten, doch ich brachte es nicht über das Herz, den Toten seiner Erinnerungen zu berauben.

Dann sah ich mir den kleinen Gegenstand an. An ihm schien weiter nichts Persönliches zu haften. Es war ein durchsichtiges Glas mit flüssigem Inhalt. An der Spitze des Relikts war ein kleines Rad angebracht, an dem ich zaghaft drehte.

Nichts geschah.

Ich versuchte es wieder und wieder. Gerade als ich aufgeben und den fremden Gegenstand einstecken wollte, schoss eine kleine Flamme aus einer Öffnung neben dem Rädchen.

Vor lauter Schreck ließ ich es fallen, um es kurz darauf rasch wieder aufzuheben. Es sollte schließlich nicht zwischen die Steine rutschen.

Was war das? Ein hochmoderner Feuerstein? Ich musste ihn auf alle Fälle mitnehmen.

Etwas unangenehmer war es dagegen, mir den Helm des Toten zu nehmen. Behutsam löste ich ihn deshalb vom Schädel und verließ anschließend diesen sonderbaren Ort. Draußen atmete ich erst einmal kräftig durch.

Ich war mir ziemlich sicher, dass vor mir noch nie eine Menschenseele hier gewesen war, nachdem es zerstört worden war. Es wagte sich auch niemand in diese ungemütliche Gegend. Wie gerne hätte ich mich noch etwas länger umgesehen, aber es war höchste Zeit, weiterzugehen.

Ich wurde ziemlich nervös bei dem Gedanken, wie lange ich mich in der Ruine aufgehalten hatte. Vielleicht konnte ich eines Tages hierher zurückkehren, um weiter in der Vergangenheit zu forschen. Ich bezweifelte allerdings, dass ich je in der Lage sein würde, die schwere Tür zu öffnen, um einen Blick dahinter zu werfen.

Schnell setzte ich meine Reise fort und Stunden später war die Erinnerung an das ungewöhnliche Erlebnis schon beinahe wieder verflogen. Viel zu beschwerlich war der Weg, den ich mir durch das Geäst erkämpfen musste. Ich quetschte mich durch enge Bäume und Büsche, kroch auf allen vieren über Blätter und balancierte in schwindelerregender Höhe über Äste.

So ging es den ganzen Tag, bis spät in die Nacht. Irgendwann saß ich auf einem großen Blatt und rieb mir die schmerzenden Beine. Es war bitterkalt und ich hätte liebend gerne ein Feuer gemacht. Natürlich wagte ich es nicht. Trotzdem hatte ich Glück und fand eine geeignete Hülse, in der ich schlafen konnte. In ihrem Inneren ließ ich später wieder und wieder den kleinen Feuerstein aufblitzen. Lange starrte ich in die Flamme des Spielzeuges, das mir so viel Freude machte und dabei etwas Wärme schenkte. Ich war zu erschöpft, um noch einen klaren Gedanken zu fassen. Schließlich fiel ich in einen unruhigen Schlaf.

Einfach Aufgeben

„Dumme Penelope!", schimpfte ich mit mir, während mir die Tränen über das Gesicht strömten, „du bist so wahnsinnig dumm."

Wie jeder gequälte und vom Pech verfolgte Mensch, hatte ich natürlich geglaubt, dass es irgendwann einmal wieder aufwärtsgehen würde. Seit Wochen preschte ich jetzt wie eine Verrückte durch den Wald, immer mit dem Hintergedanken, dass jeder Tag und jede Nacht meine letzte sein könnte. Meine Sinne waren aufs Schärfste sensibilisiert und mein Blick war nur auf die Tücken und Anstrengungen, die mir die Natur abverlangte, gerichtet. Der Gedanke an den Stahlkrieger war zunehmend verblasst. Vielleicht, weil eine nicht greifbare und unsichtbare Gefahr schnell ihren Schrecken verlor. Eigentlich redete ich mir ein, dass der Stahlkrieger seine Verfolgung aufgegeben hatte und nach Hause zurückgekehrt war, weil er mich in den Wirren dieses Dschungels verloren hatte und nicht mehr wittern konnte.

Das war natürlich ein Irrglaube.

Nach einer Niederlage würde es niemand wagen, meinem Vater gegenüberzutreten. Dennoch hatte ich mich an den Druck gewöhnt und bildete mir ein, dass es für mich sogar von Vorteil war, wenn es so zügig weiterging.

Jeder Schritt brachte mich näher zu meiner Großmutter.

Und genau das war das Problem.

Es ging nicht weiter.

Ich raufte mir das verfilzte Haar und zog dabei einen dicken schwarzen Käfer aus einer Strähne.

Ekelhaft!

Auch wenn ich in der Zwischenzeit mit dem Getier in meiner

Umgebung vertraut sein sollte, konnte ich nur unter größter Anstrengung einen Aufschrei des Entsetzens unterdrücken. Voller Abscheu betrachtete ich den Käfer, der auf dem Rücken lag und hektisch mit seinen dicken Beinen strampelte. Hastig schüttelte ich das widerliche Insekt deshalb von meiner Handfläche ab.

Seit fünf Tagen irrte ich jetzt hier umher. Mit jeder Stunde, Minute und Sekunde, die verstrich, wurde meine Verzweiflung größer.

Ein Sumpf!

Ich konnte es immer noch nicht fassen.

Ich war auf einen riesigen Sumpf gestoßen.

Und was noch schlimmer war, ich befand mich auf dem Erdboden!

Urplötzlich hatte die Vegetation aufgehört, um dieser braunen Masse Platz zu machen. Irgendetwas, vielleicht ein höllischer Sturm oder eine andere Naturgewalt, musste kilometerlang zwischen die Bäume gefegt sein und hatte dabei eine so breite und lange Schneise hinterlassen, dass ich selbst nach fünf Tagen Wanderung noch lange kein Ende sah. Wäre ich doch nur viel früher wieder auf meinen eigentlichen Kurs nach Osten zurückgegangen. Dann hätte ich dieses unwegsame Gebiet gar nicht erst entdeckt. So aber raubte mir die Situation den letzten Verstand. Allein wieder festen Boden unter den Füßen zu haben, war eine unglaubliche Strapaze für mich. Seit Monaten bewegte ich mich in schwindelerregender Höhe in den Baumwipfeln mit einem permanenten Schwanken unter meinen Füßen. Nach meinem Abstieg taumelte ich zeitweise wie eine Betrunkene am Ufer entlang. Von der Gefahr, die vom Erdboden ausging, gar nicht erst zu sprechen! Jederzeit konnte ein Untier aus dem Geäst stürmen, um mich Tode zu jagen und schlussendlich als leckere Mahlzeit zu verspeisen. Hinter mir lag der dichte Wald und vor mir dieser abscheulich stinkende Sumpf. Das Grausamste vor allem war, dass ich das gegenüberliegende Ufer erkennen konnte, wenn ich die Augen nur ganz fest zusammenkniff. Natürlich hatte ich daran gedacht, einfach durch die matschige Brühe hinüber zu waten. Ein Test mit einem langen Stecken, den ich in das lehmige Wasser hielt, zeigte, dass es mir gerade bis zu den Knien gehen würde. Zur Not konnte ich auch schwimmen, wenn es später tiefer werden würde, überlegte ich. Also schnürte ich voller Tatendrang meine Schuhe auf und zog sie aus, auch meine Strümpfe. Das Moos unter meinen nackten Zehen fühlte sich großartig an. So weich und erfrischend.

Zögernd stand ich nun am Ufer.

Sollte ich mich auf dieses Abenteuer einlassen und einfach in den trüben See steigen, in dem nichts zu erkennen war? Was konnte schon passieren?

Auf einmal fiel mir das Gespräch mit der alten Frau in der Todesnacht meiner Mutter ein. Was hatte sie gesagt?

„Es wird der Tag kommen, an dem ihr euch fragen werdet, ob ihr einen sehr außergewöhnlichen Versuch wagen sollt. Hört auf meinen Rat und wagt ihn. Es ist nicht wichtig, dass wir unser Ziel erreichen, sondern, dass wir es versucht haben."

Hatte sie diese Situation gemeint?

Hatte sie tatsächlich die Gabe der Vorhersehung gehabt?

Es erschien mir wahrscheinlich.

Vorsichtig streckte ich also zuerst einen großen Zeh hinein. Nun war die Farbe des Wassers rötlich braun und es war sehr warm. Trotzdem zögerte ich immer noch komplett hineinzusteigen. Ich wusste nicht was es war, aber irgendetwas hielt mich zurück. Ich hatte ein ungutes Gefühl in der Magengegend. Langsam zog ich meinen Fuß wieder zurück.

Ich blickte mich um.

Schließlich bückte ich mich nach einem Stein und warf ihn ins Wasser. Mit einem typisch ploppenden Geräusch tauchte er ein und versank, aber sonst geschah gar nichts.

"Na, das war doch sehr vielversprechend!", versuchte ich mir einzureden.

Vielleicht war ich einfach nur zu vorsichtig.

Trotzdem wollte ich noch einen weiteren Stein werfen, auch wenn ich mir nicht sehr viel davon versprach. Bei meiner Suche nach einem neuen Geschoß, stieß ich auf einen halb verfaulten Fischkadaver. Erst wandte ich mich angeekelt ab, doch dann kam mir eine Idee. Einem inneren Impuls folgend packte ich den fast verwesten Fisch mit spitzen Fingern und schleuderte ihn im hohen Bogen ins Wasser. Die darauffolgende Reaktion riss mich beinahe von den Beinen. An der Stelle, an der der Kadaver aufgeschlagen war, begann das Wasser zu brodeln und wild zu spritzen. Das ganze Spektakel dauerte war nur wenige Sekunden, genügte aber, um mich leichenblass werden zu lassen.

Fleischfresser!

Eilig zog ich meine Schuhe wieder an. Von diesem ernüchternden Erlebnis an, beschloss ich, den Sumpf großzügig zu umgehen.

Und so wanderte ich wieder weiter.

Zunächst optimistisch und dann immer deprimierter. Die Entscheidung war bereits zwei Tage her. Der Sumpf nahm einfach kein Ende. Von Stunde zu Stunde wurde mein Gang schwerer. Ich ließ Abdrücke im feuchten Matsch zurück. Ich konnte es nicht ändern, selbst wenn ich gewollt hätte. Vielleicht würden sie nach einiger Zeit von selber wieder verschwinden, das hoffte ich zumindest.

Dann, nach einer trostlosen Weile, stellte ich zu meinem größten Schrecken fest, dass es in dieser Gegend keine Liane, kein Obst und keine Hülsenfrüchte mehr gab! Somit war ich all der Dinge beraubt, die mich in der Vergangenheit notdürftig am Leben gehalten hatten.

Ich konnte mein Unglück nicht fassen!

Bereits jetzt klebte mir die Zunge am Gaumen und die aussichtslose Situation zermürbte mich zunehmend. Von meinem knurrenden Magen ganz zu schweigen.

Frustriert schüttelte ich meine Wasserflasche.

Sie war fast leer.

Ich konnte nicht zurück, um mir frisches Wasser und Obst zu besorgen. Falls mich der Stahlkrieger noch verfolgte, würde ich ihm damit direkt in die Arme laufen.

Und dann war es auf einmal vorbei.

Ich war jeder Kraft beraubt. Meine Beine knickten ein, ich sank schluchzend zu Boden.

„Dumm", schimpfte ich dabei immer wieder.

Doch es nützte nichts. Es ließ sich nicht mehr ändern.

Jetzt war es zu Ende.

Mehrere Minuten weinte ich bitterlich. Ich war ausgelaugt, gebrochen und keines klaren Gedankens mehr fähig.

Lästige Fliegen umkreisten mich, aber sie störten mich nicht mehr.

Mein Blick ging, wie so oft, ins Leere.

Es war vorbei!

Vorbei!

Vorbei!

Lange saß ich so im braunen, kalten Matsch. Ich beobachtete die Insekten, den Himmel und den Sumpf, als ob ich das alles zum ersten Mal sehen würde und nicht tagelang daneben gewandert wäre. Das Wasser plätscherte und ich gluckste leise, während sich meine Finger in den nassen Schlamm krallten.

Vorbei!

Ausgerechnet an diesem schrecklichen Ort.

Vorbei!

Plötzlich wurde ich ganz ruhig.

Ich blinzelte.

Ich hatte eine Entscheidung getroffen. Es war die letzte Entscheidung, die ich jemals treffen würde. Und ich war froh darüber. Keine Sorgen, Ängste und Strapazen mehr.

Wie in Trance schnallte ich den Rucksack ab, nahm die Decke heraus und breitete sie sorgfältig aus. Ein dicker Kloß saß in meinem Hals.

Nein, ich würde nicht weinen.

Ich hatte genug geweint.

Dann griff ich in die Seitentasche meines Gepäcks. Dort hatte ich erst kürzlich den kleinen Beutel mit dem Schlafpulver entdeckt, das meine schreckliche Amme außer Gefecht hätte setzen sollen. Ich hatte mich oft gefragt, warum es meine Mutter dort versteckt hatte, aber jetzt war die Antwort ganz klar. Nicht einmal sie, die unerschrockene und stolze Amazone war sich sicher gewesen, dass wir diese Reise heil überstehen würden. Als Absicherung und für den schlimmsten Fall der Fälle diente dieses Mittel, zu dem sie gegriffen hätte, wenn alle Hoffnung verloren gewesen wäre.

Und nun war es soweit!

Ich gab auf.

Endgültig.

Mit zitternden Fingern schüttete ich den kompletten Inhalt des Beutels in meine Wasserflasche und schüttelte sie, bis sich das Schlafpulver aufgelöst hatte. Diese große Menge würde garantiert reichen, um meinem Leben ein Ende zu bereiten. Fahrig stellte ich die Flasche mit dem giftigen Inhalt auf einem Baumstamm ab.

Ich löste mein Haarband und griff nach der Bürste. Ich würde meinem Tod noch etwas Stolz und Würde geben und mich ansehnlich machen. Meine Unterlippe zitterte, während ich meine lange verfilzte Mähne kämmte. Ich hoffte, durch das Mittel, auf ein schnelles Ende. Frustriert legte ich die Bürste auf die Seite und überlegte, was ich der Nachwelt noch mitteilen könnte.

Nichts.

Mir fehlten nicht nur die Möglichkeiten, sondern auch der Glaube, dass eine Nachricht von mir jemals eine Menschenseele erreichen würde. Natürlich könnte ich Steine suchen und sie zu irgendwelchen Wörtern formen oder ein kunstvolles Gebilde auftürmen, das dann gleichzeitig meinen Grabstein darstellen würde. Dazu konnte ich mich aber nicht bewegen. Die Situation war einfach zu makaber.

Wie lange es wohl dauern würde, bis mich ein Tier anknabbern oder gleich ganz auffressen würde?

Bei dem Gedanken schüttelte es mich.

Ein surrealer Moment.

Schade, dass es hier keine Blumen gab. Ich hätte gerne eine in der Hand gehalten, während ich einschlief, um bei meinen letzten Atemzügen etwas lieblich Friedliches anzusehen. Was danach kam, sollte mich nicht mehr kümmern. Ich strich mir ein letztes Mal durchs Haar. Es fühlte sich trotz aller Strapazen noch weich an. Ich holte noch einmal tief Luft. Ich bildete mir ein, sie wäre frisch und rein, obwohl der Tümpel neben mir zum Himmel stank.

Ich lächelte für einen kurzen Augenblick. Es war ein herrlicher Tag und das, obwohl ich gleich sterben würde.

Ich war soweit.

Jetzt musste es schnell gehen. Ich würde beim Einschlafen liebevoll an meine Mutter und an meine Großmutter denken. Mit wilder Entschlossenheit wandte ich mich um und griff nach der Flasche.

Sie war verschwunden.

Stattdessen fiel mein Blick auf ein paar stählerner Schuhe. Ein erstickter Laut des Entsetzens drang aus meiner Kehle.

Ich blickte ganz langsam nach oben.

Vor mir stand der Stahlkrieger.

Gnadenlos rotleuchtende Augen starrten mich durch seinen Helm an.

Wie hatte er es geschafft, sich so lautlos an mich heranzuschleichen? Ich hatte nicht das geringste Geräusch vernommen oder irgendetwas gespürt. Mit vor Schrecken geweiteten Augen sah ich ihn an, während ich dabei rückwärts kriechend vor ihm zurückwich.

Von unten wirkte diese Kreatur noch gigantischer und bedrohlicher auf mich. Er musste mindestens zwei Meter groß sein. Das Visier seines Helmes war halb aufgeklappt und gab den Blick auf seinen geraden Mund frei. In einer seiner stählernen Hände hielt er meine Wasserflasche, die andere lag um den Knauf seines Schwertes. Eine Flucht war unmöglich.

Er nickte mir kurz zu, gerade so als ob wir uns verabredet hätten.

„Prinzessin", meinte er kurz mit tiefer knurrender Stimme, setzte die Flasche an die Lippen und trank sie in einem Zug leer. „Die braucht ihr nicht mehr", meinte er anschließend, während er meine Flasche achtlos in das Gebüsch warf.

Für einen kurzen Moment, glaubte ich zu träumen oder bereits tot zu sein. Das konnte nicht geschehen sein.

Fassungslos wartete ich auf eine Reaktion.

Nichts geschah.

Das Gift brauchte wohl eine Zeit, bis es wirkte. Vor allem bei so einem Hünen. Doch genau diese Zeit würde ich nicht haben. Mit einer blitzschnellen Bewegung, die für das Auge kaum zu erkennen war, zog der Stahlkrieger sein Schwert.

„Euer Vater wünscht, dass ich ihm euren abgeschlagenen Kopf bringe. Zu diesem Zweck bitte ich euch niederzuknien."

Beinahe hätte ich hysterisch aufgelacht.

Nein, das war kein Traum und ich war auch nicht tot. Aber in wenigen Sekunden würde ich es sein. Ausgelöscht von dem schlimmsten Häscher meines Vaters, der seinen Triumph, ohne es zu wissen, niemals auskosten würde.

Zeit, ich brauchte Zeit!

Ich wusste, dass Flehen oder Betteln bei diesem Gegner keinen Zweck hatte. Auch sinnloses Gerede, um Zeit zu schinden, würde mir nichts bringen. Der Stahlkrieger hielt sein Schwert bereits im Anschlag. Ich traute ihm zu, dass er noch während meines erbärmlichen Konversationsversuchs seinen Auftrag kaltblütig erledigte. Es mussten also Taten sprechen.

„Ich möchte nicht als Jungfrau sterben", hörte ich mich sagen und glaubte gleichzeitig nicht, dass ich diese Worte tatsächlich gesprochen hatte. Meine Stimme hatte sich dabei seltsam fremd angehört.

Wenn der Stahlkrieger aufgrund dieser Ansage überrascht

war, so zeigte er es nicht. Ich hatte keine Ahnung, ob er menschliche Bedürfnisse überhaupt verspürte und ob ich seinem Typ entsprach. Beinahe hoffte ich, dass er mein unmoralisches Angebot ablehnen würde. Doch er ließ die Klinge tatsächlich sinken.

„Euer Wunsch wird euer Leben um ein paar Minuten verlängern", kam die ernüchternde Antwort, „macht euch frei."

Wieder war die Versuchung, schreiend davonzulaufen, übermächtig. Stattdessen nestelte ich hilflos an meinem Anzug herum.

Natürlich hatte meine Mutter mit mir über die Liebe gesprochen und mich aufgeklärt. Sie sei das Schönste und Mächtigste auf der Welt. Mein erstes Mal würde wohl nicht zu diesen Erfahrungen zählen, vor allem, weil es vermutlich meine letzte war. Obwohl ich mich vor wenigen Minuten mit meinem Selbstmord abgefunden hatte, war mein Lebenswille plötzlich so übermächtig, dass ich mich dafür sogar prostituieren würde.

„Beeilt euch!", peitschte die kalte Stimme des Stahlkriegers über den Sumpf und ließ mich zusammenzucken.

Zittrig zerrte ich den Anzug von meinem Körper. Darunter trug ich nur mein Hemd und einen Schlüpfer. Ich wusste, dass mich der Stahlkrieger genau beobachtete und eine Falle witterte, deshalb legte ich rasch die restliche Wäsche ab, um Bereitwilligkeit zu signalisieren.

„Legt euch hin!", kam der barsche Befehl, den ich wie eine Marionette befolgte.

Aus dem Augenwinkel erkannte ich, dass sich der Stahlkrieger ebenfalls freigemacht hatte. Seine Beinkleider verteilten sich auf dem Boden. Selbst in dieser ausweglosen, schrecklichen Situation wurde ich sofort dunkelrot im Gesicht, denn ich hatte noch nie einen nackten Mann gesehen und schon gar nicht im erregten Zustand. Ebenfalls wurde ich mir der Tatsache bewusst, dass ich selbst splitternackt war.

Als ich mich zitternd auf die Decke legte, war der Stahlkrieger sofort über mir.

Ich wußte nicht, woher ich den Mut nahm, als ich sagte: „Tut mir nicht weh, ich bin eine Prinzessin." Dabei versuchte ich einen so hoheitsvollen Blick aufzusetzen, wie es in meiner aussichtslosen Situation nur möglich war.

Der Stahlkrieger knurrte verärgert, streckte allerdings seine Hand aus und tauchte sie mehrmals in das dreckige Wasser, um es mir zwischen die Beine zu schmieren.

Ich zuckte wieder zusammen.

An dieser Stelle hatte mich noch nie jemand berührt. Dann spürte ich einen kurzen Stich und einen heftigen Druck zwischen den Beinen, als sich der Stahlkrieger keuchend über mir bewegte. Ich lag wie erstarrt da, bis ich mich wieder daran erinnerte, warum ich dieses grauenvolle Szenario über mich ergehen ließ.

Zeit!

Ich musste so viel davon gewinnen, wie ich nur konnte. Also versuchte ich einen Rhythmus zu finden und stöhnte dabei so gut ich konnte.

Mit Erfolg!

Die wertvollen Minuten verstrichen, während wir uns wie zwei Liebende dem immer länger werdenden Akt hingaben. Langsam wurde die Atmung des Stahlkriegers schwächer. Sein Körper zuckte unkontrolliert. Er röchelte und ich spürte wie es zwischen meinen Beinen feucht wurde. Kurz hob er den Kopf und stützte sich mit einer Hand ab. Dann brach er auf mir zusammen.

Eilig rollte ich ihn von mir herunter.

War er tot?

Es sah ganz danach aus.

Ich starrte ihn eine lange Zeit an.

Er rührte sich nicht mehr.

Ich hatte es tatsächlich geschafft!

Mir war nicht nach Jubeln zumute, dazu hatte mich das Erlebnis viel zu sehr aufgewühlt.

Im Gegenteil.

Eher mitleidig blickte ich auf den toten Stahlkrieger herunter. Von den sanften Waffen einer Frau geschlagen zu werden, darin lag schon eine gewisse Ironie des Schicksals.

Unbeholfen versuchte ich mich anschließend am Ufer zu waschen. Ich betete, dass diese überraschende Erfahrung ohne Folgen blieb. Doch so viel Pech konnte nicht einmal ich haben. Hastig zog ich mich wieder an.

Kurz darauf inspizierte ich die Schuhe des Stahlkriegers. Mein Gesicht erhellte sich sofort. Damit konnte es funktionieren. Ich probierte die Stiefel an. Natürlich waren sie mir viel zu groß, aber das war sogar von Vorteil, denn sie reichten mir beinahe bis zu den Schenkeln.

Ich klopfte mit der Faust dagegen.

Steinhart!

Kein Tier würde dieses Material durchbeißen können.

Vor Freude klatsche ich lachend in die Hände. Was für eine unglaubliche Wendung meine ausweglose Situation doch genommen hatte. Neue Kraft durchströmte mich, als ich sein restliches Gepäck durchstöberte. Eine halbvolle Wasserflasche und fünf Äpfel.

Was für eine Beute!

Schnell trank ich ein paar Schlucke von dem Wasser und war dankbar, dass er in seiner Gier meine Flasche komplett ausgetrunken hatte. Dann verspeiste ich äußerst zufrieden einen der saftigen Äpfel. Dabei überlegte ich, ob ich die Waffe des Stahlkriegers mitnehmen sollte. Leider erkannte ich, dass das Schwert für mich viel zu schwer war und es mich nur aufhalten würde. Bis jetzt hatte mein kleines Messer völlig ausgereicht und deshalb beschloss ich, das Schwert hier zu lassen.

Am liebsten wäre ich sofort aufgebrochen, doch es dämmerte bereits. Ich wollte nicht in der Dunkelheit durch den Sumpf waten. Der Gedanke, die ganze Nacht neben einem Toten zu verbringen, erfreute mich sicher nicht, aber es blieb mir nichts Anderes übrig. Wenigstens konnte ich jetzt wieder ein kleines Feuer machen und so zog ich los, um Holz zu sammeln. Sobald der Morgen graute, wäre ich startbereit.

Dass dies die gefährlichste Nacht sein würde, die ich jemals im Wald verbrachte, konnte ich zu diesem Zeitpunkt nicht ahnen. Im Schein des Feuers, und um mir die Zeit zu vertreiben, sortierte ich mein Gepäck neu. Dann aß ich einen weiteren Apfel und gönnte mir einen kleinen Schluck Wasser dazu.

Um mir den Anblick des toten Stahlkriegers zu ersparen, hatte ich eine Decke über ihn ausgebreitet. Darauf hatte ich, wie bei einer richtigen Bestattung, sein Schwert gelegt. Das war meiner Meinung nach mehr, als er sich von mir erwarten konnte. Jetzt würden sich die Tiere des Waldes seiner statt meiner annehmen und das fand ich nur gerecht. Trotzdem fiel mein Blick immer wieder auf die regungslose Gestalt. Einmal glaubte ich tatsächlich, dass sich der Stahlkrieger bewegt hatte, aber das schob ich auf den Schattentanz des Feuers.

Die Erinnerung an die vergangenen Stunden irritierte mich noch immer und ekelte mich an. Hatte ich richtig gehandelt? Unsicher strich ich mir über den Bauch.

Und was, wenn …?

„Ach Pen, hör endlich auf damit!", schimpfte ich mit mir selber, „sobald du ein Problem gelöst hast, kramst du ein anderes hervor und machst dir Sorgen. Entspann dich endlich!", ging ich mit mir hart ins Gericht.

Trotzdem, es galt jede Situation zu durchdenken und was sollte ich auch anderes tun, während ich in das Feuer starrte.

Die aufgehende Sonne war eine wahre Erlösung für mich. Als die ersten zarten Strahlen durch das Blätterwerk fielen, zauberten sie tatsächlich ein Lächeln in mein Gesicht.

Ich war dankbar und gesegnet, diesen Anblick erleben zu dürfen.

Dann setzte ich den Helm des unbekannten Soldaten auf, schnallte meinen Rucksack um und überprüfte ein letztes Mal meine neuen Schuhe. Ich war bestens gerüstet. Was musste ich für einen sonderbaren Anblick bieten, als ich so in das trübe Wasser stieg. Unter dem Einfluss der warmen Morgensonne strahlte sogar der Sumpf in den unterschiedlichsten Farben. Oder kam es mir nur so vor, weil ich heute besonders gut gelaunt war? Die Mücken jedenfalls zeigten sich so lästig wie immer. Vergeblich versuchte ich sie abzuwehren. Stattdessen konzentrierte ich mich auf meine Schritte. Als das erste Mal ein Fisch gegen meine Stahlschuhe prallte, war ich nicht sonderlich überrascht. Ich hatte sogar mit mehr Widerstand gerechnet. Mehrere kleinere Erschütterungen folgten. Ein Schwarm von Fischen versuchte sich, wie ich es vermutet hatte, durch das Material zu beißen. Zum Glück waren die Tiere nicht besonders groß, denn hätten sie mich zu Fall gebracht, wäre dies mein grausames Ende gewesen. So konnte ich hören, wie sie immer wieder an den Schuhen abprallten.

Ich hatte ungefähr die Hälfte des Sumpfes überquert, als ich vom Ufer plötzlich ein so zornerfülltes und bestialisches Schreien hörte, dass ich vor lauter Schreck fast selber den lebenswichtigen Halt verloren hätte.

Ich erstarrte augenblicklich und war bis auf ein leichtes Drehen meines Kopfes nicht in der Lage, mich zu rühren. Der Anblick, der sich mir am Ufer bot, war so unwirklich, dass ich mehrmals blinzeln musste, um ihn überhaupt in meinem strapazierten Gehirn aufnehmen zu können.

Dort stand der noch immer halb bekleidete Stahlkrieger und brüllte mir wütend hinterher. Wie ein wildes Raubtier lief er dabei am Ufer auf und ab. Seine Fäuste waren geballt und er schrie weiter aus Leibeskräften.

Auf einmal drehte sich alles und mir wurde schwarz vor Augen. Mit letzter Willenskraft konnte ich mich schwankend auf den Beinen halten.

Er lebte tatsächlich noch.

Das Schlafpulver hatte ihn trotz der hohen Dosierung nicht getötet.

Ich zitterte bei dem Gedanken, wie viele gefährliche Stunden ich heute Nacht seelenruhig neben ihm verbracht hatte.

Der Stahlkrieger war außer sich. Trotz der Entfernung konnte ich erkennen, wie die Adern an seinem Hals hervortraten. Er war es nicht gewöhnt, besiegt zu werden und schon gar nicht von mir.

Mein Herz klopfte bis zum Hals. Ich war immer noch nicht in der Lage, mich zu bewegen.

Hasserfüllt riss der Stahlkrieger seinen Helm herunter. Langes, verwildertes Haar fiel auf seine Schultern und bedeckte zum Teil sein Gesicht. Die roten Augen starrten mich funkelnd an und zu meinem größten Entsetzen, stieg er mir jetzt in den Sumpf hinterher.

„Nein!", wollte ich rufen, doch ich brachte keinen Laut hervor.

Energisch marschierte er auf mich zu und hatte schnell ein Viertel der Strecke hinter sich gebracht.

Und ich stand einfach so da und starrte ihn an. So reagierte mein Körper angesichts dieser Bedrohung. Er streikte wieder einmal und das zu Recht.

Dann zuckte das Gesicht des Stahlkriegers zum ersten Mal schmerzverzerrt zusammen. Die Fische hatten ihn entdeckt. Dennoch ging er weiter. Sein Blick durchbohrte mich dabei. Plötzlich sah ich, wie das braune Wasser um ihn herum in Bewegung kam. Jetzt war er noch ungefähr zehn Schritte von mir entfernt. Ich konnte sehen welche Qualen er erlitt und dennoch starrte er mich weiter mit diesem tödlichen Blick an.

„Geh doch zurück", flüsterte ich und dann, als ich den Anblick nicht mehr ertragen konnte, rief ich es sogar mehrmals laut: „Geh doch endlich zurück!"

Das Wasser färbte sich neben ihm rot. Wie sehr musste er mich hassen, um solche Schmerzen auf sich zu nehmen.

„Bitte geh zurück!", flehte ich schließlich, während mir stumme Tränen über das Gesicht liefen, „sag meinem Vater, dass er mich in Ruhe lassen soll", schrie ich schließlich völlig außer mir.

Tatsächlich konnte sich der Krieger nicht mehr auf den Beinen halten. Er schwankte und stürzte in das Wasser.

Das muss sein Ende sein, hoffte ich!

Doch er rappelte sich wieder auf und schleppte sich unter höllischen Qualen zurück zum Ufer. Die Fische folgten ihm. In ihrem Fressrausch bissen sie sich immer wieder gierig an ihm fest. Schließlich erreichte er halbtot das rettende Ufer. Aus zahlreichen, tiefen Wunden seiner nackten Beine floss das Blut in Strömen.

Ich verfluchte meinen Vater, weil er nichts als Leid auf diese Welt brachte. Der Stahlkrieger war eines seiner Geschöpfe und würde sich für ihn sogar bei lebendigem Leib zerfleischen lassen. Vielleicht war es dieser Umstand, der mich zu meiner nächsten Tat bewegte.

Ich folgte dem Stahlkrieger ein kleines Stück zurück, aber nur soweit, um mich nicht selbst in Gefahr zu bringen. Dann holte ich aus meinem Rucksack eine Dose mit Wundsalbe und Mullbinden. Diese warf ich dem Unglückseligen ans Ufer. Ob diese Hilfe überflüssig war, konnte ich nicht mehr beurteilen, weil er aufs Neue zusammengebrochen war. Er musste die Wunden schnell verarzten, ansonsten würde er eine Blutvergiftung bekommen. Mehr konnte ich nicht für ihn tun. Bedrückt wandte ich mich von dem Verletzten ab und setzte meinen Weg fort. Dabei war mein Herz aus unerklärlichen Gründen sehr schwer.

Der wundervolle Morgen hatte seine Schönheit verloren, stattdessen verfolgten mich jetzt wieder schwarze Schatten.

Ich würde weiter gegen sie kämpfen.

Es war noch nicht vorbei!

Zumindest nicht für mich!

Die Vogelmenschen

Die nackten Füße trafen auf den kalten Steinboden und erzeugten dadurch ein klatschendes Geräusch.
Er rannte.
Eigentlich rannte er nie.
Vogelmenschen neigten dazu, sich langsam und anmutig zu bewegen. Sie hatten niemals Grund zur Eile und selbst wenn einmal Hektik aufkommen sollte, glichen sie jede Aufregung mit ihrem ruhigen Wesen aus. Geduld war eine der vielen Tugenden, die die Vogelmenschen ihr Eigen nennen konnten. Aber nicht heute.
Lazarus traf in den hellen Gängen auf mehrere seiner Brüder und Schwestern, die ihm verwundert nachblickten. Was war geschehen? Sie hatten keine Alarmglocke gehört. Warum also jagte Bruder Lazarus so durch den Flur? Was bedeutete diese Handlung und warum machte er dabei ein so grimmiges Gesicht?
Keuchend und beinahe schlitternd bog er um die nächste Kurve. Endlich hatte er den Gang erreicht, der zum Ältesten führte. Er musste ihn dringend sprechen. Noch nie war er unangemeldet bei dem weisen Rat erschienen, aber für diese Formalität blieb ihm jetzt keine Zeit. Er war sich sicher, dass der Älteste das verstehen würde. Als er die Tür ruckartig aufstieß und in das erschrockene Gesicht des Weisen blickte, dessen Mimik sich schlagartig in Besorgnis umwandelte, wusste er, dass seine Vermutung richtig war. Aufgrund des stürmischen Auftritts von Lazarus, fiel einem seiner beiden Brüder, die sich ebenfalls im Raum befanden, das Buch aus den Händen. Er war unter dem Gepolter heftig zusammengezuckt. Eilig und verwirrt hob er es wieder auf.

„Vater", keuchte Lazarus und hielt sich dabei am Türrahmen fest, „ich muss dich sprechen."

Gefasst verließen seine Brüder den Raum.

Beim Hinausgehen berührten sie kurz die Schulter von Lazarus. Eine wohlwollende Geste, die einen kleinen Teil ihrer Kraft auf ihn übertragen sollte, dass er sich besser von den augenscheinlichen Strapazen erholen konnte. Sie stellten ihm nicht eine einzige Frage, sondern akzeptierten, dass sein Anliegen Vorrang hatte. Die Friedensstadt Eniyen war so klein, dass sich jedes Gerücht ohnehin in Windeseile verbreitete.

„Mein Sohn, was ist geschehen. Wie kann ich dir helfen?" Der Älteste kam ihm auf halben Weg entgegen und führte ihn besorgt in den Raum.

Alleine durch die Anrede, erkannte Lazarus, wie erschüttert und aufgeregt sein Vater war. Normalerweise vermieden sie es, mit Rücksicht auf seine Brüder und Schwestern, sich familiär anzureden. Tiberius war sein leiblicher Vater, gleichzeitig auch der Älteste der Stadt. Lazarus wollte nicht, dass die anderen Brüder und Schwestern dachten, er würde dadurch eine Sonderbehandlung genießen oder über ihnen stehen - Obwohl er eigentlich nicht glaubte, dass sein Volk so über ihn denken würde.

Neid, Missgunst und üble Nachrede gab es in Eniyen nicht. Trotzdem, so war es beiden lieber.

Tiberius führte seinen Sohn zu dem kleinen Steintisch mit vier Stühlen. Er konnte ihm den Stuhl nicht zurechtrücken, wie es aus Höflichkeit notwendig gewesen wäre, weil dieser fest am Boden verankert war. Wie alle anderen wenigen Möbel in dem karg eingerichteten Raum, bestand er aus purem Stein. Die Himmelsstadt Eniyen war komplett aus einem Felsen gehauen worden. Ein architektonisches Kunstwerk, wunderschön und unübertroffen.

Lazarus hatte keine Ruhe, um sich zu setzen.

Ergriffen packte er seinen Vater bei den Schultern und kam sofort zum Punkt: „Penelope lebt!"

Er konnte nicht verhindern, dass seine Stimme dabei zitterte. Wenn es überhaupt möglich war, so wurde Tiberius Gesichtsfarbe noch blasser als sie es ohnehin schon war.

„Nein", hauchte er und blickte seinen Sohn dabei mit großen Augen an, „bist du sicher?"

Lazarus nickte grimmig.

„Ganz sicher. Kaiman hat uns glauben lassen, sie wäre mit ihrer Mutter gestorben."

Erschüttert stützte sich Tiberius auf dem Tisch ab, um sich anschließend langsam zu setzten.

„Kaiman ist ein Teufel!", sagte Tiberius und strich sich dabei müde über die Augen.

Lazarus Blick wurde hart. „Seine Gottheit unterdrückt sein Volk schon viel zu lange."

Tiberius hatte den Kopf auf die Hand gestützt und winkte ab, ohne dabei aufzusehen. „Bitte nenne ihn nicht so. Diese Anrede ist dumm und dekadent. Sein Name ist Kaiman, genauso wie meiner Tiberius und deiner Lazarus ist. Nicht mehr und nicht weniger."

„Entschuldige bitte, Vater", sagte Lazarus betroffen.

Wieder winkte Tiberius ab. „Du brauchst dich nicht zu entschuldigen, Lazarus. Wir haben uns einfach und in erschreckender Weise an diesen armen Irren gewöhnt. Wo ist sie jetzt?"

Lazarus kniete sich zu seines Vaters Füßen, um mit ihm auf einer Augenhöhe zu sein. Eindringlich blickte er ihn dabei an. „Leute aus dem Dorf haben mir verraten, dass sie in den Wald geflüchtet ist."

„Oh nein", meinte Tiberius entsetzt und schüttelte immer wieder fassungslos den Kopf.

„Kaiman lässt sie verfolgen und möchte sie töten", berichtete Lazarus aufgeregt weiter.

Lange ruhte der Blick des Vaters auf dem Sohn.

„Wie kann er nur?", fragte er schließlich leise, „das eigene Kind." Seine Stimme brach kurzzeitig ab. „Glaubst du, dass sie noch am Leben ist?"

Lazarus straffte die Schultern. „Das werde ich bald wissen." Und mit Leidenschaft fügte er hinzu: „Ich muss es versuchen, Vater. Und wenn sie noch lebt, werde ich sie finden. Das bin ich Fabienne schuldig."

Tiberius nickte wissend. „Sie ist auch für uns gestorben."

Hastig wandte sich Lazarus ab. Sein Vater sollte die Tränen nicht sehen. Doch es war bereits zu spät. Tröstend legte Tiberius seinem Sohn die Hand auf die Schulter.

„Wirst du jemals darüber hinwegkommen, Lazarus?"

Traurig schüttelte Lazarus den Kopf. „Nein Vater, niemals, solange ich lebe", sagte er ganz leise.

Wieder nickte Tiberius. „Ich weiß", meinte er bedrückt, „ich weiß." Dann strich er seinem Sohn übers Haar.

Eine Geste, die er zuletzt an den Tag gelegt hatte, als Lazarus noch einer kleiner Junge gewesen war. Er war überrascht, dass sein Haar noch genauso weich war wie in seiner Kindheit. „Du möchtest gehen, nicht wahr?"

Lazarus nickte stumm und Tiberius seufzte. „Du weißt welche Sorgen ich mir mache, wenn du nicht in der Himmelsstadt bist?"

Wieder nickte Lazarus.

„Eine Sorge, die Fabienne übrigens mit mir geteilt hat."

Lazarus zuckte bei Erwähnung dieses Namens zusammen und Tiberius sprach rasch weiter: „Du bist am Boden um die Hälfte deiner eigentlichen Kraft beraubt und kannst außerdem schwerer atmen. Nur hier in Eniyen sichert das Klima und die Atmosphäre deine Gesundheit." Tiberius winkte ab. „Was rede ich nur? Du warst oft genug als Kundschafter unterwegs." - „Und bei Fabienne", fügte er in Gedanken hinzu.

Lazarus blickte demütig zu Boden.

„Deshalb wollte ich dich auch um Erlaubnis bitten."

Sanft hob Tiberius das Kinn seines Sohnes an. „Jetzt höre mir einmal gut zu. Du bist ein freier Mensch, genauso wie jeder Bewohner von Eniyen. Ich habe nicht das Recht, dir etwas zu verbieten." Lazarus wollte widersprechen, doch Tiberius kam ihm zuvor, „natürlich bin ich sehr dankbar und stolz, dass du mir über deine Pläne Bescheid gesagt hast. Ich werde dich nicht aufhalten. Halte Augen und Ohren offen, mein Sohn. Vielleicht kannst du bei deinem Flug etwas über die weiteren teuflischen Pläne unseres Feindes erfahren." Tiberius Hand zitterte, als er sie vom Kopf seines Sohnes nahm. „Und jetzt, geh, Lazarus. Der alte Mann hält dich schon viel zu lange auf."

Lazarus erhob sich augenblicklich. „Ich danke dir, Vater."

Er wollte eigentlich sofort aus dem Zimmer eilen, doch einen Moment zögerte er noch.

„Werden meine Brüder und Schwester nicht böse sein, wenn ich sie gerade jetzt, in diesen schwierigen Zeiten, verlasse?"

Tiberius lächelte milde.

„Deine Selbstlosigkeit spricht für deinen starken Charakter." Zur Unterstreichung seiner Worte kam er noch einmal auf Lazarus zu und legte ihm erneut die Hand auf die Schulter, „du solltest dein Volk besser kennen, vor allem nachdem was du für es getan hast. Es war dein scharfes Auge und deine Wachsamkeit, die vor wenigen Tagen bemerkt haben, dass die Stahlkrieger unsere Berggrenze erreicht haben und es war dein Mut, der uns jetzt wissen lässt, dass unser Pfeile ihre Stahlrüstung durchbohren können."

„Das ist zu viel Ehre", meinte Lazarus.

„Das ist es nicht", meinte Tiberius und wurde zum ersten Mal energisch. „Finde heraus, wie es Kaiman gelingen konnte, soweit und so hoch in die Berge zu dringen. Wie ich ihn kenne, wird er nichts unversucht lassen, bis er die Schwachstelle an den Rüstungen behoben hat. Eniyen darf nicht in Kaimans Hände fallen, Lazarus."

„Ich werde dich nicht enttäuschen, Vater."

„Und ich werde noch weitere Kundschafter schicken", erklärte Tiberius, „deine oberste Priorität wird es sein, Pen zu finden. Rette das Kind der Frau, die du so sehr geliebt hast. Nach allem was Fabienne für die Menschen getan hat, verdient es keine mehr als sie."

„Ich danke dir, Vater."

Spontan umarmte Lazarus den alten Mann, der wegen des ungewohnten Gefühlsausbruches gerührt lächelte.

„Pass auf dich auf, mein Sohn." Er schob ihn sanft von sich, „im Gegensatz zu Kaiman, liebe ich mein Kind nämlich über alles. Du bist alles, was mir geblieben ist, Lazarus."

Dann wandte er sich endgültig ab, weil es in seinen Augen nun verräterisch glänzte. Als er sich wieder umdrehte war Lazarus verschwunden.

Niedergeschlagen ging der alte Mann zu seinem Schreibtisch. Seine Flügel waren genauso grau wie sein Haar. Die faltige Hand strich liebevoll über den kalten Stein. Seine Amtszeit dauerte jetzt bereits hundert Jahre. Er hatte viel gesehen und viel erlebt. Bald würde Lazarus seine Nachfolge antreten können. Er würde seine Sache gut machen, das wusste Tiberius mit Sicherheit.

Nachdenklich ging er zu dem schönen Steinbogen und betrachtete von dort die sagenhafte Aussicht über die Gebirgskette. Nebel lag über den Gipfeln und gab ihnen etwas Majestätisches und Geheimnisvolles. Niemals würde er sich daran satt sehen können. Automatisch spreizten sich seine Flügel bei diesem Anblick.

„Kaiman wird Eniyen nicht erobern", dachte er dabei grimmig. Es war ihm unerklärlich, wie sein Feind es geschafft hatte, die hohen Berge zu überwinden. Das war eigentlich unmöglich. Zum Glück waren die Vorboten des Grauens schnell entdeckt worden.

„Wir haben es dir gezeigt, Kaiman", flüsterte Tiberius, während er die Adler betrachtete, die um seinen Turm kreisten.

Alle fünf Stahlkrieger, die seine Gottheit vorausgeschickt hatte, fielen einem kurzen Kampf zum Opfer. Leider zählten auch zwei der ihren zu den Toten. Justus war ein sehr ehrenhafter und tapferer Vogelmensch gewesen, genauso wie seine Frau Ariane. Der Verlust schmerzte Tiberius sehr, vorallem weil sie einen Säugling hinterließen. Morgen war die Trauerfeier für seine Freunde und er hatte noch so viel vorzubereiten. Die Verstorbene verdienten einen würdevollen Abschied.

Tiberius schluchzte tief.

Vorher wünschte er sich noch von ganzen Herzen, dass Lazarus' Mission erfolgreich sein würde. Wenn er Penelope lebend finden würde und sie retten konnte, gab das vielleicht seiner Seele ein bisschen Frieden zurück. Er wusste aus Erfahrung, wie schwer der Verlust einer geliebten Frau war und hätte seinem Sohn dieses Schicksal gerne erspart. So aber konnte er nur hilflos mit ansehen, wie Lazarus litt.

Wie gerne wäre Tiberius ein wenig mit den Adlern geflogen, um sich abzulenken und um selber Trost zu finden, aber die Pflicht und das traurige Ereignis der letzten Tage zwangen ihn an den Schreibtisch zurück.

Lazarus dagegen befand sich bereits in der Luft und auf dem Weg zu den großen Wäldern. Er bekam von den Sorgen seines Vaters nichts mehr mit. Er hatte sich mit Absicht gegen die Route entschieden, die ihn früher immer zu seiner Geliebten geführt hatte. Seit Fabiennes Tod war er nicht mehr in das Tal geflogen. Monatelang hatte er sich stattdessen auf die höchsten Gipfel von Eniyen zurückgezogen, um dort zu trauern.

Lazarus legte an Tempo zu.

Der eiskalte Wind peitschte ihm um die Ohren und ließen seine Tränen noch im Gesicht erfrieren.

Er bemerkte es nicht.

Ihm war die Temperatur gerade angenehm, obwohl er außer einer kurzen beigen Leinenhose nichts trug.

Er schwelgte in Erinnerungen.

Der schicksalhafte Tag, an dem er erkannte, dass er immer um seine geliebte Fabienne trauern würde und ihn nichts trösten konnte, war auch der, an dem er beschlossen hatte, nach Eniyen zurückzukehren. Bis zu diesem Zeitpunkt hatte er geglaubt, dass Pen ebenfalls dem Wahnsinn von Kaiman zum

Opfer gefallen wäre und dass er sie getötet hätte. Viele Dorfbewohner erzählten diese Geschichte und es gab keinen Grund sie nicht zu glauben, dazu war Kaimans barbarisches Temperament viel zu bekannt. Das Herz war ihm deshalb sehr schwer, als er auf seiner Heimreise eine Rast machte. Um Kräfte zu sparen und um sich auf dem Meer treiben zu lassen, hatte er sich unbemerkt an den Bug eines Schiffes geheftet. Es war gleichzeitig eine gute Gelegenheit, um Gespräche der Mannschaft belauschen zu können. Die größten Abenteuer wurden immer von den Seeleuten erzählt. Während das mächtige Schiff leicht auf dem Wasser schaukelte, unterhielten sich, wie erwartet, zwei junge Männer miteinander. Zwischendurch spuckten sie immer wieder ihren Kautabak über die Reling.

„Das hätte der alte Sack wohl nicht erwartet, dass er ohne seine junge Braut nach Hause zurück segelt", sagte einer gerade schadenfroh.

„Die hat sich lieber umgebracht, als sich dem Fürsten hinzugeben", erwiderte ein anderer mit tiefer Stimme und lachte dabei.

Eine Ladung Kautabak ging über Bord und Lazarus zog blitzschnell den Kopf zur Seite.

„Ach wo, nix hat die gemacht", erklärte daraufhin der andere Seemann.

„Wohl!", meinte daraufhin der Zweite wieder selbstbewusst, „die ist mit ihrer königlichen Mutter vom Turm gesprungen."

Daraufhin begann der Seemann ganz leise zu flüstern und Lazarus musste angestrengt die Ohren spitzen.

„Das sollten wir glauben", meinte er unter vorgehaltener Hand, „es gibt mehrere Zeugen, die die Prinzessin lebend im Dorf gesehen haben. Es heißt, dass sie in den Wald geflüchtet sei. Seine Gottheit möchte nicht, dass jemand erfährt, dass sie ihm entkommen ist und hat Fürst Flag deshalb diesen Bären aufgebunden."

„Bei Donner und Blitz", lachte der andere wieder, „was ist das für ein Seemannsgarn?!"

Beschwörend senkte der Mann wieder seine Stimme.

„Das arme Ding hat nicht die geringste Chance. Ein paar Tage später hat seine Gottheit den schlimmsten seiner Schlächter in den Wald geschickt. Wenn sie nicht von den Monstern gefressen wird, die in dem Wald lauern, dann schlitzt er ihr die Kehle auf." Mit dem schmutzigen Zeigefinger deutete der Matrose einen Schnitt quer über den Hals an. „Es heißt, dass sich niemand im Dorf vor die Tür gewagt hat, als er durch die Straßen gezogen ist. Man sagt, dass bei seinem bloßen Anblick schon einige vor Angst tot umgefallen sind."

Die Augen des anderen wurden immer größer und er strich sich nachdenklich über den dichten Bart. „Glaubst du das wirklich?"

Der dünnere von beiden nickte eifrig. „Es heißt, dass die Königin bei ihrem Volk sehr beliebt war und dass sie ihren Mann verlassen wollte. Man sagt außerdem …".

Den weiteren Klatsch sollte Lazarus nie erfahren, da jetzt der Kapitän des Schiffes auftauchte und die Seeleute anmotzte, das Deck zu schrubben, statt wie zwei alte Waschweiber miteinander zu tratschen.

Lazarus hatte ohnehin genug gehört. Die Nachricht hatte ihn zutiefst erschüttert. Sein Herz klopfte heftig und er stieß sich vom Boot ab, um geräuschlos in den Nachthimmel zu gleiten. Er wusste, dass diese Informationen der Wahrheit entsprachen. Warum hatte er die Tatsachen nicht schon früher hinterfragt? Hatte ihn die Trauer so gelähmt und geblendet? Es war höchste Zeit, wieder Verantwortung zu übernehmen. Jetzt konnte er gar nicht schnell genug nach Hause kommen.

Doch seine Pläne wurden abermals durchkreuzt.

Auf dem Heimflug entdeckte er die Spione von Kaiman in den Gebirgshängen. Sofort alarmierte er mehrere Wachposten und lieferte sich mit ihnen gegen die Stahlkrieger einen Kampf auf Leben und Tod. Die Stahlkrieger wurden besiegt, doch auch auf der Seite der Vogelmenschen gab es leider herbe Verluste.

Während seine Brüder die Verletzten und den Toten nach Eniyen zurückbrachten, kontrollierte Lazarus die Gebirgshänge weiter nach möglichen Feinden. Erst als er sich vollkommen sich war, dass keiner von Kaimans Häschern mehr in den Felsen lauerte, hatte er eilig seinen Vater aufgesucht, um ihm von Pens Schicksal zu berichten.

Lazarus flog nun so schnell er konnte. Viel zu viel Zeit war bereits vergangen. Er rechnete mit dem Schlimmsten.

„Halt durch Pen", dachte er, „bitte halte durch."

Der Hinterhalt

Ich lag auf einem Blatt und ließ mir die Sonne auf den Bauch scheinen. Dabei wippte ich mit den Füßen und summte ein fröhliches Lied. Ab und zu griff ich neben mich, um eine der köstlichen Trauben zu verspeisen, die beinahe so groß wie eine Pflaume war.

„Herrlich", dachte ich dabei entzückt und schloss die Augen. Die Sonne war nicht mehr so stark wie vor ein paar Monaten. Man konnte durchaus in herrlich warmen Strahlen baden. Sicher hatte es Gründe, warum das Klima jetzt so mild war, doch eigentlich interessierte es mich nicht wirklich.

Meine gute Laune hatte ganz andere Gründe: Heute Morgen hatte ich meine Periode bekommen!

Ich trug also kein Kind von dem Stahlkrieger in mir.

Ein Stein, so groß wie ein Felsbrocken, fiel mir dabei vom Herzen. Spontan hatte ich beschlossen, den Tag zu feiern und mit Nichtstun zu verbringen.

Dabei nutzte ich auch die Gelegenheit, um wieder Frieden mit dem Wald zu schließen. Nachdem ich den schrecklichen Sumpf hinter mir gelassen hatte, war ich sofort wieder auf dichte Vegetation gestoßen und dankbar in das schützende Geäst zurück geklettert. Die Natur schien bei mir etwas gut machen zu wollen, denn je weiter ich nach Osten ging, umso schöner wurde die Pflanzenwelt um mich herum. Exotische, farbenfrohe Blumen lachten mir entgegen, prachtvolles und üppiges Obst hüpfte mir beinahe in den Mund und die immer dickeren Hülsenfrüchte boten mir immer bessere Übernachtungsplätze an.

Ich war äußerst zufrieden und akzeptierte schließlich großzügig das Versöhnungsangebot des Waldes.

Die Äffchen waren, zu meiner größten Freude, ebenfalls zurückgekehrt. Von Tag zu Tag verloren sie, genau wie beim ersten Mal, immer mehr ihre Scheu vor mir und wurden dabei so frech, dass sie mich einmal sogar an den Haaren zogen. Ich lachte und liebte es sogar. So dankbar war ich über die weitere Chance, noch am Leben zu sein und nicht einem grausamen Schicksal durch den Stahlkrieger zum Opfer gefallen zu sein. Und plötzlich wurde ich sehr stolz auf mich.

Für eine einfältige Prinzessin hatte ich es, meiner Meinung nach, ganz schön weit gebracht. Ich hatte dabei Grenzen überschritten und mich selbst völlig neu kennengelernt.

Kurzum, ich hatte offenbar zu mir selbst gefunden.

Zufrieden strich ich mir durch mein nasses Haar. Ein ausgiebiger Schönheitstag gehörte ebenfalls zu meinem Programm. Für meine Körperpflege hatte ich mir mehrere Stunden Zeit genommen. Ich fühlte mich wie ein ganz neuer Mensch und so frisch wie lange nicht mehr. Glücklich streckte ich alle Glieder, während mich die warmen Sonnenstrahlen angenehm trockneten.

Gegen Nachmittag verdunkelten leider einige Wolken den Himmel. Es sah nach Regen aus. Am besten suchte ich mir bald einen sicheren Platz zum Übernachten. Beim Zusammenpacken musste ich auf einmal wieder an den Stahlkrieger denken. Bis jetzt hatte ich die Erinnerung an ihn immer erfolgreich verdrängt, trotzdem würde es mich interessieren, ob er noch am Leben war. Angst, dass er mich immer noch verfolgen könnte, hatte ich keine mehr, dazu waren seine Verletzungen viel zu schwer gewesen. Es war wohl eher Mitleid, das ich für ihn empfand. Vielleicht war es auch die Tatsache, dass wir einander körperlich so nahegekommen waren.

Es war ein seltsames Gefühl.

Beschämt wandte ich mich lieber meinem Abendessen zu und wollte keinen Gedanken mehr daran verschwenden. Es gab Fruchtmus. Eine eigene Kreation, bei der ich mehrere

Obstsorten eingekocht und mit den Raspeln einer Kokosnuss verfeinert hatte.

Köstlich!

Meine Dankbarkeit für die simpelsten Gegenstände, die meine Mutter für uns gepackt hatte, wurde mit jedem Tag größer. Niemals wieder würde ich einen Topf, ein Messer oder andere Gebrauchsgegenstände in Zukunft als selbstverständlich erachten. Ein Besteck benutzte ich schon lange nicht mehr, sondern hatte es längst zweckentfremdet. Wer sollte sich auch daran stören, dass ich meine Hände zum Essen benutzte? Leider musste ich mich mit meiner einfachen Speise beeilen, weil jetzt ein Sturm aufkam, der mein Feuer löschte.

„Ein äußerst ungemütliches Ende für so einen schönen Tag", dachte ich, während ich die Hände in die Hüften stemmte und dabei kritisch den Himmel beobachtete.

Da braute sich tatsächlich etwas ziemlich Düsteres zusammen.

Das aufkommende Unwetter ließ sich von meinem Unmut nicht beeindrucken. Im Gegenteil, es wurde von Minute zu Minute heftiger. Die Haare wehten in mein Gesicht und versperrten mir die Sicht. Hastig band ich sie deshalb zu einem Knoten zusammen.

„So ein Mist!", schimpfte ich vor mich hin, als ich von einem Windstoß erfasst wurde, der mich beinahe vom Blatt wehte.

Jetzt aber schnell.

Ungeduldig drückte ich auf die bereits bedenklich schwankende Hülse und kletterte rasch hinein. Gerade als sie sich langsam verschloß, prasselte es auch schon los. Binnen Sekunden verwandelte sich der Regen in einen richtigen Sturzbach. Es war überhaupt kein Vergleich zu dem Sturm, den ich schon einmal erlebt hatte.

Mir wurde bange.

Die Hülse tanzte wie verrückt auf und ab, während sie mit einem lauten Krachen immer wieder an andere Früchte knallte. Zu allem Überfluss fing es jetzt auch noch zu Donnern an. Der

Lärm war ohrenbetäubend und ich hielt mir erschrocken mit den Händen die Ohren zu. Von so heftigen und häßlichen Wetterumschwüngen hatte ich noch nie etwas mitbekommen. Ich zermarterte mir das Gehirn, ob ich mit meiner Mutter jemals darüber geredet hatte. Mir fiel aber beim besten Willen nichts dazu ein.

„Ruhe bewahren", ermahnte ich mich.

Dieses Unwetter würde ich einfach aussitzen.

In diesem Moment wirbelte die Hülse so wild umher, dass ich mit dem Kopf gegen die Decke krachte.

„Aua", fluchte ich und schimpfte aus lauter Verzweiflung drauf los. Verängstigt stemmte ich mich mit Armen und Beinen an der Innenwand ab. Wieder schaukelte sie gefährlich hin und her und nach oben und unten. Ich wurde richtig durchgeschüttelt.

Mir wurde übel.

Dann hörte ich ein schrecklich knackendes Geräusch.

Meine Augen wurden ganz groß.

Das konnte unmöglich wahr sein!

Ich hatte nicht gegen einen Monstervogel gekämpft, war knapp dem Hungertod entkommen und hatte mich vor lauter Verzweiflung dem Stahlkrieger hingegeben, um jetzt diesem verdammten Unwetter zum Opfer zu fallen!

Ein furchteinflößendes Geräusch bestätigte meine Vermutung.

Ich schrie, denn plötzlich drehte sich die Hülse um die eigene Achse. Wieder wurde ich in eine andere Ecke geschleudert.

„Nichts wie raus hier!", dachte ich.

Es konnte sich nur noch um Sekunden handeln, bis die Hülsenfrucht abbrechen und in die Tiefe stürzen würde.

Hastig robbte ich zum Stiel meiner vorübergehenden Behausung und zog am Stempel der Frucht. Augenblicklich öffnete sich die Hülse und der Wind peitschte mir den Regen rücksichtslos ins Gesicht. Beinahe wäre ich von einem herabfallenden Ast getroffen worden, denn er sauste haarscharf an meinem Kopf vorbei. Rasch klemmte ich mir mein Gepäck unter den Arm und sprang beinahe blindlings auf das nächste Blatt. Es war so glitschig, dass ich schlitterte und mich nur mühsam auf den Beinen halten konnte.

Innerhalb kürzester Zeit war ich klatschnass.

Obwohl es schon ziemlich dunkel war, konnte ich erkennen, wie sich die Bäume unter der Kraft des Sturms bogen. Mir blieb keine Zeit, mehr darüber nachzudenken oder mein Nachtsichtgerät heraus zu kramen, stattdessen klammerte ich mich an einem Baumstamm fest. Der nächste Windstoß traf mich völlig unerwartet hart. Er zerrte so an meinem Körper, dass ich Mühe hatte, mich festzuhalten. Ich glaubte, trotz des ohrenbetäubenden Lärms, meine Handgelenke knacken zu hören. Ich blinzelte durch den Regen zur Hülse, die ich vor wenigen Sekunden verlassen hatte und musste erschrocken feststellen, dass sie verschwunden war.

Abgestürzt!

Weitere Gegenstände prasselten auf mich herab. Blätter, Zweige, Früchte und andere Dinge, die ich nicht identifizieren konnte. Kurz darauf wurde ich an der Schulter sehr schmerzhaft von etwas Großem gestreift. Ich glaubte, dass es sich hierbei um eine weitere Hülse handelte, die dem Sturm nicht standgehalten hatte - war mir aber nicht ganz sicher. Vielleicht war es ja sogar üblich, dass sich die Früchte um diese Jahreszeit von der Pflanze lösten und am Boden zerschellten, um ihren Samen auf der Erde zu verteilen.

Aber was wusste ich schon von Botanik?

Gar nichts!

Ein schrecklicher Krach forderte plötzlich meine ganze Aufmerksamkeit. Durch den Regenschleier sah ich, dass einer der nebenstehenden Bäume der Naturgewalt nicht mehr standhalten konnte und sich ergab. Der Stamm knickte in der Mitte und ging ein paar Meter neben mir laut krachend zu Boden.

Ich schnappte nach Luft.

Das Atmen fiel mir bei diesem heftigen Sturm schwer.

Immer wieder schluckte ich Wasser, das mir teils quer ins Gesicht peitschte. Meine Schulter pochte und fing zu brennen an. Verzweifelt krallte ich mich an dem Baumstamm fest. Mein Rucksack wurde zunehmend lästig. Sein Gewicht zog mich nach unten und seine Breite machte mich zu einer größeren Zielscheibe für alle herabfallenden Gegenstände. Dieser Sturm konnte doch nicht ewig toben, dachte ich. Normalerweise war so etwas doch nach einigen Minuten vorbei. Oder galten hier etwa andere Regeln? Was, wenn sich dieses furchtbare Unwetter über mehrere Tage zog?

Ich klammerte meine Beine um den Baumstamm. Ich hatte Angst, dass der Wind mich vom Boden abheben würde. Gab es denn keinen Ort, an dem ich sicheren Unterschlupf finden konnte? Wie und wo die Tiere wohl Schutz gefunden hatten? Wahrscheinlich in kleinen Höhlen oder irgendwelchen Spalten, die für mich nicht zugänglich waren. Normalerweise hatte ich mich im Wald immer klein und verloren gefühlt, aber jetzt kam ich mir auf einmal wie ein riesiges Trampeltier vor.

Es musste doch möglich sein, dass…

Ich konnte den Gedanken nicht zu Ende denken, denn in diesem Moment flog ein weiterer riesiger Ast direkt auf mich zu. Instinktiv ließ ich den sicheren Stamm los und der Wind erfasste mich. Mit einem irren Poltern rauschte ein Ast an den Baum. Kurzzeitig wurde ich in der Luft getragen, um nach nur wenigen Sekunden brutal nach unten zu stürzten.

Ich ruderte wie wild mit den Armen, doch der Aufprall auf ein besonders massives Blatt wurde dadurch nicht ansatzweise abgebremst. Der Untergrund, auf dem ich heftig mit dem Bauch aufschlug, war steinhart. Obwohl ich nicht allzu tief gefallen war, spürte ich augenblicklich einen heftigen Schmerz im rechten Bein. Der Sturm tobte ungehindert weiter, während ich mich krampfhaft mit zwei Händen am Stiel des Blattes festhielt, um nicht fortgeweht zu werden. Dabei versuchte ich verzweifelt mit den Armen meinen Kopf zu schützen. Der Schmerz in meinem Bein wurde unterdessen immer unerträglicher. Noch mehr Unrat aus dem Wald fiel auf mich herunter. Doch dieses Mal war ich für den Rucksack dankbar, weil er mich jetzt schützte.

Ich stöhnte und wagte es kaum, auf mein Bein zu blicken.

Aber ich musste!

Entsetzt sah ich, dass es verdreht war.

Es musste gebrochen sein.

Mein schlimmster Alptraum war passiert.

Allein der Versuch, mich auf die Seite zu drehen, ließ mich vor Schmerz laut aufschreien. Hatte ich tatsächlich geglaubt, dem Tod ein Schnäppchen schlagen zu können?

„Dann komm und hol mich doch!", brüllte ich vor Wut und Schmerz in die anbrechende Nacht.

Augenblicke später verstummte der Wind und der Regen ging in ein Tröpfeln über.

Wieder versuchte ich mich aufzurichten. Heiße Wellen des Schmerzes durchzuckten mich. Ich schrie wie am Spieß, als ich mich unter größter Kraftanstrengung auf den Rücken drehte, um mich an einen Baum zu lehnen. Ich stand völlig unter Schock und vor lauter Anstrengung erbrach ich mich direkt neben meinem Rastplatz.

Es war mir egal.

Jetzt wollte ich erst einmal ausruhen und mein Bein schonen. Vielleicht sah am Morgen schon alles ganz anders aus. Allerdings zweifelte ich sehr daran. Ich zitterte vor Angst. Ich konnte nichts tun. Mit tellergroßen Augen starrte ich in die Nacht und fühlte mich von jedem Geräusch bedroht. An Schlafen war nicht zu denken, dafür schmerzte mein Bein viel zu sehr. Wie gerne hätte ich die Uhr noch einmal zurückgedreht, um den Geschehnissen einen anderen Verlauf zu geben. Traurig biss ich mir auf die Unterlippe.

Jetzt teilte ich das Schicksal des Stahlkriegers.

Jetzt würde ich genauso sterben wie er.

Aber ich hatte niemandem etwas getan, während er mich gejagt und zweimal beinahe getötet hatte. Hysterisch lachte ich auf, um gleich darauf qualvoll das Gesicht zu verziehen.

Es konnte noch nicht zu Ende sein. Ich war noch nicht bereit zu sterben.

„Wer ist das schon?", flüsterte die Stimme in meinem Ohr.

Bei Tagesanbruch würde ich die Karte studieren. Vielleicht war es sinnvoll, nach Hilfe zu rufen. Natürlich wusste ich, dass ich vom Dorf meiner Großmutter noch viel zu weit weg war, aber es tat gut Pläne zu machen. Dann nahm ich mir vor, nach etwas zu suchen, was mich stützen und ich wenigstens so weiter humpeln konnte. Zum Glück hatte ich die teuflische Stimme verbannt, die mir sicherlich ins Ohr geflüstert hätte, dass ich mit meiner Behinderung sicher nicht von Blatt zu Blatt springen konnte.

Morgen versuchte ich mich zu beruhigen.

Morgen werde ich eine Lösung finden!

Bei diesem Gedanken musste ich doch tatsächlich vor Erschöpfung eingeschlafen sein, denn als ich die Augen wieder öffnete, fielen bereits die ersten zarten Sonnenstrahlen durch die Äste. Hatte ich wirklich so lange geschlafen?

Ungeduldig betrachtete ich die aufgehende Sonne. Gestern hatte mir dieser Anblick noch solche Freude gemacht, doch heute war wieder alles anders.

Ich seufzte schwer und dann sah ich mich um. Zahlreiche Bäume waren geknickt oder beschädigt. Dicke, abgebrochenen Äste hingen wahllos umher und dünnere, lose Zweige verteilten sich über die Blätter. Noch immer tropfte das Wasser von ihnen. Der leichte Wind ließ mich unter meiner noch feuchten Kleidung schaudern. Dann endlich konnte ich einen Blick auf meinen Fuß werfen. Der Schmerz war bei der kleinsten Bewegung immer noch so schlimm, dass mir fast schwarz vor Augen wurde.

Ich biss trotzig die Lippen zusammen und versuchte mich an dem Baumstamm hochzuziehen, an dem ich geschlafen hatte. Mit einem lauten Schrei vor Schmerzen sank ich zurück. Nach einer kurzen Verschnaufpause streckte ich meinen Arm nach einem der dickeren Äste aus, der unmittelbar in meiner Nähe lag und zog ihn zu mir heran. Ich würde nicht aufgeben, bis ich wieder auf den Beinen stand.

Wieder presste ich den Mund fest zusammen, um kurz darauf erschöpft niederzusinken.

Nochmal.

Meine Finger krallten sich eisern um den Ast, während ich aufs Neue versuchte, mich daran unter Qualen hochzuziehen. Vor lauter Schmerzen schossen mir die Tränen in die Augen, aber immerhin hatte ich mich ein kleines Stück vom Boden wegbewegt.

Ich würde mir Zeit lassen.

Der Wald hatte mich Geduld gelehrt.

Bis heute Abend würde ich aufrecht stehen und morgen würde ich irgendwie humpelnd meinen Weg fortsetzen. Dieser gute Vorsatz spornte mich an, es immer weiter zu versuchen. Als ich mich gegen Mittag vor lauter Anstrengung bereits zum zweiten Mal übergab, kamen mir erhebliche Zweifel an meinem Vorhaben. Der Ast war unter der Last meines Gewichtes bereits gebrochen und ich hatte ihn durch mühsames Heranziehen einer anderen Stütze ersetzen müssen. Ich wimmerte leise vor mich hin. Seit dem frühen Morgen hatte ich keine besonderen Fortschritte gemacht.

Plötzlich bemerkte ich, dass ich beobachtet wurde.

Zwei ausdruckslose Augen glotzen mich an. Sie gehörten einem Menschenaffen, der in einigen Metern Entfernung im Gebüsch saß und zu mir herüberstarrte.

„Hier gibt es gar nichts zu sehen!", krächzte ich ärgerlich in seine Richtung, „hau ab!"

Der Primate ließ sich davon nicht wirklich beeindrucken, im Gegenteil, er kam sogar näher. In den Pfoten hielt er eine Kokosnuss. Vielleicht wollte er sie mir schenken. Der Primate setzte sich gegenüber auf ein Blatt und fixierte mich weiter. Erschöpft lehnte ich meinen Kopf zurück und beobachtet ihn ebenfalls unter halb geschlossenen Augenlidern.

Auf einmal flog die Kokosnuss in Sekunden schnelle auf mich zu und traf mich ausgerechnet an meiner verwundeten Schulter. Gleichzeitig verschwand der Affe blitzschnell im Gebüsch.

„Aua", schrie ich ihm empört hinterher.

Wieder japste ich nach Luft und kämpfte mit einer weiteren Übelkeit. Dabei rieb ich mir die brennende Schulter.

„Du blödes Vieh!", rief ich ärgerlich.

Keuchend wartete ich bis der Schmerz einigermaßen nachließ.

Da kam der Affe wieder zurück und er hatte Begleitung mitgebracht. Jetzt bauten sich zwei dieser Tiere unangenehm vor mir auf. Einer hielt einen mittelgroßen Stein in den Pfoten, der andere hatte sich eine weitere Kokosnuss besorgt. Dieses Mal würde ich schneller sein.

„Verschwindet!", rief ich aufgebracht und warf einen der herumliegenden Äste nach ihnen.

Geschickt wichen sie aus. Dann formten sie ihre Lippen zu einer Schnute und stießen dabei gackernde Laute aus. Es hörte sich so an, als ob sie mich auslachen würden. Einer der Primaten öffnete sein Maul soweit, dass ich die spitzen kleinen Zähne sehen konnte.

Hastig hortete ich weitere kleine Wurfgeschosse um mich. Die Sache war mir jetzt unheimlich.

Schon sauste der Stein auf mich zu und verfehlte nur ganz knapp mein Ohr. Die Kokosnuss traf mich direkt in den Magen.

Ich jaulte auf und die Affen kreischten daraufhin wie verrückt. Zusätzlich trommelten sie mit ihren haarigen Armen triumphierend auf den Boden.

Trotz meiner Qualen wurde ich wahnsinnig zornig.

Ich schleuderte alles nach ihnen, was mir in die Finger kam. Steine, Äste, Obst und sogar einen toten Vogel. Daraufhin verschwanden sie wieder im Unterholz.

Ich überlegte fieberhaft wie ich mich weiter vor ihnen schützen kann, weil ich mir sicher war, dass sie zurückkommen würden. Ich spürte meine aufkommende Panik. Offensichtlich hatten die Tiere vor mich zu steinigen und ich war ihnen hilflos ausgeliefert.

Wie grausam die Natur doch sein konnte!

Hektisch blickte ich um mich.

Außer ein paar morschen Zweigen und verwelkter Blätter gab es nichts mehr, was ich hätte schmeißen können.

Ich packte meine provisorische Krücke und hielt sie wie einen Speer in Richtung des Gebüsches, in das die Tiere verschwunden waren.

Meine Hände zitterten dabei und der Schweiß tropfte mir von meiner Stirn.

Ich wartete.

Es dauerte nicht lange, bis sich dieses Mal sogar vier der Jäger um mich postierten. Wie befürchtet hielt jeder der Affen einen neuen Wurfgegenstand in seinen Pranken.

Ich versuchte es mit Lärm und stieß ein lautes, aggressives Brüllen aus, doch das schien die Meute erst richtig anzuheizen. Sie stimmten kreischend mit ein und drehten sich dabei wie verrückt im Kreis. Dann wurde es ernst, sie zielten auf mich ab. Das erste Geschoss konnte ich tatsächlich mit einem dicken Zweig noch abwehren, das Zweite traf mich an meiner linken Seite, dafür konnte ich dem Dritten ausweichen. So blieb nur noch ein Wurfgeschoss übrig.

Ich wagte mir nicht auszumalen, wie schmerzhaft es werden würde, wenn die Kokosnuss in vollem Tempo mein verletztes Bein treffen würde.

Ich leckte mir über die vom Schweiß benetzten, salzigen Lippen und wartete auf den Angriff des vierten Affen.

Ich versuchte dabei eine andere Taktik anzuwenden.

Ich versuchte die anderen Tiere einfach auszublenden und nur noch Augenkontakt mit dem letzten Angreifer zu halten.

Ich merkte wie er unter meinem intensiven Blick unsicher wurde.

Dann knurrte er.

Ich knurrte zurück.

In diesem Moment flog die Kokosnuss mit voller Wucht auch schon direkt auf mich zu. In allerletzter Sekunde konnte ich sie abwehren, ansonsten wäre sie mir direkt ins Gesicht geknallt. Daraufhin verschwand die Affenhorde wieder.

Ich keuchte schwer.

In wenigen Minuten würden sie zurück sein. Meine Verteidigung schien sie nicht im Geringsten zu beeindrucken. Sie wussten, dass ich verletzt war und machten sich meinen Zustand zunutze. Wahrscheinlich fanden sie sogar Gefallen daran, weil sie vielleicht Sadisten waren.

Wieder einmal war ich viel zu schockiert, um einen klaren Gedanken fassen zu können. Ich wusste nur, dass ich nicht viele dieser Angriffe überstehen würde. Bereits jetzt hörte ich es wieder im Gebüsch rascheln.

Verzweifelt umklammerte ich den Ast.

Die Zunge klebte an meinem Gaumen und mein Herzschlag war durch den ganzen Wald zu hören.

Dann kamen sie.

Voller Entsetzen zählte ich etwa zehn Primaten.

Alle waren bewaffnet. Die schwarzen Tiere betrachteten mich mit ihren ausdruckslosen Gesichtern, kauten auf einer Pflanze herum oder kratzten sich gelangweilt am verlausten Kopf. Ihr emotionsloses Verhalten wurde nur noch durch ihre Kaltblütigkeit übertroffen.

Ich schluckte.

Dann packte ich mit grimmiger Entschlossenheit den Ast noch fester an als es ohnehin möglich war.

Bis zum letzten Atemzug würde ich mein Leben verteidigen. Eine Kokosnuss traf mich am Arm, ein Stein landete neben meinem Hals und dann regnete eine richtige Flut von Wurfgeschossen auf mich herab.

Ich spürte einen schweren Schlag auf dem Kopf.

Mir wurde schwindlig.

Ich dachte noch: „Nicht!" und dann wurde alles dunkel.

Der Wald und die Affen verschwanden.

Ich stürzte in das schwarze Nichts und irgendwie war ich sogar dankbar dafür.

Es war vorbei!

Ein Traum

Der Himmel war wunderschön. Genauso hatte ich ihn mir vorgestellt. Das Bett fühlte sich weich an, die Luft war süß und ich hatte keine Schmerzen mehr. Als ich einmal ganz kurz die Augen geöffnet hatte, war mir sogar ein wunderschöner Engel erschienen.

Hier gefiel es mir.

Hier war es friedlich.

Hier würde ich bleiben.

Ich seufzte wohlig.

Das Einzige, was mich tatsächlich ein bisschen störte, war dieses grummelnde Geräusch, das aus meiner Magengegend kam. Komisch, ich hätte nicht geglaubt, dass ich nach meinem Tod noch ein Hungergefühl verspüren würde.

Auf einmal glaubte ich, Stimmen zu hören. Eine krächzende und eine tiefe wunderbar melodische.

„Ich glaube sie kommt zu sich."

„Das wäre wunderbar."

„Dränge sie doch nicht so."

„Aber ich mach doch gar nichts."

„Ich finde dich hektisch."

„Aber ich mach doch gar nichts."

„Gibt es niemanden, den du gerade retten könntest?"

„Darüber haben wir doch schon gesprochen."

„Tatsächlich?"

„Ich wusste doch, dass du beleidigt bist."

„Das bin ich nicht."

„Ich würde gerne hier sein, wenn sie aufwacht."

Ein Seufzen. „Natürlich möchtest du das, also bleib."

„Ich hätte mich sowieso nicht wegbewegt."

Ich blinzelte.

Zu gerne wollte ich wissen, wer für dieses freundliche Zwiegespräch verantwortlich war. Als erstes erkannte ich eine helle Decke. Sie sah aus wie Bambus. Sonderbar, den Himmel hatte ich mir wirklich anders vorgestellt. Vor Verwunderung gab ich einen überraschten Laut von mir und hörte, wie jemand die Luft einzog.

Ich drehte langsam meinen Kopf und blickte in das faltige Gesicht einer Frau. Ihre Augen kamen mir bekannt vor. Es war geradeso als ob ich in ein älteres Abbild von mir selber blicken würde.

Augenblicklich kam die Erkenntnis.

„Großmutter?", fragte ich fassungslos.

Zur Bestätigung drückte meine Großmutter mir nur die Hand. Sie war viel zu bewegt, um Sprechen zu können.

„Hallo", erklang die dunkle Stimme aus dem Hintergrund, „ich bin Lazarus."

Verärgert drehte meine Großmutter den Kopf. „Das war ja typisch."

Ratlos hob Lazarus die Schultern und zwinkerte mir dabei zu. Er war der schönste Mann, den ich je in meinem Leben gesehen hatte.

Ich blinzelte gleich nochmal.

Kein Wunder, dass ich ihn mit einem Engel verwechselt hatte. Seine blonden Locken fielen ihm in weichen Wellen über die Schulter, er hatte ein markantes Gesicht und lächelte mich mit seinen strahlend weißen Zähnen an. Sein muskulöser Körper glänzte förmlich im Tageslicht. Zwei große weiße Flügel ragten hinter ihm aus seinem Rücken hervor. Ansonsten war er nur mit einer Leinenhose bekleidet. Trotzdem wandte ich mich wieder meiner Großmutter zu, die sich mit der Hand über die Augen wischte.

„Herzlich Willkommen, mein Liebes", meinte sie schließlich, „ich bin deine Großmutter." Mit einer eher abfälligen Geste deutete sie auf Lazarus, „und er hat dich gerettet."

Vorsichtig versuchte ich mich aufzurichten.

„Danke", sagte ich verdutzt, "ich weiß gar nicht, wie ich ..."

„Ach, papperlapapp", unterbrach mich meine Großmutter, „das war immerhin seine Aufgabe und es hätte viel schneller gehen können."

„Gern geschehen", lachte Lazarus. Ihn schien die Kritik meiner Großmutter nicht zu stören, sondern eher zu belustigen. „Und bitte, spare dir die förmliche Anrede, weil ich sicher bin, dass wir gute Freunde werden."

Meine Großmutter rollte mit den Augen und ich wurde tief rot.

„Aber wie komme ich hierher und was ...?", versuchte ich mit Fragen meine Verlegenheit zu überspielen, doch meine Großmutter drückte mich sanft in das Kissen zurück.

„Eins nach dem anderen", meinte sie leise und griff liebevoll nach meiner Hand.

Ich konnte mich nicht an ihr sattsehen und krallte mich in ihre Finger, um sie nie wieder loszulassen. Völlig ergriffen hielten wir uns stumm eine lange Zeit an den Händen.

Dann blickte ich mich noch einmal in dem sehr einfach gehaltenen Raum um, den ich zuerst für den Himmel gehalten hatte. Die Wände und die Decke waren aus sehr hellem Bambusrohr gefertigt worden. Das breite Bett, in dem ich lag, war kuschelig und nahm fast die Hälfte des Raumes ein. Alles roch nach Blumen. Ein großes Fenster erhellte den Raum und durch die geöffneten Läden drang eine frische Brise an meine Nase. Ich glaubte sogar, die Meeresbrandung zu hören.

Meine Großmutter und Lazarus beobachteten mich geduldig und ließen mir Zeit, mich erstmal zu orientieren.

„Ich habe Hunger", sagte ich plötzlich und beide lachten befreit auf.

„Natürlich", rief Lazarus erfreut, während meine Großmutter ihn abwartend ansah.

Kurzzeitig schien er irritiert zu sein, doch dann begriff er.

„Achso, ja", meinte er plötzlich verlegen, „ich sehe dann mal nach, was wir für dich haben." Er eilte zur Tür und beim

Hinausgehen sagte er: „ich bin gleich wieder da!", was meine Großmutter zu einem weiteren Seufzen veranlasste.

„Er ist reizend", flüsterte ich ihr zu.

„Ja, das ist er", meinte sie genervt in seine Richtung, doch sobald Lazarus den Raum verlassen hatte, wandte sie sich wieder mir zu. Sie strich mir die Haare aus dem Gesicht und gab mir einen Kuss auf die Stirn. „Ich bin so froh, dass er dich gefunden hat, mein Kind. Ich habe schon mit dem Schlimmsten gerechnet. Endlich bist du hier."

Dann nahm sie mich in den Arm und drückte mich lange.

Ich war glücklich.

Genauso hatte ich mir die Begrüßung und meine Großmutter vorgestellt. Eigentlich war die Realität sogar noch besser und endlich geschahen die Dinge einmal so, wie ich es wollte.

Ein Poltern ließ uns aufhorchen.

„Hier bin ich wieder", trällerte Lazarus und balancierte dabei etwas ungeschickt ein Tablett.

Meine Großmutter und ich lösten uns aus der Umarmung.

„Ich hoffe ich störe nicht."

„Ach wo", meinte meine Großmutter und ihre Lippen kräuselten sich dabei, „wie kommst du denn darauf?", sie erhob sich kopfschüttelnd. „Ich nehme es dir ab."

Mit dem Tablett in der Hand kam sie auf mich zu.

Hoffentlich stand kein Obst auf meiner Speisekarte, davon hatte ich nämlich genug. Meine Bedenken stellten sich aber als unbegründet heraus, denn mir wurde ein dampfender, köstlich riechender Teller Suppe serviert.

„Der Medizi hat dir leichte Kost verordnet", teilte mir meine Großmutter mit gespielter Strenge mit.

Jetzt erst fiel mir wieder ein, dass ich ja verletzt war.

Vorsichtig tastete ich nach meinem Kopf.

Tatsächlich!

Dort befand sich ein kleinerer Verband.

Dann wanderte meine Hand weiter zu meiner Schulter. Auch hier konnte ich durch den zarten Stoff des Nachthemdes eine

Binde fühlen. Dann hob ich vorsichtig die Decke. Das rechte Bein war vom Knie abwärts eingebunden.

„Ein glatter Bruch", verkündete Lazarus stolz.

Er sagte das gerade so als ob ich damit etwas Besonderes geleistet hätte. Er zog sich ungefragt einen zweiten Stuhl heran und wollte gerade anfangen, eifrig auf mich einzureden, als er von meiner Großmutter barsch unterbrochen wurde.

„Jetzt lass sie doch erst einmal essen".

Ich liebte das liebevolle Gezanke der beiden jetzt schon, aber meine Großmutter hatte Recht. Mit Heißhunger schlang ich erst einmal die wunderbare Gemüsesuppe in mich hinein, während ich amüsiert beobachtete, wie Lazarus schmollend die Arme vor der Brust verschränkte. Tatsächlich war es jetzt aber meine Großmutter, die mich am Essen hinderte.

„Berichte doch mal", meinte sie neugierig und ihre Augen funkelten dabei, „wie ist es dir denn in der Wildnis ergangen? Was hast du alles gesehen und wie konntest du überleben?"

Lazarus schnaubte empört, doch sie ignorierte ihn einfach. Also, fing ich zu erzählen an: Von meiner nervenaufreibenden Flucht aus der Burg, meinen ungeschickten Versuchen beim Klettern, den überraschenden Kampf mit dem aggressiven Vogel und meinem quälenden Hunger. An dieser Stelle machte ich eine Pause und bat um Nachschlag der wirklich hervorragenden Suppe.

Dann fuhr ich fort: Meine erste schockierende Begegnung mit dem Stahlkrieger, dem Entdecken des geheimnisvollen Bunkers und des praktischen Relikts aus der Vorderzeit, mein Entsetzen über den schrecklichen Sumpf und das wiederholte und erschreckende Aufeinandertreffen mit dem Stahlkrieger. Schneller als gewollt, teilte ich mit, wie ich meinen hartnäckigen Verfolger schließlich abhängen konnte.

Pikante Details dieses ungleichen Kampfes ließ ich allerdings aus. Meine Wangen färbten sich bei diesem Teil der Geschichte dunkelrot und ich glaubte, dass mir jeder dadurch sofort ansehen würde, welche Methoden ich eingesetzt hatte, um den Stahlkrieger zu überlisten. Doch Lazarus und meine Großmutter hingen wie gebannt an meinen Lippen und schienen keine Veränderung an meinem Verhalten zu bemerken, deshalb kam ich rasch auf den zerstörerischen Sturm, meinen fiesen Sturz und den gemeinen Angriff der Menschenaffen zu sprechen.

Vorsichtig schielte Lazarus zu meiner Großmutter hinüber und als diese keine Einwände zu haben schien, begann er freudestrahlend mit der Fortsetzung.

„Und genau hier komme ich ins Spiel!", verkündete er und klopfte sich dabei auf die stolzgeschwellte Brust.

„Ich habe keine Ahnung, was nach der Affenattacke passiert ist", meinte ich mit vollem Mund.

„Du warst auch bewusstlos, als ich dich gefunden hatte", erklärte Lazarus und sah auf einmal ganz ernst aus. „Auf der Suche nach dir, hatte ich ebenfalls vor dem Unwetter in einer Baumhöhle Schutz gesucht. Es war einer dieser besonders üblen Stürme, wie sie in dieser Gegend öfters vorkommen. Nach Abklingen des Sturmes, habe ich mich sofort wieder auf den Weg gemacht. Ich bin durch den heftigen Lärm und das wahnsinnige Kreischen der Affen auf dich aufmerksam geworden. Ansonsten wäre ich vielleicht sogar an dir vorbeigeflogen."

„Bestimmt nicht!", warf meine Großmutter ein, „du siehst besser als jeder Adler."

Für dieses überraschende Kompliment hatte Lazarus nur ein wohlwollendes und kurzes Nicken übrig.

„Zum Glück war es nicht so", sagte er erleichtert, „bei meinem Rundflug sah ich dich auf dem Boden liegen, umkreist von einer aggressiven Affenhorde."

Bei der Erinnerung wurde mir ganz flau. Meine Gesichtsfarbe wechselte ins kalkweiße und ich bekam eine Gänsehaut.

Besorgt drückte meine Großmutter wieder meine Hand.

„Ich dachte das wäre mein Ende…", sagte ich leise und apathisch.

Auch die Stimme von Lazarus war belegt, als er weitersprach.

„Ich dachte ebenfalls, dass sie dich bereits totgetrampelt hätten, als ich dich so liegen sah", meinte er und ich konnte seinem Gesicht ansehen, wie betroffen er war. „Dann habe ich bemerkt, dass sie gerade erst im Begriff waren, ihr schauriges Vorhaben in die Tat umzusetzen." Betreten blickte er zu Boden. „Ich musste leider mehrere von ihnen töten."

Ich gab einen verächtlichen Ton von mir.

„Das war auch gut so. Diese Biester waren einfach nur grausam."

„Hoffentlich hat es viele davon erwischt", fügte ich in Gedanken noch hinzu.

„Na ja", druckste Lazarus etwas herum, „wir Vogelmenschen schützen eigentlich das Leben und zerstören es nicht."

„Das habe ich gemerkt", fiel ihm meine aufgebrachte Großmutter erneut ins Wort. Sie bedachte ihn dabei mit einem sonderbaren Blick.

„Ich hoffe, sie … äh … du", verbesserte ich mich schnell, „hast dich nicht dabei verletzt?"

Lazarus lächelte milde und winkte gelangweilt ab.

„Die paar Äffchen."

Äffchen?

Biester war eine wohl passendere Bezeichnung für sie.

„Dann ging eigentlich alles ganz schnell", berichtete er weiter, „ich habe dich auf meine Arme genommen und wir sind hierher geflogen, wo du sofort verarztet wurdest."

Geflogen?

Ich bin tatsächlich geflogen und hatte nichts davon mitbekommen?

Wie schade!

Eine weitere Frage brannte mir unter den Nägeln: „War ich noch weit vom Dorf entfernt?", wollte ich unbedingt wissen.

Lazarus schüttelte heftig den Kopf. „Ach wo", meinte er und mein Herz erfüllte sich mit Freude.

Ich hatte es tatsächlich fast ganz allein geschafft.

„Höchstens zwei oder drei Monate Fußmarsch", brachte er mich auf den Boden der Tatsachen zurück.

„Zwei oder drei Monate?", wiederholte ich japsend und sank enttäuscht in das Kissen zurück. „Wie lange sind wir denn geflogen?", erkundigte ich mich frustriert.

Lazarus scharrte mit den Füßen. „Ich möchte nicht angeben."

„Wie lange?" Ungeduldig trommelte ich mit den Fingern auf die Bettdecke.

„Einen halben Tag", antwortete Lazarus schließlich nach einigem Zögern.

Fassungslos starrte ich ihn an.

„Na, das nenne ich mal Tempo", meinte ich ungläubig, um anschließend nachdenklich hinzuzufügen: „Ich verdanke dir mein Leben, Lazarus. Ohne dich wäre ich elendig im Wald zugrunde gegangen."

Wieder dieses strahlende und doch so bescheidene Lächeln.

„Wie bereits gesagt: gern geschehen!"

Obwohl ich wirklich dankbar war, fühlte ich mich auch ein bisschen in meinem Stolz verletzt. Ich wusste, dass dieses Verhalten kindisch war, aber ich konnte es nicht ändern. Wie gerne wäre ich hoch erhobenen Hauptes in das Dorf meiner Großmutter spaziert. Wieder einmal musste ich einsehen, dass ich keine Heldin war.

„Es gibt da noch etwas, dass ich dir sagen muss, denn ich denke ..."

„Bist du wahnsinnig!", rief meine Großmutter so laut, dass ich zusammenzuckte, „das lässt du aber schön bleiben. Sie ist gerade erst zu sich gekommen."

Zum ersten Mal in dieser Konversation widersprach Lazarus energisch und stand dabei sogar auf.

„Ich finde, sie hat ein Recht, alles zu erfahren. Sie hat sich als sehr tapfer erwiesen." „

Aber doch nicht jetzt", entrüstete sich meine Großmutter, die sich ebenfalls erhoben hatte.

„Wann soll sie es denn sonst erfahren?"

„Vielleicht morgen."

Ich beobachtete eine Zeit lang wie die beiden sich stritten. Es machte wirklich Spaß, ihnen dabei zu zusehen. Meine kleine mollige Großmutter wirkte neben dem großen schlanken Lazarus mit ihren in die Hüfte gestemmten Armen wie ein aufgebrachter Zwerg, der sich mit einem Riesen anlegen wollte. Beinahe hätte ich laut gelacht, weil die beiden nicht unterschiedlicher hätten sein können.

Schließlich wurde es mir zu bunt. Bei dem Lärm bekam ich Kopfschmerzen und außerdem war es unhöflich, über mich zu reden, wenn ich im Raum war.

„Ich würde gerne wissen wollen, was los ist?!", schaltete ich mich deshalb in das temperamentvolle Gespräch ein.

Zwei Augenpaare starrten mich an.

„So schlimm wird es schon nicht sein", lachte ich, als ich ihre betretenen Mienen sah.

„Warte ab", meinte meine Großmutter mit Nachdruck und funkelte Lazarus böse an, „ich glaube nicht, dass dir das gefallen wird."

Auch Lazarus schien plötzlich zu überlegen.

„Los, raus damit!", drängte ich, weil ich mich langsam doch etwas unbehaglich fühlte, „ich halte viel aus."

Lazarus setzte sich wieder neben mein Bett.

Aus irgendeinem Grund konnte er mir nicht mehr in die Augen sehen.

„Auf deine Verantwortung, Lazarus", drohte meine Großmutter im Hintergrund.

„Und?", drängte ich den Vogelmenschen, „was ist denn jetzt?"

Lazarus räusperte sich leicht.

„Also gut, Pen", sagte er dann, „ich habe nicht nur dich aus dem Wald gerettet."

Ich nickte erfreut.

Das war doch eine schöne und lobenswerte Sache.

Warum regten sich denn alle so auf?

„Nachdem ich dich in das Dorf gebracht habe und du gut versorgt warst, bin ich noch einmal zurückgeflogen."

„Prima", dachte ich.

„Nicht weit von der Stelle, an der ich dich gefunden hatte, war noch ein anderer Mensch, den ich retten musste."

Ein anderer Mensch?

Ich überlegte.

Wer sollte das gewesen sein?

Vielleicht ein Dorfbewohner, der sich verlaufen hatte?

Ein Jäger, der von seiner Fährte abgekommen war oder ein Kind, das zu weit auf den Baum geklettert war?

Aber was hatte das mit mir zu tun?

Plötzlich wurden meine Augen ganz groß.

Die furchtbare Erkenntnis kam im selben Augenblick.

Mein Herz hat einen Schlag übersprungen.

„Wer war dieser Mensch?", ich konnte nur noch flüstern.

Lazarus zögerte.

Die stahlblauen Augen von Lazarus trafen die meinen.

„Der Stahlkrieger", sagte er leise und meine schlimmsten Befürchtungen wurden war. „Ich habe ihn ebenfalls in das Dorf gebracht. Er ist unser Gefangener."

Ein Rauschen erklang und Worte wie durch Nebel drangen zu mir.

Verschwommen und gedämpft.

Stahlkrieger!

Nicht weit von deiner Stelle!

Im Dorf!

Hier!

Alles drehte sich.

Mir wurde schwarz vor Augen und ich stöhnte!

Aus den Augenwinkeln konnte ich sehen, wie meine Großmutter dem verdutzten Lazarus einen leichten Schlag auf den nackten Oberarm verpasste und sich dabei empörte: „Ich habe es doch gesagt."

Vielleicht hatte ich mir das auch nur eingebildet?
Ich wusste es nicht und es war mir egal.
Ich tat einfach etwas, was ich noch nie getan hatte und sogar in meiner anstrengenden Zeit im Wald, zu verhindern gewusst hatte: Ich fiel in Ohnmacht.

Fremd

Ein Kreischen!
Die Affen?
Der Stahlkrieger?
Wie vom Blitz getroffen, schoss ich aus dem weichen Kopfkissen hoch.
Es war nur ein Traum gewesen.
Augenblicklich betrat ein dunkelhäutiger Mann das Zimmer. Anscheinend hatte ich das Kreischen verursacht. Ein schlanker Mann mit graumelierten Haaren kam auf mich zu. Seine warmen Augen musterten mich etwas besorgt.
„Es ist alles in Ordnung, Pen?" Er setzte sich auf die Kante meines Bettes, nahm meine Hand und prüfte meinen Puls. „Ich bin Tey, der Medizini", stellte er sich vor.
„Sehr erfreut", erwiderte ich höflich. „Wo ist meine Großmutter?"
Die Augen des Arztes wurden schmal.
„Unsere weise Mutter ist eine grandiose Anführerin, aber als Krankenschwester taugt sie leider gar nichts." Er schüttete ein weißes Pulver in das Glas neben mir und füllte es mit dem Wasserkrug auf. „Und Lazarus redet einfach viel zu viel..."
„Aber ich, ..." versuchte ich erfolglos zu widersprechen.
„Wenn es um die Gesundheit meiner Patienten geht, verstehe ich keinen Spaß", sagte der Medizini streng und seine Augen verengten sich sogar noch mehr, „ich habe den beiden Unglückseligen Besuchsverbot erteilt. Du brauchst absolute Ruhe. Dein Körper ist völlig erschöpft."
Enttäuscht lehnte ich mich zurück.
„Und wie lange gilt dieses Verbot?", quengelte ich. Der Arzt war gerade dabei, seine Sympathiepunkte wieder zu verlieren.

„Keine Sorge", meinte Tey, und lächelte amüsiert wegen meiner kindischen Miene, „nur zwei Tage."

Er hielt mir das Glas entgegen und ich trank es mürrisch aus. „Die meiste Zeit davon wirst du sowieso schlafen", versuchte er mich zu trösten. Dann erhob er sich. „Das ganze Dorf freut sich von Herzen, dass du wohlbehalten hier gelandet bist und mein erster Streit mit der großen Mutter wird wohl in die Dorfgeschichte eingehen. Sie hat mir kein einziges Mal widersprochen." Jetzt lachte der Arzt laut und hell. „Du hast wirklich für einigen Wirbel gesorgt, Pen."

Erschrocken blickte ich ihn an. „Das tut mir sehr leid."

Der Arzt winkte ab. „Ach wo."

Anscheinend war das eine sehr beliebte Ausdrucksform im Dorf, denn ich hatte diese Redensart und diese Geste auch schon bei Lazarus gesehen.

„Diesen Moment möchte ich für nichts auf der Welt missen." Als der Arzt am Gehen war, meinte er schmunzelnd, „unser Dorf kann ruhig etwas Aufregung vertragen. Wir führen hier ein sehr bescheidenes und unspektakuläres Leben."

„Tey", sagte ich vorsichtig, „darf ich Sie noch etwas fragen?"

„Aber natürlich, Pen", der Medizinmann kam wieder einige schnelle Schritte in das Zimmer zurück.

„Wo ist der Stahlkrieger?".

Sofort verflog die gute Laune des Arztes.

„Dieser verflixte Lazarus!", schimpfte er, „ich weiß wirklich nicht, was er sich dabei gedacht hat."

„Es würde mich wirklich beruhigen, zu wissen", fügte ich hastig hinzu. Ich wollte nicht, dass Lazarus Ärger bekam.

„Es ist nur natürlich, dass du dir Sorgen machst, aber ich kann dir versichern, dass das nicht nötig ist. Der Stahlkrieger befindet sich außerhalb des Dorfes in einer Berghöhle. Dort wurde er an schwere Ketten gelegt."

Ich blickte den Arzt skeptisch an.

„Ich garantiere dir, dass er von dort nicht flüchten kann. Als ich seine Wunden versorgt hatte, konnte ich mich selbst davon überzeugen, dass seine Fesseln korrekt angelegt sind."

Leider war ich immer noch nicht überzeugt. Ich wusste, wie raffiniert der Stahlkrieger war und über was für übermenschliche Kräfte er verfügte.

Als ob Tey meine Gedanken erraten hätte, meinte er: „Du glaubst wahrscheinlich, dass wir etwas hinterwäldlerisch sind, aber so ist es nicht. Wir würden den Stahlkrieger niemals unterschätzen."

Nachdenklich kratzte sich der Arzt am Kopf.

„Vielleicht sollte ich dir dazu eine kleine Geschichte erzählen. Die Kinder hören sie abends am Lagerfeuer immer wieder gerne." Er lehnte sich an den Rand des Bettes. „Ich weiß nicht, ob du die Meeressaurier kennst", begann Tey zu erzählen und als ich ratlos mit den Schultern zuckte, fuhr er fort. „Es sind die größten Tiere, die es gibt. Es handelt sich dabei um eine gigantische Echse, die sowohl an Land, als auch im Wasser leben kann. Eigentlich kommt sie nur in sehr fernen Inseln im weiten tiefen Meer vor. Wie es der Zufall wollte, wurde eines Tages eines dieser seltenen Exemplare ans Ufer unseres Dorfes gespült. Das riesige Tier lebte noch, war aber schwer verletzt. Einer unserer Dorfbewohner, mit dem Namen Brutus, bot sich an, das Tier gesund zu pflegen. Brutus war einer unserer jungen Heißsporne, der sich einbildete, dieses Tier zu hegen und gleichzeitig zähmen zu können. Sein Traum war es, mithilfe dieses Seewesens, die Welt umsegeln zu können. Leider ging sein Plan nicht auf, denn der Saurier ließ sich weder dressieren, noch zeigte er sich besonders dankbar für seine Rettung." Tey lachte leise. „Wie sollte er auch, er war nur ein Wasserungeheuer. Schließlich blieb uns nichts Anderes übrig, als ihn in die Freiheit zu entlassen. Wir betäubten ihn und lösten seine Fesseln. Dann zogen wir uns zurück. Am nächsten Tag war der Meeressaurier verschwunden. Das ist sehr lange her. Ich war damals selber fast noch ein kleiner Junge. Trotzdem denke ich gerne an diese wundervolle Zeit und an die unglaubliche Erfahrung zurück. Damals überlegte ich sogar

Tiermediziner zu werden." Verträumt blickte Tey aus dem Fenster. „Du fragst dich sicher, was das alles mit dem Stahlkrieger zu tun hat?"

Ich nickte.

Gleichzeitig fragte ich mich, was Tey eigentlich unter „einem unspektakulären Leben" verstand. Im Gegensatz zu meinem tristen Dasein auf der Burg, sah und hörte ich hier die unglaublichsten Dinge und dabei hatte ich mein Bett noch nicht einmal verlassen.

Schnell konzentrierte ich mich wieder auf seine Geschichte.

„Wir haben den Saurier genau in der Höhle gehalten in der sich der Stahlkrieger jetzt befindet und die Ketten, mit denen er gefesselt ist, sind keine anderen als die, die den Saurier ruhiggestellt hatten. Dazu solltest du wissen, dass so ein Tier zehn Meter lang werden kann." Tey trat an mein Bett und legte mir sanft die Hand auf die Schulter. „Ich verstehe, dass der Gedanke mit dem Stahlkrieger in einem Dorf zu leben, bei dir Unwohlsein hervorruft, aber ich versichere dir, dass du keine Angst haben musst. Niemand hat die Kraft diese Ketten zu sprengen und keine Teufelei kann die Schlösser öffnen."

Ich atmete erleichtert aus.

Das hörte sich gut an. Ein mächtiger Druck fiel von mir ab. Tey hatte es tatsächlich geschafft, mich zu beruhigen.

„Was habt ihr mit ihm vor?", erkundigte ich mich leise, „wird er getötet?"

Entsetzt nahm Tey die Hand von meiner Schulter.

„Natürlich nicht. Das sind barbarische Methoden, die nicht unserer Gesinnung entsprechen."

„Aha", erwiderte ich gedehnt.

„Wünschst du denn seinen Tod?", Teys Blick wurde hart und ich merkte sofort, was er von dieser Meinung halten würde.

Langsam beugte ich mich vor und hielt seinem intensiven Blick stand.

„Schon vergessen?", flüsterte ich, „mein Vater ist der Schlächter in unserer Familie. Was übrigens auch der Grund meiner Flucht war. Hätte ich seine Methoden gutgeheißen, würde ich jetzt neben ihm auf meinem Blutthron sitzen. Stattdessen ist meine Mutter in den Tod gesprungen und ich bin geradewegs in die Hölle gerannt."

Meine Unterlippe zitterte und Trey machte ein betretenes Gesicht.

„Bitte entschuldige, Pen. Natürlich kennst du die Regeln und Ansichten unseres Dorfes nicht. Ich wollte dich nicht verletzten."

Das glaubte ich ihm sofort und hatte ihm bereits verziehen.

„Sobald du wieder gesund bist, werden wir einen Rat abhalten und dann wird entschieden, was mit dem Stahlkrieger geschehen soll."

Das war ein guter Plan und ich legte mich zufrieden ins weiche Kissen zurück.

„Schlaf jetzt, das ist immer noch die beste Medizin", sagte Tey und deckte mich fürsorglich zu.

„Sie sind ein sehr guter Arzt", flüsterte ich müde.

Tey lächelte. „Danke", meinte er, „und du bist eine sehr tapfere junge Frau."

Am liebsten hätte ich abgewunken und „Ach, wo", gesagt, doch dazu fehlte mir leider die Kraft, weil die Medizin zu wirken begann.

Im Halbschlaf hörte ich noch wie Tey sagte: „Meine Tochter kommt später mit dem Essen. Ich denke wir können schon zu etwas kräftigeren Speisen greifen. Wir überlegen uns etwas ganz Besonderes für dich."

„Das ist schön", dachte ich und schlief friedlich ein.

Dieses Mal würden mich keine Alpträume quälen.

Heimat

Tey hatte Recht behalten.

Ich hatte so gut und friedlich geschlafen wie noch nie. Die beiden Ruhetage vergingen wie im Flug und ich hatte sie wirklich dringend nötig gehabt.

Als ich einmal die Augen geöffnet hatte, war ein bildhübsches junges Mädchen an meinem Bett gestanden, die geduldig auf mein Erwachen gewartet hatte, um mich mit den köstlichsten Speisen zu verwöhnen.

„Ich bin Nyla", stellte sie sich schüchtern vor.

Ihre großen rehbraunen Augen musterten mich neugierig.

„Du hast aber schönes Haar und glänzt es wie Gold", meinte sie andächtig.

Ohne zu zögern, musste ich ihr sofort Komplimente für ihre braune Lockenpracht aussprechen. Auch ihr farbenfrohes Kleid, das nur aus einem geschickt zusammengebunden Tuch bestand, ließ ich nicht aus. Hier war das Leben anscheinend moderner und fröhlicher als auf der Burg, auf der ich aufwuchs. Dort huschten die Frauen mit grauen Kopftücher durch die Straßen und sogar die Männer liefen geduckt und mit gesenktem Haupt in den Gassen umher.

Nyla und ich verstanden uns sofort prächtig. Nach kurzer Zeit saß sie lachend und schmatzend auf meinem Bett. Wir verspeisten gemeinsam ein knuspriges Hühnchen, einen saftigen Kürbisstrudel und gebratenen Reis. Dazu tranken wir Kräuterlimonade.

Mehrmals bat ich Nyla mich zu kneifen, damit ich auch wirklich sicher war, dass ich diesen ganzen kulinarischen Genuss nicht nur träumte. Als sie mir dann noch dampfenden Kakao und lauwarmen Schokoladenkuchen servierte, war ich tatsächlich außer mir vor Glück. Nur das Obst lehnte ich dankend und aus verständlichen Gründen ab.

Während ich selig kaute, erfuhr ich von Nyla, dass sie bald ihren vierzehnten Geburtstag feiern würde und einmal Medizinfrau werden wollte, genauso wie ihr Vater. Sie habe noch zwei kleinere Geschwister, die es gar nicht erwarten konnten, mich kennenzulernen. Unter vorgehaltener Hand erzählte sie mir, dass es eigentlich dem ganzen Dorf so gehen würde. Sie wären alle sehr neugierig auf die Enkelin der großen Mutter. Und obwohl ich Nylas Gesellschaft gerne noch etwas länger genossen hätte, um noch mehr interessante Geschichten zu erfahren, packte sie nach der Mahlzeit emsig das Geschirr zusammen und verkündete streng, dass ich jetzt wieder Ruhe bräuchte. Mit dieser Einstellung ähnelte sie ihrem Vater bis auf den Punkt und ich wagte es nicht, ihr zu widersprechen.

So verbrachte ich zwei sehr erholsame und vergnügliche Tage im Bett. Am Morgen des dritten Tages hielt mich allerdings nichts mehr darin.

Bis auf das Badezimmer hatte ich noch nichts von meiner Umgebung gesehen. Die Fenster waren zwar offen, aber die Läden dafür geschlossen. Hin und wieder drangen exotische Geräusche zu mir, deren Ursache ich jetzt mit eigenen Augen sehen wollte. Außerdem vermisste ich meine Großmutter. Sie war zwar hin und wieder heimlich hereingeschlichen, aber zu diesem Zeitpunkt hatte ich meistens geschlafen.

Gestern hatte Tey meinen Verband an der Schulter abgenommen und deshalb warf ich mir eines der schönen Tücher, die Nyla mir gestern gebracht hatte, über die Schultern und humpelte zur Tür.

Ich musste blinzeln, als ich den lichtdurchfluteten Raum betrat. Hier gab es ebenfalls viele Fenster, aber kein einziges war geschlossen.

Überrascht blickte meine Großmutter auf.

Sie saß auf einem Korbstuhl vor einem runden Frühstückstisch. Zu jeder Seite des Raumes fiel die Sonne herein und hüllte die alte Frau in einen majestätischen Glanz.

„Du darfst aufstehen", meinte sie.

Ich nickte überwältigt und humpelte weiter zum Fenster.

Die Aussicht war fantastisch.

Palmen, Sand und das Meer.

Ich konnte von hier tatsächlich das Meer sehen!

Soviel Wasser, so viel blau und so viel Schönheit.

Dazwischen wuselte ein quirliges Völkchen hin und her. Jeder ging eifrig irgendeiner Tätigkeit nach. Aber nicht mit verkniffenen und düsteren Mienen, wie ich das von meinem Dorf kannte, sondern fröhlich schwatzend und lachend. Einige gönnten sich sogar ein Päuschen und legten sich gemütlich unter eine der riesigen Palmen. Viele hielten tatsächlich einfach ein Schläfchen. Ich sah vergnügte Kinder Fangen spielen. Niemand schimpfte sie oder hielt sie zur Ruhe an.

Im Gegenteil.

Ich erblickte einen dunkelhäutigen Mann, der sich überreden ließ, mitzuspielen. Jetzt wurde das Geschrei sogar noch lauter und ich ertappte mich dabei, dass ich ebenfalls mitfieberte und lachte. Wunderschöne, gertenschlanke Frauen bewegten sich zwischen der Gruppe. Ich bewunderte sie für ihre anmutige Haltung. Sie trugen Wasserkrüge auf dem Kopf oder große Obstkörbe in ihren Händen.

Ich war begeistert.

„Mach den Mund zu, Pen!", sagte meine Großmutter lächelnd. „Na, wie findest du unser kleines Dorf? Hier ist ein Teil deiner Wurzeln."

Mit großen Augen drehte ich mich zu ihr um. „Ich gehe nie wieder von hier weg", meinte ich euphorisch.

„Das möchte ich auch hoffen, schließlich bist du meine Nachfolgerin. Ich habe lange genug hier gelebt und meine alten Knochen zieht es in die Welt zurück."

Wie bitte?

Also, eines musste ich meiner Großmutter lassen, sie kam immer gleich zur Sache.

„Aber wir haben uns doch gerade erst gefunden. Wie kannst du da schon wieder vom Fortgehen sprechen?", empörte ich mich.

Beleidigt humpelte ich zum Tisch und zog mir einen Stuhl heran. Der Morgen fing ja gut an. Mürrisch griff ich mir ein Gebäckstück und biss lustlos hinein.

Liebevoll beobachtete mich meine Großmutter dabei.

„Du hast recht, das war sehr taktlos von mir."

Ich brummte unverständlich vor mich hin.

„Wie geht es dir? Hast du noch Schmerzen?", versuchte sie vom Thema abzulenken.

„Nein, gar nicht", erklärte ich, „aber wahrscheinlich bald ein Gewichtsproblem", dabei klopfte ich mit vollen Backen auf meinen Bauch.

Großmutter lachte.

„Wem erzählst du das. In Lulumba vergeht kaum ein Tag, an dem nicht ein rauschendes Fest oder ein Geburtstag gefeiert wird. Und jedes Mal ist das ganze Dorf eingeladen. Bei so vielen Menschen eigentlich eine unglaubliche Vorstellung, aber irgendwie funktioniert es."

Aufmerksam reichte sie mir den Krug mit Saft.

„Lulumba?", erkundigte ich mich.

„Der Name unseres Dorfes", meinte sie und rührte dabei in ihrer Tasse. „Früher nannten wir es nur Lumba. Die Beifügung haben wir unseren Kleinsten zu verdanken, weil sie das Wort nicht aussprechen konnten und deshalb immer Lu-Lumba daraus wurde." Großmutter schmunzelte. „Irgendwann ist es einfach dabei geblieben."

Verträumt blickte ich aus dem Fenster. „Es ist herrlich hier, Großmutter."

„Ja, das ist es", erwiderte sie, „und friedlich."

„Wie kommt es, dass mein Vater diesen Ort noch nicht für sich beansprucht hat?"

Die Frage war mir einfach so herausgerutscht.

Sofort legte sich ein Schatten über ihr Gesicht.

„Weil er das Dorf noch nicht gefunden hat. Deine Mutter hat großes Geschick bewiesen, ihn immer wieder auf eine falsche Fährte zu locken."

„Mutter?", erkundigte ich mich erstaunt, „aber ich dachte, ...?"

„Dass Fabienne und ich uns im Streit getrennt hätten?", beendete meine Großmutter den Satz. „Das sollte jeder glauben. In Wirklichkeit haben wir beide heimlich zusammengearbeitet." Nachdenklich starrte sie in ihre Tasse. „Auch meine Verbannung war von langer Hand geplant. Ihr solltet später nachkommen, weil du damals für eine Flucht noch viel zu klein warst. Deine Mutter war der Ansicht, dass du die Strapazen der Reise nicht überstehen würdest." Sie griff nach meiner Hand. „Du warst auch tatsächlich das kleinste und schmächtigste Würmchen, das ich bis dahin gesehen hatte, trotzdem hätte ich dich sofort mitgenommen."

Niedergeschlagen saß ich da.

„Also, ist sie meinetwegen auf der Burg geblieben?", „Und gestorben", fügte ich in Gedanken hinzu.

„Sie hat auf der Burg die gefährlichste Arbeit geleistet. Wir waren immer bestens über Kaimans grausame Pläne informiert. Oft konnten wir dadurch viele wertvolle Leben retten. Ohne ihre unglaubliche Spionagearbeit, hätte Kaiman schon längst die komplette Weltherrschaft erlangt. Das war auch der Grund, warum sie eure Flucht immer wieder verschoben hat, bis es dafür fast zu spät war."

Der Löffel in ihrer Hand zitterte leicht.

„Ich frage mich immer, wie ihr es geschafft habt, in Kontakt zu bleiben." Auch meine Stimme war belegt.

„Falken", erklärte meine Großmutter kurz, „wir haben sie zu Briefboten abgerichtet."

Ich konnte mich nicht erinnern, jemals einen dieser Vögel in meiner Nähe gesehen zu haben.

„Diese Art der Kommunikation haben wir dann nur noch selten verwendet", berichtete sie weiter, „viele Tiere verschwanden auf der Reise spurlos und wir befürchteten, dass die Nachrichten abgefangen werden könnten. Zu diesem Zeitpunkt kamen dann die Vogelmenschen ins Spiel. Ich habe sehr gute Kontakte zu Tiberius, dem Ältesten von Eniyen. Sein Sohn Lazarus war einer unserer ersten Kundschafter."

Wieder rührte meine Großmutter gedankenverloren in ihrem Tee. „Alles andere weißt du bereits."

Langsam führte sie die Tasse an den Mund. „Als Fabienne und er sich zum ersten Mal in die Augen blickten, war ihr Schicksal besiegelt. Ich habe nie eine größere Liebe gesehen", fügte sie hinzu.

Lange Zeit saßen wir schweigend da.

„Du musst wohl sehr enttäuscht von mir sein", sagte sie nach einer Weile und lächelte mich dabei schräg an.

Ich betrachtete ihre grauen Haare, die zu einem praktischen Dutt zusammengesteckt waren und sah in ihr faltenreiches, aber sehr freundliches Gesicht.

„Ganz und gar nicht", sagte ich leise.

„Charmante Lügnerin!", scherzte meine Großmutter und strich mir dabei zärtlich eine widerspenstige Strähne hinter das Ohr.

„Ich muss zugeben, dass mich deine Anwesenheit ebenso freut wie schmerzt."

Erschrocken sah ich sie, aufgrund dieses Geständnisses, an.

Beruhigend tätschelte sie daraufhin meine Hand.

„Lazarus empfindet das sicher genauso. Du bist deiner Mutter wie aus dem Gesicht geschnitten, Pen. Das weckt in uns allen schmerzhafte Erinnerungen und in mir das schlechte Gewissen, dass ich sie nicht retten konnte… Ich weiß, dass, auch wenn du es nicht zugeben wirst, manchmal genauso denkst. Du fragst dich warum ich deiner Mutter nie gesagt habe, dass sie sich in zu große Gefahr begibt und damit aufhören soll. Die Wahrheit ist, dass ich das getan habe, aber wahrscheinlich nicht eindringlich genug und jetzt ist es zu spät. Deine Mutter hat sich geopfert, damit die vielen Menschen, die sie gerettet hat, in Sicherheit sind. Sie ist auch für die Insel gestorben."

„Die Insel?", platzte es aus mir heraus.

Meine Großmutter nickte.

„Sehr schön, dann hat sich Fabienne also an den Plan gehalten und dir nichts davon erzählt. Es war ihr strengstens verboten, das zu erwähnen."

Entrüstet legte ich mein Gebäck aus der Hand.

Mir war der Appetit vergangen.

„Es ist schön?", erkundigte ich mich, „habt ihr denn kein Vertrauen zu mir?"

Die Lippen meiner Großmutter wurden schmal.

„Doch, das haben wir, aber wäre eure Flucht missglückt, dann hätte Kaiman jede, noch so kleine Information durch Folter aus dir herausgequetscht."

„Habe ich mich nicht als tapfer erwiesen?", fragte ich trotzig.

„Ach Kindchen!", sagte sie traurig, „wenn du die Folterkammer im Keller der Burg gesehen hättest, wüsstest du, wie schnell die Tapferkeit mit den grausamsten Werkzeugen und Maschinen, die nur aus diesem einen Grund gebaut worden sind, zu brechen ist. Zum Teil stammen diese furchtbaren Geräte noch aus der Vorderzeit, aber ich bin mir sicher, dass Kaimans kranker Phantasie noch einige weitere Perversitäten entsprungen sind. Um solch einer grausamen Tat zu entgehen, hatte deine Mutter immer eine Giftkapsel griffbereit gehabt. Sie hätte sich damit sofort selber getötet."

„Ich bin nie im Keller gewesen", murmelte ich verlegen.

„Wahrscheinlich wäre dir der Zutritt sowieso sofort verweigert worden", tröstete mich meine Großmutter. „Das Leben der Inselbewohner und der Menschen in Lulumba zu schützen ist unser höchstes Gebot. Unser Feind setzt alles daran, die Koordinaten dieser beiden Zufluchtsorte zu kennen. Wahrscheinlich hat Kaiman gehofft, von Fürst Flag wertvolle Informationen zu erhalten, weil er der Herrscher des Wassers ist. Aber nicht einmal er kennt die Position der Insel. Wir haben von ihrer Existenz nur durch die Vogelmenschen erfahren. Als sich vor tausenden Jahren die Kontinente zusammenschoben und damit die große Katastrophe der Vorderzeit auslösten, bei dem beinahe alles Leben ausgelöscht wurde, hat sich dieser kleine Erdteil abgespalten. Die Insel ist nur aus der Luft zu erkennen und wahrscheinlich wusste Fürst Flag bis vor kurzem nicht einmal etwas von ihrer Existenz. Aber Kaiman ist davon besessen, die Insel und damit unser Dorf komplett zu zerstören."

Müde strich sie sich über die Augen.

„Die ganze Arbeit deiner Mutter wäre dann zerstört. Sie hatte dafür gesorgt, dass viele Familien, Verfolgte und Kranke dorthin flüchten konnten."

Betreten senkte ich den Blick.

„Sie hat sich für mich geopfert und dabei werde ich niemals Mutters Größe erreichen."

„Dafür hast du andere Stärken, Penelope", meinte meine Großmutter jetzt eindringlich, „mach dich niemals kleiner als du bist."

„Ohne Lazarus wäre ich im Wald zugrunde gegangen."

„Und dennoch sitzt du hier bei mir am Tisch. Das muss dir doch etwas bedeuten?", meine Großmutter richtete sich auf und zum ersten Mal spürte ich, welche Kraft von dieser kleinen Person ausging, „du sitzt hier und wir frühstücken zusammen," wiederholte sie mit Nachdruck, „du hast dich entschieden, diesen richtigen Weg zu gehen und du hast es geschafft. Andere hätten womöglich lieber den Tod gewählt."

„Darüber habe ich nachgedacht", gab ich zerknirscht zu, „ich war wirklich kurz davor, mich meinem Schicksal zu ergeben."

„Du hast es aber nicht getan. Es ist nicht wichtig, was wir denken, sondern was wir tun."

Abrupt stand meine Großmutter auf.

„So, und nun genug mit diesem salbungsvollen Geschwätz. Es wird Zeit, dich im Dorf vorzustellen. Ich werde dir dafür ein hübsches Kleid besorgen."

Ich wollte sie nicht so leicht entkommen lassen.

„Großmutter, ist es tatsächlich wahr, dass du über höhere Kräfte verfügst? Nyla hat so eine Andeutung gemacht."

Kurz blieb sie am Türrahmen stehen.

„Wir sind alle erleuchtete Wesen und kleine Götter", fügte sie geheimnisvoll hinzu.

Dann verließ sie den Raum und ich blieb allein und verwirrt mit dieser rätselhaften Aussage zurück.

In den folgenden Stunden hatte ich keine Zeit, mir weitere, tiefsinnige Gedanken zu machen. Meine Großmutter hatte mir ein warmes Bad vorbereitet. Nach Monaten der Entbehrung, war dies der reinste Luxus für mich. Hinter dem Haus befand sich ein kleiner Fluss, von dem Wasser in einen großen Holztrog geleitet wurde. So konnte ich dieses unglaubliche Vergnügen sogar unter freiem Himmel genießen. Dass ich dabei meinen Fuß etwas umständlich aus der Wanne halten musste, störte mich überhaupt nicht. Im Gegenteil, am liebsten hätte ich die Wanne nie wieder verlassen.

Schließlich kündigte meine Großmutter Nyla an, die zu Besuch gekommen war. Sie bot mir an, meine Haare zu bürsten und mir eine schöne Frisur zu machen. Um sie nicht zu enttäuschen, ließ ich sie gewähren, obwohl ich es irgendwie nicht mehr leiden konnte, wie eine Prinzessin bedient zu werden. Anschließend steckte sie mir eine duftende Blüte hinter das Ohr, wie es hier im Dorf üblich war. Dann wurde mir ein seidenes Kleid überreicht, in das ich mich sofort hüllte und das zu meiner grünen Augenfarbe wunderbar passte.

Kurz darauf wurde ich auch schon von meiner Großmutter durch die Eingangstür geschoben.

Ich konnte kaum die wunderbaren Eindrücke in Ruhe auf mich wirken lassen, da die ersten Neugierigen bereits auf mich warteten.

Ich wurde von den unterschiedlichsten Menschen begrüßt. Es waren sowohl dunkel- als auch hellhäutige dabei. Alte, junge, große, kleine, dicke, dünne mit schlitz- oder mandelförmigen Augen. Sie alle strahlten mich an. Und alle Gesichter hatten etwas gemeinsam: sie lachten! Und diese gute Stimmung steckte mich an. Voller Freude schüttelte ich fremde Hände, klopfte starke Schultern und drückte aufgeweckte Kinder. Es war um so Vieles besser, als ich es mir jemals vorstellen konnte! Stolz führte mich meine Großmutter durch das ganze Dorf.

Hinter jedem Haus konnte ich einen üppigen Gemüsegarten erspähen. Keine Behausung glich der anderen. Einige Hütten waren bunt bemalt oder mit kunstvollen Mustern bedeckt. Andere eher schlicht, dafür aber in der Form extravagant. Es war erstaunlich, wie viel Einfallsreichtum diese Menschen an den Tag legten.

In der Mitte des Ortes gab es einen großen Dorfplatz, auf dem täglich oder wöchentlich die erwähnten Geburtstage gefeiert wurden. Eine bunte Fahnenkette zeugte noch von einem dieser Feste. Außerdem stand dort ein steinerner Brunnen, aus dem die Dörfler ihr Trinkwasser schöpften.

Viele dieser überaus freundlichen Menschen fühlten sich wohl verpflichtet, mir ein kleines Geschenk zu überreichen. Meistens handelte es sich dabei um einzelne Blumen, doch als wir vor Teys Haus stoppten, um Nyla daheim abzuliefern, konnte ich den dicken Strauß, der sich zwischenzeitlich gebildet hatte, kaum noch tragen.

Tey begrüßte uns freudig und ich wurde Nylas Mutter, einer sehr graziösen Frau, vorgestellt. Dazwischen tobten zwei Kinder umher, die mich am Anfang aufmerksam betrachteten, aber dann auch schnell ihr Interesse an mir verloren. Nylas gleichaltrige Freundin Trysch, ein dunkelhäutiges Mädchen, das mich an ein scheues Reh erinnerte, starrte mich dagegen mit offenem Mund an und wollte immer wieder meine Haare berühren.

Ich schloss sie, wie alle anderen Dorfbewohner, sofort in mein Herz.

Es war herrlich.

Ich war durch die Hölle gegangen und im Paradies angekommen. Wenn es nach mir ging, so konnte die Geschichte hier enden. Ich hatte genug Aufregung für zwei Leben gehabt und fühlte mich so glücklich wie noch nie.

Ich war nach Hause gekommen.

Dann schielte ich zu meiner Großmutter.

Es war unglaublich, welch große Liebe die Menschen auch ihr entgegenbrachten und wie sehr sie meine Großmutter zu bewundern schienen. Leuchtende Blumenkränze hingen um ihren Hals, genauso wie um meinen. Trotzdem wirkte ihr Lächeln etwas gequält. Obwohl ich sie noch nicht lange kannte, bemerkte ich, dass sie etwas bedrückte. Hatte sie Angst um diese unbekümmerten Menschen, die die Sicherheit und die Verantwortung des ganzen Dorfes in ihre vertrauensvollen Hände legten?

„Und in meine", dachte ich plötzlich.

Für einen kurzen Augenblick war ich irritiert.

Sahen sie mich vielleicht als ihre Patronin, die sie in Zukunft vor allem beschützen sollte?

Konnte ich mit dieser Verantwortung überhaupt umgehen?

Wer war ich denn schon? Ein Mädchen von nicht einmal zwanzig Jahren.

Hatte meine Großmutter etwa tatsächlich vor, mich zu ihrer Nachfolgerin zu machen?

Und was hatte sie vom Fortgehen gesagt?

Wollte sie vielleicht auf diese geheimnisvolle Insel umsiedeln?

Ich musste mich dringend mit ihr unterhalten. So einer großen Aufgabe fühlte ich mich in keinem Fall gewachsen.

Da wurde ich von zwei kleinen Händen gepackt. Von irgendwo her ertönte plötzlich Musik und ein braunhaariges Mädchen zog mich in die Mitte des Dorfplatzes, um sich mit mir lachend im Kreis zu drehen. Obwohl das auf einem Bein ziemlich albern aussehen musste, klatschte die Menge begeistert in die Hände. Einige Dorfbewohner stellten sogar ihren Korb oder ihre Tasche ab, um mitzutanzen. Spontan war ein kleines Fest entstanden. Ein hübscher, braungebrannter Junge in meinem Alter löste das Mädchen ab und wirbelte mich begeistert herum. Er hob mich einfach vom Boden hoch und drehte sich mit mir im Kreis. Unsere Körper waren dabei dicht aneinander gepresst. Mein Haar flog im Wind und ich jauchzte bei jeder Drehung. Dann forderte ein älterer Herr sein Recht und erwies sich als ausgesprochen beweglich und musikalisch. Allerdings konnte ich mit meinem Gipsbein kein besonderes Tempo vorgeben. So wippte ich einfach mit dem Oberkörper im Takt der Musik. Kurze Zeit später glühten meine Wangen und die Augen leuchten vor Freude.

Wie konnte das nur möglich sein?

So ein ausgelassenes Vergnügen hatte ich noch nie erlebt. Begeistert blickte ich mich nach meiner Großmutter um, aber sie war verschwunden.

Leider wurde die lustige Versammlung auch wenige Minuten später von Trey aufgelöst, weil er die Menge lautstark auf meinen Gesundheitszustand aufmerksam machte. Als er mein enttäuschtes Gesicht sah, erklärte er außerdem, dass morgen sowieso der Geburtstag seiner Tochter wäre und sich dann alle wiedersehen würden.

„Du kommst doch oder?", fragte mich Nyla aufgeregt.

„Aber natürlich!", sagte ich erfreut, „das lasse ich mir doch nicht entgehen!"

Wir drückten uns kurz und ich machte mich humpelnd auf den Heimweg. Vorher sammelte ich das Meer an Blumen auf. Ich wollte es nicht zugeben, aber mein Bein schmerzte tatsächlich wieder. Meine Großmutter war immer noch nicht zu entdecken. Sie hatte mich auf dem ganzen Weg gestützt und nun vermisste ich ihre Hilfe.

Hilflos blickte ich mich um.

Da wurde mir ganz plötzlich ein stützender Arm entgegengestreckt.

„Darf ich deine Begleitung sein?", ein schwarzhaariger Mann

mit einem strahlenden Lächeln hatte diese Frage gestellt. „Mein Name ist... ."

„Oh bitte", unterbrach ich ihn stöhnend, „keine Namen mehr. Ich glaube mir wurde in den letzten Stunden das ganze Dorf vorgestellt und jetzt kann ich mir keinen weiteren mehr merken."

Der Mann lachte.

Ich fand ihn sehr charmant. Dann hakte ich mich bei ihm ein und langsam gingen wir zum Haus meiner Großmutter.

Plötzlich baute sich eine schlanke Frau vor uns auf, die die Hände in die Hüften stemmte und schimpfte: „Brutus, hier steckst du also!"

Überrascht blickte ich meine Begleitung an.

„Du bist Brutus?", erkundigte ich mich, „der mit dem Meeressaurier?", hakte ich sicherheitshalber nach.

Brutus verzog das Gesicht.

„Diese Geschichte hängt mir wohl mein ganzes Leben lang noch nach."

„Ich bin mir ziemlich sicher, dass du sie trotzdem gerade erzählen wolltest, um Eindruck zu schinden."

Schwungvoll warf die Frau ihre langen Haare nach hinten. „Komm schon, ich brauche Hilfe in der Küche."

„Was bin ich nur für ein armer Held", sagte Brutus mit gespielter Trauermiene, „statt mit einem Meeressaurier über das Wasser zu segeln, habe ich es nur zum Bootsmacher geschafft."

„Und du hast immerhin sieben Kinder gezeugt!", erinnerte ihn seine Frau, während sie ungeduldig und mit verschränkten Armen wartete.

Ich konnte mir ein Lachen kaum verkneifen.

„Ich bin sicher, das Fräulein findet den Weg alleine nach Hause."

„Aber natürlich!", betätigte ich schnell.

„Sind Sie sicher?", fragte mich Brutus.

Das war seiner Frau wohl eindeutig zu viel.

Sie packte ihn am Handgelenk und zog ihn von mir weg.

Schnell winkte ich den beiden hinterher und hörte Brutus beim Weggehen noch sagen: „Beim Donner, Weib, du hast vielleicht ein Temperament. Was meinst du, sollten wir später noch an unserem achten Kind arbeiten?"

Die Antwort konnte ich nicht mehr verstehen, aber sie klang wenig begeistert.

Schmunzelnd humpelte ich den Rest des Weges allein zurück. Vor der Haustür blieb ich noch einmal kurz stehen, um endlich die Aussicht zu genießen. Wie friedlich und gleichzeitig majestätisch das Meer war. Ich konnte mich gar nicht daran satt sehen. Ich liebte den salzigen Geruch und ich mochte die be-ruhigenden Geräusche, die es machte. Dazu wiegten sich die Palmen sanft im Wind.

Herrlich.

Ich verstand meine Großmutter.

Dieser Ort und diese Menschen mussten um jeden Preis geschützt werden. Wenn ich einen Beitrag dazu leisten konnte, so würde ich es tun. Gewappnet mit diesen guten Vorsätzen öffnete ich die Tür und betrat die Stube. Eigentlich hatte ich dort meine Großmutter vermutet, aber es war Lazarus, der mich bereits erwartete.

„Pen", begrüßte er mich erfreut, „da bist du ja endlich."

Wieder einmal war ich von seiner männlichen Erscheinung und seinem guten Aussehen eingeschüchtert.

„Äh, hallo!", sagte ich deshalb etwas unbeholfen.

Lazarus schien davon nichts zu bemerken. Er kam auf mich zu und nahm mich kurz in den Arm.

„Es tut gut, dich auf den Beinen zu sehen", meinte er.

„Na ja", erklärte ich und deutete auf meinen eingebundenen Fuß, „eine Weile werde ich den wohl noch ertragen müssen."

„Ich habe dir eine Krücke gebastelt", erklärte Lazarus daraufhin eifrig.

Er ging zum Schrank und hielt mir schließlich die selbst entworfene Gehhilfe unter die Nase. Eigentlich sah sie eher wie ein Kunstwerk aus, denn es waren zahlreiche Figuren und Zeichen eingeschnitzt.

„Mir war langweilig", erklärte Lazarus entschuldigend.

Ich bedankte mich jedoch und bestaunte gleichzeitig sein Werk.

„Eigentlich wollte ich mich von dir verabschieden", sagte er jetzt.

„Aber warum denn?", fragte ich überrascht.

Ich wollte nicht, dass er wegging. Mit ihm fühlte ich mich sicher.

„Ich bin schon viel zu lang hier", meinte er, „Kaiman hat versucht, meine Stadt anzugreifen und deshalb werde ich dort dringend gebraucht. Außerdem fällt mir das Atmen immer schwerer."

Liebevoll strich ich über die Schnitzarbeit und sah dann zu Lazarus.

„Ich weiß gar nicht, wie ich dir für alles danken soll."

Lazarus hielt den geschmeidigen Finger an die Lippen.

„Wir sind eine Familie, Pen", meinte er, „ich werde immer für dich da sein."

Gerührt betrachtete ich sein schönes Gesicht. Gleichzeitig war ich mächtig stolz auf meinen imposanten Stiefvater. Wie gerne hätte ich mit ihm und meiner Mutter zusammengelebt.

Tränen stiegen mir in die Augen.

Auch Lazarus schien der Abschied schwer zu fallen.

„Ich fliege in dieser Stunde", meinte er mit belegter Stimme, „vorher habe ich aber noch ein Geschenk für dich."

„Noch eines?", fragte ich erstaunt, „ich hätte dir auch gerne etwas geschenkt, aber ich wusste nichts von deiner Abreise."

„Ach wo", meinte Lazarus und in diesem Moment erfüllte mich eine tiefe Liebe für diesen außergewöhnlichen Mann.

Beinahe schüchtern kam Lazarus auf mich zu und drückte mir eine Papierrolle in die Hand. Am Anfang glaubte ich, dass dies das wertvolle Geschenk sei, weil Papier ein sehr teures Material war. Als ich es auspackte, stockte mir der Atem.

Es war ein detailgetreues Porträt meiner Mutter.
Ich schluckte schwer und war sprachlos.
„Wann hast du das gezeichnet?"
„Gestern", antwortete er leise.
„Aber, wie...?"
„Ich trage ihr Bild in meinem Herzen und deshalb kann ich deine Mutter so wiedergeben."
„Vielen Dank, Lazarus", hauchte ich, „sie hat dich über alles geliebt."
Er versuchte zu lächeln, doch es gelang ihm nicht.
„Hat sie das? Sie hat es mir nie gesagt."
Energisch griff ich nach seiner Hand und drückte sie so fest ich nur konnte.
„Aber mir", meinte ich ergriffen, „mir hat sie es gesagt."
„Danke Pen, das macht mich sehr glücklich."
„Und Großmutter", fügte ich leidenschaftlich hinzu, „sie hat es auch gewusst. Wahrscheinlich wollte sie dich schützen. Hätte mein Vater erfahren...!"
Ich brach ab.
„Ich weiß, Pen. Deine Mutter wollte immer alle Menschen beschützen."
„Ich fühle mich so schuldig, Lazarus", sagte ich verzweifelt, „wäre ich nicht gewesen ... ." Wieder stockte meine Stimme.
„So etwas darfst du nicht sagen!" Eindringlich schüttelte Lazarus den Kopf. „Fabienne hätte schon viel früher fliehen können. Es war ihre Entscheidung zu bleiben und die müssen wir akzeptieren."
Beide schwiegen wir betreten.
„Ich wünschte, du wärst mein Vater", sagte ich nach einer Weile leise.
„Das wünschte ich auch", sagte Lazarus traurig, „danke für das wunderschöne Kompliment."
Immer noch hielten wir uns an den Händen.
Ich wollte ihn einfach nicht gehen lassen.
„Wirst du wiederkommen?"

Ich bemühte mich, meine Stimme nicht verzweifelt klingen zu lassen.

„Natürlich", beruhigte mich Lazarus.

„Kaiman kann deinem Volk doch nichts zu Leide tun, oder?"

Ich hatte beschlossen, meinen abscheulichen Vater ab jetzt beim Vornamen zu nennen.

Nachdenklich blickte Lazarus aus dem Fenster.

„Eigentlich fehlen ihm dazu die Möglichkeiten. Trotzdem sind vier seiner Wachen weiter in das Gebirge vorgedrungen als es einen Menschen jemals möglich wäre. Normalerweise ist dort ein Überleben unmöglich."

„Aber wie konnten sie dann so weit vordringen?"

„Ich weiß es nicht, Pen. Deshalb ist meine Abreise auch von höchster Wichtigkeit. Meine Befürchtung ist, dass Kaiman einen Stoff entwickelt hat, der seine Krieger noch resistenter macht."

„Ist das denn möglich?"

Wieder einmal fragte ich mich, wo ich eigentlich all diese Jahre gelebt hatte. Mir waren die ganzen geheimen Machenschaften auf der Burg völlig entgangen. Ein dummes Schaf zwischen einer Herde von Wölfen. Ich schämte mich ganz schrecklich.

„Leider ja", erklärte Lazarus gerade ernst, „auch die Vogelmenschen sind das Ergebnis eines Genexperiments aus der Vorderzeit."

Mit großen Augen blickte ich ihn an. „Tatsächlich?"

Davon war mir nichts bekannt.

„Wir wurden von einer Wissenschaftlerin aus der Vorderzeit, Professor Doktor Enya Green, entwickelt und gezüchtet."

Diese Tatsache schockierte mich zutiefst.

Ich hätte nicht geglaubt, dass die Menschen in der Vorderzeit zu so etwas fähig waren.

„Sie haben mit vielen Dingen experimentiert, von denen sie besser die Finger gelassen hätten und für die sie noch nicht bereit waren", erklärte mir Lazarus, „immerhin hat es dazu geführt, dass sich die Menschheit beinahe komplett ausgerottet hat."

„Aber warum hat sie das getan?"

Lazarus stand auf und ging zum Fenster. Seine kräftigen Flügel bewegten sich eindrucksvoll mit ihm. Die Schönheit dieses Mannes raubte mir immer wieder den Atem. Hätte Dr. Green ihr Werk jetzt betrachten können, so wäre sie sicher beeindruckt gewesen.

„Die Überlieferungen dazu sind nicht ganz vollständig. Mein Vater und ich haben oft in den alten Unterlagen geblättert. Wir wissen, dass die Menschheit der Vorderzeit von unzähligen schrecklichen Umweltkatastrophen heimgesucht wurde, an denen sie zum Teil selber schuld war. Schließlich gab es kaum noch Ressourcen. Die Menschen litten an Hunger, Durst und Angst. Was zu einem verheerenden Krieg führte, der ganz anders ablief, als alle Kriege bisher. In alten Aufzeichnungen ist zu lesen, dass die Menschen der Vorderzeit Biowaffen benutzten."

Biowaffen?

Davon hatte ich nie gehört und als mir Lazarus den Begriff erklärte, schüttelte ich mich. Anscheinend hatte es Methoden gegeben, die es den Vorderzeitmenschen ermöglicht hatten, Krankheiten als Waffe einzusetzen.

Eine grausame Vorstellung.

„Die letzten Gefechte mussten furchtbar gewesen sein", berichtete Lazarus weiter, „als sämtliche Technik ausgefallen war, kämpfte Mann gegen Mann, Frau gegen Frau und Kind gegen Kind. Um noch einen Funken Anstand und Menschlichkeit zu bewahren, wurden wir geschaffen und wären als fliegende Sanitäter zum Einsatz gekommen. Unsere Aufgabe sollte darin bestehen, Verletzte zu bergen und zu versorgen."

Ich runzelte die Stirn.

„Aber es gibt einen Haken, richtig?"

Lazarus nickte.

„Doktor Green wurde getäuscht. In Wirklichkeit waren ihre

Auftraggeber daran interessiert, uns zu der ultimativen Kampfmaschine auszubilden, die sowohl in der Luft, als auch am Boden agieren konnte. Im Reagenzglas gezüchtet, wies unser Immunsystem eine überdurchschnittliche Leistung auf. Genauso zeichnete sich unser kräftiger Körperbau und die Kunst zu fliegen aus. Als Dr. Green dann durch Zufall die Stahlrüstungen entdeckte, die extra für uns entwickelt worden waren, konnte sie eins und eins zusammenzählen. Wir wären die perfekten Killer gewesen."

Was für eine schreckliche Geschichte.

Ich merkte, dass ich schweißnasse Hände hatte.

„Das ist furchtbar, Lazarus", meinte ich zutiefst betrübt, „dennoch glaube ich, dass ihr niemals solche barbarischen Taten begangen hättet."

Lazarus seufzte.

„Ach Pen", erwiderte er traurig, „auch ich begehe immer wieder den leichtsinnigen Fehler, die Grausamkeit mancher Menschen zu unterschätzen. Viele halten sich sogar für Genies. Kaiman wird nicht der Erste und nicht der Letzte seiner Art sein."

„Ein Genie zeichnet sich dadurch aus, Gutes zu tun und die Welt zu verbessern oder etwa nicht?", meinte ich aufgebracht.

Lazarus stoppte seinen Rundgang durch das Zimmer.

„Diese Menschen sind so verblendet, dass sie dazwischen nicht mehr unterscheiden können", sagte er mit Nachdruck, „es gab damals wie heute Mittel und Wege, aus Menschen eine willenlose, emotionslose und gewissenlose Maschine zu machen. Zu diesem Zweck wurden manipulierte Pflanzen gezüchtet. Deinem Vater gehören hunderte dieser rot blühenden Felder. Ich weiß nicht, was sie alles bewirken, nur, dass einem unter Einfluss dieser Droge nichts mehr heilig ist."

Lazarus senkte die Flügel und setzte sich niedergeschlagen auf den Stuhl zurück.

„Fabienne und ich haben so sehr dagegen angekämpft, dass diese Pflanze gezüchtet wird", meinte er, „manchmal glaube ich, dass wir nichts erreicht haben."

„Außer, dass ihr hunderten von Menschen das Leben gerettet habt?"

Es erschreckte mich, diesen starken Mann so hoffnungslos zu sehen.

Er zuckte mit den Schultern.

„Aber haben sie auch eine Zukunft? Diese braven Menschen sind so frei von Gewalt, wie wir es uns immer gewünscht haben. Dein Vater dagegen stellt eine immer größere und grausamere Armee zusammen. Das Dorf hätte nicht die geringste Chance und wir haben noch keine wertvolle Information aus dem Stahlkrieger herausbekommen."

Der Stahlkrieger!

Ich hatte völlig vergessen, dass er gar nicht weit vom Dorf entfernt gefangen war.

Viel zu sehr hatte ich mich von der Idylle dieses magischen Ortes verzaubern lassen. Oder hatte ich die Tatsachen einfach verdrängt?

Lief ich etwa in Gefahr, wieder so naiv und einfältig zu werden, wie ich es früher gewesen war?

„Unsinn!", dachte ich barsch. Ich hatte mir lediglich etwas Erholung und Ruhe gegönnt.

„Wie konnten die Vogelmenschen der Versklavung entkommen?", erkundigte ich mich schnell.

„Dr. Green hatte uns schließlich die Freiheit geschenkt", erzählte Lazarus weiter, „sie war es auch, die uns geraten hatte, sich in das hohe Gebirge zurückzuziehen. Unsere Körper wären für diese Leben bestens geeignet und dorthin könnte uns auch niemand folgen."

„Das hatte sicher furchtbar Konsequenzen."

Lazarus nickte wieder.

„Green war verzweifelt. Es war nicht das Ziel ihrer lebenslangen Forschungsarbeit, eine Armee von grausamen Soldaten zu entwickeln, sondern genau das Gegenteil. Sie wollte eigentlich helfen."

Ich wagte es kaum, die nächste Frage zu stellen: „Was ist aus ihr geworden?"

Lazarus strich sich müde über die Augen.

„Sie konnte die Tatsache, dass sie so betrogen wurde, nicht mit ihrem Gewissen vereinbaren und hat sich mit dem Labor und mit all ihren Forschungsunterlagen in die Luft gesprengt."

Ich machte ein frustriertes Gesicht.

„Das ist alles sehr lang her, Pen", sagte Lazarus, „hätte nicht einer meiner Vorfahren diese Geschichte aufgeschrieben, so wäre sie vielleicht sogar in Vergessenheit geraten."

„Trotzdem ist sie tragisch", meinte ich geknickt.

„Ja, das ist sie", bestätigte er, „Dr. Green sollte übrigens recht behalten. Als die große Klimaveränderung kam, war unsere Spezies eine der wenigen, die überlebte."

„Gehörte auch diese schreckliche Pflanze dazu?"

„Ja, leider. Sie hat sich ebenfalls als sehr resistent erwiesen. Genauso wie diese verdammten Rüstungen. Mit diesen beiden teuflischen Mitteln ist es möglich, eine neue Armee aufzustellen, die vielleicht nicht fliegen kann, aber trotzdem beinahe unbesiegbar ist. Die Burg von Kaiman gab es schon in der Vorderzeit. Ausgerechnet in ihren tiefen Kellern und Bunkern haben einige Technologien die Apokalypse überdauert und sind dadurch in schlimme Hände gefallen."

„Kaiman", sagte ich grimmig.

Das Wort „Vater" brachte ich einfach nicht mehr über die Lippen. Mich verband nichts mehr mit diesem Mörder und Verbrecher.

„Was kann ich tun, Lazarus? Wie kann ich helfen?"

Lazarus betrachtete mich liebevoll.

„Werde erst einmal richtig gesund. Wir werden eine Aufgabe für dich finden. Und versprich mir, dass du dich von dem Stahlkrieger fernhalten wirst."

„Darauf kannst du wetten!", kam meine Antwort in solcher Spontanität, dass Lazarus schon wieder lachen musste.

Er umarmte mich noch einmal lange und intensiv.

„Pass auf dich auf, Penelope, wir werden uns bald wiedersehen."

Mit diesen tröstenden Worten verließ er das Haus und ich blieb alleine zurück.

Heimtückisch

So sollte es auch den ganzen und den übernächsten Tag bleiben. Meine Großmutter war wie vom Erdboden verschluckt. Weder zum Abendessen, noch zum Frühstück war sie erschienen.

Ich vertrieb mir die Zeit mit Hausarbeit - eine ungewohnte Erfahrung für mich. Trotzdem war es wichtig, diese Dinge zu erlernen, weil ich nie wieder auf fremde Hilfe angewiesen sein wollte. Also versuchte ich mich im Kochen. In der Küche fand ich eine unglaubliche Auswahl an exotischen Speisen, die ich noch nie gesehen hatte. Dann schüttelte ich die Betten auf und fegte den Boden. Alles Arbeiten, für die ich früher als „zu fein" betrachtet worden war. Schließlich wischte ich noch Staub und stellte anschließend frische Blumen in eine Vase. Dann gab es nichts mehr zu tun.

Ich beschloss, auf meine Großmutter zu warten, indem ich mich vor das Haus auf eine Bank in die Sonne setzte. Viele Dorfbewohner kamen vorbei und alle wollten sich freundlich mit mir unterhalten. Ich tat ihnen den Gefallen. Während der Gespräche, hielt ich dennoch weiter Ausschau nach meiner Großmutter.

Wo steckte sie nur?

Schließlich wurde es Zeit, sich für Nylas Geburtstag fertig zu machen. Ich kämmte mir die Haare und schnappte mir dann meine neue Krücke, um ohne große Strapazen zum Dorfplatz zu humpeln. Dort hatten sich schon viele Gäste versammelt und ich wurde bereits wie ein altes Dorfmitglied begrüßt. Der große Tisch, der neben dem Brunnen aufgestellt war, bog sich bereits verdächtig unter den vielen köstlichen Speisen. Gerade trat die strahlende Nyla mit einem Tablett voller Gläser aus der

Tür. Die Haare trug sie zurückgekämmt und hinter ihrem Ohr steckte wieder eine leuchtende Blüte.

„Hallo, Pen!", begrüßte sie mich erfreut, „schön, dass du kommen konntest. Das Brot kannst du auf den Tisch stellen", meinte sie mit einem Blick auf meine Platte, die ich in den Händen hielt.

„Das ist ein Kuchen", erklärte ich und zog eine Grimasse - so viel zu meinen Backkünsten.

Auch Nyla lachte und meinte anschließend: „In der Küche steht noch eine Schüssel mit Krabben. Könntest du sie bitte mitbringen?"

Natürlich konnte ich und ehe ich mich versah, war ich den ganzen Abend damit beschäftigt, Getränke auszugeben, Brötchen vorzubereiten und Süßigkeiten zu verteilen. Doch es machte mir nichts aus, im Gegenteil. Mir kam es vor, als würde ich schon ewig zu dieser Familie gehören. Überall waren fröhliche Menschen, die in der Hütte plauderten, während draußen exotische Musik erklang. Ich trat vor die Tür und sah, dass einige bereits tanzten oder am Rand des Geschehens Platz genommen hatten. Andere waren über einem Brettspiel vertieft oder rauchten entspannt eine Pfeife unter einem Baum. Es war ein großer Spaß, sie alle zu bewirten. Ich wünschte mir, dass ich die Dienstboten damals so angelacht hätte, wie es diese Menschen mit mir taten. Jeder bedankte sich herzlich für ein Glas Wasser, einen Schluck Wein oder eine andere Gefälligkeit.

Glücklich beobachtete ich das harmonische Miteinander, bis mir schließlich wieder Nyla ins Auge fiel. Schnell nahm ich sie beiseite.

„Ich habe ein Geschenk für dich."

Nyla machte große Augen.

„Ein Geschenk? Das ist eigentlich nicht üblich, weil es bei den vielen Festen unmöglich wäre, jeden zu beschenken. Eigentlich sind die Speisen und Getränke, die jeder mitbringt, genug." Sie grinste mich an. „Aber natürlich bin ich gespannt, was du für mich hast."

Ich kramte in meiner Tasche.

„Das habe ich auf meiner langen Reise im Wald gefunden." Nyla blickte auf meine Handfläche.

„Lazarus hat es als Feuerzeug bezeichnet und meint, dass es nicht gefährlich wäre. Es ist ein Gegenstand aus der Vorderzeit und wenn du ihn sparsam benutzt, dürfte er noch eine Weile funktionieren."

Ich demonstrierte ihr, wie die kleine Flamme zu betätigen war und erzählte ihr, wie ich das sogenannte Feuerzeug gefunden hatte.

Nyla sagte eine lange Zeit gar nichts.

Dann meinte sie schließlich: „So etwas Kostbares willst du mir schenken?"

Ich nickte überzeugt. „Natürlich."

Daraufhin fiel mir Nyla freudig um den Hals und ich drückte sie ebenfalls gerührt.

„Ich bin so froh, dass du zu uns gekommen bist, Pen."

„Ich auch", erwiderte ich geschmeichelt.

„Dieses tolle Geschenk muss ich sofort Trysch zeigen", rief Nyla fröhlich und sauste davon, nachdem sie sich noch einmal herzlich bei mir bedankt hatte.

Ich beschloss, die Gelegenheit zu nutzen und nach Hause zu gehen. Mein Bein schmerzte und ich wollte es nicht überstrapazieren. Vielleicht war meine Großmutter zwischenzeitlich in unserer Hütte eingetroffen. Doch als ich sie humpelnd erreichte, fand ich sie dunkel und verlassen vor. Seufzend zog ich mich aus und kuschelte mich anschließend voller Sorgen ins Bett. Ich wollte eigentlich noch ein wenig in die Nacht lauschen und auf meine Großmutter warten, aber ich schlief sofort ein.

Es war ein leichter und sehr unruhiger Schlaf. Ich träumte von roten Augen, die mich durch das Fenster anstarrten und von Nyla, die ängstlich meinen Namen rief. Stöhnend wälzte ich mich hin und her. Als schließlich leises Geschirrklappern an mein Ohr drang, glaubte ich zunächst, dass dies ein Teil meines wirren Traums wäre.

Verschlafen rieb ich mir die Augen.

Irgendjemand hantierte in der Küche.

Meine Großmutter war endlich zurück!

Aufgeregt schleppte ich mich in die Küche.

„Guten Morgen, meine liebe Pen", sagte sie als ob nichts gewesen wäre und beschäftigte sich weiter mit dem Milchtopf.

„Na, hör mal!", erwiderte ich in gespielter Entrüstung, „du hast ja Nerven. Erstens ist es fast Mittag und zweitens finde ich, dass du mir sagen könntest, wenn du für längere Zeit einfach verschwindest. Ich habe mir Sorgen gemacht," fügte ich noch hinzu und bemühte mich um einen strengen Blick.

„Ja, tatsächlich", meinte meine Großmutter fahrig, ohne mich zu beachten, „entschuldige bitte." Sie nahm ihre Tasse und setzte sich an den Tisch. „Ich habe gehört, dass es gestern recht spät geworden ist und deshalb wollte ich dich ausschlafen lassen."

Das schien wohl nur für mich zu gelten, denn von draußen hörte ich die üblichen betriebsamen Geräusche. Die Dorfbewohner waren fleißig bei der Arbeit. Sofort packte mich das schlechte Gewissen, weil ich selber so untätig war.

„Wo bist du gewesen?"

Meine Großmutter stützte ihren Kopf in die Hände. Sie sah sehr müde und nachdenklich aus.

„Ich habe unserem Gefangenen einen Besuch abgestattet", erklärte sie schließlich ruhig, „doch er denkt nicht daran, sich mit mir zu unterhalten."

Der Stahlkrieger.

Bei dem Gedanken, dass meine Großmutter bei dieser gefährlichen Kreatur gestanden hatte, bekam ich eine Gänsehaut.

Meine Großmutter bemerkte sofort meine Reaktion.

„Wir müssen nicht darüber reden", meinte sie schnell, „du bist viel zu labil für diese Dinge."

Labil?

Ich wurde zornig.

„Würdet ihr alle bitte aufhören, mich wie ein kleines Kind zu behandeln!", sagte ich deshalb aufgebracht, „du und Lazarus übertreibt es gewaltig", fügte ich hinzu, „nachdem hier meine Wurzeln sind, möchte ich wissen, was sich im Dorf abspielt. Ich bin viel zu lange blind gewesen und das wird mir nie wieder passieren."

Großmutter betrachtete mich überrascht.

„Wie du willst", meinte sie.

Wenige Sekunden später sollte ich meine voreilige Aussage bereuen.

„Er möchte ein Mädchen", sagte sie schonungslos.

Er möchte ein Mädchen.

Er möchte ein Mädchen.

Der Satz kreiste in meinem Kopf, aber ich konnte mit der Information nichts anfangen.

„Der Stahlkrieger", erklärte meine Großmutter überflüssigerweise.

Meine Gesichtsfarbe wechselte von leichenblass zu dunkelrot. Dann lachte ich hysterisch und ungläubig auf.

„Er möchte was?", schrie ich die Frage beinahe.

Großmutter strich sich über die Augen.

„Für die Beantwortung meiner Fragen möchte er bestimmte Gefälligkeiten haben", sagte meine Großmutter gerade und wieder glaubte ich mich verhört zu haben.

„Das kann doch wohl nicht wahr sein!"

Ich stand so ruckartig auf, dass der Stuhl umkippte.

„Spannt ihn auf die Folterbank, treibt ihm glühendes Eisen in die Seiten oder reißt jeden seiner Fingernägel einzeln heraus, dann wird er schon reden", erklärte ich hitzig.

Rote Flecken machten sich auf meinen Wangen breit.

„Das sind die Methoden deines Vaters, Pen", erklärte meine Großmutter ruhig, doch ihre Augen wurde dabei schmal. „Solange ich hier das Sagen habe, wird nicht ein einziger Gefangener gequält. Du bist auf der Burg aufgewachsen und kennst unsere Methoden nicht, deshalb verzeihe ich dir deinen Ausbruch."

Zitternd stellte ich den Stuhl gerade und wagte es nicht meine Großmutter anzusehen.

„Die Arroganz dieses Kriegers macht mich einfach zornig", meinte ich beschwichtigend, „er verhöhnt uns doch damit. Seine Forderung ist völlig inakzeptabel."

„Es gibt bereits Freiwillige", erklärte mir meine Großmutter ohne Umschweife.

Ich erstarrte.

„Du gehst auf seine Bedingungen ein?", fragte ich verstört, „das kann nicht dein Ernst sein!"

Doch meine Großmutter bestätigte meine Frage, ohne mit der Wimper zu zucken.

„Warum sollte ich ihm einen Grund geben, unser Volk noch mehr zu hassen?"

Ich war kurz davor, sie an den Schultern zu packen und zu schütteln. Stattdessen rannte ich wild gestikulierend durch das Zimmer.

„Er wird uns nicht die Wahrheit sagen", redete ich auf meine Großmutter ein, während ich auf und ab lief, „das kannst du nicht zulassen!"

„Das sehe ich anders", meinte sie ungerührt.

Ihre engstirnige Haltung machte mich erneut wütend.

„Er wird unsere Gutmütigkeit belächeln und uns Lügen auftischen. Das Opfer ist einfach zu groß."

„Das denke ich nicht", sagte meine Großmutter in gedehntem Tonfall, als würde sie zu einem sehr begriffsstutzigen Kind sprechen.

„Großmutter", versuchte ich es noch einmal vorsichtiger, „das wird nicht klappen. Ich durchschaue jetzt deinen Plan. Du denkst, wenn du ihn anständig behandelst, wird er dir ebenfalls die Ehre erweisen und dir dann entgegenkommen. Doch wir sprechen hier von einem Stahlkrieger. Er wird uns nur noch mehr verachten, wenn wir alle seine kranken Wünsche erfüllen."

„Dann ist das eben so", erklärte sie unnachgiebig.

„Ich finde es aber falsch", meinte ich hart.

Was glaubte sie mit Schwäche und Nachgiebigkeit zu bewirken?

„Ich erwarte nicht, dass du mich verstehst, Pen", meinte sie geradeso als hätte sie meine Gedanken gelesen, „aber das ist meine Entscheidung. Mit Verständnis und Respekt lässt sich mehr erreichen, als du denkst."

Da war ich allerdings ganz anderer Ansicht.

„Wo waren Verständnis und Respekt, als er mich durch den Wald gejagt hat, um mich zu töten?", erkundigte ich mich provozierend.

„Wir dürfen nicht Gleiches mit Gleichem vergelten", klärte sie mich auf, „sonst unterscheiden wir uns nicht von unseren Feinden, sondern verwischen die Grenzen."

„Und wenn er mich getötet hätte?", fragte ich böse.

„Dann wäre das ein weiterer, sehr schmerzhafter Verlust in meinem Leben gewesen", erklärte meine Großmutter tonlos, „trotzdem hätte ich den Gefangenen genauso behandelt, wie ich es jetzt tue."

„Vielleicht servieren wir ihm noch die feinsten Speisen und den besten Wein", meinte ich gehässig.

„Er bekommt die gleichen Mahlzeiten wie wir", bestätigte meine Großmutter, während ich mir die Fingernägel in die Handballen drückte.

„Aber warum Großmutter? Warum bist du so... ?" Ich suchte nach einem Wort.

„Schwach?", ergänzte meine Großmutter.

Ich nickte betroffen.

„Das liegt im Auge des Betrachters", meinte sie gefasst, „ich halte es eher für eine Stärke, seinen Feind zu lieben, anstatt ihn zu töten."

Frustriert stemmte ich die Hände in die Hüften.

Gegen den Dickkopf meiner Großmutter kam ich anscheinend nicht an.

„Dann wirst du ihm also geben, was er verlangt?", fragte ich leise und ohne meine Abscheu zu verbergen.

„Ja, Pen", erklärte sie und strich mir dabei tröstend über den Kopf.

Am liebsten wäre ich ihrer Berührung ausgewichen.

„Die Informationen sind einfach zu wichtig, als dass ich sie ignorieren könnte. Es hängen zu viele Menschenleben daran. Außerdem habe ich dir erklärt, dass sich bereits viele Freiwillige zur Verfügung gestellt haben. Wir sind sehr stolz auf unsere friedliche Gemeinschaft und halten zusammen, egal was kommt."

Ich überlegte krampfhaft welche Freiwilligen das sein könnten. So viele junge Frauen hatten sich sicher nicht gemeldet. Großmutter lachte freudlos.

„Ich würde mich gerne selber zur Verfügung stellen, aber in meinem Alter ist das leider nicht mehr möglich."

„Und wer soll diese erniedrigende Aufgabe übernehmen?", allein der Gedanke brachte mein Blut zum Kochen.

„Wir werden das faire Los entscheiden lassen", sagte meine Großmutter.

Ihre emotionslose Haltung trieb mich dabei zur Weißglut. Wie viel Selbstachtung durch so ein Auswahlverfahren zerstört werden konnte, interessierte sie anscheinend nicht.

„Das ist nichts weiter als strategische Kriegsführung und scheußlicher Mädchenhandel", platzte es aus mir heraus.

Die Lippen meiner Großmutter wurden zu einem schmalen Strich.

„Die Mädchen tun es freiwillig und zu unser aller Wohl. Nyla war eine der Ersten, die sich gemeldet hat."

Nyla?

Das konnte doch nicht wahr sein!

„Und Trysch ist auch dabei", fügte meine Großmutter kalt hinzu.

Mir war, als ob sich zwei Messer tief in mich bohrten. Sie nannte mir noch einige weitere Namen und jedes Mal zuckte ich zusammen. Keines der Mädchen war mehr als vierzehn Jahre alt. Mir wurde plötzlich eiskalt, obwohl draußen die angenehmsten Temperaturen herrschten.

„Was sagt Tey dazu?", erkundigte ich mich wie in Trance.

„Er ist am Boden zerstört, aber er weiß um die Wichtigkeit in dieser Angelegenheit."

„Und Nyla?"

„Sie hat Angst, ist aber zu tapfer, um es zu zeigen."

Ich fasste mir an den schmerzenden Kopf.

„Ich hätte gar nicht mit dir darüber reden sollen", sagte meine Großmutter mit Bedauern, „du regst dich viel zu sehr auf."

Diese Aussage verletzte mich mehr als alles andere.

Es hatte sich nichts geändert. Nach allem was ich durchgemacht hatte, war ich immer noch die kleine wohlbehütete Prinzessin, die geschont werden musste. Es wurde Zeit, meine Familie eines Besseren zu belehren.

„Wirf deine barbarische Liste ins Feuer, Großmutter", meine Stimme schien von weit her zu kommen, „und sag den Mädchen, dass sie keine Angst mehr haben müssen. Es wird keine Auslosung stattfinden. Ich werde dem Stahlkrieger das geben, was er verlangt."

Eine lange Zeit war es totenstill im Raum.

„Pen, ich... ."

Doch dieses Mal war ich es, die meine Großmutter unterbrach.

„Es gibt doch sowieso keine andere Tätigkeit für mich. Als deine Enkelin ist es geradezu meine Pflicht diese Aufgabe zu übernehmen, oder etwa nicht?"

Ich blickte ihr entschlossen in die Augen.

Meine Großmutter war blass geworden, aber sie hielt dem Blick stand.

„Ich wollte nicht... ", begann sie erneut einen Satz, um schließlich widerwillig zu nicken. „Du hast recht."

Nur über meine Leiche würde Nyla oder eines der anderen

Mädchen ihre kindliche Unschuld dieser Bestie opfern. Ich alleine würde die lebenswichtigen Informationen beschaffen und wenn es das Letzte war, was ich tat. Gleichzeitig spürte ich, wie mir bereits wieder die Knie schlotterten. Ein Gefühl, das ich leider viel zu gut kannte. Es hatte nicht lange gedauert, bis ich die Schattenseiten dieses Paradieses erfahren musste. Um mein Leben zu retten, hatte ich die Prozedur im Sumpf schon einmal über mich ergehen lassen, und um für die Sicherheit des ganzen Dorfes zu sorgen, würde ich es auch ein zweites Mal schaffen.

Meine Großmutter beobachtete mein Mienenspiel.

„Das ist sehr tapfer von dir", meinte sie leise.

Tapfer?

Ich bereute meine Worte schon jetzt und wenn ich genau darüber nachdachte, was sie eigentlich bedeuten, wäre ich am liebsten davongelaufen.

„Ich bringe dich heute Nachmittag zur Höhle."

Schwerfällig erhob sich meine Großmutter.

Heute Nachmittag schon?

Die hektischen Flecken erschienen sofort wieder auf meinen Wangen. Es war ein absurder Termin, den wir hier vereinbarten. Andere trafen sich mit ihrer Großmutter zu einem sonnigen Spaziergang und nicht, um an einen schrecklichen Gefangenen verhökert zu werden. Wieder zweifelte ich an der Kompetenz meiner Großmutter, aber ich würde jetzt keinen Rückzieher mehr machen.

Plötzlich bekam ich aber so furchtbare Angst, dass ich am ganzen Körper zitterte.

Meine Großmutter hatte mir den Rücken zugewandt und konnte meine Reaktion nicht sehen. Hastig rieb ich mir die nackten Arme. Der Tag hatte seine Schönheit verloren. Stattdessen machte sich wieder diese Leere in mir breit, die ich von meiner einsamen Zeit im Wald kannte. Die Geräusche von draußen drangen jetzt nur noch gedämpft zu mir. Es störte mich, dass das Leben so munter weiterging, obwohl ich gerade eine folgenschwere Entscheidung zum Wohle des Volkes getroffen hatte.

Dann wurde mir klar, was so eine Vereinigung eigentlich bewirken konnte. Ich erkundigte mich nach den möglichen Folgen unseres perfiden Plans, mit der leisen Hoffnung, dass meine Großmutter diesen Zustand nicht bedacht hatte und ich meinem Schicksal vielleicht doch noch entfliehen konnte.

„Tey hat ein Mittel, das du... ", sie zögerte, „nach dem Akt einnehmen musst. Es verhindert eine Schwangerschaft."

Verdammt!

Aber hatte nicht Tey selber zu mir gesagt, dass dieses Dorf lange nicht so hinterwäldlerisch ist, wie es den Anschein machte? Jetzt wurde dieser Fortschritt zu meinem Verhängnis. Geknickt schlurfte ich ins Schlafzimmer zurück und legte mich auf das Bett. Ich wollte bis zu diesem widerlichen Nachmittag niemanden mehr sehen.

Ängstlich beobachtete ich die Sonnenstrahlen, die immer höher durch das Zimmer wanderten und obwohl ich schließlich fest die Augen zusammenkniff, um mich der Realität zu verschließen, wurde es irgendwann Zeit, aufzubrechen.

Meine Großmutter klopfte vorsichtig an die Tür.

„Nein", hätte ich am liebsten gerufen, „der Preis ist zu hoch oder du verlangst zu viel", doch stattdessen stand ich auf und zog mich langsam an.

Schweigend marschierten wir wenige Minuten später zum Dorf hinaus. In unseren grimmigen und angestrengten Gesichtern spiegelte sich wohl die ganze Last dieser deprimierenden Aufgabe wieder, ansonsten hätte uns jemand zu einem fröhlichen Plausch aufgehalten, anstatt nur kurz und verhaltend zu grüßen.

Mein Herz klopfte hoch bis zum Hals. Was war ich im Begriff zu tun? Hätte ich um mehr Bedenkzeit bitten sollen?

„Pen", sagte meine Großmutter schließlich nach einer Ewigkeit des Schweigens, während wir langsam den Hügel bestiegen, „diese Informationen sind sehr wichtig für uns", sie blieb kurz stehen und zwang mich, sie anzusehen, „aber, wenn du glaubst, dass du es nicht schaffen kannst, dann ist es in Ordnung, wenn du die ganze Sache abbrichst. Lass dich auf keinen Fall provozieren oder zu unbedachten Äußerungen hinreißen"

Ich nickte stumm, obwohl ich gar nichts verstand.

Es tat einfach nur weh, weil ich das Gefühl hatte, dass meine eigene Großmutter mich soeben verkaufte.

„Du denkst, dass ich herzlos bin, nicht wahr?"

Zum ersten Mal entdeckte ich auch den Schmerz in ihren Augen.

„Wir sind im Krieg, Pen", flüsterte sie, „diese Tatsache haben viele Menschen in Lulumba vergessen und das ist auch gut so." Gedankenverloren strich sie mir eine Haarsträhne hinter das Ohr, „ich dagegen beschäftige mich jeden Tag mit dieser Tatsache. Dir mag diese Aktion sinnlos erscheinen, aber Fakt ist, dass sie wahrscheinlich viele Leben retten wird."

Sie stockte kurz und griff dann nach meiner Hand. Ich merkte, dass sie genauso zitterte wie meine.

„Du musst das nicht machen."

Jetzt wäre es wohl an der Zeit gewesen, sie darüber zu informieren, dass ich bereits intim mit dem Stahlkrieger gewesen war, aber stattdessen sagte ich zu ihr: „Ich möchte endlich auch meinen eigenen, persönlichen Beitrag leisten."

Großmutter nickte traurig.

„Dann lass uns weitergehen."

Viel zu schnell kamen wir an der Höhle an. Mein Mund war völlig trocken und die Beine schienen mir plötzlich nicht mehr zu gehorchen.

Der Stahlkrieger!

Gleich würde ich ihm wieder gegenüberstehen!

Und nicht nur das!

Mit größter Mühe unterdrückte ich ein Stöhnen und stützte mich mit einer Hand am Felsen ab.

Meine Großmutter stellte den Korb mit Proviant ab und ging

zu einer Öffnung in der Felswand.

„Wir erlauben es dem Gefangenen, sich frei in der Höhle zu bewegen", erklärte sie mir, „bevor du sie betrittst, musst du diese Kette straffziehen." Sie deutete auf eine Kurbel und führte meine Hand an den Griff, „wenn du sie zehnmal drehst, zwingt die Zugkraft der Kette den Stahlkrieger an die Wand und in eine sitzende Position. Gleichzeitig weiß der Gefangene auch, dass er Gesellschaft bekommt."

Dann zeigte sie mir, wie die Kette zu sichern war.

Ich schluckte und Großmutter drückte mir den Korb in die Hand.

Das ging plötzlich alles viel zu schnell.

„Dir kann nichts passieren", beruhigte sie mich.

„Brauche ich keine Kerze", krächzte ich panisch.

Ich würde die unsinnigsten Fragen stellen, um diese Begegnung weiter hinauszuzögern.

„Nein, durch einen Felsenspalt fällt genug Licht herein, deshalb findet dieses Treffen auch bei Tageslicht statt."

Treffen?

Eine geradezu schmeichelhafte Beschreibung für meine niederen Absichten.

„Ich glaube, ich kann das nicht", dachte ich niedergeschlagen und bemerkte zu meinem größten Entsetzen, dass sich meine Großmutter bereits wieder an den Abstieg machte.

Kurz drehte sie sich nach mir um.

„Alles Gute, Pen", dann verließ sie beinahe fluchtartig den Hügel.

„Bitte bleib hier", wollte ich rufen, „lass mich nicht allein", doch ich brachte keinen einzigen Ton heraus.

Stattdessen krampften sich meine Hände um den Henkel des Korbes.

Langsam atmete ich ein und aus.

Ein und aus.

Ein und aus.

Schon besser.

Ich würde es auf einen Versuch ankommen lassen. Großmutter hatte mir bestätigt, dass mir überhaupt nichts passieren konnte, wenn ich mich ganz genau an die Anweisungen hielt.

Angestrengt lauschte ich in die Höhle.

Es war totenstill.

Der Stahlkrieger musste doch unsere Stimmen gehört haben.

Vorsichtig wagte ich mich einen Schritt vor.

Aufgrund des plötzlichen Lichtunterschieds, sah ich nicht einmal die Hand vor Augen, trotzdem trat ich zögernd ein. Der Gedanke, dass ausgerechnet der Stahlkrieger hier irgendwo in der Dunkelheit wie ein Raubtier lauerte, brachte mich fast um. Ohne es zu merken, hielt ich die Luft an. Die Anspannung war unerträglich. Immer noch war es verdächtig ruhig in der Höhle. Weiter hinten konnte ich den Felsenspalt sehen, von dem meine Großmutter gesprochen hatte. Zartes Tageslicht fiel durch den schmalen Schlitz herein und obwohl sich meine Augen langsam an die Lichtverhältnisse gewöhnten und ich die ersten Umrisse in der Höhle erkennen konnte, wäre ich beinahe über die ausgestreckten Füße des Stahlkriegers gestolpert.

Ich stieß einen spitzen Schrei aus und der Korb polterte dabei auf den Boden. Ein gehässiges Lachen war die Quittung für das Geschehen.

Hastig und erschrocken trat ich einen Schritt zurück.

Im Zwielicht konnte ich die regungslose Gestalt des Stahlkriegers ausmachen.

Er saß vor mir gefesselt auf dem Boden und war tatsächlich nicht in der Lage, sich zu bewegen.

Allerdings konnte er sprechen: „Na, sieh mal an, wen haben wir denn da?", knurrte er böse.

Meine Nackenhaare stellten sich sofort auf.

„Ich hätte nicht gedacht, dass die große Mutter ihre beste Hure schicken würde. Sie muss zutiefst verzweifelt sein."

Angesichts dieser groben Beleidigung straffte ich augenblicklich meine Schultern.

„Vielleicht schickt sie die Frau, die es geschafft hat, dich an der Nase herumzuführen", antwortete ich und war erstaunt, wie fest meine Stimme dabei klang.

„Du hast nur verdammtes Glück gehabt", keuchte er mir entgegen, „und eine Schlampe bleibt eine Schlampe."

Ich merkte, wie ich zornig wurde.

„Wenn du eine Ahnung von diesen Dingen hättest, würdest du bemerkt haben, dass ich genau das Gegenteil bin."

Gleich darauf bereute ich meine Worte auch schon wieder. Ich hatte es nicht nötig, meine Unschuld vor diesem Scheusal zu verteidigen.

„Was willst du hier?", zischte er.

„Ich werde tun, was getan werden muss", dieses Mal konnte ich nicht verhindern, dass meine Stimme zitterte, trotzdem richtete ich mich noch weiter auf.

Der Stahlkrieger lachte laut und böse.

„Wer sagt denn, dass ich dich will?"

Einen Moment war ich verunsichert und das nutzte der Stahlkrieger schamlos aus.

„Du bist mir zu alt", erklärte er abfällig.

Kurz glaubte ich, seine roten Augen aufblitzen zu sehen.

„Ich bin noch keine zwanzig Jahre", ließ ich mich zu einer empörten Antwort hinreißen.

Der Gedanke, dass er mich verschmähen könnte, war mir nie in den Sinn gekommen. Dahinter steckte sicher eine Absicht, die mich demütigen sollte. Es genügte nicht, dass ich mich ihm anbot, ich musste auch noch Werbung für mich machen.

„Ich kenne deine Qualitäten und bin davon gelangweilt", erklärte er gerade, während mir das Blut ins Gesicht schoss. „Bringt mir ein anderes, talentiertes Mädchen."

Die letzten Worte ließ er sich genüsslich auf der Zunge zergehen.

Ich hätte ihm am liebsten ins Gesicht geschlagen.

Sein Stahlhelm war verschwunden und das lange Haar hing

ihm verfilzt die Stirn hinunter. Diesem Teufel hatte ich meine Jungfräulichkeit geopfert.

„Es gibt aber kein anderes Mädchen, dass sich mit einem Tier wie dir einlassen wird", meinte ich wütend, „entweder du begnügst dich mit mir oder der Handel ist geplatzt."
Im Halbdunkel musterte er mich spöttisch.
Ich konnte seinen widerlichen Schweiß riechen.
Ungeduldig wartete ich auf seine Reaktion.

Als ich merkte, dass er dieses unsinnige Kräftemessen noch eine Weile ausdehnen wollte, ging ich zum Korb mit dem Proviant und nahm die Flasche Wein heraus, die zum Glück unbeschädigt geblieben war. Ich entkorkte sie ganz ungeniert mit den Zähnen und trank einen kräftigen Schluck.
Nach einem Moment wiederholte ich das.
Die gewünschte Reaktion setzte sofort ein.
Mir wurde warm im Bauch und schummrig im Kopf.

„Hast du dich gewaschen?", erkundigte er sich abfällig.
Wütend funkelte ich ihn an und sparte mir die Antwort.

„Dann komm her!", befahl er mir, „und bring die Flasche mit."
Anscheinend konnte er meine Gegenwart nur unter dem Einfluss von Alkohol ertragen.

„Na gut", dachte ich mir, da sind wir schon zu zweit.
Mein grenzenloser Zorn und die schnelle Wirkung des Alkohols machten mich mutig. Rasch öffnete ich seine Hose und entledigte mich auch meiner Unterwäsche. Sein abwartendes, hämisches Grinsen und seinen intensiven Geruch versuchte ich dabei einfach zu ignorieren. So würdevoll es nur ging, setzte ich mich über ihn und versuchte, mich an das letzte Mal zu erinnern.

Mit Erfolg.
Der Atem des Stahlkriegers ging immer schneller und nach wenigen Minuten war alles vorbei.
Hastig erhob ich mich und strich meinen Rock wieder glatt.

„Gib mir Wein!", wurde ich aufgefordert.
Angewidert folgte ich der Anweisung und hielt ihm die Flasche

an die Lippen. Jetzt erst sah ich, dass seine Füße bandagiert waren. Ungeduldig wartete ich, bis er seinen Durst gelöscht hatte. Ich wollte endlich Antworten auf meine Fragen.

„Zieh mir die Hose hoch!"

Wütend befolgte ich seine Anweisung und noch während ich damit beschäftigt war, seine Wünsche zu erfüllen, grübelte ich darüber nach, ob es nicht besser gewesen wäre, zusätzlich zu seinen Händen und der Taille, auch seine Beine zu fesseln. Wahrscheinlich hatte dies mit seinen schweren Verletzungen zu tun. Noch während ich darüber nachdachte, legte sich auf einmal blitzschnell sein Bein um mich und drückte mich wie einen Schraubstock zusammen.

Ich japste nach Luft.

Dann umklammerte mich das zweite Bein und zog mich zu sich heran. Meine Arme waren dabei fest an meinen Körper gepresst. Ich konnte mich kaum rühren. Ich war gefangen und im Würgegriff wie bei einer Schlange. Mit aufgerissenen Augen sah ich sein Gesicht immer näherkommen.

„Prinzesschen, Prinzesschen," säuselte er mir ins Ohr, „du glaubst doch nicht wirklich, dass du dich mit mir anlegen könntest, oder?"

Ich schüttelte ängstlich den Kopf.

„Es wäre vorhin eine Leichtigkeit für mich gewesen, dir mehrere Brocken Fleisch aus dem Hals oder aus dem Gesicht zu beißen, mein Täubchen. Dazu brauche ich meine Hände nicht", sagte er beinahe liebevoll, während mir stumme Tränen übers Gesicht liefen.

Ich war in seine Falle getappt.

„Dann hätte ich zugesehen, wie du jämmerlich verblutest."

Voller Grauen kniff ich die Augen fest zusammen.

„Bitte", flüsterte ich dabei.

„Und jetzt könnte ich dich zerquetschen wie eine Fliege", zischte er in mein Ohr. „Aber ich denke, wir beide können noch viel Spaß miteinander haben, was meinst du?"

„Bitte", wiederholte ich mit letzter Kraft.

„Bitte, was?", äffte er mich nach.

„Bitte lass mich los", flüsterte ich.

Plötzlich ließ der Druck auf meinen Brustkorb nach und ich bekam wieder Luft. Während ich von einem heftigen Hustenanfall geschüttelt wurde, trat mich der Stahlkrieger mit seinen Füßen zur Seite.

„Wir sind tausendfünfhundert Soldaten", sagte er abfällig zu mir, „komm morgen wieder!"

Was?

Keuchend griff ich mir an den Hals.

„Das soll die ganze Information sein?", erkundigte ich mich nach Luft japsend.

„So ist es", verhöhnte mich der Stahlkrieger, „und jetzt verschwinde."

Wie benommen torkelte ich aus der Höhle. Ich dachte nicht daran, die Kette zu lösen. Sollte er doch bis zum nächsten Tag in der sitzenden Position schmoren.

Dann griff ich nach meiner Krücke wie nach einem Rettungsanker. Ich hatte sie an die Felswand gelehnt, um damit vor dem Stahlkrieger nicht schwach zu wirken.

Was war ich doch für eine Idiotin!

Ich hatte versagt und lebte nur noch, weil der Stahlkrieger es mir erlaubt hatte. Mühsam machte ich mich an den Abstieg. Ich war so verwirrt, dass ich keinen klaren Gedanken mehr fassen konnte.

„Wir sind tausendfünfhundert Soldaten," hallte es in meinem Kopf nach.

Für diesen einen Satz hatte ich mich zutiefst erniedrigt. Aber was hatte ich eigentlich erwartet? Etwa, dass der Stahlkrieger mir alle Geheimnisse verraten würde, die er kannte? Dazu war er viel zu gerissen. Er würde sich jede seiner Informationen etwas kosten lassen. Ein neuer und sehr persönlicher Kleinkrieg war zwischen uns beiden entbrannt. Am Anfang unserer Begegnung hatten wir uns körperlich aneinander gemessen. Diese Runde war an mich gegangen. Jetzt würden wir einen Kampf des Geistes ausfechten und dabei hatte der Stahlkrieger eindeutig die besseren Karten.

Vor ein paar Minuten wäre ich leichte Beute für ihn gewesen. Warum hatte er mich nicht getötet? Wollte er dieses Spiel mit mir spielen, weil er sich in seiner männlichen Ehre verletzt fühlte? Wollte er mir beweisen, dass er mich bezwingen konnte?

Mir ratterte der Kopf. Ich hatte den Schock seines plötzlichen Angriffs noch nicht verdaut. Ich musste dafür sorgen, dass ihm auch die Füße gefesselt wurden. War das überhaupt nötig?

„Komm morgen wieder."
Auch dieser Satz wiederholte sich ständig in meinem Gehirn.

Ich rieb meine pochenden Schläfen.
Ich wusste nicht einmal, ob ich stolz auf mich sein sollte oder ob ich mich angewidert fühlen musste. Der Zwang, mich zu waschen, wurde unerträglich. Ich wollte von niemanden gesehen werden und schlich deshalb auf Umwegen zur Hütte meiner Großmutter. In einem günstigen Moment schlüpfte ich durch die Eingangstür.
Sofort kam sie mir besorgt entgegen.

„Wie geht es dir? Hast du Schmerzen?"

„Nein, gar nicht", erwiderte ich wahrheitsgemäß.
Ächzend ließ ich mich auf den nächsten Stuhl fallen. Meine Großmutter reichte mir ein Glas mit Teys Kräutermischung.

„Du musst das austrinken." Sie beobachtete mich ganz genau. „Ist wirklich alles in Ordnung?"

„Es war nicht so schlimm", versuchte ich sie zu beruhigen, als ich ihren Zustand bemerkte.
Ihr Gesicht war weißer als die Wand.

„Ich hatte vorher schon intime Erfahrungen mit einem Mann", übertrieb ich maßlos. Dass es sich dabei ebenfalls um den Stahlkrieger handelte, verschwieg ich ihr lieber.

„Das ist gut", sagte meine Großmutter erleichtert, „der Gedanke, dass du zum ersten Mal mit...", ihre Stimme brach und ich legte tröstend den Arm um sie. „Die letzten Stunden bin ich durch die Hölle gegangen", erklärte sie mit glasigem Blick, „die Liebe zwischen einem Mann und einer Frau ist das Schönste und Kostbarste, das es gibt. Ich habe das Gefühl, dass ich dich deiner Seele beraube."

„Es ging alles ziemlich schnell", versuchte ich sie weiter zu beruhigen, „und dafür, dass er mich nicht haben wollte", fügte ich in Gedanken hinzu, „er möchte, dass ich morgen wiederkomme."

Der Körper meiner Großmutter bebte und ich drückte sie noch fester an mich. „Was wirst du tun?"

„Ich werde hingehen", sagte ich von mir selber überrascht. Wann hatte ich diese Entscheidung getroffen?

„Kind", sagte meine Großmutter erschüttert, „tun wir auch wirklich das Richtige?"

„Kaiman hat tausendfünfhundert Stahlkrieger gezüchtet", teilte ich ihr, statt einer Antwort auf ihre Frage, mit.

Das Gesicht meiner Großmutter wurde noch weißer und sie erstarrte zu Stein.

„Tausendfünfhundert", wiederholte sie ungläubig und entsetzt, „wir haben mit der Hälfte gerechnet. Jeder einzelne Krieger zählt wie vier ausgewachsene Männer." Sie machte eine Pause, um sich zu sammeln. Kurz darauf kehrte die Farbe in ihr trotziges Gesicht zurück. Ich konnte sehen, wie es in ihr arbeitete.

„Ich muss eine Nachricht nach Eniyen senden." Sie kramte in einer Schublade. „Dann werde ich eine Versammlung einberufen und mich um Wachposten kümmern", murmelte sie vor sich hin. Anscheinend hatte sie meine Anwesenheit völlig vergessen. „Zur Not lasse ich das Dorf evakuieren."

Genau das hatte ich gewollt. Meine Großmutter sollte sich wieder auf ihre Rolle konzentrieren und nicht auf mich. Ich musste erst einmal selber mit den vergangenen Ereignissen fertig werden.

„Was hat er noch erzählt?", fragte sie, nachdem sie ihre Unterlagen zusammengesucht hatte.

„Leider nichts", meinte ich bedauernd. Trotzdem gab ich mich kämpferisch, „morgen habe ich neue Informationen für dich."

Meine Großmutter legte ihre runzelige Hand auf meine glatte. „Fabienne wäre sehr stolz auf dich, Liebes."

Ich freute mich über ihre Worte, obwohl ich berechtigte Zweifel an dieser Aussage hatte.

„Und ich möchte mich bei dir entschuldigen", sagte ich.

„Ich wüsste nicht für was", sagte meine Großmutter verdutzt.

„Dafür, dass ich an dir gezweifelt habe", erklärte ich ehrlich. Großmutter schüttelte den Kopf. „Ich zweifle jeden Tag an mir."

„Vielleicht macht dich gerade das zu einer Anführerin", meinte ich philosophisch, „ich habe jetzt verstanden, was du mit dem Stahlkrieger vorhast. Er soll lernen, seine Feinde zu respektieren." Das Wort „lieben" hatte ich mit Absicht ausgelassen. Im Leben des Stahlkriegers würde es keine Liebe geben. „Du glaubst, dass sich ein Mensch oder eine Sache, die man eigentlich mag, schwerer töten oder zerstören lässt."

„So ähnlich", bestätigte sie, „und irgendwie scheint meine Taktik auch aufzugehen. Die Bewohner von Lulumba sind friedfertige und gute Menschen. Verbrechen sind ihnen beinahe fremd geworden. Hin und wieder kommt es natürlich zu Ausnahmen, aber das ist sehr selten der Fall und diese Entwicklung macht mich sehr stolz."

Wenn ich daran dachte, dass Mord und Totschlag auf der Burg zur Tagesordnung gehört hatten, fand ich, dass sie das auch konnte. Mich interessierte es, wie ein Verbrecher in Lulumba bestraft wurde und ich fragte meine Großmutter danach.

„Sie werden in die Verbannung geschickt und dürfen das Dorf nie wieder betreten. Es gibt auf dem Meer zahlreiche kleine Inseln, die einen einzelnen Mann oder eine Frau aufnehmen können. Wir müssen nur dafür sorgen, dass sie mit dem Wichtigsten versorgt werden. Dafür haben wir Vögel als Kuriere, die den Gefangenen bei Bedarf das Nötigste liefern,

wie zum Beispiel Medikamente."
Diese Strafe erschien mir zu milde.

„Für den Rest deines Lebens mit keiner lebenden Seele mehr sprechen zu können und ganz auf sich allein gestellt zu sein, kann einen Menschen in den Wahnsinn treiben", sagte meine Großmutter, „es gab Gefangene, die sich umgebracht haben."

„Und kommt es auch zu Begnadigungen?", wollte ich wissen.

„Ja, wenn das Opfer des Verbrechens das möchte."

„Und wann ist das?"

Großmutter zuckte mit den Schultern.

„Manche Wunden heilen schneller und manche langsamer. Andere heilen nie."

„Gibt es auch Menschen, die ihre Angelegenheiten alleine regeln oder brauchen sie immer dich, um Recht zu sprechen?"

„Himmel, hilf", sagte meine Großmutter, „zum Glück werden die meisten Konflikte von den Beteiligten selber gelöst."

Genau das wollte ich hören. Auch ich würde meine Angelegenheiten mit dem Stahlkrieger alleine klären. Das war eine persönliche Sache, die nur uns beide betraf.

„Warum werden Kriege nicht einfach zwischen den Streitenden ausgetragen, anstatt so viele unschuldige Menschen in den Tod zu treiben?", dachte ich laut.

Meine Großmutter lachte freudlos auf.

„Weil jede Partei seine eigene Stärke demonstrieren will und weil es Freude macht, zu siegen."

„Glaubst du tatsächlich, dass es den Menschen Spaß macht, einen anderen zu töten?"

Daran konnte und wollte ich nicht glauben.

„Ich denke, dass sie nicht mehr aufhören können, wenn sie einmal angefangen haben."

Auch dieser Aussage musste ich widersprechen. Der Stahlkrieger hätte mich heute töten können, wenn er es gewollt hätte. Warum hatte er es nicht getan? Wollte er mich quälen, weil er mehr Spaß daran fand?

Diese Frage beschäftigte mich bis tief in die Nacht hinein und obwohl ich unglaublich müde war, fand ich erst spät meinen Schlaf.

„Unser Kampf ist noch nicht vorbei", dachte ich, während ich mit geballter Faust einschlief, „er hat eben erst angefangen."

Skrupellos

Wenige Stunden später war von meinem Kampfgeist nicht mehr viel übrig und auch mein Selbstbewusstsein hatte schwer gelitten. Ich kam mir vor wie ein kleines und sehr dummes Mädchen, das von einem skrupellosen Gegner schamlos ausgenutzt wurde.

„Nein!", rief ich aufgebracht, „die Antwort ist: Nein!"
Wütend zog ich mich wieder an.

Ich war nun wieder bei dem Stahlkrieger in der Höhle, um mich wohl weiter für Antworten auf meine Fragen zu erniedrigen. Gerade hatten wir den unmoralischen Pakt hinter uns gebracht.

„Was glaubst du, wer du bist? Ich brauche viel mehr Details."

„Du führst dich auf wie ein hysterisches Weib!", kam die ernüchternde Beschreibung meiner Person, „ich sagte, dass ich immer nur eine Antwort gebe. Also, stell mir einfach die richtigen Fragen." Der Stahlkrieger wandte sein Gesicht ab. „Und jetzt verschwinde."

„Oh nein!", meinte ich empört, während meine Augen Blitze auf ihn hinab schleuderten.

„Du benimmst dich kindisch und albern", spottete er.

„Ich habe dich gefragt, ob Kaiman weiß, wo das Dorf ist?"

„Und ich habe geantwortet", knurrte der Stahlkrieger.

„Wie will er uns finden? Was plant er als nächstes? Welche dunklen Geheimnisse verbirgt er?"

Der Gefangene lächelte mich beinahe freundlich an.

„Darüber können wir uns morgen unterhalten."

Sein Verhalten brachte mich einer Ohnmacht nahe. Ich fragte mich, ob ich das Richtige tat.

Mein Vater benutze brutale Foltermethoden, um seine Opfer

zum Sprechen zu bringen, warum konnten wir das nicht auch?

„Weil wir dann nicht besser sind als Kaiman", hörte ich meine Großmutter sagen.

Aber musste ich dafür wirklich zur Dirne dieses arroganten Gefangenen werden?

„Wir könnten ihm ein Rauschmittel verabreichen", hatte meine Großmutter vorgeschlagen, als ich sie nach einer anderen Möglichkeit gefragt hatte „aber ich bezweifle, dass wir dabei viel Sinnvolles aus ihm herausbringen würden und ich befürchte sogar, dass er danach überhaupt nicht mehr reden wird. Die wichtige Informationsquelle wäre damit für immer versiegt. Die einzige Chance, um an Informationen zu kommen, ist ihn weiter freundlich zu behandeln."

Frustriert schüttelte sie den Kopf.

„Es nützt nichts, Pen, du bist die Einzige, die ihn zum Sprechen bringt. Kein glühendes Eisen kann das bewirken."

„Aber einen Versuch könnten wir doch wagen", dachte ich mürrisch, ohne den Gedanken laut auszusprechen.

Ich wusste ganz genau, was meine Großmutter davon halten würde. Ihre Worte waren auch der Grund, warum ich heute die Kraft fand, mich erneut dem Stahlkrieger zu unterwerfen. Meine gewünschte Ausstrahlung von Anmut und Beherrschung blieb allerdings aus, als ich gerade zornig auf ihn hinunterblickte. Die Hände hatte ich dabei in die Hüften gestemmt und wahrscheinlich wirkte ich tatsächlich hysterisch. Die Füße des Stahlkriegers waren nach wie vor an schwere Ketten gelegt. Nach seinem plötzlichen Angriff hatte ich ein dickes Seil um seinen Hals gebunden, das verhindern soll, dass er mich mit einer spontanen Bewegung seines Kopfes verletzen konnte, so wie er es angedroht hatte. Seine Bewegungen waren dadurch noch mehr eingeschränkt, aber trotzdem schien mich jeder seiner Blicke zu verhöhnen. Obwohl er gefesselt war, wirkte er viel mächtiger als sonst.

„Du glaubst wohl das alles macht mir Spaß?", zischte ich ihm entgegen.

Ich wollte ihn in seinem Stolz verletzen.
Der Stahlkrieger lachte böse.

„Warum nicht?", fragte er und sah mir dabei direkt in die Augen, „wie die Mutter, so die Tochter. Ich hörte, sie hat es auch gerne mit allen möglichen Kreaturen getrieben."
Ich versetzte ihm eine schallende Ohrfeige.
Er zuckte nicht einmal mit der Wimper.
Dann lachte er wieder.

„Haben du und dein dämliches Volk nicht aller Gewalt abgeschworen?"

„Um diese friedlichen Eigenschaften anzunehmen, muss ich wohl längere Zeit bei ihnen leben", erwiderte ich bebend vor Zorn.

Meine Handfläche brannte und am liebsten hätte ich mit meinen Fingernägeln sein Gesicht zerkratzt.
Er beugte sich, soweit seine Fesseln es zuließen, vor.

„Mach es dir nicht zu gemütlich, Prinzesschen, denn schon bald wird dein Volk brennen."
Seine Augen leuchteten plötzlich hellrot auf. Sie hatten die schwarze Farbe gewechselt.

Ich bekam eine Gänsehaut.
Hochmütig blickte ich trotzdem auf ihn herab, weil ich keine Schwäche zeigen wollte.

„Ist es für diesen jungfräulichen Stolz nicht etwas zu spät?", meinte er gehässig, „eine Hure bleibt eine Hure und um mich zu befriedigen, dazu bist du hier."

„Und ein Tier bleibt ein Tier!", feuerte ich ihm entgegen.
Dann machte ich auf dem Absatz kehrt und marschierte aus der Höhle. Sein spöttisches Lachen verfolgte mich bis in meine Träume. Oft wachte ich völlig entsetzt und schweißgebadet deshalb auf.

Ich versuchte mich abzulenken und zwar mit alltäglichen Aufgaben, für die ich meistens überhaupt nicht geeignet war. Ich war entschlossen, diese Woche beim Brotbacken zu helfen. Dazu musste ich mich mit Kreide auf eine Tafel schreiben, die in der Mitte des Dorfplatzes hing. Darauf standen auch andere Tätigkeiten wie zum Beispiel: Fischen, Jagen, Kochen, Dinge reparieren, Ernten, Pflügen und Säen. Backen war nicht sonderlich beliebt, weil man dazu früh aufstehen musste, aber ich mochte es, beim Morgengrauen durch das menschenleere Dorf zu gehen. Zu dieser Tageszeit spürte ich den Frieden und die damit verbundene Stille noch intensiver. Diese Stimmung machte mir immer wieder aufs Neue bewusst, dass dieser Frieden erhalten werden musste und spendete mir die Kraft und Zuversicht, die ich so dringend benötigte.

Meine Großmutter hatte sich anscheinend damit abgefunden, dass ich jetzt jeden Nachmittag dem Stahlkrieger einen Besuch abstattete. Offiziell war ich für die Verpflegung des Gefangenen zuständig, aber nur eine Handvoll von Leuten, die geschworen hatten Stillschweigen zu bewahren, wussten worin meine eigentliche Aufgabe bestand.

Nyla ging mir seit dieser Zeit aus dem Weg. Sie hatte ein schlechtes Gewissen, weil ich mich für sie geopfert hatte. Ich versuchte ihr immer wieder zu erklären, dass ich mich freiwillig gemeldet hatte.

Tey dagegen konnte seiner Dankbarkeit gar nicht genügend Ausdruck verleihen. Er untersuchte mich regelmäßig äußerst gründlich und sorgte dafür, dass ich genügend von dem Verhütungsmittel bekam. Außerdem bemühte er sich darum, dass kein Klatsch im Dorf entstand, nachdem viele Bewohner beobachten konnten, wie ich immer wieder zur Höhle ging. Ich hatte keine Ahnung, was für Gerüchte er in die Welt setzte, aber ich war ihm sehr dankbar dafür. Es hätte mich schwer getroffen, wenn mich die Bewohner mit schiefem Blick betrachtet hätten. Gestern hatte mir der Medizini auch endlich den Gips am Bein abgenommen. Es war schön, wieder völlig gesund und komplett zu sein.

Aus diesem Grund wollte ich auch arbeiten. Obwohl der Bäcker ein fröhlicher Mann war, der schon am frühen Morgen Witze erzählte und großzügig über meine vielen Patzer hinwegsah, knetete ich äußerst lustlos den Teig. Für das Backen war ich einfach nicht geschaffen. Nächste Woche würde Obst pflücken und Marmelade kochen an der Reihe sein. Und die Woche darauf, würde ich auch irgendetwas finden. Doch so sehr ich auch versuchte, meine Gedanken abzulenken, kreisten sie immer wieder um den Stahlkrieger.

Was hatte ich eigentlich bis jetzt herausgefunden?
Mein Vater war im Begriff eine tausendfünfhundert Mann starke Armee aufzustellen. Noch hatte er keine Ahnung, wo sich das Dorf befand. Mit Hilfe modernster Mittel, die er auf seiner teuflischen Burg entwickelte, würde sich das vielleicht bald ändern. Der Stahlkrieger hatte mir verraten, dass sich in seinem Helm ein Sender befand, mit dessen Hilfe es Kaiman gelingen könnte, seinen Krieger aufzuspüren. Diese Information war so wichtig und aufschlussreich, dass ich mich bemühen musste, meine Aufregung nicht offensichtlich zu zeigen. Ich hatte überhaupt nicht gewusst, dass so ein Gerät existierte. Die dicken Felswände der Höhle machten es aber unmöglich, das Signal zu empfangen, behauptete er. Auf die Frage, wie man den Sender abstellen konnte, lächelte er mich süffisant an und ich wusste augenblicklich, dass ich diese Antwort erst am nächsten Tag erhalten würde und was ich dafür tun musste.

Was mich zusätzlich beunruhigte war die Tatsache, wie nervös meine Großmutter auf diese Berichte reagierte. Sie hing förmlich an meinen Lippen, als ich ihr von Kaimans Möglichkeiten erzählte. Mit der Zeit wurde sie immer verschlossener und nachdenklicher. Auch startete sie keinen Versuch mehr, mich von meinem Vorhaben und meiner Tätigkeit in der Höhle abzubringen. Viel zu wichtig schienen die Informationen zu sein, die ich täglich vom Stahlkrieger bekam.

Auch ich hatte mich verändert.
Oft beobachtete ich die Dorfbewohner wie sie unbefangen und fröhlich ihrer Arbeit nachgingen. Ich beneidete sie darum, dass sie keine Ahnung hatten, wie sehr sie von meinem Vater

gehasst wurden und wie verbissen er versuchte, dieses Idyll zu zerstören. Ich kam mir zwischenzeitlich völlig ausgebrannt und abgestumpft vor. Vielleicht lag das an meiner schamlosen Aufgabe. Ich vollzog den Akt mit dem Stahlkrieger zwischenzeitlich gewohnheitsmäßig und wie ein Ritual und das alles nur, dass er mir neue Informationen zukommen ließ. Genauso verbissen wie Kaiman die Menschen im Dorf vernichten wollte, versuchte ich sie zu beschützen.

Vielleicht war ich ja genauso verrückt und skrupellos wie mein Vater?

Ich schluckte schwer, während ich das Brot in den Ofen schob.

Und wenn es so ist?
Meine Backen glühten, aber das lag nicht an der Hitze des Holzofens. Ich brauchte einfach nur eine kurze Pause. Die Treffen mit dem Stahlkrieger zerrten an meinen Kräften.

„Kein Wunder", dachte ich wenige Stunden später, als ich zusätzlich zum vollen Proviantkorb noch einen Eimer Wasser in die Höhle schleppte.

„Was soll das?", wurde ich unfreundlich begrüßt.

„Du wirst dich heute waschen", erklärte ich bestimmend.
Obwohl der Stahlkrieger gefesselt war, schaffte er es, dem Eimer einen Tritt zu verpassen, sodass dieser umfiel.

„Verdammt noch mal!", fluchte ich, „was fällt dir ein? Jetzt muss ich nochmal Wasser holen."
Gerade heute wollte ich mich beeilen. Dunkle Wolken waren am Himmel erschienen und es sah nach einem Sturm aus. Bevor das Unwetter ausbrach, wollte ich wieder zuhause sein.

„So garstige Worte aus dem Mund einer Prinzessin?", fragte er zynisch.

„Ach, fahr doch zur Hölle", antwortete ich.

„Da bin ich schon", rief er mir hinterher.

Keuchend nahm ich ein zweites Mal die Strapazen auf mich, indem ich den vollen Eimer auf den Berg schleppte. Zu meiner größten Freude hatte ich festgestellt, dass das Wasser eiskalt war. Außerdem erinnerte ich mich, dass sich in meiner Rocktasche eine kleine Flasche mit Lavendelduft befand, die ich erst kürzlich auf dem Markt bekommen hatte. Mit Absicht gab ich einen besonders großen Schuss von dem Öl in das Wasser. Ohne lange und große Erklärungen, schoss ich dem stinkenden Gefangenen aus sicherem Abstand und voller Schadenfreude das duftende Wasser entgegen. Er fluchte und verfluchte mich mit den übelsten Beschimpfungen und Worten, die ich je gehört hatte. Sie prallten dennoch völlig unbeeindruckt an mir ab. Ich ließ ihn toben und wartete geduldig, bis er sich wieder beruhigt hatte.

Dann zog ich langsam eine Schere aus der Tasche.

„Na, endlich!", meinte er gehässig, „bist du zur Vernunft gekommen und schneidest mir die Kehle durch?"

„Nichts lieber als das", flötete ich. Komisch, je schlechter seine Laune wurde, umso besser wurde meine, „aber als erstes kümmere ich mich um deine Haare. Sie sind voller Läuse und ich möchte mich nicht anstecken."

Die erste Strähne hielt ich bereits in den Händen. Ich wusste, wie sehr ich ihn provozierte, genau das wollte ich ja.

Der Stahlkrieger riss seinen Kopf auf die Seite und knurrte gefährlich.

„Halt still!", meinte ich und schnitt ihm seine verfilzten Haare ab, „wer sich wie ein Köter benimmt, der wird auch wie einer behandelt", erklärte ich spöttisch.

Hasserfüllt blickte er mich an.

„Tu das, wozu du hergekommen bist und für das du eigentlich geboren wurdest!", sagte er Zähne fletschend.

Scheinbar gelassen führte ich meine Arbeit fort. Ich musste mich sehr beherrschen, denn meine Hand zitterte - ich hatte fürchterliche Angst.

„Du denkst, du bist im Vorteil? Du weißt gar nichts!"

Ich bemühte mich, ein ausdrucksloses Gesicht zu machen und ihn nicht zu beachten.

„Uns wird nichts aufhalten", sagte er kalt, „keine Waffen,

keine Ketten und keine Fesseln."

Mit einem einzigen, energischen Ruck seines Kopfes brachte er das dicke Seil dazu, dass es auseinanderriss. Erschrocken fiel mir die Schere aus der Hand. Er hätte sich also die ganze Zeit losreißen können, um mir die schlimmsten Wunden zuzufügen, wie er es schon einmal angedroht hatte.

Der Stahlkrieger ergötzte sich an meinem Schrecken.

„Du weißt gar nichts", wiederholte er.

Wie zur Bestätigung seiner Worte, blitzte es plötzlich aus heiterem Himmel hell vor dem Eingang der Höhle, gefolgt von einem gewaltigen Donnerknall. Kurz darauf setzte heftiger Platzregen ein.

„Willkommen in meinem Palast", zischte mich der Stahlkrieger an, „wer ist jetzt der Gefangene?"

Das war eine berechtigte Frage. Zitternd ging ich zum Ausgang der Höhle. Der Sturm war ungewöhnlich heftig. Ein starker Wind fegte um den Berg und trug einiges an Ästen, Blättern und Zweigen mit sich. Regen spritzte mir ins Gesicht und durchnässte innerhalb von Sekunden meine Kleidung. Ich konnte nicht einmal mehr die Hand vor meinen Augen erkennen, so stark schüttete es. Obwohl ich am liebsten sofort aus der Höhle geflüchtet wäre, konnte ich keinen Abstieg wagen. Mir wurde übel bei dem Gedanken, dass ich hier vielleicht die ganze Nacht festsaß. Immer noch war ich erschrocken, mit welcher Leichtigkeit der Stahlkrieger das Seil zerrissen hatte. Er durfte nicht merken, wie verunsichert ich war.

Und schon wieder war ich verschont worden. Aber warum?
Ich griff mir an die Brust. Das Atmen fiel mir schwer.

„Langsam", ermahnte ich mich selber, weil mir plötzlich schwindlig wurde.

„Warum kommst du nicht her und wir machen es uns gemütlich?", tönte es durch den starken Regen aus der Höhle.

Ich versuchte seine anzüglichen Worte zu ignorieren und starrte weiter auf das heftige Unwetter. Hoffentlich würde der

Sturm bald nachlassen. Ich ärgerte mich, dass ich so viel kostbare Zeit vertrödelt hatte. In weniger als einer Stunde würde es dunkel werden. Eine Windböe traf mich und ließ mein Kleid und meine Haare im starken Luftzug flattern. Frustriert ging ich in den sicheren Schutz der Höhle zurück.

„Komm her, mein Täubchen", meinte der Stahlkrieger hämisch und wären seine Hände nicht gefesselt gewesen, so hätte er sicherlich neben sich auf den Boden geklopft, damit ich dort Platz nehmen sollte.

Ich ignorierte ihn immer noch und setzte mich stattdessen einfach gegenüber.

„Was soll das?", meinte er aufgebracht.

„Ich habe nichts dabei, womit ich dich wieder fesseln kann, also, lass mich in Ruhe!", keifte ich zurück.

In der Höhle wurde es kalt und ich schlang fröstelnd die Arme um meine Knie.

„Hast du Angst vor mir?", höhnte er, „ich werde dein Fleisch verschonen, schließlich muss ich deinen Anblick ertragen, also, komm her!", meinte er fordernd.

„Sehr charmant, aber, nein danke!", lehnte ich entschieden ab. Daraufhin wurde ich erneut mit unglaublichen Schimpfwörtern beleidigt und mit einer Aufzählung verschiedener Todesursachen, die mich ereilen sollten. Eine war grausamer als die andere.

Worte.

Sinnlose Worte.

Sie alle prallten an mir ab.

„Du hast vergessen, mich vierteilen zu lassen", meinte ich trocken.

Daraufhin spuckte der Stahlkrieger vor mir aus. Die klebrige, ekelerregende Masse landete direkt vor meinen Füßen. Ich hob meinen Daumen nach oben, um ihm zu zeigen, was ich von dieser Handlung hielt. Dann wandte ich meine Aufmerksamkeit wieder dem Höhlenausgang zu. Das Unwetter hatte sich nicht gelegt. Im Gegenteil, es wurde sogar noch stärker.

„Verdammt!", dachte ich verärgert.

Ich würde gezwungen sein die Nacht in der Höhle und bei dieser scheußlichen Kreatur zu verbringen. Ein furchtbarer Gedanke. Vorsichtshalber überprüfte ich noch einmal die Sicherung der Kette.

Es war alles in Ordnung.

Trotzdem war mir nicht wohl bei der Sache und bald würde es in der Höhle stockdunkel sein. Dummerweise fand ich nichts, mit dem ich ein kleines Feuer hätte machen können. Intensiv suchte ich den ganzen Boden ab, aber außer ein paar einzelnen dünnen Zweigen, gab es kein brauchbares Holz. Ich überlegte gerade, ob ich mich vielleicht doch in den Sturm hinauswagen sollte, als ein großer Ast durch die Luft geflogen kam und ganz knapp am Eingang zerschellte.

Damit war die Entscheidung gefallen.

Der Stahlkrieger hatte mich die ganze Zeit schweigend und mit zusammengekniffen Augen beobachtet. Wie eine hungrige Wildkatze, die darauf wartet, dass ihr die Maus sehr nahe kommt. Sein Repertoire an Beschimpfungen und Beleidigungen schien ausgeschöpft zu sein, denn plötzlich herrschte eisiges Schweigen in der Höhle. Das war immerhin eine erfreuliche Entwicklung. Trotzdem blickte ich besorgt der beginnenden Dämmerung entgegen. Fröstelnd knöpfte ich meine dünne Jacke zu und schlang wieder die Arme um meine Beine.

Es nützte nichts.

Ich fror erbärmlich.

„Jetzt hast du wohl richtig Angst, Prinzesschen", hörte ich wieder die höhnische Stimme.

Verdammt, dabei hatte ich die Schweigepause so genossen.

„Ja, das habe ich," gestand ich ein, „aber ich habe keine Lust mehr, davor wegzulaufen."

Und wie schnell ich laufen konnte, wusste der Stahlkrieger nur zu gut. Warum ich allerdings gerade ihm davon erzählte, konnte ich mir nicht erklären. Es war vielmehr ein sicheres

Zeichen dafür, dass ich langsam den Verstand verlor.

„Bald schon wirst du wieder um dein Leben laufen", prophezeite der Stahlkrieger düster.

Müde lehnte ich den Kopf an die Steinwand und beobachtete die wachsende Dunkelheit.

„Wenigstens bin ich keine Marionette, so wie du", meinte ich wissend, „warum kämpfst du überhaupt für meinen Vater?"

„Damit die Welt unter Kontrolle ist und alles seine Regeln hat", kam die viel zu euphorische Antwort.

Ich lachte abfällig.

„Und wer soll diese Regeln bestimmen? Etwa Kaiman?! Er ist nur ein dummer und ungebildeter Mann mit einer auffälligen Neigung zum Wahnsinn."

„Du wagst tatsächlich den Versuch, mich gegen seine Gottheit aufzubringen?"

Ich hörte den Stahlkrieger wütend schnaufen.

„Ja", erklärte ich ehrlich, „weil er ein Mörder und Verbrecher ist. Niemand sollte für so einen Mann kämpfen."

„Was weißt du schon?", zischte der Stahlkrieger.

„Zufällig bin ich seine Tochter", erinnerte ich ihn.

„Das heißt gar nichts", kam die ernüchternde Antwort, „du bist nur ein Mädchen."

Damit hatte er leider recht.

Was wusste ich wirklich über meinen Vater? Jahrelang hatte er mich getäuscht und anschließend verraten. Wir bedeuteten uns nichts.

Ich seufzte leise.

Es war bitterkalt.

Was würde ich jetzt für eine wärmende Decke geben! Die Dunkelheit war zwischenzeitlich völlig über uns hereingebrochen. Nur die roten Augen des Stahlkriegers leuchteten unheimlich in der Nacht. Wahrscheinlich konnte er in der tiefen Schwärze genauso gut sehen wie im hellen Tageslicht. Ich wagte es nicht, ihn danach zu fragen.

„Du hat Angst", flüsterte der Stahlkrieger in die Nacht.

„Ja, genau", betätigte ich aufs Neue, „wie oft soll ich es dir noch sagen oder möchtest du, dass ich es für dich buchstabiere?"

„Das solltest du auch, weil sich gerade eine hochgiftige Schlange auf dich zubewegt", keifte er zurück.

Erschrocken riss ich die Augen auf. Eine völlig sinnlose Aktion, die mir nicht das geringste brachte.

Dann dämmerte es mir.

Ich lächelte milde.

„Du kannst mich nicht hereinlegen", meinte ich selbstgefällig, „so dumm bin ich nicht."

„Wie du meinst", tönte der Stahlkrieger, „allerdings wirst du in wenigen Sekunden einen sehr grausamen Tod sterben. Die Schlange hat dich fast erreicht."

Angestrengt lauschte ich in die Nacht. Dieses Scheusal hatte es tatsächlich geschafft, mich völlig zu verunsichern. Auf einmal glaubte ich, ein Rascheln neben mir zu hören. Mit einem lauten Schrei, sprang ich auf und stürzte, ohne zu überlegen, auf den Platz neben dem Stahlkrieger.

„Wo ist sie?", kreischte ich dabei, „siehst du sie, nimm sie weg."

Ich war völlig außer mir.

Die Dunkelheit und die unsichtbare Gefahr machten mich panisch. Oder war ich in eine heimtückische Falle geraten? Ich spürte eine Bewegung des Stahlkriegers an meiner Seite. Plötzlich hörte ich ein Geräusch, als würde Stein über Stein schleifen, ein Ächzen, ein Stoßen, einen Aufprall und ein leises Zischen.

Dann war alles still.

Ich wagte es nicht, zu Atmen.

„Was ist geschehen?", ich war mir seiner Anwesenheit, direkt an meiner Seite, bewusst und bemühte mich, nicht zu stark zu keuchen.

„Vertrieben", erhielt ich die knappe Antwort, „im Inneren der Höhle lauern noch zwei weitere Nattern."

„Du meine Güte", flüsterte ich entsetzt, „das ist ja das reinste Schlangennest."

„Und wenn schon", knurrte der Stahlkrieger.

Darauf folgte eisiges Schweigen.

Unsere Schultern berührten sich, aber ich hielt es für besser, nicht von ihm abzurücken. Wer konnte schon wissen, wie viele dieser Biester hier noch herumkrochen?

„Mein Gott, habe ich mich erschreckt", platzte es völlig unbedacht aus mir heraus.

„Nichts, was du sagst oder tust, ergibt einen Sinn, Weib", wurde ich von ihm belehrt.

Damit hatte der Stahlkrieger wieder Recht. Noch vor wenigen Minuten hatte ich mit meinem Mut und meiner Tapferkeit geprahlt, um kurze Zeit später, schreiend vor der ersten Gefahr zu flüchten.

Aber was hätte ich denn tun sollen? Mich beißen lassen? Um mich herum herrschte nur die äußerst beklemmende Finsternis, während er bei Nacht sehen konnte.

„Was sagt eigentlich deine Familie zu deiner Einstellung von Recht und Ordnung? Sind sie genauso begeistert von ihrem irren König wie du?"

Ich hatte die Frage ohne besondere Hintergedanken gestellt, trotzdem spürte ich, wie sich der Stahlkrieger augenblicklich verspannte.

„Ich habe keine Familie", erklärte er knapp.

„Aber jeder Mensch hat doch eine Mutter", widersprach ich ihm sofort.

Die Vogelmenschen waren die einzigen Kreaturen, die im Reagenzglas gezüchtet worden waren. So hatte es mir zumindest Lazarus erklärt.

„Sie war eine Schlampe, genauso wie deine Mutter", platze es aus ihm heraus, „bist du jetzt zufrieden?"

Ich bemühte mich, meine Wut zu unterdrücken und mich nicht von ihm provozieren zu lassen.

„Warum sagst du so etwas?"

„Wie würdest du eine Frau nennen, die ihr Kind verkauft?"
Zu meiner eigenen Überraschung konnte ich Verbitterung in seiner Stimme hören. Vielleicht bemerkte ich die kleine Veränderung im Ton seiner Stimme auch nur, weil es in der Höhle stockdunkel war.

„Woher weißt du das?", erkundigte ich mich vorsichtig.
Mein Herz klopfte plötzlich wie wild, weil wir gerade tatsächlich im Begriff waren, eine kleine Unterhaltung zu führen.

„Seine Gottheit hat mir alles erzählt", keifte der Stahlkrieger, „sie war gieriger als alle anderen Frauen und wollte sogar einen besonders hohen Preis für mich."
Ich beschloss alles auf eine Karte zu setzen.

„Er hat dich angelogen", erklärte ich mit fester Stimme, „ich bin mir sicher, dass er dich angelogen hat."

Der Stahlkrieger knurrte, während ich erfolglos versuchte, mich klein zu machen. Spätestens jetzt, dachte ich, würde er über mich herfallen, wenn er dazu imstande war.

„Wie kannst du es wagen?", zischte er stattdessen ganz nah an meinem Ohr.

Unter größter Willenskraft drehte ich meinen Kopf und blickte genau in seine leuchtenden Augen.

„Warum sollte er dir die Wahrheit sagen? Ich bin seine Tochter und auch mich hat er all die Jahre belogen. Schlimmer noch, er wollte mich sogar von dir töten lassen. Wie entschuldigst du dieses Verbrechen deines wahnsinnigen Gebieters?"

Ruckartig wandte sich der Stahlkrieger ab, als könnte er meinem Blick nicht standhalten.

„Du hast ihn verraten", knurrte er schließlich.

„Verraten", wiederholte ich aufgebracht, „es ist das Recht eines jeden Menschen frei und ohne Zwänge zu leben. Zu seinem eigenen Vorteil wollte Kaiman mich mit einem alten Mann verheiraten. Wenn die Freiheit ein Verbrechen ist, dann bekenne ich mich schuldig."

Plötzlich hatte ich vor dem Stahlkrieger keine Angst mehr.

Vielleicht weil ich selber verbittert, enttäuscht und verstoßen worden war. Ich erkannte, dass der Stahlkrieger ebenfalls ein grausames Opfer meines Vaters war und redete mich wohl deshalb so in Rage.

„Sei endlich still, Weib!"

Ich konnte mir ein selbstgefälliges Lächeln nicht verkneifen. Vielleicht hatte ich ihn zum Nachdenken gebracht und vielleicht erkannte er, dass sein selbsternannter Gott ein Blender und Hochstapler war.

„Schlaf jetzt", fügte er verärgert hinzu.

„Ich bin aber gar nicht müde", gab ich patzig zurück.

Wieder ein Knurren.

„Ich sage dir schlaf oder ich weiß nicht was ich tue."

Angesichts dieser Drohung, zog ich es schließlich doch vor, den Mund zu halten. Wahrscheinlich würde ich kein Auge zu tun, Schulter an Schulter mit meinem Todfeind. Eine weitere unglaubliche Situation in meinem verkorksten Leben. Seltsamerweise schlief ich wenig später so tief und fest wie seit langem nicht mehr. Aufgrund meiner Gesellschaft und der unbequemen Lage, hatte ich diese Tatsache völlig ausgeschlossen. Stattdessen weckte mich am nächsten Morgen eine laue Brise, die mir durch den Eingang der Höhle entgegenwehte. Erstaunlich war auch, dass mir überhaupt nicht mehr kalt war.

Dann erkannte ich den Grund dafür.

Mein Kopf ruhte auf dem Oberschenkel des Stahlkriegers und meine Haare hatten sich wie ein Fächer über seine Beine ausgebreitet. Ohne es zu merken, hatte ich mich an seinem Körper gewärmt.

Entsetzt fuhr ich hoch.

Der Stahlkrieger wurde ebenfalls wach.

„Der Sturm ist vorbei, verschwinde endlich", waren seine ersten Worte.

Er schien an diesem Morgen, besonders gute Laune zu haben. Eilig strich ich mein Haar glatt und streckte die müden

Glieder. „Bist du immer noch hier?", keifte er.

„Wer hat dir denn in die Suppe gespuckt?", erkundigte ich mich kopfschüttelnd.

„Vielleicht kann ich deinen Anblick nicht mehr ertragen", meinte er kalt.

„Dagegen können wir etwas tun", erwiderte ich böse und griff nach dem Korb.

Vorher blickte ich mich noch vorsichtig nach der giftigen Schlange um. Sie war verschwunden. Lediglich ein größerer Stein, der in einer Ecke nicht weit von meinem vorherigen Sitzplatz lag, gab Anlass zur Vermutung, dass dort eine Schlange ihr Unwesen getrieben hatte. Nachträglich bekam ich noch eine Gänsehaut, wenn ich an die Ereignisse der vergangenen Nacht dachte.

„Du denkst wohl, dass uns jetzt etwas verbindet?", stichelte der Stahlkrieger weiter.

Zielstrebig nahm ich den Eimer am Henkel hoch.

„Warum sollte ich so einen Unsinn glauben?"

„Weil du ein verzogenes, dummes Gör bist", erklärte der Stahlkrieger überzeugt.

Am Morgen war er ja ein richtiger Sonnenschein, dachte ich genervt.

„Glaub doch was du willst", sagte ich deshalb aufgebracht und fügte unbedachterweise hinzu: „vielleicht bist du nur deshalb so schlecht aufgelegt, weil du langsam an deiner Gottheit zweifelst? Warum solltest du mir auch sonst die ganzen Infor-mationen geben? Kaiman wird davon sicher nicht begeistert sein."

Der Stahlkrieger lehnte sich zurück und lächelte zum ersten Mal an diesem Morgen abfällig.

„Wer sollte es ihm verraten?", meinte er zuversichtlich, „und selbst wenn er es erfahren sollte, wird er mir zustimmen, dass dein Volk, trotz dieser Informationen, nicht die geringste Chance hat. Jeder Mann, jede Frau und jedes Kind werden brennen, wann begreifst du das endlich?"

Immer wieder diese grausame Drohung zu hören, war mehr als ich am frühen Morgen ertragen konnte. Am liebsten hätte ich ihm den Eimer über den Kopf geschlagen, damit er mit seinen düsteren Prophezeiungen endlich Ruhe gab. Stattdessen verließ ich so schnell ich nur konnte die Höhle. Auf halben Weg kam mir meine Großmutter entgegen.

„Zum Glück bist du unversehrt", begrüßte sie mich erleichtert und nahm mich fest in den Arm.

„Es geht mir gut", brummte ich schlecht gelaunt.

Besorgt musterte mich meine Großmutter.

„Ist etwas vorgefallen?", erkundigte sie sich.

„Ach, wo", dachte ich, „der Stahlkrieger hat mir heute Nacht das Leben gerettet und ich weiß nicht, wie ich damit umgehen soll, weil wir uns eigentlich hassen und wir dann wieder Sex haben, damit ich wichtige Informationen von ihm erhalte. Nun droht er wieder damit, dass Kaiman das ganze Dorf zerstören wird, sobald er es gefunden hat."

Stattdessen sagte ich: „Ich brauche einfach eine Pause. Kann ich heute zum Fischen gehen?"

„Aber natürlich", sagte meine Großmutter sofort, „ich werde dem Gefangenen später das Essen bringen." Sie klopfte mir erleichtert auf die Schulter. „Die Fischer haben nach dem gestrigen Sturm sowieso alle Hände voll zu tun. Sie werden sich über deine Unterstützung freuen. Das ist eine gute Idee, Pen."

„Gib in der Höhle gut acht", warnte ich sie, „ich habe dort giftige Schlangen gesehen."

„Schlangen?", wiederholte meine Großmutter ungläubig, „das wäre mir neu. Eigentlich kommen diese Tiere in unserer Gegend nicht vor. Ich halte trotzdem die Augen offen."

Diese Aussage trug nicht unbedingt zu meiner Beruhigung bei. Schnell wechselte ich daher das Thema und plapperte von irgendeiner Belanglosigkeit.

Wenig später fand ich mich schon sehr viel entspannter auf dem Boot eines alten und sehr erfahrenen Fischers wieder. Der grauhaarige Mann mit sympathischer Miene entsprach ganz dem Klischee eines Mannes, der schon sein Leben lang zur See fuhr. In seinem Gesicht wucherte ein gepflegter Vollbart und in seinem Mundwinkel steckte die klassische Pfeife. Auch der junge gutaussehende Mann, der auf dem Dorfplatz so begeistert mit mir getanzt hatte, gehörte zu der Crew. Er bemühte sich erst gar nicht, seine Freude darüber zu verbergen, dass ich die Fischer heute begleiten würde. Sein bewundernder Blick folgte mir überall hin und sobald ich ein Problem bei der Arbeit hatte, kam er mir ungefragt zur Hilfe. Die Fischer warfen sich ebenfalls verschmitzte Blicke zu und ich vergrub mein Gesicht, peinlich berührt, zwischen den Tauen. Obwohl ich hart mit anpackte, genoss ich den Tag in vollen Zügen.

Der Regen war herrlichem Sonnenschein gewichen und die goldenen Strahlen glitzerten wunderschön auf dem Wasser. Das sanfte Schaukeln der Wellen und die frische Meeresbrise ließen mich aufatmen. Der ganze schwere Ballast und die quälenden Sorgen fielen von mir ab. Ein perfekter Tag, um neue Kraft zu tanken.

Auch die Schwärmerei des hübschen Schiffsjungen tat mir gut. Ich war viel zu lange gedemütigt worden. Die Fischer waren bester Laune, weil sich in ihren Netzen ein großer Fang tummelte. Zu meiner großen Freude, wurden bereits mehrere Fische an Bord ausgenommen und auch gleich auf dem Schiff gebraten.

Lachend reichte mir der Schiffsjunge, dessen Name Kai war, ein Stück frisches Brot dazu. Es war das Beste, was ich je gegessen hatte. Die Fischer freuten sich über meinen gesunden Appetit und erklärten einstimmig, dass ich jederzeit wieder mitfahren könnte, denn so eine tüchtige Hilfe hätten sie noch nie gehabt. Ich bedankte mich herzlich für die netten, aber völlig übertriebenen Komplimente. Als ich dann noch von Kai gebeten wurde, mit ihm am nächsten Tag in der Delphinbucht zu tauchen, pfiffen die Fischer durch die Zähne oder klatschten zum Teil sogar begeistert in die Hände. Schüchtern nahm ich das verlockende Angebot an.

So wurde es sehr spät, als wir schließlich erschöpft, aber vergnügt den kleinen Hafen von Lulumba ansteuerten. Das etwas nicht stimmte, konnte ich schon von der Weite erkennen. Mehrere Menschen, darunter meine Großmutter, erwarteten uns mit brennenden Fackeln.

„Was ist los?", fragte ich besorgt, während ich aufgeregt von Bord sprang.

Meine Großmutter nahm mich eilig auf die Seite.

„Das wirst du gleich merken", meinte sie angestrengt.

Kaum waren wir ein paar Schritte gegangen, da hörte ich bereits ein ohrenbetäubendes Brüllen.

Ich erstarrte.

„Was ist das?", fragte ich entsetzt.

„Der Stahlkrieger", erklärte meine Großmutter trocken, „er hat angekündigt, solange zu Brüllen, bis du ihm wieder persönlich das Essen bringst."

Ich starrte sie entgeistert an.

„Ich muss dir wohl nicht sagen, dass er damit das ganze Dorf in Aufruhr versetzt hat."

Ein erneutes schauerliches Brüllen ertönte und ich zuckte augenblicklich zusammen. Ähnlich ging es den Umherstehenden, die zum Teil schon ihre Schlafanzüge trugen. Ängstlich und teilweise ratlos sahen sich die Dorfbewohner an. Kleinere Kinder klammerten sich voller Furcht an ihre Eltern. Ich spürte die aufkochende Wut in mir.

Energisch nahm ich meiner Großmutter die Fackel aus der Hand.

„Ich kümmere mich darum", erklärte ich grimmig.

„Morgen Mittag werden wir eine Versammlung abhalten und uns über das Schicksal des Stahlkriegers unterhalten", rief mir meine Großmutter noch hinterher, „er ist uns keine Hilfe mehr."

Mit großen Schritten marschierte ich auf den Hügel zu. Als ein neues Brüllen erklang, rannte ich schließlich los. Die Flamme der Fackel tanzte dabei wild und knisternd in meiner ausgestreckten Hand. Völlig außer Atem kam ich an der Höhle an und stürmte voller Zorn hinein.

Der Stahlkrieger saß wie üblich auf dem Boden. Um ihn herum war das ganze Essen verteilt, weil er es wütend auf die Seite geworfen hatte.

„Sag mal, bist du verrückt geworden?", brüllte ich ihn an, „was soll dieses Theater?"

„Wo bist du gewesen? Wir haben einen Vertrag."

Ich war so verblüfft, dass mir kurzzeitig die Worte fehlten.

Vertrag?

Die Entspannung des schönen Tages verflog augenblicklich.

„Ich war fischen", erklärte ich schließlich.

„Mit wem?", zischte er böse.

„Mit den Fischern", rief ich völlig außer mir und trat ihm sogar gegen den Fuß. Dann ließ ich die Fackel sinken und leuchtete direkt in sein Gesicht. „Ist dir schon mal in den Sinn gekommen, dass ich beschäftigt sein könnte?", erklärte ich ihm.

„Beschäftigt", lachte der Stahlkrieger hämisch, „du?"

Ich nickte energisch.

„Das Brot, das am Boden liegt, habe ich gebacken, du unglaublicher Rüpel", schimpfte ich und fügte hinzu: „Ich habe keine Lust, mir noch länger deine Beleidigungen anzuhören."

„Die einzige Beschäftigung, die du verrichten musst, ist hier bei mir", erwiderte er spöttisch.

„Das hat bis morgen Zeit", wies ich ihn zurecht.

„Ich brülle solange, bis ich bekomme, was ich will", zischte der Stahlkrieger.

Wieder hielt ich ihm die Fackel vor die Nase.

„Dann wirst du eben lernen müssen, dich zu beherrschen."

Der Stahlkrieger schnaubte verächtlich.

Groß baute ich mich vor ihm auf.

„Zu diesem Vertrag gehören immerhin zwei", erklärte ich überflüssigerweise, „morgen findet eine Versammlung statt, die über deine Zukunft entscheidet und es wird dann sowieso die letzte Gelegenheit sein, dass ich dich...," ich stockte und wurde feuerrot, „befragen kann", beendete ich schnell den Satz.

Ich kam mir wie eine völlige Idiotin vor.

Prompt wurde meine Aussage mit einem Lachen quittiert.

„Na, dann werde ich mir etwas ganz Besonderes einfallen lassen", tönte der Stahlkrieger und schaffte es, dass ich mich noch mehr schämte.

„Ach, halt einfach die Klappe", sagte ich genervt. „ich komme morgen wieder und du bist jetzt still. Verstanden?"

Abwartend stand ich vor ihm und tippte dabei ungeduldig mit dem Fuß auf den Boden.

„Kannst du dich mit deiner Antwort vielleicht beeilen?", fragte ich gereizt, „Fische zu fangen, ist eine sehr anstrengende Arbeit und ich bin todmüde."

„Habe ich vielleicht darum gebeten hier herum zu liegen?", erkundigte sich der Stahlkrieger wütend bei mir.

„Also, wirst du Ruhe geben?", fragte ich.

Er nickte kaum merklich.

Zur Sicherheit leuchtete ich ihm noch einmal ins Gesicht.

„Also, abgemacht", bestätigte ich.

Kritisch betrachtete ich sein Gesicht.

„Was ist mit deinen Augen?"

„Was soll damit sein?", fragte er.

„Sie sind plötzlich so anders", meinte ich überrascht, „orange oder gelb."

„Und dein Hintern ist gleich blau", erwiderte er schlagfertig.

Pikiert wich ich zurück.

Eigentlich war es mir auch egal, welche Farbe seine Augen hatten. Ich bückte mich nach dem Brot, säuberte es oberflächlich und legte es auf seinen Schoß.

„Bis morgen", sagte ich schließlich.

Statt einer Antwort erhielt ich ein Knurren.

Dann marschierte ich mit forschem Schritt zum Ausgang.

Die Nachtruhe war gesichert.

Ich hatte es geschafft!

Stolz ging ich zu der Nische in der Felswand, um die Kette zu entsichern.

Die Erkenntnis traf mich wie einen Schlag.

Gleichzeitig blieb mein Herz stehen und die Lunge versagte endgültig ihren Dienst. Ich japste und musste mich setzen, weil sich alles um mich herum drehte. Mit beiden Händen hielt ich die Fackel umklammert, weil meine Hände so sehr zitterten. Ich hatte vor lauter Übermut und Zorn, vergessen die Kette zu sichern.

„Vielleicht ist es dem Stahlkrieger nicht aufgefallen", dachte ich hektisch.

„Er ist doch kein Dummkopf, so wie du", meldete sich meine innere vorwurfsvolle Stimme wieder.

Ich versuchte, die letzten Minuten Revue passieren zu lassen. Mein Benehmen war die reinste Katastrophe. Fassungslos schlug ich die Hand gegen die Stirn. Wie selbstsicher und streng ich vor dem Stahlkrieger aufgetreten war, ohne zu wissen, dass er mich innerhalb eines Wimpernschlags hätte töten können. Wie lächerlich musste er mich finden. Trotzdem verschonte er mich ständig.

Warum tat er das?

Ich musste dringend mit meiner Großmutter reden, vielleicht hatte sie eine Erklärung für sein sonderbares Verhalten. Ich hatte ihr sowieso viel zu viel verschwiegen. Allerdings würde ich damit bis morgen warten. Vielleicht würde mich meine Großmutter sonst nicht mehr zu ihm gehen lassen. Eilig machte ich mich auf den Rückweg, um kurz darauf in viele fragende Gesichter zu blicken.

„Das Problem mit dem Stahlkrieger ist gelöst", erklärte ich knapp, „ab jetzt ist Ruhe."

Meine Großmutter kam mir zur Hilfe.

„Ihr habt es gehört", meinte sie beruhigend, „ihr könnt alle ins Bett gehen", dabei hob sie gleich die Hand zum Gruß und wünschte allen eine gute Nacht.

Einige gingen nur zögerlich in ihr Haus zurück. Sie hätten zu gerne gewusst, wie ich es geschafft hatte, den Stahlkrieger zu beruhigen. Andere warfen mir dagegen bewundernde Blicke zu. Auch meine Großmutter erkundigte sich auf dem Heimweg nach meiner Vorgehensweise.

„Ich hatte keine Lust auf einen Streit mit ihm, dazu bin ich zu müde," meinte ich und tat gelangweilt, „deshalb habe ich ihm versprochen, morgen wiederzukommen."

„Versprochen?" Meine Großmutter hob überrascht die Augenbraue, „das hört sich aber sehr vertraut an."

„Das kommt dir nur so vor," meinte ich und machte eine abfällige Handbewegung, „ich habe mich falsch ausgedrückt, weil ich so müde bin."

Bevor sie mir noch weitere Fragen stellen konnte, drückte ich ihr rasch einen Kuss auf die Stirn und verschwand in meinem Zimmer.

Warum lag mir so viel an dem morgigen Tag?

Ich benahm mich beinahe so, als ob ich eine Verabredung haben würde. Es war aber auch zu dumm, dass ich keine Freundin hatte, mit der ich über solche Dinge reden konnte. Nyla war zu jung und Großmutter zu alt und Lazarus war..., ich überlegte, nun ja, er war eben ein Mann. In diesen Momenten fehlte mir meine Mutter so sehr. Sie hätte mich zwar für verrückt erklärt, aber sie hätte mir auch mit einem weisen Rat geholfen.

Nachdenklich starrte ich an die Decke.

Vielleicht war es ganz natürlich, dass durch die körperliche Nähe auch eine persönliche Verbindung entstand. Meine Großmutter hatte es sogar "vertraut" genannt.

Schockiert setzte ich mich auf.

Nicht mit dem Stahlkrieger.

Er war ein grausames Scheusal, das mich durch den Wald getrieben hatte, mit der Absicht, meinen Kopf vom Rumpf zu trennen. Diese schreckliche Tatsache musste ich mir immer wieder vor Augen halten.

Augen!

Warum wechselten die Augen des Stahlkriegers ständig ihre Farbe? Ich hatte das Gefühl, dass sie immer heller wurden. Und immer wieder stellte ich mir die Frage, warum er mein Leben verschone.

„Weil er genau weiß, wie naiv und dumm du bist", meldete sich die böse Stimme wieder zu Wort, „er wird noch tausend Gelegenheiten bekommen, um dich zu töten. Vielleicht vor den Augen deiner Großmutter oder am besten vor dem ganzen Dorf. Vielleicht auch zu einem präzise geplanten Zeitpunkt, an dem du überhaupt nicht damit rechnest."

Dieses Mal beschloss ich, meine innere Stimme nicht zu ignorieren und ab jetzt besonders vorsichtig zu sein.

Ich frühstückte deshalb am nächsten Tag sehr ausgiebig und scheinbar unbekümmert mit meiner Großmutter. Es tat gut, dass wir uns endlich wieder einmal Zeit füreinander nahmen. Mit Absicht wählten wir dabei keine ernsten Themen, sondern führten eine ganz ungezwungene Konversation.

Schließlich war es Zeit, zu der Versammlung zu gehen. Während wir eilig auf das Gebäude zusteuerten, konzentrierte sich meine Großmutter bereits auf ihren Vortrag. Schwungvoll öffnete ich die Tür und blickte in die gelangweilten Gesichter einer Handvoll Menschen.

„Nanu!", sagte ich überrascht zu meiner Großmutter, „du hast den Termin doch bekanntgegeben. Warum sind so wenige Dorfbewohner erschienen?"

„Daran haben wir uns schon gewöhnt", sagte meine Großmutter augenzwinkernd, während sie Tey begrüßte. Ich nickte ihm ebenfalls kurz zu. „Die meisten Menschen interessieren sich einfach nicht für diese Dinge."

Dafür fehlte mir jedes Verständnis. Unter anderem war meine Mutter dafür gestorben, dass jeder Mensch ein Mitspracherecht in allen Angelegenheiten erhalten sollte.

„Aber es betrifft sie doch", empörte ich mich, „schließlich leben sie in diesem Dorf."

„Na ja", erwiderte meine Großmutter schmunzelnd, „vielleicht

vertrauen sie uns einfach blind."
Damit war ich genauso wenig einverstanden.
„Aber ich kann doch meine Zukunft nicht in die Hände von anderen Menschen legen", meinte ich fassungslos.
Tey lächelte und legte mir dabei die Hand auf die Schulter. „Aus deiner Enkeltochter wird eine Große werden", sagte er zu meiner Großmutter, „Vielleicht sollten wir das Problem mit der Ignoranz bei Abstimmungen in ihre Hände legen. Mit ihrer Leidenschaft wird sich das Versammlungsgebäude vielleicht sogar eines Tages wieder füllen?"
Meine Großmutter betrachtete mich voller Stolz.
„Ja", bestätigte sie, „das wird sie."
Wir warteten noch mehrere Minuten und gingen schließlich davon aus, dass niemand mehr zur Versammlung erscheinen würde. Meine Großmutter begann zu sprechen. Anfangs gab es sehr viele unspektakuläre Punkte zu klären. Zum Beispiel, wie viel neue Fischerboote gebaut werden mussten oder welche Zahl an Mitarbeitern nötig war, das reife Gemüse auf den südlichen Hügeln zu ernten. Obwohl der Vortrag sehr lange und nicht sehr spannend war, hörte ich aufmerksam zu. Ich wollte über alles, was im Dorf passierte, informiert sein. Schließlich kam meine Großmutter auf den letzten Punkt in ihrer Tagesordnung zu sprechen: dem Stahlkrieger.
Unruhig zappelte ich plötzlich auf meinem Stuhl hin und her. Auch die wenig Beteiligten tuschelten jetzt aufgeregt untereinander.
Während der Versammlung war leise und beinahe unbemerkt ein Vogelmensch in den Raum geschlüpft. Ich hatte ihn noch nie gesehen und musterte ihn kurz. Er trug sein langes braunes Haar zu einem Pferdeschwanz gebunden und die einzige Kleidung, die er trug, bestand, genau wie bei Lazarus, aus einer kurzen dunklen Leinenhose. Auch er machte eine sehr imposante Gestalt. Allerdings lange nicht so imposant wie Lazarus, denn dazu fehlten ihm die markanten Gesichtszüge.

„Das ist Cornelius", stellte ihn meine Großmutter kurz darauf vor. „Lazarus hat ihn geschickt, damit er den Gefangenen fortbringt."

Zur Begrüßung hob Cornelius die Hand. Wir erwiderten die Geste.

Jetzt übernahm Tey das Wort. „Die große Mutter und ich haben beschlossen, dass der Stahlkrieger uns jetzt genug Informationen gegeben hat und es an der Zeit ist, dass er unser friedliches Dorf wieder verlässt. Wie ihr alle wisst, hat er gestern für Unruhe unter den Bewohnern gesorgt", eindringlich blickte er in die Runde, „mit Hilfe von Cornelius werden wir ihn an einen Ort bringen, an dem er überleben kann und der weit genug entfernt ist, um den Standort unseres Dorfes nicht zu verraten. Wer ist dafür?"

Alle hoben die Hand.

„Wir wissen natürlich auch wie gefährlich der Stahlkrieger ist und damit unserem Freund auf der Reise nichts passiert", er deutete auf Cornelius, „haben die große Mutter und ich beschlossen, den Gefangenen mit einem starken Mittel zu betäuben."

„Wie ein Stück Vieh", schoss es mir durch den Kopf.
Aber es nützte nichts.

„Wer ist dafür?"
Resigniert hob ich die Hand.

„Einstimmig", notierte meine Großmutter darauf zufrieden.

„Wo wird der Gefangene hingebracht?", erkundigte ich mich.

„Es wird das Beste für ihn sein, wenn er zur Burg zurückkehrt."

Ich hielt den Atem an.

„Zu Kaiman?", fragte ich betreten.

Tey nickte. „Ganz richtig", erklärte er, „wir bringen ihn so nahe wie möglich dorthin."

„Wir denken, dass er eine faire Chance hat", sagte meine Großmutter zuversichtlich, „ich konnte mich gestern selbst davon überzeugen, dass seine Wunden an den Beinen verheilt sind. Er wird es nach Hause schaffen."

„Nach Hause", dachte ich bedrückt. Ein schönes Wort für so einen grässlichen Ort.

Was würde den Stahlkrieger dort erwarten?

Ich schluckte schwer.

„Aber vielleicht findet er doch hierher zurück?", meinte ich skeptisch.

„Wir leben immer mit der Angst, entdeckt zu werden", antwortete Tey, statt meiner Großmutter, „die Gefahr wird durch den Stahlkrieger nicht größer. Er war bewusstlos, als er von Lazarus gefunden und hergebracht wurde. Er kann sich deshalb nicht an den Weg erinnern. Cornelius wird ebenfalls mehrere Umwege fliegen, damit er sich an nichts orientieren kann. Wir müssen unsere Hoffnungen weiter auf die Tatsache setzen, dass die Größe dieses Landes und die undurchdringliche Wildnis unser bester Schutz ist."

Schließlich wurden noch einige unbedeutende Formalitäten erledigt, während sich die Versammlung langsam auflöste. Meine Aufgabe bestand jetzt darin, dem Stahlkrieger mitzuteilen, dass er noch heute fortgebracht wurde.

„Vielleicht gelingt es dir noch, eine letzte wichtige Information von ihm zu erhalten", meinte meine Großmutter, ohne mir dabei in die Augen zu sehen.

Sie tat so, als sei sie damit beschäftigt, die Stühle geradezurücken.

„Ich werde mein Bestes geben", sagte ich schärfer als ich es wollte.

Daraufhin zuckte meine Großmutter kaum merklich zusammen.

„Sag uns Bescheid, wenn du alles erledigt hast", meinte sie leise.

Wortlos schnappte ich mir den Korb und ging zum Hügel. Der Aufstieg kam mir heute beschwerlicher vor als sonst. Ächzend drehte ich an der Kette. Diese fatale Nachlässigkeit würde mir nicht noch einmal passieren. Mit klopfendem Herz betrat ich die Höhle. Es fühlte sich fast so wie beim ersten Mal an.

„Hallo", sagte ich schüchtern, als ich den Stahlkrieger am Boden sitzen sah.

„Prinzessin", erwiderte er in seinem gewohnten, spöttischen Ton, „ich habe schon auf dich gewartet."

Irgendetwas in seiner Stimme verschaffte mir eine Gänsehaut. Schnell packte ich deshalb den Proviant aus, der aus Brot, Obst, Wasser und Käse bestand.

„Was machst du da?", erkundigte er sich ungeduldig.

„Du wirst heute fortgebracht", erklärte ich ihm, während ich einen Apfel aus dem Korb nahm.

„Das weiß ich schon. Wirst du mich etwa vermissen?"
Gehässig lachte er.
Ich ignorierte seine provozierende Frage.

„Ein Vogelmensch wird dich in der Nähe der Burg absetzen. Meine Großmutter ist der Ansicht, dass du unsere Gastfreundschaft lange genug genossen hast."

„Zur Burg?", der Stahlkrieger schien tatsächlich überrascht zu sein, „ihr seid ja noch dümmer als ich geglaubt habe."

„Wir sind eben ein friedliches Volk", verteidigte ich mein Dorf.

„Dann wird es dich freuen, dass ich eine äußerst interessante Nachricht für dich habe", der Stahlkrieger lehnte sich entspannt zurück, „allerdings stelle ich eine Bedingung…"

„Ich kenne deine Bedingungen", fiel ich ihm ins Wort und machte mich daran meinen Rock aufzuknöpfen.

„Löse die Kette, ich will mich dabei bewegen können", meinte er.
Ich bekam große Augen.

„Bist du verrückt geworden", erkundigte ich mich fassungslos.

„Wer weiß?"

„Ich werde auf keinen Fall die Kette entsichern", erklärte ich bestimmt, „du wartest doch nur darauf, mich in kleine Stücke zu reißen."

„Und warum habe ich es dann gestern nicht getan?", fragte er böse und spuckte vor mir aus.

Also doch!

Mein dummer Fehler war ihm nicht entgangen.

Ich spürte schon wieder diese verdammte Hitze in meinem Gesicht.

„Weil, weil...", stotterte ich, „weil du es dir eben für heute aufgehoben hast."

Erstaunt sah er mich an - dann lachte er.

Zum ersten Mal nicht boshaft, sondern irgendwie natürlich. Sein Lachen hatte einen angenehmen Klang und wühlte mich mehr auf als ich es wollte. Ich kam mir plötzlich klein, dämlich und unbedeutend vor.

„Das ist überhaupt nicht komisch", beschwerte ich mich.

Der Stahlkrieger gab sich schnell wieder gewohnt gleichgültig. „Es ist deine Entscheidung", meinte er.

„Warum können wir es nicht wie immer tun?", erkundigte ich mich hilflos. Mein letztes Ehrgefühl löste sich bei dieser Bettelei in Luft auf.

„Es ist deine Entscheidung", wiederholte der Stahlkrieger teilnahmslos.

„Wie wichtig ist die Information?", wollte ich wissen.

„Sehr wichtig."

„Das musst du jetzt ja sagen", meinte ich wütend, „das ist sehr unfair von dir."

Der Stahlkrieger blieb völlig unbeeindruckt. „So ist das Leben eben. Tu es oder lass es sein."

In mir brodelte es. Ich überlegte angestrengt, was ich tun sollte.

„Ich denke, du möchtest nicht mehr davonrennen?"

Dass er ausgerechnet jetzt damit anfangen musste. Ich strafte ihn mit einem bösen Blick. Dann stand ich auf.

„Und?", meinte er.

Seine Augen waren zu Schlitzen verengt.

„Ich schwöre dir, wenn ich nur einen ganz kleinen Kratzer abbekomme, dann..."

Ja, was eigentlich dann?

Auch der Stahlkrieger sah mich abwartend an.

„Ich wünsche einen schnellen Tod", sagte ich entschieden. Und das meinte ich tatsächlich so.

Offensichtlich war ich komplett lebensmüde geworden.

Die Mundwinkel des Stahlkriegers zuckten.

„Kannst du vergessen", meinte er höhnisch.

„Du würdest mich leiden lassen?", erkundigte ich mich entsetzt.

„Stundenlang", kam die ernüchternde Antwort, „Mach die Kette los."

Wie in Trance marschierte ich aus der Hölle und zu der Nische im Felsen. Ich fragte mich, wer von uns beiden eigentlich der Gefangene war. Noch während ich die Kurbel zurückdrehte, war ich mir sicher, dass ich gerade mein eigenes Todesurteil fällte. Vielleicht schlummerte tatsächlich eine heimliche Todessehnsucht in mir. Allerdings war es mir ein Rätsel, warum ich dann in den vergangenen Monaten so einen Überlebenswillen bewiesen hatte. War es der Reiz des Verbotenen, der mich lockte? War ich genauso verrückt wie mein Vater?

Auf wackligen Beinen trat ich schließlich wieder in die Höhle. Der Irrsinn meiner Tat wurde mir in dem Augenblick bewusst, als ich merkte, dass der Stahlkrieger sich langsam erhob.

Ängstlich schielte ich zum Ausgang.

„Vergiss es!", meinte er als er meinen Blick bemerkte, „ich bin viel schneller als du."

Ein dicker Kloß saß in meinem Hals, als er auf mich zu kam. Ich hatte vergessen, wie groß er war.

„Kann ich meine Entscheidung noch einmal überdenken?", krächzte ich panisch.

„Zu spät", knurrte er, „ich hätte nicht gedacht, dass du es wagen würdest, die Kette zu lockern."

„Ich auch nicht", erklärte ich ihm jetzt, während ich ängstlich die Hände vor das Gesicht schlug. Soviel Dummheit musste einfach bestraft werden.

Seine Finger packten mich am Handgelenk.
Sie fühlten sich rau, aber warm an.
Es war das erste Mal, dass er mich berührte.
„Da rüber!", befahl er und zog mich in den hinteren Teil der Höhle.
Hier hatte er sein Nachtlager errichtet. Natürlich, bevor er mich tötete, wollte er noch seinen Spaß mit mir haben. Der Stahlkrieger schien meine Gedanken zu erraten.
„Entspann dich", kommandierte er zynisch.
Fast hätte ich darauf laut und hysterisch gelacht. Er hatte gut reden. Wie er es schaffte, mich aus meinem kompliziert geschnürten Gewand herauszubekommen, war mir ein Rätsel. Kurz darauf lag ich schon völlig nackt im Stroh. Ich schämte mich ganz furchtbar und versuchte, mit den Händen meine Blöße zu verdecken. Auch der Stahlkrieger streifte seine Kleidung ab. Durch den Lichtspalt sah ich einen Teil seiner stählernen Muskeln, aber auch die vielen schrecklichen Narben, die seinen Körper übersäten. Dann legte er sich zu mir. Am Anfang zuckte ich bei jeder seiner Berührungen ängstlich zusammen, doch nach und nach ließ ich ihn gewähren. Der anschließende Akt war so völlig anders als sonst und zu meiner größten Schande musste ich gestehen, dass er mir beinahe Spaß machte. Nach einiger Zeit begann mein Körper zu beben, doch ich schaffte es, ein Stöhnen zu unterdrücken. Und dann war da dieses angenehme Gefühl, das ich vorher noch nie hatte.
Der Stahlkrieger lehnte sich zurück. Ein triumphierendes Lächeln lag in seinem Gesicht.
Hastig suchte ich meine Kleidung zusammen und schlüpfte umständlich hinein. Mein Gesicht brannte wie Feuer.
Vorsichtig schielte ich dabei immer wieder zu ihm hinüber. Er hatte die Augen geschlossen und sich gar nicht die Mühe gemacht, seine Blöße zu bedecken. Ich dagegen konnte mich gar nicht schnell genug anziehen.
Heimlich musterte ich dabei seine Statur.

„Und was gibt es zu sehen?", wollte er spöttisch wissen. Ertappt zuckte ich zusammen.

„Nichts was von Interesse wäre", erklärte ich kühl, obwohl ich innerlich völlig aufgewühlt war.

„Lügnerin!", kommentierte der Stahlkrieger meine Aussage richtig.

„Du bist eingebildet", meinte ich, während ich meine Schuhe suchte.

„Und du vorlaut für jemanden der gleich tot sein wird", meinte er kaltschnäuzig.

„Ich habe keine Angst mehr vor dir", sagte ich, dabei schlug mir das Herz bis zum Hals. Demonstrativ präsentierte ich ihm meinen Rücken, als ich die Schuhe band. Er setzte sich auf. Sein Atem streifte dabei meinen Nacken und ich bekam wieder eine Gänsehaut.

„Du lügst ja schon wieder", erklärte er gefährlich leise
Ich kniff die Augen fest zusammen, als seine Hände meine Schultern berührten, zu meinen Hals wanderten und ihn kurz darauf umschlossen. Bei jedem anderen Paar hätte es nach einer zärtlichen Geste ausgesehen, aber wir waren kein normales Paar. Seine Lippen waren jetzt ganz nah an meinem Ohr und ich wagte es nicht, mich zu rühren.

„Sag deiner Großmutter, dass seine Gottheit die Himmelsstadt nicht angreifen kann. Dazu ist er nicht in der Lage."
Ruckartig drehte sich mein Kopf zu ihm. Ich hatte alle Vorsicht vergessen.

„Aber das ist nicht wahr", meinte ich aufgebracht, „er hat es bereits getan!"
Die Augen des Stahlkriegers funkelten zornig.

„Sag es ihr einfach", meinte er böse, „und sag ihr auch, dass ich jetzt für die Abreise bereit bin."
Schnell erhob ich mich. Ich kam mir verraten und auf sonderbare Art und Weise auch verletzt vor.

„Das ist nicht fair", beschwerte ich mich deshalb wieder.

„Weib, verschwinde endlich, bevor ich meine Entscheidung

überdenke und dich doch noch töte."

Zur Unterstreichung seiner Worte fletschte er die Zähne.

„Aber du hast mir eine falsche Information gegeben", rief ich.

Er sah mir lange und eindringlich in die Augen.

„Das habe ich nicht", erklärte er und während ich noch seinem Blick standhielt sagte er: „Leb wohl."

Ich wusste, dass damit das Gespräch für ihn beendet war und ich nichts mehr aus ihm herausbringen würde. Ich spürte einen unerklärlichen Schmerz in der Brust.

Verwirrt ging ich zum Ausgang, um meiner Großmutter das vereinbarte Zeichen zu geben, indem ich eine bunte Fahne an der Spitze des Hügels aufstellte. Während ich die Kette sicherte, überlegte ich, ob ich mich vielleicht umsonst für die Sache geopfert hatte.

„Geopfert?", höhnte es durch meinen Kopf, „das sah aber ganz anders aus."

Tief in Gedanken versunken wartete ich auf die Ankunft der kleinen Menschengruppe. Tey kam als erstes oben am Hügel an, gefolgt von Cornelius, der meiner Großmutter den Arm als Stütze gereicht hatte.

„Na, wie geht es unserem Patienten?", meinte Tey betont fröhlich.

„Er ist bester Laune, wie immer", erklärte ich mürrisch.

Der Arzt runzelte die Stirn. Dann zog er eine kleine Medizinflasche aus seiner Tasche.

„Glaubst du, er wird das hier trinken?"

Fragend streckte er mir das Betäubungsmittel entgegen.

„Ich denke schon", sagte ich zuversichtlich.

Die Umherstehenden nickten.

„Wir lösen die Fesseln erst, wenn wir ganz sicher sind, dass der Stahlkrieger betäubt ist."

„Wie besprochen", sagte meine Großmutter.

Dann betraten wir alle die Höhle. Für mich fühlte es sich fast so an, als würden die drei in meine Privatsphäre eindringen. Ich schimpfte mich selber eine Närrin.

„Na sieh mal an", höhnte der Stahlkrieger, „was für eine skurrile Versammlung. Zu welchem Maskenball seid ihr denn eingeladen?"

Meine Großmutter beachtete ihn nicht, sondern ließ erst einmal einen flüchtigen Blick durch die Höhle gleiten.

„Hallo Jared", sagte sie dann und ein heißer Stich bohrte sich in mein Herz.

Jared?

War das der Name des Stahlkriegers?

Ich hatte mir nie Gedanken darüber gemacht.

„Ich habe dir gesagt, dass du mich nicht so nennen sollst, alte Vettel", zischte der Stahlkrieger.

„Ich nenne dich so, weil es dein Name ist", sagte meine Großmutter unbeeindruckt, „und meiner ist übrigens Elenor, aber du kannst mich auch große Mutter nennen."

Mein Herz klopfte bis zum Hals.

Jared!

Woher wusste meine Großmutter den Namen des Stahlkriegers und welche Informationen hatte sie mir noch verschwiegen? Diese Fragen würde ich klären, sobald wir wieder unter uns waren.

Meine Großmutter riss mich aus meinen Gedanken, indem sie mich mit dem Ellenbogen anstieß.

„Du musst das hier trinken", sagte ich deshalb betont kühl zu dem Stahlkrieger und hielt die Medizinflasche hoch.

„Ja", knurrte er, „bringen wir diese verdammte Sache endlich hinter uns."

Ich kniete mich neben ihm nieder. Dann hielt ich dem Stahlkrieger die Flasche an die Lippen. Dabei zitterten meine Hände so sehr, dass ich sie beinahe fallen ließ.

„Nervös?", flüsterte mir der Stahlkrieger so leise zu, dass nur ich es hören konnte.

„Würdest du bitte das Leben von Cornelius verschonen, selbst wenn du Gelegenheit hättest ihn zu töten?", fragte ich ihn beobachtend wie er den Saft austrank.

Die Augen des Stahlkriegers wurden schmal.

„Wie kannst du es wagen, Forderungen an mich zu stellen, Weib?", flüsterte er böse, „was verbindet dich mit diesem Federvieh? Ist er etwa dein Geliebter?"

Typisch, dass er sogar jetzt einen Streit anfangen musste.

Aber was hatte ich denn erwartet?

Rote Rosen?

Stattdessen funkelte ich in zornig an.

„Es war lediglich eine einfache Bitte", wisperte ich ihm zu, „ich habe Cornelius heute zum ersten Mal getroffen. Er ist viel zu jung und unschuldig, um für Kaiman getötet zu werden." Äußerst unsanft zog ich die Flasche aus seinem Mund und erhob mich so würdevoll es ging.

„Das Mittel müsste in den nächsten Minuten wirken", sagte Tey, der den Stahlkrieger keine Minute aus den Augen ließ, „es könnte sein, dass du einen leichten Schwindel verspürst, weil..."

„Erspare mir deine Erklärungen, Quacksalber", unterbrach ihn der Stahlkrieger schroff, „und bringt mich endlich hier fort."

„Wie du meinst", erwiderte Tey verärgert.

Dann stellten wir uns in einer Gruppe um ihn herum auf und beobachteten ihn dabei, wie er langsam immer schwächer wurde. Wie aufdringliche Voyeure eines schrecklichen Schauspiels. Es fühlte sich schlecht an.

Kurz bevor der Stahlkrieger die Besinnung verlor, warf er nochmal ein hämisches Grinsen in die Runde. Sein Blick blieb dabei an mir hängen. Unsere Augen trafen sich für den Bruchteil einer Sekunde, doch dann sackte sein Kinn betäubt auf die Brust. Die Wirkung der Medizin hatte eingesetzt. Zur Sicherheit warteten wir noch ein paar Minuten, doch dann lösten meine Großmutter, Tey und Cornelius gleichzeitig die Fesseln.

Scheppernd fielen die Ketten zu Boden.

Obwohl der Stahlkrieger betäubt war, standen wir alle für einen Moment wie erstarrt da, als ob wir mit einem Angriff rechnen würden.

Schließlich hob Cornelius den Stahlkrieger vom Boden hoch und trug ihn zum Ausgang.

„Wird dir seine Last nicht zu schwer?", erkundigte ich mich erstaunt.

Cornelius schüttelte den Kopf. „Wir Vogelmenschen können das Doppelte unseres Körpergewichtes tragen."

„Tatsächlich?", meinte ich skeptisch.

Der Stahlkrieger war einen Kopf größer als Cornelius und außerdem viel breiter.

„Natürlich muss ich Pausen machen", bestätigte Cornelius.

Nachdenklich folgte ich der Gruppe nach draußen. Die Sonne schien hell auf den Höhleneingang und auch auf die Gesichtszüge des Stahlkriegers.

Ich erschrak bis ins Mark.

Wenn seine Augen geöffnet gewesen wären, hätte mich sein Anblick bei weitem nicht so schockiert, wie er es jetzt tat. Im Schlaf wirkte er beinahe friedlich. Seine Haare waren immer noch verfilzt, aber nachdem sie von mir geschnitten worden waren, legte es einen Teil seines Gesichtes frei. Außerhalb der dämmrigen Höhle erkannte ich im Tageslicht, dass er nur ein paar Jahre älter sein konnte als ich. Unter all dem Dreck und der Verkommenheit verbarg sich ein gutaussehender Mann. Seine Erscheinung brannte sich förmlich in mein Herz.

Ich hatte Mühe, die Tränen zurückzuhalten.

Hastig blickte ich mich um, ob jemand meinen verwirrten Zustand bemerkt hatte, doch meine Großmutter war mit Tey in ein Gespräch vertieft und Cornelius hörte ihnen dabei aufmerksam zu. Ich versuchte ich mich zu beruhigen, indem ich langsam ein- und ausatmete, doch immer wieder fiel mein Blick zu der regungslosen Gestalt.

Jared!

Ich war mir sicher, dass wir uns nie wiedersehen würden.

Und das war auch gut so, redete ich mir ein. Diese Begegnungen hatte mich in ein völliges Chaos gestürzt. Es war höchste Zeit, dass es aufhörte!

Wäre da nur nicht dieses sonderbare Ziehen in meiner Brust gewesen.

„Also, damit sind alle Details geklärt", sagte meine Großmutter gerade.

Sie nickte mir zu und ich nickte automatisch zurück. Ich hatte überhaupt nicht zugehört, tat aber so, als ob ich alles verstanden hätte.

„Auf Wiedersehen, Penelope", sagte Cornelius und verbeugte sich leicht vor mir.

„Eine gute Heimreise", wünschte ich ihm, „und viele Grüße an Lazarus."

„Die werde ich ausrichten", erwiderte Cornelius.

Dann verabschiedete er sich von meiner Großmutter und Tey. Anschließend hob er den Stahlkrieger auf seine Arme, spannte breit die Flügel und flog mit ihm elegant in den Himmel.

Ich schluckte schwer und blickte ihnen so lange hinterher, bis sie am Horizont verschwunden waren. Eine unerklärliche Leere machte sich in mir breit.

Meine Großmutter, die meinen Blick falsch deutete, legte fürsorglich den Arm um mich und meinte: „jetzt hast du es überstanden, mein Kind."

Tey verabschiedete sich ebenfalls und sagte: „Auf mich wartet ein Patient."

Grimmig sah ich ihm nach, wie er leichtfüßig den Hügel hinunterging. Aus irgendeinem Grund war ich auf den Medizini nicht gut zu sprechen, aber ich unterdrückte meinen Groll, denn endlich war ich mit meiner Großmutter alleine.

„Woher weißt du seinen Namen", erkundigte ich mich.

„Hm?", machte meine Großmutter geistesabwesend. Sie bückte sich gerade nach dem Korb, den ich mitgebracht hatte.

„Der Name des Stahlkriegers", erinnerte ich sie ungeduldig, „woher kennst du ihn?"

„Achso", meinte sie und hakte sich für den Abstieg bei mir ein, „ich habe in den Unterlagen nachgesehen, die ich damals von deiner Mutter erhalten habe. Kaiman hat Buch über die Kinder geführt, die er seinerzeit gekauft oder den Eltern entrissen hat. Er befahl Fabienne damals, die Papiere zu vernichten, was sie natürlich nicht getan hat."

„Und steht in diesen Unterlagen noch mehr über ihn?" Gespannt wartete ich auf ihre Antwort.

„Das ist sehr gut möglich", meinte sie, „ich habe bis heute nicht einmal die Hälfte durchgesehen. Es handelt sich dabei um stapelweise unsortiertes Papier und deshalb ist die Arbeit sehr mühselig und zeitaufwendig."

„Wie war es dir dann überhaupt möglich, den Namen des Stahlkriegers herauszufinden?"

„Es gibt eine Namensliste der Kinder, die in Kaimans Obhut waren. Sie lag zum Glück ganz oben auf dem Stapel. Über die Nummer, die in seinem Nacken eintätowiert ist, konnte ich seinen Geburtsnamen leicht herausfinden."

„Diese Nummer habe ich nie gesehen", murmelte ich.

„Wie solltest du auch", sagte meine Großmutter überrascht. Resigniert ließ ich die Schultern hängen. Ich kam mir unfähig vor. Wieder deutete meine Großmutter die Situation falsch. Sie betrachtete mich nachdenklich von der Seite.

„Habe ich dir zu viel zugemutet, Pen?", erkundigte sie sich leise und besorgt, „in schlaflosen Nächten frage ich mich das manchmal."

Ihre Schritte wurden langsamer und sie blickte mich abwartend an. Ich ließ mir absichtlich Zeit mit meiner Antwort.

„Es ist in Ordnung, Großmutter", sagte ich schließlich, „was ich getan habe, habe ich für unser Volk getan. Ich würde es wieder tun."

Großmutter atmete sichtlich erleichtert aus. „Und, was denkst du über deine Großmutter?", wollte sie wissen.

„Du bist gute Anführerin", ich machte eine Pause, „auch wenn deine Methoden bisweilen etwas fragwürdig sind", fügte ich ehrlich hinzu.

„Deine Einschätzung bedeutet mir sehr viel, Pen", sagte

meine Großmutter dankbar, "es tut gut, eine kluge und ehrliche Beraterin an meiner Seite zu haben."

Ich seufzte innerlich. So eine Beraterin hätte ich selber auch gerne.

"Großmutter", begann ich deshalb vorsichtig, "glaubst du, dass der Stahlkrieger mich am Leben gelassen hätte, selbst wenn er die Möglichkeit gehabt hätte, mich zu töten?"

Meine Großmutter hob überrascht die Augenbraue.

"Warum sollte er?", erkundigte sie sich bei mir. "Ich denke, dass er keine Sekunde gezögert hätte", meinte sie kalt. Dann wurde sie plötzlich blass. "Warst du denn in Gefahr? Haben wir etwas übersehen?"

"Nein, nein", beeilte ich mich sie zu beruhigen, "es war nur so ein Gedanke."

"Glaube mir", meinte meine Großmutter, während sie vorsichtig um einen Felsen kletterte, "von einem Stahlkrieger kannst du keine Gnade erwarten und schon gar nicht von diesem hier." Mit einer Kopfbewegung deutete sie auf den zwischenzeitlich weit entfernten Höhleneingang. "Ich bin froh, dass er weg ist", sagte sie dabei erleichtert, "als Lazarus ihn in unser Dorf brachte, war er völlig entsetzt von seiner Präsenz."

Betreten blickte ich zu Boden und übersah dabei einen Ast, der vor meinem Gesicht baumelte. Äußerst schmerzhaft knallte er mir gegen die Stirn. Vielleicht ein Schlag der Ernüchterung?

"Dein Vater hat gute Arbeit geleistet", erklärte meine Großmutter bitter und schonungslos weiter, "einst waren sie unschuldige Kinder, doch jetzt hat er grausame Monster aus ihnen gemacht. Eine Armee willenloser Marionetten und er ist der grausame Puppenspieler, der die Fäden zieht. Was für ein unglaubliches Verbrechen."

Sie blieb kurz stehen, um durchzuatmen.

Ein paar farbenprächtige Papageien ließen sich in dem Geäst über uns nieder. Sie krächzten lautstark und putzten anschließend ihr buntes Gefieder.

Meine Großmutter betrachtete sie andächtig.

„Genug von den düsteren Geschichten", meinte sie kurz darauf, „wie wäre es, wenn du morgen wieder zum Fischen gehen würdest, Pen? Du hattest letztes Mal so viel Spaß. Das bringt dich sicher auf andere Gedanken."

Ich zuckte mit den Schultern.

„Mal sehen", antwortete ich, obwohl ich ganz genau wusste, dass ich mir eine andere Ablenkung suchen würde. Der Ausgang des letzten Ausflugs war mir noch viel zu gut im Gedächtnis.

Nachdem ich meine Großmutter nach Hause gebracht hatte, verbummelte ich den Rest des Tages allein am Strand. Ich brauchte etwas Zeit nur für mich. Während ich Muscheln sammelte und dabei immer wieder auf das weite Meer hinausblickte, versuchte ich Jared aus meinen Gedanken zu vertreiben.

Vergeblich!

Mitten in der Nacht wurde ich von einem Alptraum wach. Ich hatte vom Stahlkrieger geträumt. Aus seinen schwarzen tiefen Augenhöhlen loderte Feuer und er streckte mir seine eiserne Klaue entgegen.

„Du gehörst mir", sagte er dabei mit einer dunkel dröhnenden Stimme, die direkt aus der Höhle zu kommen schien, "für immer."

Schweißgebadet saß ich im Bett. Das Nachthemd klebte wie eine zweite Haut an mir. Es dauerte lange, bis ich wieder Ruhe fand.

Am nächsten Tag stand ich bereits am frühen Morgen auf dem Dorfplatz vor dem Arbeitsplan und trug ich mich zum Kerzenmachen ein. Am darauffolgenden Tag schrieb ich meinen Namen neben der Tätigkeit Töpfern ein. Und am übernächsten Tag beim Körbe flechten. Das Backen erlebte gerade einen regelrechten Boom. Der fröhliche Bäcker hatte nämlich beschlossen, experimentierfreudiger zu werden und die Dorfgemeinschaft mehr an der Auswahl seiner Brote und Kuchen teilhaben zu lassen. So kam es, dass sich jetzt Frauen und

Männer in selbst ausgedachten Rezepten wie knuspriges Kartoffelbrot, süßen Rosinenkuchen und saftige Obsttaschen beweisen wollten. Meine Leidenschaft für den rohen Teig war ziemlich unterkühlt und deshalb hatte ich beschlossen, wieder das zu tun, was ich am besten konnte, nämlich das Gebäck zu verspeisen. Zufällig war ich gerade in der Backstube und griff nach dem letzten Laib eines köstlich duftenden Walnussbrots, aber nicht ohne vorher dem sehr beschäftigten Bäcker zuzuwinken. Ich wusste nicht, ob ich mich jemals daran gewöhnen würde, ohne Geld auf den Markt zu gehen, genauso wenig wie die Tatsache, dass an den Ständen die Verkäufer fehlten. Jeder Dorfbewohner durfte sich nehmen, was er zum Leben brauchte. Noch nie war mir aufgefallen, dass irgendjemand diese Situation ausgenutzt und seinen Korb übertrieben oder gierig überladen hatte. Mit Abscheu dachte ich an die Berge von Nahrungsmitteln, die auf der Burg weggeworfen wurden, während der Rest der Bevölkerung hungerte. In Lulumba wurde tatsächlich nur so viel hergestellt, wie jeder einzelne Dorfbewohner benötigte und falls wirklich ein Vorrat aufgebraucht war, konnte sich jeder Einwohner sicher sein, dass er am nächsten Tag wieder aufgefüllt wurde. Genauso ging es gerade einer jungen Mutter, die den Stand betrat.

„Verflixt!", schimpfte sie, „heute bin ich wohl zu spät gekommen. Meine Kinder essen das Walnussbrot doch so gerne."

Der Bäcker schüttelte bedauernd den Kopf.

„Es ist leider alles weg bis auf zwei Honigschnecken, die ich nicht an die Schweine verfüttern möchte, weil sie noch ganz frisch sind."

Die Frau strahlte. „Wie schön für mich und wie dumm für die Schweine."

„Hallo Anna", grüßte ich freundlich, „du kannst gerne mein Brot haben."

Die junge Frau blickte auf. „Oh, hallo, Pen! Nein, danke, das kann ich nicht annehmen. Du warst eben früher da", meinte sie zwanglos.

„Dann bestehe ich darauf, dass wir das Brot teilen", sagte ich.

Anna lächelte mich glücklich an. „Damit bin ich einverstanden."

Zufrieden marschierten wir schließlich beide davon. Mir war richtig warm ums Herz. Im Vorbeigehen griff ich mir deshalb noch einen der hübschen Blumensträuße, die jeden Morgen von einer sehr talentierten dunkelhäutigen Frau gebunden wurden. Von der Weite sah ich, dass der Bootsjunge Kai ebenfalls beim Einkaufen war und direkt auf mich zusteuerte. Noch hatte er mich nicht entdeckt. Ich machte einen großen Bogen um den Platz und verschwand hastig hinter einem der Marktstände. Obwohl mein Verhalten feige und kindisch war, atmete ich auf und war froh, einer peinlichen Unterhaltung aus dem Weg gegangen zu sein. Immerhin hatte ich den jungen Mann versetzt.

Außerdem suchte ich nach wie vor die Einsamkeit. Es musste wohl daran liegen, dass mir die letzte Begegnung mit Jared nicht aus dem Kopf ging. Meine Gedanken schweiften immer wieder zu diesem Erlebnis zurück. Jetzt, da ich seinen Namen wusste, war es für mich leichter, ihn als Mensch und nicht mehr als wildes Tier zu betrachten. Wenn ich die Augen schloss, konnte ich immer noch sein Gesicht sehen.

Die mahnenden Worte meiner Großmutter fielen mir wieder ein: „Purer Hass fließt durch seine Adern."

Aber wie sollte es auch anders sein? Seine Kindheit hatte aus Gewalt, Krieg und Zorn bestanden. Dazu hatte mein Vater seinen Körper mit allen möglichen Medikamenten vollpumpen lassen. Hatte Jared eigentlich jemals eine faire Chance gehabt?

„Purer Hass!", hallte es wieder durch meinen Kopf.

„Aber sicher auch ein Funken Menschlichkeit", setzte ich dagegen.

Mein Vater würde ihn sicherlich hart dafür bestrafen, dass er seinen Auftrag nicht ausgeführt hatte. Fast automatisch griff ich mir an den Hals. Vielleicht würde er den Umstand, dass mein

Kopf noch an der Stelle saß, wo er hingehörte, mit seinem Leben bezahlen. Wie gnadenlos und wahnsinnig mein Vater in seinem Zorn reagieren konnte hatte ich bereits mit eigenen Augen sehen können. Der Stahlkrieger hatte diese Tatsache in Kauf genommen. Schlummerte tief verborgen in seiner dunklen Seele etwas, dass nur ich sehen konnte? Oder bildete ich mir einfach etwas ein, um mein fragwürdiges und berechnendes Handeln zu entschuldigen?

Ich würde es niemals erfahren.

Jetzt war es zu spät.

Meine gute Laune war wie weggeblasen.

Das Brot duftete nur noch halb so gut und der Blumenstrauß lag traurig im Korb.

Betrübt ging ich nach Hause. Aus den Augenwinkeln sah ich, dass unser Nachbar bunte Fahnenketten über die Bäume spannte. Heute Abend war sein Geburtstagsfest, dem ich aber fernbleiben würde. Mir war nicht nach Tanzen und Lachen zumute. Stattdessen beschloss ich, früh ins Bett zu gehen.

So kam es, dass auch der nächste Tag ebenso unspektakulär verlief. Und auf diesen folgte der nächste und der übernächste. Belanglose Wochen vergingen und ich funktionierte wie eine aufgezogene Puppe.

Arbeit, Essen und Schlafen.

Dazwischen grübelte ich, bis mir der Schädel rauchte, doch ich kam nie zu einem Ergebnis. Schließlich forderte der ganze Druck, dem ich mich selber ausgesetzt hatte, seinen Tribut. Erst holte ich mir eine lästige Erkältung und kurz darauf noch eine unangenehme Magenverstimmung.

Nach einer Woche der Erholung und Besinnung, beschloss ich die Vergangenheit endgültig ruhen zu lassen. Ich würde wieder am Leben teilnehmen und meine Jugend genießen. Hier in Lulumba würde für mich ein ganz neuer und schöner Lebensabschnitt beginnen. Voller guter Vorsätze sprang ich aus dem Bett. Dank der liebevollen Pflege meiner Großmutter ging es mir schon viel besser.

„Endlich hast du wieder Farbe im Gesicht", begrüßte sie mich am Morgen, „und hoffentlich hast du auch wieder Appetit? Dein Frühstück steht bereits auf dem Tisch." Sie warf sich einen leichten Schal um den Hals. „Leider muss ich schon los. Schade, dass du nicht zur Versammlung mitkommen kannst."
„Beim nächsten Mal", versprach ich ihr.

Sie zwinkerte mir zum Abschied kurz zu.

Ich ging ins Bad, putze rasch meine Zähne und kämmte gut gelaunt meine Haare. Anschließend warf ich mir ein grünes Kleid über, das sich ganz leicht auf der Haut anfühlte. Dann trat ich wieder in die Küche. Zielstrebig marschierte ich zum Frühstückstisch. Doch schon beim Anblick der Speisen, fing mein Magen an zu rebellieren. Ich würgte und stürzte augenblicklich zur Toilette.

Hatte ich einen Rückfall erlitten?

Wie war das möglich?

Ich hatte mich gerade eben doch noch so gut gefühlt.
Wenige Stunden später saß ich in Treys Praxis. Sein betretenes Gesicht sprach Bände. Er bestätigte mir etwas, dass ich in den letzten Stunden bereits befürchtet hatte. Meine Nachlässigkeit, Schusseligkeit und Vergesslichkeit waren schuld. Nur ein einziges Mal hatte ich es versäumt, Teys Medizin zu nehmen und zwar an dem Tag, als der Stahlkrieger von Cornelius fortgebracht worden war. In der ganzen Aufregung hatte ich einfach nicht daran gedacht, den Kräutersaft zu trinken. Jetzt bekam ich die Quittung dafür. Meine Augen wirkten unnatürlich groß, die bleichen Wangen waren eingefallen und mein Herz klopfte wie verrückt, während ich meine schweißnassen Hände knetete.

Jetzt hatte ich wirklich etwas, über das ich nachdenken konnte.

Ich erwartete ein Kind!

Spekulationen

Lazarus eilte durch die breiten Gänge des Steinschlosses. Dabei wäre er beinahe mit einem seiner Brüder zusammengestoßen. Hastig murmelte er eine Entschuldigung. Das Leben in Enyien hatte sich verändert. Kaum merklich, aber dennoch verändert. Eine hektische Betriebsamkeit und eine sonderbare Unruhe hatte sich wie ein schleichender Nebel über die Stadt gelegt. In jedem Haus, in jeder Straße und in jeder Gasse, war er zu spüren. Die Vogelmenschen waren aus unerklärlichen Gründen nervös. Auch Lazarus war davon betroffen.

Er konnte es sich selbst nicht erklären.

Seit der letzten und einzigen Begegnung mit den Stahlkriegern in der Felsenschlucht, war es zu keinen weiteren Vorfällen gekommen. Und dennoch, Lazarus hatte das sonderbare Gefühl, dass irgendwo unter der Oberfläche etwas brodelte. Eine Präsenz, die er weder einschätzen, noch voraussehen konnte.

Müde setzte Lazarus seinen Weg durch das prachtvolle Gebäude fort. Soeben war er von seinem Wachposten abgelöst worden und wollte eigentlich nur noch schlafen. Tiberius hatte zahlreiche Wachen aufstellen lassen, die mit ihren scharfen Adleraugen jede noch so kleine Bewegung, jede Veränderung und jede Anomalie in der Steinlandschaft untersuchen sollten. Es war anstrengend stundenlang akribisch die Umgebung zu kontrollieren.

Lazarus war erschöpft.

Die Nachricht eines guten Freundes zwang ihn allerdings, noch vor seinem wohlverdienten Schlaf, dessen Räume aufzusuchen. Bereits jetzt konnte er das Labor des Vogelmenschen erkennen und der unvergleichbare Geruch nach

Desinfektionsmittel stieg ihm dabei in die Nase. Lazarus widerstand der Versuchung, sich zu schütteln, stattdessen öffnete er vorsichtig die Tür, die zu dem Schaffensbereich seines Freundes führte.

„Oktavius", rief er leise in den modernen Raum hinein.

Auf einem steinernen langen Regal, das aus dem geschliffenen Felsen ragte, lagen mehrere medizinische Geräte. Genau die Sorte, mit denen Lazarus niemals in Berührung kommen wollte. Alles was mit Medizin zu tun hatte, verursachte bei ihm eine unerklärliche Abneigung. Er hoffte deshalb, dass die Unterredung mit seinem Freund schnell vorbei sein würde. Zum Glück war der gewaltige Operationstisch, der die Mitte des Zimmers dominierte, leer. Der Anblick eines leidenden Vogelmenschen blieb ihm somit erspart.

Er betrachtete gerade mehrere Gefäße mit blubberndem Inhalt und inspizierte gleichzeitig die zahlreichen Schläuche, die aus diesen stabilen Reagenzgläsern ragten, als Oktavius aus einem Nebenzimmer kam. Er rieb sich dabei die Hände mit Desinfektionsmittel ein und verbreitete damit, sehr zum Leidwesen von Lazarus, noch mehr von dem ungeliebten Duft.

„Nichts anfassen", sagte er zur Begrüßung und die Hand von Lazarus zuckte automatisch zurück.

„Was ist das?", erkundigte er sich und deutete auf die Apparatur.

„Ich versuche aus Urin ein Serum gegen die Gelbzungenkrankheit herzustellen", sagte Oktavius und beobachtete amüsiert wie Lazarus angeekelt das Gesicht verzog.

Ein weiterer Vogelmensch betrat den Raum.

„Das ist Genius, mein Assistent", stellte Oktavius kurz den etwas Schmächtigen und noch sehr jungen Vogelmenschen vor. Alle drei Männer deuteten zum Zeichen der Ehrerbietung eine kleine Verbeugung an.

„Seit wann interessierst du dich für Medizin, Lazarus?", erkundigte sich Oktavius.

„Eigentlich überhaupt nicht", erklärte er so abfällig, dass

Genius empört die Luft einzog und entrüstet die Augenbrauen hob.

„Das weiß ich doch", lachte Oktavius, ohne seinen Assistenten zu beachten, „es gibt dennoch etwas, dass du dir ansehen musst!"

Mit großen Schritten durchquerte er den Raum und blieb an einem wuchtigen Schreibtisch aus Stein stehen.

„Wir haben die toten Stahlkrieger untersucht und dabei zahlreiche Tests durchgeführt. Die Ergebnisse liegen uns bereits vor." Oktavius tippte in die Luft und das Hologramm einer bis dahin unsichtbaren Tabelle erschien.

„Das Immunsystem dieser Kreaturen ist geradezu bemerkenswert. Es steht unserem in nichts nach. Sogar die Pockenpest würden sie überstehen."

„Eine Krankheit, für die wir seit langem einen Impfstoff entwickelt haben und die deshalb seit mehr als zweihundert Jahren nur noch sehr selten auftritt", erklärte Genius freundlicherweise und verbeugte sich wieder.

Lazarus bedankte sich mit einem Nicken.

Währenddessen flogen die Finger von Oktavius flink über die leuchtenden Testergebnisse. Dabei murmelte er tief in Gedanken versunken vor sich hin. „Resistent gegen beinahe alle Krankheiten die ich kenne." Er wandte sich anderen Unterlagen zu und das gleiche Spiel begann von neuem. „Egal, wie oft ich es überprüfe."

Genius beobachtete ihn dabei beinahe andächtig. „Er verwendet mit Absicht keine medizinischen Fachausdrücke, damit du ihm folgen kannst."

Wieder nickte Lazarus und bemühte sich dabei, ein Lächeln zu verkneifen. Was für ein strebsames und eifriges Kerlchen Genius doch war.

„Sogar gegen Hautfieber", sagte Oktavius leise zu sich selber, „erstaunlich."

Nach einer Zeit wagte Lazarus sich zu Räuspern. Er war unendlich müde von seiner Wache.

„Sag mal Oktavius, warum hast du mich eigentlich hergebeten?", erkundigte er sich deshalb ohne Umschweife.

„Oh", es schien beinahe so, als würde der Vogelmensch aus einer Art Trance erwachen, „entschuldige bitte, ich hätte dich beinahe vergessen."

Lazarus unterdrückte ein Gähnen und ignorierte den vorwurfsvollen Blick des jungen Assistenten. Langsam fand der dessen Begeisterung für Medizin doch etwas übertrieben. Oktavius ging zu seinem Schreibtisch. Seine mächtigen Flügel wippten dabei majestätisch hinter ihm her.

„Also, was möchtest du wissen?", erkundigte sich Oktavius.

So langsam glaubte Lazarus, dass sein Freund ebenfalls eine Mütze Schlaf vertragen konnte. Sie waren wohl beide etwas überarbeitet.

„Du hast mich zu dir bestellt", erinnerte Lazarus ihn deshalb vorsichtig, „in einer dringenden Angelegenheit sogar."

Das Gesicht von Oktavius erhellte sich.

„Die Stahlkrieger."

„Aber bitte erspare mir die Details", fügte Lazarus im Angesicht dieser wachsenden Begeisterung hastig hinzu. Das empörte Schnaufen von Genius kümmerte ihn nicht.

Oktavius verschränkte die Arme und lehnte sich im Stuhl zurück. „Sie können nicht atmen", erklärte er deshalb ohne große Umschweife.

„Wie meinst du das?"

Nach Rätselraten war Lazarus jetzt noch weniger zumute. Er merkte, wie er langsam die Geduld verlor.

„Die Stahlkrieger können in Eniyen nicht atmen", wiederholte Oktavius deshalb ausschweifender.

„Aber sie haben doch bereits den größten Teil des Wegs nach Eniyen zurückgelegt", erinnerte Lazarus seinen Freund.

„Wir können den Test gerne noch einmal durchführen", bot Genius mit einer freundlichen Verbeugung an.

Lazarus tat so, als habe er ihn nicht gehört.

„Hättest du sie nicht getötet, so wären die Stahlkrieger innerhalb weniger Minuten an Sauerstoffmangel gestorben", erklärte Oktavius.

„Ich verstehe gar nichts mehr", sagte Lazarus ehrlich.

Der Arzt zuckte mit den Achseln. „Schade", meinte er, „weil ich dachte, dass ich von dir ein paar Antworten bekomme." Er nahm zwei kleine durchsichtige Röhrchen aus der Tasche und schob sie über den Tisch zu Lazarus.

„Was ist das?", fragte dieser entgeistert.

„Damit haben die Stahlkrieger geatmet", beeilte sich Genius eifrig zu erklären.

Vorsichtig nahm Lazarus die beiden Röhrchen in die Hand.

„So etwas habe ich noch nie gesehen", meinte er verwundert.

„Wir auch nicht", erklärte Oktavius, „aber wir haben ihre Funktion herausgefunden. Eine sehr fortschrittliche Technik, wie sie eigentlich nur in Eniyen zu finden ist. Sobald die ersten Symptome der Höhenkrankheit eintreten, schaffen diese Röhren Abhilfe. Sie werden in die Nasenlöcher gesteckt und bieten Luft für maximal dreißig Minuten."

„Aber das ist viel zu wenig", dachte Lazarus erstaunt. „Das würde einen Angriff doch völlig sinnlos machen", sagte er deshalb.

„Genau das denken wir auch", bestätigte Oktavius, „die Frage ist nur, was die Stahlkrieger eigentlich bei uns wollten?"

„Ich habe nicht die geringste Ahnung", meinte Lazarus kopfschüttelnd. Die ganze Geschichte gab ihm Rätsel auf. Was hatte das alles zu bedeuten?

„Darf ich dir ein Glas Schafsmilch anbieten?", unterbrach Genius zuvorkommend seine intensiven Gedankengänge.

„Nein, danke", lehnte er deshalb verwirrt ab.

„Die ganze Aktion war ein Himmelfahrtskommando", bestätigte Oktavius gerade den Verdacht von Lazarus und streckte Genius einen leeren Becher entgegen, den dieser aufmerksam füllte, „Kaiman hat seine Krieger wissentlich in den Tod geschickt."

Wieder konnte Lazarus seinen Freund nur ratlos anblicken. Es war äußerst unangenehm so unwissend zu sein. Eine ungewöhnliche Situation für einen Vogelmenschen. Lazarus zermarterte sich weiter das Gehirn. Er wurde das Gefühl nicht los, dass er irgendetwas sehr Wichtiges übersehen hatte. An dem besorgten Blick seines Freundes und des strebsamen Assistenten konnte er erkennen, dass es ihnen nicht anders ging.

„Was geht hier vor sich, Oktavius?", fragte Lazarus leise, „Kaimans Handlung muss einen Grund haben."

„Wir werden heute Nachmittag mit dem großen Rat darüber diskutieren", erwiderte Oktavius, „vorher wollte ich aber deine Meinung hören."

„Natürlich werde ich der Versammlung beiwohnen", erklärte Lazarus sofort. Langsam hatte er sich damit abgefunden, dass er heute nicht viel Ruhe bekommen würde.

„Tatsächlich?" Überrascht sah ihn Oktavius an, „ich dachte du reist heute noch ab?"

Dieser Plan war Lazarus ebenfalls neu. Entgeistert blickte er Oktavius an. „Wohin?", erkundigte er sich deshalb ungläubig.

Der übereifrige Assistent war erneut schneller mit der Antwort, „Tiberius hat Nachricht aus dem Dorf erhalten und..."

Lazarus sprang auf. „Ist etwas geschehen?", unterbrach er aufgeregt den verdutzten Assistenten.

„Nein, nein, beruhige dich", besänftigte ihn Oktavius und warf Genius einen tadelnden Blick zu, „Tiberius meinte nur, dass du im Dorf nach dem Rechten sehen würdest. Er hat die Nachricht ebenfalls bekommen."

Nach dem Rechten?

Lazarus kam sich heute sehr begriffsstutzig vor. Was konnte so wichtig sein, dass er heute noch die weite Reise nach Lulumba antreten würde? Es musste sich um ein Missverständnis handeln.

Kurze Zeit später hatte Lazarus seine Meinung komplett geändert.

Er griff nach seinem Gepäck, dass er hastig zusammengesucht hatte, spreizte seine gewaltigen Flügel und schwang sie kräftig auf und ab. Ein heftiges Rauschen erfüllte die Luft. Der grimmige Gesichtsausdruck wollte nicht zu der wunderschönen Erscheinung von Lazarus passen, die er einem heimlichen Beobachter auf dem Bergvorsprung geboten hätte. Seine Augen glitzerten vor Zorn und er konnte immer noch nicht glauben, was er soeben gelesen hatte. Lazarus hielt immer noch das zerknüllte Stück Papier in den Händen.

Schließlich stieß er sich wütend und kraftvoll vom Boden ab. Sein Ziel: Lulumba!

Vin

„Meine Güte, wie peinlich", dachte ich, als ich langsam die Straße hinunterging. Schon von Weitem konnte ich seine Stimme hören. Sie war laut und leider sehr mächtig.

Einige Dorfbewohner standen bereits in Gruppen zusammen und unterhielten sich verwundert, während sie immer wieder auf unsere Hütte deuteten. Andere machten automatisch einen großen Bogen darum. Ich seufzte schwer, als mir die ersten Dorfbewohner aufgeregt entgegenliefen, sobald sie mich entdeckt hatten.

„Gut, dass du da bist, Pen", schnaufte der Bootsmacher, „wir hoffen die große Mutter ist nicht in Gefahr."

„Der Vogelmensch Lazarus ist vor einiger Zeit eingetroffen", bestätigte seine Frau, „und seitdem macht er diesen Lärm. Wir sind besorgt, weil wir ihn sonst als sehr freundlich und ruhig kennen."

Am liebsten wäre ich sofort wieder umgekehrt, doch stattdessen bemühte ich mich um Schadensbegrenzung.

„Es ist alles in Ordnung", behauptete ich scheinbar unbekümmert, „vielleicht üben die beiden nur für ein Theaterstück."

Eine dämlichere Erklärung hatten die Dorfbewohner sicher noch nie gehört, aber mir war auf die Schnelle nichts Besseres eingefallen. Tatsächlich verzogen einige recht argwöhnisch das Gesicht.

„Alles ist gut", wiederholte ich deshalb meine Aussage und die Versammlung löste sich langsam auf. Übertrieben laut wünschte ich allen einen schönen Tag, mit dem Hintergedanken, das Organ von Lazarus zu übertönen, was nur schwer möglich war.

Ich packte meinen Korb noch fester am Griff und marschierte zielstrebig auf die Eingangstür zu. Ich konnte hören, was der Grund für diese hitzige Diskussion war. Lazarus hatte sich selbst übertroffen. Er konnte die Nachricht doch erst vor zwei Wochen erhalten haben. Er musste beinahe pausenlos geflogen sein. Mir war die ganze Angelegenheit mehr als unangenehm, aber ich wusste seit langem, dass dieser Tag kommen würde, an dem ich Lazarus Rede und Antwort stehen musste. Genauso wie ich es bei meiner Großmutter damals getan hatte, noch am selben Abend, als sie erschöpft von der Versammlung nach Hause gekommen war.

„Obwohl die Beteiligung alles andere als berauschend war, hat es ganz schön lange gedauert, bis wir zu einem befriedigenden Ergebnis gekommen sind", plapperte sie munter drauf los, während sie ihren Schal zurück in die Schublade legte, „nicht einmal Tey ist heute erschienen", beschwerte sie sich bei mir. „Ich werde später noch zu ihm rübergehen. Möchtest du mitkommen? Nyla freut sich bestimmt dich zu sehen." Dann erst bemerkte sie, dass ich ungewöhnlich still war. „Ist alles in Ordnung, Pen?"

Ich schüttelte betreten den Kopf.

Besorgt kam sie auf mich zu. „Was ist los, Kind?"

„Ich bin schwanger", brach es unkontrolliert aus mir heraus und dann weinte ich hemmungslos.

Alle Farben wichen aus dem Gesicht meiner Großmutter.

„Nein", hauchte sie entsetzt, was nicht gerade zur Verbesserung meiner Stimmung beitrug.

Stockend berichtete ich ihr von meinem Arztbesuch und dem niederschmetternden Ergebnis, das ich erhalten hatte. Tey hatte sich, wenn auch sehr widerwillig angeboten, die Schwangerschaft zu unterbrechen.

„Was wirst du tun?", fragte meine Großmutter schwach. Sie schien um Jahre gealtert zu sein.

„Ich werde das Kind behalten", erklärte ich ihr mit brüchiger Stimme.

Auch wenn der Schock im Augenblick riesengroß war, konnte ich den Gedanken an eine Abtreibung nicht ertragen. Tey war ebenfalls sehr erleichtert über meine Entscheidung. Es wäre der erste Eingriff dieser Art gewesen, den er hätte vornehmen müssen. Auch meine Großmutter nahm meine Entscheidung widerspruchslos auf.

In den darauffolgenden Tagen schlichen wir beide wie geprügelte Hunde durch die Gegend. Wir sprachen wenig miteinander und machten uns, jeder für sich selbst, Gedanken. Im Dorf wurde gemunkelt, dass mich Cornelius geschwängert hätte, kurz bevor er den Stahlkrieger aus dem Dorf gebracht hatte. Mir sollte es recht sein und ich äußerte mich einfach nicht zu diesem Thema. In Lulumba galt es, ganz im Gegensatz zum Leben auf der Burg, nicht als Schande, ein Kind alleine großzuziehen. Es wurde sogar als herausragende Leistung gewürdigt. Wenigstens hier war ich auf der sicheren Seite.

Nachdem meine Großmutter und ich eine lange Zeit Trübsal geblasen hatten, siegte schließlich doch unser angeborener Optimismus. Es war auch sehr schwer in Lulumba griesgrämig zu sein, dazu war das Wetter, die Landschaft und das Meer einfach zu schön. Wir fanden uns nach und nach mit der Tatsache ab, dass ich bald Mutter sein würde und betrachten irgendwann einfach den positiven Aspekt meines Zustandes. Tatsächlich schaffte ich es nach einiger Zeit sogar, mich zu entspannen.

Bis heute.

Ich glaubte zu spüren, dass der Türgriff bebte, so stark dröhnte die Stimme von Lazarus durch die Hütte. Ich schnappte Wörter auf wie: „Unverantwortlich" und „Rücksichtslos", als ich das Haus betrat.

„Wie konntest du nur, Elenor?", donnerte Lazarus meiner Großmutter gerade entgegen, „das werde ich dir niemals verzeihen."

„Hallo", sagte ich leise.

Lazarus fuhr herum.

„Penelope", rief er.

In seinen Haaren hingen Blätter, die Wangen glühten und sein ganzer Körper zitterte. Lazarus war völlig aufgelöst und tat mir furchtbar leid. Auch er betrachtete mich vorsichtig von oben bis unten. Sein Blick blieb dabei an meinem leicht gewölbten Bauch hängen. Dann nahm er mich vorsichtig in die Arme.

„Wie konnte ich dich nur in der Obhut dieser Verrückten lassen?", murmelte er in mein Ohr.

„Jetzt mach aber mal einen Punkt, Lazarus", verteidigte sich meine Großmutter aufgebracht.

„Pah", rief Lazarus und ließ mich ruckartig los, „diese Worte aus deinem Mund zu hören, ist lächerlich. Du bist anscheinend eine Analphabetin, die nicht weiß, wann ein Punkt gesetzt wird, sonst hättest du deine eigene Enkelin nicht für deine Zwecke wie ein Stück Vieh missbraucht."

Meine Großmutter zuckte unter seinen Worten kaum zusammen, während mich Lazarus zielstrebig zur Fensterbank führte.

„Wie geht es dir?", erkundigte er sich fürsorglich, „falls du deine Meinung geändert hast, möchte ich dir sagen, dass es in Eniyen Ärzte gibt, die immer noch…"

Ich unterbrach ihn mit einer raschen Handbewegung. „Ich bleibe bei meiner Entscheidung", erklärte ich ihm sanft, „in der Zwischenzeit freue ich mich sogar auf das Kind."

Lazarus warf meiner Großmutter einen bösen Blick zu, dem sie nicht standhalten konnte.

„Warum hast du das getan, Pen? Deine Mutter wäre außer sich gewesen. Sie hätte das niemals geduldet."

Sonderbarerweise hatte ich dabei genau an sie gedacht. Auch Lazarus glaubte, meine Beweggründe zu kennen.

„Sie hätte es niemals erlaubt", wiederholte er deshalb mit Nachdruck, „du hast damit nichts erreicht, außer dich in große Gefahr zu begeben. Und in diesen Zustand", fügte er mit einem Seitenblick auf meinen Bauch hinzu.

„Aber ich habe eine Menge herausgefunden", beeilte ich mich zu erzählen.

Doch Lazarus unterbrach mich, indem er müde abwinkte. „Nichts, was wir nicht schon wissen. Elenor hat mir bereits alles berichtet."

Enttäuscht lehnte ich mich zurück. „Ich wollte nur helfen", murmelte ich leise, „ich habe ein schlechtes Gewissen, weil ich solange in meinem Elfenbeinturm gelebt hatte und das Volk unter mir gelitten hat."

„Unter deinem Vater", korrigierte mich Lazarus.

„Ich wollte einmal eine Sache richtig machen", versuchte ich mich zu erklären, „und endlich etwas zurückgeben."

„Ich verstehe dich ja", sagte Lazarus und nahm meine Hand, „aber du darfst dich dabei nicht selbst zugrunde richten. Du bist doch fast noch ein Kind."

Darauf wussten weder meine Großmutter noch ich etwas zu erwidern. Es tat mir weh, dass ich Lazarus so viel Kummer bereitete. Müde vergrub dieser seinen Kopf in den Händen. Ich beschloss ihm alles zu erzählen. Dieser Mann hatte bewiesen, dass er immer für mich da sein würde und ich wünschte mir ein weiteres Mal, dass er mein leiblicher Vater wäre.

„Lazarus", begann ich deshalb vorsichtig, „ich glaube, dass der Stahlkrieger noch menschliche Gefühle hat. Er hätte mich mehrmals töten können, aber er…"

„Wir haben Cornelius gefunden", unterbrach mich Lazarus mit gedämpfter Stimme und ohne seine gebückte Haltung zu ändern.

Erschrocken sahen meine Großmutter und ich uns an.

„Was ist passiert?"

„Ist er tot?", fragte ich.

Eine eisige Kälte griff nach mir und ich wollte die Antwort gar nicht hören.

Lazarus atmete schwer, so als könnte er sich kaum beherrschen. „Es war purer Zufall, dass wir ihn am Waldrand entdeckt haben", berichtete er stockend, „die Gnade eines schnellen Todes hat er nicht erhalten, stattdessen wurden ihm...," er stockte und bemühte sich die Tränen zurückzuhalten, „die Flügel abgeschnitten."

Meine Großmutter konnte sich einen entsetzten Aufschrei nicht verkneifen, während ich völlig betäubt an Lazarus Lippen hing.

„Wisst ihr, was es für einen Vogelmenschen bedeutet, nie mehr fliegen zu können? Es ist vergleichbar mit einem Menschen, dem bei lebendigem Leib, das Herz herausgerissen wird. Er stirbt dann aber nicht, sondern verfällt langsam und qualvoll. Die Kunst des Fliegens ist es, die einen Vogelmenschen ausmacht und ihn am Leben hält."

Die Worte von Lazarus drangen nur noch aus weiter Ferne zu mir.

Jared!

Das hatte er nicht getan.

Das konnte er nicht getan haben.

„Aber er hat es mir doch versprochen", dachte ich verzweifelt.

„Was soll er dir versprochen haben?", meldete sich die böse Stimme in meinem Kopf, „etwa, dass er ab jetzt ein braver Junge sein will?"

Die böse Stimme hatte wieder recht. Genau genommen hatte der Stahlkrieger gar nichts gesagt. Im Gegenteil, er hatte es sogar verboten, dass ich Forderungen an ihn stellte.

„Ich habe ihn darum gebeten, dass er Cornelius nicht verletzt", flüsterte ich. Tränen stiegen mir dabei in die Augen.

Lazarus lachte freudlos auf.

„Und du glaubst, dass ihn deine Meinung etwas kümmert?" Lazarus machte eine verächtliche Geste und blickte mir anschließend eindringlich in die Augen. „Ich weiß nicht, was zwischen euch beiden vorgefallen ist, Pen, aber ich weiß, dass es mir nicht gefällt. In ärztlichen Kreisen gibt es sogar einen Fachausdruck für dein Verhalten, aber dazu müsste ich jetzt unseren Freund Tey bemühen. Du denkst vielleicht, dass dich der Stahlkrieger verschont hat, weil du ihm etwas bedeutest und weil du irgendein Verhältnis zu ihm aufgebaut hast, aber ich sage dir, dass es einfach nur verdammtes Glück und eiskalte Berechnung war. Du bist eine wunderschöne Frau Penelope und der Stahlkrieger hat die Gelegenheit genutzt, weil du sie ihm geboten hast. Das ist der einzige Grund, warum er kooperiert hat."

Beschämt blickte ich zu Boden, während Lazarus wieder die Hände in seinem Gesicht verbarg. „Ich will gar nicht darüber nachdenken", sagte er niedergeschlagen.

„Trotzdem musst du der Tatsache ins Auge sehen, dass wir im Krieg sind", meldete sich meine Großmutter wieder zu Wort.

„Glaube mir Elenor, dieser Tatsache bin ich mir völlig bewusst. Es ist nicht lange her, dass ich den vor Schmerzen schreienden Cornelius in meinen Armen gehalten habe."

„Und genau solche Dinge dürfen nicht geschehen", sagte meine Großmutter, die ihre Fassung wieder gefunden hatte mit fester Stimme, „deshalb müssen wir Kaiman im Auge behalten und ihn mit unseren Methoden bezwingen."

„Unsere Methoden?", wiederholte Lazarus mutlos, „manchmal glaube ich, dass wir Narren sind."

„Nein, wir sind anders", erklärte ihm meine Großmutter überzeugt.

Lazarus deutete auf mich. „Und was ist mit Pen? Warum muss sie dafür büßen?"

„Wir dürfen nicht vergessen, wie schön ein neues Leben ist", sagte meine Großmutter sanft.

„Aber doch nicht von dieser Ausgeburt der Hölle", entfuhr es Lazarus unbedacht.

Erschrocken blickte ich hoch. „Denkst du denn, das mit meinem Kind etwas nicht stimmt?" Stumme Tränen liefen mir jetzt über die Wangen. Für dieses Thema, war ich im Augenblick viel zu sensibel.

Lazarus erkannte seinen Fehler sofort.

„Bitte entschuldige, Pen", meinte er und strich mir dabei beruhigend über das Haar, „du wirst ein wunderbares Baby bekommen. Kein Mensch ist von Grund auf böse. Ich wollte dich mit meinem dummen Geschwätz nicht verunsichern." Er nahm mich in den Arm und wiegte mich wie ein kleines Kind hin und her. Ich fühlte mich geborgen. „Ich bleibe jetzt hier", sagte er leise, „euch beide kann man ja nicht für eine Minute aus den Augen lassen."

Meine Großmutter seufzte und nachdem ich die Augen geschlossen hatte, vermutete ich, dass Lazarus sie erneut mit einem bösen Blick bedachte, „das wird das tollste Baby werden, das dieses Dorf je gesehen hat", fügte er beinahe trotzig hinzu.

Lazarus sollte mit seinem Versprechen recht behalten, denn fünf Monate später brachte ich einen gesunden Jungen zur Welt. Von dem Augenblick an, als Vin das Licht der Welt erblickte, bezauberte er alle mit seinem unbedarften Lächeln. Meine Großmutter konnte sich an ihrem Urenkel gar nicht satt sehen, während die Gratulanten vor unserer Hütte Schlange standen. Über die Tatsache, dass dem Säugling jegliche Ähnlichkeiten mit einem Vogelmenschen fehlten und auch die kleinen Flügel am Rücken nicht vorhanden waren, schwieg sich zum Glück jeder Besucher rücksichtsvoll aus.

Tey hatte mir einen Schnitt am Bauch verpassen müssen, um mein Baby auf die Welt zu bringen. Ich erholte mich gerade von der Operation und war dankbar für die große und unersetzliche Hilfe meiner Großmutter. Auch Lazarus trug Vin jetzt mit stolzgeschwellter Brust durch die Gegend.

„Ich bin eigentlich sein Opa", meinte er freudestrahlend.

„Natürlich", krächzte ich aus meinem Kissen, „wer denn sonst?"

Allerdings stellte man sich einen Großvater in der Regel ganz anders vor. Weniger jung und weniger muskulös.

„Dann bin ich deine Uroma", meinte meine Großmutter, während sie Vin unter dem Hals kitzelte. Das Baby gluckste selig.

„Ich bin wahnsinnig stolz auf dich", meinte Lazarus zu mir, „der kleine Mann wird dir viel Freude bereiten", sagte er und legte mir meinen Sohn in die Arme, „erstaunlich, wenn man bedenkt, wer sein Vater ist."

Sofort biss er sich auf die Lippen, vor allem, weil ihn meine Großmutter unsanft in die Seite boxte. „Diesen überflüssigen Kommentar hättest du dir verkneifen können", meinte sie aufgebracht.

Natürlich musste Lazarus dagegenhalten. „Spiel dich bloß nicht so auf Elenor, du kannst froh sein, dass die Sache so glimpflich ausgegangen ist."

Sekunden später lieferten sie sich wieder eines ihre berühmten Wortgefechte. Ich hörte gar nicht hin, denn wenn sich Lazarus und meine Großmutter stritten, wusste ich, dass die Welt in Ordnung war. Stattdessen betrachtete ich ununterbrochen meinen Sohn, der unschuldig in meinen Armen schlief. Mehr als je zuvor, wünschte ich mir, dass es in Lulumba genauso friedlich bleiben würde, wie bisher.

Es war verdächtig ruhig gewesen in den vergangenen Monaten. Lazarus hatte bei seinen vielen Erkundungsflügen herausgefunden, dass Kaiman die Herrschaft über das Wasser an sich gerissen hatte. In einem ungleichen Kampf wurde Fürst Flag, der früher einmal sein Freund und künftiger Schwiegersohn gewesen war, von ihm besiegt und getötet. Das war allerdings schon vor Wochen geschehen und beinahe hoffte ich, dass mein Vater mich und das Dorf über seinen Eroberungsfeldzug vergessen und endlich seine Gier nach Land und Macht gestillt hatte.

Gleichzeitig wusste ich auch, dass dieser Wunsch sehr unrealistisch war. Mein Herz klopfte vor lauter Angst schneller, während ich weiter den ruhigen Schlaf meines Kindes betrachtete. Dass bei so viel Leid und Grausamkeit etwas so Wundervolles und Reines entstehen konnte, grenzte für mich an ein Wunder.

Das Kind eines Stahlkriegers zu sein, war nicht unbedingt die beste Voraussetzung für einen guten Start in die Zukunft.

Wie es wohl Jared ging? Ob er überhaupt noch am Leben war? Lazarus hatte nichts über seinen Verbleib herausfinden können. Es war gerade so, als ob Jared vom Erdboden verschwunden wäre. Würde er sich über die Geburt seines Sohnes freuen oder wäre es ihm egal? Natürlich hatten wir beschlossen, die Sache geheim zu halten, aber es würde mich trotzdem brennend interessieren.

„Wie geht es eigentlich Cornelius?", erkundigte sich meine Großmutter gerade und erinnerte mich damit an eine Frage, die ich Lazarus ebenfalls hatte stellen wollen.

„Leider nicht so gut", meinte Lazarus geknickt, „mit dem Verlust seiner Flügel hat er auch leider die Fähigkeit verloren, problemlos in Eniyen zu atmen. Zudem plagt ihn eine schwere Depression. Mein Freund Oktavius bemüht sich intensiv um eine Besserung seines Zustandes."

„Der arme Junge", sagte meine Großmutter betroffen, „ich hoffe, er wird wieder gesund und glücklich."

„Vielen Dank, das werde ich ihm ausrichten, wenn ich ihn treffe."

Ich wollte immer noch nicht glauben, dass Jared so grausam zu Cornelius gewesen war. Es brach mir das Herz, wenn ich darüber nachdachte. Dieses Verhalten passte so gar nicht mit unserer letzten Begegnung zusammen. Darüber konnte ich aber weder mit Lazarus, noch mit meiner Großmutter sprechen.

In den folgenden Wochen erholte ich mich schnell von der Geburt und blühte in meiner Rolle als Mutter richtig auf. Mir wurde in diesen Tagen noch mehr bewusst, was für ein Segen es war, ein Kind in einer harmonischen Umgebung aufwachsen zu sehen. In Lulumba war meine Familie und meine Heimat. Jetzt war es auch die meines Sohnes Vin.

Ich konnte mir ein Leben außerhalb des Dorfes nicht mehr vorstellen. Der Gedanke, dass sich etwas ändern könnte, wurde mir unerträglich. Wie eine Besessene stürzte ich mich mit meiner Großmutter in die Arbeit. Immer wieder hatte ich

Verbesserungsvorschläge für die Sicherheitsvorkehrungen, die wir im Falle eines Angriffes auf das Dorf getroffen hatten.

Auf mein Drängen patrouillierten die Wachen jetzt in noch größerem Umfang als bisher. Auch durch die unwegsame Gegend wurden sie von mir getrieben, aber niemand beschwerte sich darüber. Die Dorfbewohner vertrauten mir bereits und wussten, dass diese Anweisungen nicht umsonst erfolgten.

Um ihnen die Aufgabe in der Dunkelheit zu erleichtern, war ich an der Entwicklung eines neuen, wenn auch sehr primitiven Nachtsichtgerätes, beteiligt. Hierfür diente das Geschenk meiner Mutter als Vorlage. Ich hatte auch dafür gesorgt, dass die Boote im Hafen jeden Tag einer Inspektion unterzogen wurden. Sobald der Feind in Sicht war, würden wir das komplette Dorf evakuieren und dazu mussten die Boote intakt sein, wenn wir auf das Meer fliehen wollten.

Viele Entscheidungen wurden jetzt von mir getroffen, anstatt von meiner Großmutter. Außerdem leitete und plante ich bereits die Versammlungen. Anscheinend machte ich meine Sache ganz gut, denn obwohl die Zahl der Mitglieder sich immer noch in Grenzen hielt, lobte mich Tey jedes Mal für mein Engagement und meine Ideen. Ich bemühte mich sehr, die Arbeit richtig zu machen und meine Großmutter nicht zu enttäuschen. Ich wusste, dass sie uns eines Tages verlassen würde. Sie hatte es mehr als einmal angedeutet.

„Ich werde erst gehen, wenn das Dorf in Sicherheit ist," sagte sie dann zu mir.

„Wie willst du das anstellen?", fragte ich immer.

„Ich weiß es nicht, Pen", bekam ich regelmäßig die Antwort, „entweder wir siegen oder wir gehen endgültig unter."

„Rechnest du denn mit einem Angriff?" Ich konnte nie verhindern, dass mir bei dieser Frage jedes Mal die Stimme zitterte.

„Du hast keine Ahnung, wie groß die Welt ist, in der du lebst. Es bräuchte mehr als ein Leben von Kaiman, um uns zu finden. Allerdings dürfen wir seine kranke Besessenheit und seinen andauernden Hass nicht unterschätzen. Zu viele seltsame Dinge sind in letzter Zeit geschehen." Grundsätzlich ließ sie hier eine klare Antwort offen.

Ich hatte mir geschworen, meine Familie zu schützen und wenn es mein Leben kosten würde. Genauso musste meine Mutter gedacht haben und ich war stolz, dass ihr kühnes Amazonenblut durch mein Adern floss. Zwischenzeitlich wusste ich auch die Lage der Insel, auf die so viele Menschen mit der Hilfe meiner Mutter geflohen waren. Dieses große Geheimnis hatte sie mit ins Grab genommen. Kaiman durfte nie von der Existenz der Insel erfahren, denn dann wäre ihr Lebenswerk zerstört. Die Koordinaten der Insel zu wissen, war einerseits eine große Ehre, aber gleichzeitig bürdete es mir noch mehr Verantwortung auf.

Meine Tage waren ausgefüllt mit wichtigen Aufgaben und nur in den dunklen und einsamen Nächten gestattete ich mir, meine Gedanken weiter um Jared kreisen zu lassen. Warum war ich so an seinem Schicksal interessiert?

Wieder einmal versuchte ich in einer schlaflosen Nacht meine Gedanken zu sortieren. Vin schlief tief und fest in seinem Bettchen neben mir. Er war ein sehr unkompliziertes Kind. Die Milch vertrug er bestens, die Nächte verliefen bereits ruhig und wenn er weinte, dann nur, weil er hochgenommen werden wollte, um sein Umfeld mit wachen Augen zu betrachten. Meine Mutterrolle stand mir gut. Es machte so unglaubliche Freude, ein Kind großzuziehen. Immer wenn Vin seine kleinen Händchen nach mir ausstreckte, fühlte ich mich überglücklich. Auch Lazarus erkannte, dass ich meiner Rolle gewachsen war. Er hatte genug Zeit in Lulumba verbracht und verabschiedete sich nach all den Monaten, in denen er mir zur Seite gestanden hatte, schweren Herzens von mir und meiner Großmutter.

Wir kehrten wieder zur üblichen Routine zurück und so ging die Zeit ins Land. Die ersten Schritte von Vin, die er auf wackligen Beinchen vollführte, wurden von meiner Großmutter und mir übertrieben euphorisch gefeiert. Nichts sollte unser Glück trüben, obwohl wir nach wie vor misstrauisch waren.

Trotzdem war es weiter still in Lulumba.

Still und friedlich.

Ehe ich mich versah, feierte mein Sohn seinen ersten Geburtstag. Es war ein rauschendes und schönes Fest, das wir für ihn organisierten, bei dem der Wind die bunten Fahnen im Wind tanzen ließ und das Meer voller Freude seine Gischt versprühte. Die Dorfbewohner wirkten im Schein des Feuers wie glühende Wesen aus einer anderen Welt. Ich zog diese Eindrücke wie eine Ertrinkende Wasser in mich auf. Lazarus sendete seine besten Grüße und eine kleine, selbst gebastelte Stoffpuppe, die einen Vogelmenschen darstellen sollte - sie sah ihm erstaunlicherweise sehr ähnlich. Meine Großmutter machte sich einen Spaß daraus, die Puppe mit dem Gesicht gegen die Wand zu drehen und zwar immer dann, wenn sie an ihr vorbeiging. Als alle Gäste nach Vins Geburtstagsfest gegangen waren und er ebenfalls in seinem Bett lag, setzte ich mich noch zu meiner Großmutter ans Lagerfeuer.

Lange blickten wir beide stumm und nachdenklich in die Flammen. Ich wollte mit ihr über meine Ruhelosigkeit reden. Aus irgendeinem Grund, den ich mir nicht erklären konnte, wurde ich von Tag zu Tag nervöser.

„Woher nimmst du bloß deine Kraft, Großmutter?", wollte ich wissen. An manchen Abenden fühlte ich mich völlig abgespannt. Ständig hatte ich Furcht, etwas Gravierendes übersehen zu haben. Sie trug die Verantwortung, das Dorf und die Menschen zu beschützen, schon so viel länger als ich.

„Manchmal, wenn ich Zeit habe, meditiere ich", sagte meine Großmutter leise.

„Zu welchem Zweck?" Ich sah überhaupt keinen Sinn darin, bewegungslos herumzusitzen und mir Gedanken über alles Mögliche und Unmögliche zu machen.

Meine Großmutter lächelte. „Wahrscheinlich weil du jung und voller Tatendrang bist. Ich denke, dass es da draußen eine gute Energie gibt, mit der wir Kontakt aufnehmen können, wenn wir uns ein bisschen anstrengen." Mit einem Stecken stocherte sie dabei in der Glut herum.

„Als Kind wurde mir immer gesagt, dass mein Vater unsere Gottheit ist, aber er ist wohl eher das Gegenteil. Gibt es einen Gott, Großmutter?"

Im Schein des Feuers wirkte sie viel jünger als sie war.

„In Lulumba findet jeder Bewohner seinen eigenen Glauben. Da haben wir doch tatsächlich aus der Vergangenheit gelernt." Sie lachte leise. „In der Vorderzeit haben sich die Menschen wegen unterschiedlicher Religionen förmlich abgeschlachtet."

„Ist das so?"

Meine Großmutter nickte. „Ich kenne Menschen, die in den Wald gehen und in einem Baum die Schönheit des Lebens erkennen, andere starren, so wie du und ich, in ein Lagerfeuer und spüren große Dankbarkeit. Ich denke, es sind die Dinge, die uns Spaß machen, die uns auch Kraft verleihen."

„Aber gibt es auch einen Beweis für diese gute Energie?", erkundigte ich mich.

„Sieh dich um, Pen", sie deutete mit der Hand auf ihre Umgebung, „all diese wunderbaren Dinge, für die wir manchmal gar keinen Blick mehr übrig haben, sind für mich nicht selbstverständlich", sie griff auf den Boden, „nicht einmal dieser Stein", meinte sie und drückte ihn mir liebevoll in die Hand. Er fühlte sich warm an, weil er so nah am Feuer gelegen hatte. „Nimm dir morgen Zeit und schau nach dem Aufstehen als erstes aus dem Fenster. Betrachte für einen Augenblick das Wunder der Natur, dann wirst du mich vielleicht verstehen."

„Aber es gibt auch so viel Schreckliches und Böses da draußen", erinnerte ich sie.

„Vielleicht ist das Böse auf der Welt, damit das Gute weiß wo es hingehört", sagte sie.

„Glaubst du das tatsächlich?"

„Ich weiß es nicht, Pen. Es sind nur die Gedanken einer alten Frau."

„Das Einzige, was mich interessiert, ist, ob wir mit Hilfe rechnen können, falls uns Gefahr droht?", hakte ich nach.

Wie und in welcher Form diese Hilfe auftreten würde, war mir herzlich egal. Ich war jetzt die Mutter eines kleinen Sohnes, der nicht in die Hände eines verrückten Königs fallen sollte.

„Wir sind auf uns allein gestellt, aber wir sind auf einem guten Weg, findest du nicht?"

Ich wusste nicht, was ich darauf antworten sollte.

Sie erhob sich.

„Wir müssen benutzen, was wir mitbekommen haben", sie tippte sich dabei grinsend an die Stirn, „unser Hirn."

Liebevoll wünschte sie mir eine gute Nacht und ging langsam in unsere Hütte.

Vorher betrachtete sie noch für einen Augenblick andächtig den klaren Sternenhimmel.

Das war nicht das Gespräch gewesen, das ich mir erhofft hatte. In meiner Vorstellung sprach meine Großmutter von einer geheimen Waffe, über die sie verfügte und die uns vor Kaiman beschützen konnte. In meiner Phantasie war sie die Gebieterin über Blitz und Donner. Diese Gaben würden meinen Vater zu Tode erschrecken und ihn dazu veranlassen, nie mehr einen Fuß in unser Dorf zu setzen.

Nichts davon traf zu. Stattdessen war meine Großmutter eine einfache und friedliebende Frau. In ihrer Welt konnte man einen Krieg nur gewinnen, indem man nicht daran teilnahm.

„Aber sollen wir uns denn einfach so abschlachten lassen?", fragte ich sie in den folgenden Tagen immer wieder.

„Wir sind vorbereitet und können fliehen", meinte sie dann, „wir werden sehen, was passiert. Vielleicht ist unsere Angst völlig unbegründet. Ich habe erst kürzlich eine Nachricht von Lazarus erhalten. Es hat keine besonderen Vorkommnisse mehr in Enyien gegeben."

Mir blieb weiter die bange Hoffnung, dass alles so bleiben würde wie bisher und dass unser Dorf so gut versteckt war, dass es nicht entdeckt werden konnte.

Weitere Wochen vergingen und das Leben nahm seinen gewohnten Gang. Die kälteren Monate und die damit verbundenen von mir gefürchteten Stürme rückten näher. Das Dorf rüstete sich bereits seit Tagen. Zu meinem größten Bedauern, konnten wir in dieser unbeständigen Zeit die Boote nicht im Wasser lassen. Bei den heftigen Windstärken, die auf uns zukamen, war es gut möglich, dass die Boote von ihren Tauen losgerissen werden würden. Wieder eine Situation, die mich sehr beunruhigte.

Ich versuchte meine Nervosität damit zu erklären, dass mich solch ein Sturm bei meiner Flucht durch den Wald beinahe umgebracht hätte, anstatt mit der Angst, dass unsere Fluchtchancen im Falle eines Angriffes offensichtlich nicht vorhanden waren.

Dann kam der Wetterumschwung. Der Regen preschte tosend um das Haus und zwang uns in der Hütte zu bleiben. Nachdem wir gut vorbereitet waren fehlte es uns an nichts. Wir bemühten uns, dieser stürmischen Zeit etwas Positives abzugewinnen. Wenn wir die Fensterläden schlossen und die Kerzen anzündeten, war Vin völlig begeistert. Er klatschte dann in seine kleinen Händchen und brabbelte vergnügt vor sich hin. Meine Großmutter und ich vertrieben uns währenddessen die Zeit mit Hausarbeit und Brettspielen. Unser Verbrauch an Tee und Sckokoladenkeksen nahm gigantische Ausmaße an.

Eines schicksalhaften Morgens, an dem uns der Sturm eine kleine Erholungspause gönnte, trat ich vor die Tür, um zur Falknerei zu gehen.

Fröstelnd zog ich meine Strickjacke enger um meinen Hals. Überall auf der Straße hatten sich kleine und große Pfützen gebildet, in die es jetzt immer noch leicht tröpfelte. Trotzdem war ich fest entschlossen Lazarus eine Nachricht von uns zu senden. Er machte sich immer so große Sorgen und war schnell beleidigt, wenn er nichts von uns hörte. Entschieden marschierte ich los und musste dabei immer wieder einen großen Bogen um die teils breiten und tiefen Pfützen machen.

In der Hütte des Falkners tropfte es von der undichten Decke und er machte sich gerade fluchend daran, alles wieder trocken zu legen. Ein einsamer Vogel, der in einem Eck auf einer Stange saß, betrachtete dabei gelangweilt das Geschehen. Nur bei meinem Eintreten, flatterte er einmal kurz auf.

„Hallo Pen", begrüßte mich der Falkner, trotz seiner anstrengenden Arbeit, in einem freundlichen Ton, „geht es euch allen gut?"

Ich bejahte die Frage.

Dann hörte ich mir mit geheucheltem Interesse einen Vortrag über Strohdächer an und wie sie am besten abzudichten waren, um wenig später schließlich mein eigentliches Anliegen anzusprechen.

„So, so, du möchtest eine Nachricht versenden", brummte er und strich sich dabei über den mächtigen Vollbart, „es ist ein guter Moment, um einen Kurier loszuschicken. Der Sturm hat sich jetzt erst einmal für einige Zeit beruhigt. Mit dem Wetter kenne ich mich aus, schließlich lebe ich schon lange genug hier. Wenn du willst, erzähle ich dir nachher, wie viele Stürme ich schon mitgemacht habe."

Ich erklärte ihm, dass ich heute wirklich keine Zeit hätte, aber beim nächsten Mal gerne. Die Enttäuschung stand dem Falkner nach dieser Nachricht förmlich ins Gesicht geschrieben.

„Du kannst Ares haben", sagte er endlich und deutete auf den einzigen Falken im Raum, „er ist ein besonders flinkes Kerlchen." Zur Bestätigung und vielleicht, weil er seinen Namen gehört hatte, krächzte der Vogel lautstark. „Geh schon mal rüber, ich hole in der Zwischenzeit seine Transporttasche."

Eigentlich hatte ich keine Lust, Ares noch näher zu kommen, aber anstandshalber ging ich ein paar Schritte auf ihn zu. Der Vogel war von meiner Aktion genauso wenig begeistert wie ich. Er wich bis ans Ende der Stange zurück. Dabei betrachtete ich voller Respekt seine Krallen, die sich elegant nach hinten tasteten.

Plötzlich bemerkte ich ein kurzes rotes Blinken an seinem

Füßchen. Es geschah in Sekundenschnelle und für einen Augenblick glaubte ich, dass ich es mir nur eingebildet hatte. Intensiv starrte ich weiter auf die Krallen des Vogels. Der Vorgang wiederholte sich nicht, aber trotzdem war ich mir sicher, dass ich mich nicht getäuscht hatte.

Mein Herz schlug plötzlich schneller. Ich versuchte mich zu beruhigen, aber konnte nicht verhindern, dass sich Schweißtropfen auf meiner Stirn bildeten.

„So, ich habe das Ledergeschirr gefunden", polterte der Falkner, „tut mir leid, dass es so lange gedauert hat."

„Das macht gar nichts", hörte ich mich sagen und im nächsten Moment bat ich den völlig verdutzten Mann, die Krallen des Tieres zu untersuchen. Wahrscheinlich glaubte er zunächst, dass ich mir einen dummen Spaß mit ihm erlaubte, doch als er meinen ernsten Blick bemerkte, tat er, worum ich ihn gebeten hatte. Kopfschüttelnd nahm er den kreischenden Vogel von der Stange und betrachtete anfangs oberflächlich seine Füße. Dann schien sich seine Aufmerksamkeit plötzlich auf etwas zu richten. Ich wagte kaum zu Atmen und das hatte nichts mit dem beißenden Geruch in der Hütte zu tun.

„Was ist das denn?", hörte ich ihn überrascht brummen, „beinahe hätte ich es übersehen. Was für ein winziges Ding."

Mit großen Augen blickte ich auf den kleinen Gegenstand, den er in den Händen hielt. So etwas hatte ich schon einmal gesehen. Ich gab einen so unmenschlichen Ton von mir, der den Falkner und den Vogel erschrocken zusammenfahren ließ.

Wir hatten am Fuß des Falken einen Sender entdeckt!

Von wilder Panik getrieben rannte ich zu unserer Hütte zurück. Wasser spritzte zu beiden Seiten unter meinen Füßen hoch und hinterließ braune Flecken auf meinem Kleid.

Meine Großmutter wirkte verstört, als sie mich so aufgelöst im Türrahmen stehen sah.

„Was ist passiert, Pen?"

Rasch berichtete ich ihr, was ich erlebt hatte.

Meine Großmutter unterbrach mich nicht ein einziges Mal, aber ihre Miene wurde immer härter. Augenblicklich erhob sie sich. Dabei schwankte sie leicht, doch als ich ihr zu Hilfe eilen wollte, schob sie meine Hand brüsk beiseite.

„Ich werde augenblicklich eine Versammlung einberufen", meinte sie mit fahlem Gesichtsausdruck, „der Falkner soll den Sender entfernen und zerstören. Danach wirst du eine neue Nachricht sicher nach Eniyen senden. Lazarus muss Bescheid wissen, was gerade passiert ist."

Ich nickte betreten, während meine Großmutter sich ihren Umhang über warf. „Danach kommst du mit dem Falkner zur Versammlung."

Wieder nickte ich. Nur mühsam konnte ich die Tränen zurückhalten. „Wir müssen Nyla sagen, dass sie die Kinder in Sicherheit bringen soll", erklärte ich tonlos.

Meine Großmutter schluckte.

„So soll es sein", sagte sie mit fester Stimme, „wir haben das Ganze oft genug geübt. Wir sind bereit."

Dann verschwand sie durch die Tür und bemühte sich erst gar nicht, sie hinter sich zu schließen. Durch den offenen Verschlag sah ich, dass es wieder zu regnen begonnen hatte. Wie in Trance ging ich zum Kleiderschrank und nahm ein wärmendes Jäckchen und eine passende Hose für Vin heraus. Kurz hielt ich inne, weil mein Körper von Weinkrämpfen geschüttelt wurde. Dann ermahnte ich mich selber, stark zu sein. Ich nützte niemanden etwas, wenn ich jetzt zusammenbrach. Schon gar nicht meinem Sohn. Trotzdem zitterten meine Hände so sehr, dass ich beide Kleidungsstücke fallen ließ.

War das jetzt tatsächlich unser Ende?

Plötzlich wurde mir alles klar und ich durchschaute den teuflischen Plan. Kaiman war es nie um die Himmelsstadt gegangen und er hatte auch nie vorgehabt sie anzugreifen. Sein Hass richtete sich einzig und alleine auf Lulumba. Bevor Kaiman die Stahlkrieger in den Bergen in den Tod geschickt hatte, bekamen sie den Auftrag, die Falken zu fangen und die Tiere mit Sendern auszustatten. Er wusste, dass sie zum

Nachrichtenaustausch benutzt wurden und damit war er schließlich in der Lage, das Dorf zu finden.

Jared hatte mir die Wahrheit gesagt – wir waren verloren.

Nur mit Mühe löste ich mich aus meiner Erstarrung. Für Schwäche war jetzt keine Zeit, stattdessen weckte ich Vin auf um ihn anzuziehen. Dann stopfte ich eilig Milch, Kekse und Wickeltücher in eine Tasche. Nyla würde sich zurechtfinden. Nachdem ich meinen Sohn in seine warme Jacke gepackt hatte, nahm ich ihn auf den Arm.

Seine kindliche Unbekümmertheit rührte mich erneut zu Tränen, denn er lachte mir in freudiger Erwartung auf einen schönen Spaziergang entgegen.

„Es wird alles gut", versprach ich ihm und rang mir ebenfalls ein Lächeln ab. Ich drückte ihn fest an mich und ging mit schnellen Schritten zum Dorfplatz. Dort hatten sich bereits viele Kinder versammelt. Alle wetterfest verschnürt und mit Schlafsäcken bewaffnet wirkten sie geradezu niedlich in ihrer Vorfreude auf einen abenteuerlichen Ausflug. Wir hatten beschlossen, die Kinder über die traurigen Gründe ihrer Expedition nicht aufzuklären.

Nyla wartete mit ihrem Freund, Kai, bereits auf mich. Sie waren erst seit kurzem ein Paar und sehr verliebt ineinander. Ich hatte mich so sehr für meine Freundin gefreut und bedauerte jetzt zutiefst, dass ihr Glück so schnell getrübt wurde.

Wie vorauszusehen war, protestierte Vin keine Sekunde lang, als ich ihn im strömenden Regen an Nyla übergab. Sie hatte in der Vergangenheit öfters auf meinen Sohn aufgepasst und er mochte sie sehr.

„Es wird nicht lange dauern, bis sie uns in der Höhle entdecken, nicht wahr?" Mit angsterfüllten Augen blickte mich Nyla an.

„Ich weiß es nicht", sagte ich wahrheitsgemäß.

„Wir ... wir werden alles Menschenmögliche tun, um die Kinder zu beschützen", erklärte sie stockend.

„Natürlich", sagte ich dankbar.

Wir blickten uns in die Augen und versuchten, uns gegenseitig Mut zu machen.

„Vielleicht hört der Sturm bald auf", sagte Nyla zuversichtlich.

Ich nickte. „Und dann fliehen wir über das Meer. Vielleicht ist Kaiman noch weit entfernt."

Ich gab meinem Sohn einen Kuss auf die Wange.

„Ich komme zurück, so schnell es geht."

Schnell drehte mich weg, damit niemand meine Tränen sehen konnte. Ich hatte einen Auftrag von meiner Großmutter erhalten. Der Falkner wartete bereits auf mich. Er war sehr blass. Wir befestigten gemeinsam die kurze Nachricht, die ich Lazarus geschrieben hatte und während das Wasser weiterhin durch das Dach tropfte, blickten wir Ares nach, wie er kreischend im grauen Himmel verschwand. Wie klein unserer Probleme doch vor wenigen Stunden gewesen waren...

Völlig durchnässt kamen wir im Versammlungsraum an.

Noch nie war er so voll gewesen.

Das ganze Dorf schien sich dort eingefunden zu haben. Die Geräusche vieler aufgeregter und verängstigter Stimmen erfüllten den Saal. Viele Frauen weinten bereits vor lauter Furcht und wurden von ihren Männern mit ratlosen Mienen getröstet. Ich fing den Blick meiner Großmutter auf, die auf einem Podest stand und soeben wieder das Wort ergriff.

Ich nickte ihr kurz zu, damit sie wusste, dass ich ihren Auftrag erledigt hatte. Hinter mir drängten weitere Dorfbewohner ins Versammlungsgebäude. Alle mit sehr ernsten und besorgten Gesichtern. Viele hatten sich keine Zeit genommen, ihre Arbeitskleidung abzulegen.

Der Bäcker war so verstört, dass er nicht einmal bemerkte, dass er noch den Teigschaber in der Hand hielt. Eine Angelegenheit, die unter anderen Umständen für Gelächter gesorgt hätte, aber heute einfach nur traurig war. Ich wurde äußerst unsanft gegen meinen Vordermann gedrückt. Immer noch strömten aufgeregte Menschen in den Saal, der bald aus allen Nähten zu platzen schien. Ich stellte mich auf Zehenspitzen, um meine Großmutter besser sehen zu können. Die Luft war binnen kürzester Zeit erfüllt von Angst.

„Bitte beruhigt euch", rief meine Großmutter laut über das Stimmengewirr hinweg. Sofort verstummten alle.

Zahlreiche erwartungsvolle Gesichter wandten sich ihr zu und für einen Moment machte sich eine gespenstische Stille breit.

„Bitte hilf uns, große Mutter", schluchzte eine Frau schließlich laut auf, „was sollen wir nur tun?"

Betroffen sah ich mich um. Gerade war mir wieder schmerzhaft bewusst geworden, dass es mein Vater war, der diesen Schrecken und diese Panik verursachte. Wie lange würde es dauern, bis mich das Dorf dafür verurteilte, dass ich seine Tochter war? In ihrer Verzweiflung würden mich die Bewohner vielleicht aus dem Dorf jagen. Konnte ich ihnen das übel nehmen?

„Wir dürfen vor allem nicht die Nerven verlieren", erklärte meine Großmutter entschieden, „wir haben immer mit der Angst gelebt, dass unser Dorf eines Tages entdeckt werden könnte. Unser Frieden und unsere Harmonie waren von keinem Zeitpunkt an wirklich sicher", sprach sie weiter, „vielleicht hat es gerade deshalb so gut funktioniert."

Meine Großmutter richtete sich noch weiter auf. Trotz ihrer kleinen Gestalt, strahlte sie eine unglaubliche Stärke aus.

„Wir dürfen niemals aufgeben, habt ihr verstanden?"

Sie schien sogar noch größer zu werden.

„Niemals!" wiederholte sie energisch, „unsere Möglichkeiten sind noch lange nicht ausgeschöpft. Wir versuchen, den Feind auf eine falsche Fährte zu locken. Ich habe bereits Männer ausgesandt, die das übernehmen sollen.

Falls uns das nicht gelingt, haben wir noch die Möglichkeit zu verhandeln. Wir bleiben unseren Prinzipien treu, in Frieden zu leben." Die Dorfbewohner hingen gebannt an den Lippen meiner Großmutter und saugten jedes ihrer Worte in sich auf.

Ihre unglaubliche Erscheinung und Leidenschaft wirkte auch auf mich. Sie schaffte es tatsächlich, mir ein wenig Trost und Hoffnung zu spenden.

„Wir wissen alle, wie gierig Kaiman ist und daher wird er auch käuflich sein."

„Was hätten wir ihm denn zu bieten?", fragte ein Mann aus der vorderen Reihe aufgebracht.

Ich grübelte bereits selber nach, was für meinen Vater von so großem Interesse sein könnte, dass er unser Leben verschone.

„Die Koordinaten der Insel", sagte meine Großmutter hart und blickte dabei eisig in die Runde.

Sofort machte sich lauter Protest unter den Dorfbewohnern breit. Auch ich zog entsetzt die Luft ein. Fassungslos blickten wir alle zu meiner Großmutter hoch. Viele Menschen hatten dort ihre Familien, Freunde und Bekannte in Sicherheit gebracht. Wie konnte sie so einen Vorschlag machen?

„Wer ist dafür?", fragte sie gnadenlos.

Nicht ein Einziger hob die Hand. In dem Saal war es jetzt so mucksmäuschenstill, dass man eine Stecknadel hätte fallen hören können.

Erleichtert atmete meine Großmutter aus.

„Das ist gut", meinte sie, „ich habe mich nicht in euch getäuscht."

Einen kurzen Moment blieb es still.

„Du hast uns getestet?", hörte ich eine Stimme und war überrascht, dass es meine eigene war, „du wolltest wissen, ob wir unser Leben schützen würden, indem wir ein anderes opfern?"

Meine Großmutter nickte.

„Diese Option musste ich euch zumindest anbieten."

Der Mann in der vorderen Reihe meldete sich wieder traurig zu Wort. „Ich habe verstanden, was du uns sagen willst, große Mutter. Wenn wir sterben, dann sterben wir für eine gute Sache, nicht wahr?"

Tröstend legte ihm meine Großmutter die Hand auf die Schulter, „noch ist es nicht soweit, mein Lieber", erklärte sie zuversichtlich.

„Warum lässt du uns nicht kämpfen, große Mutter?", fragte ein junger hitziger Mann in den mittleren Reihen.

„Was ist dein Beruf?", erkundigte sich meine Großmutter statt einer Antwort.

„Ich bin Fischer", sagte er beinahe trotzig.

Meine Großmutter lächelte ihn daraufhin sanft an.

„Und deshalb gehört in deine Hände nichts anders als eine Angel." Sie deutete auf eine zierliche Frau in der Menge. „Und in deine ein Häkelzeug. Ich wüsste nicht, wie ich die kalten Nächte ohne deine warmen Socken überstehen sollte, Natascha."

Nach und nach zeigte sie auf einzelne Personen im Raum. „Deine wunderbaren Kuchen haben mir einiges an Hüftspeck gebracht, Maurice", sagte sie zu dem Bäcker, „und für Amelias köstlichen Wein würde ich meilenweit gehen. Natürlich nur in Schuhen, die du gemacht hast, Viktor und in Kleidern, die du genäht hast, Miriam."

So sprach meine Großmutter beinahe jeden an und viele hatten dabei Tränen der Rührung im Gesicht. „Ich könnte es nicht verkraften, wenn ihr eure wunderbaren Hände mit Blut befleckt und ich glaube, ihr auch nicht", fügte sie hinzu.

„Aber ich bin kräftig", widersprach der junge Mann noch einmal verzweifelt.

„Ja", bestätigte meine Großmutter, „ich würde auch niemals deine Stärke als Mensch anzweifeln, aber im Krieg wären deine Hände nur zum Töten da und das ist falsch."

Der junge Mann senkte den Kopf.

„Ich habe verstanden", sagte er mit belegter Stimme, „wenn wir sterben müssen, dann mit reinem Herzen und mit stolzgeschwellter Brust."

„So ähnlich", bestätigte meine Großmutter. In ihren Augen lag ein sonderbares Glitzern.

Wie bei allen anderen Dorfbewohnern, hing auch mein Blick fasziniert an ihrer Gestalt. Es war unglaublich. Gerade hatte sie das Todesurteil über uns alle gefällt und trotzdem war die Gemeinde nicht in Hysterie ausgebrochen, sondern eher in Ehrfurcht erstarrt.

Der Heldentod hatte für einen Augenblick seinen Schrecken verloren. Aber wie lange würde dieser neu erworbene Mut anhalten? Ich hielt ihn für sehr kurzlebig. Vor allem beim Anblick von Kaiman und seinen grausamen Truppen. Ich hatte am eigenen Leib erfahren, wie groß der Lebenswille plötzlich sein konnte, wenn man bedroht wurde. Während meines langen Aufenthalts und meiner scheinbar aussichtslosen Reise durch den Wald hatte ich Situationen erlebt und gemeistert, die ich mir in meinen kühnsten Träumen niemals hätte vorstellen können, und dies alles nur, weil ich leben wollte.

„Warum ist er so böse? Was hat Kaiman zu diesem grausamen Unmenschen gemacht?"

Zu meinem größten Schrecken erkannte ich, dass die Frage direkt an mich ging. Eine ältere Frau hatte sie zornig an mich gestellt. Alle Augenpaare wandten sich auf einmal mir zu.

„Ich ... ich weiß nicht", antwortete ich ehrlich und völlig überrumpelt, „er wollte auch mich töten, deshalb bin ich von der Burg geflohen."

Obwohl die Geschichte jeder im Dorf kannte, tat es wohl gut daran, jeden Einzelnen noch einmal daran zu erinnern.

„Pen ist ein weiteres Opfer dieses Tyrannen", kam mir meine Großmutter schnell zur Hilfe, „stellt euch vor, ihr würdet ein Leben lang von dem Menschen belogen und betrogen, der euch am Nächsten steht. Außerdem hat sie in diesem sinnlosen Kampf nicht nur den Vater, sondern auch die Mutter verloren. Meine geliebte Tochter, Fabienne."

Großmutters Stimme zitterte bei dem letzten Satz.
Die meisten Dorfbewohner nickten zur Bestätigung und dachten wohl daran, wie vielen Menschen meine Mutter zur Flucht verholfen hatte. Auch die ältere Dame murmelte hastig

eine Entschuldigung. Ich nahm ihr den Ausbruch nicht übel. Meine eigenen Nerven waren bis zum Zerreißen gespannt.

Ich konnte immer noch nicht glauben, dass wir hier seelenruhig warten würden, bis der Feind unser Dorf überrannte. Wenn ich alles richtig verstanden hatte, dann war genau das der Plan. Wir saßen in der Falle. Gleichzeitig musste ich meiner Großmutter Recht geben. Die Männer und Frauen im Dorf waren keine Kämpfer. Mit einem Schwert in der Hand, hätten sie ihr Leid nur noch vergrößert.

Ich konnte eine tiefe Verzweiflung und eine bittere Erkenntnis in den Gesichtern lesen. Mir ging es ganz genauso. Niemand blickte sich mehr in die Augen. Vom blanken Entsetzen gepackt, versuchten alle irgendwie mit der aussichtslosen Situation umzugehen.

„Wir dürfen die Hoffnung nicht verlieren", erklang aufs Neue die Stimme meiner Großmutter, „vielleicht haben wir noch eine Chance."

„Auf ein Leben in der Sklaverei für Kaiman?", fragte der Falkner bitter.

„Auch seine Herrschaft hat irgendwann einmal ein Ende", versuchte ihn meine Großmutter zu trösten, „die Geschichte aus der Vorderzeit lehrt uns, dass viele Diktatoren vom Volk gestürzt wurden. Vor ihrem erbärmlichen und feigen Tod wurden sie meistens mit Hass, Schande und Hohn überhäuft. Dabei konnten sie noch zusehen, wie ihr ganzes Imperium zugrunde ging."

„Aber tausende von unschuldigen Menschen mussten unter ihrer grausamen Knechtschaft sterben, bis es soweit gekommen ist", widersprach der Falkner, „ihre Paläste waren auf den Knochen des Volkes gebaut und ihr Reichtum mit Blut beschmiert. Auch ich habe Bücher über die Vorderzeit gelesen."

„Da muss ich dir leider Recht geben", bestätigte meine Großmutter.

„Kaiman ist unbesiegbar!", ertönte eine andere Stimme aus

der Menge, deren Ursprung ich nicht erkennen konnte, "seine Truppen sind so stark und beschützen ihn so gut, dass er sicher ein hohes Alter erreichen wird."

"Deshalb brauchen wir auch nicht gegen ihn kämpfen. Wir würden weder mit einem Stock, noch mit einer Mistgabel etwas gegen ihn ausrichten können."

"Also bleibt uns nur die Sklaverei oder der schnelle Tod", flüsterte eine junge Frau neben mir und schlug die Hände vors Gesicht.

"Wir dürfen nicht aufhören zu glauben und zu hoffen", beschwichtigte meine Großmutter erneut, "bitte vergesst nicht, dass wir auch Verbündete haben. Meine Enkelin hat soeben eine Nachricht nach Eniyen geschickt."

"An die Vogelmenschen?", erkundigte sich die ältere Dame, "die sind ja noch friedlicher als wir! Neulich habe ich so einen Knaben doch tatsächlich dabei erwischt, wie er eine Fliege aus seinem Wasserglas gerettet hat." Sie schnaubte empört durch die Nase und sah dabei so drollig aus, dass viele Umstehende lächeln mussten.

Meine Großmutter nahm diesen entspannenden Moment zum Anlass, die Versammlung zu beenden.

"Ich appelliere an jeden von euch, die Augen und Ohren offen zu halten. Ich bitte euch außerdem, jede Kleinigkeit, die euch verdächtig erscheint oder misstrauisch macht, zu melden. Die Kinder bleiben vorerst im sicheren Schutz der Höhle."

Damit verabschiedete sie sich von der Gemeinde. Der Wind fegte bereits wieder in so einer Geschwindigkeit um das Haus, dass die Fensterläden klapperten.

Nachdem der letzte Dorfbewohner die Hütte verlassen hatte, half ich meiner Großmutter noch rasch beim Aufräumen und machte mich mit ihr deprimiert auf den Heimweg. Der Sturm zerrte dabei an unserer Kleidung. Völlig durchgefroren kamen wir zuhause an. Es war komisch, dass Vin nicht bei uns war. Ich litt jetzt schon unter seiner Abwesenheit. So ging es natürlich allen Müttern im Dorf. Doch als ich unter dem Tisch seine kleine Holzrassel entdeckte, die er dort achtlos hingeworfen hatte, war es mit meiner Fassung vorbei. Ich rannte in mein Zimmer und wurde dort schmerzlich mit seinem leeren Gitterbett konfrontiert. Ich sackte auf die Knie und weinte bitterlich.

Gleichzeitig spürte ich wieder diesen wahnsinnigen Hass auf meinen Vater. Ich hätte ihn mit bloßen Händen erwürgt, wenn ich die Gelegenheit dazu gehabt hätte. Meine Großmutter sagte immer, dass ich diese schrecklichen Gefühle nicht zulassen durfte. Ich würde mir damit nur selber schaden. Aber dieser Mörder hatte meine Familie auseinandergerissen und verdiente meine Vernunft nicht.

„Klage nicht über deine Probleme, sondern finde eine Lösung", war ein weiterer Grundsatz meiner Großmutter.

Aber wie sollte ich das machen, wenn mich die Angst so unglaublich lähmte? Ständig fühlte ich mich als Verlierer in einem ungerechten Kampf.

Blind vor Tränen, griff ich nach einem Taschentuch und schnäuzte geräuschvoll hinein. Traurig zerknüllte ich das Papiertuch anschließend zwischen meinen Händen. Wenigstens war ich nicht mehr alleine. Es gab Menschen, die genauso dachten wie ich und die mir in diesen düsteren Zeiten zur Seite standen. Ich war die Enkelin der großen Mutter und musste ihnen deshalb als Vorbild dienen. Energisch wischte ich mir über die Augen. Natürlich hatte ich Angst vor dem Sterben, aber deshalb musste ich mich nicht selber lebendig begraben.

Ich griff nach meinen Schnürstiefeln und nach einer dicken Jacke. Dann marschierte ich wild entschlossen an meiner überraschten Großmutter vorbei.

„Ich werde mal nachsehen, wo ich helfen kann", erklärte ich voller Tatendrang, „hier fällt mir nur die Decke auf den Kopf."

„Aber der Sturm baut sich gerade wieder auf", sagte meine Großmutter besorgt.

„Dann muss ich mich eben beeilen", sagte ich unbeeindruckt. Meine Großmutter betrachtete mich mit einem sonderbaren Blick.

„Ich denke, dass die Bootsmänner sehr dankbar für deine Hilfe wären."

Alles war besser, als stillzustehen. Und wenn die Menschen im Dorf sahen, dass ich nicht aufgab, dann würden sie es vielleicht auch nicht tun.

„Dann weiß ich, was ich zu tun habe", erklärte ich überschwänglich.

Mit diesen Worten verließ ich das Haus und verschwand in der dunklen stürmischen Nacht.

Der irre König

Eine Woche voller Angst, Spekulationen und täglicher Versammlungen ging vorbei. Dazu wurde das Dorf weiter von dem unnachgiebigen Sturm geschüttelt. Sogar das Wetter hatte sich gegen uns verschworen. Wie durch ein Wunder blieben alle Bewohner unverletzt, trotz der vielen Schäden, die der Sturm anrichtete.

Auch in der zweiten Woche legte sich die angespannte Stimmung im Dorf kaum. Die Gesichter der Dorfbewohner waren blass und verhärmt. Die grenzenlose Furcht stand weiterhin in vielen Augen. Ich versuchte Mut zu machen, so gut ich nur konnte. Beinahe wäre mir dadurch entgangen, dass ich selber wie ein wandelndes Gespenst aussah. In meinem Arbeitseifer versäumte ich es oft, eine Pause zu machen und etwas zu essen. Jetzt hing mein Kleid wie ein Fetzen an meinem dünnen Körper herunter.

Am folgenden Tag ließ mich meine Großmutter deshalb nicht eher aus dem Haus, bis ich einen Teller kräftigender Hühnersuppe gegessen hatte. Sie schöpfte die Brühe aus einem riesigen Topf, den wir eigentlich nur für unsere Dorffeste verwendeten. Anschließend ging sie mit der Suppe von Haus zu Haus und verteilte sie an die Menschen, die trotz dieser dunklen Zeiten, noch Appetit verspürten. Das war ihre Art sich zu beschäftigen und Trost zu spenden. Auf viele, die sie beobachteten, musste meine Großmutter lethargisch wirken, doch ich wusste, dass es hinter ihrer Stirn brodelte. Es gab keine Sekunde, in der sie nicht über die Situation des Dorfes und über eine Lösung nachdachte.

In der dritten Woche wurden einzelne Stimmen von Eltern laut, die ihre Kinder zurück ins Dorf forderten. Wie gerne hätten wir diesem Wunsch nachgegeben. Auch ich hätte Vin wieder wahnsinnig gerne bei uns im Haus gehabt. Er fehlte mir so schrecklich. Trotzdem mussten alle Kinder zu ihrer eigenen Sicherheit die Tage und die Nächte weiter in der Höhle verbringen. Natürlich durften sie von ihren Eltern jederzeit besucht werden. Nyla und Kai leisteten eine gute Arbeit.

Die beiden wurden es nicht müde, die kleinen und großen Kinder ständig mit neuen Spielen, Bastelarbeiten, Geschichten, Puppentheater und zahlreichen anderen Ideen abzulenken. Sogar die Höhle war für einige Einfälle zu gebrauchen. Jetzt zierten viele bunte Malereien die felsigen Wände, auf die die kleinen Künstler mächtig stolz waren. Farbige Lampen hingen an der Decke und lustige Windspiele klimperten am Eingang. Für uns alle war es eine große Erleichterung, unsere Kinder so gut behütet zu wissen.

Und trotzdem! Die Angst saß uns allen unnachgiebig im Nacken. Sie ließ sich nie lange vertreiben. Auch die Abwesenheit der Kinder erinnert uns ständig daran, dass etwas nicht stimmte.

Traurigerweise gab es Dorfbewohner, die nicht die Geduld oder die Kraft aufbrachten, dem Druck, dem wir alle ausgesetzt waren, standzuhalten.

Ein Fischer hatte vor ein paar Tagen versucht, mit seiner Frau über das offenen Meer zu fliehen. Die entstellten Leichen der beiden waren heute Morgen mit ihrem völlig zertrümmerten Boot an Land gespült worden.

Zusätzlich mussten wir den Tod des Kesselflickers betrauern. Ein Nachbar hatte ihn gestern Mittag erhängt in seiner Hütte gefunden.

Tey verkündete uns diese traurige Nachricht heute Morgen. Der Arzt kam überhaupt nicht mehr zur Ruhe. Er diagnostizierte in diesen trostlosen Tagen etliche Nervenzusammenbrüche, Hautausschläge, Herzerkrankungen und Atemprobleme, die auf den enormen Stress zurückzuführen waren. Sein Vorrat an Betäubungsmitteln schrumpfte deshalb mit jedem Tag mehr.

Und ich?

Ich war wieder zu dem seelenlosen Wesen geworden, das ich schon aus dem Wald kannte. Ich funktionierte einfach nur noch, ohne jegliches Gefühl unter meiner Haut.

Jeden Morgen führte mein erster Weg sofort zur Falknerei, um nachzusehen, ob eine Nachricht von Lazarus angekommen war. Jedes Mal leider ohne Erfolg. Wir hatten nichts unversucht gelassen, um mit der Himmelsstadt Kontakt aufzunehmen. Zahlreiche Falken wurden mit immer verzweifelt werdender Hilferufe nach Eniyen geschickt.

Wir erhielten keine Antwort.

Warum?

Hatten die Vögel überhaupt ihr Ziel erreicht?

Vor lauter Sorgen konnte ich kaum noch schlafen. Meiner Großmutter ging es genauso. Ich konnte hören, wie sie unruhig in der Hütte auf und abging. Manchmal verließ sie sogar mitten in der Nacht das Haus.

Und dann kam der schicksalhafte Tag, an dem das Dorf tatsächlich die Nachricht erhielt, vor der sich alle am meisten gefürchtet hatten.

Ich war gerade auf dem Weg, um einige Kräuter für meine Großmutter zu besorgen. Das Meer tobte immer noch wegen des starken Windes, der mir unangenehm ins Gesicht blies. Normalerweise erfreute ich mich am Rauschen der Brandung, aber heute wollte ich einfach nur meine Arbeit erledigen.

Ich war noch nicht am Waldrand angekommen, als ich im Dickicht eine Bewegung wahrnahm.

Ängstlich blieb ich stehen und wollte schon am Absatz kehrtmachen, als ich einen Späher erkannte. Der Mann schälte sich aus dem Gebüsch stürzte panisch auf mich zu. Dabei gestikulierte er wild mein seinen Händen.

„Kaiman!", japste er völlig verstört, „Kaiman kommt!"

Sein vor Schweiß glänzendes Gesicht starrte mich kurze Zeit mit vor Schreck geweiteten Augen an, dann stürzte er weiter ins Dorf, um die Botschaft zu verkünden.

„Kaiman!", hörte ich ihn rufen, „Kaiman kommt!"

Für einen Moment war ich völlig unfähig, mich zu bewegen.

Das musste ein Traum sein!

Ein schrecklicher Traum.

Ich hatte gewusst, dass dieser Moment irgendwann eintreffen würde und dennoch war ich völlig überrumpelt.

Warum jetzt?

Das Dorf hatte es beinahe geschafft!

In wenigen Tagen war der Sturm zu Ende. Die Regentage wurden jetzt schon weniger und teilweise ließen sich sogar einzelne Sonnenstrahlen am Himmel blicken. Wir hätten die Boote wieder zu Wasser lassen können.

Hilflos starrte ich auf das tobende Meer.

Nur noch ein paar Tage!

Der kleine heimtückische Funken Hoffnung, an den ich mich so festgeklammert hatte, verpuffte unter höhnischem Gelächter.

Wir waren verloren.

Das Dorf war verloren.

Endgültig!

Unter größter Willensanstrengung gab ich meinem Körper einen Ruck, warf meinen Korb in das nächste Gebüsch und stürmte dem schreienden Späher hinterher.

„Vin", dachte ich dabei und „Großmutter", während ich rannte.

Zu meinem größten Entsetzen dachte ich auch an Jared. Dem Mann, der meinem Vater bei seinem grausamen Feldzug zur Seite stand und für ihn die blutige Drecksarbeit erledigte. Die Welt, die ich kannte, existierte bald nicht mehr. Sie war verrückt geworden.

Ich rannte weiter.

Der Boden fühlte sich unter meinen Füßen weich an. Ich wünschte, er würde sich auftun und so einen tiefen Graben bilden, dass Kaiman mit seinen todbringenden Soldaten keine Chance hatte, ihn zu überwinden.

Ich griff mir an meine stechende Seite. Schließlich blieb ich keuchend stehen und schnappte nach Luft. Auf dem Dorfplatz hatten sich bereits ein paar ungläubige Menschen versammelt. Sie bildeten einen Kreis um den erschöpften Boten.

Eine junge Frau gab ihm mit traurigem Blick einen Becher Wasser, den er gierig austrank. Auch meine Großmutter stand regungslos dabei. Viele Menschen klammerten sich verzweifelt an sie, während andere unter Schock stumm vor sich hinstarrten und ihre Umgebung gar nicht mehr wahrnahmen. Einige saßen auf dem eisigen Boden. Dabei wiegten sie sich wie in Trance hin und her.

Leblose Hüllen.

Eine Situation, wie ich sie noch nie erlebt hatte.

Ich kannte viele dieser Menschen und dennoch waren sie mir im Augenblick fremd, so wie ich mir selber fremd war. Ich ging zu meiner Großmutter, die sich soeben zum Späher hintergebeugt hatte, um mit ihm zu sprechen.

Dabei schnappte ich gequälte Wortfetzen auf, wie: „Furchtbar" und „unglaublich viele".

Mir standen die Nackenhaare zu Berge. Wem oder was ich diese Beschreibungen zuordnen musste, konnte ich mir denken. Auch die Umstehenden schrien zum Teil hysterisch auf. Viele rannten zurück in ihre Häuser, um sinnlos Dinge zu packen, für die es keine Verwendung gab oder um eine Tür zu verriegeln, die gar kein Schloss hatte.

Ich trat näher an den Wachposten heran. „Heute Abend", hörte ich ihn gerade sagen.

Meine Beine drohten zu versagen und ich sog scharf die Luft ein.

So früh?

Ich konnte und wollte es nicht glauben.

Entsetzt starrte ich den Boten an, der immer noch auf dem Boden saß und meiner Großmutter etwas zuflüsterte. Ich wünschte, ich hätte nicht so nahe bei ihm gestanden, denn auch ich konnte seine Worte verstehen.

„Kaiman hat vier Wachposten getötet und ihre Köpfe auf seinen Speer spießen lassen. Es ist ein furchtbarer Anblick, große Mutter." Der Mann schüttelte sich genauso wie ich, bei der bloßen Vorstellung dieser Grausamkeit. „Die Menschen werden bei seinem Anblick zusammenbrechen. Er ist von Kopf bis Fuß in ihrem Blut getränkt."

Meine Großmutter nickte mit starrer Miene. Um eine Panik zu vermeiden, durfte ihr niemand den eigenen Schrecken anmerken. Deshalb klopfte sie dem Späher auf die Schulter und sagte laut: „Du bist sehr tapfer. Danke für die Informationen."

Der Mann versuchte zu lächeln, aber sein Gesicht wurde nur zu einer völlig grotesken und gebrochenen Fratze. Ich wurde von einer unglaublichen Wut gepackt.

„Er ist ein Wahnsinniger!", zischte ich meiner Großmutter zu. „Ich will ihn töten. Mit dem Pfeil und dem Bogen meiner Mutter, könnte ich mich doch an einem geeigneten Platz auf die Lauer legen und diesem ganzen Elend ein Ende bereiten."

Mit glasigem Blick wartete ich auf ihre Reaktion.

„Wir wissen beide, dass du der schlechteste Schütze im ganzen Dorf bist", raunte sie mir zu, „Kaimans Vorhut hätte dich erledigt, bevor du sie überhaupt bemerkt hättest."

Trotzig reckte ich das Kinn.

„Niemand im Dorf wäre in der Lage, diese unmögliche Aufgabe zu erledigen", fügte sie deshalb hinzu, „also, lass es sein, Penelope!"

Es war das erste Mal, dass sie mich mit meinem kompletten Namen ansprach.

„Versteck dich besser im Wald oder im einem der Boothäuser", meinte der Späher, der unser Gespräch mitgehört hatte.

Natürlich würde ich diesen gutgemeinten Ratschlag nicht befolgen. Außerdem wäre es nur eine Frage der Zeit, bis mich die Soldaten in einem dieser Verstecke entdecken würden. Meine Großmutter konnte sich auf mich verlassen. Ich blieb an ihrer Seite - bis zum bitteren Ende.

Das Wehklagen um uns herum wurde lauter. Der Späher wurde jetzt mit den zum Teil ängstlichen, aber auch fordernden Fragen der Dorfbewohner bombardiert und seine ehrlichen Antworten trugen nicht gerade zur Verbesserung der ohnehin sehr aggressiven Stimmung bei.

Genau das wollte meine Großmutter verhindern.

Sie versuchte Ruhe und Ordnung herzustellen, in dem sie rasch Aufgaben verteilte.

„Bringt den Boten in Teys Hütte. Geht von Haus zu Haus und verkündet, dass sich die Gemeinde in einer Stunde auf dem Dorfplatz trifft. Besorgt noch mehr Fackeln, um den Platz auszuleuchten", wies sie die umstehenden Leute an.

„Wie wäre es mit einem Lagerfeuer?", schlug ich leise vor.

„Nein", flüsterte meine Großmutter beinahe erschrocken, „ich möchte Kaiman nicht auf dumme Gedanken bringen. Ich weiß, wie gerne er Menschen brennen sieht."

Auch mir stockte der Atem. Welcher kranke Geist musste im Kopf meines Vaters hausen. „

Natürlich", erwiderte ich betroffen.

Traurig wandte ich mich ab und betrachtet die Menschen wie sie in wilder, hilfloser Panik umherirrten. Keine Tätigkeit ergab mehr einen Sinn, sondern diente nur dazu, die wenige Zeit, die uns noch verblieb, auszufüllen.

„Ich hol dir eine Jacke, Großmutter", sagte ich von einer seltsamen Ruhe erfüllt.

Überrascht drehte sich meine Großmutter zu mir um.

„Ich dachte, du gehst noch einmal zur Höhle hinauf", meinte sie.

Ich schluckte schwer.

Sie hatte die Wörter: „noch einmal" verwendet.

Ein letztes Mal?

Darin steckte etwas Endgültiges und davon wollte ich nichts wissen.

Langsam schüttelte ich den Kopf. „Nein", sagte ich, um Fassung bemüht, „ich fürchte, dann würde ich nicht mehr zurückkommen. Ich möchte Vin und die anderen Kinder nicht erschrecken."

Jetzt bemühte ich mich um ein Lächeln, doch es missglückte mir genauso wie dem Wachposten mit dem meine Großmutter vorher gesprochen hatte.

„Geh zu deinem Sohn, Penelope", sagte meine Großmutter ruhig, „ich bin mir sicher, dass nichts von dem, was du tust, schlecht für ihn sein könnte." Sie fuhr mir dabei zärtlich übers Haar. „Deine Mutter wäre sehr stolz auf dich. Genauso wie ich es bin", fügte sie traurig hinzu. „Und jetzt, geh!"

Ich nickte stumm und befolgte ihre Aufforderung augenblicklich.

Als ich an der Höhle ankam, hatten sich bereits viele Eltern eingefunden, die genauso um Fassung bemüht waren wie ich. Niemanden fiel es leicht und trotzdem schafften wir es, so zu tun, als ob alles in Ordnung wäre. Vin schlief bei meiner Ankunft tief und fest. So nutzte ich die Zeit, still an seinem Bett zu sitzen und ihn dabei zu betrachten. Wieder einmal merkte ich, wie gerne ich Mutter war.

Eine einsame Träne rollte aus einem Augenwinkel. Hastig wischte ich sie beiseite und blickte mich erschrocken um, ob es auch niemand bemerkt hatte. Allerdings war meine Sorge überflüssig, denn die Familien beschäftigten sich ausschließlich mit sich selbst.

Natürlich verging die Zeit viel zu schnell und als ich den Weg zum Dorf hinunterging, hatte ich einen dicken Kloß im Hals. Wie alle anderen Elternteile hoffte ich, dass ich mein Kind heute nicht zum letzten Mal gesehen hatte.

Ängstlich blickte ich zum Waldrand. Wie lange würde es noch dauern, bis ich meinem Vater wieder gegenüberstand? Wie würde er reagieren, wenn er mich sah?

Es war ruhig auf dem Dorfplatz, obwohl beinahe jeder Bewohner erschienen war. Stumm stellte ich mich neben meine Großmutter und vor die Menschenmenge. Dabei griff ich nach einer Fackel. Sie würde mir Licht im Dunkeln spenden.

„Ist der Weg zur Höhle versperrt?", flüsterte meine Großmutter, als ob jedes noch so kleine Geräusch uns verraten würde.

Wir hatten versucht, den Weg mit großen Ästen und Zweigen zu tarnen.

„Ja", antwortete ich leise. Wir griffen uns an den Händen und drückten sie gegenseitig.

Dann starrten wir weiter auf den Waldrand. Sich einfach kampflos in die Obhut und die Willkür eines Verrückten zu geben, erschien mir plötzlich nicht mehr der richtige Weg zu sein. Eine hilflose Panik ergriff mich. Schweißtropfen bildeten sich auf meiner Stirn und meine Handflächen wurden feucht.

Es war ein Fehler!

Auf mich wirkten wir wie eine Horde von Schafen, Kühen und Schweinen, die mit großen Augen auf die Ankunft des Schlächters warteten.

„Großmutter", wollte ich rufen, „wir machen alles falsch", aber mein Mund blieb stumm.

Es gab keinen fairen Krieg! Wir waren bereits besiegt, ohne gekämpft zu haben.

Ich schielte zu meiner Großmutter hinüber. Sie stand ganz still.

„Werden wir jetzt sterben, Großmutter?", fragte ich sie leise.

„Irgendwann sicher", erhielt ich die ernüchternde Antwort, „ich habe diese Pillen verteilt", sie streckte mir möglichst unauffällig einige Tabletten entgegen, „ich möchte, dass du sie schluckst, wenn...", sie stockte einen Moment, „...wenn du denkst, dass es nicht mehr geht."

Es dauerte einen Augenblick, bis ich den Sinn ihrer Worte verstand. Meine Augen wurden groß.

„Nein, Großmutter", sagte ich, „nicht für mich."

„Ich möchte trotzdem, dass du dir zwei davon in die Seitentasche steckst", sagte sie entschieden, „der Moment, in dem du deine Entscheidung bereust, ist tausendmal schlimmer, als ein schneller Tod."

„Was ist mit den Kindern?", fragte ich atemlos.

Sämtliche Farbe musste mir aus meinem Gesicht gewichen sein.

„Du weißt doch, dass Kaiman immer neue Soldaten braucht."

Vin!

Ich schwankte und meine Großmutter griff rasch nach meinem Ellenbogen, damit ich nicht stürzte. Was mit den jungen Mädchen geschah, wusste ich nur zu gut. Die Hübschen landeten in einem Harem und die anderen wurden als Dienstboten benutzt. Mancher Straßenköter hatte auf der Burg ein besseres Leben als diese armen Kreaturen.

Ein Brechreiz drohte mich zu überwältigen, doch ich unterdrückte ihn in letzter Sekunde. Mein Griff um die Fackel lockerte sich und sie glitt mir beinahe aus der schweißnassen Hand.

Ich hatte verstanden.

„Gib mir die Pillen", sagte ich apathisch.

Meine Großmutter drückte sie mir unauffällig in die Hand.

„Wir müssen nicht die Helden spielen, die wir nicht sind, Pen", flüsterte sie mir dabei zu.

Ich lachte freudlos auf. „Ich habe nicht einmal ansatzweise das Zeug zu einer Heldin."

Meine Großmutter nahm wieder meine Hand und drohte sie zu zerquetschen.

„Damit täuscht du dich aber ganz gewaltig. Es erfordert viel mehr Mut und Intelligenz, einem Kampf aus dem Weg zu gehen und sich mit anderen Mitteln zu wehren, als du denkst. Es gibt ein sehr schönes Sprichwort aus der Vorderzeit: Die Feder ist stärker als das Schwert. Hast du schon einmal davon gehört?"

Ich schüttelte ungeduldig den Kopf. Mir stand jetzt wirklich nicht der Sinn nach einer Lehrstunde. Auf hilfreiche Lebensweisheiten im Angesicht des Todes konnte ich gerne verzichten.

Meine Großmutter winkte mit ihrer freien Hand ab.

„Egal", meinte sie, „für mich bist du trotzdem die tapferste Prinzessin der Welt."

Ich kam nicht dazu, ihr zu widersprechen, denn ganz plötzlich drang ein sehr lautes Grollen ins Dorf.

Was war das für ein Geräusch?

Es hörte sich so an, als würde eine gigantische Maschine durch den Wald walzen. Wir lauschten angestrengt. Unruhe machte sich unter uns allen breit, weil niemand die Bedrohung einschätzen konnte. Das laute Dröhnen kam langsam näher. Ängstlich und erschrocken rückten die Menschen noch weiter zusammen. Plötzlich war die Luft mit Rauch geschwängert, der unangenehm in den Augen biss. Es roch nach verbranntem Holz. Man konnte den Eindruck gewinnen, dass irgendjemand einen riesigen Ofen angeschürt hatte. Trotzdem harrten wir weiter an Ort und Stelle aus. Viele husteten und wedelten mit den Armen, um den Rauch zu vertreiben, bis er sich schließlich langsam legte.

Wie Recht ich mit meiner phantasievollen Vorstellung von einem mechanischen Schreckgespenst hatte, sollte sich nur wenige Minuten später bestätigen. Tatsächlich schälte sich ein gewaltiger Gegenstand aus Stahl aus dem dichten Wald und hinterließ dabei eine so große Öffnung, dass vier ausgewachsene Männer problemlos nebeneinander durch gepasst hätten. Seine Gottheit machte sich nicht die Mühe über die Bäume zu reisen, sondern pflasterte seinen blutigen Feldzug sogar mit einer eigenen Straße.

Ungläubig rieb ich mir die Augen. Niemals hätte ich es für möglich gehalten, dass irgendetwas die dicken Stämme dieser einzigartigen Bäume durchdringen konnte. Aber für Kaiman schien kein Hindernis groß genug oder hart genug zu sein. Er bewegte sich mit seiner hochmodernen Technologie mitten durch den Wald.

Wie lange es gedauert hatte diesen unendlichen Tunnel durch den massiven Wald zu graben, konnte ich mir beim besten Willen nicht vorstellen. Die Asche des verbrannten

Holzes regnete schwarz auf uns herunter. Eine düstere, aber passende Kulisse für einen unerwünschten Besuch. Der Ascheregen legte sich sanft und elegant zu Boden. Mit ihm brach die Maschine durch ihr letztes Hindernis. Sie bewegte sich auf mehreren Ketten fort, die miteinander verbunden waren. Wir konnten erkennen, dass sie zusätzlich von mehreren Stahlkriegern, die jetzt nach und nach in der schwarzen Öffnung erschienen, geschoben wurde. Mit einer unglaublichen Leichtigkeit platzierten sie den eisernen Koloss, dessen gewaltiger Bohrkopf vor Hitze rot glühte, auf die Seite.

Das dröhnende Geräusch verstummte.

Jetzt wurden kurze und laute Befehle gerufen. Die Soldaten formierten sich augenblicklich zu einer Einheit und bildeten anschließend ein langes Spalier.

Ratlos, schockiert und gleichzeitig fasziniert betrachtete das komplette Dorf die Szenerie. Mehrere angespannte Minuten, die sich wie Stunden anfühlten, verstrichen. Von starren Entsetzen gepeinigt, blickte jeder Einzelne wie hypnotisiert auf das Loch, das der Eingang zur Hölle sein musste.

Und dann war er da!

Kaiman!

Wie ein aufmerksamer Zirkusdirektor, der sein Publikum begrüßen wollte, erschien er mit weit ausgestreckten Armen im vermeintlichen Rampenlicht. Statt Konfetti wirbelte er beim Gehen die glühende Asche unter seinen Füßen auf. Wie um Beifall heischend, blickte er dabei freudestrahlend nach rechts und links zu seinen bewegungslosen Soldaten. Die Narbe in seinem Gesicht war noch dunkler geworden, die Augen zeigten schon von der Weite eine ungesunde Färbung und die schwarzen Haare standen ihm wirr vom Kopf ab. Er wirkte wie ein verrückt gewordener Clown, in einer bizarren Vorstellung. Mir standen die Nackenhaare zu Berge, als seine Gottheit, oder sollte ich ihn meinen Vater nennen, zügig auf uns zu schritt.

Mich würdigte er keines Blickes, sondern konzentrierte sich dabei ausschließlich auf meine Großmutter.

Er breitete die Arme sogar noch weiter aus und machte dadurch den Anschein, als wolle er sie herzlichst begrüßen. Nur mit größter Willenskraft und weil meine Großmutter eisern meinen Arm festhielt, gelang es mir, nicht einen Schritt von ihrer Seite zu weichen.

Wenige Meter vor uns blieb er stehen.

„Elenor!", flötete er mit einer Stimme, die mir völlig unbekannt war, „wie schön, schön, schön."

Er verbeugte sich übertrieben tief. „Ich hätte gerne meine liebe Frau mitgebracht, aber die Schlampe hat sich davongemacht, wie du sicher erfahren hast."

Obwohl diese Worte meine Großmutter tief verletzt haben mussten, ließ sie sich nichts anmerken. Die Stahlkrieger warteten wahrscheinlich nur auf eine falsche Bewegung von ihr. Stattdessen grüßte sie ihrerseits mit einem Kopfnicken.

„Kaiman."

Ein irres Kreischen durchdrang deshalb die anbrechende Nacht. „Ich bin eine Gottheit, verstanden?"

Aufgrund der grellen Stimme meines Vaters, die völlig unnatürlich klang, konnte ich es nicht verhindern, dass wir alle erschrocken zusammenzuckten. Doch mein Vater hatte sich in einer bedenklichen Geschwindigkeit wieder gefasst.

„Wir wollen nicht streiten, meine liebe Elenor", sagte er jetzt zuckersüß.

Die freundlichen Worte passten nicht zu der eisigen Kälte in seinen Augen.

Ich betrachtete angewidert seine fahle Gesichtshaut, die durch seine wallende schwarze Kleidung noch besser hervorstach. Gerade hielt er sich einen Teil seines schwarzen Mantels vors Gesicht und sagte leise mit verschwörerischer Stimme direkt an meine Großmutter gewandt: „Zu Todgeweihten sollte man freundlich sein, oder?"

Einige Dorfbewohner schrien entsetzt auf, doch meine Großmutter reagierte überhaupt nicht.

Daraufhin wechselte Kaiman in rasender Geschwindigkeit

sein Verhalten, indem er scheinbar begeistert in die Hände klatschte und dabei fröhlich sagte:

„Schön, schön, schön."

Ein Kind hätte man zur Ordnung gerufen, doch hier schienen alle Anstrengungen vergebens zu sein. Der Wahnsinn glitzerte bedingungslos aus den verfärbten Augen.

Schließlich wurde auch meiner Großmutter diese miserable Darbietung zu viel. „Was willst du bei uns?", fragte sie deshalb mit ruhiger Stimme.

„Was ich will?", fragte er ungläubig. Er machte auf dem Absatz kehrt und bewegte sich suchend zwischen seinen Soldaten umher. Schließlich brüllte er einen Befehl und einer seiner herbeieilenden Wachen überreichte ihm einen Gegenstand. Es handelte sich dabei um den Speer mit den aufgespießten Köpfen unserer Späher.

Einige Dorfbewohner hielten sich daraufhin vor Schreck die Hände vors Gesicht, während viele Frauen vor Entsetzen laut schluchzten. Aber Kaiman kehrte stolz mit seiner grausigen Trophäe zu uns zurück. Dabei öffnete er seinen langen Mantel und entblößte, wie es uns der Späher mitgeteilt hatte, seine blutgetränkte Brust.

„Tod und Verderben will ich euch bringen", verkündete er freudestrahlend und wieder mit weit ausgestreckten Armen.

Die Köpfe der getöteten Wachposten wackelten dazu mit verzerrtem Gesicht und verkrusteten Stümpfen auf dem Pfahl. Ich hörte, wie sich mehrere hinter mir übergaben.

„Du bist verrückt!", erklärte ihm meine Großmutter kalt, doch Kaimans Lächeln wurde dadurch umso breiter.

„Ich weiß", sagte er, während er den Speer achtlos in eine Ecke warf, um wieder eifrig und überdreht in die Hände zu klatschen.

„Schön, schön, schön", lachte er dabei, „ich freue mich, euch kreischen, schreien und um Erbarmen flehen zu hören."

„Nimm deine Truppen und verschwinde!", herrschte ihn meine Großmutter zornig an, „für einen von uns beiden wird diese Sache nicht gut ausgehen. Heute Morgen beim Aufstehen hatte ich nicht das Gefühl, dass unser Dorf das sein wird." Sie straffte entschieden die Schultern, während das Lächeln meines Vaters gefror.

Ich fragte mich zähneklappernd, woher sie diesen unfassbaren Mut nahm, einem Wahnsinnigen mit leeren Händen entgegen zu treten. Natürlich ließ seine Reaktion nicht lange auf sich warten.

„Wie kannst du es wagen, du alte und völlig verblödete Kuh", schrie er erbost. Im selben Moment senkte er den Kopf und faltete dabei die Hände vor seiner nackten Brust. Lange stand er so da, während niemand ein Wort sprach. Gerade, als ich glaubte, seinen hässlichen Anblick nicht länger ertragen zu können, fing er plötzlich an zu quengeln: „Ach Elenor, jetzt hast du mich schon zum zweiten Mal aus der Fassung gebracht. Wie soll ich dir da einen schönen Tod bescheren?"

Er hob fragend die Schulter, während ihn meine Großmutter furchtlos taxierte. „Du hättest mich nicht ärgern sollen, liebe Schwiegermutter, denn soeben habe ich beschlossen, heute Abend meinen Wein aus deinem hohlen Schädel zu trinken." Wieder zuckte er mit den Achseln. „Leider Pech gehabt!"

„Ich fordere dich noch einmal auf, zu gehen!", wiederholte meine Großmutter streng.

Kaiman gab vor, eingeschüchtert zu sein, indem er den Kopf zwischen den Schultern verbarg und spielte gleichzeitig den Ängstlichen. „Und wenn nicht?", fragte er und tat dabei so, als ob er zitterte, „wirst du mich dann mit bösen weißen Friedenstauben bewerfen?"

„Wir werden auf keinen Fall gegen dich kämpfen", erklärte ihm meine Großmutter entschieden, „wir wollen hier in Frieden leben. Durch deine Kriegstreiberei ändert sich gar nichts daran."

„Ach so", meinte Kaiman, während er mit den Daumen rollte, „du denkst, ich würde euch verschonen, wenn ich auf keine Gegenwehr stoße."

Theatralisch legte er den Zeigefinger an die Stirn und tat so, als würde er angestrengt nachdenken, „du glaubst, es würde mir keinen Spaß machen, euch einfach so ab zu schlachten?" Er schaute meine Großmutter mitleidig an, dann lächelte er kalt. „Da irrst du dich!", meinte er zähnefletschend, „es macht mir sogar großen Spaß!"

„Das sind deine primitiven Mittel, aber nicht meine Methoden", erklärte ihm meine Großmutter von oben herab.

„Hah!", machte Kaiman mit einem gewaltigen Sprung aus dem Stand heraus, durch den sich sein weiter schwarzer Mantel aufbauschte. Dabei klatschte er sich wissend gegen die Stirn. Aufgeregt lief er anschließend vor den verstörten Dorfbewohnern auf und ab. „Jetzt verstehe ich es", meinte er, „ihr denkt, dass sie eine Zauberin ist, die euch mit ihrer Magie beschützt." Er deutete dabei mit ausgestrecktem Zeigefinger auf meine Großmutter. „Sie ist nur eine alte Vettel und kann gar nichts!", schrie er spöttisch. Dann bog er den Rücken zurück und lachte laut und schallend. „Sie kann gar nichts!", japste er und hielt sich den Bauch vor Freude, „ihr erbärmlichen und armseligen Kreaturen." Jetzt wälzte er sich sogar auf dem Boden.

Ängstlich schielte ich zu meiner Großmutter hinüber, ob ihre Fassade bereits zu bröckeln begann, doch ihre Miene blieb weiter undurchsichtig und furchtlos.

Dann betrachtete ich die Stahlkrieger, die immer noch regungslos auf ihre Befehle warteten. Es gab kein Anzeichen dafür, dass Jared unter ihnen war.

Zwischenzeitlich streckte sich Kaiman auf dem Boden aus, verschränkte die Hände hinter dem Kopf und betrachtete dabei leidenschaftlich den Sonnenuntergang. „Das solltest du auch tun, Elenor!", meinte er zynisch, „es ist nämlich das letzte Mal, dass du die Sonne sehen wirst. Komm doch zu mir!" Er klopfte neben sich auf die Erde.

Meine Großmutter schüttelte verächtlich den Kopf. Auch ich blickte auf diese sonderbare Gestalt hinab, die einmal mein

Vater gewesen war und die gänzlich durch mich hindurchzusehen schien. War sein Geist wirklich so verwirrt, dass er seine eigene Tochter nicht mehr erkannte oder spielte er uns eine weitere, geschmacklose Rolle vor?

„Soll ich mit ihm sprechen?", flüsterte ich meiner Großmutter zu.

„Nein, halte dich zurück!", raunte sie mir zu.

Kaiman hatte sich in seiner sprunghaften Art wieder erhoben und klopfte den Dreck aus seinem Umhang. Von Heiterkeit war in seiner Miene nichts mehr zu sehen, stattdessen wirkte er jetzt wieder grimmig, was seine ungesunden Stimmungsschwankungen noch deutlicher machte. Seine Augen verengten sich zu bösen Schlitzen, als er meine Großmutter verhöhnte: „Du und dein albernes Volk. Ihr seid so dumm!"

Sie gab sich, trotz der neuen Attacke, immer noch völlig gleichgültig.

„Vielleicht hast du recht. Trotzdem glaube ich, dass positives Denken und Handeln die besten und wirkungsvollsten Kräfte hervorbringen kann."

Kaiman spuckte verächtlich vor ihr aus. „Mein einziges positives Gefühl wird es heute sein, in deine toten Augen zu starren!", zischte er.

„Wenn du meinst", erwiderte meine Großmutter und hielt seinem intensiven Blick scheinbar mühelos stand.

Nachdenklich legte mein Vater schließlich die Hand an das Kinn und musterte sie von oben bis unten. Ich fragte mich besorgt, was jetzt wieder in seinem kranken Schädel vor sich ging?

„Also gut", gab er sich schließlich einsichtig, „du hast mich erwischt, Elenor. Deine Tapferkeit und Starrsinnigkeit ärgern mich tatsächlich."

Schulmeisterlich hob er den Zeigefinger und tat so, als ob er mit meiner Großmutter liebevoll schimpfen würde. Sein Gesicht glich dabei einer wächsernen Maske. Es war beinahe unglaublich, dass mir all die Jahre, die ich auf der Burg gelebt hatte, sein desolates Gemüt entgangen war. Zu meiner Entschuldigung musste gesagt werden, dass sich sein Zustand rapide verschlechtert hatte. Tröstlich war der Gedanke aber nicht. So wie es um meine Zukunft bestellt war, musste ich mir auch keine Gedanken mehr darüber machen, ob diese Krankheit vererbbar war. Außerdem glaubte ich, dass mein Vater diesen geistigen Defekt durch Medikamente, Drogen und andere fragwürdige Versuche selber hervorgerufen hatte.

„Was könnte dich wohl aus der Ruhe bringen?", überlegte der Wahnsinnige gerade laut, mit der Absicht, meine Großmutter zu provozieren, „du wirkst so unglaublich verkrampft, meine Liebe. Vielleicht sollten wir ein kleines Spiel spielen? Was meinst du?"

Abwartend hob er eine Augenbraue.
Nachdem meine Großmutter seine Frage mit Schweigen kommentierte, plauderte er einfach weiter.

„Ich spiele so gerne Spiele", erklärte er überflüssigerweise und klatschte schon wieder albern in die Hände. „Wie wäre es mit Verstecken?"

Sein eiskalter Blick traf zum ersten Mal auf mich. Das Blut schoss mir in einer unfassbaren Geschwindigkeit ins Gesicht, aber ich schaffte es, seinem Blick Stand zu halten. Dabei zuckte ich nicht einmal mit der Wimper - vermutlich war es der Schock, der mich lähmte.

„Elenor", knurrte Kaiman und der lauernde Ton seiner Stimme, verursachte mir eine Gänsehaut, „wo sind eigentlich die lieben Kinderlein? Wollen wir die süßen Kleinen gemeinsam suchen gehen?"

Für einen kurzen Moment wurde es mir schwarz vor Augen, Panik breitete sich unter den Dorfbewohnern aus. Eine Frau brach geräuschlos neben mir zusammen und wurde in letzter Sekunde von ihrem Mann aufgefangen.

Trotz meiner grenzenlosen Angst, spürte ich einen wilden Hass in mir aufflammen. Was für ein erbärmlicher Feigling mein Vater doch war. Statt sich mit Seinesgleichen zu messen, ließ er seinen sinnlosen Zorn an den Schwächsten aus.

„Kinderlein", flötete Kaiman gerade wieder.

„Was willst du von uns, du Teufel?", fragte meine Großmutter krampfhaft um Beherrschung bemüht.

„Ah", meinte Kaiman zufrieden, „ich sehe, dass ich bei dir langsam die gewünschte Reaktion hervorrufe." Seelenruhig betrachtete er seine schwarzen Fingernägel. „Was ich will, habe ich dir bereits gesagt. Als Strafe für euren unglaublichen Verrat, eure widerliche Hochnäsigkeit, euren falschen Stolz und eure jämmerliche Friedseeligkeit, werde ich die Kinder töten lassen und zwar vor euren Augen."

Lautes Wehklagen und verstörtes Jammern drang aus der Menge hervor.

„Nur der erbärmlichste Mensch und größte Feigling würde so handeln", schmetterte ihm meine Großmutter entgegen und unterstrich mit ihren Worten meine Meinung.

Kaiman winkte gelassen ab. „Ich bin noch gar nicht fertig", erklärte er empört, „danach zerstöre ich jedes Haus, töte das Vieh, vergifte das Wasser, um mich hinterher voll und ganz auf eine völlige Exekution zu konzentrieren", er tat gestresst, „was für ein anstrengender Tag!"

„Du tust mir leid, Kaiman", sagte meine Großmutter und ließ sich mich Absicht das letzte Wort auf der Zunge zergehen.

Wütend funkelte mein Vater sie an. „Ich habe dir doch gesagt, dass du mich nicht...", dann brach er ab, weil er beschlossen hatte, sich einer anderen, hinterhältigen Information zu widmen, „ich habe jemanden mitgebracht, der diesen Auftrag gerne erledigt. Er dürfte euch wohlbekannt sein, denn nur die dümmsten Kälber wählen ihren schlimmsten Schlachter bekanntlich selber."

Mir stockte der Atem. Dass ich mich überhaupt noch auf den Beinen halten konnte, grenzte an ein Wunder.

„Wenn mich nicht alles täuscht", grinste Kaiman mit einer abstoßenden Fratze, „höre ich ihn gerade kommen."

Und tatsächlich erfüllte lautes Hufgetrampel die anbrechende

Nacht. Im wilden Galopp preschte ein Reiter heran und ohne dass sein Name erwähnt worden wäre, wusste ich, dass es sich um Jared handelte.

Ich schwankte erneut.

„Vielleicht hättet ihr ihn besser töten sollen, anstatt Gnade walten zu lassen", flüsterte mein Vater gehässig, „jetzt wird er euer gnadenloser Henker sein. Was für eine Ironie des Schicksals!" Triumphierend betrachtete er die Ankunft seines besten Kämpfers. „Schön, schön, schön", rief er erfreut.

Auch ich konnte meinen Blick nicht von Jared lassen, obwohl er seine komplette Rüstung trug und das Visier seines Helms heruntergeklappt hatte. Nur noch wenige Meter trennten ihn von seiner Truppe. Ungläubig wurde ich Zeuge, dass er sich nicht die Mühe machte, das Pferd zu bremsen, sondern noch während des halsbrecherischen Ritts absprang und ohne zu Straucheln, seinen Weg in rasantem Tempo rennend fortsetzte.

Es dauerte wenige Sekunden, bis ich entsetzt feststellen musste, dass er direkt auf mich zuraste. Noch bevor ich einen klaren Gedanken fassen konnte, war er bei mir angekommen, packte mich rücksichtslos am Hals und schleppte mich brutal zum Rand der Klippe. Ich zappelte hilflos an seinem ausgestreckten Arm, während meine Füße Staub aufwirbelten.

Aus den Augenwinkeln sah ich, wie meine Großmutter schockiert protestierte und hörte meinen Vater absurd lachen, als ein Stahlkrieger sie grob zurückhielt, mir zur Hilfe zu eilen. Die anderen Soldaten setzten sich ebenfalls in Bewegung und umzingelten jetzt langsam die Dorfbewohner.

„Habe ich schon erwähnt, dass ich mir lieber einen Sohn gewünscht hätte", rief mir mein Vater höhnisch hinterher.

Würgend, versuchte ich den eisernen Griff um meine Kehle zu lockern.

Vergeblich!

Beinahe hatten wir den Klippenrand erreicht. Ich versuchte verzweifelt das Tempo zu drosseln, wurde aber erbarmungslos weiter geschleift.

„Was hast du mit mir gemacht, du Hexe?", schrie Jared, während er sich mit der freien Hand den Helm vom Kopf riss und achtlos zu Boden warf. Das Blut gefror mir in den Adern, als ich in seine Augen blickte.

Sie waren rabenschwarz!

„Schön, schön, schön", hörte ich, wie durch einen dichten Nebel, die gackernde Stimme meines Vaters.

Mein Körper hing jetzt halb über dem tiefen Abgrund, während ich nur noch mit den Zehenspitzen krampfhaft nach Halt suchen konnte. Kleine Steine lösten sich dabei von dem Vorsprung und kullerten die Klippe hinunter. Wegen der mangelnden Luftzufuhr, tanzten bereits kleine Sterne vor meinen Augen.

„Jared", keuchte ich, als sich meine Finger in seinen Arm krallten.

„Warum nennst du mich so?", brüllte er mich so aufgebracht an, dass ich glaubte, er würde mich in dieser Sekunde loslassen, um mich für meine Frechheit zu bestrafen und um meinen Körper mit freudiger Genugtuung zwischen den Felsen, aufklatschen zu hören.

„Weil das dein Name ist, du blöder Affe!", krächzte ich mit letzter Kraft. Mein Hals schmerzte ganz furchtbar und ich wusste, dass es nicht mehr lange dauern würde, bis ich jämmerlich erstickt war. Dazu musste ich auch noch die Kraft aufbringen, mich an ihm festzuhalten.

Ein kurzes Flackern in seinen Augen.

So kurz, dass nur ein Narr Hoffnung daraus schöpfen könnte. Auch der Griff wurde lockerer. Ich hatte nichts mehr zu verlieren.

„Jared", flüsterte ich, während mir die Tränen vor Schmerz über die Wangen liefen, „bitte, höre mir zu!"

„Schweig, du Hexe!", fuhr er mich stattdessen an. Allein die Tatsache, dass er mich noch nicht losgelassen hatte, gab mir die Kraft, einen allerletzten Versuch zu wagen.

Meine Gefühle konnte ich aber nicht mehr zurückhalten. Viel

zu lang hatte ich stark sein müssen. Ich spürte, wie das Leben langsam aus meinem Körper wich, während die Tränen weiter über mein Gesicht strömten. Sollte er ruhig über mich triumphieren. Es tat so gut, endlich mein wahres Ich zu zeigen und schwach sein zu dürfen. Mein Verstand hatte die komplette Umgebung ausgeblendet. Ich sah nur noch Jared und sein vor Wut verzerrtes Gesicht. Es gab plötzlich nur noch uns beide auf der Welt.

„Jared, bitte", keuchte ich mit meinen letzten Atemzügen. Zitternd streckte ich eine Hand nach seinem Gesicht aus. Seine Wange fühlte sich unter den harten Bartstoppeln rau an. „Wir haben einen Sohn, er heißt Vin. Du musst ihn retten, bitte!"

Wieder ein Flackern. Ganz schwach, aber deutlicher zu erkennen, als beim ersten Mal.

„Lügnerin!", zischte er, doch sein Griff lockerte sich minimal. Gierig saugte ich das kleine Quäntchen Luft ein. Tränen verschleierten mir die Sicht.

„Bitte Jared, rette ihn!" Ich wäre sogar auf Knien vor ihm gekrochen, wenn er es verlangt hätte, nur damit er mir diesen letzten Wunsch erfüllen würde. Aber mein Körper erschlaffte aufs Neue und ich drohte, ohnmächtig zu werden. „Bitte", hauchte ich noch einmal, bis mir schließlich endgültig die Stimme versagte.

„Warum dauert diese überflüssige Plauderei eigentlich so lange", beschwerte sich Kaiman schließlich ungeduldig, „wirf das dumme Weibsstück endlich über die Klippe, Nummer 333", befahl er dem Stahlkrieger, „du hast noch genug zu tun. Es gilt, die Brut dieser Hinterwäldler zu vernichten!"

Jared verharrte bewegungslos in seiner Position.

„Ich töte keine Kinder, eure Gottheit", knurrte er schließlich.

„Ach ja?", erwiderte Kaiman und der unbändige Zorn war dabei in seiner Stimme zu hören, „habe ich dich deshalb nicht genug gefoltert. Ich werde dich erneut bestrafen müssen, Nummer 333!"

„Wie ihr meint", sagte der Stahlkrieger zornig.

Trotz meiner Schwäche und meiner Tränen, konnte ich mir ein schwaches Lächeln nicht verkneifen. Kurz vor meinem Tod durfte ich noch erleben, wie mein Vater vor seiner ganzen Gefolgschaft gedemütigt wurde. Jared hatte eiskalt einen Befehl verweigert. Und es schien, nicht das erste Mal zu sein.

Wieder konnte ich kurz nach Luft schnappen. Eine willkommene Gelegenheit, die ich nutzen wollte, um Jared noch eine letzte Information zu geben.

„Sie sind in der Höhle", flüsterte ich ihm zu, „die Kinder sind in der Höhle. Kümmere dich um Vin, er sieht dir sehr ähnlich." Der Kloß in meinem Hals wurde übermächtig und ich verstummte wieder.

„Jetzt entsorge endlich diese schreckliche Kreatur!", kreischte mein Vater, „ich kann ihren Anblick nicht mehr ertragen. Sie sieht aus wie ihre verlogene Mutter." Er machte eine abwertende Handbewegung. „Weg mit ihr!"

Meine Großmutter schrie auf, was Kaiman wohlwollend zur Kenntnis nahm, während ich ergeben auf meinen Todesstoß wartete. Meine letzten Gedanken galten Vin, meiner Mutter, meiner Großmutter und Jared.

Abwartend schloss ich die Augen.

Ich war bereit!

Ein Zucken ging durch meinen Körper und ich schwebte.

Na also!

Es hatte nicht einmal weh getan.

Hoffentlich würde der Rest meiner Familie ebenfalls die Gnade eines schnellen Todes erfahren. Ich wollte meinen Frieden genießen, wäre da nicht die unangenehme Tatsache gewesen, dass ich immer noch glaubte, die hysterische Stimme meines Vaters zu hören. Das lag sicherlich daran, dass mein Schädel zerschmettert zwischen den Felsbrocken lag.

„Wie kannst du es wagen?", meinte ich ihn gerade brüllen zu hören, „ich werde dir bei lebendigem Leib die Haut abziehen lassen!"

„Ich töte weder sie, noch die Kinder!" Jareds feste Stimme

drang ganz klar an mein Ohr.

Verwirrt öffnete ich die Augen und bemerkte erstaunt, dass er mich am Klippenrand abgelegt hatte.

Ich lebte!

„Lange genug, habe ich die Menschen für dich abgeschlachtet, Kaiman", erklärte Jared gerade ruhig, „mach deine Drecksarbeit doch selber oder lass uns einfach zurückgehen."

Die Augen meines Vaters wurden schmal, als er einige Schritte auf uns zu ging. „So ist das also", meinte er böse, „ich habe wohl die Talente dieser kleinen Schlampe unterschätzt. Wie die Mutter, so die Tochter, heißt es, oder?"

Arrogant strich er sich das fettige Haar zurück. „Es wird mir eine Freude sein, euren Willen zu brechen und dein Gesicht dabei zu betrachten, wenn dein Liebchen immer wieder von meinen treuen Soldaten geschändet wird."

Zitternd erhob ich mich und rieb mir den schmerzenden Hals dabei.

Lautlos zog Jared sein Schwert aus der Scheide und stieß mich grob hinter seinen breiten Rücken. „Sie sollen es ruhig versuchen", meinte er grimmig.

„Oho", rief mein Vater erfreut und tanzte übermütig im Kreis, „jetzt wird es richtig interessant. Schön, schön, schön", klatschte er in die Hände, „mir wäre beinahe langweilig geworden."

Ich war noch viel zu benebelt, um die ganzen Ereignisse verstehen zu können. Mein Verstand registrierte im Augenblick nur die Tatsache, dass sich Jared soeben schützend vor mich gestellt hatte. Vor lauter Dankbarkeit wäre ich am liebsten wieder zu Boden gesunken.

Dennoch blieb ich stehen.

Wacklig, aber aufrecht!

„Du warst schon immer etwas aufsässig, Nummer 333, aber genau das mochte ich so an dir. Jetzt hast du mit deinem ungezügelten Temperament dein eigenes Todesurteil gefällt."

„Du hast mich doch schon vor sehr langer Zeit getötet", sagte Jared.

Mein Vater tat ahnungslos. Er verschränkte die Arme und blickte wirr suchend durch die Gegend. Dann bohrte er mit einem Finger in der Nase, betrachtete interessiert das Herausgezogene und schnippte es anschließend auf die Seite.

„Jetzt bist du aber undankbar. Habe ich dich nicht wie ein liebender Vater aufgezogen?"

Kaiman gab sich nach außen ruhig, aber innerlich bebte er vor Zorn, was an seinen aufgeblähten Nasenflügeln zu erkennen war.

„Der Tod meines liebsten Zöglings, den ich selber befohlen habe, wird eine lehrreiche Warnung für meine anderen Soldatenkinder sein, sich niemals gegen mich aufzulehnen. Mit deiner Entscheidung erweist du mir beinahe einen Gefallen."

Er griff sich theatralisch an die Brust.

„Auch, wenn es schmerzt."

Sein Leid war genau wie seine anderen exzentrischen Stimmungen nicht von langer Dauer. Einen Moment später gab Kaiman seinen Soldaten ein Zeichen. Vier seiner größten Stahlkrieger bauten sich daraufhin neben ihm auf.

„Das müsste genügen, oder?", richtete er sich fragend an Jared, „im Training hast du immer nur zwei von ihnen besiegen können."

In freudiger Erwartung betrachtete er seinen Schüler.

„Wir werden sehen", knurrte Jared.

„Zündet die Häuser an und sucht die Kinder!", lautete Kaimans nächster grausamer Befehl, woraufhin sich eine große Anzahl von Stahlkriegern augenblicklich in Bewegung setzte. Kurze Zeit später brannten bereits die ersten Hütten.

„Euer Balg wird übrigens als erstes sterben", sagte Kaiman jetzt ohne Umschweife. Provozierend baute er sich dabei zwischen seiner Leibgarde auf, die jetzt ebenfalls ihre Schwerter gezogen hatte und stemmte abwartend die Hände in die Hüften.

Trotz des anbrechenden Lärms, konnte ich hören, wie Jared scharf die Luft einzog.

„Also ist es wahr?", rief er völlig außer sich und über die wachsende Geräuschkulisse hinweg, „und du hast davon gewusst?"

Kaiman zuckte gleichgültig mit den Achseln.

„Ich nehme es mit dem Briefgeheimnis nicht so genau", meinte er unbekümmert, „das solltest du am besten wissen. Aus einer der erbärmlichen Botschaften an die Himmelsstadt stand, dass dieses elendige Weibsstück schwanger ist."

Er deutete dabei abwertend auf mich.

„Du musst zugeben, dass es ein schauriger Spaß gewesen wäre, unwissentlich dein eigenes Kind zu töten."

Jareds Hände spannten sich noch fester um den Griff seines Schwertes.

„Wir könnten es auch späte Rache nennen?", flötete Kaiman geheimnisvoll.

Zum ersten Mal spürte ich, dass Jared verunsichert war.

„Was meinst du damit?", erkundigte er sich argwöhnisch.

„Stell mir diese Frage später noch einmal", lachte Kaiman, „falls du überlebst", fügte er grinsend hinzu.

Er schnippte mit den Fingern. Wie auf Kommando setzte sich seine Leibgarde gnadenlos in Bewegung. Jared ging in Kampfposition und drängte mich mit dieser Aktion wieder näher an den tiefen Abgrund. Ich konnte nur hilflos dastehen und abwarten. Je näher die Kampfmaschinen jedoch rückten, umso sicherer war ich mir, dass dieser unfaire Kampf nicht lange dauern würde. Auch Jared schien sich dieser Tatsache bewusst zu sein.

„Vielleicht solltest du doch besser springen", sagte er, ohne seine Gegner aus den Augen zu lassen.

Mein zynisches Grinsen konnte er nicht sehen. Vorsichtig tastete ich mich zum Rand der Klippe und schielte ängstlich zur tosenden Brandung hinunter. "Können wir zusammen springen? Alleine schaffe ich das nicht."

„Von mir aus", knurrte Jared und warf mir jetzt doch einen kurzen Blick zu, „ich zähle bis drei, in Ordnung?"

Ich nickte mutlos, um kurz darauf zu merken, dass er meine Reaktion gar nicht sehen konnte, weil er sich wieder auf die anrückenden Stahlkrieger konzentrierte.

„In Ordnung", erklärte ich schließlich laut und deutlich.

„Schön, schön, schön", rief mein Vater.

Ich wünschte, er würde endlich mit dieser Schmierenkomödie aufhören und damit, dieses schöne Wort zu verunglimpfen.

„Eins", schrie Jared gegen den tobenden Lärm, das laute Knacken des Feuers und das erbarmungslose Stampfen seiner Gegner an.

Voller Stolz betrachtete ich seinen breiten Rücken. Der Gedanke, dass ich mich nicht in ihm getäuscht hatte, tröstete mich in den letzten Minuten meines Lebens. Jared stand jetzt auf meiner Seite und war bereit, mit mir in den Tod zu springen. Unglaublich, nachdem wir uns so lange Zeit bekämpft hatten.

„Zwei", brüllte Jared gerade, während die Stahlkrieger nur noch wenige Schritte von uns entfernt waren und jetzt bereits ihre Schwerter zum Schlag erhoben.

Das Rauschen der Brandung war unglaublich. Es sang uns zum Abschied ein wunderbares Lied. Der Mond flüsterte mit seinem hellen Licht ein „Lebe wohl", während die Sterne „Auf Wiedersehen" funkelten.

Zum zweiten Mal an diesem Abend, war ich bereit zu sterben. Erneut schloss ich die Augen.

Der frische Wind in meinem Gesicht fühlte sich herrlich an und das Rauschen wurde immer lauter. Plötzlich ertönte ein Sirren und ich spürte, wie etwas ganz knapp an meinem Ohr vorbei zischte.

„Zurück!", hörte ich plötzlich eine donnernde Stimme, so laut, dass sie tatsächlich alle anderen Geräusche übertönte.

Erschrocken öffnete ich die Augen und drehte mich langsam um. Ich konnte kaum glauben, was ich da sah.

Der Nachthimmel war gespickt mit Vogelmenschen, die ebenfalls glänzende Rüstungen, sowie Pfeil und Bogen trugen. An ihrer Spitze befand sich Lazarus, der sein Volk mit einem grimmigen Gesichtsausdruck anführte und auch den Befehl gesprochen hatte. Im stehend Flug und mit weit ausgebreiteten Schwingen boten sie eine beeindruckende Erscheinung. Sie wirkten dabei genauso mächtig wie die Stahlkrieger, waren aber, nach genauer Betrachtung und zu meinem größten Bedauern, in der deutlichen Minderzahl.

„Die Schilde hoch!", brüllte Kaiman.

Die vier Angreifer lagen bereits von zahlreichen Pfeilen durchbohrt am Boden. Die Stahlkrieger bildeten augenblicklich eine schützende Wand um Kaiman. Gleichzeitig bekam er einen goldenen Schild in die Hand gedrückt.

Wild fuchtelnd verschaffte sich Kaiman mit seinem Schwert eine Gasse durch seine Soldaten. „Ich habe gehofft, dass du kommst", begrüßte er Lazarus und tat dabei erfreut, „ich habe mich auf dich vorbereitet." Er blickte enttäuscht in den Himmel und meinte: „Ist das alles?"

„Erspare dir die Mühe, dein Gift an mir zu versprühen", sagte Lazarus gelassen, „du siehst, dass vier deiner Männer schon tot am Boden liegen. Unsere Pfeile können deine Rüstung durchdringen, Kaiman."

„Aber nicht die Schilde!", kicherte mein Vater verrückt und streckte Lazarus demonstrativ das gold funkelnde Metall entgegen. „Ich habe diese wunderbare Waffe erst kürzlich entwickelt und verbessert."

Wenn Lazarus aufgrund dieser Nachricht erschüttert war, so ließ er sich nichts anmerken. Eine Kriegslist, die er anscheinend mit meiner Großmutter teilte.

„Und ihr seid viel zu Wenige, viel zu Wenige", sang mein Vater fröhlich vor sich hin.

„Nachdem es sich um eine persönliche Angelegenheit handelt, sollten wir beide die Sache unter uns ausmachen und die unschuldigen Menschen dabei herauslassen", schlug Lazarus vor.

„Aber ich kann doch Beides haben", erklärte seine Gottheit, „sieh doch nur, wie schön das Dorf bereits brennt!" Listig blickte er hinter seinem Schild hervor. „Verstößt du mit deiner Kampfbereitschaft und Verteidigung des Dorfes nicht gegen eure eigenen dummen Gesetze, die diesen Hinterwäldlern in nichts nachstehen?" Er verzog angewidert den Mund. „Friede, Friede, Friede!", äffte er dabei.

„Ganz richtig", bestätigte Lazarus, den das Mondlicht in einen majestätischen Schein hüllte, „aber unsere Schöpferin hätte nicht gewollt, dass dieses Dorf zugrunde geht."

„Und eure erbärmliche Vogelseele nimmt keinen Schaden dabei?", verhöhnte ihn Kaiman lachend. Er zwinkerte Lazarus verschwörerisch zu. „Aber das macht die Sache umso spannender, oder nicht?"

Unruhig ließ Lazarus seinen Blick umherschweifen. Im Dorf brannte jetzt fast jedes Haus. Es war nur noch eine Frage der Zeit, bis sich die Zerstörungswut der Stahlkrieger gegen die Bevölkerung richten würde, die bis jetzt noch dichter zusammengedrängt auf dem Dorfplatz stand.

„Wir könnten unsere Meinungsverschiedenheiten friedlich beenden", versuchte es Lazarus erneut, „wie wäre es, wenn wir uns gemeinsam an einen Tisch setzen und alles besprechen?"

Kaiman winkte ab. „Daran habe ich kein Interesse. Ich bin eher der blutrünstige Typ."

Verärgert raffte Lazarus seine Schultern und ließ die mächtigen Schwingen noch kräftiger schlagen. „Dann kämpfe gegen mich", forderte Lazarus meinen Vater erbost auf.

„Sachte, sachte", besänftigte Kaiman seinen Widersacher. Dann musterte er Lazarus ungeniert von oben bis unten. „Lass mich dich doch erst einmal genau ansehen." Er nickte anerkennend und sprach weiter: „So, so, du bist also dieses stinkende Federvieh, das mir meine Frau geraubt hat. Ich muss zugeben, dass ich beeindruckt bin." Aus sicherer Entfernung verglich er seine Muskeln mit denen von Lazarus. „Nicht schlecht", meinte er sichtlich beeindruckt. Anschließend strich er sich das verfilzte Haar in fettigen Strähnen nach hinten, um wenig später unter seinen stinkenden Achseln zu riechen.

„Kein Wunder, dass sich meine Frau lieber mit so einer Missgeburt wie dir gepaart hat."
Atemlos belauschte ich mit Jared den Schlagabtausch.

„Fabienne und ich waren füreinander bestimmt", erklärte Lazarus bestimmend seinem geistesgestörten Kontrahenten, „trotzdem glaube ich, dass ich nicht die geringste Chance bei ihr gehabt hätte, wenn du sie gut behandelt hättest. Es muss dir immer noch das Herz zerreißen, dass du durch deine eigene Schuld ihre Liebe verloren hast."

„Es gibt tausend andere Weiber!", zischte Kaiman mit hektischen roten Flecken auf den Wangen „und ich habe kein Herz."

Dieses Mal war es Lazarus, der Kaiman mit seinen ehrlichen Worten aus der Fassung gebracht hatte. „Keine ist wie Fabienne!", meinte Lazarus.

Diese liebevolle Aussage verfehlte ihre Wirkung bei dem Wahnsinnigen nicht. Ein Vogelmensch brauchte ihm nicht die Einzigartigkeit seiner Frau vor Augen halten und damit Salz auf die einzige Wunde streuen, die niemals geheilt war.

Provoziert von Lazarus bedingungsloser Ergebenheit, keifte mein Vater aufgebracht: „Dann lass uns kämpfen! Es kann sowieso nur einen Sieger geben und der bin ich!"
Zähnefletschend trat er aus seinem sicheren Kreis heraus.

„Was ist mit dir, Junge? Auf welcher Seite stehst du jetzt?", wandte sich Lazarus plötzlich an Jared, der ihn überrascht ansah, als wäre er beinahe erstaunt darüber, dass er überhaupt eine Wahl hatte.

Mir stockte der Atem, als ich sah, wie er unentschlossen zwischen den Gegnern hin und her blickte. Für wen würde er kämpfen?

„Jared gehört zu mir", sagte ich schließlich mit fester Stimme. Ich wollte Jared nicht schon wieder an meinen Vater verlieren.

„Nein, er gehört mir, du undankbares Miststück!", blaffte mein Vater mich an, „Nummer 333, geh auf deinen Platz!", verlangte er energisch und zu meinem größten Entsetzen tat

Jared einen Schritt nach vorne.

Mein Vater lächelte zuckersüß und meinte im selben Ton: „Die Androhung einer Strafe war natürlich nur ein dummer Scherz, mein Lieber."

Wie eine gierige Spinne in ihrem Netz wartete Kaiman, dass sein bester Kämpfer zu ihm kam.

Unsicher drehte sich Jared noch einmal zu mir um.

Unsere Blicke trafen sich.

Er durfte nicht gehen!

Ich unterdrückte die aufkommende Panik und zwang mich zur Ruhe. „Bleib hier, Jared", flehte ich ihn an, „wir brauchen dich! ICH brauche dich." Und das entsprach der Wahrheit.

Jared richtete sich zu seiner kompletten Größe auf. Ich konnte förmlich spüren, wie es in ihm arbeitete. Unschlüssig blieb er stehen.

„Entscheide dich", forderte Lazarus ihn unbarmherzig auf.

„Komm zu mir", befahl ihm Kaiman.

Mein Herz klopfte wie verrückt, während ich mir meine lausigen Chancen ausrechnete.

„Bitte, bitte", betete ich im Stillen.

Lazarus schien meine Verzweiflung zu spüren und wandte sich deshalb noch einmal eindringlich an Jared. „Dieser Verrückte hat dir nichts zu befehlen. Du bist ein freier Mann."

Jared bewegte sich immer noch nicht. Die Zeit schien stillzustehen. Der Moment des Wartens kam mir wie eine Ewigkeit vor.

Mein Vater taxierte mich wütend. Unter seinem hasserfüllten Blick hätte ich eigentlich zusammenbrechen müssen. Stattdessen reckte ich das Kinn und starrte furchtlos zurück. Diesen Kampf würde ich gewinnen. Der Mondschein brachte meine Gestalt zum Leuchten und eine Windböe ließ mein Haar flattern. In diesem Moment musste ich so stolz ausgesehen haben wie meine Mutter, kurz bevor sie in den Tod gesprungen war. Kaiman musste für einen Moment glauben, dass sie zurückgekehrt war.

Entsetzt riss er die Augen auf und wich sogar zurück.

In dem Moment, indem er Schwäche zeigte, brach auch sein Bann auf Jared. Langsam ging dieser ebenfalls mehrere Schritte zurück, bis wir beinahe zusammenstießen. Vor Erleichterung lächelte ich glücklich, was meinen aufgebrachten Vater nicht entging. Viel zu schnell hatte er sich wieder gefangen.

„Du hättest gar nicht erst geboren werden dürfen!", brach es verhasst aus ihm heraus.

Unbeeindruckt griff ich nach Jareds Arm und drückte ihn fest. Mein Glück sollte nicht von langer Dauer sein. Nur wenige Sekunden später überschlugen sich die Ereignisse.

Lazarus nickte Jared kurz zu und gab dann den Vogelmenschen das Zeichen zum Angriff. Kurze Zeit später brach ein schreckliches Gemetzel aus. Gruppen formierten sich lautstark oder stürzten schreiend aufeinander zu. Pfeile rasten sirrend durch die Nacht und wenig später erklang das Geräusch von Schwertkämpfen.

Lazarus war wenige Meter vor Kaiman gelandet. Jetzt umkreisten sich die beiden Todfeinde.

Ich hatte keine Zeit zu hoffen, dass Lazarus unversehrt blieb, meine Sorge galt den Kindern, die ungeschützt und voller Angst in der Höhle ausharrten.

Ich zog Jared am Arm. „Wir müssen die Kinder beschützen", rief ich ihm zu.

Ein Messer flog auf mich zu und ich entging nur knapp dem Tod, weil sich Jared blitzschnell auf mich warf, um mich zu beschützen. Um einer weiteren Attacke zu entgehen, hielt Jared seinen Schild über uns.

„Die Kinder!", wiederholte ich atemlos und Jared nickte.

Er reichte mir die Hand und half mir auf die Beine. Dann bahnten wir uns einen Weg durch das grausige Schlachtfeld. Immer wieder wurde Jared angegriffen, während ich hinter ihm Schutz suchte. Sich selbst einem Stahlkrieger zu stellen, wäre ein unsinniges Unterfangen gewesen. Sogar Jared keuchte angestrengt, weil er immer wieder den tödlichen Hieben seiner

Gegner auswich. Ich wünschte, ich hätte eine Waffe gehabt, nur um ihn im Kampf unterstützen zu können. Stattdessen sah ich, wie auf beiden Seiten Kämpfer blutüberströmt zu Boden gingen. Gliedmaßen trennten sich vom Körper, Schädel wurden eingeschlagen und Brustpanzer wurden durchbohrt. In dem ganzen Durcheinander konnte ich zwischen Gut und Böse nicht mehr unterscheiden. Ein schmerzverzerrtes Gesicht glich dem andern. Der Tod machte keine Unterschiede und er bevorzugte niemanden.

Energisch packte Jared meine Hand und zog mich weiter. Aus den Augenwinkeln heraus konnte ich noch einen Blick auf Lazarus erhaschen. Er bekämpfte sich gnadenlos mit meinem Vater. Die Schwerter schlugen in unglaublicher Geschwindigkeit aufeinander. Lazarus schien im Vorteil zu sein, denn jeglicher Spott war aus der Mimik meines Vaters verschwunden. Stattdessen wirkt er jetzt sogar überrascht.

Soeben wurde Jared von dem gewaltigen Schlag eines Gegners getroffen, der ihn ächzend zu Boden warf. Ich verlor meine Deckung und der Stahlkrieger nutze seine Chance, um mich zu attackieren. Der Grund, warum mich das Schwert nicht sofort in der Mitte zerteilte, verdankte ich keinem geschickten Ausweichen, sondern der Tatsache, dass ich beim Zurückweichen über einen Toten stolperte und zu Boden fiel. Zum ersten Mal war ich für meine Tollpatschigkeit dankbar. Da griff mich der Stahlkrieger bereits wieder an.

Entsetzt beobachtete ich wie er plötzlich, mitten in der Bewegung, erstarrte und sein Brustpanzer aufplatzte. Ein Schwall seines warmen Blutes ergoss sich über mich. Jared hatte ihn von hinten mit seinem Schwert durchbohrt. Mir blieb keine Zeit, mich von meinem Schock zu erholen oder mir das Blut aus dem Gesicht zu wischen, denn schon wurde ich von Jared unsanft weitergezogen.

Wir bückten uns, drehten uns im Kreis, liefen im Zickzack oder wichen zurück, nur um aus dem Schlachtfeld zu kommen. Mehrmals glaubte ich, dass wir es nicht schaffen würden, vor allem dann, wenn sich uns wieder einer von Kaimans Soldaten in den Weg stellte.

Jared hatte schon längst seinen Helm verloren und Teile seiner Rüstung hingen in Fetzen an ihm herunter. Er musste ständig ein Auge auf mich haben, obwohl er sich das bei diesen Gegnern gar nicht erlauben konnte. Blut tropfte aus einer Platzwunde an seiner Stirn und an seinem Oberarm klaffte ein tiefer Schnitt. Trotzdem hielt ihn die Wunde nicht auf, schnell und unbarmherzig zu töten. So schafften wir es tatsächlich, dem Kampfplatz zu entkommen und uns dem Versteck der Kinder zu nähern. Rennend blickte ich mich ständig nach vermeintlichen Verfolgern hinter uns um.

Ich hoffte inständig, dass Kaimans Truppe den Weg zur Höhle noch nicht entdeckt hatte und wollte sie gleichzeitig nicht auf unsere Fährte führen.

Die Kampfgeräusche drangen jetzt nur noch gedämpft zu mir. Vereinzelt waren Schreie zu hören. Das komplette Dorf brannte lichterloh und die ersten Häuser brachen bereits zusammen. Es war ein scheußlicher Anblick, von dem ich mich nur mühsam losreißen konnte. Fast war ich dankbar, dass mich Jared so erbarmungslos weitertrieb. Er gönnte uns keine Pause, sondern hetzte schonungslos weiter. Lange würde ich dieses Tempo nicht mehr durchhalten, dennoch krallte ich mich in seine Hand. Es war erstaunlich, wie gut er sich in der Dunkelheit zurechtfand, während ich immer wieder über Wurzeln und Steine stolperte. Mehrere Male fing Jared meinen Sturz auf. Schließlich kamen wir am Fuß des Berges an. Obwohl die Dorfbewohner den Weg zur Höhle sehr gut getarnt hatten, entdeckte ihn Jared sofort. Er untersuchte das Gebüsch intensiv nach abgeknickten Zweigen, während ich die Zeit zum Verschnaufen nutzte.

„Hier ist noch niemand durchgekommen", sagte er und ich atmete erleichtert auf, „trotzdem wird es nur eine Frage der Zeit sein, bis sie den Weg entdecken. Ich werde die Höhle verteidigen, solange es geht."

Ich nickte dankbar.

Wir machten uns an den Aufstieg. Hinter uns erhellte das mittlerweile gigantische Feuer den Nachthimmel. Sogar von dieser Entfernung war das Ausmaß der Zerstörung zu erkennen.

Ich schluckte schwer.

Wie ging es meiner armen Großmutter und den anderen Dorfbewohnern? Waren sie bereits in Sicherheit?

„Wir müssen weiter", sagte Jared in diesem Moment und riss mich aus meinen quälenden Sorgen.

Schneller als erwartet, kamen wir am Höhleneingang an, der im dunklen Schatten lag.

Im Inneren war es mucksmäuschenstill.

„Nyla", rief ich leise, „ich bin es, Pen."

Mit klopfenden Herzen wartete ich ihre Antwort ab.

Lange Zeit rührte sich nichts.

„Nyla", rief ich deshalb etwas ungeduldiger.

Endlich hörte ich ein Rascheln und schließlich wurde geräuschvoll eine Fackel entzündet. Mit großen verschreckten Augen kam mir Nyla entgegen. Als sie meine Begleitung bemerkte, konnte sie nur mit Mühe einen Schrei unterdrücken.

„Jared gehört jetzt zu uns", beeilte ich mich zu erklären und konnte nicht verhindern, dass trotz Nylas Entsetzen, ein stolzer Unterton in meiner Stimme mitschwang.

Kai trat ebenfalls aus dem Eingang und wirkte dabei genauso ängstlich wie seine Freundin. Ungläubig blickte er zwischen mir und Jared hin und her.

Rasch erzählte ich ihnen deshalb, was im Dorf passiert war.

„Wie geht es den Kindern?", wollte ich wissen.

„Die Kleinsten schlafen schon", beeilte sich Nyla um eine Antwort, während ihr Blick immer wieder unsicher zu Jared wanderte. Anscheinend fühlte sie sich in seiner Nähe nicht wohl. „Auch dein Sohn ist gerade eingeschlafen", meinte sie fürsorglich und ich merkte wie Jared neben mir erstarrte.

Ich erzählte Nyla von den Spähern, die unterwegs waren, um

nach den Kindern zu suchen und von Lazarus, der gegen meinen Vater einen erbitterten Kampf führte.

„Was sollen wir tun?", fragte sie beunruhigt.

„Wir können nur hoffen, dass die Stahlkrieger uns nicht entdecken", sagte ich traurig.

Wieder warf Nyla Jared einen skeptischen Blick zu. „Warum hilfst du uns?", erkundigte sie sich.

Ich bewunderte ihren Mut und auch den von Kai, der sich in rührender Weise vor seine Freundin stellte, als Jared einen Schritt auf sie zuging.

„Wäre es dir lieber, ich würde wieder gehen?", fragte Jared, „ich beschütze die Höhle. Mehr kann ich nicht tun. Sie werden sicher ein ganzes Dutzend hierher schicken"

„Also sitzen wir in der Falle?"

Jared zuckte mit den Schultern. „Manchmal werden die Kinder begnadigt", sagte er, „aber die Erwachsenen niemals."

Die gleiche deprimierende Information hatte ich bereits von meiner Großmutter erhalten. Lange Zeit standen wir schweigend zusammen.

„Sag es ihm", forderte Nyla plötzlich ihren Freund auf.

„Ich weiß nicht", entgegnete Kai leise, „bist du sicher, dass wir ihm trauen können?"

Überrascht blickte ich die beiden an.

Jareds Augen wurden schmal. „Was ist los?"

Kai zögerte einen Augenblick, um dann mit verschwörerischer Stimme zu verkünden: „Weiter oben am Berg haben wir einen Felsen gelockert. Wir rollen ihn den Berg hinunter, falls Kaimans Truppen den Hügel betreten."

Voller Stolz blickte Kai in die Runde.

An Jareds Miene konnte ich erkennen, was er von diesem Plan hielt. Er tat trotzdem interessiert. Es nützte keinem, wenn wir alles schlecht redeten.

„Das wird uns einige Minuten Zeit verschaffen. Höchstens", flüsterte er leise in meine Richtung. „wenn überhaupt. Ein einzelner heranrollender Felsen hat noch nie einen Stahlkrieger beeindruckt. Das ist lächerlich."

„Vielleicht sollten wir uns das Ganze einmal ansehen", meinte ich.

Nyla überreichte mir die Fackel. „Der Aufstieg ist gleich hinter diesem dichten Gebüsch. Wir sehen in der Zwischenzeit nach den Kindern."

Wenige Minuten später kletterte ich mit Jared zwischen den scharfkantigen Felsen zu dem Vorsprung. Wir erreichten ihn ziemlich schnell. Der Sternenhimmel, der sich vor uns auftat, war gigantisch. Für einen kurzen Augenblick machte er mir klar, warum mein Lebenswille so groß war. Als Jared den Felsbrocken entdeckte, schüttelte er sofort den Kopf.

„Genau wie ich es befürchtet hatte", meinte er.

„Wenn wir einen Stahlkrieger damit erwischen, können wir von Glück reden. Sie sind sehr geschickt und unglaublich schnell", erklärte er mir überflüssigerweise, „allerdings wissen die Angreifer nicht, dass wir nur einen Felsen haben. Sie werden deshalb auf der Hut sein und wir gewinnen ein paar weitere Minuten."

Er setzte sich erschöpft auf den Boden und betrachtete im Schein der Flamme seinen vom Blut verkrusteten Oberarm. „So einen aussichtslosen Feldzug habe ich noch nie geführt", sagte er dabei leise vor sich hin und begutachtete eine weitere Verletzung am Bein.

„Trotzdem leben wir noch", gab ich mich optimistisch.

Wieder lachte Jared freudlos. „Fragt sich nur wie lange? Deine beiden kindlichen Freunde überschätzen sich maßlos. Sie haben uns nicht einmal bemerkt, als wir den Weg heraufkamen. Dabei waren wir nicht leise. Ich frage mich, wie sie es da mit Kaimans Soldaten aufnehmen wollen?"

Ich sparte mir eine Bemerkung. Was hätte ich auch sagen sollen?

Jared testete seine stählernen Handschuhe. Die Klingen funktionierten noch perfekt und fuhren in beängstigender Geschwindigkeit mit einem metallischen Klang ein und aus. Ein

Anblick, der mich mit Schaudern erfüllte. Getrocknetes Blut klebte an den Messern.

„Vielleicht wäre es am besten gewesen, wenn uns der dunkle Wald damals mit Haut und Haaren verschlungen hätte", sagte Jared, während er weiter seine Rüstung kontrollierte.

Unaufgefordert setze ich mich neben ihn. Von hier oben hatten wir eine perfekte Sicht! Wir würden die Angreifer sofort erkennen und Jared konnte sie sogar von Weitem hören. Mit seiner Hilfe hatten wir immerhin eine kleine Chance.

„Vielleicht beruhigt es dich…", versuchte ich mich in ungezwungener Konversation, „...dass es mich im Wald mehrere Male fast erwischt hätte." Ich fröstelte. „Dieser schreckliche Vogel, der gigantische Hunger und diese völlig verblödeten Affen haben mich an den Rand des Wahnsinns gebracht."

Jared lachte. Dieses Mal offen und ehrlich.

Obwohl wir uns in einer furchtbaren und aussichtslosen Situation befanden, wurde mir bei diesem Klang ganz warm ums Herz.

„Ohne dich wäre ich sowieso schon tot", meinte er, „deine Medizin hat mir in diesem stinkenden Loch das Leben gerettet."

„Wie bist du überhaupt durch den Sumpf gekommen?", erkundigte ich mich schnell, um ihn von dieser unangenehmen Erinnerung abzulenken."

Vorsichtig streckte Jared sein Bein aus. Er schien Schmerzen zu haben, zeigte es aber nicht.

„Ich habe die fleischfressenden Biester einfach ausgetrickst und sie die ganze Nacht gefüttert, und zwar mit allem, was der Wald hergegeben hat. Einschließlich einem ganzen Reh. Anschließend bin ich förmlich durch den Sumpf spaziert." Er verzog spöttisch die Mundwinkel. „Darauf wärst du wohl nicht gekommen, oder?"

Verblüfft starrte ich ihn an.

„Niemals", gab ich zu, „außerdem bringe ich es nicht übers Herz, ein Tier zu jagen, geschweige dessen zu töten.", fügte ich gedankenlos hinzu und Jared lachte wieder.

Wie er sich wohl ohne den Einfluss meines Vaters entwickelt hätte? Wahrscheinlich wäre er ein stolzer Mann geworden, dem die Frauen zu Füßen lägen. Bei dem Gedanken, spürte ich plötzlich ein Gefühl der Eifersucht in mir aufsteigen.

„Trotzdem haben wir es bis hierher geschafft, das muss doch etwas bedeuten."

Jareds Lächeln erstarb.

„Du hast einfach wahnsinniges Glück gehabt, Weib", erklärte er jetzt wieder frostig, „mir entkommt sonst niemand!" Seine dunklen Augen starrten mich durch den Schein der Fackel an. „Niemand", wiederholte er mit Nachdruck. Plötzlich wirkte er wieder sehr bedrohlich und genau das wollte er anscheinend erreichen, denn im nächsten Moment fragte er mich knurrend. „Hast du jetzt Angst?" Seine Iris blitzte rot auf.

„Falls du es bereust, mich nicht getötet zu haben, kannst du es jetzt gerne nachholen", bluffte ich, „ich habe keine Angst mehr, weder vor dir, noch vor meinem Vater. Lieber sterben, als ein Leben in Knechtschaft verbringen." Wütend funkelte ich ihn an, „also bitte, tu dir keinen Zwang an!"

„Du bist ein komisches Mädchen."

„Vielen Dank für das Kompliment", sagte ich beleidigt, „wie viele Mädchen kennst du denn?"

„Einige", gab Jared zu.

„Super", erwiderte ich und verschränkte eingeschnappt die Arme.

Jared betrachtete mich mit einem intensiven Blick. Ich versuchte ihn zu ignorieren, obwohl er mich nervös machte.

„Ich bin in das Dorf gekommen, um dich zu töten", sagte er jetzt leise, „warum habe ich es nicht getan?"

Na wunderbar! Erwartete er tatsächlich eine Antwort von mir?

„Eigentlich war ich mir ziemlich sicher, dass dein Vater mich nach meiner Rückkehr auf die Burg sofort töten würde. Zum ersten Mal habe ich einen Auftrag nicht ausgeführt und auf dem langen Heimweg ist mir aufgefallen, dass es mir egal ist. Ich hätte deshalb alle Konsequenzen getragen."

„Was hat dir dieses Scheusal angetan", wollte ich leise wissen.

Jared zuckte mit den Schultern. „Nun, zumindest hat er mich nicht getötet", sagte er, „aber ich bin mir sicher, dass du keine Details hören möchtest. Nennen wir es einfach Experimente, okay?"

Beinahe hätte ich ihm tröstend die Hand auf die Schulter gelegt, aber irgendetwas hielt mich davor zurück. Vielleicht wollte Jared mein Mitleid nicht.

„Vereinzelt spielten hier auch Medikamente eine Rolle", erzählte er weiter, „allerdings konnte ich die Häscher von Kaiman täuschen. Irgendwann habe ich die Pillen ausgespuckt und die Spritzen zerstört."

Atemlos hörte ich zu. „Wie ist dir das gelungen?"

„Indem ich vorgab, ganz wild auf die Präparate zu sein, haben sie keinen Verdacht geschöpft und mir irgendwann die Medikamente nur noch in die Hand gedrückt." Er grinste schräg. „Trotz Kaimans Strenge, bleibt es eine faule Bande."

„Sind deine Augen deshalb so schwarz", erkundigte ich mich schnell, um meine Betroffenheit zu verbergen.

„Schwarz?", fragte er verwundert, „keine Ahnung. Ich habe in letzter Zeit nicht so oft in den Spiegel gesehen."

Argwöhnisch fuhr er sich über die Augen, während ich ihn betrachtete. Obwohl seine Haare wieder lang gewachsen waren und er den gleichen wilden Bart wie früher trug, konnte ich sein Gesicht dahinter erkennen. Gerne hätte ich ihm über die Wange gestreichelt. Was war eigentlich los mit mir?

„Warum hast du es nicht getan?", erkundigte ich mich deshalb leise, um meine Verwirrung zu verbergen.

„Dich getötet?", hakte Jared nach.

Ich nickte und rutschte dabei unruhig auf dem harten Steinboden hin und her.

„Irgendetwas war in deiner Stimme", bemühte er sich gerade um eine Erklärung, „sie hat mich wie aus einer Art Trance gerissen." Er zog eine schräge Grimasse, „ich kann dir nicht sagen, wie lange das anhält. Was, wenn ich einen Rückfall erleide?"

Die Frage sollte eigentlich spaßig gestellt sein, aber ich merkte, wie ernst es Jared damit war.

Ich gab mich ganz unbekümmert: „Das wird schon nicht passieren, aber falls doch, dann gib mir doch bitte einen Tipp, wie ich dich besiegen kann."

Kurz darauf kam ich mir ziemlich dämlich vor, denn Jared drehte sich zu mir und meinte kopfschüttelnd: „Was ist das für eine seltsame Eigenart, die dich in den gefährlichsten Situationen dumme Witze machen lässt?"

Ratlos sah ich ihn an.

„Du bist ..."

„Ein komisches Mädchen", vollendete ich den Satz für ihn.

„Ungewöhnlich tapfer, wollte ich sagen."

Unter anderen Umständen hätte ich mich sehr über dieses Kompliment gefreut, aber im Moment war es schwer vorstellbar, dass in unmittelbarer Nähe eine grausame Schlacht tobte, während ich hier untätig herum saß. Ich kam mir alles andere als tapfer vor. Allerdings konnten wir die Kinder nicht ungeschützt lassen.

Als ob Jared meine Gedanken gelesen hätte, sagte er plötzlich leise: „Erzähl mir von deinem Sohn."

„Unserem Sohn", korrigierte ich ihn.

„Warum hast du ihn bekommen, immerhin ist er...", Jared machte eine Pause, „von mir", meinte er dann.

Ich antwortete ihm nicht und mein Schweigen störte Jared nach einiger Zeit.

„Ich meine ...", er suchte nach Worten, „ist das Baby auffällig, aggressiv oder weist es irgendwelche anderen Anomalien auf", er fuhr sich durchs Haar, „ich bin mir nicht sicher, ob meine Gene überhaupt geeignet sind, um gesunden Nachwuchs zu zeugen. Ich...", hier brach er ab. Dann wurde er zornig, „verdammt noch mal, du weißt genau, was ich meine, also rede endlich, Weib!"

Ich seufzte. Er hatte ein Recht darauf, alles zu erfahren.

„Ich habe Vin bekommen, weil ich ihn liebe. Für mich kam eine Abtreibung niemals in Frage. Alle, die ihn kennen, sind ganz vernarrt in ihn."

„Ist das so?", fragte Jared nachdenklich.

Ich nickte. „Vin ist das Beste, was mir im Leben passiert ist."

Jareds Miene blieb unergründlich. Er kam mir beinahe traurig vor, obwohl er nach meiner Aussage eigentlich Grund zur Freude gehabt hätte.

„Was ist mit dir und diesem Vogelmann", erkundigte er sich plötzlich.

Ich wusste nicht, was er meinte.

Jared machte daraufhin eine abfällige Handbewegung: „Vergiss es einfach."

„Lazarus?", fragte ich verwundert.

„Ich sagte: vergiss es!", wiederholte Jared schroff.

„Er ist ein Freund der Familie", platzte es deshalb aus mir heraus, „und er war der Geliebte meiner Mutter." Ich konnte nicht verhindern, dass ich feuerrot wurde, „ihr Tod hat ihm das Herz gebrochen und deshalb kümmert er sich jetzt um mich."

„Ja, ja,", knurrte Jared, „was interessiert es mich?"

Entgeistert starrte ich ihn an. War er etwa eifersüchtig?

„Mir wäre es lieber, du würdest jetzt still sein, Weib."

Ich war völlig verwirrt und hatte ganz vergessen, wie arrogant Jared sein konnte. „Du hast doch gesagt, dass ich mit dir reden soll," meinte ich erbost, „außerdem flüstern wir doch sowieso die ganze Zeit."

„Ich habe es mir eben anders überlegt", erklärte Jared entschieden.

Ich widerstand der Versuchung, ihm in die Seite zu boxen. Einige Zeit verharrten wir stumm und regungslos auf dem Vorsprung. Hin und wieder erhellten einzelne Sternschnuppen das Firmament oder eine Eule flog durch die Nacht. Auch das Weinen eines Kindes war kurzzeitig aus der Höhle zu hören, aber es hielt nur kurze Augenblicke an. Trotzdem verkrampfte sich plötzlich Jareds Körper.

„Sie kommen!", sagte er.

Erschrocken kniff ich die Augen zusammen. Mir war nichts aufgefallen. Hektisch suchte ich die Landschaft ab.

„Sie sind zu fünft", meinte Jared.

Blankes Entsetzen packte mich. Das war nicht fair. Niemals hatte ich Gnade für mich gefordert, sondern nur für die unschuldigen Kinder. Vielleicht hatte Jared sich geirrt. Plötzlich zog er sein Schwert aus der Scheide. Das schneidende Geräusch erfüllte die Luft.

„Nein!", sagte ich schockiert.

„Ich werde tun, was ich kann, Prinzessin", erklärte er mir nüchtern, „ich kenne die Männer, die soeben den Hügel heraufkommen. Kaiman hätte keine besseren schicken können." Er nickte mir zu. „Sag unserem Sohn, dass ich auch für ihn gestorben bin."

„Nein!", wiederholte ich tonlos.

Jared nahm auf mich keine Rücksicht. „Wenn ich pfeife, löst du den Stein aus seiner Halterung. Hast du verstanden?"

Ich nickte wie auf Kommando.

„Und du bleibst hier oben – du folgst mir auf keinen Fall, verstanden?"

Wieder ein Nicken. „Wie du willst", hörte ich mich flüsterten.

Eigentlich wollte ich ihn anflehen, mich nicht alleine zu lassen. Auf sonderbare Weise füllte nun ausgerechnet ein Stahlkrieger die schreckliche Leere in meinem Herzen aus. Doch ich sagte nichts. Stattdessen sah ich zu, wie er in den sicheren Tod ging.

Jared drehte sich noch einmal zu mir um. Dieses Mal verbeugte er sich sogar leicht. Meine Unterlippe zitterte und eine Träne lief mir über die Wange. Dann drehte er sich um und war fort.

Starr wie ein Stein saß ich auf dem Boden.

Er war fort.

Zurück blieb ein gebrochener Mensch.

Jared würde im Kampf sterben und unseren Sohn erwartete ein hartes Leben in der Sklaverei. Ich hatte ein Versprechen gegeben. Würde ich es wirklich halten können? Zusehen, wie mir das Liebste auf der Welt geraubt wurde? Mein Körper fühlte sich gelähmt an.

Doch als ein lauter Pfiff ertönte, wurde ich urplötzlich an meine Aufgabe erinnert. Ich rannte auf den Felsbrocken zu und löste ihn so, wie Kai es uns gezeigt hatte. Kurz darauf polterte er tosend den Hang hinunter.

War ich jetzt ein Held?

Sollte das alles gewesen sein, was ich zu diesem Kampf beitrug? Verzweifelt schlug ich die Hände vors Gesicht. Ich wollte bei Jared sein. Und ich wollte mein Kind schützen.

Alles war ruhig. Die Zeit schien still zu stehen.

Doch dann erklang plötzlich ein unmenschliches Brüllen. Weitere Schreie und Kampfgeräusche drangen zu mir nach oben. Panisch blickte ich um mich. Hier oben gab es nichts, was ich als Waffe hätte benutzen können. Keine schweren Äste oder losen Steine lagen herum.

Hoffnungslos.

Wütend ballte ich die Fäuste.

„Denk nach, Pen!", forderte ich mich selber auf.

Dann hatte ich eine Idee. Sie war ziemlich dumm und sie war zum Scheitern verurteilt, aber es war eine Idee. Rasch hob ich den Saum meines Kleides und rannte zu der Stelle, an der Jared verschwunden war. Beim Abstieg zerkratzte ich mir die Hände am scharfkantigen Felsen, aber ich beachtete die Schmerzen gar nicht. Schließlich kam ich atemlos beim Gebüsch an. Lautes Kinderschreien und Weinen empfing mich aus der Höhle. Die Kleinen waren durch den Lärm wach geworden. Von Nyla und Kai war nichts zu sehen. Wahrscheinlich versuchten sie die verängstigten Kinder zu trösten. Mein gehetzter Blick konnte Jared ausmachen, der sich einen erbarmungslosen Kampf mit zwei Stahlkriegern lieferte. Ein

Dritter war gerade dabei, sich von hinten an ihn heranzuschleichen. Schneller als ich ihn warnen konnte, hatte Jared den Angreifer bereits bemerkt und blitzschnell trennte sich auch schon der ausgestreckte Arm seines Gegners mit einem schauderhaften Geräusch vom Rumpf.

Gleichzeitig wurde Jared von der Faust eines anderen Stahlkriegers an der Schläfe getroffen und ging zu Boden. Dort rollte er sich auf die Seite und entging nur knapp einem Schwerthieb.

Voller Panik bemerkte ich, dass bereits aus mehreren Stellen seines Körper Blut floss. Besonders am Bauch schien er eine sehr böse Verletzung zu haben.

Ich zögerte keine Minute länger und trat mutig hinter dem Gebüsch hervor. „Kaiman ist tot!", brüllte ich, so laut ich konnte, „ich bin jetzt eure Königin." Natürlich hatte ich keine Ahnung, ob meine Behauptung der Wahrheit entsprach, aber ich wollte damit Jareds Leben retten.

„Seine Gottheit ist tot!", schrie ich deshalb wieder hysterisch, „mein Vater ist tot."

Für einen Augenblick hielten die Stahlkrieger verwirrt inne. Jared sank keuchend zu Boden. Dabei traf mich sein vorwurfsvoller Blick.

„Legt sofort eure Waffen nieder", befahl ich mit zitternder Stimme und schwer bemüht, mir meine Sorge über Jareds Zustand nicht anmerken zu lassen. Sein Gesicht war blutüberströmt. Er war schwer verletzt.

„Nein!", verkündete der Anführer der Truppe, „wir kämpfen weiter, bis die Nachricht bestätigt ist."

Trotzig und um Eindruck zu schinden, reckte ich das Kinn. „Nennst du deine Königin etwa eine Lügnerin?", herrschte ich den Stahlkrieger an.

Aus den Augenwinkeln sah ich, wie sich Jared vergeblich bemühte, mit Hilfe seines Schwertes, wieder auf die Beine zu kommen. Er schaffte es nicht und sank wieder zu Boden. Der rote Fleck auf seinem Bauch wurde immer größer.

Für einen kurzen Moment überlegte der Stahlkrieger und schien die Situation abzuwägen. Aus der Höhle drang jetzt immer lauteres Weinen. Die Kinder waren nicht mehr zu beruhigen.

Egal!

Es war ihr gutes Recht, laut zu sein. Nyla und Kai hatten ihr Bestes gegeben.

Ich taxierte den Stahlkrieger und bemühte mich weiter um eine königliche Haltung, obwohl meine schwachen Beine sich wie Pudding anfühlten. Meine Schläfe pulsierte, während mir der Schweiß von der Stirn tropfte. Dem Anführer und den beiden anderen Stahlkriegern entging meine Nervosität nicht.

„Genau das denke ich", zischte er gerade in meine Richtung, „ihr seid eine Lügnerin!"

Mein Bluff war nicht aufgegangen und das sollte mich auch nicht überraschen, dazu war er zu billig gewesen. Augenblicklich handelte der Anführer und warf in Sekundenschnelle ein Messer nach mir.

Ich wollte ausweichen, aber ich war nicht schnell genug. Schmerzhaft bohrte sich das Messer in meine Schulter und die Wucht warf mich von den Füßen. Hart schlug ich mit dem Rücken auf dem Boden auf, doch da hatte sich der Stahlkrieger schon wieder von mir abgewandt, um Jared den Todesstoß zu versetzten. Hilflos lag ich auf der Erde und war unfähig aufzustehen. Während ich verzweifelt den Kopf zu Jared drehte, setzten sich die beiden anderen Stahlkrieger in Bewegung und marschierten zielstrebig zum Höhleneingang. Dann verschwanden sie darin. Das Kreischen, das aus dem Innern der Höhle drang, nahm gigantische Ausmaße an.

„Vin", dachte ich entsetzt.

Keuchend und unter höllischen Schmerzen schaffte ich es, mich aufzurichten.

Der Anführer stand breitbeinig vor Jared, der es geschafft hatte, sich wieder auf die Knie zu ziehen, auch wenn er sich dabei krampfhaft an seiner Waffe festhalten musste.

Ich konnte sehen, dass er mit dem Anführer sprach. Schließlich schüttelte der Anführer den Kopf, hielt sein Schwert hoch und schlug dann, ohne zu Zögern und mit unglaublicher Geschwindigkeit, auf Jared ein.

Mein lauter und gellender Schrei hallte durch die schwarze Nacht.

Die Opfer

Die beiden Kontrahenten umkreisten sich aufmerksam. Der Kampf war ausgeglichen und Lazarus lief, genau wie Kaiman, der Schweiß übers Gesicht.

Der irre König gönnte seinem Todfeind keine Pause und schlug in diesem Moment erneut und unbarmherzig mit dem Schwert auf ihn ein. Lazarus parierte geschickt die Schläge, doch er merkte, wie er immer schwächer wurde.

Kaiman trieb eine rasende Mordlust an. Wieder umkreisten sich die Männer keuchend, während ihr einziges Ziel war, den anderen zu verletzen, zu verstümmeln oder am besten gleich zu töten. Um Kraft zu sparen, hatten sie es aufgegeben, sich zu beleidigen oder zu provozieren.

Allein Kaimans irrsinniger Blick zeigte, wie sehr er Lazarus hassen musste. Die Schwerter klirrten, doch im allgemeinen Schlachtgetümmel ging das Geräusch völlig unter.

Gerade verfehlte ein Hieb von Kaiman den ausgestreckten Arm von Lazarus um Haaresbreite, weil sich dieser blitzschnell auf die Seite warf. Noch im Fallen trat er nach seinem Gegner und riss ihm damit ebenfalls die Füße unter dem Boden weg. Er konnte den Vorteil nicht nutzen, denn Kaiman war schneller wieder auf den Beinen als es Lazarus lieb war.

Wo hatte der irre König so kämpfen gelernt?

Er musste jahrelang wie ein Besessener geübt haben. Grimmig umklammerte Lazarus sein Schwert und versuchte sich zu konzentrieren. Er durfte sich auf keinen Fall ablenken lassen. Mehrmals stach Kaiman jetzt mit seinem Schwert zu und zwang Lazarus damit, zurückzuweichen.

Der Abgrund, vor dem er soeben noch Pen beschützt hatte, rückte bedrohlich näher. Wenn Lazarus seine Flügel spreizen würde, um nicht abzustürzen, bot er seinem Gegner ein noch größeres Ziel und das wollte er unbedingt vermeiden.

Auf einmal spürte er einen stechenden Schmerz. Das Schwert hatte ihn am Oberschenkel getroffen. Er schlug es auf die Seite, um eine noch größere Verletzung zu vermeiden. Lazarus Bein wurde feucht vom Blut und das gehässige Schnauben von Kaiman noch intensiver.

Gegenseitig drängten sie sich jetzt vor und zurück, immer in der Hoffnung, dass einer einen fatalen Fehler begehen würde. Und da war er plötzlich, ein kleiner Stein auf dem Boden, der doch so groß war, dass ein Kämpfer beim Rückwärtsgehen darüber stolperte. Der Todesstoß folgte augenblicklich in die Brust und der Getroffene starrte ungläubig auf die Waffe, die jetzt in seinem Körper steckte und Sekunden später wieder schmerzhaft herausgezogen wurde.

Er war noch nie besiegt worden.

Das Einzige, was er denken konnte war: "Fabienne", als er zu Boden sank.

„Er liegt im Sterben", dachte Tey und zum ersten Mal in seinem Leben verspürte er kein Mitleid mit einem Patienten. Er erhob sich neben dem Schwerverletzten. Dann ging er zu der kleinen Gruppe, die auf seine Nachricht wartete.

„Ich gebe ihm höchstens noch ein paar Minuten. Er hat nach dir gefragt, große Mutter."

Sie nickte wissend und löste sich von Lazarus und einigen anderen Vogelmenschen, die ihn stützen. Langsam ging die große Mutter zu dem Sterbenden. Dort angekommen, beugte sie sich zu ihm hinunter. In ihrem Blick lag keine Genugtuung, sondern nur Mitleid.

„Ah, Elenor, da bist du ja", wurde sie vom übel zugerichteten Kaiman begrüßt.

Er streckte ihr seine feuchte Hand entgegen. Die große Mutter setzte sich neben ihn auf den Boden und nahm seine

Hand in die Ihre. Für einen Todgeweihten drückte er ihre Hand mit erstaunlicher Kraft.

„Hallo Kaiman", sagte sie leise.

Für einen Moment flackerte der Blick seiner Gottheit. „Was ist nur passiert, Elenor?" Verwirrt forschte er im Gesicht der großen Mutter.

„Nichts Schlimmes," versicherte die alte Dame beruhigend, „du bist beim Picknick von einem Stein am Kopf getroffen worden."

Erleichtert entspannten sich Kaimans Gesichtszüge. „Beim Picknick?" Sein Gehirn versuchte sich zu erinnern. „So ein Missgeschick", meinte er schließlich bedauernd. Er hustete schwer. „Wo ist Fabienne?"

Die große Mutter schluckte, aber hielt weiter seinem Blick stand, während sie immer noch seine Hand hielt. „Sie sammelt die kleinen schwarzen Beeren, die du so gerne isst. Ich glaube, sie möchte dich damit überraschen."

Der Hauch eines Lächelns huschte über Kaimans kalkweißes Gesicht. „Sie soll sich bitte keine Sorgen machen", meinte er.

„Ich richte es ihr aus", sagte die große Mutter sanft, als sie Kaiman das klebrige Haar aus dem Gesicht strich.

„Sag ihr, dass ich nur ein bisschen schlafen möchte und sie dann nach Hause bringe", erklärte er der großen Mutter.

Der Boden, auf dem er lag, war blutgetränkt.

„Das werde ich", flüsterte sie, „und jetzt schlaf, mein Junge, schlaf."

Kaiman lächelte der großen Mutter zu.

Dann brach sein Blick.

Er war tot.

Ich schrie wie eine Verrückte und konnte gar nicht mehr damit aufhören. Mir kam es vor, als würde ich bereits stundenlang völlig bewegungslos auf dem Boden liegen.

Jared wehrte sich immer noch nach Leibeskräften. Selbst in sitzender Position verhinderte er zweimal, dass ihm sein Gegner den Schädel spaltete. Dass er sich überhaupt noch bewegen konnte, war mir unbegreiflich. Eigentlich wollte ich meinen Blick entsetzt abwenden, doch meine Augen konnten nicht von der Szene lassen. Der völlig außer Kontrolle geratene Stahlkrieger ließ nichts unversucht, um Jared zu vernichten. Jedes Mal, wenn ich glaubte, dass es jetzt soweit war, verteidigte sich Jared in mit seinem Schwert. Dabei verhöhnte er seinen Gegner sogar noch.

„Mehr kannst du nicht?", hörte ich ihn hämisch rufen, während der Stahlkrieger tobte, „du warst schon immer etwas träge Nummer 44."

Warum tat er das? Ich konnte doch sehen, wie schwach er selber war. Wollte er seinen Gegner dadurch unvorsichtig werden lassen? Jareds Plan schien aufzugehen. Irgendein spöttischer Kommentar schien den Stahlkrieger zu irritieren und kurz abzulenken. Jared nutzte die Gelegenheit. Sein Schwert trennte geräuschlos den Fuß seines Gegners von der Wade abwärts. Der Stahlkrieger brach zusammen. Noch im Sturz zerteilte ihn Jared in zwei Hälften. Blut spritzte in Fontänen über den Boden. Die Fackeln, die am Boden lagen, zischten und erloschen.

Vor Grauen geschüttelt, schloss ich die Augen. Was ich sah, erschütterte mich zu sehr. Ich würde das nie wieder vergessen können. Dem Schmerz in meinem Brustkorb nach zu urteilen, würde dieses Leid nicht lange dauern. Jetzt konnte ich sogar begreifen, warum der Krieg meinen Vater wahnsinnig gemacht hatte.

„Jared!", rief ich mit letzter Kraft, doch ich bekam keine Antwort. Sterne tanzten vor meinen Augen. „Jared", versuchte ich es deshalb ein weiteres Mal, aber ungeduldiger.

Stille.

Geschwächt legte ich meinen Kopf wieder zurück auf den harten Felsen.

„Bitte sag mir, dass es dir gut geht", flüsterte ich in die sternenklare Nacht, „sag mir, dass es Vin gut geht. Sag mir, dass ich ein komisches Mädchen bin und sag mir, dass ich endlich meine Klappe halten soll."

Stille.

Wie oft war ich in dieser Nacht eigentlich gestorben? Ich hatte vergessen mitzuzählen. Aber dieses Mal sollte es wohl endgültig sein. Ausgerechnet jetzt, wo Jared und ich unseren Frieden gefunden hatten. Ich wollte noch einmal nach ihm rufen, aber mir versagte die Stimme. Ich drohte ohnmächtig zu werden. Ein Kinderweinen drang jetzt an mein Ohr. Ich drehte meinen Kopf und nahm eine Bewegung am Höhleneingang wahr. Ein verschlafenes Mädchen erschien an Nylas Hand im flackernden Fackellicht. Nyla ging gebückt und schluchzte. Nach und nach schälten sich weitere Umrisse von Kindern aus dem Eingang. Harte Befehle trieben sie voran.

Ich beschloss, mich tot zu stellen und betrachtete weiter die Szene mit zusammengekniffenen Augen. Nyla drehte sich zur Seite und ich konnte sehen, dass sie einen Jungen auf dem anderen Arm trug. Das Herz schlug wie verrückt.

Es war Vin.

Ängstlich betrachtete mein Sohn die Stahlkrieger, aber er weinte nicht.

„Tapferer kleiner Kerl", dachte ich voller Leid.

Plötzlich stockte mir der Atem.

Wo war Kai?

Ich betrachtete noch einmal Nylas gequältes Gesicht und kam zu der schmerzhaften Erkenntnis, dass er es nicht geschafft hatte. Mit einem erwachsenen Jungen konnten die Stahlkrieger nichts anfangen und deshalb hatten sie ihn wahrscheinlich kaltblütig ermordet. Vor Zorn ballte ich die Hände zu Fäusten und meine Fingernägel bohrten sich in mein Fleisch. Am liebsten hätte ich wieder geschrien, doch ich blieb still. Dabei hatte ich das Gefühl, dass alles Leid der Dorfbewohner in diesem Moment auf meinen Schultern lastete.

Die Hoffnungslosigkeit eines kriegsmüden Soldaten, die erfolglosen Rettungsversuche eines hilflosen Arztes und die klagenden Schreie einer verzweifelten Mutter. Bilder des Schreckens stürzten auf mich ein und der Schmerz drohte mich zu überwältigen. Wie traumatisiert mussten Menschen sein, die diesen Wahnsinn über mehrere Tage, Monate oder sogar Jahre erlebten?

Dann dachte ich an meine Großmutter.

Sie hatte es gewusst!

Krieg konnte niemals eine Lösung sein.

Plötzlich verstand ich alles.

Ich keuchte. Meine tiefe Wunde brannte wie Feuer. Trotzdem wagte ich es nicht, mich zu bewegen. Durch den Schlitz meiner Augen, beobachtete ich, wie die Stahlkrieger jetzt alle Kinder aus der Höhle getrieben hatten. Ohne Rücksicht auf den Zustand der verstörten Kinder, wurden sie von den Stahlkriegern grob voran geschubst, um sie geschlossen auf den Dorfplatz zu versammeln.

„Vergewissere dich, ob das Weibsbild und Nummer 333 tot sind", befahl ein Stahlkrieger gerade dem anderen mit kalter Stimme, „aber sei vorsichtig."

Vor Schreck lag ich ganz starr. Was hatte ich eigentlich erwartet? Der Boden bebte unter den Füßen des Stahlkriegers, als er augenblicklich auf mich zu stampfte. Ich würde ihn niemals täuschen können. Das schreckliche und bereits wohl bekannte Geräusch eines gezogenen Schwertes erfüllte die Nacht. Er würde nicht lange seine Zeit mit mir verschwenden.

Ich blinzelte. Bevor ich starb, hätte ich gerne noch einen letzten Blick auf meinen kleinen Sohn geworfen. Der Stahlkrieger war nur noch wenige Schritte von mir entfernt, als er plötzlich stehen blieb. Hatte er einen anderen Befehl erhalten?

Ohne zu nachzudenken, riss ich die Augen auf. Ich sah wie der Koloss schwankte und Sekunden später, wenige Zentimeter neben mir, zu Boden fiel. Staub wurde dabei aufgewirbelt, und als er sich gelegt hatte, konnte ich sehen, dass mehrere Pfeile in seinem Rücken steckten. Auch der zweite Stahlkrieger brach etwas weiter weg zusammen. Die Kinder schrien wieder panisch auf und drängten sich um Nyla, die beruhigend und unter Tränen auf sie einredete. In der Luft waren die Umrisse mehrerer Gestalten mit Flügeln zu erkennen.

„Lazarus", rief ich ungläubig und bereute es sofort wieder. Ein stechender Schmerz machte sich in meiner Brust breit.

Das Flattern kräftiger Flügelschläge wurde lauter. Nach und nach landeten mehrere Vogelmenschen auf dem Felsvorsprung.

„Cornelius", flüsterte ich erstaunt.

Wie war das möglich?

Da beugte sich Lazarus auch schon über mich.

„Du siehst ja schrecklich aus", sagte ich schwach. Seine Brust war mit Einschnitten übersät und auf der Stirn klaffte eine scheußliche Wunde. Aber am schlimmsten war, dass er nur noch einen halben Flügel hatte.

Lazarus lächelte unter Tränen. „Das musst gerade du sagen. Kann ich dich denn keine Minute aus den Augen lassen?"

„Wie geht es Vin?", erkundigte ich mich sofort.

Lazarus drückte sanft meine Hand. „Alles in Ordnung."

„Und Kaiman?", wollte ich wissen, obwohl ich die Antwort bereits kannte.

Lazarus schüttelte ohne Bedauern den Kopf.

Vielleicht konnte ich irgendwann einmal über den Mann, der mein Vater gewesen war, trauern - irgendwann, aber sicher nicht jetzt.

Das verstörte Gesicht von Nyla erschien neben mir. „Pen", meinte sie besorgt, während Lazarus ihr Platz machte, „du bist verletzt. Und du auch, Lazarus. Lasst mich nach euren Wunden sehen." Sicher hätte sie selber dringend betreut werden müssen, aber Nyla wollte sich zuerst um die Verletzten kümmern.

„Was ist mit Jared?", keuchte ich, „bitte hilf ihm."

Nyla warf mir einen abweisenden Blick zu.

Ich wusste, dass ich viel von ihr verlangte. Gerade eben hatte ein Stahlkrieger ihren Freund getötet.

„Bitte Nyla", flehte ich, „er wollte uns doch retten und gehört jetzt zu uns." Wir konnten ihn doch nicht einfach sterben lassen.

„Hältst du noch eine Weile durch?", fragte Nyla voller Sorge.

„Mir geht es gar nicht so schlecht", log ich und versuchte dabei zu lächeln.

„Und du?"

Lazarus war sehr weiß im Gesicht, aber er sagte dasselbe.

Für einen Moment zögerte Nyla, doch dann ging ein Ruck durch ihren Körper. „In Ordnung", meinte sie schließlich, „ich bin gleich wieder da, aber nur unter der Bedingung, dass ihr ab jetzt nicht mehr sprecht oder euch bewegt."

Diesen Befehl befolgte ich nur zu gerne.

„Danke Nyla", hauchte ich, aber da war sie auch schon verschwunden.

Sofort war Lazarus wieder an meiner Seite.

„Ich bin so froh, dass du da bist. Erzähl mir was passiert ist."

Mir kam es vor, als wären Tage seit unserer letzten Begegnung vergangen, dabei waren es erst ein paar Stunden.

„Bist du sicher, dass dir das nicht zu viel wird?", fragte Lazarus.

Fast hätte ich den Kopf geschüttelt, doch dann lenkte ich ein. Meine Wunde pochte auch ohne Bewegung wie verrückt.

„Nein, ich will es unbedingt hören."

Lazarus setzte sich etwas bequemer hin und verzog dabei das Gesicht. Auch er schien größere Schmerzen zu haben, als er zugeben wollte.

„Dein Vater und ich haben einen sehr langen und erbitterten Zweikampf geführt. Kaiman hat ziemlich fiese Tricks angewendet und sich wie ein Besessener gewehrt. Einige Zeit dachte ich sogar, dass ich diesen Kampf unterliegen würde. Doch dann habe ich seine Taktik durchschaut und konnte mir diesen Umstand zunutze machen."

Lazarus Stimme drang nur noch aus sehr weiter Ferne zu mir. Während er mir ausführlich über den kompletten Kampfablauf berichtete, bemühte ich mich, nicht ohnmächtig zu werden.

Wie lange war Nyla jetzt weg? Es kam mir wie Stunden vor.

Wie ging es Jared?

War er noch am Leben?

„... als die Stahlkrieger gemerkt haben, dass Kaiman tatsächlich tot ist", riss mich die Stimme von Lazarus gerade wieder aus meinen Gedanken, „und meine Worte sich endlich über das Schlachtfeld verbreitet hatten, legten die Soldaten die Waffen nieder. Sie taten es nur sehr zögerlich, denn wahrscheinlich waren sie auf diesen Ausgang gar nicht vorbereitet worden, was nur zu unserem Vorteil war." Lazarus schüttelte den Kopf. „Dieser Größenwahnsinnige hat nicht damit gerechnet, dass er jemals besiegt werden könnte?"

„Und Großmutter?"

„Sie versucht bereits wieder Ordnung in das Durcheinander zu bekommen und hat mich gebeten, nach den Kindern zu sehen."

„Ohne deine Hilfe hätten uns die Stahlkrieger getötet. Du hast mir jetzt schon zum zweiten Mal das Leben gerettet, Lazarus."

„Zum Glück sind wir noch rechtzeitig gekommen. Ich hatte solche Angst um dich. Cornelius musste mir helfen, weil es mit dem Fliegen leider nicht mehr so klappt." Mit Bedauern deutete er auf seinen verstümmelten Flügel. „Mir war aber klar, dass ich auch dich hier oben finden würde."

„Dann war es tatsächlich Cornelius, den ich vorhin gesehen habe? Ich dachte schon, meine Augen spielen mir einen Streich."

„Das weißt du ja noch gar nicht", wollte Lazarus gerade mit einer neuen Geschichte beginnen, als er jäh unterbrochen wurde.

„Was ist eigentlich an einer einfachen ärztlichen Anweisung

falsch zu verstehen?" Nyla war zurück und sie schien sehr zornig zu sein. In ihrer Hand hielt sie jetzt eine Tasche, die sie nun öffnete.

„Wo hast du denn deine Instrumente her?", fragte Lazarus erstaunt.

„Wir haben selbstverständlich alle Medikamente und die Tasche versteckt", war ihre knappe Antwort

„Das ist sehr löblich...", versuchte Lazarus zu schmeicheln, wurde aber barsch unterbrochen.

Nyla stemmte ihre Hände in die Hüften und polterte los.

„Vielleicht ist es deiner Aufmerksamkeit entgangen, dass ein abgebrochener Pfeil in deiner Schulter steckt?"

„Das war ein Blindgänger", versuchte sich Lazarus vorsichtig herauszureden und schaffte es, dass Nyla noch wütender wurde.

„Mit so etwas macht man keine Scherze! Ihr beide müsst jetzt sofort versorgt werden." Sie winkte einem Dorfbewohner zu, der mit einer weiteren Tasche auf sie zu gerannt kam. Dann kniete sie neben mir nieder.

„Und warum sagt mir niemand, dass Pen hohes Fieber hat?", schimpfte sie weiter, während sie eine Spritze aufzog.

„Ich, ich ...," stotterte Lazarus unbeholfen und erschrocken.

Nyla fiel ihm wieder ins Wort. „Ich kümmere mich jetzt zuerst um Pen und dann um dich. Es hilft niemanden, wenn ihr mir verheimlicht, dass es euch schlecht geht und es ist nicht sehr höflich, eine ärztliche Anweisung einfach zu ignorieren!"

Ich spürte ein kurzes, unangenehmes Pieksen, während Lazarus schweigend die Schimpftirade über sich ergehen ließ. Nyla war so in Rage, dass ich es nicht wagte, nach Jareds Zustand zu fragen. Außerdem bekam sie ständig Nachrichten übermittelt, dass es noch weitere Verletzte gab, nach denen sie sehen musste. Ich wollte sie nicht bei der Arbeit stören, denn trotz des Tumults, der um uns herrschte, versorgte Nyla sorgfältig meine Wunde. Dennoch brachte mich die Ungewissheit beinahe um den Verstand.

„Das wird jetzt gleich weh tun, Pen", verkündigte mir meine Freundin, „wahrscheinlich wirst du ohnmächtig werden."

„Jetzt oder nie", dachte ich. „Wie geht es Jared?", fragte ich deshalb schnell und hatte mehr Angst vor ihrer Antwort, als vor dem anstehenden Schmerz.

Nyla blickte nicht von ihrer Arbeit hoch. „Ich habe für ihn getan, was ich konnte", sagte sie und griff dabei nach einem wenig Vertrauen erweckenden Instrument. „Wenn er die Nacht übersteht und keine Infektion bekommt, schafft er es vielleicht."

Mehr wollte ich nicht wissen.

Das Narkosemittel strömte durch meinen Körper und machte den glühenden Schmerz, der kurz darauf folgte, sogar erträglich. Nebel hüllte mich ein. Mein Blick verschleierte sich. Wie kurz darauf Eltern unter Freudenschreie ihre Kinder in die Arme nahmen, wie ein Lazarett für die Kranken errichtet wurde und Vogelmenschen emsig hin und her schwirrten, bekam ich nicht mehr mit.

Einmal glaubte ich allerdings, das Gesicht meiner Großmutter zu sehen. Oder war es das meiner Mutter? Ich konnte es nicht sagen.

Schließlich sagte sie: „Du hast es geschafft, Pen! Wir haben es überstanden!"

Mit diesem Gedanken schlief ich friedlich ein.

Jared

In einem Märchen wäre die abgekämpfte aber dennoch wunderschöne Prinzessin in ihrem weichen Himmelbett von ihrem ebenso schönen Prinzen geweckt worden. Er hätte sie in den Arm genommen, ihr die Tränen von den Wangen geküsst und dabei versprochen, dass sie nie wieder Kummer erleiden würde. Aber das Leben war kein Märchen. Als ich die Augen öffnete, wartete niemand auf mich und ich lag auch nicht auf einem Himmelbett, sondern auf einem provisorischen und sehr harten Lager.

Ich war auch nicht von sanften Küssen oder Vogelgezwitscher geweckt worden, sondern vom Stöhnen meines Bettnachbars.

Ich blinzelte mehrere Male zur Orientierung. Wir befanden uns also im Versammlungsgebäude oder besser, in dem was noch von ihm übriggeblieben war. Holzbalken stützten das Dach vor dem Zusammenbruch und mehrere große Tücher, die behelfsmäßig an der Wand hingen, sorgten dafür, dass die Sonne die Verletzten nicht blendete. Mein Bettlager war eines von vielen, die sich über den ganzen Raum verteilten. Den Meisten ging es nicht so gut wie mir. Sie waren zum Teil völlig in weiße Binden gehüllt, hingen an Schläuchen, aus denen tröpfchenweise eine Infusion lief oder bewegten sich überhaupt nicht. Nur sehr wenige saßen aufrecht in den Betten und löffelten eine Suppe oder wurden dabei gefüttert.

Ich wurde traurig bei diesem Anblick. Mein Kopf fühlte sich wie Watte an, als ich mich vorsichtig erhob und dabei an mir hinunterblickte. Im Vergleich zu den anderen Patienten, war ich noch recht gut weggekommen. Ein dickerer Verband war an meinem Oberkörper angebracht worden. Allerdings ging er quer über die Schulter und von da kam auch der Schmerz. Ich dachte, dass mich das Messer viel weiter unten getroffen hätte, aber dann wäre ich jetzt wahrscheinlich tot. Mir wurde übel und ich hielt mich kurzzeitig an der Bettkante fest. Trotzdem musste ich aufstehen, denn ich wollte wissen, was im Dorf vor sich ging. Ich musste einfach nach draußen.

Kurz atmete ich durch. Dann zog ich mich am Bett nach oben. Mein Ächzen wurde von anderen Schmerzlauten, die den Raum erfüllten, übertönt. Barfuß und nur mit einem weißen Nachthemd bekleidet, wankte ich zum Ausgang. Niemand beachtete mich, weil die Helfer mit weitaus wichtigeren Dingen beschäftigt waren. Warme Sonnenstrahlen empfingen mich am Rand der Hütte und wollten gar nicht zu dem Bild passen, dass sich mir Augenblicke später von Lulumba bot.

Der Sturm war vorüber, die Sonne stand hoch am Himmel und nicht der kleinste Windhauch war zu spüren. Das Dorf war ein Trümmerfeld. Kein einziges Haus, bis auf das, an dessen Türsockel ich gerade erschrocken lehnte, war verschont geblieben. Stattdessen befanden sich jetzt dort, wo früher Hütten gewesen waren, schwarze Scheiterhaufen. Teilweise rauchten sogar noch einzelne Fundamente.

Von Verzweiflung war aber nichts zu spüren. Eher von hektischer Betriebsamkeit, denn die Menschen waren bereits dabei, Ordnung in dieses Chaos zu bringen. Es wurde eifrig gekehrt, geschaufelt und gehämmert. Lulumba war zwar abgebrannt, aber in den Gesichtern eines jeden Dorfbewohners konnte ich den ungebremsten Ehrgeiz sehen, es wieder neu aufzubauen.

Mit grimmiger Entschlossenheit löschten sie kleiner Brände und beförderten den Schutt auf die Seite. Gleichzeitig wurden die ersten frisch gefällten Bäume angeschleppt, um sogleich mit dem Bau einer neuen Hütte zu beginnen. Stolz betrachtete ich diesen Aktionismus und wünschte mir nichts lieber, als dass ich mithelfen konnte.

In diesem Moment bog meine Großmutter mit Tey um die

Ecke. Der Arzt sah müde und erschöpft aus, runzelte bei meinem Anblick aber trotzdem die Stirn.

„Hallo Pen, solltest du nicht im Bett liegen und dich schonen?", meinte er streng, während ich meine Großmutter vorsichtig und voller Freude umarmte. „Noch einen Patienten, der Ärger macht, kann ich jetzt wirklich nicht gebrauchen!"

„Wo sind Jared und Lazarus?", erkundigte ich mich deshalb, „ich habe sie unter den Kranken nicht entdecken können."

Tey und meine Großmutter wechselten einen bedeutsamen Blick.

„Was ist los?", wollte ich sofort wissen und bekam ein ungutes Gefühl.

„Solltest du nicht ins Bett gehen?", wiederholte der Arzt, gab mir aber keine Antwort.

„Großmutter?", fragte ich deshalb ungeduldig. „Wo sind die beiden?"

„Von mir aus, erzähle es ihr", sagte Tey kopfschüttelnd, „ich muss mich jetzt um meine anderen Patienten kümmern." Mit diesen Worten eilte er davon.

Meine Großmutter betrachtete mich liebevoll. Sie hatte einen üblen Kratzer am Hals und leichte Abschürfungen an den Armen. Ihr weißes Haar und die Haut waren vom Ruß geschwärzt, aber ansonsten wirkte sie so kräftig wie eh und je.

„Und wo ist Vin?"

„Wir haben ihn mit den anderen Kindern zurück in die Höhle gebracht. Dort sind sie unserer Meinung nach am besten aufgehoben. Im Moment sind alle damit beschäftigt, ihre wenigen Habseligkeiten zu sortieren oder eben ganz neu anzufangen", erklärte sie mir rasch.

Ich schluckte schwer. „Was ist mit Kai?"

Bedauernd schüttelte meine Großmutter den Kopf. „Wir konnten leider nur noch seine Leiche bergen. Einige Kinder sind traumatisiert, weil sie mit ansehen mussten, wie er getötet wurde."

Traurig hielten wir uns an den Händen. Was für eine Tragödie. Mein ganzes Mitgefühl galt Kais Familie und Nyla.

„Wo ist sie?", wollte ich wissen.

„Nyla hat sich die vergangenen zwei Tage aufopfernd um die Kranken gekümmert. Sie ruht sich gerade aus."

Ich spürte große Hochachtung für meine Freundin.

Meine Großmutter fasste mich sanft am Ellenbogen und wollte mich zu meinem Krankenlager zurückführen.

Ich schüttelte ihren Arm jedoch ab. „Wo sind Jared und Lazarus?", fragte ich nun energischer.

Aufgrund meiner Unnachgiebigkeit seufzte meine Großmutter. „Der Stahlkrieger leidet an starken Entzugserscheinungen. Nachdem er nicht mehr mit Kaimans Gift versorgt wird, scheint es beinahe so, als wäre er dabei, den Verstand zu verlieren. Er weiß nicht mehr wer er ist und was geschehen ist."

Meine Hand krallte sich in die meiner Großmutter.

„Er hat so getobt, dass wir ihn zur Hütte am Berg bringen mussten, um ihn dort anzuketten. Lazarus hält bei ihm Wache, sonst reißt er sich die von Tey mühsam vernähten Wunden wieder auf."

„Ich muss sofort zu ihm", erklärte ich und meine Großmutter hob erstaunt die Augenbraue.

„Du musst?", fragte sie erstaunt, „Wieso?"

„Er braucht mich", sagte ich völlig außer mir.

„Aber was willst du denn tun?", fragte meine Großmutter immer noch verwirrt.

„Er hat versucht, mich und die Kinder zu retten und ich werde ihn jetzt nicht im Stich lassen."

„Ja schon", erwiderte meine Großmutter.

„Wir werden das gemeinsam durchstehen", sagte ich entschlossen. Nichts und niemand würde mich aufhalten, Jared zu helfen.

„Wir?", wiederholte meine Großmutter verblüfft.

Dann stockte ihr einen Augenblick der Atem und ihre Augen wurden riesengroß.

Plötzlich war ich selbst ganz überwältigt von meinen Empfindungen. Nun wurde mir klar, was eigentlich schon längst offensichtlich war. Gleichzeitig traf uns diese Erkenntnis im selben Moment.

Ich hatte mich in Jared verliebt.

Natürlich!

Plötzlich ergab alles einen Sinn.

Meine wilde Flucht durch den Wald und mein unglaubliches Glück, Jared immer wieder zu entkommen. Mein Mitleid, dass ich im Sumpf für ihn empfand und unsere weitere Begegnung in der Höhle. Dann war er in das Dorf zurückgekehrt und wie durch ein Wunder, hatte er sich plötzlich für unsere Seite entschieden.

Egal, was irgendjemand darüber denken mochte!

Ich liebte Jared!

Beinahe hätte ich befreit aufgelacht, während mich meine Großmutter immer noch betroffen anstarrte. Ich durfte jetzt keine Sekunde mehr verlieren.

„Ich muss zu ihm", flüsterte ich meiner Großmutter, beinahe entschuldigend, zu.

„Dann geh, mein Kind", erwiderte sie, um Fassung ringend. Sie mühte sich sogar ein kläglich Lächeln ab, „geh!"

Es dauerte einige Zeit, bis ich mich zur Hütte geschleppt hatte, da der Aufstieg beschwerlich war und ich immer wieder Pausen machen musste. Normalerweise waren es Schafhüter, die diesen Berg mit ihren Tieren aufsuchten und keine traumatisierten Stahlkrieger oder verletzte Prinzessinnen. Schließlich erreichte ich völlig außer Atem die sperrige Hütte. Vorsichtig öffnete ich die Tür, die fürchterlich knarzte.

Lazarus saß neben einem Bett, das notdürftig aus Stroh und Heu angefertigt worden war. Darauf lag Jared mit geschlossenen Augen. In seinem rechten Oberarm steckte eine Infusion und er schien fest zu schlafen. Überrascht blickte Lazarus von seinem Buch auf, in dem er gelesen hatte. Über seiner Brust trug er, genau wie ich, einen weißen Verband und sein verletzter Flügel war ebenfalls dick einbandagiert.

„Du meine Güte, Pen! Was willst du denn hier?", rief er überrascht, „du gehörst ins Bett!"

Ich verzog das Gesicht und meinte darauf: „Das musst ausgerechnet du sagen. Wir sind offenbar beide nicht für das Rumliegen geschaffen." Vorsichtig näherte ich mich Jared, „ich musste kommen."

„Du musstest?", fragte Lazarus genauso erstaunt wie zuvor meine Großmutter.

Dann beobachtete er fassungslos, wie ich neben Jareds Bett niederkniete und ihm sanft das schweißnasse Haar aus dem Gesicht strich. „Wie geht es ihm? Wird er wieder gesund?"
Ich konnte spüren, wie es in Lazarus arbeitete. Er versuchte, mich und mein Verhalten zu verstehen.
Vorsichtig nahm ich Jareds Hand in meine.

„Danke, mir geht es auch gut!", meinte er deshalb sarkastisch.

„Das weiß ich schon von Großmutter", sagte ich deshalb zu ihm, „aber was ist mit Jared?" Auf seinen fragenden Blick erklärte ich ihm, dass dies sein Name war.

„Es sieht gar nicht so schlecht aus", meinte Lazarus, „wenn dieser Verrückte nicht wieder einen seiner Anfälle bekommt", fügte er dann verärgert hinzu. „Es gäbe für mich wirklich wichtigere Dinge zu tun, als hier Wache zu halten. Doch das Risiko war uns einfach zu groß. Was passiert, wenn sich seine Wut gegen das Dorf richtet? Dann bin ich der Einzige, der ihn ausschalten kann."

„Aber du bist doch selber verletzt", erinnerte ich ihn.

„Um ihn zu erledigen, reicht es noch." Mürrisch schnaubte Lazarus durch die Nase.

„Ist das nicht etwas übertrieben?", meinte ich vorwurfsvoll und begutachtete dabei Jareds dicken Verbände. Mir entgingen außerdem nicht die dicken Ketten, mit denen er an den Füßen gefesselt war.

„Er verhält sich wie ein Wahnsinniger, wenn er wach ist."

„Ist es so schlimm?", fragte ich erschrocken und sah den

Schlafenden mitleidig an. Noch vor zwei Tagen wäre dieser Mann völlig selbstlos für mich in den Tod gegangen. Daran versuchte ich Lazarus gerade zu erinnern.

„Solange er weder Freund noch Feind unterscheiden kann, bewege ich mich nicht von der Stelle", sagte dieser entschieden und spannte dabei seine Muskeln an.

Ich betrachtete weiter Jareds schönes, aber völlig zerschrammtes Gesicht. An der Stirn hatte er mit mehreren Stichen genäht werden müssen.

„Was können wir tun?"

Lazarus zuckte mit den Schultern. „Gestern hat er geglaubt, wieder auf der Burg zu sein und dass Experimente mit ihm gemacht werden. Er war völlig verwirrt und kaum ansprechbar"

Mein Herz wurde mir sehr schwer. „Das ist ja schrecklich."

„Dein Vater war ein Monster", meinte Lazarus verächtlich.

Vorsichtig kontrollierte ich Jareds Atem. Er war ruhig und flach.

„Jetzt wird alles gut", versicherte ich Lazarus, ohne zu wissen, woher ich meinen Optimismus nahm, „wenn ich bei ihm bin, werden seine Anfälle nicht mehr so schwer sein."

Lazarus zog scharf die Luft ein. „Ist das so?"

Ich konnte nicht verhindern, dass ich unter seinem intensiven Blick, feuerrot wurde.

Wie sollte ich ihm erklären, dass ich mich in den Stahlkrieger verliebt hatte?

Eine lange Zeit sprach keiner von uns ein Wort. Schließlich schien Lazarus eins und eins zusammengezählt zu haben.

„Bist du dir auch sicher, was du da tust, Pen?", wollte er ganz leise von mir wissen.

Ich nickte.

Wenn mich jemand verstehen würde, dann musste es Lazarus sein. Er war doch selber so ein großes Risiko eingegangen, als er sich in meine Mutter verliebt hatte. Für seine Gefühle hatte selbst er jede Vernunft über den Haufen geworfen.

Doch ich sollte mich irren, denn im nächsten Moment sagte er zu mir: „ich denke, dass diese Liebe keine Zukunft hat."

„Und ich denke, dass du dich täuschst!", widersprach ich ihm deshalb trotzig.

Lazarus erhob sich schwerfällig aus seinem Stuhl und trat neben mich. Gemeinsam beobachteten wir jetzt den tiefen Schlaf von Jared.

„Bitte verstehe mich nicht falsch, Pen. Ich hätte nichts gegen den Jungen gehabt, das musst du mir glauben, aber er hat viel zu lange unter dem schrecklichen Einfluss deines Vaters gelebt. Das hat tiefe Wunden verursacht."

Diese Worte wollte ich nicht hören und schon gar nicht aus seinem Mund, denn ich verehrte ihn zutiefst. Seine Meinung bedeutete mir sehr viel.

„Er wird wieder gesund", sagte ich überzeugt und um mir selber Mut zu machen, „er hat bereits mehrmals bewiesen, dass er es kann. Ich werde mit all meiner Kraft um meine Familie kämpfen."

„Wenn du meinst", sagte Lazarus, wenig überzeugt.

„Würdet ihr bitte aufhören, in meiner Anwesenheit über mich zu reden? Ich komme mir wie ein völliger Idiot vor", knurrte in diesem Moment eine schwache, aber wohl bekannte Stimme.

„Jared!", rief ich überrascht und auch Lazarus beugte sich über ihn.

„Pen", flüsterte Jared, „bist du das oder wieder eine dieser verdammten Halluzinationen?"

„Jared, ich bin hier", bestätigte ich ihm eilig und drückte seine Hand, „alles ist gut."

Sein Blick flackerte und ich konnte seine schwarzen Augen erkennen.

„Was ist passiert? Ich spüre wieder diesen Zorn in mir." Jared schnappte nach Luft und sein Puls beschleunigte sich. Ein tiefes Grollen kam aus seiner Kehle.

Lazarus wurde nervös, doch ich gab ihm mit der Hand ein Zeichen, zurückzubleiben.

„Du bist verletzt", erklärte ich ihm ruhig, „und das Gift meines Vaters verlässt gerade deinen Körper."

„Die Schmerzen sind unerträglich", stöhnte Jared und riss jetzt gleichzeitig die Augen weit auf. Seine Iris leuchtete rot. Jareds Körper krümmte sich, soweit es die Verbände und die Fesseln zuließen. „Als ob sich deine Eingeweide verdrehen und du innerlich verbrennst", keuchte er. Schweiß lief ihm in Strömen über das Gesicht und ich wischte ihn eilig mit einem Tuch über die Stirn.

„Kaiman hat es geliebt, uns zu quälen. Für ihn war unser Brüllen wie Musik", ächzte er, „ich halte sogar den Rekord, weil ich ihm gerne widersprochen habe."

Jared versuchte zu lachen, doch seine Mundwinkel gehorchten ihm nicht und zuckten stattdessen unkontrolliert. Tränen standen mir in den Augen, weil er so litt. Doch ich wollte nicht, dass er sie sah.

„Ich weiß doch, wie tapfer du bist, Jared", sagte ich überzeugt, „und deshalb wirst du auch diese Tortour überstehen."

Jareds Blick flackerte, während ich besorgt feststellte, dass eine seiner Wunden wieder anfing zu bluten.

„Ich bin bei dir", versicherte ich ihm, „und ich bleibe hier."

Ob er meine letzten Worte gehört hatte, wusste ich nicht, weil er ohnmächtig wurde. Ich spürte den Blick von Lazarus auf meinem Rücken. Schließlich strich er mir sanft über das Haar.

„Dafür wirst du mehr Kraft brauchen, als jemals zuvor in deinem Leben", sagte er mit belegter Stimme.

„Vielleicht musste ich meinen beschwerlichen Weg gehen, um genau hier anzukommen", erwiderte ich kämpferisch.

„Vielleicht", sagte Lazarus.

Jared stöhnte jetzt und warf sich unruhig hin und her. Ein weiteres Mal stellte ich mir die Frage, welches Schicksal ihn ereilt hätte, wenn er nicht in die Fänge meines Vaters geraten wäre.

„Mach dir bitte keine zu großen Hoffnungen, Pen", sagte Lazarus leise und dieses Mal weitaus betrübter, als noch vor

einigen Minuten. Dann wandte er sich traurig und müde Richtung Tür. „Tey kommt morgen vorbei und zeigt dir, wie die Verbände des Stahl…", er korrigierte sich schnell, „…von Jared zu wechseln sind."
Ich nickte dankbar.
„Ich muss verrückt sein, dich mit ihm alleine zu lassen", meinte Lazarus kopfschüttelnd.
„Jared wird mir nichts tun," versicherte ich ihm, „geh und ruh dich aus Lazarus. Du hast genug getan."
Daraufhin verließ Lazarus mit gesenktem Kopf die Hütte.
Ich beugte mich über Jared und hauchte ihm einen Kuss auf die feuchte Stirn.
„Wir schaffen das, ich verspreche es dir!", flüsterte ich in sein Ohr.
Dann holte ich mir mehrere Strohballen und baute mir ein zweites Bett neben ihm auf. Jared hatte mich nicht im Stich gelassen und ich würde ihn ebenfalls nicht fallen lassen. Vielleicht hatte Lazarus Recht und ich musste einen weiteren schweren Kampf bestreiten, doch auch den würde ich geduldig überstehen.
„Ich werde durchhalten, Jared, genau wie du in der Höhle", sagte ich leise zu ihm, obwohl ich wusste, dass er mich nicht hören konnte, „und ich werde genauso tapfer sein wie du. Das schwöre ich dir."
Dann setzte ich mich wieder an sein Bett und nahm seine Hand.

Hingabe

Die Tage vergingen, ohne dass sich an Jareds Zustand etwas verbesserte. Ich tröstete mich damit, dass er auch nicht schlechter wurde.

Mehrmals am Tag wurde er wach und begann zu schreien und um sich zu schlagen. Erst wenn er merkte, dass ich an seiner Seite war, beruhigte er sich langsam wieder.

Oft litt er an einem Realitätsverlust und konnte weder die Vergangenheit, noch die Gegenwart einordnen. Das äußerte sich besonders dann, wenn er mal deutliche, aber meistens undeutliche Worte sprach. Dann brüllte er plötzlich laut, dass er keine Kinder töten wollte, um kurz darauf einem Weib zu befehlen, still zu sein und sich nicht länger zu wehren. Wenig später verhöhnte er einen unbekannten Mann in seinem Todeskampf.

Dann versuchte er sich die Verbände von den Armen zu kratzen oder die eigenen Haare auszureißen.

Einmal verlangte er sofort mit Lazarus zu sprechen. Ich beeilte mich, ihn so schnell es ging an sein Bett zu bringen, weil er so eindringlich nach ihm verlangte. Als Lazarus schließlich in der Hütte eintraf, war Jared bereits wieder in einen Halbschlaf gefallen. Trotzdem konnte ich hören, was er murmelte und seine Worte versetzten nicht nur mir eine Gänsehaut am ganzen Körper, sondern auch Lazarus.

„Dieser Vogelmensch, wie hieß er noch gleich...", keuchte er.

„Du meinst Cornelius?" Lazarus versteifte sich und Jared versuchte zu Nicken, was ihm misslang.

„Ich habe ihm nichts getan. Ich mochte ihn sogar", flüsterte er Lazarus zu, während sein glasiger Blick ins Leere verlief, „er hat beim Fliegen gesungen. Ich habe ihm zugehört, weil meine Betäubung nicht so gewirkt hat, wie ihr das wolltet." Er machte eine Pause, weil ihm das Reden schwer viel. „Plötzlich waren da die anderen Stahlkrieger. Ich konnte nichts für ihn tun."

Erschöpft schloss er die Augen und sank noch weiter in das Kissen ein.

Lazarus warf mir einen Blick zu, den ich nicht deuten konnte.

Zumindest in dieser Sache hatte ich recht behalten. Ohne es zu merken, hatte ich die Luft angehalten.

„Wie geht es Cornelius?", fragte ich leise, „ich habe geglaubt, ihn während der Schlacht gesehen zu haben. Wie ist das möglich?"

„Mein Freund Oktavius hat sich selbst übertroffen. Er hat für ihn Prothesen aus reinem Titan angefertigt. Seitdem fliegt er fast wieder so gut wie früher."

„Das sind gute Neuigkeiten und ich freue mich sehr für Cornelius."

Ich hoffte, dass auch Jared diese Nachricht gehört hatte und ihm damit eine Last von den Schultern genommen wurde.

Inzwischen war eine Woche vergangen, doch Jared schlief immer noch mehrere Stunden am Tag. In seinen wachen Momenten war er meistens verwirrt oder zornig. Es war schwer, ihn dazu zu bewegen, regelmäßig etwas zu essen.

Abwechselnd sahen Tey oder Nyla nach ihrem Patienten. Sie wechselten die Verbände und erneuerten die Infusionen. Gerade beobachtete ich Nyla dabei, wie sie die Fäden an Jareds Stirn zog. Er schlief jedoch dabei tief und fest.

„Was ist da zwischen euch beiden?", fragte sie ohne von ihrer Arbeit hochzusehen.

„Ich weiß nicht, was du meinst", stotterte ich völlig überrumpelt. Ich fühlte mich ertappt und wusste nicht, was ich antworten sollte.

„Ich bitte dich, Pen. Du verbarrikadierst dich hier mit einem Stahlkrieger und kümmerst dich aufopfernd um ihn. Da muss doch etwas dahinterstecken!"

Vorsichtig desinfizierte sie die Wunde an Jareds Stirn, „außerdem spricht er im Schlaf."

„Was sagt er denn?" Unsicher biss ich mir auf die Lippe.

„Sagen wir mal so", erwiderte Nyla und hob dabei fragend die Augenbraue, „dein Name fällt dabei ziemlich oft."

Ich beschloss mit dem Theater aufzuhören und meine Freundin ins Vertrauen zu ziehen. „Ich weiß, dass er ein Stahlkrieger ist, aber..."

„Du magst ihn", sagte Nyla ganz direkt.

Betreten senkte ich den Kopf und nickte.

„Du wirst sehr viel Geduld haben müssen."

Überrascht sah ich meine beste Freundin an. „Dann glaubst du, es ist richtig, was ich tue?"

„Nein, aber ich würde es genauso machen, wenn Kai hier liegen würde", sie griff nach meiner Hand und drückte sie fest, „ich weiß nicht, was passieren wird Pen, aber ich habe nicht vergessen, dass er uns helfen wollte. Es spielt keine Rolle, wer oder was er ist."

„Oder was er getan hat", fügte ich in Gedanken hinzu.

Auch meine Großmutter besuchte mich regelmäßig auf dem Berg. Meistens hatte sie Vin dabei und ich freute mich über die Möglichkeit, ein paar Stunden mit ihm spielen zu können. Sie sagte wenig und beobachtete stumm meine Krankenpflege. Ich konnte aber spüren, dass sie mein Engagement für aussichtslos hielt.

„Sie werden sich alle noch wundern", dachte ich entschlossen.

Seit einem Monat wich ich jetzt nicht von Jareds Seite und die Strapazen waren mir deutlich anzusehen. Dunkle Ringe hatten sich unter meinen Augen gebildet und ich vergaß, regelmäßig zu essen. Als Lazarus drohte, jemand anderen für Jareds Pflege zu suchen, verspeiste ich demonstrativ drei Teller mit Suppe vor ihm, damit er zufrieden war.

Eines nachts war Jared besonders unruhig. Vielleicht lag es mit daran, dass es an diesem Abend ungewöhnlich kalt in der

Hütte war. Ich fasste spontan den Entschluss, mich einfach zu ihm zu legen, damit wir uns gegenseitig wärmen konnten, denn auch ich fror erbärmlich in unserer zugigen Unterkunft.

Rasch entledigte ich mich bis auf die Unterwäsche meiner Kleidung und kroch zu ihm unter die Decke. Schon nach kurzer Zeit wurde mir wohlig warm. Auch Jared schien sich durch den Körperkontakt zu entspannen. Ich redete mir ein, dass ich den Entschluss, mich neben ihn zu legen, aus reiner Vernunft getroffen hatte, doch die Wahrheit war: ich wollte ihn spüren. Seine langen Haare kitzelten an meiner Nase und mir war mittlerweile der Geruch seiner Haut sehr vertraut geworden. Ich musste schnell eingeschlafen sein und träumte davon, wie ich lachend mit Vin über eine Blumenwiese lief. Plötzlich hing der Himmel voller dunkler Wolken und ein dichter Nebel kam auf. Ich rief verzweifelt nach Jared, weil ich wir uns verlaufen hatten.

Da hörte ich eine Stimme, die mir bekannt vorkam. „Keine Sorge Prinzessin, der Sturm zieht vorüber", hörte ich sie sagen. Die Gestalt einer alten Frau schälte sich aus dem Nebel. Sie winkte mir kurz zu und verschwand dann wieder.

Sofort war ich hellwach und versuchte mühsam, meine wirren Gedanken zu sortieren. Ich kannte die Greisin. Es war dieselbe, die mich in der Todesnacht meiner Mutter im Dorf erkannt und mir Mut zugesprochen hatte.

Was hatte sie gesagt?

"Es wird der Tag kommen, an dem ihr euch fragen werdet, ob ihr einen außergewöhnlichen Versuch wagen sollt. Hört auf meinen Rat und wagt ihn. Es ist nicht wichtig, dass wir unser Ziel erreichen, sondern dass wir es versucht haben. Im Licht ist Dunkelheit und in der tiefsten Dunkelheit kann man auch Licht finden. Es liegt nur an Euch. Ich habe es in den Sternen gesehen."

Ich erinnerte mich plötzlich an jedes einzelne ihrer Worte. Damals hatte ich geglaubt, dass sie auf meine aussichtslose Situation im Sumpf angespielt hatte, doch jetzt war ich mir sicher, dass etwas ganz Anderes damit gemeint war.

Ich betrachtete Jareds Gesicht.

Sein Atem war ruhig und gleichmäßig. Wärme durchströmte meinen Körper und mit ihr die Gewissheit, dass es richtig war, diesen Versuch zu wagen. Auf eine ungewöhnliche Art, hatte ich Gefühle für einen Mann entdeckt, in dessen Leben es nur Hass gegeben hatte. Ich glaubte, dass es ihm genauso ging und dass er von den Umständen genauso überrascht war wie ich. Ein Stahlkrieger war zum Töten abgerichtet worden und nicht zum Lieben. Vorsichtig legte ich meinen Arm um ihn und schmiegte mich sanft an. Wir fielen beide in einen sehr tiefen und erholsamen Schlaf. Wie erholsam er gewesen war, sollte mir am nächsten Morgen klar werden.

Als ich die Augen öffnete, sah mich Jared mit klarem Blick aufmerksam an.

„So ist das also", begrüßte er mich spöttisch, „sobald ich wehrlos bin, nutzt du die Situation schamlos aus."

Ich konnte nicht verhindern, dass ich sofort feuerrot wurde.

Hektisch sprang ich aus dem Bett und suchte meine Kleider die ich achtlos auf den Boden geworfen hatte zusammen und nuschelte dabei so etwas wie: „Ich hatte das Gefühl, dass du frierst."

„Leider kann ich mich nicht bewegen", bedauerte Jared, „denn ich habe unsere letzte Begegnung ebenfalls in guter Erinnerung."

Diese offenen Worte trugen nicht unbedingt dazu bei, dass sich meine Gesichtsfarbe wieder normalisierte, im Gegenteil, sie wurde sogar noch dunkler. Während ich mich sehr tief über meine Schuhe beugte, um sie zu binden, fragte ich ihn, ob er etwas frühstücken wollte. Er verlangte nur eine Kleinigkeit und ich flüchtete peinlich berührt aus der Hütte.

Zum Glück wurde unser Verhältnis ab diesem Zeitpunkt viel entspannter. Das lag wohl daran, dass es Jared von Tag zu Tag besser ging. Das Fieber und auch die Wahnvorstellungen verschwanden komplett. Ich konnte ihn jetzt auch über mehrere

Stunden alleine lassen und meinen Aufgaben nachgehen, ohne dass er unruhig oder nervös wurde.

Die Infusionen verschwanden, genauso wie die Verbände, die nach und nach von Nyla abgenommen wurden.

Ich freute mich über Jareds Fortschritte und brannte darauf, ihm endlich seinen Sohn vorzustellen. Doch zu meiner größten Enttäuschung fand Jared immer wieder Gründe, dieser Begegnung aus dem Weg zu gehen. Er wolle das Kind durch die vielen Schläuche nicht erschrecken oder durch die blauen Flecken im Gesicht verunsichern, behauptete er am Anfang. Als es ihm besser ging und nichts mehr von den Infusionen oder den Blessuren zu sehen war, meinte er, dass er Vin erst später, wenn er wieder richtig gehen konnte, kennenlernen wollte.

Schließlich wurde es mir zu bunt. Jared humpelte jetzt bereits mit einer Krücke durch die Hütte und ich fand, dass es höchste Zeit war, dass Vin endlich seinen Vater sehen sollte. Der Kleine war jetzt fast zwei Jahre alt und konnte schon einige Schritte auf seinen wackeligen Beinchen machen. Ich war der Meinung, dass Jared bereits viel zu viel in der Entwicklung seines Kindes verpasst und meine Geduld lange genug strapaziert hatte.

Eines Tages nahm ich deshalb meinen Sohn auf den Arm und ging mit ihm zielstrebig zur Hütte. Als ich mit Vin an der Hand die Tür zur Hütte öffnete, stand Jared gerade neben dem Fenster und starrte nachdenklich aus der milchigen Scheibe. Seine Augen wurden noch größer, als er mich und sein Kind am Türrahmen erblickte.

„Ich möchte dir jemanden vorstellen", sagte ich leise, während Vin brabbelnde Geräusche und glucksende Laute von sich gab. Dabei blickte sich der Kleine interessiert in der Hütte um und lief sogar einige Schritte hinein.

Erschrocken wich Jared zurück.

Das war nicht die Reaktion, die ich mir von ihm erwartet hatte. Obwohl Jared die Augen nicht von Vin lassen konnte, der mit seinen kleinen Händen aufmerksam die Hütte inspizierte und ihn dabei freundlich anlächelte, stand in seinen Augen die pure Panik. In diesem Moment fielen die ersten Sonnenstrahlen in die Hütte und ließen Vins weiche Haare golden aufleuchten.

Ruckartig und beinahe hysterisch wandte sich Jared ab.

„Bitte nimm ihn wieder mit", keuchte er, wie unter größter Anstrengung, „er hat sicher große Angst vor mir. Kein Junge möchte einen Vater wie mich haben." Er starrte wieder durch das dreckige Fenster nach draußen.

„Aber Jared, ..." versuchte ich ihn entsetzt umzustimmen, doch er unterbrach mich.

„Bitte Pen", flüsterte er und ich spürte, wie sich seine Seele quälte. Gleichzeitig wurde mir klar, dass Jared in seinem Leben wahrscheinlich zum ersten Mal um etwas bat. Früher hatte er seinen Willen grausam durchgesetzt, ohne lange zu fackeln. Vielleicht war das auch der Grund, warum er mich jetzt mit dem Kind fortschickte. Frustriert kam ich seinem Wunsch nach und ging mit Vin zurück ins Dorf.

Traurig berichtete ich meiner Großmutter davon, die wie immer nur den einen Rat für mich hatte, geduldig zu sein.

„Wir werden vielleicht niemals erfahren, was Jared gesehen hat und was er erdulden musste", meinte sie sanft, „es ist sehr wahrscheinlich, dass er niemals ganz gesund wird."

Das Gleiche hatte ich mir schon von Tey und von Nyla anhören müssen. Meine Freundin verspürte schon lange keinen Argwohn mehr gegen Jared. Jetzt tat ihr der gebrochene junge Krieger nur noch leid.

Seufzend setzte sich meine Großmutter zu mir an den Tisch und hielt liebevoll meine Hand, als sie meine betrübte Miene sah. Vin spielte währenddessen am Boden mit ein paar bunten Holzklötzen.

„Hast du dir schon Gedanken um dein Erbe gemacht?", erkundigte sie sich vorsichtig und um mich von meiner Schwermut abzulenken.

„Welches Erbe?", meinte ich geistesabwesend.

„Es wird Zeit, dass du Kaimans Nachlass klärst", sagte meine Großmutter, „die Burg und alle anderen Besitztümer gehören jetzt dir."

Damit hatte sie recht und es gab jetzt tatsächlich eine weitere, wichtige Aufgabe, der ich mich widmen musste. Das Volk auf der Burg hatte genug gelitten und ein Recht darauf, dass ich mir Gedanken um eine faire Regierung und eine sichere Zukunft machte. Außerdem würde es mich von meinen Sorgen um Jared ablenken. Auch mit ihm sprach ich über mein ungewolltes Königreich, dass mir meiner Meinung nach nicht zustand, weil es von Kaiman gestohlen worden war. Er bedauerte, dass er mir bei dieser Frage nicht helfen konnte, denn alle Männer, die er auf der Burg kannte, und die für eine Nachfolge in Frage kämen, waren korrupt, böse und hinterhältig. Nachdem ich merkte, wie unangenehm ihm dieses Thema war, wechselte ich es schnell wieder und nahm mir vor, es auch nie wieder anzusprechen. In einem waren wir uns jedoch beide einig, dass mein Platz in Lulumba war. Was sollte ich also tun?

Eines Abends glaubte ich plötzlich, eine Lösung gefunden zu haben. Ich schickte nach Cornelius, der wenig später in unserer Hütte erschien. Die meisten Vogelmenschen waren bereits nach Eniyen zurückgekehrt. Nur Lazarus und Cornelius befanden sich noch im Dorf. Aus irgendeinem Grund weigerte sich Lazarus, nach Hause zurückzukehren. Ich hegte den Verdacht, dass er Jared im Auge behalten wollte und fand sein Misstrauen völlig übertrieben. Ich wollte aber nicht mit ihm streiten und sagte deshalb nichts dazu. Wenn es um Jared ging, waren Lazarus und ich sowieso ständig geteilter Meinung.

Tatsächlich tauchte auch Lazarus in diesem Augenblick hinter Cornelius im Türrahmen auf. An seinem Gesicht konnte ich sehen, dass er wieder Schmerzen hatte. Sein verstümmelter Flügel bereitete ihm große Schwierigkeiten.

Weder Tey noch Nyla konnten ihm richtig helfen, denn dazu wären die weitaus fortgeschritteneren Heilkünste von Enyien notwendig gewesen, denen er sich aber stur verweigerte. Ehrfurchtsvoll betrachtete ich die silberglänzenden Prothesen, die Cornelius statt seiner Flügel trug. Auch Lazarus konnte so eine glänzende Flügelspitze erhalten, doch dazu musste er erst seinen eigenen Dickkopf überwinden und nach Hause zurückkehren.

Als schließlich auch noch meine Großmutter den Raum betrat, setzten wir uns alle an einen Tisch und redeten.

„Ich habe letzte Nacht eine Entscheidung über das Schicksal der Burg getroffen", sagte ich leise.

„Ich hoffe, du hast dir alles gut überlegt, Liebes." Erwartungsvoll sah mich meine Großmutter an.

Ich schüttelte den Kopf. „Das weiß ich ehrlich gesagt nicht." Ich nahm die Papierrolle, die in der Mitte des Tisches lag und strich sie langsam glatt.

„Was ist das?", fragte Lazarus überrascht.

„Ich möchte euch sehr gerne etwas vorlesen, dass ich verfasst habe und eure Meinung dazu hören", sagte ich statt einer Antwort.

„Nur zu", ermunterte mich meine Großmutter.

Höflich und diskret stand Cornelius auf. „Soll ich vielleicht draußen warten?"

„Nein, bitte bleib", sagte ich überzeugt, worauf sich Cornelius erfreut wieder setzte.

Langsam begann ich den Text vorzulesen:

„Hiermit vermache ich dem Empfänger dieses Schreibens die Burg meines Vaters, Kaiman, bekannt unter dem Namen seine Gottheit.

Alle gestohlenen Ländereien, das Vermögen und die Gewinne gehen ab sofort in den Besitz der Person meiner Wahl über, unter der Bedingung, dass alle Felder, auf denen der schwarze und rote Mohn gezüchtet werden, sofort und endgültig vernichtet werden.

Eine weitere Auflage dieses Vertrages ist, die Rehabilitierung aller Stahlkrieger nach ihrer Rückkehr auf die Burg. Als Unterstützung bietet sowohl Lulumba, als auch die Himmelsstadt Eniyen ihre Hilfe an, indem sie ihr komplettes ärztliches Wissen und ihre herausragenden Heilfähigkeiten zur Verfügung stellen.

Voller Vertrauen, Zuversicht und Hoffnung übergebe ich die Burg an eine Person, die meine Heimat zu einem schöneren, besseren und friedlicheren Ort machen soll, als sie es bis jetzt gewesen ist.

Mit einer Unterschrift als Einverständnis ist der Vertrag besiegelt."

Langsam ließ ich das Blatt sinken, um einen nach dem anderen in der kleinen Runde erwartungsvoll anzusehen.

Schließlich räusperte ich mich etwas verlegen. „Ich hätte das Ganze vielleicht besser formulieren können."

„Nein, es ist perfekt", unterbrach mich Lazarus, „wer ist diese geheimnisvolle Person, der du dein ganzes Vermögen überschreiben möchtest. Etwa Jared?"

„Natürlich nicht", sagte ich schärfer als gewollt. Traute er mir denn gar nichts zu? „In Wahrheit habe ich keine Ahnung, wie die Person heißt."

Alle drei runzelten gleichzeitig die Stirn

„Du willst so viel Macht und Verantwortung in die Hände eines Unbekannten legen?", brauste Lazarus auf, „was soll der Unsinn?"

Schnell wandte ich mich deshalb an Cornelius.

„Und genau deshalb brauche ich deine Hilfe. Ich bin mir nicht sicher, ob diese Person noch auf der Burg lebt. Suche bitte nach einem jungen Mann, der etwas älter als ich ist und früher im Dienste meines Vaters stand. Du wirst ihn an seinen zerschnittenen Mundwinkel erkennen."

Cornelius nickt ergeben.

„Finde bitte heraus, ob er derjenige ist, für den ich ihn halte und ob er mit diesem hohen Amt umgehen kann."

„Ein wildfremder Mann?", erkundigte sich meine Großmutter.

„Nachdem er Kaimans Grausamkeit am eigenen Leib erfahren hat, will er es vielleicht besser machen."

„Oder schlechter." Meine Großmutter schien nicht überzeugt zu sein.

„Natürlich wird er Fehler machen, aber das hätte ich auch getan."

„Wir brauchen wirklich keinen zweiten Tyrannen", sagte Lazarus ebenfalls kritisch.

„Deswegen möchte ich Cornelius als Kundschafter auf die Burg schicken. Wenn er meinen Kandidaten als nicht gut befindet, soll er sich nach einem Geeigneteren umsehen."

„Es wäre mir eine Ehre", bestätigte Cornelius meinen Entschluss.

Schließlich wurden wir uns einig, dass wir nach dem ausführlichen Bericht von Cornelius einen Nachfolger ernennen würden. Dass mein Platz hier in Lulumba war, daran gab es keinen Zweifel für niemanden.

„Es wäre gut, wenn du nach Eniyen zurückkehrst, Lazarus. Auch wenn du es verheimlichst, merken wir doch, wie sehr du dich mit deiner Verletzung quälst", sagte meine Großmutter zu ihm, als sie aufstand.

Augenblicklich bekam sie die ganze Empörung von ihm zu spüren. „Was für ein Quatsch!", brauste er auf, „ich warte selbstverständlich bis Cornelius zurückkehrt. Die Angelegenheit ist viel zu wichtig, als dass ich das Dorf jetzt verlassen könnte. Später kann ich mich immer noch in der Himmelsstadt behandeln lassen."

Meine Großmutter und ich tauschten einen vielsagenden Blick. Das würde bedeuten, dass uns Lazarus noch mehrere Wochen auf die Nerven ging. Anders konnten wir es im Augenblick leider nicht beschreiben, denn seine Verletzung und die damit verbundenen Schmerzen, machten ihn immer launischer.

„Auf gar keinen Fall", widersprach meine Großmutter energisch. „Tiberius bombardiert mich schon seit Wochen mit Anfragen über deine Gesundheit und über deine Rückkehr in die Himmelsstadt."

„Dann sende ihm einen Falken und berichte ihm, dass alles in bester Ordnung ist", erklärte Lazarus mürrisch.

„Nichts ist in Ordnung", mischte auch ich mich jetzt in das Gespräch ein, während meine Großmutter um den Stuhl von Lazarus herumschlich, „du musst auch an dich denken und nach Eniyen zurückkehren."

„Papperlapapp", erklärte Lazarus uneinsichtig und mit verkniffenem Gesicht.

Schließlich blieb meiner Großmutter nichts Anderes übrig, als vorsichtig seinen verletzten Flügel zu berühren. Wie von einer Tarantel gestochen fuhr Lazarus von seinem Sitzplatz hoch und schrie vor Schmerz auf.

„Ich werde Tiberius sofort eine Nachricht senden, dass er jemanden schicken soll, der dich abholt", sagte sie daraufhin wütend.

Auch Lazarus Augen blitzten vor Zorn. „Ich bittet dich Elenor", rief er aufgebracht, „das war doch wirklich ein ganz übler Trick!"

„Und du hast einen ganz üblen Vogel!", konterte meine Großmutter.

Ein Wort ergab das andere. Wenige Minuten später stritten sich die beiden wieder so lautstark, wie in alten Zeiten.

Peinlich berührt betrachtete Cornelius das Szenario und wurde dabei in seinem Stuhl immer kleiner. „In Eniyen würden wir niemals so miteinander reden", sagte er erschrocken und ich gab mir Mühe, ein betroffenes Gesicht über die Tatsache zu machen, dass Lazarus meiner Großmutter gerade einen längeren Erholungsurlaub für senile alte Damen vorschlug. Als sie Lazarus mit ihrem Stock anschließend wutentbrannt um den Tisch scheuchte, musste aber auch Cornelius lachen.

„Irgendwie werde ich den Lärm und euch alle schrecklich vermissen", erklärte er ehrlich und auch ich fühlte mich wieder bestätigt, dass es keinen schöneren Ort gab als Lulumba.

Dämonen

„Wie ist es gelaufen?", erkundigte sich Jared, als ich mit einem gefüllten Korb voller Essen in der Hütte erschien.

„Wir konnten ihn tatsächlich dazu überreden, abzureisen", sagte ich so erleichtert, dass Jared Lachen musste.

Vorsichtig stellte ich das gebratene Hühnchen auf den Tisch. Dann packte ich noch Brot, Käse und Obst aus.

Erschöpft ließ ich mich auf einen Stuhl sinken. „Allerdings reden er und Großmutter kein Wort mehr miteinander."

Jareds grinste. „Deshalb kommst du heute so spät?"

Tatsächlich war es schon dunkel geworden. Mein spätes Eintreffen lag aber nicht daran, dass ich so lange mit Lazarus und meiner Großmutter diskutiert hatte, sondern weil ich meinem Äußeren heute besonders viel Pflege hatte zukommen lassen. Eigentlich wusste ich selber nicht so genau, was ich damit bezweckte und warum ich Jared heute unbedingt gefallen wollte. Unsere letzte Begegnung in der Höhle war für mich ein so einschneidendes Erlebnis gewesen, dass mich sein Verhalten jetzt verwirrte. Er zog sich immer weiter vor mir zurück.

„Einige Tage wird er aber trotzdem noch im Dorf sein", riss mich Jared aus meinen Gedanken.

Genervt rollte ich mit den Augen. „Ich habe keine Ahnung, wie ich das aushalten soll."

„Er wird mir fehlen", sagte Jared, der viel zu schnell wieder ernst geworden war, „ich hätte niemals geglaubt, dass es einen Menschen gibt, den ich bewundern könnte."

„Bis du dir da auch ganz sicher?", fragte ich skeptisch, doch Jared ignorierte meinen scherzhaften Ton.

„Er ist ein guter Mann und ein starker Kämpfer für die richtige Sache", sagte er düster.

Schnell versuchte ich von dem ernsten Thema abzulenken. Es war nicht gut, wenn Jared vom Krieg sprach.

„Hey", rief ich deshalb vergnügt, „du kannst ja schon ohne Krücken gehen."

Jared schnitt eine Grimasse. „Seit drei Tagen. Ich habe mich schon gefragt, wann du es bemerkst."

„Entschuldige", sagte ich, „die letzten Tage waren wirklich anstrengend. Vin hatte eine Erkältung und ..."

Rasch zündete ich eine Kerze an und Jared setzte sich an den Tisch. „Wie geht es denn dem Jungen?", fragte er mich.

„Er ist wieder gesund", sagte ich schnell.

Seit dem letzten Mal hatte ich Vin nicht wieder mit zur Hütte gebracht und wir sprachen auch nur noch selten von ihm. Das betrübte mich sehr.

Nach dem Essen lehnte sich Jared zurück und beobachtete mich mit schmalen Augen, als ich die Teller gerade abräumte.

„Du siehst heute wieder sehr hübsch aus", meinte er plötzlich. Seine Gesichtszüge wirkten hart, obwohl er mir gerade ein schönes Kompliment gemacht hatte.

„Danke", sagte ich leise.

Ich hatte meine langen Haare zurückgebunden und ein schlichtes weißes Leinenkleid gewählt, welches nur ein breites Stoffband um meine Taille zusammenhielt. Der Ausschnitt war sehr weit und rutschte mir deshalb ständig über die nackte Schulter. Der Raum schimmerte sanft im Kerzenschein und sorgte für eine romantische Atmosphäre. Um mich zu beschäftigen, öffnete ich die Weinflasche und füllte zwei Becher damit. Ohne lange zu fragen, reichte ich eines davon Jared.

"Nein, danke", lehnte er ab und stieß mich damit vor den Kopf, „ich wurde lange genug betäubt."

Er musterte mich noch immer und langsam wurde ich unter seinem intensiven Blick verlegen. Hastig nahm ich einen Schluck des schweren Weins und verschluckte mich dummerweise daran. Noch während ich hustete, lachte Jared wieder. Mein Herz klopfte bei seinem Anblick wie verrückt.

Er nippte an seinem Wasser und fuhr sich anschließend mit der Zunge über die vollen Lippen. Wie hypnotisiert verfolgte ich diese Bewegung.

„Heute war ein heißer Tag", meinte er.

„Allerdings", krächzte ich. Mein Mund war plötzlich so trocken, dass ich den Wein in einem Zug austrank.

Jetzt runzelte Jared die Stirn. „Ist alles in Ordnung mit dir?"

„Ja, natürlich", kicherte ich übertrieben.

Dann lehnte ich mich gespielt locker zurück und hoffte dabei, einen betörenden Eindruck zu machen. Nachdem er nicht reagierte, wiederholte ich das gleiche Spiel noch einmal und sorgte dieses Mal dafür, dass mein Kleid über die Schenkel rutschte.

„Sag mal, Pen", meinte Jared überraschend kalt, „willst du mich etwa verführen?"

Beinahe wäre mir der Becher aus der Hand gefallen. Wieder spürte ich diese verdammte Hitze in meinem Gesicht.

„Hättest du denn etwas dagegen?", stammelte ich.

Anscheinend war ich nicht gut in solchen Dingen und der Klang seiner Stimme erschreckte mich.

„Ich halte das für keine gute Idee", meinte er schließlich.

Genauso gut hätte er mir einen Eimer mit kaltem Wasser über den Kopf schütten können. Wieder bekam ich rote Backen, aber diesmal eher aus Wut.

Der ungewohnte Alkohol machte mich rebellisch und deshalb fragte ich trotzig: „Warum?"

„Habe ich dir nicht schon genug Kummer bereitet?", fragte er, statt mir eine Antwort zu geben.

„Ich weiß nicht was du meinst", sagte ich verwirrt.

„Ich halte es für keine gute Idee", wiederholte Jared, während er sich brüsk erhob. „Die Dinge haben sich geändert. Der Krieg ist vorbei und ich bin kein Gefangener mehr."

Zielstrebig ging er zum Fenster und dreht mir demonstrativ den Rücken zu.

So hatte ich die Sache noch nicht betrachtet. Ich dachte,

dass die intimen Ereignisse in der Vergangenheit uns beide verbunden hätten.

„Dann kann ich ja gehen", meinte ich zornig und tief enttäuscht zugleich.

Erbost sprang ich auf. Natürlich war der Abend ganz anders geplant gewesen. Meine Großmutter passte heute Abend auf Vin auf. Sie glaubte, dass ich mit Nyla und ein paar ihrer Freunde die Nacht am Strand verbringen würde. Was hatte ich mir bloß dabei gedacht?

Nach meinen Worten wartete ich einige Sekunden auf eine Reaktion von Jared, doch als diese ausblieb, begann ich wütend das Geschirr aufzuräumen. Es war ein Wunder, dass es nicht in alle Einzelteile zerbrach, so energisch wie ich die Teller in den Korb schmetterte.

„Warum sagst du nicht einfach, dass du alleine sein möchtest?", schimpfte ich dabei, „und dass dir meine Gesellschaft unangenehm ist?"

Vor lauter Frust nahm ich gleich noch einen großen Schluck aus der Weinflasche. Jared sagte kein Wort und deshalb trödelte ich weiter mit dem Aufräumen. Doch er sah mich nicht einmal an und schließlich gab ich auf. Schwungvoll nahm ich den Korb unter den Arm und marschierte damit zielstrebig zur Tür.

„Vielleicht sollte ich mich einfach jemand anderen an den Hals schmeißen?!", zischte ich dabei, mit der festen Absicht, dies auch zu tun.

Noch bevor meine Hand die Klinke berührte, stand er plötzlich neben mir. Ich hatte ganz vergessen, wie schnell er war.

Böse sah er mich an. „Ich habe nie gesagt, dass ich mit dir streiten möchte!"

„Und ich habe nie gesagt, dass ich einsam sein möchte", antwortete ich aufgebracht.

„Ich war mein Leben lang einsam", schrie Jared mich an.

„Ich auch!", brüllte ich zurück, „nur, dass es mir im Gegensatz zu dir nicht gefallen hat!"

Ich hatte die Nase voll. Diesen Unsinn musste ich mir nicht länger anhören. Entschieden griff ich nach der Türklinke, doch Jared wollte mich am Arm zurückhalten. Dabei erwischte er mein Kleid. Der leichte Stoff gab sofort nach und riss. Ein Teil meiner Brust war nun entblößt.

„Na wunderbar", beschwerte ich mich fuchsteufelswild und peinlich berührt von meiner Blöße, die ich schnell wieder in Ordnung bringen wollte, „jetzt hast du auch noch mein neues Kleid kaputtgemacht, ich ..."

Mir stockte der Atem, als ich seinen Blick bemerkte. Rasch versuchte ich meine Kleidung zu ordnen, doch Jared hielt mich zurück, indem er mein Handgelenk packte. Seine Augen wanderten lustvoll von meiner nackten Brust hinauf zu meiner Schulter, dem Hals und verweilten schließlich auf meinem Mund. Sein Griff wurde fester und schließlich zog er mich an sich. Sein Mund drückte sich fest auf meinen und wir küssten uns wild und leidenschaftlich.

Es war verrückt.

Wir hatten schon so oft miteinander geschlafen und sogar ein gemeinsames Kind zusammen, aber geküsst hatten wir uns noch nie. Eigentlich hatte ich noch nie einen Mann geküsst. Jareds Lippen waren weich und schmeckten nach Honig. Es fühlte sich gut an. Sehr gut sogar. Ich konnte nicht genug davon bekommen. Meine Finger wühlten sich in Jareds Haar, als seine Zunge meinen Mund erforschte. Heiße Wellen schossen durch meinen Körper, während er mich sanft in die Richtung des Bettes drängte.

Später, als wir schwer keuchend und schweißgebadet nebeneinander lagen, konnte er mir meine Laune nicht mehr verderben, als er sagte: „Das hätten wir nicht tun sollen."

Ich rollte mich neben ihm zusammen. „Ich bereue nichts", flüstere ich.

Jared seufzte geschlagen und zog mich noch näher an seinen nackten glänzenden Körper.

Ich war glücklich.

„Wahrscheinlich steht Lazarus gleich in der Tür, um mich zu töten", scherzte Jared erschöpft.

Ich hob überrascht den Kopf, um ihn sofort wieder auf seine Brust zu legen. „Sag bloß, dass du Angst vor Lazarus hast?"

„Natürlich nicht", erwiderte er und spielte dabei mit einer meiner blonden Haarsträhnen, „aber ich mag ihn und ich habe ihn kämpfen sehen."

„Ich möchte jetzt eigentlich nicht über Lazarus sprechen", sagte ich, „stattdessen möchte ich dich lieber weiter küssen. Das ist eine ganz neue Erfahrung für mich und sie gefällt mir sehr gut."

„Tatsächlich?", fragte Jared verwundert. Ein Anflug von Freude huschte über sein Gesicht, aber er verschwand genauso schnell wie er gekommen war. Ich tat so, als ob ich es gar nicht bemerkt hätte. Diesen wunderbaren Moment würde ich mir nicht kaputt machen lassen.

„Ich hoffe, ich bin eine gute Schülerin", sagte ich unschuldig und ließ das Laken dabei bis zu meinem Bauchnabel rutschen.

„Du bist eine Hexe", sagte Jared, während er sich wieder über mich rollte, „und die beste Schülerin, die man sich wünschen kann."

Erleichtert legte ich meine Armen um seinen Hals, um ihm aufs Neue zu beweisen, wie recht er damit hatte.

Mitten in der Nacht wachte ich auf.

In meinen zerwühlten Haaren hingen Halme, die sich vom Strohballen gelöst hatten und das Bettlaken klebte wie eine zweite Haut an meinem Körper.

„Pen", sagte Jared, „was ist los? Hast du schlecht geträumt?" Ich nickte verwirrt.

Die Kerze war beinahe heruntergebrannt, aber trotzdem konnte ich noch schemenhaft die Umrisse der Einrichtung erkennen.

„Erzähl es mir!", forderte er mich auf.

Erst zuckte ich mit der Schulter, doch dann sprudelte es unkontrolliert aus mir heraus.

„Ich war wieder in diesem schrecklichen Wald. Irgendetwas hat mich verfolgt. Meine Mutter war auch da. Sie hat mich ermahnt vorsichtig zu sein, doch da bin ich schon in die endlose schwarze Tiefe gestürzt."

Jareds Lippen wurden schmal. „Vielleicht solltest du dich besser von mir fernhalten", meinte er.

Hastig schüttelte ich den Kopf, denn das Gespräch nahm eine Wendung, die mir überhaupt nicht gefiel. „Nicht du hast mich verfolgt, sondern etwas Anderes", beeilte ich mich zu erklären.

„Tatsächlich?", meinte Jared wenig überzeugt.

Ich verwünschte mich und meine unüberlegten Worte. Natürlich deutete er meinen Traum ganz anders als ich.

„In Wirklichkeit bist du wahrscheinlich überrascht, dass ich dir noch nicht die Kehle aufgeschnitten habe."

„Hör auf, so zu reden!", meinte ich wütend, „so etwas würdest du nie tun", doch sein Blick ließ sich nicht erweichen.

Jared schüttelte den Kopf. „Ich weiß nicht, ob das gut ist, Pen. Lass uns morgen darüber reden."

Er drehte sich zur Seite und tat so, als ob er schlafen wollte, dabei war ich mir sicher, dass er hellwach war.

„Jared", sagte ich leise, „bitte stoß mich nicht weg", für einen Moment schloss ich die Augen „nicht schon wieder", fügte ich noch hinzu.

„Was hast du denn erwartet? Rote Rosen?", brummte er.

„Ich will für dich da sein. Hast du denn gar kein Vertrauen zu mir?"

„Doch das habe ich", sagte er genervt, „das Problem liegt nicht bei dir."

Mein Atem wurde flach.

Ich spürte, wie Jared mir wieder entglitt

Ich durfte ihn nicht verlieren und setzte alles auf eine Karte.

„Ich liebe dich, Jared."

Ein Zucken ging durch seinen Körper, dann drehte er sich zu mir um. Lange sah er mich an.

„Was ist das für ein verdammtes Schicksal, dass dich so hartnäckig an meiner Seite wissen möchte?", meinte er fassungslos. „Du bist dir deiner Sache ganz sicher, was?"

Ich nickte traurig, meine Unterlippe zitterte dabei.

„Komm her, du komisches Mädchen", meinte er und streckte die Arme nach mir aus, „ich wollte dich nicht so behandeln."

Erleichtert atmete ich aus.

„Ich hätte niemals geglaubt, dass mich jemand lieben könnte. Ich bin alles, aber ganz bestimmt nicht liebenswert. Du hast eine sehr schlechte Wahl getroffen."

„Das lass mal meine Sorge sein", meinte ich entschieden.

„Vielleicht bildest du dir das Ganze nur ein und…"

„Hör auf, Jared", unterbrach ich ihn ungeduldig, „egal was du sagst, ich bin mir meiner Gefühle ganz sicher."

„Also gut", meinte er schließlich. Dann nahm er mein Kinn in seine Hand. Sein Blick war plötzlich hart. „Dann muss dir aber auch klar sein, dass ich dich damals im Sumpf getötet hätte."

Ich schluckte schwer. Er würde mir keine Angst machen. Er wollte mich nur auf die Probe stellen.

„Das weiß ich", bestätigte ich deshalb mit fester Stimme.

Jared starrte mich weiter an. „Ich habe mich oft gefragt, was dich damals in dieser stinkenden Einöde bewogen hat, mir dieses fantastische Angebot zu machen, Sex mit dir zu haben. Es gab wirklich nichts Besseres, das du hättest sagen können, um mich davon abzuhalten, dir deinen Kopf von den Schultern zu trennen. Ich bin es nicht gewöhnt, dass sich Frauen mir anbieten. Ich nahm mir sonst, was ich wollte. Auch das sollst du wissen."

Ich schluckte wieder, hielt seinem eisernen Blick aber stand.

„Das ist lange her", meinte ich unbeeindruckt.

„Es hätte mir leid getan", fuhr er fort, während seine Finger mein Gesicht streichelten, „sofern einem Stahlkrieger überhaupt etwas leid tun kann", fügte er hinzu, „aber ich hätte meinen Auftrag erledigt. Darüber musst du dir immer im Klaren sein." Er starrte wie hypnotisiert auf meinen Mund. „Eine weitere Tat, die ich mir niemals im Leben verziehen hätte", flüsterte er und beugte sich über mich. Kurz bevor seine Lippen meine berührten, fragte er mich ruhig: „Kannst du so einen Mann wirklich lieben?"

„Ja, das kann ich", flüsterte ich überzeugt.

„Du bist so dumm", sagte er, um mich kurz darauf so leidenschaftlich zu küssen, dass mir beinahe die Luft wegblieb. Viel später, als ich immer noch atemlos neben ihm lag und dachte, dass er schon längst eingeschlafen war, sagte er plötzlich so leise, dass ich es kaum verstehen konnte: „Auch ich habe Alpträume, Pen. Nur sind meine nicht so harmlos wie deine und sie sind wahr."

Eine eisige Kälte umgab mich plötzlich, nachdem er das gesagt hat. Ich konnte nichts Anderes tun, als meinen Arm um ihn zu legen, ihn dabei ganz fest zu halten und zu hoffen, dass die Wärme schnell wieder zurückkam.

Höllenqualen

In den darauffolgenden Wochen überschlugen sich die Ereignisse. Alles kam anders als ich es mir erwartet hatte. Nach meiner unglaublich schönen Nacht mit Jared, verließ ich am nächsten Tag erleichtert die Hütte. Ich war froh, dass ich ihm endlich meine Gefühle offenbart hatte und nichts mehr zwischen uns stand. Ich glaubte an eine gemeinsame Zukunft und dass wir eine Chance hatten, glücklich zu werden.

Jared hatte zwar nicht gesagt, dass auch er mich liebte, aber zumindest schien ich ihm nicht gleichgültig zu sein und das war mehr, als ich im Augenblick erwarten konnte.

Auf Lulumba kehrte langsam wieder der Alltag ein und auch ich fand zu meiner gewohnten Routine zurück, bis auf den Unterschied, dass ich jetzt immer bei Jared übernachtete, wenn meine Großmutter dachte, dass ich am Strand war.

Ich wusste nicht, wie sie darauf reagieren würde und entschied mich deshalb, vorerst nichts zu sagen. Offiziell war ich tagsüber immer noch für Jareds Krankenpflege zuständig.

Nachdem wir uns jetzt so nahe gekommen waren, nahm ich mir ein Herz und fragte Jared, ob ich Vin wieder mitbringen dürfte. Erst zögerte er, doch dann willigte er schließlich ein. Wenn ich allerdings geglaubt hatte, dass sich Jared mit seinem Sohn beschäftigen würde, so hatte ich mich getäuscht. Meistens saß Jared in einer Ecke und beobachtete uns beide, wie wir miteinander spielten. Dabei entging ihm nicht die kleinste Kleinigkeit und er ließ uns für keinen Moment aus den Augen. Wenn Vin sich seinem Vater aber zu nähern versuchte, wurde Jared panisch.

Beinahe konnte der Eindruck entstehen, dass er Angst vor ihm hatte. Doch dieser Gedanke war absurd. Warum sollte sich ein Stahlkrieger vor einem Zweijährigen fürchten?

Eines frühen Morgens erschien Jared plötzlich völlig überraschend im Dorf. Er fragte, ob er sich an den Aufbauarbeiten beteiligen konnte. Tatsächlich waren viele Häuser erst halb fertig und zum Teil sehr schief zusammen gehämmert worden. Am Anfang zeigten sich die Einwohner ihm gegenüber sehr skeptisch, doch als sie merkten, wie gut er mit anpacken konnte und mit wieviel Geschick er seine Arbeit erledigte, war er nach kurzer Zeit ein gern gesehener Helfer. Bei seiner stillen Art dauerte es auch nicht lange, bis ihm die Männer morgens zum Arbeitsbeginn freundschaftlich auf die Schulter klopften.

Am späten Abend kam Jared dann regelmäßig zur Hütte meiner Großmutter, um mit uns zu Abend zu essen. Meistens zeigte er sich dort ebenfalls sehr schweigsam und verspeiste eilig seine Mahlzeit.

Dann bedankte er sich jedes Mal höflich und einmal strich er Vin sogar kurz über seine buschigen Haare, bevor er wieder auf den Berg ging.

So ging es einige Zeit und ich glaubte, dass alles in bester Ordnung sei. Nachdem wir leidenschaftliche Nächte miteinander verbrachten, verunsicherte mich Jareds ruhiges Verhalten nicht mehr. Ich bemerkte auch den Blick den Jared mir und dem Kind zuwarf, wenn er sich unbeobachtet fühlte.

Zwei Vogelmenschen waren zwischenzeitlich im Dorf eingetroffen, um Lazarus nach Eniyen zurückzubringen. Die beiden warteten seit mehreren Tagen geduldig, obwohl Lazarus immer wieder die unsinnigsten Gründe fand, um seinen Aufenthalt in Lulumba zu verlängern.

Sein Verhalten war mir ein Rätsel, doch es gab im Augenblick ganz andere Dinge, die mich beschäftigten. Gerade hatte ich eine unglaubliche Nachricht erhalten, die ich sofort Jared verkünden wollte. Mein Herz klopfte wie verrückt, als ich die Tür zu seiner Hütte öffnete.

Keuchend stellte ich den Kürbiskuchen auf den Tisch und versuchte wieder ruhig zu atmen. Jared hatte mir versichert, dass er bald nachkommen würde. Er war mit dem Hausdach unseres Nachbarn beinahe fertig. Das sagte er mir vor ein paar Minuten und wirkte dabei glücklich, während sein schweißnasser muskulöser Körper in der Sonne glänzte. Die meisten Mädchen, die an der Hütte vorbeigingen, warfen ihm dabei einen schmachtenden Blick zu. Ich war mir sicher, dass Jared nicht einen einzigen davon bemerkte.

Nervös lief ich in der Hütte auf und ab. Wie würde er auf meine Neuigkeit reagieren?

Mein Blick fiel auf die zerwühlten Bettlaken und ich setzte mich an den Rand. Schließlich konnte ich nicht widerstehen und drückte mein Gesicht in das Kopfkissen. Jareds Geruch berührte mich so sehr, dass mir Tränen der Rührung in die Augen stiegen. Rasch legte ich es wieder zurück.

Ich sah mich um.

Es gab sonst keinen einzigen persönlichen Gegenstand von ihm in der Hütte. Nichts, dass darauf deutete, dass er hier seit längerem lebte.

Endlich hörte ich draußen ein Geräusch. Wenige Minuten später stand Jared in der Tür und ich strahlte ihn an. Mein Herz raste bei seinem Anblick. Zur Begrüßung hob er kurz die Hand und verzog dann das Gesicht zu einer Grimasse.

„Ich komme nicht alleine", erklärte er ohne große Begeisterung und trat zur Seite.

Zu meiner größten Überraschung erkannte ich Lazarus und meine Großmutter, die mit ernsten Gesichtern hineintraten.

„Was wollt ihr beiden denn hier?", fragte ich ziemlich unfreundlich.

„Mit mir reden", antwortete Jared stattdessen ironisch.

„Ich gehe kurz zum Brunnen, um mich zu waschen. Es dauert nur ein paar Minuten." Mit diesen Worten entschuldigte er sich scheinbar lässig.

„Natürlich", meinte Lazarus mit seltsam belegter Stimme.

„Was gibt es denn so Dringendes?", fragte ich pikiert, als er verschwunden war, weil ich mir beim besten Willen nicht erklären konnte, was so wichtig sein konnte, dass sie zu zweit hier erscheinen mussten.

„Du wirst es gleich erfahren", sagte meine Großmutter und legte mir beruhigend die Hand auf die Schulter. „Alles ist gut."

Den Eindruck hatte ich aber ganz und gar nicht, vor allem wenn ich ihre Mienen betrachtete.

„Falls ihr hier seid, um mich und Jared auseinander zu bringen...", gab ich mich kämpferisch, doch Lazarus hob beschwichtigend die Hand, „es ist nichts dergleichen."

„Dann seid ihr also zum Essen gekommen?" Spöttisch zog ich die Augenbraue hoch und ignorierte den tadelnden Blick von Lazarus.

Bevor ich weitere Fragen stellen konnte, kam Jared schon wieder zurück. Wasser tropfte aus seinen Haaren und ein weißes Handtuch hing ihm locker über dem Nacken. Sonst trug er nur seine Hose. Er hatte sich nicht die Mühe gemacht, ein Hemd überzustreifen. Vielleicht wollte er damit signalisieren, dass meine Großmutter und Lazarus gerade dabei waren, in seine Privatsphäre einzudringen. Beim Anblick seiner von Narben übersäten Brust, bekam ich einen flauen Magen.

„Willst du dich setzen, große Mutter?", fragte Jared, „leider habe ich nur einen Sitzplatz", wandte er sich mit mäßigem Bedauern an Lazarus.

Meine Großmutter nahm dankend Platz.

Lazarus räusperte sich.

Er war ziemlich blass um die Nase und ich fragte mich, was hier eigentlich los war.

„Junge", begann er schließlich, „wir müssen mit dir reden."

„Ich kann mir schon denken, um was es sich handelt", sagte Jared ruhig und ohne große Umschweife.

Erstaunt sah ihn Lazarus an. „Tatsächlich?"

Jared nickte, während er sich die Haare trocken rubbelte. „Das Dorf möchte mich loswerden", glaubte er zu wissen.

Lazarus verschränkte die Arme vor der ebenfalls nackten Brust. „Wie kommst du darauf?"

Jared zuckte gleichgültig mit den Achseln. „Das liegt doch auf der Hand", meinte er, „welches Dorf möchte schon einen ehemaligen Stahlkrieger beherbergen? Auch dir wäre es doch am liebsten, wenn ich mich so schnell wie möglich aus dem Staub machen würde."

Lazarus räusperte sich verlegen. „Nein, deshalb sind wir nicht hier", versuchte er schnell abzulenken, „soviel ich weiß, bist du im Dorf sehr gerne gesehen."

„Tatsächlich?", meinte Jared wenig überzeugt.

„Wenn ich es dir doch sage."

Jared warf das Handtuch achtlos in die Ecke. „Was soll der ganze Zirkus dann? Ist es wegen Pen? Wollt ihr, dass ich sie in Ruhe lasse?" Er warf mir einen kurzen und sehr vielsagenden Blick zu. „Das soll sie mir dann selber sagen. Meine Sachen sind schnell gepackt und ich mache euch keine Schwierigkeiten. Innerhalb weniger Minuten kann ich verschwunden sein", meinte er völlig ungerührt

Scharf zog ich die Luft ein. Das würde ich niemals zulassen. Falls Jared das Dorf verlassen musste, würden Vin und ich mit ihm gehen.

„Setz dich besser, mein Junge", sagte meine Großmutter ungewöhnlich sanft zu ihm und mir wurde es langsam mulmig zumute. Auch Jared blickte skeptisch in die Runde. Ich war genauso ratlos wie er. Eigentlich hatte ich selber vorgehabt, ihm etwas sehr Wichtiges mitzuteilen. Ich war wütend auf Lazarus und meine Großmutter, weil sie mich um diesen besonderen Moment brachten.

„Wir wollten erst alle Fakten zusammen haben, bevor wir zu dir kommen", ergriff Lazarus wieder das Wort.

Jared nickte geduldig und abwartend. „Ich habe immer noch keine Ahnung, was du von mir willst."

Auch ich wünschte mir, dass er endlich zur Sache kam. Lazarus war dafür bekannt, dass er gerne etwas ausschweifte.

„Die letzten Wochen haben die große Mutter und ich damit verbracht, in den alten Aufzeichnungen zu stöbern, die Fabienne damals auf der Burg für uns gestohlen hat", sagte Lazarus schließlich schnell und um eine Aufklärung bemüht.

„Es gibt Unterlagen?", fragte Jared erstaunt.

Ich merkte eine Veränderung in seiner Körperhaltung. Er war erschrocken.

„Nicht alle sind vollständig, aber die meisten sind noch sehr gut erhalten", bestätigte Lazarus, „und in deinem Fall hatten wir Glück."

Langsam setzte sich Jared auf das Bett. Sein Gesicht war jetzt beinahe so blass, wie das von Lazarus. Auch ich schluckte schwer. Würden wir jetzt etwas über Jareds Vergangenheit erfahren?

„Was habt ihr herausgefunden?", erkundigte sich Jared mit heiserer Stimme.

Fahrig strich sich Lazarus über die Stirn. „Nun", meinte er zögerlich, „Kaiman hat dich angelogen."

Mein Herz raste. Den gleichen Verdacht hatte ich bereits ausgesprochen und jetzt schien er sich zu bestätigen.

„Wir kannten Kaimans gestörte Psyche und deshalb ist diese Erkenntnis wenig verwunderlich", verkündete Lazarus mit einem zynischen Lächeln.

„Weiter!", forderte Jared leise.

Ich machte mir langsam ernsthafte Sorgen um ihn. Sein Gesicht war von einer Minute zur anderen zu einer leblosen Maske erstarrt, die Haut wirkte aschfahl und seine Augen trübe.

„Deine Mutter hat dich nicht verkauft, ganz im Gegenteil, sie war sogar eine der wenigen Frauen, die Kaiman bis zuletzt die Stirn geboten hat. Obwohl er ihr drohte, die komplette Familie auszurotten, hat sie sich geweigert, ihren ältesten Sohn an ihn zu verkaufen."

Ängstlich beobachtete ich, wie Jared bei diesem Bericht noch mehr in sich zusammensackte. Wie erstarrt hörte er sich den Bericht von Lazarus an, während sich seine Hände so fest in das Laken krallten, dass die Adern auf seinen Armen hervortraten.

„Du hast zwei jüngere Schwestern und einen Bruder", erzählte Lazarus gerade weiter, „um sie zu retten, bist du im Alter von zehn Jahren nachts aus dem Haus geschlichen, um dich freiwillig in Kaimans Armee zu melden. Er hat dir daraufhin sein Wort gegeben, deine Familie nicht anzurühren, vor allem, weil dein Vater bereits in einer seiner unzähligen Schlachten sein Leben für ihn lassen musste."

Verwirrt schüttelte Jared den Kopf. Anscheinend konnte er sich an nichts erinnern.

„Was ist aus ihnen geworden?"

Seine Stimme kam mir seltsam fremd vor.

„Natürlich hatte Kaiman in seiner Durchtriebenheit niemals die Absicht, deine Familie zu verschonen. Der Stolz und der Mut der jungen Witwe hat ihn zutiefst verärgert."

Jared zitterte am ganzen Körper.

War ich eigentlich die Einzige im Raum, die merkte, dass mit ihm etwas nicht stimmte?

„Hat er sie ermordet?" Jareds Stimme war nur noch ein Flüstern.

„Das war sein Plan", bestätigte Lazarus, „Fabienne hat ihn aber belauscht und sie hat dafür gesorgt, dass deine Familie rechtzeitig auf die Insel fliehen konnte." Stolz richtete sich Lazarus bei diesem Teil der Geschichte auf. „Die Königin hat deine Familie gerettet."

„Was soll das heißen?", fragte Jared fassungslos.

Ich hätte nicht gedacht, dass er noch blasser werden konnte. Sämtliches Blut war aus seinem Gesicht gewichen.

„Das bedeutet", erklärte Lazarus lächelnd, „dass alle gesund und am Leben sind. Deine Geschwister und deine Mutter."

In Zufriedenheit über seine erfolgreiche Nachforschung ging Lazarus auf Jared zu, um ihn voller Freude zu umarmen. Doch dieser wich wie von blankem Entsetzen gepackt zurück.

Irritiert hielt Lazarus mitten in der Bewegung inne.

„Meine Mutter", wiederholte Jared wie aus weiter Ferne und starrte durch ihn hindurch.

Lazarus nickte verwirrt.

„Meine Familie", sagte Jared jetzt monoton.

Wieder nickte Lazarus.

„Und wahrscheinlich freuen sich alle schon wahnsinnig darauf, mich zu sehen", lachte Jared jetzt so freudlos, dass sich mein Herz vor lauter Kummer zusammenzog.

„Natürlich", bestätigte Lazarus, der keine Erklärung für Jareds sonderbares Verhalten hatte.

Bei seinen nächsten Worten spürte ich Jareds Leid förmlich am eigenen Körper und ich unterdrückte gerade noch ein gequältes Stöhnen.

„Sagt meiner Familie, dass ich tot bin", erklärte er fest entschlossen.

Lazarus zog entsetzt die Luft ein.

„Tod und begraben, an einem Ort, den niemand kennt, denn das ist es, was ich bin!"

Jared erhob sich schwerfällig. Er ging langsam zum Fenster und starrte hinaus. Besorgt folgten ihm meine Großmutter und Lazarus, während ich immer noch an der gleichen Stelle stand. Auch ich wollte zu ihm gehen, um ihn zu trösten, doch ich fühlte mich plötzlich wie gelähmt. Ich konnte nur hilflos mitansehen wie meine Großmutter und Lazarus auf ihn einredeten.

„Aber Junge", hörte ich Lazarus gerade sagen, „das kann unmöglich dein Ernst sein. Das sind doch wunderbaren Neuigkeiten. Ich habe mit einer ganz anderen Reaktion gerechnet."

Selbst in der Dämmerung konnte ich noch sehen, wie Jareds Augen flatterten.

„Warum bist du noch hier, Lazarus?", fragte Jared leise.

„Ich weiß nicht, was du meinst", sagte Lazarus überrascht.

„Warum bist du nicht schon längst in deine Himmelsstadt zurückgekehrt?", hakte Jared mit tiefer Verbitterung nach.

„Nun", meinte Lazarus leicht irritiert, „weil ich hier noch zu tun hatte. Das Dorf brauchte beim Wiederaufbau meine Unterstützung und ein weiterer Grund liegt in den Unterlagen, die wir über Wochen hinweg mühsam sortiert haben."

Seine Worte prallten an Jared ab.

„Lüg nicht!", fuhr er ihn an und meine Großmutter und ich zuckten erschrocken zusammen. „Ich weiß, dass du dir Sorgen um Pen machst. Jeden Abend, wenn sie mich besucht, bist du um meine Hütte geschlichen, aus Angst, dass ich ihr etwas antun könnte und um sie dann vor mir zu retten."

Beschämt senkte Lazarus den Blick und daran erkannte ich, dass Jared die Wahrheit sagte. Sofort wollte ich ihn zur Rede stellen, doch mir war klar, dass hinter seinen Beweggründen keine böse Absicht lag. Er hatte bereits meine Mutter verloren und sorgte sich deshalb so sehr um mich.

„Du hast es bemerkt", fragte Lazarus leise.

„Ich bin ein Stahlkrieger", erklärte Jared bitter, „ich kann sogar hören, wie du atmest."

„Ich wollte ganz sicher sein", versuchte sich Lazarus zu erklären, „bitte entschuldige."

„Das spielt überhaupt keine Rolle", meinte er gedämpft, „und du hast leider übersehen, dass vor mir niemand zu retten ist. Woher soll ich wissen, dass ich ständig die Kontrolle über meinen Körper behalte und nicht doch eines Tages die Beherrschung verliere?" Seine Finger wühlten sich in seine Haare und dann schlug er sie vor sein Gesicht. „Ich habe ihr gesagt, dass sie sich von mir fernhalten und mich in Ruhe lassen soll. Du kannst sie niemals vor mir schützen, Lazarus."

„Woher willst du das wissen?" fragte der Vogelmensch und kam mir damit zuvor.

„Das Risiko ist viel zu groß." Jared nahm die Hände wieder von seinem Gesicht und unsere Blicke trafen sich, doch erreichen konnte ich ihn nicht. „Aber seht sie euch an!", meinte er stolz. Wie in Trance drehten auch Lazarus und meine Großmutter ihre Köpfe zu mir. Jared sah mich langsam von oben bis unten an, als ob dies unsere erste Begegnung wäre. „Ich habe nie etwas Schöneres gesehen", flüsterte er.

Verzweifelt versuchte ich den dicken Kloß in meinem Hals loszuwerden.

Dann veränderte sich ganz plötzlich das Verhalten von Jared. „Du hast ganz recht", raunte er Lazarus böse zu, „ich habe sie nicht verdient."

Betroffen legte Lazarus ihm die Hand auf seine Schulter. Jared schüttelte sie jedoch ab und starrte gepeinigt an die Decke. Alle seine Ängste schienen plötzlich aus ihm zu strömen, wie gelber Eiter aus einer tiefen Wunde.

„Und dann dieses Kind", fuhr er fort und seine Stimme drohte ihm dabei zu versagen, „dieses unglaubliche Kind", fahrig wischte er sich über die Augen, „man kann nicht glauben, dass der Junge von mir ist."

Tränen liefen mir jetzt über die Wangen.

„Die beiden sind der Grund, warum ich überhaupt noch lebe. Ich kann dir gar nicht sagen, wie oft ich in dieser Hütte den Strick schon um meinem Hals hatte, Lazarus", beichtete Jared zu meinem größten Entsetzen.

Am liebsten hätte ich geschrien.

Ich kam mir plötzlich so töricht vor. Statt Jared meine komplette Aufmerksamkeit zu schenken, hatte ich ihn mit meinen eigenen dummen Alpträumen, Problemen und Hoffnungen behelligt. Und selbst jetzt konnte ich nur regungslos zusehen, wie er den wohl größten Kampf gegen sich selber austrug.

„Nur der Gedanke an euch beide hat mich davon abgehalten", sagte er gerade zu mir und mit einem schrägen Lächeln an Lazarus gewandt meinte er zynisch: „ich hoffe, du verzeihst mir diese Schwäche."

„Jared", versuchte es Lazarus völlig erschüttert, doch er wurde jäh von ihm unterbrochen.

„Ich bin eine Schande für meine Familie und kann weder ein guter Sohn, noch ein guter Vater sein." Hart sah er Lazarus ins Gesicht, „es wäre mir eine Ehre, wenn du mich von meinem Leid erlösen würdest." Dann wandte er sich noch einmal kurz mir zu. „Es tut mir leid, Prinzessin. Ich habe es wirklich versucht, aber in meinem Leben ist kein Platz für deine Liebe."

Meine Welt zerbrach bei diesen Worten in tausend Scherben. Zum wievielten Mal eigentlich? Ich hatte vergessen mitzuzählen. Eine unsichtbare Schlinge schien sich um meinen Hals zu legen und sich immer enger zusammenzuziehen. Es wurde unerträglich. Unwillkürlich schnappte ich nach Luft. Mir war, als würde mich aus jeder Ecke der Hütte die geifernde Fratze meines Vaters ansehen und mich auslachen.

„Du hast tatsächlich geglaubt, dass du gewonnen hast?", verhöhnte sie mich. Ein boshaftes Lachen entstieg laut seiner Kehle und legte dabei die gelben fauligen Zähne frei. „Das hast du tatsächlich geglaubt?", schallte es erneut aus jedem Winkel. „Ich bin der Sieger, ich bin der Sieger, ich bin der Sieger!", hallten seine Worte ununterbrochen aus dem hässlichen Maul.

Ich hätte mir am liebsten die Ohren zugehalten, doch nachdem ich immer noch zu keiner Bewegung fähig war, kniff ich einfach ganz fest die Augen zusammen. Ich würde nicht aufgeben! Ich würde Jareds Dämonen vertreiben, so wie ich es versprochen hatte.

„Quäle dich doch nicht so, Junge", sagte auch Lazarus betroffen, während ich mich wieder sammelte und sich meine Großmutter betrübt an der Holzwand abstützte. Ihre Verzweiflung über den Gesprächsverlauf, ließ sie viel älter erscheinen als sie war.

„Ich könnte dich niemals verletzen! Wie kommst du nur auf so einen Gedanken?"

„Natürlich!", erwiderte Jared hämisch und wischte sich ungeniert die Nase an seinem Handrücken ab, „und du wolltest Pen vor mir beschützen? Ihr seid so naiv, dass ihr mir nicht einmal meine Messer abgenommen habt."

Mit großen Schritten durchquerte er die Hütte und zog hinter dem Bett die Stahlhandschuhe seiner Rüstung hervor. Verächtlich warf er sie vor Lazarus Füße. Die scharfen Messer funkelten an jedem Finger der eisernen Hand.

„Damit hätte ich deine kostbare Pen jederzeit zerstückeln

können. Darin bin ich gut, Lazarus", höhnte Jared, „Kaiman hat es gerne gesehen, wenn von seinen Gegnern nur noch ein unkenntlicher Klumpen Fleisch übriggeblieben ist. Solche Aufgaben haben wir beinahe täglich für ihn erledigt."

„Hör doch auf!", beschwichtige Lazarus ihn, „ich weiß nur zu gut, was du damit bezwecken willst."

Jared wirkte plötzlich gehetzt. „Weißt du auch, dass ich die Königin getötet hätte, wenn ich die Gelegenheit dazu gehabt hätte?", lachte er böse.

Der Rücken von Lazarus versteifte sich. Tränen glitzerten in seinen Augen.

„Vielleicht hätte ich auch viel schlimmere Dinge mit ihr gemacht", schrie Jared und Lazarus schüttelte den Kopf.

„Das funktioniert nicht", meinte er unglücklich.

Jared blinzelte verärgert und versuchte weiter Lazarus zu provozieren: „Ich hätte sie geschändet, wieder und wieder, um sie dann wie ein Stück Dreck wegzuwerfen. Erkennst du jetzt endlich was ich bin?" Die letzten Worte brüllte er, während ich zu Boden sank.

Auch Lazarus schwankte mit einer einzelnen Träne im Gesicht. Meine Großmutter betrachtete schockiert die Szene und ich hatte sie noch nie so hilflos gesehen. Plötzlich waren unser beider Nerven dünn wie Pergament.

„Mein Tod wäre für alle eine Erlösung", sagte Jared eiskalt, „das Einzige, was ich kann, ist Menschen zu quälen!"

Lazarus schüttelte immer noch den Kopf. Statt Jared anzugreifen, wischte er sich eine weitere Träne von der Wange.

„Warum musst du nur immer so verdammt gütig sein?", rief Jared erbost und ging auf Lazarus zu.

Obwohl Lazarus keine Anstalten machte sich zu wehren oder zu schützen, dachte ich, dass Jared auf ihn einschlagen würde. Kurz vor ihm brach Jared aber zusammen. Er saß auf dem Boden und streckte Lazarus verzweifelt beide Arme entgegen.

„Dann schlag mir zumindest die Hände ab, damit sie nie wieder töten können."

Lazarus weinte jetzt stumme Tränen und betrachtete Jared voller Kummer. Meine Großmutter wandte sich entsetzt ab.

„Quäl dich nicht so", wiederholte Lazarus unglücklich, „es gibt so viel, für das es sich lohnt, zu leben." Schnell setzte er sich zu Jared auf den Boden.

Jared packte Lazarus an den Schultern. „Versteh doch endlich, du dummer Vogelmensch, dass ich ein böses unberechenbares Tier bin!" Plötzlich sackte er in sich zusammen und Lazarus musste ihn stützen. „Sie hat meine Familie gerettet und ich hätte sie getötet", meinte er plötzlich fassungslos.

Lazarus forschte angestrengt in Jareds aschfahlem Gesicht und ihre Tränen vermischten sich, als er Jared im Arm hielt.

„Woher solltest du es auch wissen?", sagte Lazarus verzweifelt.

„So viel Blut", murmelte Jared apathisch vor sich hin. Er betrachtete dabei seine Hände. „Es klebt an mir. Kannst du es sehen? Ich bekomme es nicht weg, sooft ich mir die Hände auch wasche."

„Es war nicht deine Schuld", versuchte jetzt auch meine Großmutter mit Tränen erstickter Stimme Trost zu spenden, „du warst ein Kind und in der Gewalt eines Wahnsinnigen. Du musst dich von deiner Vergangenheit lösen und ich werde dir den Weg zeigen, wenn du es willst."

Als Jared hochblickte, wusste ich, dass er ihre Worte nicht gehört hatte. Er war in einer Welt, in der ihn niemand finden konnte.

„Das Einzige, was ich kann, ist töten", sagte er leise, bevor er endgültig in den Armen von Lazarus zusammenbrach.

Der Abschied

In den nächsten Wochen hatte Lulumba jeden Glanz für mich verloren. Für mich sah alles nur noch grau und traurig aus. Mit Jareds schwindenden Lebenswillen war auch meine Fröhlichkeit verblasst. Ich bemühte mich nach wie vor, meine Aufgaben zu erledigen und meinem Sohn eine gute Mutter zu sein, doch wenn ich mich unbeobachtet fühlte, packte mich eine große Leere und Verdruss.

Der tragische Vorfall in der Hütte hatte alles verändert. Plötzlich waren es meine Großmutter und Lazarus, die eine besondere Beziehung zu Jared aufbauten. Für mich schien es keinen Platz mehr zu geben.

Nachdem Jared in den Armen von Lazarus zusammengebrochen war, hatte ich ihn völlig verzweifelt gefragt: „Habe ich ihn verloren? Hattet ihr mit eurer Vermutung recht, dass es für Jared keine Rettung gibt?"

Lazarus hatte Jared daraufhin vorsichtig hochgehoben und ihn aufs Bett gelegt.

„Wir dürfen ihn nicht aufgeben", meinte er und ich spürte eine unglaubliche Erleichterung. Es war das erste Mal, dass Lazarus so positiv über Jared sprach. „Wir werden dich ab jetzt unterstützen. Das ist doch richtig, große Mutter?"

Sie nickte und legte mir die Hand auf die Schulter.

„Dieser Junge hat mehr Leid und Qual ertragen, als wir uns jemals vorstellen können. Keine Seele sollte so viel Schmerz erfahren und kein Herz darf so gebrochen werden. Trotzdem sehe ich einen Funken Hoffnung für ihn."

Seit diesem Moment war ich nicht mehr mit Jared alleine gewesen. Lazarus und meine Großmutter hatten sich bei seiner Pflege abgewechselt. Auch die Vogelmenschen, die eigentlich nur auf die Abreise von Lazarus warteten, wurden involviert. Meine Großmutter diskutierte stundenlang mit Tey über Behandlungsmethoden, während Lazarus Kräuter pflückte und sich mit seinen Brüdern besprach. Ich war nur noch eine Erscheinung am Rande. Selbst als der Zeitpunkt gekommen war, an dem Lazarus tatsächlich nach Eniyen zurückkehrte, konnte ich keine Zeit mehr mit Jared alleine verbringen. Er behandelte mich jetzt wieder wie am Anfang und das frustrierte mich enorm.

Ich hätte so gerne gewusst, was er dachte und er fehlte mir so sehr. Beinahe eifersüchtig beobachtete ich, wie meine Großmutter ausgedehnte Spaziergänge mit ihm unternahm. Sie arbeitete ununterbrochen mit ihm und erzähle mir täglich von seinen Fortschritten, aber auch von den Rückschlägen.

Natürlich freute ich mich über gute Nachrichten, aber es störte mich auch, dass ich von all diesen Ereignissen ausgeschlossen war.

Als ich Jared einmal in einem kurzen Moment der Zweisamkeit darauf ansprach, sagte er mit leiser Stimme: „Ich mache das nur für dich, Pen. Deine Großmutter weiß Dinge, von denen wir nicht die geringste Ahnung haben. Sie ist eine erstaunliche Frau."

Plötzlich schämte ich mich für meinen Egoismus und drückte einfach nur stumm Jareds Hand.

„Es wird ein sehr langer Heilprozess werden, Pen", sagte Großmutter eines Abends beim Essen unaufgefordert zu mir. Der Klang ihrer Stimmer veranlasste mich dazu, dass ich langsam den Löffel sinken ließ.

„Dafür wird ein Ortswechsel nötig sein."

Schweigend wartete sie auf meine Reaktion, doch ich betrachtete weiter nur den Tellerrand.

„Ich habe mich geirrt, Penelope", sagte sie und legte den Arm um meine Schulter.

„Ich weiß", erwiderte ich.

„Ohne dich hätte ich ihm niemals eine Chance gegeben",

meinte sie ehrlich, „alles, was wir brauchen, ist Zeit und die werde ich mir nehmen."

„Ich danke dir so sehr dafür, Großmutter."

Liebevoll strich sie mir übers Haar. „Ihr beide habt es so verdient, glücklich zu sein."

Traurig blickte ich sie an.

„Glaubst du, dass Jared das möchte?", fragte ich sie schweren Herzens, „mit mir glücklich sein?"

„Mehr als alles andere auf der Welt", sagte sie mit so einer Überzeugung in der Stimme, dass jeder meiner Zweifel augenblicklich verschwand. Danach war meine gekränkte Eitelkeit kein Thema mehr und ich fand langsam wieder ins Leben zurück.

Eines Tages stand plötzlich Cornelius vor unserer Tür und hatte eine sehr gute Nachricht für mich. Es war ihm tatsächlich gelungen, den Dienstboten meines Vaters ausfindig zu machen. Er hatte sich sehr viel Zeit gelassen und große Mühe gegeben, um auf der Burg zu recherchieren.

Ausgiebig hätte er nach einem Nachfolger geforscht und auch mit dem früheren Dienstboten meines Vaters sehr viel Zeit verbracht. Seine Ansichten hätten Cornelius sehr gefallen und von der Klugheit des Jungen war er geradezu erstaunt, vor allem wenn man bedachte, unter welchen Bedingungen die Menschen auf der Burg aufgewachsen waren. Ohne dass der junge Mann es merkte, hatte Cornelius ihm immer wieder Prüfungen gestellt und seinen Charakter getestet, bis er schließlich von seinen Fähigkeiten überzeugt war.

Nach einiger Zeit, als sich bereits eine tiefe Freundschaft zwischen ihnen entwickelt hatte, überreichte Cornelius schließlich feierlich meine Nachricht. Er hatte auch gleich eine Antwort für mich dabei, die ich aufgeregt lesen wollte.

Er sei zutiefst überrascht gewesen und fühle sich gleichzeitig hoch geehrt, stand da zu lesen. Er trete das Amt gerne an und hoffe, dass er es mit großer Würde erfüllen könne. Sein Name sei Florenth, stellte er sich höflich vor und die Burg würde er ab heute Burg der Freiheit nennen, als Zeichen dafür, dass jeder Bürger in dieser Stadt ein freies und ungezwungenes Leben führen konnte. Die Türen und Tore der Burg ständen ab heute jedem Menschen offen. Er könne sich noch sehr gut an mich erinnern, denn ich sei immer sehr freundlich gewesen.

Die Menschen auf der Burg hätten sich immer gefragt, was aus mir und meiner Mutter geworden war. Jetzt freute er sich zu hören, dass ich meine Reise gut überstanden hatte und bedauerte zutiefst den Verlust meiner Mutter, die eine wunderbare Königin gewesen war.

Er würde ihr ein wunderbares Denkmal auf der Burg errichten und war sich jetzt schon sicher, dass er dafür mehr Helfer finden würde, als notwendig waren.

Überwältigt ließ ich den Brief sinken.

Florenth von der Burg der Freiheit.

Ich mochte diesen Namen und auch die Art des neuen Königs.

Spontan beschloss ich, meiner Großmutter und Jared einen Besuch abzustatten. Sie sollten den Brief ebenfalls lesen. Ich fand Jared vor seiner Hütte auf der Bank sitzend. Meine Großmutter servierte ihm soeben Tee.

„Du kommst gerade richtig", begrüßte sie mich erfreut und hielt demonstrativ die Kanne in die Luft.

Ich nahm neben Jared Platz.

Der Tag schien perfekt zu sein, bis ich merkte, dass Jared kaum ein Wort sprach. Zu meiner Überraschung griff er nach meiner Hand.

„Was ist los?", fragte ich.

Meine Großmutter und Jared tauschten einen bedeutenden Blick, während sie in der Hütte verschwand, um mir eine frische Tasse zu holen.

„Wir werden fortgehen", meinte Jared schließlich leise.

Meine Großmutter hatte bereits so eine Andeutung gemacht und deshalb sollte ich vorbereitet sein.

Trotzdem traf mich diese Nachricht wie ein Faustschlag.

„Verstehe", erklärte ich und biss mir dabei auf die Lippen. Was hätte ich auch sagen sollen.

„Hast du dich endlich entschieden, deine Familie kennenzulernen?"

Jared nickte.

Nach einer längeren Pause meinte er schließlich: „Aber was ist mit meiner Familie auf Lulumba?"

Ich mühte mir ein Lächeln ab.

„Die wartet selbstverständlich auf dich, bis du zurückkommst. Du kommst doch zurück, oder?", fragte ich vorsichtig.

Jared sah mich lange an und meinte dann: „Natürlich!"

„Auf der Insel soll es viele schöne Mädchen geben", sagte ich zerknirscht.

„Und auf Lulumba gibt es viele schöne Männer", erwiderte er.

Traurig ließ ich den Kopf sinken. „Ich werde keinen einzigen von ihnen ansehen."

„Und ich bestimmt keine andere", erklärte Jared ernst, „wie kommst du bloß auf so einen Blödsinn?"

Ich blieb ihm eine Antwort schuldig, weil meine Großmutter jetzt wieder in der Tür stand.

„So eine Luftveränderung wird Jared sehr gut tun und seine Gesundheit fördern", sagte sie fröhlich, „wir Amazonen sind schon immer auf das Meer gefahren, wenn es uns schlecht ging. Das Wasser hat eine heilende Wirkung und spendet Kraft. Du wirst es merken, mein Junge."

Aufmunternd klopfte sie ihm auf die Schulter und drückte mir eine Tasse in die Hand. Als mich Jared anblickte, versuchte ich wieder zu lächeln. Mir ging das alles viel zu schnell, aber ich konnte den Lauf der Dinge nicht aufhalten.

So kam es, dass ich zwei Wochen später an der Bucht stand, um mich von Jared zu verabschieden. Meine Großmutter war bereits auf dem Schiff und freute sich auf die große Reise. Mein Herz war schwer, als ich Jareds liebgewonnenes Gesicht betrachtete.

„Du bist ja so still", meinte er, als die Ruhe unerträglich wurde, „hast du keine große Rede vorbereitet?", fragte er spöttisch und lächelte dabei.

Ich blickte zu Boden und schüttelte traurig den Kopf.

„Was bereitet dir Sorgen?", fragte Jared.

Nachdem ich nicht antwortete, legte er in seiner gewohnten Art die Hand unter mein Kinn und zwang mich, ihn anzusehen. „Was ist los, Pen?"

Meine Unterlippe bebte als ich ihm gestand: „Ich habe furchtbare Angst, dass du mich vergisst."

Jareds Augen wurden groß. „Dich vergessen?", wiederholte er langsam und völlig fassungslos. „bist du verrückt? Du bist mein Leben, Pen."

„Nein, "sagte ich und meine Augen füllten sich Tränen, „ich bin ein komisches Mädchen."

Jared packte mich bei den Schultern und schüttelte mich leicht. „Du bist mein komisches Mädchen", sagte er, „vergiss das nie."

Dann beugte er sich zu mir hinunter und küsste mich so lange und so intensiv, als wollte er damit sein Versprechen besiegeln.

Noch lange, nachdem sein Schiff längst am Horizont verschwunden war, saß ich an der Bucht und starrte auf das Meer. Jared hatte recht, es war wirklich ein unglaubliches Schicksal, dass uns beide zusammengeführt hatte.

Diese letzte Hürde würden wir auch noch nehmen. Jared würde zurückkommen und er würde gesund werden. Auch die Abschiedsworte meiner Großmutter würde ich niemals vergessen, denn sie hatte mich daran erinnert, dass die Liebe die stärkste Macht auf Erden war.

Obwohl mein Herz sehr schwer war, ging ich schließlich voller Hoffnung nach Hause.

Vee

Ungefähr fünf Wochen nach Jareds Abreise, fand ich vor der Tür eine Papierrolle. Aufgeregt rollte ich das dicke Papier auseinander und stellte überrascht fest, dass es ein Brief von Jared war. Niemals hatte ich geglaubt, dass er mir schreiben würde.

Pen,
ich habe noch nie einen Brief geschrieben und weiß nicht, ob ich das überhaupt kann. Allerdings halte ich von deinen Qualitäten auch nicht besonders viel. Nach einer Woche auf dem Schiff hat mir die große Mutter, wie von dir ausdrücklich gewünscht, einen Zettel überreicht:
- Ich bin schwanger und ich liebe dich -
ist eine Botschaft, die selbst einen Mann wie mich von den Füßen haut.
Du warst dir sicher, dass ich niemals fortgegangen wäre, wenn ich gewusst hätte, dass du wieder ein Kind von mir erwartest. Denkst du eigentlich auch mal an dich? Darüber müssen wir uns dringend unterhalten, wenn ich zurück bin.
Ich hoffe, dass ich mich dann auch so um meine Kinder kümmern kann, wie sie es verdient haben. Auch wenn ich es nie gesagt habe, ist Vin ein Wunder für mich. Er ist so klein und hilflos, dass ich mir sicher war, dass ich ihn irgendwann mit meinen großen Pranken verletzten würde. Auch das ändert sich hoffentlich.
Deine Großmutter hat mich mit dem jungen Kapitän des Schiffes bekanntgemacht. Sie meint, dass ich mir an ihm ein Beispiel nehmen soll, weil er immer fröhlich und unkompliziert ist und ich das komplette Gegenteil von ihm wäre. Tatsächlich

geht mir seine gute Laune wahnsinnig auf die Nerven. Ständig erzählt er mir und den Matrosen, dass sich jede Meerjungfrau bei seinem Anblick unsterblich in ihn verliebt hätte. Das ist natürlich absoluter Blödsinn und keiner glaubt ihm das.

Wer interessiert sich schon für einen Typen mit schulterlangem Haar und einem Kopftuch, der am Ruder steht und uns durch meterhohen Wellen lotst? Jeden Abend sitzen wir zusammen am Bug des Schiffes und unsere einzige Beschäftigung ist es, aufs weite Meer zu starren.

Deine Großmutter sagt, es täte mir gut, die Schönheit der Natur zu sehen. Auch der Kapitän meint, dass ich den Anblick genießen solle, denn so eine große Reise unternimmt man nur einmal im Leben. Hier spricht jeder in Rätseln und auf Fragen bekommt man oft keine klare Antwort. Ich habe es aufgegeben, mich darüber zu wundern.

Wusstest du eigentlich, was für eine unglaubliche Tierwelt sich im Wasser befindet? Eine Zeit lang wurden wir von gigantischen Fischen begleitet. Durch ein Loch an ihrem Körper blasen sie Wasser in die Luft. Und singen können sie auch.

Dann gibt es noch kleinere Fische. Sie sind grau, frech und sehr schnell. Auch sie haben uns ewig verfolgt. Deine Großmutter und dieser verrückte Kapitän sind tatsächlich zu ihnen ins Wasser gesprungen. Irgendein Idiot hat mich gestoßen und ich bin wie ein nasser Sack mit über Bord gegangen. Nachdem ich nicht schwimmen kann, musste ich mich an einem treibenden Holzstück festklammern, während die Tiere in Scharen um mich gekreist sind. Etwas Erniedrigenderes habe ich noch nie erlebt, doch ich glaube, das gehört zum Plan der großen Mutter. Trotz ihrer Größe und Überlegenheit ließen sich die Tiere von mir berühren. Erst später habe ich erkannt, was für eine Ehre sie mir damit erwiesen haben. Wenn es diese Fische bereits in der Vorderzeit gegeben hat, müssen sie als Götter verehrt worden sein.

Später haben wir noch Seeschlangen gesehen und einen Riesenfänger. Dabei handelt es sich um ein schwarzes Tier, *das zahlreichen Arme hat, die es benutzt, um seine Beute zu fangen. Ich erspare ich dir weitere Einzelheiten, weil so ein Riesenfänger ziemlich widerlich ist. Mit etwas Lärm, den die Mannschaft mit den Kochtöpfen macht, lässt er sich schnell vertreiben.*

Deine Großmutter lässt mich übrigens ständig das Deck schrubben und Kartoffeln schälen. Ich kann mir beim besten Willen nicht vorstellen, dass diese Aufgaben Teil meiner Therapie sein sollen, aber sie lässt sich nicht davon abbringen.

In den nächsten Tagen steuern wir die Insel an. Dann werde ich meine Mutter und meine Geschwister endlich wiedersehen. Ich hoffe, sie erwarten nicht zu viel.

Jared

Immer wieder las ich den Brief. Ich konnte mir beinahe bildlich alles vorstellen, was Jared darin beschrieben hatte.

Zärtlich strich ich über meinen Bauch. Er war in den letzten Wochen beträchtlich gewachsen und ich spürte bereits, wie sich das Kind bewegte. Liebevoll betrachtet ich Vin, der auf dem Boden mit seinen Bauklötzen spielte.

„Deinem Vater tut diese Reise wirklich gut", sagte ich zu ihm, während ich mit dem Brief wedelte. Obwohl er kein Wort verstand, klatschte Vin begeistert in die Hände und auch ich lachte befreit auf.

In regelmäßigen Abständen trafen jetzt Briefe von Jared ein.

Pen,

wir haben die Insel erreicht. Bei unserer Ankunft wurde das Schiff von einer beachtlichen Menschenansammlung begrüßt, doch mir ist sofort eine Frau aufgefallen, die ganz vorne in der Menge stand. Wir haben uns beinahe fünfzehn Jahre nicht gesehen und trotzdem wusste ich, dass dies meine Mutter ist.

Eine komische Situation, denn plötzlich war es so, als wären wir beide ganz alleine auf dem Steg. Die vielen Menschen, der Trubel und der Hafen sind plötzlich verschwunden. Wir haben uns in die Augen gesehen und uns erkannt.

„Du kommst spät!", hat sie nur zur Begrüßung gesagt und mich fest in ihre Arme geschlossen. Bis heute hat sie keine weitere Erklärung von mir verlangt.

Ich habe eine Mutter, Pen und das ist einfach unglaublich!

Ein paar Stunden später habe ich auch meine Schwestern Leila und Luna gesehen. Zwei stille Mädchen, denen ich nicht geheuer bin. Ich glaube, sie haben Angst vor mir und das kann ich ihnen nicht verübeln. Meine Mutter sagt, sie hätten damals sehr unter meinem Verschwinden gelitten.

Es dauerte eine Zeit, bis die beiden überhaupt in der Lage waren, ein paar Worte mit mir zu wechseln. Mein kleiner Bruder Tarek dagegen ist ein richtiger Draufgänger. Er hatte nicht die geringsten Berührungsängste.

Ich glaube, wir sind auf einem guten Weg.

Jared

Mit jedem von Jareds Briefen ging es auch mir besser. Obwohl ich ihn wirklich sehr vermisste und mich oft alleine fühlte, spürte ich, wie sehr ihm diese Reise half, die Vergangenheit zu bewältigen. Meine Großmutter hatte wieder einmal Recht gehabt und sie war schlau genug, einige Ereignisse nach ihrem Willen zu manipulieren, damit Jared daraus lernen konnte. Ich freute mich sehr für Jared und durch seine Briefe fühlte ich mich von seinen Erlebnissen nicht ausgeschlossen.

Pen,

die Insel geht mir jetzt schon unglaublich auf die Nerven. Mir ist hier alles zu laut und zu schrill. Durch die Straßen streifen nicht nur sonderbare Gestalten, sondern auch unglaubliche Tiere. Die bunte und auffällige Kleidung der Inselbewohner finde ich befremdlich und es ist geradezu blödsinnig, wie viel Phantasie manche Leute für ihre wirklich dämlichen Frisuren aufbringen können. Meine Mutter sagte mir, dass auf der Insel erlaubt ist, was gefällt, aber ich habe das Gefühl, auf einem bizarren Jahrmarkt zu sein.

Du wärst begeistert, weil die Menschen auf der Insel eine unglaubliche Lebensfreude ausstrahlen und eine Freiheit genießen, die mir ebenfalls fremd ist.

Gestern hat mich mein Bruder in ein Wirtshaus geschleppt. Ich sagte ihm, dass ich nichts trinken möchte, aber deine Großmutter hat darauf bestanden, dass ich mich auch dieser Herausforderung stelle. Sie ist eine sonderbare Frau, Pen. Immer wenn ich glaube, sie zu kennen, überrascht sie mich aufs Neue mit ihren Ansichten. Ihre Methoden werden mir immer ein großes Rätsel sein. Aber gut, ich habe schließlich mit meinem Bruder zwei Bier getrunken und je später der Abend wurde, umso ausgelassener wurden auch die Gäste des Wirtshauses. Schließlich kam es zu einem Streit zwischen zwei Betrunkenen, der in einem Kampf endete.

Meine Reaktion ist im Übrigen immer noch hervorragend, weil ich mit Leichtigkeit einem fliegenden Bierkrug ausweichen konnte, während ich meinen Bruder schnell aus dem Wirtshaus gezogen habe.

Er hat mir anschließend erzählt, und das ist das Interessante dabei, dass die beiden betrunkenen Hitzköpfe morgen im nüchternen Zustand einen ganzen Tag in einem geschlossenen Raum zusammen verbringen müssen. Dann haben sie genug Zeit, um über ihre Probleme zu sprechen. Diese Strafe erwartet dich, wenn du auf der Insel einen Streit anzettelst – also nimm dich ich acht.

Vielleicht wollte mir deine Großmutter auch nur eine ganz andere Art der Konfliktbewältigung zeigen, aber wie konnte sie vorher wissen, dass ich mit meinem Bruder überhaupt in so eine Situation kommen würde?

Wie gesagt, manche Dinge sind mir einfach ein Rätsel!
Ich beneide dich um deine Ruhe in Lulumba.
Jared

Wieder ein schöner Brief, mit dem mich Jared ganz offensichtlich an seinem Leben teilhaben ließ. Ruhig konnte man mein Leben im Augenblick aber nicht nennen.

Die Geburt meines zweiten Kindes stand jeden Moment bevor und auf Lulumba gab es einiges für mich zu tun.

Seit die große Mutter weg ist, glaubten ein paar Jugendliche aus dem Dorf, dass sie diesen Zustand für irgendwelchen Unsinn ausnutzen konnten und ich musste mir dringend etwas überlegen, um die fünf jungen Männer wieder zur Vernunft zu bringen. Nachdem an jeder Ecke immer noch gehämmert und gesägt wurde, teilte ich sie einfach den Aufbauarbeiten zu. Auch hier gab es einiges zu organisieren und sobald es irgendwelche Probleme oder Engpässe gab, kamen die Dorfbewohner damit zu mir.

Oft fiel ich am Abend hundemüde ins Bett. Der letzte Brief, den ich von Jared erhielt, war kürzer als die anderen, aber deshalb nicht weniger aussagekräftig.

Pen,
anscheinend gibt es Nächte, in denen ich mich schreiend im Bett hin und her wälze. Ich habe davon nichts bemerkt, aber meine Mutter macht sich Sorgen deswegen.

Tatsächlich scheine ich ziemlich üble Schimpfwörter zu brüllen. Es hat nicht lange gedauert, bis ich Besuch bekommen habe. Lazarus ist vor ein paar Tagen mit seinem Freund Oktavius auf der Insel eingetroffen. Jetzt können die beiden mich gemeinsam in die Zange nehmen. Oktavius verabreicht mir ständig klebrige Säfte oder bittere Kräuter, was ich überhaupt nicht leiden kann. Allerdings muss ich zugeben, dass er für einen Vogelmenschen ganz okay ist.

In ein paar Tagen beginnt die große Reise über das Meer und ich bin gespannt, was uns dann erwarten wird.

Du wirst dann längere Zeit nichts mehr von mir hören.
Ich hoffe, euch geht es gut.
Jared

Erfüllung

Ein halbes Jahr war seit Jareds letztem Brief vergangen. Irgendwann hatte ich es mir abgewöhnt, am Morgen sehnsuchtsvoll nach einem Schiff Ausschau zu halten, das ihn zurückbringen würde. Ich hatte doch versprochen, geduldig zu sein und mich mit meinem Schicksal arrangiert – das redete ich mir zumindest ein.

Tatsächlich konnte ich mich nicht beklagen, denn Vin war nach wie vor ein sehr unkompliziertes Kind und vor sechs Monaten hatte ich eine zauberhafte Tochter mit dem Namen Vee auf die Welt gebracht.

Das Leben in Lulumba hatte wieder seinen normalen Lauf genommen und heute Abend wurde ein großes Fest veranstaltet. Gestern hatte der Schmied seine Hütte beziehen können. Es war die letzte Behausung, die noch baufällig war und mit ihrer Instandsetzung war schließlich das ganze Dorf rehabilitiert.

Es gab keinen besseren Grund, um zu feiern. Der Sohn des Schmieds betonte auffällig oft, wie sehr er sich darauf freuen würde, mit mir zu tanzen und jedes Mal, wenn wir uns über den Weg liefen, sparte er nicht an Komplimenten für mich und meine hübschen Kinder.

Mir war seine Bewunderung sehr unangenehm und ich versuchte, den Gedanken zu verdrängen, dass er sein Glück bei mir nur deshalb versuchte, weil er damit rechnete, dass Jared nicht zurückkam.

Seufzend griff ich nach dem Wäschekorb. Irgendwie würde ich es heute Abend schon schaffen, meinem Verehrer aus dem Weg zu gehen und wenn nicht, was konnte es schon schaden ein paar Mal über die Tanzfläche gewirbelt zu werden.

Vorsichtig lehnte ich die Tür der Hütte an. Vin und Vee waren gerade eingeschlafen. Ein seltener Moment der Ruhe, den ich dazu nutzen würde, schnell meine unliebsame Hausarbeit zu erledigen. Danach würde ich mich mit einem Stück Apfelkuchen in den Garten setzen. Routiniert griff ich nach dem Bettlaken und machte es an der Leine fest. Ein leichter Wind wehte und ich freute mich, dass die Wäsche schnell trocken sein würde. Plötzlich fiel ein Schatten über eines der Betttücher und ich erstarrte mitten in der Bewegung.

Eine vertraute Stimme sagte leise zu mir: „Da bin ich wieder, Prinzessin."

Ungläubig ließ ich die Arme sinken und drehte mich ganz langsam um. Zum ersten Mal konnte ich Jareds richtige Augen sehen. Sie waren dunkelgrün. Es war das schönste Grün, das ich je gesehen hatte.

„Du bist ja noch hübscher, als ich dich in Erinnerung habe", meinte er.

Ich konnte ihn nur ansehen.

Seine Haare waren kürzer, aber sie fielen ihm immer noch ins Gesicht. Das weiße Hemd, das er trug, bildete einen starken Kontrast zu seiner braungebrannten Haut.

„Es ist viel Zeit vergangen und falls es in deinem Leben keinen Platz mehr für mich gibt, dann kann ich das verstehen."

Nach diesem Satz ging ein Ruck durch meinen Körper. Wortlos trat ich an ihn heran, um ihm eine Haarsträhne aus dem Gesicht zu streichen.

Er stand ganz still da und lange sahen wir uns an, bis Jared schließlich meinte, „Verdammt noch mal, Pen, das hält doch niemand aus!"

Dann nahm er mich in die Arme und küsste mich. Tränen der Freude liefen über mein Gesicht.

Als er sich später voller Bewunderung über seine Kinder beugte und sagte: „Hey, die zwei sind gar nicht schlecht geworden!", musste ich unter Tränen lachen.

Wir hatten es tatsächlich geschafft!

Versäumnisse

Jared rannte wie verrückt den Hügel hinunter. Er stolperte, aber er fing sich sofort wieder. Dann hörte er noch, wie ihm der kleine Junge, der ihm gerade die Nachricht überbracht hatte, etwas hinterherrief, doch er verstand nichts mehr.

In seinem Kopf kreiste nur noch ein Gedanke: „Es gab Komplikationen."

Er versuchte noch, an Tempo zuzulegen.

Wie konnte das sein? Weder bei Vins, noch bei Vees Geburt hatte Pen irgendwelche Schwierigkeiten gehabt. Warum jetzt?

Mit riesigen Schritten spurtete Jared ins Dorf und ignorierte alle Zurufe der Dorfbewohner, die ihm begegneten. Jared machte sich die größten Vorwürfe, dass er oben in der Hütte gearbeitet hatte. Doch als er heute Morgen das Haus verlassen hatte, schien alles in bester Ordnung zu sein.

Sein großer Sohn Vin spielte brav in einer Ecke, während seine kleine Tochter Vee am Tisch lautstark ihr Frühstück verspeiste. Und auch Pen wirkte sehr entspannt, während sie eine weitere Milchflasche vorbereitete. Eigentlich hatte sie nie schöner ausgesehen.

„Verdammt!", fluchte Jared.

Er wusste doch, dass der Geburtstermin unmittelbar bevorstand und er hatte sich geschworen, dieses Mal für Pen da zu sein.

„Verdammt!", entfuhr es ihm erneut.

Das morsche Dach in der Hütte seiner Nachbarn hätte auch noch warten können. Sein Platz war bei seiner Frau. Er war einfach ein unverbesserlicher Trottel. Dann war er endlich an seinem Haus angekommen und stürmte hinein. Er fand es verlassen vor.

„Verdammt!"

Jared konnte nicht mehr klar denken und machte sich deshalb auf den schnellsten Weg zu Teys neuer Krankenstation. Von weitem erkannte er schon den Arzt, der sich gerade vor dem Haus eine Pause gönnte und dabei eine Pfeife rauchte.

„Tey!", schrie Jared noch weit entfernt.

Überrascht blickte der Arzt hoch.

„Jared", meinte er erschrocken, „du bist zu früh da, ich kann Pen erst in ein paar Minuten operieren."

„Operieren?", rief Jared schockiert.

Jetzt wirkte Tey noch verwunderter. „Ich muss ihr doch den Bauch aufschneiden", meinte er jetzt beinahe entschuldigend, doch Jared hatte bereits genug gehört und rannte an dem verdatterten Arzt vorbei.

VIo

Wenn ich an den Tag und an die Geburt meines dritten Kindes zurückdenke, bekomme ich jedes Mal ein schlechtes Gewissen. Natürlich hätte ich Jared sofort über die Situation aufklären sollen und natürlich erkannte ich, welche Sorgen er sich um mich machte. Aber es war auch natürlich, dass eine Frau die bereits zwei Kinder alleine auf die Welt gebracht hatte, für jede Aufmerksamkeit dankbar war.

Tatsächlich war ich in meinem Krankenzimmer bereits friedlich am Eindösen, als mich ein unverständlicher Lärm und ein ständiges Rufen meines Namens hochschrecken ließ. Wenig später stand der völlig aufgelöste Jared bei mir im Zimmer.

„Pen", keuchte er und eilte an mein Bett, „wie geht es dir? Tey hat gesagt, dass er deinen Bauch aufschneiden muss!"

Spätestens jetzt hätte ich ihm erklären müssen, dass seine Kinder immer so zur Welt gekommen waren, aber stattdessen machte ich große Augen und flüsterte: „Tatsächlich?"

Aufgeregt setzte sich Jared an mein Bett und hielt meine Hand. „Alles wird gut", sagte er gerade, „ich verspreche dir, dass ich in Zukunft mehr zuhause sein werde."

Ich überlegte.

Eigentlich konnte ich mich gar nicht beklagen.

Jared strengte sich wirklich an. Auch mit seinem Sohn und mit seiner Tochter beschäftigte er sich so intensiv, dass ich es ihm nicht übel nahm, wenn er sich manchmal für ein paar Stunden zurückzog.

Jared deutete meinen Blick verkehrt. „Hast du Schmerzen?"

Ich schüttelte den Kopf. „Alles okay. Mach dir keine Sorgen."

Was für ein erbärmliches und niederträchtiges Schauspiel ich dabei bot.

Nachdenklich nahm Jared jetzt meine Hand. „

„Damals in der Höhle", sagte Jared leise, „kannst du dich an die stürmische Nacht erinnern?"

Ich nickte.

Wie könnte ich diese Nacht, genau wie alle anderen, jemals vergessen?

„Da war tatsächlich eine Schlange", meinte er, „aber sie war völlig harmlos und trotzdem habe ich mir Sorgen gemacht, sie könnte dir etwas tun. Das Schlangennest war übrigens frei erfunden."

„Dein Plan hat hervorragend funktioniert", krächzte ich benommen. Ich kämpfte jetzt verzweifelt gegen die Narkose an und wollte unbedingt noch ein paar Minuten durchhalten.

„Noch nie habe ich vor etwas Angst gehabt", gestand mir Jared gerade, „weder vor Schmerzen, noch vor dem Tod, aber nach dieser Nacht hatte zum ersten Mal Angst, dass ich dich verlieren könnte."

Das Bild von Jared verschwamm langsam vor meinen Augen.

Verdammt!

Noch nicht!

„Jared", keuchte ich heißer. Ich musste ihm sagen, dass alles in Ordnung war und sich tatsächlich eine gemeine Schlange im Raum befand - nämlich ich.

Es war unfair von mir, ihn so zu quälen. Doch bei seinem nächsten Satz durchströmte eine wohlige Wärme meinen Körper. Worte, die schöner nicht sein konnten. Sie drangen wie aus weiter Ferne zu mir. Ich hatte lange darauf gewartet, sie zu hören. Irgendetwas sagte mir, dass ich diese Worte nur ein einziges Mal hören würde und dass auch nur, weil die Umstände für Jared dramatisch waren.

„Ich liebe dich, Pen!", er nahm meine Hand, „seit ich dich zum ersten Mal gesehen habe. Bitte werde wieder gesund."

Kurz darauf schlummerte ich endgültig und mit einem zufriedenen Lächeln auf den Lippen ein.

Eine halbe Stunde später konnten wir bereits unseren neugeborenen Sohn bestaunen, den wir Vlo nannten.

Dankbarkeit

Es war ein schöner und sehr idyllischer Morgen, als mir der Brief gebracht wurde. Der Tau glitzerte noch auf den Pflanzen und ein leichter Nebel hüllte Lulumba in ein malerisches Licht. Ein dicker Junge, der völlig außer Atem war, überreichte mir mit roten Backen die Papierrolle, während ich mit einer Tasse Tee am Türrahmen stand und den Morgen auf mich wirken ließ. Ich bedankte mich sehr herzlich und ging leise in die Hütte zurück. Jared und die Kinder schliefen noch tief und fest, doch das konnte sich jede Minute ändern. Vorsichtig öffnete ich den Brief. Die Schrift war mir vertraut:

Liebe Pen,

du hast es gewusst, da bin ich mir ganz sicher, aber das wird dich nicht daran hindern, sehr böse auf mich zu sein. Ich werde nicht zurückkommen und lege das Schicksal von Lulumba und das der Insel in deine Hände. Es hätte keine Bessere treffen können. Lulumba und du seid auf dem besten Weg, alles richtig zu machen.

Mich dagegen zieht es weiter. Ich weiß nicht, ob du das verstehen kannst, aber ich bin eine Amazone. Es gibt noch so viele Dinge, die ich sehen will und so viele Orte, an denen ich gebraucht werde.

Du wirst ab jetzt die neue „große Mutter" sein. Vielleicht hältst du mich für herzlos, weil ich einfach fortgehe, ohne deine bezaubernden Kinder groß werden zu sehen, aber einer der schönsten Tage in meinem Leben war der, an dem dich Lazarus auf seinen Armen in das Dorf getragen hatte und ich wusste, dass du lebst.

Jetzt weiß ich, dass ich weiterziehen kann, denn Lulumba ist gerettet und du bist in guten Händen. Jared hat es fast geschafft und mit deiner Hilfe wird er wieder völlig gesund. Eigentlich habt ihr euch gegenseitig gerettet und eines Tages wirst du das verstehen. Eure Liebe ist so unglaublich groß und eines der schönsten Wunder, das ich erleben durfte. Ich sage dir ungern „Leb wohl", weil unsere Zeit sehr kurz und unruhig war. Wir haben uns gerade erst kennengelernt.

Du bist ein unglaublich tapferes Mädchen, Penelope und ich könnte nicht stolzer auf dich sein, als ich es gerade bin.

Meine Gedanken sind immer bei dir.

Deine Großmutter

Langsam ließ ich den Brief sinken.

Ja, ich hatte es gewusst.

Nachdem Jared nach Hause zurückgekehrt war, hatte ich ihn selbstverständlich nach meiner Großmutter gefragt.

Sie hatte ihn mit den Worten „ich komme nach" verabschiedet und seitdem war sie nicht mehr gesehen worden. Nur die Fischer glaubten sie an Bord des Schiffes erkannt zu haben, als dieses wieder die Anker lichtete und fortsegelte.

Seitdem war viel Zeit verstrichen und ich hatte mich immer gefragt, wann ich sie wiedersehen würde. Es tat weh zu lesen, dass sie uns verlassen hatte. Aus Gründen, die ich mir selber nicht erklären konnte, akzeptierte ich aber ihre Entscheidung.

Jeder Mensch sollte so leben dürfen, wie er es wollte.

Eine der vielen Weisheiten, die ich auf meinen langen Weg verstanden hatte.

Nein, ich durfte mich wirklich nicht beschweren.

Das Schicksal hatte es doch noch gut mit mir gemeint.

Aus dem Zimmer nebenan drang ein Wimmern. Unser Jüngster wollte seine Flasche haben.

Ich hörte ein Stöhnen und wie Jared leise nach mir rief.

Ich ging in das Schlafzimmer und sah Jared verschlafen auf dem Bett sitzen. Im Arm hielt er seinen quengelnden Sohn.

Wie kurz kann eine Nacht eigentlich sein?", sagte er zur Begrüßung und lächelte.

Liebevoll betrachtete ich die beiden und war so unendlich dankbar für diesen wunderschönen Moment, den ich mit aller Intensität auf mich wirken ließ.

Ich hatte das bekommen, was allen guten und tapferen Prinzessinnen zustand: ein Happy End.

Ende des 1. Teils

Danksagung

Ich danke meiner ganz tollen Familie, sehr guten Freunden und den lieben Menschen, die an meinen Geschichten so viel Freude haben. Es hat sich tatsächlich bereits eine kleine Fangemeinde gebildet. Ihr seid spitze!

Printed in Poland
by Amazon Fulfillment
Poland Sp. z o.o., Wrocław